La Galerie des jalousies
*

Marie-Bernadette Dupuy

La Galerie des jalousies

*

ÉDITIONS FRANCE LOISIRS

Site personnel de l'auteure :
http://mariebernadettedupuy.e-monsite.com/

Édition du Club France Loisirs,
avec l'autorisation des éditions JCL inc.

Éditions France Loisirs,
123, boulevard de Grenelle, Paris
www.franceloisirs.com

Édition originale : janvier 2016

ISBN : 978-2-298-10944-3

À mes petits-fils, Louis-Gaspard et Augustin Dupuy

Note de l'auteure

Depuis le début de ma carrière, j'ai évoqué différents milieux, les ouvriers de la pulperie de Val-Jalbert, les fermiers de Corrèze, les viticulteurs d'Alsace, les ostréiculteurs de Charente-Maritime, sans oublier une famille de papetiers près d'Angoulême, ma ville natale.

Ayant visité récemment le Centre minier de Faymoreau, en Vendée, j'ai choisi de planter le décor d'une nouvelle aventure au cœur de cette région aux paysages bucoliques, entre marais et bocages, collines boisées et paisibles hameaux.

Bien sûr, le village minier, implanté en 1827, constitue le cœur du roman, avec ses corons, sa chapelle, sa verrerie… Parfois, cependant, pour les besoins du scénario, j'ai dû jongler avec le décor évoqué. Qu'on ne m'en tienne pas rigueur.

J'ai donc repris ma plume pour donner vie à plusieurs personnages, certes nés de mon imaginaire, mais qui évoluent dans des lieux existants, témoins de certains faits authentiques.

Au fil des pages de cette belle aventure, je souhaite vous confier, fidèles lecteurs, toutes les émotions que j'ai ressenties lors de ma visite des lieux et dévoiler un pan de notre histoire parfois méconnu, l'exploitation du charbon en Vendée.

Selon une habitude qui m'est chère et qui me libère de l'étiquette roman de terroir, *j'ai mêlé à la vie ordinaire de l'époque des éléments de suspense et de mystère, en y introduisant une intrigue policière un peu insolite. C'est ainsi que je le ressens, c'est ainsi que j'ai choisi de construire mon intrigue.*

Je vous souhaite une bonne lecture sur les pas de la belle Isaure, une figure féminine vibrante de passion en quête d'amour et de justice.

Même si je ne suis pas toujours présente sur des lieux de dédicaces en raison de ma santé, sachez que je serai toujours près de vous. Et, tant que je le pourrai, je continuerai à vous faire rêver.

Marie-Bernadette Dupuy

1

Dans les entrailles de la terre

Puits du Centre, mine de Faymoreau,
jeudi 11 novembre 1920

Thomas n'avait pas pu prévenir ses compagnons. Il avait entendu un bruit sec insolite, vu le halo lumineux qui se formait autour de la flamme de sa lampe et, avant même qu'il ait eu le temps de crier, l'enfer s'était déchaîné.

Un souffle démentiel, comme jailli de la bouche d'un monstre gigantesque, avait ébranlé les profondeurs de la terre et, en un instant, des nuages de poussière s'étaient répandus, tandis que des grondements sourds et des craquements épouvantables retentissaient alentour, parmi lesquels s'élevaient des hurlements de terreur et de douleur.

Il n'y avait plus rien de tangible, plus de repères ordinaires. Les boiseries qui tapissaient la galerie avaient volé en éclats meurtriers auxquels se mêlaient des cailloux ainsi que des monceaux de terre brune.

Horrifié, le jeune homme s'était plaqué contre la paroi rocheuse, son casque sur le visage afin de ne pas être asphyxié. Le ventre noué par une atroce panique, il tremblait de tout son corps. Depuis qu'il descendait dans la mine, il n'avait jamais cru qu'un coup de grisou surviendrait. Les anciens en parlaient souvent, mais en évoquant des sites lointains, dans le nord de la France ou en Angleterre.

Il n'osait pas appeler qui que ce soit, pas encore, se demandant combien avaient survécu parmi tous ceux qui travaillaient avec lui dans la galerie. Son cœur cognait trop vite, trop fort. Les joues et le menton maculés de terre, les cheveux et le front poissés par la sueur, il s'évertuait à maîtriser le claquement de ses dents. Son regard d'ordinaire pétillant de malice se voilait sous l'effet d'une peur viscérale.

« Qu'est-ce qui s'est passé ? se demanda-t-il. Une poche de gaz ? Tout a sauté ! Misère, et le petit Pierre se trouvait un mètre devant moi ! Pierre, je dois le trouver. Pour Jolenta[1] ! »

Un goût de sang lui vint sur les lèvres. Il crut d'abord qu'il avait été blessé, puis il comprit qu'il s'était mordu au moment de l'explosion.

Ses pensées revinrent à Jolenta, sa fiancée. Elle était polonaise. Sa famille était arrivée à Faymoreau pendant la guerre, en septembre 1915. La main-d'œuvre manquait cruellement, car tous les hommes en âge d'être mobilisés avaient déserté le village minier. Aussi, la compagnie avait eu recours à des Polonais, qui s'étaient installés dans le pays. À l'époque, la jeune fille avait seize ans, mais cela ne l'avait pas empêchée d'intégrer l'équipe des culs à gaillettes, ainsi qu'on nommait les femmes chargées de trier les morceaux de houille.

1. Piotr et Jolenta sont des prénoms polonais, respectivement masculin et féminin.

La première fois que Thomas avait vu Jolenta, elle imitait le geste de ses collègues dans la clarté falote des lampes, essuyant ses mains noircies sur son pantalon de toile. Mais il n'avait guère prêté attention à ce détail. Une mèche d'un blond argenté croulait de sa casquette le long de son cou fin et elle le fixait de ses prunelles d'un bleu très clair. Il s'était promis de lui faire la cour le dimanche suivant.

Submergé par ces souvenirs qui éveillaient l'acuité de ses sentiments pour Jolenta, le mineur constata avec une tendre ironie qu'ils n'étaient pas encore mariés cinq années plus tard. « Mais la noce est pour bientôt, le plus tôt possible même ! se dit-il. Pas question de la déshonorer. »

Soudain, son cœur se serra à l'idée qu'il aurait pu ne jamais connaître l'enfant que portait sa fiancée. Le destin en avait décidé autrement. Par miracle, il était vivant. Son devoir lui apparut ; il devait aider ses frères d'infortune en prodiguant des soins à ceux qui en avaient besoin. Pour cela, il lui fallait d'abord franchir l'éboulis qui l'entourait.

— Pierre ! Piotr ! appela-t-il. Hé ! mon gamin, où es-tu ? Passe-Trouille, tu es par là ?

Les hommes de la mine se donnaient souvent des surnoms en rapport avec certaines anecdotes qui étaient racontées à l'heure de la pause, moment béni où l'on pouvait casser la croûte. Le plus souvent, cela se limitait à une pessaille[1] agrémentée de haricots cuits dans la graisse, persillés et aillés, et d'un gobelet d'eau, la consommation de vin ou de quelque alcool que ce fût étant strictement interdite.

1. Tartine, en patois vendéen.

— Thomas ! fit une voix assourdie par la distance. Au secours, Thomas !

— Pierrot, mon p'tit gars, tiens bon ! J'arrive !

C'était bien le jeune frère de Jolenta, dont l'accent polonais prononcé ne pouvait pas prêter à confusion. On l'avait vite rebaptisé Pierre, au lieu de Piotr, la forme polonaise du prénom que ses compagnons de labeur trouvaient difficile à prononcer.

À tâtons, Thomas se jeta à l'assaut de l'énorme monticule de débris qui lui barrait le passage. La structure de soutènement en bois de la galerie s'était effondrée en partie, laissant des masses de pierrailles couler de la brèche.

— J'vais te sortir de là ! T'es tout seul, Pierre ?

— Je crois, j'y vois rien, alors… répondit l'adolescent.

— Moi non plus ! J'ai perdu ma lampe ; elle doit être sous les gravats. Même si je mets la main dessus, vaut mieux pas essayer de la rallumer. Il peut y avoir encore des gaz.

Sur ces mots, accroupi, il se remit au travail. Mais très vite il eut les doigts meurtris.

— Faut que je récupère mon pic ou que j'en trouve un autre !

Thomas recula avec précaution. Son talon heurta quelque chose. La résistance lui parut suspecte, souple et ferme à la fois. Un frisson d'horreur parcourut son dos ; seule la chair humaine avait cette consistance-là. Il se souvenait très bien que Passe-Trouille, réputé pour terrifier les galibots[1]

1. Jeunes mineurs débutants.

avec des histoires effroyables, se trouvait juste derrière lui.

— Seigneur ! murmura-t-il en se tournant vivement. Il identifia du plat de la main un corps inerte, sur lequel pesait une poutre en bois.

— Hé, Passe-Trouille ! Réponds-moi, bon sang !

Il s'assura qu'il s'agissait bien de son compagnon en vérifiant sa corpulence et les boucles qui débordaient du casque. Il eut beau le secouer, Passe-Trouille n'eut aucune réaction. Il était père de six enfants.

— Y en a combien d'autres ? hurla-t-il. Et not' porion, il est où ?

Il se signa, bouleversé. Alfred Boucard, le contremaître, suivait Passe-Trouille. C'était un bon porion, vigilant et prudent.

— Ohé, Thomas ! s'égosilla Pierre. Par la Vierge Marie, viens, beau-frère !

— Je viens, gamin, je viens.

Thomas renonça à dénombrer les morts. Autant s'occuper des vivants. Déterminé, il fouilla patiemment le sol autour de lui et du corps de Passe-Trouille ; il finit par mettre la main sur un pic. Muni de cet outil, il continua à déblayer les gravats.

« On va venir nous secourir ! pensait-il, concentré sur son rude labeur. Les types des autres galeries ont forcément prévenu la direction. Ils vont envoyer du renfort ! »

— Bon sang, je n'en viendrai pas à bout ! enragea-t-il à voix haute, tandis qu'il rampait, en appui sur ses coudes.

Cependant, il avançait, certain au moins que

Pierre avait de l'air. Preuve en étaient les appels incessants de l'adolescent.

— Je t'entends cogner et gratter ; t'es pas loin ! répétait celui-ci, la voix vibrante d'espoir. Dis, j'ai une sacrée chance que tu sois vivant, sinon je pourrissais là. Personne m'aurait trouvé, sûr.

— Dis-moi comment tu vas, mon gars ? Rien de cassé ?

— J'ne sais pas trop, j'ai une jambe coincée. Je ne peux pas dire si elle est entière ou non, je ne sens rien.

— Ne bouge surtout pas, je vais te sortir de là !

Obstiné, Thomas Marot décupla ses efforts. Il parvint à agrandir une faille étroite d'où s'exhalait une haleine humide qui lui laissait sur la langue un goût de fer.

— Pierre ?

— Oui, je t'entends mieux, tu as l'air d'être tout près. Bordel de merde ! si on avait une lampe, rien qu'une.

— C'est défendu de jurer, petit gredin ! voulut plaisanter Thomas. Ta sœur n'apprécierait pas.

— Tu lui diras pas, hein, beau-frère ? répliqua le garçon avec un rire qui s'acheva en sanglot.

Ils se turent, tous deux émus. Thomas s'enfonça en ahanant dans l'étroit passage. Il décocha encore quelques coups de pic, afin de pouvoir y engager ses épaules. Lui aussi aurait donné cher pour avoir un peu de lumière, pour apercevoir le galibot et sa bouille toute ronde aux yeux bruns.

— Me voilà, mon p'tit gars ! cria-t-il sur un ton victorieux.

Au même instant, un vestige de la voûte, déjà

fragilisée par l'éboulement précédent, s'effondra. Thomas fut projeté vers le trou obscur où Pierre était prisonnier. Il le heurta dans sa chute, ce qui arracha à l'adolescent une clameur de souffrance. Un silence de mort succéda au vacarme assourdissant qui avait présidé à ce chaos lourd de conséquences.

— Pierrot ?

— Thomas ?

— Tends-moi la main, petit, que je m'approche.

Le mineur éprouva un réel soulagement quand il sentit les doigts du galibot entre les siens.

— Je n'ai plus qu'à dégager ta jambe et à te faire sortir de là ! dit-il d'une voix grave. À moins que…

— À moins que quoi ?

— Le passage est peut-être bouché ! Tu as entendu ce bruit ? Attends un peu, je préfère voir tout de suite de quoi il retourne.

Il ne fallut pas longtemps à Thomas pour comprendre. Cette fois, des morceaux de roche s'étaient accumulés, d'un poids tel qu'ils s'étaient encastrés en formant une muraille compacte, bien qu'irrégulière.

— On est faits comme des rats ! marmonna-t-il.

Un noir absolu les entourait. Leur situation s'avérait catastrophique.

— Va falloir que tu sois courageux, Pierre ! ajouta alors Thomas plus fort. Ils vont mettre du temps à nous retrouver. Passe-Trouille est mort, peut-être bien notre porion aussi. Tu te souviens ? On était en tête du groupe, nous deux, hein, à manier le pic comme des forçats ! On est pris au piège. Bon sang, si seulement je pouvais nous éclairer.

Il fouilla ses poches et en extirpa son briquet à mèche d'amadou. Mais il songea que le grisou était un gaz inodore.

— Non, autant rester sans lumière ! grogna-t-il.

— Tu crois que ça pourrait sauter encore ?

— Oui, ça se pourrait ! Gardons la tête froide, Pierre. Nous ne sommes pas les premiers à être victimes de ce genre d'accident ni les derniers, hélas ! La direction de la compagnie est déjà prévenue : ils vont organiser des recherches. Si Boucard a survécu, il causera de nous, forcément. Mon père me rabâche qu'il n'y a pas eu de meilleur porion dans la mine depuis belle lurette ; ce brave Boucard fera tout pour nous tirer de là. Ton père aussi. Il ne devait pas être loin derrière.

— Dans ce cas, faut prier pour lui ! soupira l'adolescent. Mon Dieu, si papa avait été tué…

— Ne pense pas au pire, ça ôte le courage.

— Et les chevaux, Thomas ?

— Quoi, les chevaux ?

— On n'a pas idée des dégâts, peut-être bien que certaines bêtes ont été tuées.

— Tu as peur pour ton Danois ? T'inquiète pas, gamin, les gars chargés de remonter les berlines étaient déjà loin. Les femmes aussi ; elles n'ont pas pu être atteintes par l'explosion.

Cette conversation au sein des ténèbres avait quelque chose de poignant. Ils n'osaient pas encore se juger condamnés et, par compassion pour son jeune ami, Thomas continua à discuter.

— Tu l'aimes bien, ce cheval ? Je me suis toujours

dit qu'il avait un drôle de nom. Danois, ce n'est pas ordinaire.

— Oui, et personne sait d'où il vient, ce nom-là ! C'est le plus gentil, je t'assure. Et puis, il est beau, brun avec du blanc sur le front.

La voix du galibot se fit rêveuse. Il revoyait le ciel immense, la course des nuages, les collines... Son imagination aidant, il se représenta l'animal cher à son cœur au grand galop, au milieu d'un vaste pré couvert d'herbe bien verte.

— Je me dis souvent qu'un jour je ferai fortune ; je rachèterai Danois à la compagnie et il vieillira au grand air, libre ! Il sortira de la mine grâce à moi !

— Faut y croire, Pierrot, faut y croire ! répliqua Thomas.

— Tu te rends compte, si Danois a été tué lui aussi ? Il y en a douze, des chevaux qui bossent avec nous. Douze pauvres bêtes privées de lumière à longueur d'année, moi ça me débecte !

Pierre se tut. Il se proposait dès que c'était possible pour nourrir et soigner les animaux de la mine, six juments robustes de taille moyenne et six hongres dont son cher Danois, ainsi que deux pinsons, logés dans une cage en osier. Si par malheur du monoxyde de carbone se dégageait, les oiseaux gonflaient leur plumage, ce qui constituait un précieux avertissement.

— C'est comme ça, mon p'tit gars. On ne peut pas changer le monde. Alors, cette jambe ?

— La droite, mais je ne sens rien, je t'ai dit...

Le cœur serré, Thomas tâta le corps du galibot en commençant par le torse pour descendre jusqu'aux cuisses. Il frôla le genou droit. Ses mains rencontrèrent vite une masse rocheuse qui résista à ses efforts. Il essaya de pousser l'énorme pierre, de la faire rouler, mais ce fut en vain.

— Je suis désolé, je ne peux rien faire ! avoua-t-il. Il faudrait être plusieurs. On va causer encore en attendant l'équipe de secours. Et on va prier, hein, p'tit gars. De bonnes grosses prières !

La Roche-sur-Yon, samedi 13 novembre 1920

Un épais brouillard avait envahi la ville dès l'aube, accompagné d'une bruine fine aux senteurs marines. On y voyait à peine deux mètres devant soi. Les pavés bruns luisaient et les bruits eux-mêmes semblaient étouffés. Au milieu de cette évanescence grisâtre se distinguait parfois la masse sombre d'une automobile roulant au ralenti, phares allumés ; la machine prenait l'allure d'un monstre étrange aux gros yeux jaunes.

Isaure Millet marchait sans hâte sur un trottoir de la rue du Moulin Rouge. L'atmosphère fantomatique qui présidait à sa promenade matinale s'accordait à sa mélancolie. Ses cheveux noirs de jais coiffés en chignon sur la nuque s'ornaient d'un petit chapeau en velours grenat. Un manteau cintré gris foncé dissimulait ses formes aux rondeurs encore adolescentes.

Elle avait eu dix-huit ans la veille, un anniversaire qui lui laissait un goût amer ; pas une carte postale de ses parents, pas une lettre amicale ni bons vœux de ses patrons, madame et monsieur Pontonnier. Le couple, qui dirigeait une école privée, l'avait engagée comme surveillante. Elle devait aussi faire des heures de ménage et de repassage. Elle ne s'en plaignait pas, trop contente de gagner de l'argent et de pouvoir louer une chambre meublée dans un immeuble tout proche de l'institution.

« Il m'a oubliée. Il avait promis de m'écrire ! » songea-t-elle.

Elle s'arrêta un instant comme pour trouver la force de surmonter sa déception, puis elle se retourna brusquement. Quelqu'un avait toussé, elle en était sûre. Peut-être que c'était le facteur. Il allait surgir de cet affreux brouillard, perché sur sa bicyclette, et lui tendre une enveloppe qu'il n'aurait pas vue au début de sa tournée, parmi toutes les autres de sa sacoche.

Tout d'abord, Isaure crut qu'il n'y avait personne. Mais elle aperçut bientôt une silhouette vêtue de sombre à l'entrée d'un passage voûté. Ce n'était pas le facteur tant espéré, moins grand, moins élancé et toujours à vélo.

Son fragile espoir vola en éclats. Elle pressa l'allure, oppressée. Depuis deux jours, dès qu'elle sortait, elle avait l'impression d'être suivie, épiée plutôt. D'un tempérament assez réservé et peu bavarde, elle gardait ses craintes secrètes. Et puis, à qui en parler ? Sa collègue, la surveillante de l'internat qu'elle croisait le matin et en fin d'après-midi, était une veuve taciturne. Les veuves ne manquaient pas, deux ans après l'armistice signé dans une clairière de Rethondes, en forêt de Compiègne. Quant à la directrice, Gertrude Pontonnier, elle n'avait qu'un sujet de conversation : la mode féminine. Il restait sa logeuse, madame Berthe. La brave femme, superstitieuse, se signerait avec une expression stupide et lui conseillerait de faire brûler des cierges à l'église Saint-Louis.

« Qui me suivrait, de toute façon, et pourquoi ? » se demanda-t-elle. Cependant, elle distingua à nouveau l'écho d'une toux et des pas traînants. Par une claire journée ensoleillée, à une heure plus tardive, sans doute n'aurait-elle pas pris peur. Mais son imagination s'emballa. Sa mère lui avait si souvent prédit qu'il lui arriverait malheur, en ville. Pour Lucienne Millet, le monde extérieur à la ferme familiale grouillait de dangers divers, d'assassins et de bandits.

Isaure se mit à courir, son cœur battant à se rompre. Au bout d'une trentaine de mètres, elle trébucha. Elle jeta un coup d'œil en arrière. La rue était déserte. « Je n'ai pas rêvé, j'ai vu quelqu'un, un homme. Il me semble qu'une écharpe cachait son visage, il avait un chapeau, aussi. »

Soudain, elle se jugea stupide. Il pouvait s'agir d'un résidant du quartier qui se rendait chez un voisin. Vaguement rassurée, elle poursuivit son chemin.

Chaque samedi, son jour de congé, elle se rendait dans un jardin public non loin de la place Napoléon. C'était l'occasion de passer devant un kiosque à journaux, une modeste baraque peinte en vert, et d'examiner discrètement la couverture des revues ainsi que la première page du quotidien régional, *L'Ouest-Éclair*. Fervente lectrice de la presse, qui ne coûtait pas cher, Isaure consultait d'abord les gros titres.

Elle s'en approchait lorsque des moineaux s'abattirent sur le sol, attirés par des miettes de pain détrempées. Son regard d'un bleu sombre se posa sur les oiseaux avec une expression rêveuse. Elle enviait leur liberté, leur légèreté, leur facilité aussi à s'envoler, à sautiller, à regagner le ciel en quelques battements d'ailes. « Moi, je suis seule et condamnée à obéir. Toujours obéir ! À mon père, à mes patrons, à une vie que je n'ai pas choisie. »

Elle en était là de ses tristes réflexions quand une pétarade, éclatant à ses pieds, la fit sursauter et crier de surprise. Presque aussitôt des rires moqueurs s'élevèrent, tandis qu'un drôle de paquet, lancé avec force, venait heurter ses bottines.

— Quelle horreur, mais quelle horreur ! s'écria-t-elle.

Le marchand de journaux sortit de sa guérite, intrigué par le bruit des pétards et l'exclamation de la jeune fille. Il vit tout de suite le morceau de tissu et le cadavre de rat qui était emballé à l'intérieur un instant plus tôt. Deux garçons d'une douzaine d'années détalèrent de leur cachette, en l'occurrence la haie de buis délimitant l'enceinte du square.

— Fichus garnements ! s'enflamma le commerçant. Il y a des coups de trique qui se perdent ! A-t-on idée de jouer des tours pareils aux honnêtes gens ? Est-ce que ça va, mademoiselle ?

— Oui, je vous remercie.

Encore tremblante, Isaure observait le corps inerte de l'animal.

— Ils ont pris soin de l'envelopper d'une guenille, fit-elle remarquer d'un ton si bizarre que son interlocuteur en fut tout étonné.

— Vous parlez d'un soin ! soupira-t-il. Ils ne voulaient pas se salir les doigts, ouais !

Âgé d'une trentaine d'années et célibataire, l'homme la dévisagea attentivement. Ce n'était pas la première fois qu'il voyait passer cette jolie fille au teint laiteux et aux traits de poupée comme esquissés. Elle avait le nez court et droit, les joues rondes, la bouche semblable à une fleur épanouie d'un rose pâle et les yeux bleus ourlés de cils très noirs.

— Je les ai reconnus ! Ce sont les fils de ma logeuse, expliqua Isaure. Ils se sont vengés. Hier soir, ils ont été punis à cause de moi. Leur père les a corrigés parce que je lui ai dit qu'ils faisaient du tapage dans la cage d'escalier de l'immeuble et que je n'aimais pas ça. J'étudie, vous comprenez ? L'an prochain, j'aurai un poste d'institutrice.

— Oui, sûr, je comprends ! affirma le marchand, ravi d'engager la conversation. Je vous vois bien en maîtresse d'école.

Sur ces mots, il ramassa le chiffon et s'en servit pour prendre le rat par la queue. Il alla jeter le tout de l'autre côté de la haie, sur la pelouse. Quand il revint en se frottant, dans un geste instinctif de dégoût, les mains au petit tablier qui ceignait sa taille, Isaure crut revoir son frère aîné, Ernest, lorsqu'il sortait de la soue à cochons, ses vêtements protégés par son devanteau[1] en toile bise. La guerre l'avait fauché en 1915, ainsi que son cadet de deux ans, Armand, disparu du côté d'Amiens, dans le nord.

— Voilà, ni vu ni connu ! plastronna l'homme en se plantant près d'Isaure. J'allais pas laisser un rat crevé à deux pas de mon kiosque.

1. Terme de patois désignant un devantier ou tablier.

— Évidemment ! dit-elle, pressée maintenant de s'éloigner.

— Dites, mademoiselle, venez donc ! ajouta-t-il. Je vous offre une revue de mode pour vous consoler du mauvais tour que vous ont joué ces sales gosses. Et puis, je vous ai déjà vue, hein, souvent la mine intéressée par ma devanture. Mais vous n'achetez que des journaux. C'est par souci d'économie, n'est-ce pas ?

— Oui, c'est ça. Monsieur, je ne peux pas accepter.

— M'sieur Marcellin, si vous préférez ; on m'a baptisé comme mon pépé. Et vous ?

— Isaure…

— Pardon ?

— C'est un prénom qui vient du latin, de l'Antiquité. Mon père est métayer sur les terres d'une châtelaine. Cette dame, quand elle m'a vue dans mon berceau, elle a conseillé à ma mère de m'appeler Isaure.

— Ça alors ! Ce n'est pas commun !

— Je sais…

Marcellin Guérinaud jubilait. Il en venait à remercier en pensée ces gamins qui lui avaient permis de faire la connaissance d'une telle beauté. Il lui trouvait un air un peu absent ainsi qu'une voix étrange, veloutée, basse et un peu trop grave, mais elle lui plaisait.

— Approchez, ne soyez pas timide, choisissez une revue, je vous dis, sinon je serai vexé ! insista-t-il.

Isaure avança et se mit à détailler la devanture du kiosque. C'était un gai fouillis de couleurs, d'illustrations et de photographies noir et blanc à la une des journaux. Un gros titre lui sauta aux yeux.

Tragique coup de grisou à Faymoreau. La mine a frappé. La compagnie déplore trois morts, et deux mineurs sont encore prisonniers dans le puits du Centre.

— Mon Dieu, non, non ! murmura-t-elle. Monsieur, puis-je prendre ce journal ?

Sans attendre de réponse, elle s'empara du quotidien, bouche bée, les prunelles agrandies par une mystérieuse panique.

— Ben oui, prenez-le, mais…

Elle remercia dans un murmure et s'enfuit. Elle devait lire l'article loin de tout témoin, au cas où un des noms imprimés serait celui qu'elle ne voulait pas voir écrit là, quelques lettres alignées capables de lui briser le cœur, de détruire l'essence même de son existence. « Pas Thomas, se répétait-elle, hagarde. Pas Thomas, surtout pas lui ! N'importe qui de Faymoreau, mais pas lui ! »

La jeune fille traversa le jardin public et se réfugia dans une rue voisine. Là, haletante, elle entreprit de lire l'article. L'identité des victimes la fit à peine sourciller. Plus tard, elle les plaindrait, elle aurait de la compassion, pas tout de suite.

— Je le sentais, qu'il était en danger, je le savais ! se dit-elle. Thomas ! Mon Thomas ! L'accident s'est produit jeudi. C'est pour ça qu'il ne m'a pas envoyé de lettre, bien sûr.

Une main posée sur sa poitrine, elle eut un mouvement de tête affolée. La mine avait gardé captifs Thomas Marot et Pierre Ambrozy. C'étaient eux, les prisonniers du puits du Centre ; l'article le précisait.

— Je dois partir. Je ne peux pas rester ici.

Isaure crut devenir folle. Les mots imprimés dans le journal tournaient dans son esprit en une ronde maléfique. Elle se les répéta en courant jusqu'à l'immeuble vétuste de la rue Serpentine qui abritait sa petite chambre mansardée.

La compagnie minière ne sait pas comment délivrer ces deux hommes enterrés vivants dans les entrailles de la terre. Des travaux de déblaiement ont été entrepris, mais on craint un effondrement qui empêcherait tout sauvetage Deux mineurs, Gustave Marot et Stanislas Ambrozy, se sont portés volontaires malgré les risques encourus, deux valeureux pères qui veulent sauver leur fils. Tout le village de Faymoreau est en émoi.

La jeune fille ne répondit même pas à la concierge qui la salua d'un « Déjà finie, vot' balade ? » quand elle se rua dans le couloir du rez-de-chaussée. Les six étages furent gravis en un temps record.

Le regard halluciné, bouche bée, Isaure boucla son sac de voyage et s'empara de ses maigres économies. Elle évoluait sur un fil tendu au-dessus d'un abîme, et plus rien ne lui importait si Thomas Marot ne revoyait jamais la lumière du jour. Elle avait dix ans la première fois qu'il avait volé à son secours sans la connaître, la défendant d'une bande de garnements dans une rue de Faymoreau près de l'église. Ensuite, chaque fois qu'ils se rencontraient, au début par hasard, le jeune homme, alors un galibot de quinze ans, lui parlait gentiment et lui offrait son merveilleux sourire.

Peu à peu, au rythme des jeudis et des dimanches, à la belle saison, Isaure avait fait la connaissance des frères et sœurs de Thomas. Il y avait ses grandes sœurs, Adèle et Zilda, son frère Jérôme qui la chatouillait un peu trop souvent à son goût et la benjamine, Anne, une adorable petite fille, menue et rieuse. Ils allaient ensemble dans les bois ou au bord de l'étang de la digue. Certaines familles de mineurs y avaient construit des baraques, flanquées d'un ponton pour la pêche. « Un soir de juillet, je m'en souviendrai toute ma vie, j'avais réussi à m'enfuir en cachette de la métairie et j'avais couru jusqu'à l'étang, se remémora-t-elle, en larmes. Je croyais y trouver du monde, mais Thomas était seul à relever des nasses. Il ne m'a pas vue. Comme il n'y avait personne et parce qu'il avait commencé à m'apprendre à nager, moi, j'ai voulu le rejoindre en traversant à la nage. J'ai quitté mes sabots et ma robe et je me suis glissée dans l'eau en culotte et chemisette. »

Figée sur place par l'évocation de ce jour d'été où elle aurait pu mourir sans l'intervention de Thomas, Isaure crispa ses doigts sur la lanière de son sac à main. « Je n'arrivais pas à faire la brasse. J'ai coulé, je suis remontée et j'ai appelé. Il s'est rué à mon secours en plongeant tout habillé. Je crois qu'il y avait un couple plus loin, qui a dû assister à mon sauvetage. Je me suis retrouvée sur la berge, blottie dans les bras de Thomas. Tout pâle, il répétait : "Mon Isauline, mon Isauline !" J'avais douze ans. Je l'aimais déjà, mais, après, je l'ai adoré, mon héros... qui m'a toujours protégée, écoutée, consolée. C'est bizarre, mais nous avons gardé le secret de cet événement, tous les deux. »

Au bout d'une dizaine de minutes, elle ressortait de la pièce et dévalait l'escalier.

« Je prendrai le train de onze heures ! » se disait-elle, connaissant les horaires par cœur.

L'école privée n'était pas loin. Le samedi matin, Gertrude Pontonnier se contentait de veiller à la bonne marche du réfectoire. Certains pensionnaires ne rentraient chez eux que pour les vacances, et l'établissement, réservé à des familles aisées, proposait d'excellents menus en fin de semaine.

— Mademoiselle Millet, qu'est-ce que vous faites ici ? s'étonna la directrice.

Elle ponctua sa question d'une œillade hautaine, la mine désespérée de la jolie Isaure ne lui inspirant rien qui vaille.

— Je venais vous prévenir. Je ne serai pas là lundi matin ! En fait, j'ignore quand je pourrai revenir.

— Quoi ? aboya la femme avant de se radoucir. Un décès ? Vos parents ?

— Non, mais je dois m'absenter !

— Vous devez vous absenter ? Mademoiselle Millet, si vous quittez sans une raison sérieuse, je considérerai que vous abandonnez votre place et je n'aurai aucun mal à engager quelqu'un d'autre. Vous m'avez été recommandée par madame de Régnier et j'ai eu entière confiance en son jugement, mais, là, je suis déçue.

— Tant pis, faites à votre idée, je m'en vais...

— Pardon ? Ai-je bien entendu ?

Isaure hocha la tête et tourna le dos à la directrice sans même lui réclamer son salaire. Elle évoluait dans un monde cotonneux, semblable au brouillard qui engloutissait la ville dans sa chape opaque. Toutes ses pensées étaient centrées sur Thomas Marot, son soleil, son univers. « Il a survécu à la guerre ; il sera sauvé. Il ne peut pas en être autrement. On le libérera, on le soignera, et moi je serai près de lui, à son chevet. Alors, il comprendra. Il faudra bien qu'il comprenne à quel point je l'aime. »

— Mademoiselle Millet, si vous franchissez la porte de l'école, il sera inutile de venir me supplier de vous reprendre ! tonna madame Pontonnier. Déjà que je n'étais guère satisfaite de vos services !

Son époux la rejoignit peu après, car, de son bureau, il avait perçu des éclats de voix. Isaure était déjà partie. Il demanda :

— Que se passe-t-il ?

— C'est cette mijaurée de Millet ! Elle ne viendra pas la semaine prochaine.

— Diable, pourquoi donc ?

— Je n'ai obtenu aucune excuse valable. Qu'elle ne se présente plus ici ! Je vais écrire à Clotilde de Régnier et lui dire ce que je pense de sa protégée.

— Hum ! fit son mari.

— Quoi, hum ?

— Rien, mais ce serait dommage de te fâcher avec ton amie pour si peu. Tu n'aurais pas dû monter tout de suite sur tes grands chevaux. Mademoiselle Isaure a sûrement des ennuis.

— Des ennuis ! Eh bien, rattrape-la, va la consoler !

Guy Pontonnier haussa les épaules. Au fond de lui, il déplorait le départ de cette fraîche beauté dont les rares sourires et la bouche tentante l'émoustillaient. Mais Isaure avait franchi depuis plusieurs minutes la porte double au bout du large vestibule au carrelage jaune et rouge.

Après avoir remonté la rue du Moulin Rouge, elle se hâta vers la gare, son sac à la main, tendue vers un seul but, atteindre Faymoreau au plus vite.

En possession de son billet, elle déambula dans le hall, toujours en proie à une impatience presque douloureuse. Les minutes défilaient bien trop lentement et elle fixait avec une sorte de rage le cadran de la grosse horloge rivée au mur. Elle sortit sur le quai et y déambula, ses yeux d'un bleu de faïence brillant de larmes contenues.

Sans se décider à l'aborder, l'homme qui l'épiait depuis deux jours s'était abrité sous un petit hangar dévolu au personnel du chemin de fer. Malgré la distance, étant borgne de surcroît, il suivait les allées et venues de la jeune fille, le souffle court.

Enfin, quand elle grimpa dans une voiture, il tendit une main gantée de cuir, comme s'il voulait la retenir. Le convoi démarra avec lenteur, couronné du panache de fumée de la locomotive.

« Je prendrai le train suivant ! » se dit le mystérieux personnage.

*

Durant le trajet, qui durait environ une heure, Isaure garda les paupières closes, la tête appuyée à la banquette dans une pathétique attitude d'abandon.

Ses voisins la crurent souffrante ou sous le coup d'une terrible tragédie. Personne ne lui adressa la parole, et ceux qui discutèrent le firent tout bas afin de ne pas la déranger.

Enfermée au sein de sa terreur, Isaure s'accrochait à ses souvenirs. Elle revoyait le regard joyeux de Thomas, recréait sa voix chaude et sonore de même que son rire communicatif.

« Envole-toi, Isaurette, Isauline, saute ! »

C'était six ans auparavant, sur le ponton des Marot, une avancée en planches au-dessus de l'étang de la digue. Chaque famille de mineurs disposait d'une parcelle de terrain au bord de l'eau, où avaient lieu de mémorables parties de pêche, le dimanche. « J'avais douze ans, et lui, dix-sept, se rappelait-elle, la gorge nouée. Il faisait chaud, si chaud, cet été 1915 ! La guerre venait de commencer. Ernest était mort, déjà, parmi les premiers. Mais Thomas ne voulait pas que je pleure autant et il cherchait à me distraire ; il avait décidé de m'apprendre à nager et à plonger. Et je n'osais pas sauter. »

Elle chérissait ainsi une foule de moments bénis où Thomas Marot veillait sur elle. Il l'avait perchée sur un cheval, dans le pré jouxtant le puits du Centre. L'animal devait descendre au fond des galeries, pour longtemps condamné aux ténèbres. « Nous lui avions cueilli des feuilles de pissenlit, à ce pauvre cheval, et Thomas avait gardé des fleurs qu'il piquait dans mes nattes. Du jaune d'or sur du diamant noir. Il disait ça, oui, en me pinçant la joue. Et je me sentais la plus jolie de la terre. »

Un long soupir désolé lui échappa. L'angoisse lui broyait le cœur. Elle s'interrogeait sur ce qui se passait à Faymoreau, pendant que le train cahotait sur les rails. « Peut-être qu'ils les auront remontés, sains et saufs. Je le saurai vite ; la foule se réjouira et je verrai des visages soulagés. Oui, c'est obligé. Les mineurs se dévouent corps et âme les uns pour les autres. Gustave Marot ne laissera pas son fils mourir sous terre. »

Isaure évita soigneusement de songer à Pierre Ambrozy, le jeune galibot. Piotr, c'était son prénom en polonais. Il avait pour sœur Jolenta. Il ne fallait surtout pas penser à Jolenta, car Thomas prétendait l'aimer.

*

Isaure descendit du train en jetant un regard plein de rancune à la campagne environnante, noyée de pluie. Les arbres dénudés semblaient autant de bras faméliques tendus vers le ciel gris. Elle frissonna, effrayée par le silence qui régnait sur ce pays de forêts et de champs cultivés, dévolu également depuis près d'un siècle à l'extraction du charbon.

— Bonjour, mademoiselle Millet ! lui lança un des employés de la gare.

— Bonjour ! répondit-elle sans même le regarder.

— Dites, y a eu du grabuge, à la mine ! reprit le cheminot, qui ne manquait pas une occasion d'annoncer une mauvaise nouvelle. Un sacré coup de grisou ! Ça attire du monde, des journalistes aussi. Pardi, y a eu des morts.

— Je suis au courant ! avoua-t-elle. Les mineurs prisonniers, les a-t-on sauvés ?

— Pas à ma connaissance ! trancha-t-il.

Sans plus lui accorder d'attention, Isaure se mit à courir le long du quai en direction du village. La route montait doucement vers les maisons regroupées en haut d'une colline que dominait une construction aérienne, ensemble de poutrelles métalliques et de planches surplombé d'une cabane vitrée. Cette structure abritait l'entrée du puits du Centre, un des plus importants de la compagnie minière.

Son cœur cognait comme un fou. Elle coupa à travers un pré afin d'atteindre au plus vite les maisons sagement alignées du coron des Bas de Soie.

L'appellation la faisait rêver quand, petite écolière, elle passait par là. Ensuite, elle avait appris par une camarade de classe que ces logements, plus confortables et mieux aménagés, étaient réservés aux porions et aux ingénieurs. Les enfants y étaient mieux tenus, et les épouses, plus coquettes, d'où le surnom. Il en était ainsi ailleurs, très loin dans le nord de la France, et cela datait de plusieurs décennies.

Elle se retrouva bientôt sur l'esplanade, où trônait l'*Hôtel des Mines*, un grand bâtiment à l'architecture austère dont les étages étaient réservés à l'administration et le rez-de-chaussée abritait un restaurant et un magasin. Sans rien voir encore, elle perçut une rumeur sourde, tissée de murmures et d'éclats de voix étouffés. Elle pressa le pas, tournant le dos à la haute façade de la verrerie toute proche. Bientôt, une foule compacte lui apparut, massée près du baraquement qui couvrait l'entrée du puits.

Isaure chercha désespérément un membre de la

famille Marot. Elle joua des coudes pour avancer au milieu de tous ces gens réunis là par solidarité. L'anxiété de cette masse humaine, sa colère et sa peur lui étaient perceptibles.

— Qu'est-ce qui se passe ? s'enquit-elle auprès d'une femme aux cheveux gris dont les doigts maigres égrenaient un chapelet.

— Pardi, y a une équipe de secours au fond, dans la fosse. Ils essayent de déblayer un gros tas de roches pour atteindre le fils Marot et le petit Ambrozy. L'accident est arrivé jeudi en fin de journée, mais, rapport à des coups qu'on entendrait, faut croire que les deux gars sont encore vivants.

D'une blancheur de craie, Isaure approuva. Elle continua à observer chaque visage afin de reconnaître Honorine, la mère de Thomas, ou Jérôme, son frère. Ce fut ainsi qu'elle aperçut un chignon blond couronnant un profil ravissant, celui de Jolenta Ambrozy. La jeune Polonaise tamponnait ses joues à l'aide d'un mouchoir, tandis que ses lèvres s'agitaient. Elle priait.

Confrontée au chagrin de sa rivale, elle sentit sa jalousie s'effriter et prendre des proportions ridicules. « Si Thomas vit encore, si je peux le revoir et lui parler, je me moque qu'il en aime une autre ! » songea-t-elle.

Jolenta dut sentir le poids de son regard insistant. Elle lui fit face. Immédiatement, elle eut une expression navrée et se faufila jusqu'à elle.

— C'est un grand malheur, oui, un grand malheur ! lui déclara-t-elle dans un débit haletant. Mon frère Piotr et Thomas, ils sont enterrés vivants à cause d'un terrible éboulement. Je sais que tu es son amie, Isaure, je devais te prévenir.

La jeune femme maîtrisait bien la langue française, mais elle s'exprimait avec un léger accent, que Thomas qualifiait de mélodieux et qu'il comparait au roucoulement des tourterelles. Isaure s'en souvenait ; elle avait assez souffert en écoutant ce énième compliment à propos de Jolenta. Là encore, dans la lumière blême de ce triste jour de novembre, elle détaillait d'un œil amer les traits de cette fille susceptible de lui prendre son unique amour.

Combien de fois Isaure Millet s'était-elle répété ces deux derniers mots ! Elle seule aurait pu le dire. Cela datait d'un jour déjà lointain où Thomas, exalté, était venu lui confier qu'il avait vu une jolie blonde aux yeux myosotis parmi les femmes chargées de ramasser les morceaux de houille. À l'époque, Isaure avait treize ans et demi, mais son univers se résumait à la passion exclusive que lui inspirait le fils cadet des Marot, son Thomas, comme elle le désignait dans le secret de son cœur adolescent.

— J'ai tellement peur ! ajouta Jolenta, les mains jointes. Mon père fait partie de l'équipe de secours.

Malgré toute sa bonne volonté, Isaure fut incapable de répondre. Elle se contenta de hocher la tête.

— Ils les sauveront, ne crains rien ! insista Jolenta, prenant ce silence pour la manifestation d'une profonde émotion.

S'approcha alors une femme de taille moyenne, un foulard bleu noué sur ses cheveux châtains parsemés de fils d'argent. Elle avait un visage rond, des joues roses et des prunelles d'un vert sombre pailleté d'or, néanmoins brillantes de larmes. C'était Honorine Marot, la mère de Thomas et de ses quatre frères et sœurs. À quarante-six ans, elle gardait un air de jeunesse. Adèle et Zilda, ses filles aînées, étaient religieuses ; Jérôme, son plus jeune fils, était mineur également avant de perdre la vue pendant la guerre ; quant à Anne, la benjamine, phtisique, elle avait dû être confiée au sanatorium de Saint-Gilles-Croix-de-Vie sur la côte atlantique.

— Bonjour, Isaure ! murmura-t-elle en tapotant gentiment l'épaule de la jeune fille. Tu as appris la mauvaise nouvelle ?

— Oui, dans un journal, en ville. J'ai alors pris le premier train.

Honorine savait à quel point Isaure était attachée à Thomas. Apitoyée, elle dit d'une voix ferme :

— Il faut garder espoir. Mon mari est en bas et il ne lâchera pas l'affaire. Hier, ils ont remonté les corps du porion, ce pauvre Alfred Boucard, et celui de notre brave Passe-Trouille. Dieu du ciel ! de voir ces formes inertes sous des couvertures, ça fait bien de la peine. Mais Thomas est vivant. Il a pu communiquer grâce à son pic. Il frappe sur le rocher depuis des heures. Personne n'abandonnera, personne. Les hommes sont prêts à creuser des jours si nécessaire. Ils remonteront mon fils et le brave petit Pierre.

Le directeur de la compagnie avait décidé de les sauver coûte que coûte.

— Nous les remonterons, j'en fais serment ! avait-il décrété d'une voix solennelle, pour mieux prouver sa bonne foi devant le journaliste dépêché en urgence.

Sur ces mots, elle caressa la joue de Jolenta. Isaure

sentit entre elles deux une sorte d'intimité mêlée de complicité, ce qui n'était pas le cas durant l'été précédent. Ce constat la glaça.

— Nous ne sommes guère utiles ici ! reprit Honorine sur un ton grave. Mes petites, nous ferions mieux d'aller prier ensemble à la chapelle. Dieu est bon, il aura pitié de nous.

— Je préférerais rester là à attendre ! protesta la jeune Polonaise. S'ils ramenaient Thomas et Piotr…

— Ce ne sera pas possible avant la nuit, Jolenta ! Viens, mon enfant. Isaure ?

— Je vous accompagne, bien sûr ! répliqua-t-elle.

Thomas était vivant. On le sauverait. Il avait échappé aux balles allemandes, il ne pouvait pas périr dans les entrailles de la terre vendéenne.

Même jour, samedi 13 novembre 1920

Thomas s'était assoupi quelques instants. Une plainte rauque du jeune Polonais le tira de sa somnolence. Il frémit tout entier en se reprochant d'avoir cédé à l'épuisement.

— Tu souffres, mon p'tit gars ? demanda-t-il. Nom d'une pipe, tu es brûlant !

Il restait allongé près du galibot et, depuis la veille, il lui touchait le front pour s'assurer qu'il n'avait pas trop de fièvre.

— J'ai mal, Thomas, j'en peux plus ! haleta l'adolescent. J'vais crever, j'reverrai jamais le soleil, jamais.

— Ne dis pas ça. Tu les entends, nos camarades ? Ils creusent, ils déblayent. Jamais ils ne nous laisseront mourir dans cette prison. Mon père te le dirait. Les gueules noires[1], c'est comme une grande famille.

Vite, il reprit son pic et cogna à nouveau contre la roche la plus proche de lui. Depuis qu'ils étaient prisonniers de cette cavité formée par l'effondrement, Thomas signalait leur présence par des coups réguliers, bien marqués. Ils entendaient eux aussi qu'on s'affairait non loin d'eux, mais les travaux de déblaiement n'en finissaient pas. Thomas gardait confiance ; cependant, le sort de Pierre le tourmentait au point qu'il en oubliait les affres de sa propre condition, la faim qui lui tordait l'estomac, et la fatigue.

— Je t'en prie, parle-moi, Thomas, supplia le galibot. Je me sens partir. Si je m'endors, j'ouvrirai les yeux au ciel, dans les bras de ma pauvre maman. Elle m'attend. Ça, j'en suis sûr.

— Ne dis pas de sottises ! Tant que j'aurai un souffle de vie, je me battrai pour toi. Les camarades approchent. Ils vont bouger ces maudits cailloux et nous sortir d'ici.

— Alors, rallume ton briquet rien qu'un peu ! implora Pierre qui claquait des dents. Je deviens fou, dans ce noir.

— D'accord, mon p'tit gars, mais pas tout de suite. Je dois te redonner de l'eau. Par chance, ça ne manque pas. La soif, c'est le pire, hein ?

Il s'empara à tâtons du gobelet en étain qui avait résisté à sa chute, protégé par le cuir de son sac, qui contenait en outre quelques victuailles. Ils avaient

1. Surnom donné aux mineurs à cause de leur visage noirci par la poussière de charbon.

pu manger un peu en se partageant une large tartine de pain, morceau par morceau, avec parcimonie. Quant à l'eau, elle s'écoulait le long des parois, formant des flaques. Peu importait son goût terreux et sa texture épaisse, elle les avait désaltérés.

— Du cran, Pierre ! On a tenu bon, tous les deux. Tu ne vas pas abandonner maintenant ! s'exalta Thomas. Pense à ton père, à ta sœur, à ton Danois.

— Tu me prends pour un imbécile ? gémit le galibot. La fièvre que j'ai, elle vient de ma jambe, oui, ma jambe qui pourrit. Tu le sais aussi bien que moi. Si on arrive à nous atteindre, faudra encore me dégager. Tu n'as rien pu faire, même avec le bout de poutre que tu as pris comme levier. Alors, les autres, sauf s'ils peuvent entrer dans notre trou à plusieurs, ils ne pourront pas m'emmener. Et je pue, oui, je pue, dis pas le contraire.

Thomas se signa. Il se jugea idiot de se cacher la vérité. Pierre, lui, ne se faisait aucune illusion. Tous deux avaient perçu une odeur désagréable. « La gangrène ! s'était dit Thomas. Pas étonnant, avec l'humidité et la poussière. Mon Dieu, aidez-nous. »

Il cogna encore de toutes ses forces à l'aide de son pic. De l'autre côté de la muraille de blocs rocheux, on lui répondit de la même façon, par des chocs répétés. Cependant, aucune voix humaine n'était audible.

— Écoute, Pierre, tu as compris ce qui te menace ! décréta le jeune mineur. Il y a un risque qu'on ampute ta jambe. Ce n'est pas réjouissant, ça non. Quand j'étais sur le front, des soldats à qui on a coupé un bras ou une jambe, j'en ai connu. À mon avis, ça ne les a pas empêchés de rentrer chez eux, de se marier et de vivre. Allons, accroche-toi, garde espoir.

Un bruit de sanglots s'éleva dans un hoquet d'incrédulité. Thomas, qui recueillait de l'eau dans le gobelet, revint vers le blessé. Durant toutes ces heures passées au sein des ténèbres, il s'était accoutumé à évoluer sans le secours d'une lampe. Mais il avait fini par céder aux suppliques de Pierre ; malade de peur, il s'était décidé à allumer son briquet. La minuscule flammèche les avait éblouis sans provoquer d'explosion. Aussi, à intervalles réguliers, ils s'autorisaient un brin de clarté, ce qui leur paraissait un véritable luxe.

Plein de compassion, Thomas s'accroupit aux côtés du blessé et le fit boire.

— Promis, tu seras mon garçon d'honneur ! ajouta-t-il. Hé, c'est bientôt que j'épouse Jolenta. Ma mère retouche sa robe de mariée pour elle, et c'est une jolie toilette, je t'assure. Les bans sont publiés, tu imagines ça ? Sais-tu, Pierrot, ta sœur, je l'aime de toute mon âme et je la rendrai heureuse.

— J'aurais bien voulu que notre mère soit là pour votre noce ! hoqueta le galibot.

Hania Ambrozy n'avait même jamais foulé le sol français. Elle s'était éteinte d'une pneumonie un an avant le départ de son mari et de ses enfants pour le village minier de Faymoreau, en pays vendéen. Thomas savait comme Jolenta et son frère vénéraient le souvenir de cette femme, qu'ils avaient dépeinte comme une beauté délicate d'une grande gentillesse.

— Elle nous verra de là-haut ! affirma-t-il, la tête

lourde, envahi de nouveau par le besoin de dormir. Bon sang, depuis quand on est prisonniers là, nous deux ? L'accident, c'était jeudi, pas longtemps avant la relève de notre équipe. Je n'ai pas fermé l'œil depuis et je ne sais plus quel jour nous sommes. Samedi, je crois… Pierre ?

L'adolescent poussa un gémissement lorsque Thomas lui secoua l'épaule.

— Réponds, petit, te laisse pas partir, surtout pas ! hurla-t-il.

Révolté, il se redressa et se jeta encore une fois à l'assaut du bloc de pierre qui avait écrasé la jambe du galibot. Il avait réussi à dénicher un solide bout de bois et à le glisser sous la roche, mais sans parvenir à ébranler la masse compacte.

Le souffle court, il palpa la cuisse de Pierre jusqu'au genou. La chair lui parut gonflée et très chaude. L'odeur fétide l'assaillit, plus prégnante encore.

— Seigneur ! lança-t-il. Dieu tout-puissant, sauvez-le, sauvez-nous !

Et il pleura en silence, envahi par l'effroi ; Pierre avait quatorze ans et des rêves plein le cœur.

*

La chapelle de Faymoreau était un bâtiment assez imposant au clocher trapu et au fronton triangulaire. Quand elle avait franchi le portail à double battant, Isaure s'était revue enfant, dans sa robe blanche de communiante. Elle portait le cierge bénit orné de rubans rouges sculptés en cire et peints que ses parents avaient acheté pour l'occasion. « J'avais une couronne de fleurettes en soie et un petit voile ; déjà, je jouais à la mariée. Je priais Jésus et la Vierge Marie, mais je regardais parmi la foule afin d'apercevoir Thomas, se souvint-elle. Et il me souriait. Qu'il était beau, avec ses boucles blondes, son regard vert et or, ses lèvres charnues ! J'étais certaine qu'il n'admirait que moi. »

À présent, agenouillée sur un prie-Dieu entre Honorine Marot et Jolenta, elle gardait les yeux fermés. Tant d'images la hantaient, tant de souvenirs la grisaient ! Le matin de sa communion, Thomas avait fêté ses dix-sept ans.

Toutes les filles du village lorgnaient ce grand garçon au charme infini, au teint de miel. Il se dégageait de lui une extrême bonté, un brin de malice aussi. Mais c'était avant la guerre. Toujours aimable et chaleureux, Thomas avait cependant perdu quelque chose de sa gaieté communicative. Il riait beaucoup moins, comme hanté par les horreurs qu'il avait vues là-bas, sur le front. « Mon Dieu, veillez sur lui ! implora Isaure. Dieu d'amour, Dieu de miséricorde, faites qu'il retrouve l'air de nos collines et la clarté radieuse du soleil. »

De son côté, Jolenta Ambrozy réclamait également le secours des puissances célestes. Le dos voûté et le front incliné en avant, elle murmurait des suppliques du bout des lèvres, habitée qu'elle était par une ferveur véhémente. Elle adorait Thomas, mais il s'ajoutait à sa détresse une sourde angoisse. « Seigneur, ne permettez pas que je sois couverte de honte, que je déshonore le nom de mon père. Celui que j'aime m'a promis le mariage, car nous avons péché et je porte le fruit de ce péché. Un bien doux fruit, un bien doux péché… Seigneur Jésus, Vous qui enseignez le pardon des offenses, pardonnez-nous notre faute. »

La jolie Polonaise se signa, accablée. Elle détestait la mine, ses galeries sombres et son haleine morbide. Souvent, occupée à trier les morceaux de houille au milieu des autres femmes, elle croyait distinguer des grognements rythmés lointains, et il lui semblait alors qu'un monstre redoutable s'éveillait dans les profondeurs de la terre, qu'il allait surgir et les dévorer tous et toutes, gueules noires, galibots et culs à gaillettes.

Alors, épouser Thomas et lui donner un enfant, cela signifiait quitter ce monde obscur et menaçant. Elle pourrait rester à la maison, au coron des Marot, tricoter, cuisiner et entretenir le jardin potager qui s'étendait derrière les logements.

Quant à Honorine, elle s'adressait pêle-mêle à la Sainte-Vierge, à Dieu le Père et à Dieu le Fils. Ses prières avaient l'énergie que seule peut leur conférer une mère dont un fils était menacé et dont une fille de onze ans luttait contre la tuberculose. « Très sainte Marie, mère bénie de Notre-Seigneur Jésus, protégez mon fils, mon Thomas. Faites que je le retrouve sain et sauf, que je puisse l'embrasser et qu'il épouse cette petite-là, qui doit se ronger les sangs parce qu'ils ont fauté, elle et mon garçon. Elle l'aime, vous savez, elle l'aime fort. »

Sa supplique silencieuse fut interrompue brutalement par un gémissement sourd qu'avait poussé Jolenta. Pliée en deux, une main à la hauteur de son ventre, elle pleurait à chaudes larmes.

— Qu'est-ce que tu as ? lui demanda sa future belle-mère sur un ton inquiet.

— J'ai peur, madame Marot, j'ai tellement peur que cela me noue l'estomac ! Si vous permettez, je voudrais retourner à l'entrée du puits avec les autres.

Isaure observait la scène avec une vague expression de mépris. Honorine s'en aperçut.

— Jolenta et Thomas doivent se marier ! précisa-t-elle. Les bans sont publiés.

Ces mots eurent leur effet dévastateur. Isaure contint de son mieux le tressaillement de son corps saisi d'une terrible révolte, d'une immense colère. Frappée en plein cœur, elle tenta cependant d'afficher une mine indifférente. L'amour passionné qu'elle vouait à Thomas, c'était son secret qu'elle pensait bien gardé, surtout vis-à-vis du principal intéressé.

— Vraiment ? dit-elle tout bas. En voilà, une surprise !

— Tu ne pouvais pas être au courant, puisque tu as eu ce poste de surveillante à La Roche-sur-Yon ! nota Jolenta en reniflant. Thomas voulait te l'annoncer lui-même.

— Bien sûr ! renchérit Honorine. Il comptait t'écrire à l'occasion de ton anniversaire. Mais avec cet accident…

Figée, Isaure parvint à sourire. Pourquoi n'aurait-elle pas eu l'air satisfaite d'avoir un emploi avantageux dans une école religieuse, ceci grâce à la bienveillance de Clotilde de Régnier ? Née roturière, cette dame avait épousé un comte pour combler ses désirs de luxe et d'ascension sociale. Les Millet étaient les métayers du château depuis leur mariage, une position enviée dans ce pays de bocage où la terre rapportait bien.

L'arrivée d'un quatrième personnage dans l'église mit fin à ce début de discussion. Il s'agissait du père Jean, le curé du village. Grand et les cheveux argentés, il portait dignement sa soixantaine, et son regard d'un bleu limpide exprimait une profonde bonté ainsi qu'une vive intelligence. Il salua les trois femmes d'un signe de tête, un rictus soucieux sur le visage.

— Ma chère Honorine, je vous cherchais ! s'écria-t-il. J'étais avec mes paroissiens, près de l'entrée du puits du Centre. J'ai une mauvaise nouvelle. Ils ont dû arrêter les travaux de déblaiement. Une autre partie de la galerie où se trouvait l'équipe de secours s'est effondrée à cause des pluies incessantes de ces derniers jours. Un cheval qui tirait la berline contenant les gravats a été tué par la chute d'une grosse pierre. Il faut dégager cette bête ; elle gêne les manœuvres.

— Un cheval ? Lequel ? interrogea Isaure d'une petite voix.

— Je serais bien en peine de le dire, mon enfant ! s'étonna le prêtre.

Le père Jean eut néanmoins un faible sourire. Il savait que le père d'Isaure vendait des bêtes à la compagnie minière, cela depuis des années. Les chevaux qu'il élevait, robustes, mais de taille moyenne, convenaient parfaitement au travail qu'on exigeait d'eux. Il fallait qu'ils soient endurants et dociles.

— Je suis désolé ! soupira-t-il d'une voix douce.

Il venait de penser que la jeune fille avait vu naître et grandir nombre d'animaux sur les terres de la métairie familiale et qu'elle devait y être attachée.

— Non, c'est moi, je suis bien sotte d'avoir posé une telle question alors que des hommes sont en danger ! balbutia-t-elle en s'éloignant d'un pas rapide. Qu'importe un cheval...

Honorine et Jolenta la regardèrent quitter le sanctuaire. Elles furent un peu surprises par son attitude, mais ne s'attardèrent pas à réfléchir sur sa conduite étrange. Seul comptait le sort de Thomas et de Pierre. Les deux femmes prirent congé du curé. Auparavant, il eut soin de tracer sur leur front un discret signe de croix.

— Gardons confiance en Dieu ! dit-il simplement.

Sur le court trajet menant au puits du Centre, Jolenta osa émettre une remarque, malgré sa timidité naturelle.

— Cette fille est bizarre. Enfin, je ne sais pas si le mot convient. Thomas dit souvent ça : bizarre. Je me demande comment le traduire en polonais.

— Disons qu'elle a un caractère particulier, mais on ne peut pas l'en blâmer ! rétorqua Honorine. Ses parents lui ont mené la vie dure depuis sa naissance. Ils ne voulaient que des garçons et, la petite, ils la tarabustaient sans cesse. Elle a d'abord été placée en nourrice et, quand ils l'ont récupérée, la gamine n'a reçu que des taloches et des brimades. Elle rôdait souvent près des corons, les jeudis. Ce n'est pas surprenant que Thomas l'ait prise sous son aile, avec son grand cœur. Un jour, il l'a emmenée chez nous. Je faisais cuire des brioches. Là, de se retrouver dans ma cuisine, on l'aurait crue au paradis. Muette comme une carpe et la mine extasiée, elle s'est assise près du fourneau. Elle était en blouse grise et sabots ; pourtant, ils avaient de quoi lui acheter des chaussures, les Millet, mais non. Et je peux te confier une chose, Jolenta : depuis que ses deux frères sont morts au front, Isaure n'a qu'à bien se tenir. Sa mère l'accable de reproches quoi qu'elle fasse, et son père lui cherche un bon parti, enfin, un homme capable de trimer à la métairie. Pauvre fille, elle doit être soulagée d'avoir eu cet emploi en ville, c'est moi qui te le dis !

— Je la plains ! admit Jolenta sans réelle conviction.

De son côté, Isaure s'était glissée parmi la foule rassemblée devant les baraquements de la compagnie. Il y avait là des mineurs en tenue de travail, la face grise de poussière sous leur casque. Ils étaient prêts à descendre à leur tour dans la cage pour remplacer ceux qui s'étaient activés des heures durant.

Leurs épouses se tenaient là, la plupart en train de prier, un chapelet entre les doigts. Mères, sœurs, enfants, ouvriers de la verrerie, anciens du village, tous attendaient, unis par la même espérance, arracher des entrailles de la terre ceux qu'elle retenait dans ses mains de roche et d'eau, pareille au monstre avide et impitoyable que se représentait Jolenta, tapi au fond de la fosse.

— A-t-on des nouvelles ? demanda la jeune fille à son voisin sans lui accorder un regard.

— Pour le moment, ils doivent remonter le cheval mort ! répondit-il. Bonjour, Isaure.

Elle se retourna, intriguée, d'une telle pâleur, d'une telle tristesse aussi que Jérôme Marot en aurait été apitoyé s'il avait pu la dévisager. Or, le jeune homme était aveugle. Cela ne l'empêchait pas de ressentir à l'intonation de sa voix le désespoir qu'éprouvait Isaure.

— Oh ! c'est toi, Jérôme ! dit-elle tout bas. Excuse-moi, je n'avais pas fait attention. Il y a tant de monde, ici !

— Ne t'excuse pas. Rien ne peut me vexer venant de toi. Et puis, je suppose que tu te ronges les sangs pour mon frère.

De toute la famille Marot, Jérôme était le seul à avoir compris qu'Isaure vouait à Thomas une passion irraisonnée. La perte de la vue semblait avoir aiguisé ses autres sens en exacerbant sa sensibilité.

C'était arrivé à Verdun. Des éclats d'obus. On avait rendu à sa famille un jeune soldat infirme, doté d'une petite pension. Depuis, il portait un bandeau de toile noire sur les yeux afin de ne pas heurter les sensibilités par le spectacle de ses orbites inutiles.

— Je voudrais bien pouvoir faire quelque chose ! ajouta-t-il. La compagnie ne veut plus de moi comme mineur. Pourtant, j'ai appris à me diriger dans le noir absolu. C'est dur, de rester là les bras ballants, pendant que Thomas et Pierre sont en danger.

— J'ai prié à l'église avec ta mère et Jolenta ! dit-elle, gênée.

— Oui, Jolenta, ma future belle-sœur, si Dieu le

veut… Et toi, petite Isaure, cette nouvelle t'a brisé le cœur ! chuchota-t-il.

— Pas du tout, je m'en moque ! mentit-elle du même ton bas, celui des confidences. Mon cœur est brisé depuis longtemps. La guerre qui t'a coûté la vue m'a pris deux frères, je te le rappelle. Des frères que j'aimais.

Jérôme Marot hocha la tête, un sourire amer sur les lèvres. Il allait répliquer quand la foule massée autour d'eux poussa une clameur impatiente. Isaure elle-même jeta un faible cri.

— Ton père est là.

Gustave Marot était apparu à tous dans la lumière blafarde de novembre. La face et les mains maculées de terre, les vêtements de travail souillés de boue, le mineur leva les mains dans un geste d'apaisement.

— Ils sont bien vivants ! hurla-t-il. Mon fils Thomas et Pierre Ambrozy. On a pu faire une brèche et leur passer une lampe. C'est toujours ça. Ils ne sortiront pas ce soir ni cette nuit, mais on va leur fournir à boire et à manger.

Âgé de cinquante-deux ans, l'homme darda alentour un regard sombre, brillant de détermination. Très vite, Honorine et Jolenta se précipitèrent vers lui. On les laissa passer avec respect et compassion. Les gens des corons n'ignoraient rien des événements qui ponctuaient le quotidien depuis la tragédie. La jeune Polonaise avait donc le statut de double victime, son fiancé et son frère étant retenus prisonniers de l'éboulement. On plaignait aussi beaucoup la mère de Thomas, car c'était une femme très appréciée, d'une grande piété et d'une énergie hors du commun.

— Cette pauvre madame Marot ! soupira une vieille paysanne venue par curiosité.

— Oui ! renchérit l'épouse d'un mineur. Son Jérôme qu'est aveugle et la petite dernière au sanatorium. Manquerait plus que le beau Thomas ne puisse jamais être remonté de la fosse.

Ces propos étaient parvenus à Isaure, debout à quelques mètres des deux commères. « Oiseaux de malheur ! On dirait des corneilles avides de charogne », songea-t-elle, tremblante d'indignation.

Une main charitable se posa sur son épaule. Furieuse, elle repoussa Jérôme Marot.

— Je n'ai pas besoin de ta pitié ! dit-elle entre ses dents.

— Je crois bien que si ! gronda-t-il. Tu t'en apercevras un jour. Sais-tu, Isaure, je vais écrire à mes sœurs, Adèle et Zilda, et leur demander de prier pour toi, à leur couvent. Je pense que tu es celle qui a le plus besoin de la miséricorde divine.

— Tais-toi ! lui ordonna-t-elle avant de s'éloigner.

Elle dut jouer des coudes pour s'approcher de l'entrée du puits. Jolenta, en larmes, suppliait Gustave Marot de passer à Thomas sa médaille de baptême.

— Elle lui portera chance, monsieur ! sanglotait-elle. J'ai tant prié et Dieu m'a écoutée ! Il est vivant, bien vivant.

— Calme-toi, petite ! s'exclama le mineur. Mon fils se porte bien, je lui ai même serré la main, mais ton frère a une jambe broyée sous un rocher. Il a une fièvre terrible. Le temps qu'on puisse dégager un passage… Il faut prier encore, Jolenta.

— Piotr ? Par la Vierge Marie, mon pauvre Piotr ! Et papa, où est papa ?

— Il continue de creuser avec les autres. On a attelé deux chevaux pour tirer le corps de la bête qui est morte, le vieux Pacha. Je redescends.

Gustave Marot embrassa Jolenta sur le front, puis il effleura d'une légère caresse la joue de son épouse. Honorine cligna les paupières, émue ; c'était sa façon de lui dire combien elle avait foi en lui, également en la volonté commune de leurs compagnons de labeur, capables de donner leur vie pour celle d'un camarade.

— Va, mon homme, que Dieu te garde ! murmura-t-elle.

Isaure recula, ivre de chagrin et d'écœurement. Chaque détail lui devenait intolérable : le baiser de Gustave Marot sur le front de Jolenta, la douceur qu'il avait témoignée à Honorine. Elle eut l'impression affolante que tout cela s'était mis en place pendant son absence afin de mieux la blesser, de mieux la rejeter. « Je suis partie pour La Roche-sur-Yon le deuxième jour d'octobre ! pensa-t-elle. J'étais fière d'avoir obtenu un emploi dans une école privée. Thomas m'a accompagnée sur le quai de la gare et il a monté ma valise dans le train. Il me souriait. Il m'a souhaité un bon voyage. Je savais qu'il s'était entiché de cette fille, la Polonaise, mais pas au point de se marier si vite ! »

Incapable de quitter les lieux, elle s'écarta de la foule et se rapprocha de la verrerie. Elle vit trop tard une calèche en arrêt devant le bâtiment. Son père était assis sur le siège, les traits durcis par la colère. Il lui fit signe immédiatement. Isaure renonça à s'enfuir ou à se cacher. Elle le rejoignit, la mine boudeuse.

— Qu'est-ce que tu fiches là ? gronda-t-il. Madame la comtesse t'attend. Tu as décidé de nous causer des ennuis ? Ta patronne de l'école, elle a envoyé un télégramme. Paraît que tu as quitté ta place sans raison.

— J'avais une bonne raison, père ! répondit-elle d'un ton posé. Il y a eu un grave accident à la mine, au puits du Centre. Je l'ai appris ce matin par le journal et je suis…

— Alors, tu es venue traîner chez les gueules noires, bien sûr ! coupa-t-il sèchement. Je te l'ai déjà dit, tu n'as rien à faire avec ces gens-là.

Bastien Millet cracha sur le sol et ajusta sa casquette en velours. Ses sourcils épais, broussailleux et grisonnants abritaient un regard brun sans éclat, mais teinté de rancœur et de dédain pour l'humanité entière. Le nez fort, les lèvres minces sous une moustache poivre et sel, il avait des mâchoires carrées qu'une grosse barbe rendait plus imposantes encore.

Isaure évita de protester. Elle avait pris l'habitude d'opposer à la froideur de ses parents sa propre froideur, sans jamais se montrer impolie ou indisciplinée.

— Monte, je te conduis au château.

Elle devait obéir. Vite, elle grimpa sur le siège à côté de son père et cala son sac à l'arrière.

— Hue, Fantoche, hue ! lança le métayer à sa jument.

— Une de nos bêtes a été tuée dans la fosse ! annonça Isaure.

— Ce ne sont plus nos bêtes à dater du jour où je les vends à la compagnie ! bougonna-t-il.

La voiture s'ébranla. Fouetté sur la croupe, l'animal prit aussitôt le trot. Bastien Millet s'engagea dans la rue en pente qui menait à la mairie, puis longeait le coron des Bas de Soie. Une fois sur la route, il mit le cheval au galop.

— Tâche d'être aimable avec madame la comtesse. Elle veut des explications et des excuses. Moi, je te dirai ce que j'en pense ce soir, devant ta mère.

— Bien, père.

Son regard bleu nuit voilé par la tourmente intérieure qui la dévastait, Isaure s'abandonna aux secousses de la calèche, dont les roues cerclées de fer grinçaient sur les cailloux. Elle refusait d'admettre la vérité et essayait de toutes ses forces de nier les moments qu'elle venait de vivre sur l'esplanade du village minier. « Thomas ne peut pas épouser Jolenta ! se disait-elle. Les bans sont publiés, pourtant. Dans quelques jours, on l'appellera madame Marot, Honorine lui donnera du “ma bru”, et Gustave l'embrassera sur le front matin et soir ; il la considérera comme sa fille. C'était moi qui devais entrer chez eux, moi qui devais marcher vers l'autel, à l'église ! »

Après un coup d'œil amer jeté au profil de son père, elle baissa la tête, vaincue. Bastien Millet n'aurait jamais consenti à cette union. « Même si Thomas m'avait choisie, mes parents se seraient opposés au mariage. » Isaure crut suffoquer de révolte, de fureur impuissante. Son corps était parcouru d'élancements douloureux. Elle eut envie de hurler et de sauter de la voiture.

— Père, je me sens mal. Je préférerais rendre visite à la comtesse demain matin ou ce soir. Je vous en prie…

C'était la première fois qu'elle implorait une faveur, qu'elle avouait une quelconque faiblesse. D'abord abasourdi, Millet parut réfléchir. L'instant suivant, il émit un ricanement sinistre.

— Dis donc, tu n'étais pas malade, pour courir de la gare au puits du Centre ? Mademoiselle a des vapeurs, peut-être, maintenant qu'elle habite la ville. Fichue bonne à rien, tu ferais bien de filer doux, sinon… Je vais te rafraîchir la mémoire, moi. Madame la comtesse, c'est la patronne. Demain, elle claque des doigts et je perds la métairie. Cette femme-là, on lui doit tout, tu entends ? Tout. En plus, elle t'avait trouvé une bonne place. Alors, tu n'as pas trop intérêt à rechigner ou à minauder.

Déjà, les toitures pointues du château se dessinaient au creux du vallon. Au train où son père menait la calèche, ils seraient bientôt devant la grille du portail. Isaure parvint à dominer ses nerfs en respirant profondément.

— Oui, père, pardonnez-moi.

Il haussa les épaules en s'interrogeant sur la malignité du sort qui l'avait privé de ses deux fils pour lui laisser cette fille taciturne au visage de poupée dont il n'avait jamais fait grand cas. De son côté, Isaure ne se posait même plus de questions sur le comportement de ceux qui avaient présidé à son existence. Elle estimait que la fatalité y jouait un rôle. Certains échouaient au sein d'une famille unie, soucieuse du bonheur des enfants, d'autres, non. Tant que ses frères étaient vivants, elle avait eu droit à un peu d'affection de leur part. Ils la traitaient de haut, certes, et la taquinaient sans vraie méchanceté, mais elle comptait pour eux. Hélas, la guerre avait balayé de son existence Ernest, l'aîné qui avait les cheveux noirs et les yeux bleus comme elle, et Armand aux boucles châtain clair, si joli garçon avec ses prunelles noisette.

— Nous y voilà ! déclara Bastien Millet. Descends !

Le château de Faymoreau mettait dans le paysage gris et roux une touche de clarté, mirant sa façade de calcaire dans les eaux vertes d'un petit étang. Des lumières se devinaient derrière les hautes fenêtres du rez-de-chaussée. Des sapins à la ramure d'un vert sombre lui servaient d'écrin.

La métairie se dressait en face de l'élégant édifice. C'était un ensemble de bâtiments trapus flanqué d'un pigeonnier. Les prés dévolus aux chevaux et aux vaches s'étendaient sur trois collines en pente douce. Vu le mauvais temps, aucune bête n'était dehors. Un silence étrange pesait sur la campagne.

Isaure descendit de la calèche. Ses pieds foulèrent l'allée semée de gravillons blancs. Malade de chagrin, elle avança vers le château. L'image ensoleillée de Thomas, qui l'escortait si fidèlement d'ordinaire, ne la réchauffait plus. Prisonnier de la mine et captif de la blonde Jolenta, celui qu'elle aimait échappait à ses rêves.

2

Isaure Millet

Puits du Centre, même jour

Thomas fixait avec un air hébété la flamme jaune de la lampe que lui avait passée son père. Grâce à une brèche étroite dans l'amas de rochers et de poutrelles, le lien rompu avec le monde extérieur s'était renoué. Le jeune mineur s'en serait réjoui, si seulement Pierre avait pu bouger comme lui et patienter à ses côtés, bien valide. Mais le galibot somnolait, terrassé par la fièvre.

— Courage, mon petit gars ! lui répéta-t-il en étreignant ses doigts brûlants. Écoute un peu ce chahut qu'ils font, nos braves collègues. Y a encore eu du grabuge, un bout de galerie a cédé, mais on va nous délivrer.

Saturnin Ricaut, surnommé Fort-en-Gueule, appela par l'ouverture de sa grosse voix sonore.

— Hé ! Thomas, attrape donc ça, nom d'une pipe ! T'as de la chicorée dans une bouteille thermos, une gourde d'eau fraîche, des biscuits, du pain et du frometon[1] ! Comment y va, le gamin ?

— Il est dans les vapes et sa jambe empeste. Il faut un docteur, et vite.

1. Fromage, en langage familier.

— Le toubib va se pointer, t'inquiète pas ! répondit l'autre, la figure collée contre la pierre, occupé à glisser les provisions dans la faille. Mais y pourra pas faire grand-chose. Tenez bon, on bosse dur.

Abandonnant Pierre à contrecœur, Thomas s'était lui aussi placé près de la muraille chaotique qui les enfermait. Il prit le thermos et la nourriture emballée dans un torchon.

— Alors, ça va, fiston ? fit une autre voix, celle de son père.

— Oui, papa, moi, ça va.

— Tiens, Fort-en-Gueule, passe-lui ça aussi, à mon gosse ! ajouta Gustave Marot.

Un hennissement résonna, tout proche. Thomas s'en émut, au bord des larmes.

— T'entends, Pierrot ? dit-il. Les chevaux sont là, ils vont te sauver, petit. Ho ! Fort-en-Gueule ? Avez-vous attelé Danois ? Son Danois à Pierre.

— Tu penses bien que oui ! répliqua le mineur. Allez, du cran, on fera plus de pause tant que vous ne serez pas sortis de là !

Les deux hommes purent échanger une poignée de main. Thomas reçut à cette occasion une fine chaînette en or qui supportait une médaille ronde, gravée à l'effigie de la Vierge Marie. Il la porta aussitôt à ses lèvres.

— Jolenta !

Ce n'était pas la peine d'examiner le bijou. Il savait qu'au revers de la médaille il lirait *Jolenta Ambrozy* et une date de naissance. Sa fiancée avait su comment lui prouver son amour et son espérance.

— Dis-lui merci, papa ! hurla-t-il. Maintenant, je suis protégé.

Ce fut un troisième personnage, cependant, qui engagea la conversation. Stanislas Ambrozy prenait des nouvelles de son fils. Le Polonais maîtrisait assez bien la langue française. Avec son accent monocorde, il demanda sur un ton anxieux :

— Et Piotr ? Il faut lui donner à boire. Le directeur de la compagnie envoie un docteur.

— Il tient le coup, ne vous faites pas de bile, Stanislas, affirma Thomas. Mais je crois que sa jambe est fichue.

— D'accord ! rétorqua le malheureux père avec un hoquet de chagrin.

Un choc sourd retentit, suivi d'un bruit éloquent. Attelés par deux, les chevaux venaient de tirer un pan de rocher ceinturé par un filin en fer. C'était l'unique moyen de venir à bout des lourds débris de l'éboulement. L'homme qui les exhortait à avancer poussa un cri de victoire.

— Allez, hue, hue ! Bravo ! Allez, Danois, allez, Gégé !

Thomas reprit sa veille au chevet de Pierre. L'adolescent râlait faiblement, paupières mi-closes. Dans la clarté dorée de la lampe, sa peau blanche prenait une teinte jaunâtre cireuse.

— Par sainte Barbe[1] ! s'écria-t-il. Pierrot, réveille-toi, cause-moi, gamin. Je te le jure, tu seras mon garçon d'honneur, le jour des noces.

Mais, en pensée, il se confessa au galibot, pris du besoin d'évoquer ses plus belles joies passées.

« Je ne suis pas fier de moi, Pierre ! Ta sœur, je l'aime, mais j'aurais dû la respecter davantage. Elle

1. Sainte patronne des mineurs.

attend un bébé. Il n'y a que ma brave mère au courant. Et toi, maintenant. J'ai perdu la tête, un dimanche après-midi, au bord de l'étang de la Digue. C'était en fin de journée, y avait plus personne qui pêchait. Jolenta a voulu se baigner, juste les pieds et les mollets, parce qu'il faisait encore chaud, ce 10 septembre… Elle a relevé sa jupe et j'ai vu ses cuisses. On s'était embrassés juste avant à en perdre le souffle. Je l'ai regardée ; elle était tellement belle ! Le désir m'a pris. Elle a couru vers moi et on s'est couchés sur l'herbe derrière un buisson. Le paradis sur terre, Pierre, je t'assure. J'avais déjà eu deux filles. Elle, c'était la première fois. Toute neuve, toute douce, je l'ai eue, ta sœur, et j'ai juré de l'épouser. Après, on a recommencé tous les dimanches ! Ne m'en veux pas, Pierre ! Toi qui clames partout que je suis le garçon le plus honnête du monde, tu te trompais bien, hein ! Mais on va se marier et tu danseras à la noce. »

Soudain, le galibot se mit à geindre, la bouche entrouverte.

— Où j'suis ? bredouilla-t-il en polonais. Maman ? Maman, j'ai mal.

Désemparé, le jeune mineur imbiba d'eau son mouchoir et en tamponna le visage de Pierre.

— Tu es dans la mine, petit ! répondit-il. Je te promets que tu reverras le soleil bientôt et les arbres en fleurs le printemps prochain. Je te promets que tu auras ton couvert mis chez moi, que tu seras le parrain du bébé. Si tu ne fais pas fortune, je gagnerai assez pour racheter ton Danois à la compagnie et il galopera sous ton nez, dans une prairie où l'herbe sera bien haute. Je te promets que tu vas vivre, oui, tu vas vivre.

Des coups de pioche vigoureux semblaient ponctuer ses paroles. Les gueules noires se démenaient, pareilles à des fourmis infatigables qui, peu à peu, grignotaient la muraille de débris.

— Dépêchez-vous ! s'égosilla Thomas.

Il avait pris le galibot dans ses bras et l'avait niché contre sa poitrine. Secoué de spasmes, l'adolescent paraissait à l'agonie.

— Mon Dieu, sauvez-le ! implora-t-il. Jolenta, prie pour lui, prie pour nous.

Avec un nouveau sanglot, le jeune homme plaça la médaille de sa fiancée sur le front de Pierre.

— Trop tard, ce sera trop tard ! dit-il tout bas. Quand on nous libérera, oui, il sera trop tard pour toi, mon p'tit gars…

Château de Faymoreau, même jour

Clotilde de Régnier, née Merlot, tournait obstinément le dos à Isaure, comme si la danse des flammes dans la cheminée la fascinait et qu'elle n'avait pas conscience de la présence de la jeune fille, pourtant annoncée par la bonne, Amélie.

Certaine d'être sermonnée et soumise à un interrogatoire en règle, la visiteuse ne bougeait pas, debout près d'un fauteuil tapissé de velours rose. Elle se sentait incapable de prendre la parole en premier ou de formuler des excuses d'une voix plaintive. La châtelaine finirait bien par dire quelque chose.

Derrière les carreaux des hautes fenêtres drapées de lourds rideaux également roses, le paysage se voilait de brume, tandis qu'une pluie fine piquetait de cercles la surface du plan d'eau où se mirait l'édifice, les jours de grand soleil. « Tout est gris et morne depuis ce matin ! pensa Isaure. Mon âme aussi. Mais est-ce que l'âme existe seulement ? Quand on meurt, il n'y a plus rien, j'en suis sûre. Ma nourrice prétendait le contraire. Elle racontait à la veillée qu'elle voyait des revenants quand elle était toute petite. Je ne la crois plus. »

Son esprit se mit à imaginer des apparitions, peut-être par un besoin poignant d'avoir un signe de l'au-delà. Enfant, Isaure écoutait, à la fois terrorisée et ravie, les sombres légendes que lui débitait sa nourrice, Huguette.

Les forêts du nord de la Vendée passaient pour être le berceau de la fée Mélusine, et les vestiges du sinistre donjon de Tiffauges, ancien repaire du sanguinaire Gilles de Rais, n'étaient pas loin. Compagnon d'armes de Jeanne d'Arc, l'homme avait marqué l'histoire par ses crimes atroces.

— Il tuait des garçonnets innocents après les avoir bercés sur ses genoux, disait Huguette de sa voix basse un peu rauque. C'était le diable fait homme, un ogre sans pitié. Ceux qui rôdent autour des ruines de Tiffauges la nuit entendent encore des cris et des appels désespérés.

Isaure tressaillit, saisie par un trouble rétrospectif. Elle revoyait la pièce uniquement éclairée par les braises du foyer, le jambon qui séchait suspendu aux poutres noircies, les tresses d'ail et d'oignons, et surtout la face ronde de sa nourrice aux joues très rouges et aux yeux d'un vert pâle un peu exorbités.

Malgré les terribles récits qui la berçaient alors, la pauvreté de la maison et la crasse environnante, c'était auprès de cette femme qu'elle avait été la plus heureuse.

— Maintenant, ça suffit, ce silence ! s'exclama soudain Clotilde de Régnier. À quelles sottises rêvasses-tu, Isaure ? J'ai la bonté de te jeter un coup d'œil et je te trouve le nez en l'air, le regard dans le vague. Tu joues la fière, alors que j'attends patiemment que tu me demandes pardon pour ta conduite inadmissible.

— Je songeais à Gilles de Rais, madame ! répliqua la jeune fille. Il paraît que les mères de ses victimes pleuraient au pied de son bûcher. Pas de joie, de chagrin.

— Ah ! ça, c'est un peu fort ! Ma parole, tu te moques de moi. Qu'est-ce qui te prend de citer ce suppôt de Satan sous mon toit ?

— Je n'en sais rien, excusez-moi, madame. C'est que je me souvenais de ma nourrice, Huguette.

— Ta mère a eu bien tort de te confier à elle. Mais ce qui est fait est fait. Vas-tu m'expliquer quelle mouche t'a piquée ? Tiens, je relis le télégramme que les Pontonnier m'ont expédié : *Chère amie. Isaure Millet a quitté l'école. Ne compte pas y revenir. Sommes soulagés. Elle est congédiée.* Ce message a dû leur coûter cher, eux qui sont si près de leurs sous. Que s'est-il passé, Isaure ? Tu peux me l'avouer sans crainte. Je t'ai servi de marraine, je t'ai donné ton prénom, j'ai acheté ton voile et ta robe de communiante. Tu me récompenses mal des attentions que j'ai eues pour toi depuis ta naissance, et j'en suis peinée, oui, peinée.

La châtelaine continua à se plaindre. Très bavarde, elle prolongeait à loisir discussions ou querelles. Isaure hochait la tête, indifférente à ce déferlement de reproches.

Son attitude parvint à inquiéter Clotilde de Régnier, dont le regard brun se teinta de douceur. Ses cheveux châtains coupés à la nouvelle mode parisienne encadraient des traits réguliers ; c'était une assez jolie personne de trente-neuf ans.

— Aurais-tu eu des soucis avec monsieur Pontonnier, Isaure ? insista-t-elle. Tu me comprends, tu devines à quel genre de soucis je fais allusion. Certains hommes se comportent parfois de façon choquante, surtout avec les jeunes filles. Je le connais, Guy ; un coureur de jupons invétéré.

Isaure sursauta, indignée. Elle s'assit sur un pouf en cuir, la respiration rapide.

— Monsieur Pontonnier a toujours été correct avec moi, mais la directrice s'est montrée sévère, injuste même. Je suis contente de ne plus y retourner ! Et je peux vous expliquer… Ce matin, très tôt, je suis sortie me promener et, arrivée devant le kiosque à journaux, j'ai lu qu'il y avait eu un coup de grisou ici, à Faymoreau. Thomas Marot faisait partie des victimes. Enfin, il n'est pas mort. On va le sauver, la compagnie s'y évertue. Thomas, c'est mon ami. Je n'ai que lui d'ami et même de frère, puisque les miens ont été tués à la guerre. Je ne pouvais pas rester en ville, je devais rentrer.

— Soit ! admit la châtelaine. Mais rien ne t'empêchait de reprendre ton poste lundi. Tu me mets dans une situation embarrassante, Isaure. Et j'espère que ce mineur n'est pas ton galant.

Clotilde de Régnier, issue d'un modeste milieu bourgeois, adorait son rôle de comtesse. Après son mariage, elle avait tiré un trait sur la mine toute proche et elle ne se mêlait jamais aux gueules noires et à leurs familles. Si on évoquait les corons, elle pinçait les lèvres. Fille unique d'un riche commerçant de Luçon, elle regrettait en secret sa jeunesse citadine et seul l'attrait d'un statut social supérieur l'avait décidée à cette union. La campagne l'ennuyait, ce qu'elle était parvenue à cacher durant des années à son époux. Le couple recevait souvent, par chance, et les dîners se devaient d'être animés autant qu'éblouissants.

Mais, entre-temps, la châtelaine cherchait à se distraire, soit en écoutant les commérages de ses domestiques, soit en surveillant le quotidien de ses voisins, en l'occurrence les Millet, métayers du domaine depuis la fin du siècle dernier.

— Vous pouvez être tranquille, madame, Thomas Marot n'est pas mon galant. Il doit épouser Jolenta Ambrozy, qui travaille à la mine elle aussi.

— Une Polonaise... nota la comtesse. Je préfère ça. Si tu te mariais avec un mineur, tes efforts pour t'instruire n'auraient servi à rien. Tu touches au but, Isaure, tu seras bientôt institutrice. Ce métier te vaudra le respect de tous, et tu feras plaisir à tes pauvres parents.

— Oui, madame.

La jeune fille retint un soupir. Clotilde de Régnier l'étudia avec un air satisfait.

— Ne fais pas cette tête de martyre, enfin ! Souviens-toi donc que ton père voulait te voir entrer à mon service comme bonne à tout faire. Je déteste cette expression. Ici, chacun et chacune occupent une fonction bien précise ; la lingère à la buanderie, la cuisinière aux fourneaux, la femme de chambre aux étages et Amélie, qui a une gracieuse figure, à l'accueil des visiteurs. Tu aurais eu sa place grâce à ton ravissant minois. Mais, sur les conseils de mon mari, tu as pu continuer à étudier. Tu nous dois beaucoup.

— Je le sais, madame ! répliqua Isaure d'un ton sec.

— En voilà, des manières ! Pour qui te prends-tu, avec tes airs supérieurs ?

On la croyait hautaine, mais c'était faux. La nature lui avait attribué une bouche au dessin boudeur et, comme elle souriait peu, son visage à l'ovale parfait semblait le plus souvent empreint d'une sorte de réprobation.

— Est-ce que je peux m'en aller ? demanda la jeune fille, rongée par le chagrin.

— Non ! Tu vas écrire immédiatement une lettre d'excuses à madame Pontonnier. Je vais arranger les choses, quitte à me déplacer en personne. Je pourrai t'accompagner lundi.

— Je vous en prie, je n'ai pas envie de retourner à La Roche-sur-Yon. Engagez-moi pour les mois à venir, madame. Je ferai n'importe quelle tâche, du ménage, l'argenterie, nettoyer les combles…

— Je n'ai pas besoin de toi, petite écervelée.

— L'hiver approche, la saison que vous détestez. Je pourrais vous faire la lecture chaque après-midi et, quand vos enfants auront des congés scolaires, je les aiderai à réviser leurs leçons.

Il s'agissait de deux garçons âgés de douze et quatorze ans confiés aux Jésuites. Durant les vacances, ils se changeaient en calamités vivantes, donnant du fil à retordre à toute la maisonnée. La perspective enchanta la châtelaine. Elle n'y avait pas songé.

— D’accord. Il te faudra une robe neuve pour que je n’aie pas honte de toi devant mes invités. La période des fêtes me permet de recevoir cousins et cousines, bref toute la famille de Théophile. Le sapin sera dressé dans ce salon, près de la fenêtre de gauche. J’ai une idée, Isaure. Ne te préoccupe plus des Pontonnier, je m’en charge. Il n’y a qu’à leur débiter des fadaises, que tu étais souffrante, ou quelqu’un de chez toi. Allons, allons, petite rusée, dis-moi merci. Tu récupéreras ton poste chez eux au début du mois de janvier. Ces gens ne peuvent rien me refuser. Tu sais pourquoi ? Ils doivent une grosse somme à mon époux.

— Je l’ignorais, madame.

Isaure se promettait de profiter de ce délai inespéré pour rendre visite à Thomas ou bien le rencontrer quotidiennement par tous les moyens possibles.

— File, je t’ai assez vue ! ordonna tout à coup Clotilde de Régnier. Reviens demain pour ma lecture. Tu choisiras un roman dans la bibliothèque. Et force-toi, apprends à sourire.

— J’ai perdu mes frères, et mes parents sont si…

— Chut, pas un mot ! Tes parents sont ce qu’ils sont et, les filles de ton genre, il faut les tenir d’une poigne ferme.

Isaure prit la fuite après avoir salué d’une révérence comme l’exigeait la châtelaine. Elle se rua à l’extérieur, où elle respira à pleins poumons le vent froid chargé du parfum de la terre détrempée.

L’entrevue l’avait épuisée et exaspérée tout à la fois, mais c’était un moindre mal comparativement à l’accueil que lui réserveraient ses parents. Un instant, elle projeta d’aller ramasser des châtaignes dans le bois voisin afin d'en apporter le lendemain à Honorine Marot, mais elle renonça, car c'était un peu prématuré. Quand Thomas serait de retour chez lui, il serait temps d'organiser une petite fête.

Sans aucun entrain, Isaure suivit l'allée, traversa la route caillouteuse et avança dans la cour de la métairie.

Des odeurs familières l'assaillirent, renforcées par l'humidité ambiante : celle des écuries, chaude, mais aigrelette à cause de la paille souvent souillée d'urine, celle de la soue, encore plus acide et puissante, le fumier de cochon étant particulièrement rebutant à respirer.

Rien n'avait changé et rien ne changerait. Le seau en zinc était posé sur la margelle du puits et le coq la jaugeait, perché sur le toit de la cabane où l'on enfermait les poules dès la tombée de la nuit.

— Bonjour, Riton ! cria-t-elle au chien attaché à une chaîne et qui s'abritait sous l'avancée d'un hangar.

Un visage se dessina derrière la fenêtre de la cuisine. Le nez au carreau, Lucienne Millet semblait guetter son arrivée. Isaure fit un petit signe de la main à sa mère sans même obtenir une ébauche de sourire. Le cœur lourd, elle se décida à soulever le loquet de la porte.

La maison était fort ancienne et disposait de deux grandes pièces au rez-de-chaussée. On pénétrait dans une sorte de vestibule d'où partait un escalier. À gauche se trouvait une salle à manger qui ne servait jamais et dont les volets étaient fermés depuis six ans environ ; à droite, c'était la pièce où les Millet vivaient la plupart du temps, de plafond assez bas composé de planches et d'énormes poutres noircies par la fumée. Une cheminée en pierres très large abritait deux chaises en vis-à-vis autour d'un foyer délimité par des chenets en fonte.

— Te voilà ! grogna son père dès qu'il la vit.

— Tu en fais, du joli, toi ! ajouta son épouse, une petite femme aux jolis traits flétris, les cheveux déjà d'un blanc neigeux à quarante-deux ans seulement.

— Ouais, et j'espère que la patronne t'a remis les idées en place, renchérit Bastien Millet.

Pour le métayer, les châtelains représentaient l'autorité suprême. Il leur témoignait une sorte de vénération aveugle.

Isaure, qui n'était pas revenue chez elle depuis un bon mois, eut envie de s'enfuir. Chaque détail la révulsait, comme si elle était confrontée à un décor honni, lourd d'un passé sinistre et oppressant. Elle se demanda même où elle avait trouvé la force de vivre là, sans jamais recevoir aucune affection ni compassion. Elle céda à une brusque révolte, elle qui avait su se taire des années en courbant l'échine.

— Je n'ai rien fait de mal ! rétorqua-t-elle sur un ton véhément. Madame de Régnier l'a compris. Je voulais soutenir madame Marot, toute la famille Marot, parce que ces gens ont toujours été gentils avec moi.

— Dis plutôt que tu te rongeais les sangs pour l'Thomas ! aboya son père. Tu lui cours après, pareille à une chatte en chaleur. Tu crois que je n'y vois pas clair ?

Frappée de stupeur, Isaure recula vers la fenêtre. Elle adressa un coup d'œil implorant à sa mère, mais celle-ci, tête basse, égrenait son chapelet en répétant :

— Y aura du malheur par ici, c'est sûr, du grand malheur. Ce matin, j'ai vu une chouette voler au-dessus du toit.

— Maman, ne dis pas ça ! Le malheur, il est ailleurs, au fond de la mine. Thomas et un galibot sont prisonniers d'un éboulement. Tout le village attend qu'on les remonte et, ici, vous vous en fichez bien.

Bastien Millet se leva pesamment en prenant appui sur la longue table. C'était un homme robuste aux larges épaules et au cou épais.

— Ils peuvent crever dans leur trou à rats, tes gueules noires. Moi, j'ai perdu mes deux fils à cette foutue guerre. La moitié du temps, je dois embaucher un journalier pour m'aider. Je me tue sur cette terre. Aussi, si d'autres préfèrent crever en grattant du charbon, ça les regarde.

— Ce sont des sentiments peu chrétiens, père ! osa Isaure, blême d'émotion.

Malgré son anxiété et sa peine, elle huma le fumet d'un ragoût. Affamée en dépit des circonstances, car elle n'avait rien avalé depuis la veille au soir, elle approcha de la cuisinière et souleva le couvercle de la marmite.

— J'ai fait un civet de lièvre ; le voisin en avait tué deux la semaine dernière, annonça Lucienne Millet. En veux-tu ?

— Non ! hurla son mari. Elle y a pas droit, t'entends ? Du pain dur, ça lui suffira, à cette garce. Après le tour qu'elle nous a joué, là, pourquoi donc elle mangerait du civet ?

— Mais, père, je ne vous ai joué aucun mauvais tour. En plus, madame de Régnier m'a engagée comme répétitrice jusqu'au mois de janvier. Je ferai réviser ses fils pendant les congés de Noël. Maman, je n'étais pas à mon aise du tout chez les Pontonnier, il faut me croire. Enfin, au début, j'étais contente ; par la suite, madame Pontonnier s'est mise à s'en prendre à moi pour des riens. Je pourrai t'aider, le soir et le matin de bonne heure. Je travaillais dur, ici, pendant la guerre.

Tremblante d'indignation, Isaure se revoyait les mains plongées dans l'eau glacée du lavoir, faisant lessive sur lessive pour soulager sa mère. Elle nourrissait les chevaux et curait le fumier sans récriminer. Il fallait bien qu'elle remplace ses frères.

— Ça, j'aurais besoin d'un coup de main, tu ne peux pas dire le contraire, Bastien ! soupira Lucienne Millet.

L'homme se rassit sous le manteau de la cheminée sans daigner répondre, la mine farouche. Il n'éprouvait pour sa fille ni tendresse ni affection. Lors de sa naissance, il avait juré et craché par la fenêtre de la chambre, profondément déçu de ne pas avoir un troisième garçon.

Ensuite, il avait ignoré la petite poupée aux prunelles de faïence et à la chevelure d'un noir bleuté qui essayait de lui prendre la main et qui lui souriait d'un air craintif à la moindre occasion.

— Où est mon sac de voyage, père ? demanda Isaure. Je vais me changer pour aider maman.

— Pardi, je l'ai laissé dans la calèche. Si tu te figures que j'allais le porter !

— Je ne me figure rien du tout.

Elle sortit sur ces mots, le corps raidi par la sensation d'impuissance et de révolte dont elle souffrait depuis des années. Le vent, la pluie, le ciel de plomb, tout cela s'accordait à l'obscurité douloureuse qui régnait dans tout son être. Désormais, elle ne pouvait même plus se raccrocher aux souvenirs lumineux qu'elle chérissait et qu'elle nommait en secret : « Le bon temps chez les Marot. »

« Je ne peux pas le croire, Thomas va se marier ! pensait-elle en entrant dans l'écurie. Mais pas avec moi, ce ne sera jamais avec moi. J'ai pourtant jeté des pièces dans la fontaine aux vœux pour qu'il m'épouse. »

Le jeune mineur lui avait ouvert la porte du foyer familial dans le coron de la Haute Terrasse, un des plus proches de la verrerie et de l'entrée du puits du Centre. C'était avant la guerre ; les gens avaient l'air heureux, à l'époque. La petite Anne Marot, de constitution fragile, n'était pas encore atteinte de la phtisie. Jérôme, le cadet, y voyait clair ; ses doux yeux bruns n'avaient pas été détruits par la mitraille des obus. Zilda et Adèle descendaient dans la mine parmi les autres culs à gaillettes, soucieuses d'économiser un peu d'argent en prévision de leur noviciat chez les clarisses.

Toujours occupée à cuisiner, à laver ou à entretenir son potager, Honorine gérait le quotidien. C'était une femme gaie qui riait aux éclats et qui avait le don de servir de fabuleux goûters en une poignée de minutes. « Maintenant, elle préfère Jolenta, se dit Isaure, figée près de la stalle où était attaché un des chevaux de trait de la métairie. Je voudrais tant ne pas la détester, celle-là, mais je ne peux pas, je la hais, même. »

Elle appuya son front contre un pilier en bois. De grosses larmes roulèrent sur ses joues. « Thomas, Thomas, Thomas… se répétait-elle comme une litanie. Tu es sous terre, prisonnier, mais demain je te reverrai. Il le faut. »

D'un pas lent, la tête un peu penchée de côté, Isaure Millet regagna sa maison natale, son bagage à bout de bras, sans aucun espoir d'un quelconque réconfort. Elle en venait à rêver d'une assiettée de civet afin d'éprouver au moins la satisfaction presque animale de se nourrir.

Sur le seuil, une voix tendre, grave et chaude résonna dans son esprit. C'était la voix de Thomas quand il essayait de la consoler, connaissant la dureté du couple Millet à son égard. « Ne pleure pas, Isaurette, Isauline. Un jour, je t'emmènerai voir l'océan. C'est tellement beau, les vagues qui se brisent sur les rochers, les coquillages qu'on ramasse ! On courra le long de la plage, tous les deux, main dans la main. Ne pleure plus, Isaure. »

Elle retint un sanglot en inspirant profondément. Ni son père ni sa mère ne la verraient verser une larme.

Hôtel des Mines de Faymoreau, le lendemain, dimanche 14 novembre 1920

Thomas Marot fixait avec une stupeur joyeuse la lampe suspendue au plafond d'un blanc pur. Il ne se lassait pas de contempler l'ampoule qui diffusait une clarté jaunâtre ni l'étendue immaculée de plâtre fin. Deux heures plus tôt, après l'avoir tiré de la cavité où il était resté prisonnier trois nuits et deux jours entiers, on l'avait transporté là, dans l'infirmerie de l'*Hôtel des Mines*.

Mais il savait qu'il ne garderait que le souvenir atroce d'une unique nuit, constituée d'une suite interminable d'heures, alors qu'il était plongé dans le noir total. Assise à son chevet, Honorine Marot lui tenait la main.

— Mon fils, mon cher fils ! murmura-t-elle. Mon Dieu, si je t'avais perdu… J'ai tant prié pour te retrouver !

— Je m'en doute, maman. Tes prières ont dû me soutenir. Sais-tu, je pensais à toi sans arrêt. Dans les pires instants de doute et de terreur, je me disais que tu invoquais le Seigneur et qu'Il t'écouterait. Je suis revenu de la guerre, de cette ignoble boucherie, sûrement grâce à ta foi, à ta volonté de nous protéger tous.

Le jeune mineur tourna la tête vers sa mère. Il lui adressa un sourire très doux qui plissa le coin de ses yeux.

— Tu as souffert, mon enfant ! ajouta-t-elle en caressant son front strié d'égratignures.

— Je ne suis pas à plaindre. J'aurais tellement voulu que Pierre s'en sorte indemne. Pauvre gosse, perdre une jambe à son âge.

— Il aura une petite pension. On lui ajustera une prothèse, aussi. C'est déjà une chance qu'il soit vivant, avec la gangrène qui lui infestait le sang.

— Une chance, peut-être… soupira Thomas. Au moins, il vivra au grand air, lui qui aime tant les arbres, le ciel et les étoiles. Mais il sera séparé de son Danois, le cheval qu'il aime tant. Maman, il a été si courageux ! Dès qu'on me permettra de me lever, je lui rendrai visite à l'hôpital.

— J'aurais préféré que tu subisses des examens, toi aussi. Tu as peut-être quelque chose aux poumons, avec toute la poussière que tu as dû respirer.

— Le docteur voulait m'envoyer à l'hôpital, mais j'ai refusé. Ne t'inquiète pas, j'ai seulement besoin de repos. Maintenant, maman, si Jolenta pouvait venir à son tour, ça me ferait bien plaisir.

Honorine se leva aussitôt, égayée.

— Je cède la place, Thomas. Tu n'as pas fini d'avoir de la visite. Bien des collègues comptent te saluer, sans oublier ton père et ton frère. Moi, j'ai hâte que tu rentres à la maison. Je te laverai les cheveux ; ils sont gris de terre.

Elle se pencha, l'embrassa sur les deux joues et quitta la salle. Le jeune homme ferma les yeux, savourant le bien-être qu'il éprouvait. Tout son corps se détendit, tandis que ses doigts effleuraient le drap tiède à la bonne odeur de linge propre.

Jolenta le découvrit ainsi, alangui et paupières closes. Elle le crut assoupi et faillit reculer, mais, comme s'il avait perçu sa présence silencieuse, il tressaillit et la regarda.

— Viens, Jolenta, approche ! dit-il tout bas.

La jolie Polonaise se précipita à son chevet. Dans son élan, elle s'affaissa sur les genoux et posa sa tête blonde au bord du matelas.

— Thomas, merci mon Dieu, tu es sauvé. J'ai eu peur, une très grande peur !

Elle éclata en sanglots, bouleversée de le retrouver. Il l'apaisa d'un geste câlin en posant une main sur son épaule.

— Ma chérie, je ne pouvais pas t'abandonner, pas plus que je ne pouvais abandonner ton frère.

— Mais je n'étais pas là quand ils vous ont remontés, je suis arrivée en retard. J'aurais aimé être la première à vous accueillir. Thomas, je ne peux pas rester avec toi, hélas. Quelqu'un nous emmène à l'hôpital en camionnette, papa et moi, pour que nous soyons près de Piotr, le malheureux. Il paraît qu'il était inconscient à cause de la fièvre.

— Oui, je sais, mais il va guérir.

— On l'a amputé ; on a coupé sa jambe ! se lamenta Jolenta sans même songer à se relever.

— Il n'y avait pas d'autre solution, déplora-t-il. Je le tenais contre moi quand le médecin a opéré. Crois-moi, je maudissais le destin, et même ce fichu bloc de rocher qu'on ne pouvait pas bouger. Il aurait fallu agrandir le passage que l'équipe avait pratiqué, pour nous sortir de ce piège. Le temps était compté. L'état de ton frère nécessitait une intervention en urgence. Allons, ma chérie, calme-toi. Va vite le voir et dis-lui toute mon affection. Je le connais, Pierre, il aura le courage de vivre malgré son infirmité. Pense à Jérôme, mon cadet, qui a perdu la vue. Et pense à notre enfant, hein ? Moi, dans ce noir affreux, malade d'angoisse, je l'imaginais, notre petit, pendu à ton sein, et ça m'aidait à tenir. Jolenta, nous serons bientôt mariés, ma belle chérie.

Elle se redressa enfin et le dévisagea, l'air ébloui. Thomas mettait tant de tendresse dans sa voix et son regard était d'une telle douceur qu'elle parvint à sourire.

— Je reviendrai ce soir. Je te donnerai des nouvelles de Pierre, de mon Piotr. Je n'aime pas l'appeler par ce nom à vous, ce nom français. Piotr, c'est plus gentil. Si tu avais entendu notre mère le prononcer, on aurait dit une tou'terelle qui roucoule.

— Une tourterelle, ma chérie ! la reprit-il.

— Pardon, je me trompe encore.

Jolenta se leva et, comme Honorine auparavant, elle se pencha sur Thomas. Mais elle l'embrassa sur les lèvres avec une timide passion.

— Repose-toi bien ! recommanda-t-elle.

Quand Jolenta sortit de la salle, un homme d'une trentaine d'années en costume trois-pièces d'un gris ardoise l'observa avec intérêt. Il faisait les cent pas, un chapeau de feutre noir jetant de l'ombre sur ses traits.

L'infirmière, une alerte sexagénaire qui disposait d'un étroit bureau dans un angle du couloir, lui fit signe d'attendre encore.

— Vous pourrez voir monsieur Marot dans un instant. Je dois lui faire une piqûre, d'abord, annonça-t-elle en brandissant une seringue.

— Bien, bien ! fit l'inconnu.

Il jeta un coup d'œil sur la silhouette de Jolenta qui se dirigeait vers la vaste cage d'escalier. Il la vit croiser une autre jeune fille. Elles échangèrent quelques mots à mi-voix avant de se séparer. La visiteuse avança ensuite d'un pas hésitant. C'était Isaure, en toilette de citadine d'une modeste élégance.

— Si vous venez au chevet de monsieur Marot, il vous faudra patienter, mademoiselle, dit-il aimablement. L'infirmière a des soins à lui donner. De plus, j'ai priorité sur vous.

Isaure approuva en silence, mais il perçut sa déception à l'expression de son regard bleu, un bleu intense et brillant aux reflets de faïence.

— Je ne serai pas long… enfin, en principe, ajouta-t-il.

À sa grande surprise, la jeune fille s'enhardit à demander :

— Auriez-vous la galanterie de me laisser passer la première ?

— Je suis désolé de refuser et, de surcroît, vous n'êtes pas vraiment la première ce matin ! ironisa-t-il d'un ton moqueur. Mais je me présente, Justin Devers, inspecteur de police.

Éberluée, Isaure recula un peu. Elle ne comprenait pas ce que venait faire la police là, à Faymoreau. Sans se démonter, elle le dévisagea quelques secondes. Il avait un nez aquilin, une moustache châtain foncé, les lèvres minces et des yeux sombres entre des paupières un peu lourdes. Il se dégageait de toute sa personne une virilité évidente, ce qu'elle perçut, mais avec une méfiance immédiate.

— Je vous en prie ! insista-t-elle cependant. Je voudrais juste lui dire bonjour et m'assurer qu'il va bien.

Devers appréciait les jolies femmes. Celle-ci le fascinait, avec son visage de poupée d'une carnation laiteuse doté d'une bouche fort attirante.

— Dix minutes, montre en main, mademoiselle…

— Millet, Isaure Millet. Merci, monsieur Devers.

L'infirmière réapparut. Elle les toisa avec un air inquisiteur, comme pour leur faire comprendre que son patient aurait besoin de repos et non de visites. Isaure s'engouffra dans la pièce, indifférente à tout ce qui n'était pas Thomas. Jamais auparavant elle n'était restée éloignée de lui aussi longtemps. Pendant des semaines, elle s'était contentée de chérir son image, ce qui avait exacerbé ses sentiments.

— Thomas ! appela-t-elle dans un souffle, car il lui tournait le dos.

— Isaure, ma petite Isaure ! répondit-il en changeant vite de position, ayant reconnu sa voix. Quelle bonne surprise ! Je te croyais en ville jusqu'à Noël.

Déjà, la voix du jeune mineur agissait sur son cœur dont les battements forcenés se calmèrent bien vite. Elle le regardait, en extase, sans prendre garde aux égratignures sur son visage ni à ses boucles blondes empesées de boue.

— Thomas, tu es vivant !

— Je crois, oui, blagua-t-il.

Isaure lui prit la main qu'elle étreignit. Ce simple contact la transporta d'une joie immense. Tout s'effaça, la mort de ses frères aînés, la dureté de son père, les silences peureux de sa mère, les heures de morne ennui passées à l'école privée des Pontonnier.

Dans un geste irraisonné, elle souleva cette main adorée et l'appuya contre ses lèvres.

— Mais qu'est-ce que tu fais ? protesta-t-il.

— Excuse-moi, j'ai cru te perdre. Thomas, sans toi, le monde serait abominable, enfin, ce monde où je dois vivre, moi…

Les jambes flageolantes, elle dut s'asseoir. Elle fut cependant incapable de lâcher la main de celui qu'elle aimait.

— Je serai toujours là, Isaure.

— Sauf si tu meurs.

— Je m'en sors toujours. La preuve… Les prières de ma mère font effet, là-haut.

Il eut ce grand sourire tendre qui la rendait meilleure. Puis il reprit un air sérieux.

— Je ne devais pas mourir, pas ce coup-ci, mais Pierre Ambrozy a été amputé. J'étais à ses côtés. Le docteur a dû couper sa jambe en dessous du genou. Tu te rends compte ? Son membre est resté au fond du puits, écrasé par un rocher. Je ne sais pas si…

— Tu ne sais pas quoi ? hasarda-t-elle, certaine qu'il songeait à son prochain mariage.

— Je me demande quand il sortira de l'hôpital. Isaure, je vais épouser Jolenta. Je voulais te le dire dans une lettre, mais je n'en ai pas eu l'occasion. Les bans sont publiés. Mais, dans une quinzaine, je doute d'avoir mon galibot pour garçon d'honneur.

— Ta mère m'a mise au courant.

— Et tu ne me félicites pas ?

— Si, bien sûr.

Thomas croyait fermement qu'une amitié inaltérable les liait, Isaure et lui. Quand la jeune fille était partie pour La Roche-sur-Yon, il n'avait pas soupçonné une seconde le déchirement que cela représentait pour elle.

— Quel enthousiasme ! se moqua-t-il. Tu n'es pas jalouse, au moins ?

Elle parvint à prendre une mine amusée pour répliquer :

— Tu me rebats les oreilles avec Jolenta depuis des mois. Il fallait s'y attendre. En plus, elle est belle, gentille et honnête.

Chaque mot lui coûtait, mais elle voulait à tout prix donner le change.

— Je suis soulagé que tu l'apprécies à sa juste

valeur. Si mon Isauline désapprouvait un de mes choix, je serais malheureux.

On frappa. La voix de Justin Devers s'éleva derrière la porte.

— Les dix minutes sont écoulées.

— Qui est-ce ? s'étonna Thomas.

— Un inspecteur de police. Je crois qu'il veut te parler. Il m'avait accordé dix minutes. Je le laisse entrer. Je reviendrai quand il s'en ira.

Isaure s'exprimait sur un timbre doux et câlin que seul connaissait le jeune mineur. Près de lui, elle devenait une tout autre fille, à la fois exaltée, soumise et surtout comblée, n'exigeant rien de plus que d'être là, à ses côtés.

Honorine Marot et son fils cadet, Jérôme, l'avaient constaté et ils en avaient tiré leurs conclusions. Ni l'un ni l'autre, cependant, ne s'était mêlé de l'amitié si particulière qui unissait Thomas et Isaure. « Comment mon frère peut-il être aussi aveugle, lui qui a de bons yeux ? » se demandait souvent l'infirme. Une seule fois il avait tenté d'en discuter avec sa mère, mais Honorine avait protesté, incrédule.

— Tu te trompes, fiston. Isaure voue une grande affection à Thomas, surtout depuis qu'elle n'a plus ses frères, mais rien d'autre. Cette pauvre gosse, elle ne sait pas vers qui se tourner. Moi, je la pense un peu dérangée. Que veux-tu, on l'a élevée à la dure, pas mieux qu'on élève un chien.

Ce genre de propos désespérait Jérôme Millet qui, plongé dans un monde obscur, gardait précieusement le souvenir de la beauté d'Isaure.

*

À peine entré dans l'infirmerie de l'*Hôtel des Mines*, Justin Devers se posta au bout du lit de Thomas.

— Bonjour, monsieur Marot ! commença-t-il. Inspecteur Devers. Je suis désolé de vous interroger aussi vite ; on m'a dit que vous avez été remonté du puits ce matin à l'aube.

— Oui, c'est vrai et, franchement, je ne vois pas ce que la police vient faire dans le pays. Vous enquêtez pour le compte de la compagnie ?

— Excusez-moi, monsieur, en principe, c'est à moi de poser des questions. L'accident survenu jeudi soir a causé la mort de trois hommes : votre porion Alfred Boucard, Jean Roseau, surnommé Passe-Trouille, et Philippe Millet qui aurait bientôt eu droit à une pension de retraite[1].

— Philippe Millet, dites-vous ? Je n'ai pas de collègue de ce nom-là. Vous faites une erreur.

— Pardon… Dans ce cas, peut-être que le surnom de Chauve-Souris vous rappelle quelqu'un ?

Thomas opina. Il se redressa en appui sur un coude, gêné d'être allongé devant cet étranger, comme en position de faiblesse.

— Je vois de qui il s'agit, mais j'ignorais son nom de famille. Cet homme ne faisait pas partie de notre équipe. Normalement, il n'aurait pas dû se trouver dans la galerie où le coup de grisou s'est produit.

— Je prise fort votre terme, monsieur Marot.

1. Des caisses de retraite ont été mises en place pour les mineurs à partir de 1894.

« Normalement », avez-vous dit. Justement, si je vous importune, c'est qu'il y a un problème, en fait, une chose anormale. Votre porion, Alfred Boucard, n'a pas trouvé la mort en raison du coup de grisou. Il a été assassiné.

L'inspecteur mit les mains dans ses poches tout en étudiant la physionomie du jeune mineur avec une attention féline. Celui-ci, complètement éberlué, eut un vague sourire d'incompréhension.

— Assassiné ! Qu'est-ce que vous racontez ? Il faut y être, au fond d'un puits, à plusieurs dizaines de mètres sous terre, pour comprendre qu'on n'a guère le temps de s'entre-tuer, nous autres, les gueules noires. Et, Boucard, tout le monde le respectait.

— Le directeur de la compagnie a prévenu la police dès que le cadavre d'Alfred Boucard a été remonté au grand jour, soit vendredi après-midi. Hier, samedi, j'ai pu étudier le corps, ainsi que le médecin légiste venu à ma demande. Une autopsie, pratiquée à l'hôpital de La Roche-sur-Yon, confirme la mort criminelle.

Stupéfait, Thomas s'assit pour de bon. Il décocha un regard perplexe à son interlocuteur, dont la mine sarcastique l'exaspérait.

— Si vous le dites ! admit-il. Mais pourquoi vous m'interrogez, moi ?

— Parce que vous pourriez être l'unique témoin de ce meurtre, vu les circonstances. J'ai besoin de savoir ce qui s'est passé exactement.

— Moi aussi. Comment Boucard est-il mort ?

— Jeune homme, je le répète, c'est à la police de poser les questions. Relatez donc l'accident, et en détail.

Justin Devers prit place sur une chaise, une main sur la barre du lit. Il aurait bien allumé un cigarillo, mais il remit ce petit plaisir à plus tard. Nerveux et pris de colère, Thomas lui confia ce qu'il savait.

— La flamme de ma lampe a faibli et tout de suite il y a eu une terrible explosion. Les étais de la galerie ont cédé, et le plafond s'est effondré. Je me suis retrouvé dans le noir total. J'avais perdu mon pic et ma lampe. Par chance, mon casque était neuf et il m'a bien protégé le crâne. C'est du solide, les casques, ici, du gros cuir bouilli. Ensuite, j'ai appelé mes collègues. Le galibot Pierre Ambrozy m'a répondu : il était prisonnier d'une cavité toute proche. En cherchant mon pic à tâtons, j'ai trouvé un corps, celui de Passe-Trouille. Je l'ai identifié à sa corpulence. Je savais aussi qu'il me suivait de près. Normalement, notre porion était en quatrième position, après moi, Pierre et Passe-Trouille. Il n'y avait plus une lumière, rien, juste un sale silence et beaucoup de poussière. J'en ai respiré un paquet.

— L'infirmière m'a renseigné sur votre état de santé ! trancha l'inspecteur. Le médecin attaché à la compagnie préconisait votre transfert à l'hôpital, mais vous avez refusé.

— Je ne me sentais pas mal en point, juste fatigué. Mes poumons ont déjà connu pire, sur le front.

— J'y étais, répliqua sobrement Devers. Je compatis. Écoutez, je ne vous suspecte pas, mais quand même, vous n'avez rien vu d'insolite, une lumière ? Ou rien entendu ? L'écho d'une lutte…

— Non, je vous dis ! Pourquoi ?

— Alfred Boucard a été assassiné. Certes, il avait

une grave blessure à la tête due à une pierre, mais c'est autre chose qui l'a tué. Boucard a pris une balle dans le dos qui a causé sa mort. Nous avons les preuves de ce que j'avance.

— Ce n'est pas possible ! balbutia Thomas en secouant la tête. Qui aurait fait ça ?

— Je suis à Faymoreau pour trouver le coupable. Le directeur de la compagnie m'a octroyé une chambre ici même, dans ce bâtiment. Au fond, il faut savoir à qui profite le crime. Un poste de porion entraîne un meilleur salaire. Sans vouloir vous offenser, je vous mentionne que c'est votre père, Gustave, le successeur de Boucard. Disons qu'il a été nommé à sa place illico, vu l'urgence, m'a précisé monsieur Aubignac, et aussi eu égard à son sérieux ainsi qu'à son ancienneté.

Cette fois, Thomas trembla de rage contenue, les poings serrés. Ce citadin aux manières détestables osait soupçonner l'homme le plus loyal du village minier, le plus désintéressé.

— Comment pouvez-vous accuser mon père ? hurla-t-il. Répandez vos sornettes, et tout le monde vous rira au nez. Et puis, on ne gagne pas tant à être porion, à part des soucis supplémentaires et des responsabilités souvent lourdes.

L'air songeur, Justin Devers se leva et alla poser un doigt sur la poignée de la porte.

— Je me le tiens pour dit. Mais nous nous reverrons sans doute très vite, monsieur Marot, dit-il doucement. Reprenez des forces. Est-ce que je vous envoie la ravissante jeune fille dont j'ai dû écourter la visite ?

Isaure… Accablé autant que révolté par ce qu'il venait d'apprendre, Thomas l'avait oubliée.

— Oui, je dois lui dire au revoir, rétorqua-t-il.

— Très bien, concéda l'inspecteur en sortant.

Mais Isaure tarda à entrer. Lorsqu'elle réapparut au chevet du jeune mineur, elle était d'une pâleur mortelle, les traits figés par une expression de pure stupeur.

— Moi qui étais si contente de passer un peu de temps avec toi ! déplora-t-elle.

— Ce policier t'a importunée, c'est ça ?

— Je lui avais dit mon nom. Alors, il m'a demandé si j'étais de la famille de ce Philippe Millet qui a été tué dans la mine.

— Chauve-Souris… Figure-toi que ça m'a étonné quand j'ai su qu'il s'appelait Millet. On est nombreux à bosser pour la compagnie. Depuis la fin de la guerre, il y a de nouvelles têtes, en plus. Mais Chauve-Souris approchait de la retraite. Je le croisais souvent quand je travaillais au puits Saint-Laurent. Tu devrais demander à tes parents s'ils le connaissaient.

— Mes parents ? Leur parler des gueules noires ? Ce n'est pas la peine, ils vous méprisent tous comme ils me méprisent. Si tu savais, Thomas, l'accueil qu'ils m'ont fait hier ! J'avais faim, mais je n'ai rien eu le droit de manger, pas avant d'avoir aidé mon père à labourer le champ où il sème les betteraves. J'ai conduit le cheval. La terre était lourde et détrempée, je n'en pouvais plus.

Thomas s'efforça de la réconforter. Il la fit asseoir au bord de son lit et l'attira contre son épaule.

— Ma pauvre petite Isauline, évite de revenir à la

métairie. Bon sang, tu as droit au bonheur et au respect. À propos, pourquoi es-tu ici, à Faymoreau ?

Paupières closes, la jeune fille savourait l'instant. Dans les bras de son grand amour, elle n'éprouvait plus ni peur ni chagrin. C'était là qu'elle pouvait respirer à son aise, échapper à la tempête intérieure qui la ravageait depuis des mois et qui pourrait finir par la détruire.

— J'ai quitté ma place chez les Pontonnier, avoua-t-elle dans un murmure, pour rentrer de toute urgence, parce que j'avais lu ton nom dans un journal. Tu étais en danger, ça m'a rendue à moitié folle. La comtesse m'a d'abord grondée, puis elle m'a engagée. Je dois lui faire la lecture.

— Isaure, ne te laisse pas piéger par cette femme. Elle ne te lâchera plus, après ça, si tu lui deviens indispensable. Qu'est-ce que je te répétais, jadis ? Envole-toi, Isauline, bats des ailes et quitte ce pays. Tu es instruite et intelligente. Tu mérites mieux.

— Si je m'envole, je ne serai plus là, près de toi, énonça-t-elle avec une vibration désespérée dans la voix.

Thomas s'était-il volontairement rendu aveugle et sourd depuis son retour de la guerre ? Il eut la singulière impression de se réveiller, de tout comprendre à une vitesse fulgurante. Et ce qu'entraînait cette prise de conscience, ce réveil tardif, lui donna le vertige, en aiguisant encore sa compassion à l'égard de la jeune fille.

— Isaure ? Mon Dieu, est-ce que tu m'aimes autant que ça ? Je ne suis qu'un idiot, je ne t'ai pas vue grandir. Peut-être que tu as des sentiments pour moi et, dans ce cas, j'ai dû te faire bien de la peine, à cause de Jolenta.

En se blottissant davantage contre lui, elle répondit par une question déconcertante :

— Si je te disais que je t'aime de tout mon être, l'épouserais-tu quand même ?

— Oui, ça ne changerait rien. Je l'aime et ce n'est pas nouveau. Et puis, j'y suis obligé. Je peux bien te le confier, sachant que tu ne nous trahiras pas. Elle attend un enfant, mon enfant.

Le « nous » irrita Isaure, et la révélation qui suivait la blessa cruellement. Ce n'était pas de la jalousie, car elle ignorait encore tout des liens charnels et de l'amour physique, mais le fait que Jolenta était enceinte conférait un tour fatidique à la relation des deux jeunes gens. « Ils élèveront et chériront cet enfant ensemble. Leur vie de couple sera plus solide ; ils deviendront inséparables », songea-t-elle, effarée.

— Alors, c'est une chance que je ne t'aime pas comme tu le crois ! déclara-t-elle d'une petite voix moqueuse. Je t'aime autrement. Tu es mon ami, mon frère, mieux qu'un frère, en plus, parce que mes frères n'étaient pas très gentils avec moi.

Une pudeur inexplicable empêchait Isaure de dévoiler la force de ses sentiments pour Thomas. Elle faisait l'impossible pour les dissimuler à son entourage, au jeune homme surtout. En fait, elle n'était que passion dans la moindre parcelle de son corps et de son âme, sans avoir accepté le fait, sans même avoir pris la mesure de cette passion.

— Tu en es sûre ? insista-t-il en la repoussant délicatement pour la regarder dans les yeux.

— Oui, ne crains rien. Peut-être me choisirez-vous comme marraine du bébé ?

— Évidemment et, puisque tu n'es plus cantonnée à La Roche-sur-Yon, tu seras la demoiselle d'honneur de Jolenta.

— Ça non, Thomas, je n'ai pas de jolie robe, en plus.

— Allons, la comtesse t'en prêtera une. Elle te donne bien certaines de ses toilettes ! Comme ça, Jérôme aura une cavalière. Sais-tu, je crois qu'il t'aime beaucoup, mon frère. Dommage qu'il soit aveugle, c'est un beau garçon.

Isaure approuva d'un vague sourire. Thomas avait hérité de la prestance et du charme de son père Gustave, ainsi que des boucles blondes et des prunelles vertes de sa mère. Jérôme, lui, était très brun ; il avait les traits réguliers, le nez droit et le teint mat. Avant la guerre, les filles du village le trouvaient à leur goût, les soirs de bal.

— Je le plains. Ce doit être terrible de perdre la vue, laissa-t-elle tomber après un silence.

Thomas soupira. La discussion l'avait distrait un moment, mais il gardait à l'esprit les insinuations du policier. Il espérait voir son père très vite. Gustave Marot saurait le rassurer, remettre les choses en place.

— Isaure, si tu pouvais me rendre un service… hasarda-t-il. En rentrant chez toi, préviens ma mère que j'ai eu la visite d'un inspecteur de police. Dis-lui de m'envoyer papa dès que possible. Là, il doit être descendu dans la mine. Il y a forcément des travaux de réparation à effectuer.

— D'accord, j'allais partir de toute façon. Soigne-toi bien, Thomas.

Elle lui présenta son visage, et il l'embrassa sur le front, un rituel qui datait du début de leur amitié.

— Reviens quand tu veux, Isauline. Maman organisera sans doute une fête pour mon retour à la maison. Tu es invitée d'office.

Isaure sortit à reculons afin de saisir l'image de son grand amour, assis sur le lit, échevelé, une ébauche de sourire sur ses lèvres et les yeux pleins de bonté.

— Au revoir, dit-elle en agitant la main.

Une fois dans le couloir, elle fondit en larmes. Ses jambes la soutenaient à peine. Elle dut s'appuyer au mur. Installée à son bureau, l'infirmière l'observa d'un œil curieux, puis inquiet.

— Mademoiselle, êtes-vous souffrante ? s'enquit-elle, prête à se lever.

— Non, non, ne vous dérangez pas, balbutia Isaure en s'enfuyant.

*

Cinq minutes plus tard, elle frappait à la porte des Marot. Le coron de la Haute Terrasse alignait ses maisons toutes semblables, serrées les unes contre les autres, comme frileuses sous la pluie froide de novembre.

Les cheminées fumaient et, derrière les fenêtres aux rideaux brodés, on pouvait apercevoir l'éclat jaune d'un plafonnier. Les familles des mineurs bénéficiaient de l'électricité, un véritable luxe aux yeux des gens de la campagne environnante.

— Entre ! lui cria Honorine, qui l'avait vue passer.

Intimidée, Isaure se glissa dans la pièce. Elle n'était jamais entrée chez les Marot sans être accompagnée de Thomas.

— Je viens de la part de votre fils, dit-elle comme pour s'excuser.

— Tu es allée le voir ? Installe-toi donc, je viens de faire du café. Il est bien chaud.

— Merci, madame. Par ce temps, ce n'est pas de refus.

— De quoi a-t-il besoin, mon malade ? demanda Honorine. J'avais prévu lui apporter du linge propre après le déjeuner et peut-être le journal. Son père l'a acheté ce matin.

— Thomas voudrait parler à monsieur Marot à cause de l'inspecteur de police. Il s'appelle Justin Devers et il compte interroger tout le monde, ici.

— Je suis au courant, on ne cause que de ça dans le village. Ce pauvre Alfred, assassiné ! Je ne peux pas le croire.

Honorine sortit deux tasses du buffet en même temps que le sucrier. Elle prit une cafetière en fer émaillé sur la cuisinière et servit Isaure la première. Enfin, elle s'assit à son tour, les traits crispés.

— On a pourtant eu notre lot de malheurs avec cette fichue guerre ! déclara-t-elle tout bas. Il ne manquait plus que ça, un crime dans la mine. Tiens, lis, les journaleux sont contents, ils font de bons gros titres. Ce que je viens de dire, là, je l'ai lu dans la presse du jour : *Un crime dans la mine*.

Elle poussa un quotidien plié en quatre vers Isaure, qui ne fit pas un geste.

— Je vous crois sur parole, madame Marot, dit-elle en respirant avec une sensualité presque animale le parfum âcre du café.

— Tu as raison, ce n'est pas la peine de lire les âneries qu'ils impriment.

Sur ces mots, elle mit un sucre dans sa tasse, tandis qu'Isaure, d'un geste vif, en mettait trois.

— Mangerais-tu une tranche de brioche ? proposa Honorine. J'en ai cuit hier soir en priant pour Thomas. Cela dit, je prie depuis jeudi. Dieu m'a écoutée, puisque mon fils est sauvé.

Sans attendre la réponse, elle se leva. L'instant d'après, elle rapporta un pot de confiture et la fameuse brioche.

— Vous êtes tellement gentille ! s'écria Isaure. C'est que je n'ai pas eu le temps de déjeuner, ce matin. J'avais hâte de monter à Faymoreau.

— Ne te gêne pas, petite, si tu as faim. Chez les Marot, la table est toujours ouverte. Et puis, malgré cette vilaine histoire d'assassinat, je suis toute joyeuse. Thomas rentrera sûrement demain. J'ai prévu d'inviter Stanislas Ambrozy, Jolenta et quelques collègues de Gustave. Mais, quand même, si vraiment on a tiré sur ce pauvre Alfred, c'est inquiétant. Vois-tu, je me creuse la cervelle. Voulait-on tuer le porion, ou n'importe quel mineur ? Parce que, dans ce cas, Thomas aurait pu prendre la balle à la place d'Alfred.

Isaure, qui savourait sa part de brioche, ouvrit grand ses yeux aux reflets de nuit. Ses cils noirs battirent et sa bouche trembla un peu.

— Il ne faut pas imaginer des choses pareilles, madame Marot.

— Que veux-tu, ça me remue, cette affaire-là…

— Et si c'était ce type, Chauve-Souris, le coupable ?

— Ce malheureux a trouvé la mort dans l'éboulement, Isaure. Ne lui manque pas de respect, c'était ton grand-oncle.

— Mon grand-oncle ? Mais non, je n'ai jamais eu de grand-oncle.

— Philippe Millet, ça ne te dit rien ? Enfin, c'était l'oncle de ton père, tu pourras demander à mon mari si je te raconte des sottises. Voyons, tu n'étais pas au courant ? Tes parents ont quand même dû te parler de lui.

Venant d'une tout autre personne, Isaure aurait douté de ce qu'elle venait d'entendre. Mais Honorine Marot n'avait pas la réputation de mentir. C'était une honnête femme, à l'âme droite et au cœur généreux.

— En êtes-vous sûre ? protesta-t-elle cependant. L'oncle de mon père ? Un membre de la famille Millet ? Alors, j'aurais pu le connaître, peut-être qu'il m'aurait…

Elle retint le mot au bord de ses lèvres roses, d'un velouté de fleur.

« Peut-être qu'il m'aurait aimée, lui ! compléta-t-elle en pensée, imaginant une sorte de grand-père à la barbe blanche, débonnaire et chaleureux. Pourquoi on ne m'a jamais dit qu'un Millet était mineur ? »

— Ma pauvre petite, c'est particulier, ça, de te cacher ce genre de choses, déplora Honorine. Je peux bien te le dire, c'était un brave homme, Philippe, notre vieux Chauve-Souris. Je le connaissais du temps que j'étais au criblage.

Les yeux dans le vague, la mère de Thomas se revoyait occupée à trier la houille et à la séparer des déchets stériles. Ce labeur monotone avait l'avantage de s'effectuer à l'extérieur de la mine, mais, après la naissance de sa benjamine, Anne, de santé fragile, elle avait dû renoncer à travailler.

— Tiens, je me souviens, dans ma jeunesse, Chauve-Souris était boiseur, de ces gars qui descendent au fond des galeries vérifier la solidité des étais, le soir, quand tous les autres sont remontés et rentrent vite au coron faire leur toilette.

Isaure essuya ses lèvres du bout des doigts afin d'enlever une miette de brioche. Elle avait un air enfantin qui la rendait encore plus jolie.

— Mon grand-oncle parlait-il de moi et de mes frères ? interrogea-t-elle d'une voix pleine d'espoir.

— Bah ! puisque j'ai abordé le sujet, je serais bien bête de me taire. D'après ce que je sais, Chauve-Souris était brouillé depuis longtemps avec son frère, ton grand-père, donc. À cause de la mine, justement. Il avait délaissé la culture de la terre pour trimer dans les profondeurs du sol. Je crois que c'était par amour ; il avait hâte de gagner son pain et celui de son épouse, que je croisais parfois. Une petite brune toute menue. Elle est morte de la phtisie la troisième année de leur mariage sans lui donner de descendance. Il ne s'est jamais remis de son décès. Le mois qui a suivi les obsèques, il s'est affublé d'une large cape noire, d'où son surnom. Le chagrin lui faisait une figure blafarde terrible à voir. Il avait les yeux cernés de mauve. Pauvre homme ! Elle en aura causé, du malheur, la phtisie !

Honorine se signa. De prononcer le nom de cette

terrible maladie la faisait souffrir, ravivant la blessure qu'elle portait dans sa chair de mère. Isaure le comprit. Thomas se tourmentait tant pour sa petite sœur Anne, que la tuberculose avait éloignée du foyer familial et de l'affection des siens !

— Vous verrez, madame Marot, Anne guérira, affirma-t-elle avec une spontanéité dont elle n'était pas coutumière. Vous priez tant pour elle, Dieu vous exaucera encore une fois.

— Si tu pouvais dire vrai ! Hélas ! son état ne s'améliore guère.

Il y eut un silence au terme duquel Honorine, gênée, crut bon de s'excuser.

— Je n'ai pas à me plaindre, tous mes enfants sont encore en vie. Je suis triste pour Jérôme, qui ne méritait pas de finir aveugle. Mais qui mérite un sort aussi cruel ? J'aurais pu perdre Thomas, ces jours-ci. Quant à Anne, tu as raison, je dois garder confiance : elle guérira si Dieu le veut. Toi, Isaure, tes frères sont morts sur le front. Ils ont donné leur sang pour la patrie, pour la France. Tu es bien à plaindre !

Honorine dédia un regard plein de compassion à la jeune fille, dont la visite imprévue l'avait distraite de ses soucis et l'avait un peu soulagée de l'angoisse qui lui nouait la gorge.

— Il faudrait te trouver un gentil mari, ma petite, et vite quitter le pays, déclara-t-elle dans un besoin naïf de protéger Isaure de la dureté de ses parents.

— Mon père répétait ça, cet été. Il voulait que j'épouse le fils de monsieur Germain, l'éleveur de moutons. Il cherche de la main-d'œuvre gratuite, en fait. Il serait content que j'amène un gros gaillard à la métairie, mais je ne lui ferai pas cette joie.

— Belle comme tu es, tu pourrais facilement trouver un mari en ville.

— Je ne suis pas belle, protesta Isaure en toute sincérité.

— Allons, allons, ne sois pas modeste ! Tu t'es déjà vue dans un miroir, non ?

Isaure haussa les épaules. Thomas avait choisi Jolenta, ce qui, pour elle, signifiait que la beauté appartenait à la jeune Polonaise, fine, blonde et d'une douceur angélique.

— Je vais rentrer chez moi, madame Marot, dit-elle en se levant. Je me plais bien chez vous, mais, cet après-midi, je dois faire la lecture au château. Merci pour le café et la brioche. Aussi, je me sens obligée de vous avertir : le policier, il soupçonne votre mari. Je l'ai su en écoutant à la porte de la chambre. Ce n'est pas bien de faire ça, mais l'infirmière s'était absentée. J'ai collé mon oreille au panneau qui n'est pas épais. Sûrement que Thomas se tracasse pour son père.

Outrée, Honorine devint cramoisie. Elle posa ses mains usées par les lessives à plat sur la table avant de répondre d'un ton sec :

— Il ose soupçonner Gustave, lui qui se ferait tuer plutôt que de faire du tort à qui que ce soit ? Lui qui est toujours volontaire pour secourir ses compagnons ? Qu'il vienne, cet inspecteur ! Il remballera ses accusations, je te le promets. Mon Dieu, a-t-on idée de salir ainsi le nom des honnêtes gens !

Devant tant de véhémence, Isaure recula d'un

pas. Elle remit sa petite toque en velours et reboutonna son manteau.

— Je suis navrée, madame Marot, de vous avoir porté une mauvaise nouvelle. Pardon, je m'en vais.

— Attends une minute, je sors, moi aussi. Je vais prévenir mon mari. Je donnerai un tour de clef. Une fois n'est pas coutume, mais je n'ai pas envie que la police vienne fouiner chez nous.

Il y avait une réelle inquiétude dans sa voix qui intrigua Isaure. « Au fond, peut-être que les Marot ont quelque chose à cacher, eux aussi, comme mes parents qui ne m'ont jamais parlé de ce grand-oncle mineur, songea-t-elle. Moi, je garde secret le grand amour que j'ai au cœur pour Thomas. Il restera secret toute ma vie. »

Quelques minutes plus tard, Honorine s'éloignait en direction de l'esplanade que dominait la structure métallique édifiée au-dessus de l'entrée du puits du Centre. À sa démarche déterminée, on pouvait deviner que la petite femme bouillonnait de colère intérieure.

Isaure la suivit des yeux, puis elle tourna les talons et s'engagea sur la rue en pente menant au coron des Bas de Soie. Ce fut là qu'elle croisa Jérôme Marot, dont la canne blanche tapotait le sol boueux. Un instant, elle fut tentée de s'écarter afin de lui échapper, mais elle eut honte. Elle devait se montrer charitable comme l'était Thomas.

— D'où viens-tu comme ça ? demanda-t-elle en s'approchant du jeune aveugle. Tu serais mieux au chaud, par ce sale temps.

— Je ne suis bien nulle part, Isaure, répliqua-t-il, ayant immédiatement reconnu sa voix. Et toi, je suppose que tu as couru dès l'aube au chevet de mon frère.

— Oui, c'est normal. Il en aurait fait autant à mon égard. Tu te trompes sur mes sentiments, Jérôme. Nous sommes seulement les meilleurs amis de la terre, Thomas et moi. Sais-tu, il m'a proposé d'être demoiselle d'honneur à son mariage. D'abord, j'ai refusé, mais, si madame de Régnier peut me prêter une jolie toilette, je dirai oui. Et tu seras mon cavalier.

— Ton cavalier… Ça m'aurait fait plaisir si j'avais encore mes deux yeux. On aurait dansé au bal, le soir.

— Rien ne t'empêche de danser, surtout si on te tient.

Isaure évitait de regarder le visage du jeune homme. Elle craignait toujours de voir le bandeau glisser et révéler des prunelles laiteuses éteintes. Mais elle avait envie de discuter encore avec lui, car il était lié à Thomas, il appartenait à la famille Marot, dans laquelle elle avait tant rêvé d'entrer.

— Ta mère m'a offert du café et de la brioche, dit-elle d'un ton enjoué. Comme ça, je n'ai pas le ventre vide.

Jérôme tressaillit. Ce simple mot « ventre » le troublait, lui renvoyait une vision de chair féminine satinée, laiteuse et tiède.

Il évoqua les innombrables images d'Isaure qui illuminaient sa nuit perpétuelle, cet univers ténébreux aux allures de purgatoire : Isaure au bord de l'étang, son jupon relevé sur ses chevilles gainées de bas gris, quand elle avait quatorze ans, en 1916. Et l'été suivant, avant son départ pour le front, toute rose sous les ombrages d'un saule, ses cheveux noirs dénoués. Elle riait aux éclats parce que Thomas la chatouillait à l'aide d'un brin de roseau panaché d'un plumeau duveteux. Elle était si jolie, au comble de sa gaieté, petites dents blanches dévoilées, des fossettes à ses joues. Plus que tout, il se souvenait de son regard bleu pareil à un ciel nocturne qui le hanterait toujours.

— Si tu n'aimes pas Thomas, épouse-moi, s'entendit-il articuler distinctement, le souffle précipité. Je ne suis pas un cadeau, mais je touche une pension et j'ai la plus grande chambre chez mes parents. Aucune fille ne voudra d'un type estropié, mais, toi, peut-être. Je te connais sur le bout des doigts, Isaure, sur le bout du cœur. Et il y a un avantage : pour moi, tu seras éternellement jeune ; je ne te verrai pas vieillir.

Totalement stupéfaite devant cette demande en mariage, elle se mit à fixer les collines alentour, noyées d'une brume humide. Elle notait, envahie par un pénible malaise, à quel point les troncs d'arbre étaient sombres et comme les branches ressemblaient à des bras décharnés, tordus par de vaines supplications.

— Épouse-moi, répéta Jérôme sur un timbre grave étouffé. Tu deviendras la belle-sœur de Thomas ; ce n'est pas si mal. Je ne t'aurais jamais avoué l'amour que j'ai pour toi si tu n'étais pas revenue à Faymoreau. Je t'ai sentie en proie à un tel désespoir, hier, parmi tous ces gens ! Tu pourras me dire cent fois le contraire, Isaure, je sais qui tu aimes, je le sais dans toutes les fibres de mon corps, sans doute parce que je t'aime de la même manière.

Alors, faisons un accord : deviens ma femme. Tu verras mon frère du matin au soir. Jolenta et lui vont habiter la maison qui jouxte la nôtre.

— Quelle étrange proposition ! répliqua-t-elle. Je dois y réfléchir.

— Ce coup-ci, tu ne nies même plus, ironisa-t-il. Donne ta main, je t'en prie, que je te touche.

Il tendit ses doigts dans sa direction ; elle recula, farouche.

— Si je consentais à ton stupide marché, ce serait un mariage blanc.

— Ça non, j'ai droit à une compensation.

— Quelle compensation ? C'est ainsi que tu m'aimes, Jérôme ? Tu me déçois. Tu prétends m'aimer, tu veux m'épouser en me faisant miroiter une vie près de Thomas, mais en exigeant une compensation. J'étais contente de causer un peu, j'avais tort. J'aurais mieux fait de passer mon chemin. Au revoir. Et je ne t'épouserai pas. Je préfère encore finir religieuse comme tes sœurs.

— Zilda et Adèle ont la foi, elles.

— Je l'ai perdue, la foi. Le malheur, à la longue, ça détruit les rêves d'enfant. Dieu existe peut-être, mais, dans ce cas, il n'est pas aussi bon qu'on le dit.

Il perçut le bruit de ses pas qui s'amenuisait. Fébrile et furieux contre lui-même, il l'appela :

— Isaure ! Pardon, Isaure, ne te sauve pas !

Il n'obtint aucune réponse. La jeune fille dévalait la pente d'une course légère, malgré le chagrin et l'humiliation qui pesaient sur elle.

3

Les feux follets

Métairie des Millet, trois jours plus tard, mercredi 17 novembre 1920

Il était près de minuit, mais Isaure ne dormait pas. Réfugiée dans sa chambre depuis la fin du dîner, un frugal et rapide repas constitué d'un bouillon de légumes et de pain dur, elle grelottait.

Elle s'était enveloppée d'une couverture et marchait de long en large dans le but de se réchauffer.

« Demain soir, les Marot fêtent le retour de Thomas, se disait-elle, pleine d'amertume. Ils l'ont gardé trois jours à l'infirmerie ; les docteurs jugeaient que c'était plus prudent. Je n'irai pas. À quoi bon ? Je n'ai pas envie de le voir tenir Jolenta dans ses bras et d'entendre la famille se féliciter de leur prochain mariage. De toute façon, mon père refusera que j'y aille. Il a déchiré la lettre que madame Marot avait pris la peine de m'envoyer pour m'inviter. Bien sûr, elle a dû se demander pourquoi je ne suis pas retournée au village et, par gentillesse, elle m'a écrit. »

La gentillesse était une vertu rare, de l'avis d'Isaure. Mais elle pensait à la véritable gentillesse, pas à la condescendance apitoyée que pratiquait notamment la comtesse de Régnier, toujours prête à lui rappeler sa générosité ou son indulgence et à exiger soumission et dévouement en échange.

Isaure avait été tellement privée de la vraie gentillesse depuis sa naissance que les gens capables de lui tendre la main faisaient figure d'anges pour elle. Même si elle prétendait ne plus croire en Dieu, la bonté de certains l'impressionnait et réveillait sa foi d'enfant. Parmi ces anges terrestres, Thomas occupait la première place. Elle ne pouvait pas décevoir celui qui l'avait protégée et comblée d'une tendresse indéfectible. « Je m'en moque, j'irai quand même, à cette fête ! » décida-t-elle soudain.

La maison était plongée dans un profond silence. Bastien et Lucienne Millet se couchaient très tôt. Leur chambre était séparée de celle de leur fille par une pièce où s'entassaient des meubles hors d'usage, des coffres de linge et un bric-à-brac constitué de tout ce qui n'était plus utile au rez-de-chaussée.

Isaure avait cependant entendu sa mère s'y rendre en milieu d'après-midi sous le prétexte de chercher une vieille paire de sabots. Comme chaque fois, la porte avait été refermée à double tour. « Elle doit craindre que je vole quelque chose, car, à part moi, qui pourrait entrer là-dedans ? » avait pensé Isaure.

Une nouvelle guerre était déclarée sous le toit de la métairie, une guerre intime entre trois personnes qui auraient dû s'aimer ou du moins se tolérer. Il avait suffi d'une question posée le dimanche, avant l'heure de la soupe, pour changer l'atmosphère habituelle qui, de sinistre, était devenue orageuse.

— Est-ce que vous savez que mon grand-oncle Philippe est mort dans la mine lors du dernier accident ? avait laissé tomber la jeune fille d'un ton froid.

— De quel grand-oncle parles-tu, pauvre idiote ? avait rétorqué Bastien Millet.

Le regard halluciné, Lucienne s'était signée à plusieurs reprises. Puis elle avait ordonné :

— Veux-tu te taire, Isaure !

— Voilà ce qu'on gagne à fréquenter les gueules noires ! s'était trahi son père.

— On gagne des vérités, avait déclaré Isaure. Honorine Marot m'a tout raconté. Alors, pourquoi faites-vous semblant de ne pas le connaître, Philippe Millet ? On l'appelait Chauve-Souris.

— Encore un mot sur ce bonhomme et tu sors d'ici avec ta foutue valise ! avait éructé le maître des lieux. Tu m'as bien compris, sale peste ? Tu fiches le camp et tu ne remets plus les pieds chez nous. Plus un mot.

Tremblante d'indignation, Isaure avait obéi. Elle était rodée à la discipline en souvenir des corrections reçues dès ses huit ans, coups de baguette sur les mollets ou claques en plein visage. En outre, si on la chassait de sa maison natale, où irait-elle ? La comtesse de Régnier consentirait peut-être à l'héberger, mais cette femme lui faisait songer à un oiseau de proie dont les serres luxueuses pourraient bien la capturer et la priver de toute liberté. « Répétitrice au château *ad vitam æternam* », ressassait-elle encore, sans cesser d'arpenter le plancher de sa chambre.

Fidèle à une de ses habitudes, elle alla se poster à la fenêtre. Elle n'en fermait jamais les volets, avide de la moindre bribe de clarté nocturne. Le noir absolu la terrifiait, surtout depuis que Thomas lui avait expliqué à quel point les ténèbres pouvaient être oppressantes, au fond d'un puits de mine. Avant le coup de grisou du jeudi précédent, il s'était déjà retrouvé pris au piège d'une galerie, sa lampe ayant été brisée par une chute de pierres.

— Pourquoi fait-il ce métier, un des plus dangereux qui soient ? s'interrogea-t-elle tout bas, le nez au carreau.

Isaure se reprit à rêver ; il n'y avait pas eu de guerre, pas d'émigrés polonais ; Thomas et elle se mariaient, ensuite ils venaient vivre à la métairie d'où avait disparu comme par enchantement l'impitoyable Bastien Millet ; ils formaient un couple heureux et ils élevaient des chevaux, de superbes bêtes qu'ils ne vendaient plus jamais à la compagnie minière.

— Mais qu'est-ce que c'est ? chuchota-t-elle tout à coup, arrachée à ses doux fantasmes.

Sa fenêtre donnait sur la cour qui, jusque-là, évoquait une vaste zone d'obscurité où aucun détail n'était perceptible. La pluie avait cessé, mais le ciel demeurait obstinément couvert nuit et jour, dispensant sur le pays une brume à l'opacité étrange.

Pourtant, Isaure venait de distinguer la danse d'une flammèche jaune comme suspendue au-dessus du sol. Soudain, une deuxième tache de lumière apparut, qui s'éteignit aussitôt pour réapparaître un peu plus loin.

— Des feux follets, murmura-t-elle, le cœur étreint par une crainte superstitieuse.

Dans les campagnes, les feux follets passaient pour être des âmes en peine, celles d'enfants morts en bas âge, quand ils n'étaient pas le signe irréfutable que des esprits malins rôdaient, en quête d'un mauvais sort à jeter.

— Quelle malédiction pourrait nous frapper ? se demanda Isaure dans un souffle peureux. Mes frères sont morts… Si c'était moi, la future victime ?

Elle frissonna de plus belle et resserra la couverture sur sa poitrine. Une seconde, elle ferma les yeux et les rouvrit très vite. Les lumières flottaient maintenant le long du mur de la grange à foin, semblables à deux petites bêtes prises de folie. Tremblant de tout son corps, elle les fixa, l'air halluciné. Elle en avait la bouche sèche et le cœur envahi par une frayeur sacrée. Dans ce pays où les marécages abondaient, on recommandait bien aux enfants de ne pas traîner le soir et de s'enfuir s'ils apercevaient des feux follets.

Isaure aurait voulu reculer afin d'échapper à ces lumières inquiétantes, mais, comme pétrifiée, elle en fut incapable. Enfin, les ténèbres reprirent leurs droits, épaisses, presque aussi terrifiantes, puis les feux se manifestèrent de nouveau au bord d'une pâture réservée aux chevaux.

Ils semblaient pris de frénésie, cette fois. Ils s'élevaient et s'abaissaient. Le chien, qui n'avait pas aboyé auparavant, donna de la voix en secouant sa chaîne.

— Mon Dieu, il va y avoir un malheur !

Sur ces mots, Isaure courut vers son lit et s'y pelotonna, draps et couvertures tirés sur sa tête. L'oreiller lui parut glacé, mais c'était un refuge malgré tout, cet amas de tissu où nicher sa frayeur puérile. Elle qui prétendait ne plus croire en rien se mit à prier la Sainte Vierge. Elle poussa ensuite des gémissements qui peu à peu devinrent un prénom : « Thomas, Thomas, Thomas. » Elle n'aurait pas eu peur si elle avait pu se blottir contre lui, appuyer sa joue au creux de son épaule.

— Je ne veux pas être seule toute ma vie, articula-t-elle, la gorge nouée.

Des pensées revinrent l'obséder, lui faisant oublier les mystérieux feux follets. Elle imagina Jolenta en robe blanche, marchant dans l'allée centrale de l'église, conduite par son père, Stanislas Ambrozy. Quelqu'un jouerait de l'harmonium. Il y aurait bien peu de fleurs, en cette saison, mais elle, sa rivale, triompherait grâce à l'enfant qu'elle portait.

— Pas de ça, pas de ça, dit-elle en claquant des dents. C'était à moi, son Isauline, de lui donner des bébés.

Envahie par une rage morbide, elle envisagea tous les moyens de se débarrasser de Jolenta. Mais, horrifiée d'avoir conçu autant de crimes innommables, elle ne tarda pas à avoir honte et à se morfondre en remords. Thomas souffrirait le martyre s'il perdait la femme aimée, l'élue de son cœur ainsi que de sa chair et l'enfant par là même, un enfant qu'il chérissait déjà, sans nul doute.

— Pardon, Seigneur tout-puissant, d'être si méchante, si cruelle. Je ne le pensais pas vraiment. Je Vous en supplie, ne tenez pas compte de mes affreuses idées de meurtre, dit-elle de façon presque inaudible.

Mais elle ne pouvait pas effacer les images de violence qui avaient investi son esprit. « Je n'aurai plus le droit de juger les assassins, songea-t-elle, hébétée. Celui qui a tué le porion, il avait peut-être de la haine pour lui. Qu'est-ce qu'on sait des gens, au fond ? Le porion pouvait très bien coucher avec sa femme ou avoir violé sa fille ! Moi, je ne tuerai jamais, je le jure, mon Dieu, oui, je le jure. Je serai même gentille avec Jolenta, gentille comme madame Marot. »

À présent, Isaure avait chaud, trop chaud. Elle s'agita et pointa le nez hors de son abri. Un grognement sourd lui parvint, qui résonnait à l'étage. Le bruit familier la fit grimacer ; son père ronflait.

— Ne te gêne pas, sale brute, affameur ! dit-elle assez haut. Dors tranquille tandis que ton oncle commence à pourrir dans son cercueil. Mais j'irai au cimetière et je lui parlerai, à ce pauvre homme. Au printemps, je cueillerai des jonquilles pour lui.

Le ronflement s'arrêta net. Mortifiée, Isaure se tut, comme si son père avait pu l'entendre et qu'il allait surgir, le poing levé. Longtemps, elle épia la qualité du silence. Enfin, elle se détendit. Celui qu'elle surnommait parfois l'ogre Millet avait dû changer de position et il dormait toujours. Mais il y eut un autre bruit, ténu, semblable à un glissement feutré. « Quelqu'un monte l'escalier ! se dit-elle. Qui donc, à cette heure-ci ? Un fantôme... » Sa nourrice distribuait en parts égales son lait et ses abominables histoires de revenants.

Isaure se redressa et crut apercevoir un pâle rai de clarté sous sa porte. Une toux avortée, pareille à un sanglot, retentit. Vite, Isaure se leva et se rua dans le couloir. Ce n'était pas du courage, seulement le besoin irrépressible d'être confrontée à ses peurs, de voir de ses propres yeux la silhouette d'un spectre. Néanmoins, sans cette toux typiquement humaine, elle n'aurait pas osé se précipiter ainsi. En fait, une petite voix intérieure lui affirmait qu'elle ne courait aucun danger, du moins pas de ceux qu'engendraient l'au-delà et ses créatures éthérées.

— Maman ? s'étonna-t-elle en reconnaissant Lucienne Millet.

— Chut ! fit sa mère, un doigt en travers de la bouche. Malheureuse, ne réveille surtout pas ton père.

Isaure remarqua le tressaillement nerveux qui secouait le corps de sa mère, encore vêtue de sa robe et de son tablier.

— D'où viens-tu ? s'enquit-elle. Il est tard.

— Je suis indisposée ; ça m'a prise tout à l'heure, au lit. Pardi ! fallait bien que je descende aux commodités pour m'arranger.

— Es-tu sortie dans la cour, maman ? J'ai vu des feux follets, dehors.

— Pauvre fada, pourquoi donc je serais sortie ? Les latrines, elles n'ont pas changé de place depuis ce matin. Ma pauvre gamine, y a bien que toi pour voir des feux follets. Retourne vite te coucher, ma fille. Allez, bonne nuit.

Sidérée, Isaure se demanda si elle était bien réveillée, debout devant la femme qui l'avait mise au monde. Le « bonne nuit » tintait à ses oreilles, incongru, à la manière d'un carillon miraculeusement accroché sous ce toit sinistre.

— Bonne nuit, maman, dit-elle à son tour sans réfléchir. Fais de beaux rêves.

Thomas lui disait cela quand il la quittait, le soir,

après l'avoir raccompagnée sur la route du château. Elle répliquait en riant : « Je rêverai de toi. Forcément, ils seront beaux, mes rêves ! »

Lucienne Millet lui fit une tout autre réponse.

— Bah, que je dorme ou que je sois réveillée, je ne fais que des cauchemars.

On aurait juré que des larmes brillaient aux paupières flétries de la paysanne. Isaure recula, inquiète.

— Père est méchant avec toi aussi ?

— Non, ne va pas te mettre des sottises en tête. Tu en as ton content, de sottises.

— Je sais ça, maman. Dis, attends deux secondes… Pour les feux follets, tu dois me croire, je t'en prie. Ils ont traversé la cour, puis ils ont longé la grange. On aurait dit qu'ils brûlaient en l'air. Avoue que c'est bizarre.

— Comment ça, bizarre ? C'est toi qui es bizarre. Pourquoi ce ne serait pas un valet du château qui ramasse des escargots ? Les gens ont le droit de courir la campagne de nuit comme de jour, malgré ce fichu temps.

— Peut-être, oui, admit Isaure, se gardant d'insister.

Sa mère avait changé de ton. L'étincelle de complicité et de tendresse s'était éteinte après un bref pétillement. Isaure aurait voulu poser une main compatissante sur le bras maternel, exprimer sa solitude et sa détresse, solliciter un peu d'affection, mais Lucienne s'en allait déjà, l'échine basse, vers la chambre où son mari dormait profondément.

*

Le lendemain matin, Bastien Millet décida de finir ses labours d'hiver. Il fit signe à Isaure, attablée devant un bol de lait, qu'il aurait besoin d'elle.

— Je n'ai pas bien compris, père, ce que vous voulez dire ! s'écria-t-elle, étant d'humeur belliqueuse. Faites l'effort de parler, au moins.

— Faut t'habiller autrement. Tu vas m'aider comme l'autre jour. Tant qu'il ne pleut pas, j'en profite. Et je parie que tu avais compris, pimbêche.

L'homme essuya sa moustache perlée de café et se gratta la joue. Il n'accorda pas un regard à sa fille avant de se lever pesamment et de chausser ses caoutchoucs[1].

— Je ne peux pas vous aider. Aujourd'hui, madame la comtesse m'attend à dix heures. J'y reste toute la journée et même ce soir. Vous devriez engager quelqu'un, ces temps-ci. Vous en avez les moyens.

De citer Clotilde de Régnier équivalait à brandir un bouclier en acier massif. D'abord perplexe, le métayer se résigna. Il tendit l'oreille, guettant les bruits à l'étage. Lucienne s'affairait là-haut.

— Vu qu'il est sept heures, tu pourrais travailler une paire d'heures, non ? grogna-t-il. Mais, basta ! je ne voudrais pas que la patronne te trouve les ongles sales ou je ne sais quoi. Tant pis, ta mère me donnera un coup de main.

Tout de suite, Isaure regretta son mensonge. Ce jeudi, elle devait se rendre au château en début d'après-midi seulement et elle comptait se cacher

1. Se disait jadis des sabots en caoutchouc.

dans une grange voisine afin d'éviter les fameux labours.

— Maman a besoin de repos, père, osa-t-elle dire. C'est la mauvaise période pour elle. Vous savez comme ça la rend malade.

Bastien Millet émit un ricanement rauque, assorti d'un coup d'œil dédaigneux.

— De quoi tu te mêles ? Y a des choses que je respecte, figure-toi, comme les soucis de bonnes femmes. Ce matin, je sais que ta mère est tout à fait en état de te remplacer.

Incrédule et saisie par le doute, Isaure se leva à son tour.

— Je vous rejoins, père, dit-elle. Attelez le cheval, je ne serai pas longue.

— Que dira la patronne ?

— Je vous ai menti. Madame de Régnier m'a demandé de venir vers quinze heures, pas avant.

Elle eut aussitôt l'impression d'être chargée par un taureau furieux. L'instant suivant, elle recevait une paire de gifles qui lui coupa le souffle. Les joues brûlantes, elle recula en sanglotant.

— Sale brute ! cracha-t-elle. Vous n'avez pas le droit de me frapper. Qu'est-ce que je vous ai fait, à la fin ? Je ne suis pas un garçon, je sais, mais je n'y peux rien.

— Ça t'apprendra à me raconter des boniments ! hurla son père.

Elle sortit, révulsée, aveuglée par ses larmes. Sans réfléchir, elle courut jusqu'au château. C'était un refuge sûr et, cette fois, Clotilde de Régnier entendrait ses confidences. La comtesse fut très étonnée de la voir débouler dans son salon, introduite par la bonne qui arborait une mine outrée.

— Madame, je suis désolée, mademoiselle Millet ne m'a guère laissé le choix. Un peu plus, elle me bousculait.

— Eh bien, eh bien ! que se passe-t-il encore, Isaure ? interrogea la maîtresse des lieux. Ton père ? Ta mère ? L'un d'eux est malade ou blessé ? Je ne vois pas ce qui pourrait justifier ton intrusion à une heure aussi matinale, sinon…

— Mes parents, ça non, hélas ! ils ne sont pas malades… enfin, si, ils ont une maladie du cœur ; ils ne peuvent pas m'aimer, m'accorder un peu de respect ni la moindre affection.

Essoufflée, Isaure tourna un regard désespéré vers le feu qui illuminait la plaque en fonte de la cheminée. Le décor représentait un dragon dressé sur ses pattes avec, au fond, des collines et une maisonnette.

— Je ne veux plus habiter la métairie. Je ne veux plus que mon père me touche.

— Sortez, Amélie, vous n'avez pas à rester plantée là ! ordonna Clotilde à la bonne.

Les propos et le visage marbré de rouge de la jeune visiteuse l'intriguaient et venaient à point pour la divertir, car elle s'ennuyait ferme, le matin.

— Assieds-toi, petite folle, ordonna-t-elle d'un ton doucereux. Ne crains rien, nous sommes seules. De quoi te plains-tu, en fait ?

— Je me plains de vivre, d'être encore en vie alors que mes frères sont morts. Mon père ne s'est jamais intéressé à moi. Il m'a toujours rabrouée, mise de côté, mais, depuis la guerre, je crois qu'il me hait.

— Pas de grands mots ! Personne n'éprouve de haine pour ses enfants, personne, Isaure. Bastien est un homme assez dur, au travail comme à l'égard de ses proches, mais il se montre bon catholique et il ne peut pas te haïr. Peut-être est-il en colère ces jours-ci parce que tu as quitté ta place à l'école des Pontonnier !

— Il est fou. Madame, pitié, logez-moi ici. Je me contenterai d'une couchette dans les combles. Je m'en moque, d'avoir froid. Je devais l'aider à labourer, ce matin, et ça ne me déplairait pas, au fond, s'il m'aimait, si ce n'était pas juste pour m'humilier et me mettre à l'épreuve. Pourtant, il a de quoi embaucher un ou deux journaliers comme il le fait pour les fenaisons et les moissons. Mais non, il préfère s'épuiser, trimer de l'aube à la nuit et ensuite aboyer, rugir, cogner. Il esquinte le chien à coups de bâton, les chevaux aussi.

Clotilde hocha la tête, surprise. Elle connaissait son métayer depuis des années et elle ne l'imaginait pas ainsi.

— N'exagères-tu pas un peu, Isaure ? s'enquit-elle d'une voix sèche. Bastien fait preuve envers mon mari et moi d'une politesse admirable. Il n'a jamais payé une traite en retard et il nous offre même des légumes, l'été. Dans le pays, on le juge honnête et sérieux. Qui l'a vu boire ou flâner ? Tu as tort d'essayer de dénigrer ton propre père, sans doute par esprit de vengeance. Je vois à ta figure que tu as dû recevoir quelques claques, mais n'étaient-elles pas méritées ? Je peux te dire que

Théophile a pratiqué des châtiments corporels sur nos deux garnements ; ils ne s'en portent pas plus mal. Pourtant, mon époux est un modèle de patience. Tu vas vite rentrer chez toi et solliciter le pardon de Bastien.

— J'espérais que vous auriez de la compassion ; je me suis trompée, répliqua simplement Isaure en se levant de la chaise en velours où elle s'était posée, semblable à un oiseau affolé. Je m'en vais. Ne comptez plus sur mes services ! C'est-à-dire pour vous faire la lecture ou m'occuper de vos fils à Noël. Tout le monde ment et triche, ma mère, mon père, vous, tout le monde sauf certains…

La châtelaine se dressa à son tour, raide d'indignation. Elle pointa un index autoritaire en direction de la porte du salon.

— Je t'ai donné un beau prénom, j'ai veillé à ton instruction, et tu oses être insolente avec moi qui suis la bonté même ? Quand je pense aux robes que je t'ai offertes, encore en excellent état, et à la montre que tu as eue pour ta communion. Mon Dieu, tu me brises le cœur, petite sotte !

— Vous n'en avez pas, de cœur !

Ivre de rage et de douleur morale, Isaure renversait toutes les barrières qui l'avaient retenue prisonnière dans ce périmètre familier délimité par le château, la métairie et les terres alentour.

— Hier soir, j'ai vu des feux follets, ajouta-t-elle, les yeux rivés sur un point invisible de l'espace. J'avais peur, mais pourquoi donc ? C'était sûrement les âmes errantes de mes frères. Armand et Ernest me taquinaient et me jouaient mille tours ;

cependant, ils m'aimaient bien, eux. Je voudrais qu'on m'aime, qu'on veille sur moi.

Elle se mit à pleurer, ce qui irrita davantage Clotilde de Régnier. Elle vit dans sa soif d'amour le signe d'une nature perverse et s'enflamma pour de bon.

— Dehors ! Ne m'oblige pas à sonner Amélie afin qu'elle m'aide à te chasser. Et, puisque je n'ai pas de cœur, n'est-ce pas, ne t'avise pas de revenir implorer ma pitié. De l'amour, tu as besoin d'amour… Je commence à comprendre. Peut-être que tu en cherchais auprès de Théophile. Mon mari vante ta beauté dès qu'il le peut. J'aurais dû me méfier. Sors d'ici et disparais. Je ne veux plus te voir, tu entends, plus jamais !

Hagarde, Isaure s'empressa d'obéir. Plongée en plein chaos, elle perdait pied et suffoquait, sans pouvoir analyser pourquoi. D'un coup, les orages s'enchaînaient autour d'elle, prêts à la foudroyer. « Il y a quelques jours, j'étais en paix. J'avais un travail convenable à La Roche-sur-Yon et une petite chambre chauffée. Bien sûr, Thomas me manquait, mais je lui écrivais et il me répondait. Maintenant tout va mal », pensa-t-elle.

En longeant l'allée semée de gravillons blancs, elle fit un rapide récapitulatif : le rat mort jeté à ses pieds, le coup de grisou, le mariage de Thomas et de Jolenta, le crime dans la mine. Il y avait aussi ce Philippe Millet, son grand-oncle dont elle ne verrait jamais les traits, et encore la stupide demande en mariage de Jérôme Marot.

— Cette nuit, les feux follets, ce matin, la violence

de père, dit-elle tout bas. Le malheur est sur moi, rien que sur moi.

Elle hésitait à retourner à la métairie quand elle entendit le ronronnement d'un moteur. Elle regarda vers le haut de la colline que couronnaient les façades des corons. Une automobile noire descendait la route à vive allure. Avant d'avoir pu se poser des questions, elle reconnut le conducteur, qui venait de klaxonner en ralentissant à sa hauteur.

— Tiens, mademoiselle Millet, quelle chance ! s'écria Justin Devers. Je rendais visite à vos parents.

Il acheva de baisser la vitre et l'observa mieux, déçu par son apparence. Ses cheveux noirs croulaient sur ses épaules, ses joues semblaient marquées de rouge et elle était affublée d'une robe grise défraîchie fermée au cou.

— Vous étiez un peu plus élégante à l'*Hôtel des Mines*, fit-il remarquer.

— Et vous, vous étiez un peu plus courtois, répliqua-t-elle, soulagée de déverser son exaspération sur lui. Pourquoi voulez-vous voir mes parents ?

— Dans le cadre de mon enquête, qui est loin d'être bouclée, mademoiselle. Si vous pouviez m'annoncer…

— Sûrement pas, annoncez-vous tout seul. Vous voyez ces gens, là-bas, dans le champ sur votre droite ? Mon père laboure et ma mère l'aide.

Elle désigna du bras le couple dont les minuscules silhouettes se devinaient à peine sur le brun de la terre humide. Des corbeaux voletaient au-dessus du cheval de trait alors que d'autres oiseaux s'abattaient dans les sillons, en quête des vers et des larves que l'avancée du soc exhumait.

— J'ignorais qu'on labourait en cette saison, dit l'inspecteur. J'ai grandi à Paris. C'est nouveau pour moi, la campagne.

Sans lui prêter attention, Isaure pénétra dans la cour, puis dans la maison. Là, elle s'installa au coin du feu, totalement désemparée, ne sachant quelle décision prendre. Les mains tendues vers les flammes, elle s'efforça de réfléchir. La douce chaleur qui pénétrait ses doigts et la clarté du foyer lui firent penser à Thomas. « Ce soir, il y a la fête chez les Marot. Je dois trouver le moyen de monter le plus tôt possible au village. Honorine m'accueillera, elle. Je la seconderai pour préparer le repas. Demain, je verrai bien comment m'enfuir d'ici. Demain est un autre jour, Thomas dit souvent ça… »

De Thomas, ses pensées glissèrent vers Jérôme. Les paroles de l'aveugle lui revinrent : « Épouse-moi, Isaure ! »

— Si je l'épousais, je vivrais dans le coron. Je serais la belle-fille de Gustave Marot et d'Honorine. Une vraie famille, j'aurais une vraie famille ! se dit-elle, éblouie. Isaure Marot, Isaure Marot.

Le chien aboyait. Presque aussitôt, on frappa. Elle courut ouvrir au policier, qu'elle avait vu passer devant la fenêtre.

— Entrez ! dit-elle, beaucoup plus aimable. Je vais vous offrir du café.

— Volontiers ! Votre père ne devrait pas tarder. Je lui ai fait signe de venir. Tant que nous sommes seuls, j'en profite pour vous avouer que je suis content de vous revoir.

— Même vêtue en souillon ? hasarda-t-elle non

sans un brin de malice, ce dont elle n'était pas coutumière.

— Je n'ai encore jamais vu une aussi ravissante souillon.

Isaure n'était guère habituée aux flatteries masculines, même si elle n'avait pas été dupe de certains regards appuyés dans les rues de La Roche-sur-Yon. Si elle ne vouait pas à Thomas un amour exclusif, elle aurait probablement pu rencontrer un jeune homme capable de la rendre heureuse. Pourtant, ce matin-là, les compliments du policier trouvèrent un léger écho dans son esprit tourmenté. Soulagée à l'idée d'épouser Jérôme Marot, elle se sentait de meilleure humeur. Sa triste existence à la métairie prendrait bientôt fin et elle serait à la place tant convoitée, la même que Jolenta, la bru d'Honorine.

— Est-ce moi qui vous fais sourire ? s'enquit Justin Devers.

— Oui et non. J'ai décidé d'accepter une demande en mariage qu'on m'a faite dimanche, après que je vous ai croisé à l'*Hôtel des Mines*.

— Flûte ! j'ai été devancé par un sacré veinard, alors !

— Peut-être bien. Surtout, ne dites rien à mon père, c'est encore un secret. Je vous en prie, il est dur avec moi. Tenez, tout à l'heure, j'ai reçu une paire de claques.

— A-t-il souvent été violent par le passé ? interrogea Devers du ton suspicieux propre à sa fonction.

— Ça oui, une véritable brute humaine, admit Isaure sans réfléchir aux possibles conséquences de ces mots. Au fait, monsieur, dimanche, vous soupçonniez Gustave Marot. Avez-vous changé d'avis ? Parce que je le connais bien, cet homme. Il n'y a pas plus gentil, plus brave et…

— Ne vous fatiguez pas, mademoiselle, coupa-t-il. En quatre jours, j'ai déjà eu droit à une centaine d'éloges concernant Gustave Marot. De plus, il a un solide alibi.

— Un alibi, qu'est-ce que c'est ?

Absorbé par le moindre de ses gestes, fasciné par son allure gracieuse, il différa son explication. La jeune fille avait de beaux seins, la taille fine, des hanches marquées. Il appréciait notamment son profil comme à peine esquissé, son nez court et ses longs cils noirs.

— Voyons, un alibi… dit-il, l'air songeur. C'est la preuve que le suspect ne pouvait pas se trouver sur le lieu du crime à l'heure du crime. Ainsi, au moment du coup de grisou, qui correspond à celui du meurtre de Boucard, Gustave Marot était au milieu d'une équipe de huit mineurs, loin de la galerie qui s'est effondrée. J'attends un expert parisien accoutumé aux accidents miniers. Il se pourrait, en fait, que le coup de feu tiré ait provoqué le coup de grisou. Je ne devrais pas vous raconter tout ça, mais tout le monde à Faymoreau est au courant. On cause sec, dans les corons.

Bastien Millet fit son entrée, massif, les pieds maculés de glaise brune, sa casquette à la main. Il soufflait fort d'avoir marché vite et cela lui donnait encore plus des allures de taureau. Il fronça les sourcils en voyant Isaure servir du café à l'inconnu.

— Qu'est-ce que vous me voulez, monsieur ? grogna-t-il.

— Inspecteur Devers, se présenta le policier. Je suis ici pour vous interroger. Voici ma carte professionnelle, au cas où vous douteriez de mon identité et de mon statut.

Fortement impressionné, le métayer hocha la tête. Son attitude contrite, voire timide, procura une joie mauvaise à Isaure. Elle en conçut même de la gratitude à l'égard du policier.

— Vous êtes bien le neveu de Philippe Millet, n'est-ce pas ? attaqua Devers. J'ai exigé l'exhumation de votre parent, enterré avant-hier. Il se pourrait, en fait, que sa mort ne soit pas plus naturelle que celle du porion Alfred Boucard.

— Et alors ? Je n'ai rien à voir avec ceux de la mine, moi.

— Certes, je l'admets, mais peut-être savez-vous qui aurait eu intérêt à supprimer ces deux hommes, dont l'un appartient à votre famille…

— Moi, les histoires des gueules noires, je ne m'en suis jamais mêlé et je ne vais pas m'y mettre ! aboya Bastien. Pareil, mon oncle, je l'avais pas croisé depuis belle lurette, une trentaine d'années à peu près.

— Alors que vous viviez à trois ou quatre kilomètres l'un de l'autre sur la même commune ? s'écria Justin Devers.

— Ben, ouais… Isaure, je prendrai du café, moi aussi.

— Oui, père, répondit-elle d'une voix mielleuse. Avec du lait ?

Le métayer lui jeta un regard circonspect. Il était toujours en colère contre elle à cause de son mensonge et également parce qu'elle s'était enfuie.

Mais, devant cet inspecteur aux mimiques faussement affables, il ne pouvait pas épancher sa rogne.

— Monsieur Millet, où étiez-vous le jeudi 11 de ce mois, soit jeudi dernier à trois heures de l'après-midi ?

— J'n'en sais point rien. Sûrement, j'étais ici, au travail. Attendez que je me rappelle… Voyons, jeudi…

Isaure vit son père se troubler, rougir, puis pâlir. Il se racla la gorge, but du café et s'étrangla. La quinte de toux qui suivit parut interminable à Devers tout en l'intriguant.

— Jeudi à l'heure que vous dites, j'étais du côté du puits Saint-Laurent, qui est fermé à l'exploitation. J'allais acheter une oie chez la veuve Victor. Elle vend de la volaille.

— Très bien, j'espère que cette dame confirmera la chose.

— Que le diable m'emporte si elle dit le contraire ! s'écria le métayer. L'oie, je peux vous la montrer, je l'ai mise dans la basse-cour avec mes canards de Barbarie. L'enclos est coupé en deux. Les poules et le coq à droite, l'oie et les canards à gauche.

— Tout ceci sera vérifié, monsieur, affirma le policier. Mais pourquoi étiez-vous en froid avec votre oncle ? Un problème d'héritage ? Un secret de famille ?

— Il était devenu une gueule noire, comme on dit chez nous. Mon père, son frère, donc, lui a jamais pardonné ça. Il voulait exploiter des coupes de bois avec lui et élever des moutons. Ils avaient prévu bosser ensemble, en fait. Et puis, l'oncle, c'était pas un type recommandable. Il buvait. Il y a pire : dans le pays, on raconte qu'il racolait les gamines à la sortie de l'école après la mort de sa femme. C'est même pour cette raison que, mon épouse et moi, on a tenu Isaure à l'écart de lui. Figurez-vous qu'il m'a écrit, une fois. Il réclamait sa petite-nièce, il voulait la connaître. J'ai répondu vite fait qu'il n'approcherait jamais ma fille.

— Une précaution qui vous honore, monsieur Millet.

Sur ces mots, l'inspecteur observa Isaure, debout près du buffet. Elle semblait désemparée et aussi très surprise. Il ignorait à quel point les révélations du métayer ébranlaient les amères certitudes de la jeune fille.

— Je suis embarrassé, à présent, marmonna Justin Devers. Monsieur Millet, votre emploi du temps de jeudi dernier n'est pas très précis. De plus, vous avez pu cultiver des griefs contre votre oncle…

— Fan de vesse[1] ! je cultive des betteraves, de l'orge et du blé, moi, pas des griefs ! Vous ne comptez pas me coller un crime sur le dos, avec vos grands airs de Parigot ? Et, que je sache, on a tiré sur Alfred Boucard, pas sur mon oncle. Ce Boucard, je ne sais pas qui c'est. Je ne fréquente pas le bistrot du village, le quartier général des gueules noires. Tenez, Boucard, ça ne me dit rien. Je ne vois même pas la tête qu'il a.

— Vous pouvez parler de Boucard au passé, rectifia Devers.

— Je ne suis pas finaud, concéda Bastien Millet.

Il jeta un nouveau regard sur sa fille, qui venait

1. Juron du patois vendéen.

de s'asseoir à la table. Elle le fixa un instant avant de baisser les yeux.

« Père tenait un peu à moi, s'il refusait de me faire rencontrer ce grand-oncle aux mœurs coupables, songea-t-elle. Ou bien il ment pour justifier sa dureté et son indifférence. Peut-être que c'était avant la guerre, qu'il a reçu cette lettre ! Avant la mort de mes frères, il se montrait moins méchant avec moi, un tout petit peu moins. »

Les trois protagonistes de la scène achevèrent de boire leur café dans un parfait silence. Ce fut le policier qui reprit la parole :

— Le corps de votre oncle va être autopsié. Je considère comme une erreur que cela n'ait pas été fait aussitôt. Vous êtes le seul membre vivant apparenté à ce malheureux, monsieur Millet. Aussi, je tenais à vous en avertir.

— Au passage, vous m'avez cuisiné.

— N'exagérez pas, je ne vous ai ni torturé ni soumis à la question. Nous ne sommes plus au Moyen Âge, quoique, dans votre coin de Vendée, les superstitions soient tenaces.

Pendant ce dialogue, Isaure réfléchissait au meilleur moyen de quitter la métairie sans s'opposer à l'autorité paternelle. Elle crut bon de profiter de la présence de Justin Devers.

— Père, je suis invitée chez les Marot aujourd'hui. Ils organisent une fête pour le retour de Thomas et je dois aider aux préparatifs. Tout à l'heure, j'ai vu madame la comtesse et elle m'a donné ma journée. Monsieur Devers, puisque vous êtes en voiture, pourriez-vous m'emmener au village ?

— Avec plaisir, mademoiselle.

— Merci. Je monte m'habiller décemment.

Isaure reprenait vie et courage. Ce n'était peut-être pas si difficile de s'échapper, parfois. Pris au piège, Bastien émit un grognement sourd, son cou puissant rentré dans ses épaules. L'inspecteur lui proposa un cigarillo. Il n'était pas vraiment dupe du manège de la jeune fille et il souhaitait la soutenir en amadouant ce rude agriculteur qui, en effet, paraissait d'une nature hargneuse.

— Vous n'avez rien d'autre à me dire, monsieur Millet ? insista-t-il.

— Rien du tout. Ah ! Si ! La guerre a tué mes deux fils. Alors, si je devais buter quelqu'un, ce ne serait pas un porion à moustache.

— Tiens, tiens, comment savez-vous qu'Alfred Boucard portait des moustaches, si vous ne l'avez jamais vu ?

— Bah, j'étais devant la verrerie, samedi. Les gens causaient de l'accident et des victimes. Je venais chercher ma gosse, qui avait abandonné sa place en ville par caprice, par bêtise. Faut pas vous fier à sa jolie petite mine. Isaure, elle est un peu fada, comme on dit chez nous.

— Ne me faites pas croire que les gens autour de vous ont parlé de la moustache du porion ?

— Ben non, les gens, ils ne causaient pas de sa moustache, mais de sa mort. Le facteur nous avait déjà tout raconté, à ma femme et à moi.

Bastien Millet se troubla, le souffle court. Il ne se sentait pas de taille à affronter ce jeune inspecteur de police dont l'esprit était manifestement plus vif que le sien. Il fit amende honorable, dépité de s'être trahi.

— Bon, bon, d'accord, je l'connaissais un peu, Boucard. Mais, avec vos manières, vous me retournez l'entendement. Pardi, on dirait que je suis coupable, que vous allez m'emmener en prison, trop content d'avoir terminé votre enquête.

— En somme, vous prétendez que je vous mets si mal à l'aise que vous débitez n'importe quoi, trancha Devers.

— Voilà, c'est ça… Vous pensez, je suis bien obligé de monter à Faymoreau deux fois par semaine. Le dimanche pour la messe, le jeudi pour acheter du tabac. Là, oui, je rencontre des gueules noires. Boucard, j'ai dû le croiser devant l'église. Vous savez ce que c'est : les paroissiens discutent et ils se saluent. Difficile de ne pas écouter. Les noms de famille, ils vous sonnent aux oreilles. Vous comprenez ça ?

— Évidemment.

— Bon, il faudrait que je vous laisse, ma pauvre femme m'attend au milieu du champ ; elle tient le cheval. Si le temps se remet à la pluie et que je n'ai pas fini les labours, ça fera pas mon affaire.

— Allez-y, monsieur Millet. Je reviendrai, soyez tranquille.

C'était une sorte de mise en garde, et la recommandation sonnait faux. Justin Devers observa le métayer avec un intérêt désabusé. Il le vit ranger le cigarillo offert dans un tiroir du buffet, coiffer sa casquette, les mains un peu tremblantes, puis sortir.

Isaure devait guetter ce moment pour dévaler l'escalier en jupe droite et veste cintrée coupées dans un tissu marron foncé. Un col blanc égayait l'ensemble. Elle avait brossé ses cheveux et portait une cloche en feutrine grise.

— Ciel, vous vous êtes habillée en institutrice ! s'écria le policier.

— J'aurai un poste l'an prochain et j'ai déjà ma tenue. Mais j'emmène un tablier, puisque je vais sûrement cuisiner avec ma future belle-mère.

— Si vous êtes prête, allons-y, je dois me rendre au puits Saint-Laurent après vous avoir déposée au village. Chez la veuve Victor, l'alibi de votre papa.

— Ce n'est pas un papa, protesta Isaure. Ce mot tout gentil, il convient à des hommes qui aiment leurs enfants, pas à mon père.

Les paroles qu'elle venait de prononcer achevèrent de séduire Justin Devers. Cette étrange petite personne à la moue enfantine lui plaisait infiniment.

— Est-ce vrai, que vous êtes un peu fada ? plaisanta-t-il.

— À vous d'en juger, répliqua-t-elle d'un ton grave. Mais je ne le pense pas. Mes parents me considèrent comme une imbécile. Pourtant, ils m'admirent aussi parce que j'ai fait des études. Bon, partons, je vous en prie.

— Venez, mademoiselle, je suis ravi d'être votre chauffeur.

Il lui dédia un sourire qui se voulait enjôleur. Elle n'y prêta pas attention. Quand elle serait chez les Marot, il n'y aurait plus de danger, plus de chagrin. Vite, elle sortit et marcha vers l'automobile noire aux jantes maculées de boue.

« Peut-être est-elle fada ou bien versatile, se disait l'inspecteur. Mais quel gâchis de laisser une perle pareille au fin fond de la campagne ! Elle aurait du succès, à Paris… »

Il dut courir pour la rattraper et lui ouvrir la portière. Isaure prit place sur la banquette avant, du côté réservé aux passagers. Quelques instants plus tard, la voiture démarrait sous les regards éberlués de Lucienne et Bastien Millet. Le couple se tenait dans le champ dentelé de gros sillons bruns, en plein vent. Un vol de corbeaux passa au-dessus de leur tête avec des cris rauques. La femme se signa, les épaules voûtées. L'homme leva une face inquiète vers le ciel gris.

— Saleté de fouineur ! grommela-t-il. Il finira par trouver le pot aux roses.

— Mais, pour ça, faudrait qu'il y en ait un, de pot aux roses, mon pauvre homme.

— À ton avis, s'il apprend que tu as été fiancée à Boucard dans ta jeunesse, qui finira en taule ?

— Pourquoi tu crois ça ? Tu n'as pas tué Alfred, Bastien. Je sais bien où tu étais, moi, à l'heure du coup de grisou. Hélas, oui ! Je le sais trop bien… Et Isaure, où est-ce qu'elle va, de si bonne heure ?

— Tiens, pardi, elle va fricoter chez les Marot. Mais je n'ai pas eu le choix devant le policier. Après tout, bon débarras !

— Tu ne l'aimeras jamais, hein ? demanda Lucienne.

— Qu'est-ce que tu me chantes ? Je la surveille, rien d'autre. Quand elle sera mariée, je pourrai dormir en paix.

— Ce n'est pas une mauvaise fille. La patronne la trouve capable et sérieuse. Tu te rends compte ? Une future maîtresse d'école.

— J'attends de voir, ma Lulu, j'attends…

Le métayer se remit à l'ouvrage, ses grosses mains calleuses crispées sur le manche de la charrue. Il hurla un ordre au cheval qui avança aussitôt, tous ses muscles en action. Après un coup d'œil anxieux vers les marécages s'étendant au-delà des prés voisins, Lucienne suivit le mouvement.

*

Honorine Marot fut soulagée d'ouvrir sa porte à Isaure, qu'elle s'attendait à ne voir arriver qu'en fin de journée avec ses autres invités.

— Bonjour, petite. Tu es matinale, dis donc ! Mais tu tombes bien, j'ai grand besoin d'aide. À moins que tu ne fasses que passer ?

— Non, j'ai eu l'idée de venir plus tôt au cas où vous seriez dans la peine. Je ne me suis pas trompée, alors.

— Ça, tu peux le dire ! Mes filles ne seront pas là avant cinq heures du soir et Jérôme est à l'infirmerie avec Thomas.

— Vos filles ? Adèle et Zilda ?

— Eh oui, elles ont eu l'accord de la mère supérieure pour faire le voyage. Moi qui rêvais de les voir en religieuses, je suis servie. Par contre, j'aurais préféré que ce soit dans d'autres circonstances.

— Bien sûr… Et votre petite Anne, vous avez de bonnes nouvelles ?

— Son état ne s'améliore guère. J'irai lui rendre visite au début du mois prochain. Ce que je voudrais, c'est pouvoir la prendre pour Noël. Mais la compagnie refusera encore une fois. De prétendre que ma mignonne contaminera les corons, c'est une belle ânerie.

— Vous n'avez qu'à l'amener ici en cachette, suggéra Isaure en nouant son tablier autour de sa taille. Personne ne le saura.

— Je n'oserais jamais duper monsieur le directeur. Tiens, si tu veux te rendre utile, épluche donc des pommes de terre. Après, il me faudrait du persil et de l'oseille pour l'omelette. Il n'y a pas eu de gelée ; tu en trouveras dans le jardin.

— D'accord ! répondit la jeune fille, toute contente d'être là, en compagnie de cette femme qui était avant tout la mère de Thomas.

Cette parenté lui conférait une sorte d'aura irrésistible. En prenant les pommes de terre dans le large panier d'osier où elles étaient entassées, Isaure observa la maîtresse de maison. Vingt-trois ans auparavant, Thomas était niché dans ce ventre, créature minuscule en devenir. Ensuite, il avait bu le lait de ces seins ronds un peu lourds.

— Qu'est-ce que tu as à me regarder comme ça ? demanda Honorine gentiment.

— Rien, enfin, si. Je vous trouve bien faite, à votre âge. Vous n'êtes ni grosse ni maigre, et on dirait que vous n'avez pas de rides, madame Marot.

— En voilà, des façons ! s'esclaffa la femme. On ne cause pas de ces choses-là. Je m'en fiche, de mon âge, tant que mes enfants sont vivants et que je peux les embrasser. Sais-tu, j'ai le cœur brisé dès que mon pauvre Jérôme entre ici. Sans la guerre, il y verrait clair. Si ce n'est pas malheureux !

— C'est bien triste, oui, admit Isaure.

— Il fait de son mieux, malgré ça. Il était juste

levé qu'il m'a entaillé deux kilos de châtaignes. Gustave les fera griller dehors ; on a sorti le petit poêle qui me sert pour les lessives. Tu comprends, Thomas adore les châtaignes cuites à la flamme. Un voisin m'en a donné.

— Je les aime aussi. Thomas et moi, on en ramassait beaucoup dans les bois.

— Vous êtes de grands amis, hein ? Et ça ne date pas d'aujourd'hui.

— Les meilleurs amis du monde.

— Je t'avoue que je me suis posé des questions, parfois, mais, comme il y avait Jolenta, je me disais que je me faisais des idées.

— Oh ! ça oui, vous vous faisiez vraiment des idées, répliqua Isaure calmement.

Elles continuèrent à bavarder, chacune évoquant un souvenir qui lui était cher. Honorine fit réchauffer du café et sortit une gâche[1] dorée de son placard.

— As-tu faim, petite ? s'enquit-elle.

— J'ai toujours faim, répliqua Isaure. Et puis, chez vous, c'est gai de manger. Dites, madame Marot, je voulais vous poser une question sur mon grand-oncle Philippe.

— Vas-y.

— Ce matin, l'inspecteur Devers est venu à la métairie. Il voulait parler à mon père. Ils ont surtout discuté de mon grand-oncle et il paraît qu'il avait de vilaines mœurs, qu'il guettait les fillettes à la sortie de l'école.

1. Brioche typiquement vendéenne, à pâte peu levée.

— Chauve-Souris un pervers ? Mon Dieu, non, non et non ! C'est honteux de salir la mémoire d'un aussi brave homme. Décidément, ma pauvre gosse, tes parents te feraient avaler des couleuvres.

— Pas du tout. La preuve, je vous demande ce qu'il en est. Parce que vous, madame Marot, je vous fais confiance.

— Chauve-Souris, tout le monde se doutait de ce qu'il espérait en rôdant près des écoles. Il voulait t'apercevoir, peut-être bien te causer cinq minutes. Il souffrait tant de la solitude ! S'il avait pu faire ta connaissance, il aurait eu un peu de joie dans sa vie.

Sidérée, Isaure approuva en silence. Un long moment, perdue dans ses pensées, elle fixa le bois de la table.

— Je vais au potager vous chercher du persil et de l'oseille, annonça-t-elle en se levant.

Il fallait emprunter le couloir, puis une porte étroite munie d'un loquet et d'un verrou. Le jardin n'était pas grand, mais Gustave Marot réussissait à y planter les légumes nécessaires à la soupe du soir.

Isaure déambula entre les rangées de poireaux et de betteraves rouges. Des choux verts attirèrent son regard, leurs larges feuilles frisées perlées d'humidité. Une palissade en planches faisait office de séparation avec le jardin voisin et ainsi de suite. L'été, des fleurs grimpantes achevaient d'offrir de l'intimité à chaque famille du coron.

« On voit que madame Marot est soigneuse et qu'elle a du goût, nota-t-elle en son for intérieur. Il n'y a rien qui traîne. Le linge est étendu sous l'abri et les bassines sont astiquées. »

Ses derniers doutes se dissipèrent. Elle quitterait

le plus rapidement possible la métairie pour habiter ce modeste logement doté d'un charme inouï à ses yeux. Jamais sa mère n'avait accroché aux fenêtres d'aussi jolis rideaux en dentelle immaculée ni repeint les volets en jaune. Pour avoir la clef de ce paradis, elle devrait épouser Jérôme. Ses sentiments à l'égard du jeune homme importaient peu. Depuis des années, exaspérée quand il s'immisçait entre Thomas et elle, elle se contentait de le tolérer. « Il ne me touchera pas de toute façon ! se promit Isaure en respirant le persil qu'elle venait de cueillir. Je serai une bonne épouse, je laverai son linge, je lui ferai la cuisine et je l'emmènerai se promener, mais il ne me touchera pas. Je trouverai un moyen parce que nous dormirons dans le même lit. »

Elle en aurait oublié de couper de l'oseille. S'en souvenant in extremis, elle s'accroupit pour choisir les plus belles feuilles. Son esprit vagabonda à nouveau. Elle se revit dans la grosse voiture noire du policier, fière du tour qu'elle avait joué à son père. Justin Devers lui avait encore fait des compliments sur le bleu sombre de ses yeux et le brillant de ses cheveux noirs.

Avant de la déposer à l'entrée du village, près du coron des Bas de Soie, il lui avait souri avec insistance.

— J'espère que nous nous reverrons vite, mademoiselle Millet, avait-il murmuré d'une voix caressante. Je suis à votre service si vous ne savez pas comment fausser compagnie à vos parents. En tout bien tout honneur, cela s'entend.

Isaure fit une grimace, le nez plissé et la bouche en cœur. L'inspecteur Devers ne lui déplaisait pas, mais, à côté de Thomas, il faisait figure de marionnette. Elle se redressa et rejoignit Honorine Marot.

*

Justin Devers venait de se garer devant un portail en fer que la rouille attaquait. En face se dressait l'édifice métallique surplombant l'entrée du puits Saint-Laurent, désaffecté. Un berger entouré d'une quinzaine de moutons lui avait indiqué où habitait la veuve Victor.

Les environs présentaient un aspect d'abandon désolant. Des ronciers exubérants grimpaient le long d'un baraquement et les orties foisonnaient, cachant des plaques de tôle ainsi que des débris d'engins agricoles. Un peu partout déambulaient des volailles en liberté, poules, canards, oies et dindons.

Il avait à peine coupé le moteur qu'une femme sortit d'une grange. Il remarqua alors une chouette clouée sur la double porte par les ailes. Il en grimaça de dégoût.

— Qu'est-ce que vous voulez ? lui cria l'inconnue à la tignasse décolorée d'un blond platine.

Elle était outrageusement fardée, et son tablier noir ne parvenait pas à masquer un décolleté plongeant qui révélait la naissance d'une forte poitrine. Il lui donna une quarantaine d'années, à distance, mais, dès qu'il s'approcha, il lui attribua dix ans de plus.

— Madame Victor ? Inspecteur Devers, de la police criminelle.

— J'n'ai rien à voir avec la maréchaussée, moi, protesta-t-elle en prenant un air outragé.

— Je ne suis pas gendarme, madame. Je voudrais juste vous poser une ou deux questions.

— Une suffira !

Justin toisa la veuve sans indulgence. Selon lui, elle respirait le vice et la sournoiserie.

— Ce n'est pas à vous d'en décider, madame. J'enquête sur un meurtre et je ne laisserai rien au hasard. Puis-je entrer ou devons-nous parler ici, près de ce malheureux oiseau, qui empeste de surcroît.

— Venez… concéda-t-elle.

Une fois à l'intérieur de la maison jouxtant la grange, Devers respira plus à son aise. Certes, le logis ne payait pas de mine, mais il était assez propre. La veuve prit place à une table étroite nappée d'une toile cirée.

— Vous êtes là pour le porion Boucard qu'a été tué d'une balle ? demanda-t-elle tout bas.

— Exactement. Je rends visite à tous ceux qui sont liés de loin ou de près à cet assassinat. Je vérifie chaque alibi.

— C'est quoi, ça ? J'en ai pas, moi !

— Sûrement que si, madame, mais je viens surtout au sujet de monsieur Bastien Millet, le neveu d'un autre mineur mort lors du coup de grisou. Rien ne l'accuse ; cependant, je préfère savoir où il se trouvait à l'heure du crime. Or, ce monsieur prétend être venu vous acheter une oie, ce tragique jeudi 11 novembre.

— Fan de vesse ! Ouais, sûr, le Bastien est venu acheter une oie pour la Noël.

— Et à quelle heure ?

— Que le diable m'emporte si je m'en rappelle ! ricana la femme. Enfin, si, peut-être que c'était dans la journée, vers trois heures. On a bu un jus, un café, quoi ! Bastien, c'est un vieux copain.

Elle ponctua le renseignement d'un mouvement de lèvres ridicule, des lèvres maculées d'un rouge criard. Soudain, l'inspecteur comprit ce qui amenait le métayer par là.

— Vous couchez ensemble ? interrogea-t-il sans s'embarrasser de pudibonderie.

— Dites, ça vous regarde pas ! Y a pas de loi qui empêche de prendre du bon temps, non ?

Devers ferma les yeux un instant, effaré d'imaginer le couple en pleine action. Il n'eut plus qu'une hâte : s'en aller.

— Bref, vous confirmez l'alibi de monsieur Millet. Il était chez vous jeudi dernier à l'heure qui m'intéresse ?

— Ouais, je confirme ! susurra la veuve. Je compte sur votre discrétion, monsieur le policier.

— Si je peux éviter d'ébruiter vos relations, je le ferai. Alfred Boucard, vous le connaissiez ?

— Pas comme j'aurais voulu, m'sieur, car c'était un bel homme, ça oui. Un peu coureur, à ce qu'il paraît, mais faut pas se fier aux ragots.

— Moi, j'ai tendance à en tenir compte. Un coureur de jupons, je suppose ?

— Ben oui, du genre à lorgner les jolies filles, les soirs de bal. Mais sa dame, la Danielle qui est si fière, elle disait qu'il n'y avait pas plus fidèle que son Alfred. La pauvre, la voilà veuve comme moi.

L'inspecteur approuva en silence. Il avait rendu

visite à Danielle Boucard le lendemain de son arrivée et il s'était trouvé confronté à l'incarnation du chagrin à l'état pur, à une femme brisée qui l'avait supplié de revenir un peu plus tard. Le porion laissait deux fillettes de six et neuf ans.

Devers se leva, submergé par une sourde tristesse. Ce pays de brouillard, de ciel bas et de bois sombres le déprimait. Depuis son arrivée, il n'avait pas vu le soleil, mais du gris, du noir, de la poussière.

— Au revoir, madame Victor. Bonne continuation.

Quand la voiture démarra, Justin Devers évoqua le joli visage d'Isaure. Il en fut réconforté.

« Il faudrait l'emmener loin d'ici, cette petite ! se dit-il. Très loin. »

*

Au milieu de l'après-midi, Isaure se surprit à penser qu'elle avait rarement été aussi heureuse depuis la fin de la guerre. Elle avait pris avec Honorine le repas de midi, le café et un dé à coudre d'eau-de-vie tout en bavardant.

— Je ne sais pas comment je me serais débrouillée sans toi, affirma la femme, un sourire plein de bonté sur les lèvres. Tu es travailleuse, dis donc ! Regarde-moi ça : la pièce est impeccable. Nous avons rentré les bancs et accroché la banderole.

— Thomas sera content ! soupira Isaure.

Elle leva le nez vers la bande de tissu blanc découpée dans un vieux drap sur lequel était inscrit au charbon de bois en grandes lettres : *Bienvenue à la maison.*

C'était son idée, qui avait surpris la mère du jeune mineur. D'abord réticente, elle s'était laissé convaincre.

— Je connais mon fils, ajouta Honorine. Il ne voudra pas gâcher notre joie, mais il aura la tête ailleurs à cause de Pierre, son futur beau-frère. Ce pauvre gamin ne quittera pas l'hôpital avant deux semaines et il sera infirme à vie. Cela dit, à tout prendre, j'aurais préféré que Jérôme soit amputé d'une jambe plutôt qu'aveugle. Ils font des prothèses, maintenant, qui permettent de marcher, mais, les yeux, ça ne se répare pas. Il avait de si beaux yeux, Jérôme !

Attristée, elle effleura du bout des doigts la nappe rouge qui ornait la table, comme pour en chasser des miettes invisibles. D'un geste spontané, Isaure s'empara de sa main et l'étreignit.

— Je vous en prie, madame Marot, gardez espoir. Vos deux fils sont vivants, Pierre aussi. Nous devons être gaies, consoler Thomas, Jérôme et votre mari qui était soupçonné à tort.

— Tu as raison, petite. Il ne faut jamais baisser les bras. Bien, les pommes de terre sont cuites. Je les mettrai en salade avec des oignons rouges et du lard grillé. La bière est au frais et…

— Et j'ai sorti les assiettes, les verres et les couverts, qui sont prêts à servir au coin du buffet, poursuivit Isaure. Si vous voulez, je peux étaler la pâte pour les tartes à la rhubarbe.

— Je veux bien. Pendant ce temps, je vais aller à l'épicerie acheter de la crème et deux bouteilles de vin blanc. Stanislas Ambrozy apporte un tonnelet de cidre ; ça suffira, comme boisson.

Honorine s'en alla, son cabas à bout de bras, un foulard noué sur la tête. Une fois seule dans la cuisine, Isaure jeta un regard extasié autour d'elle. Ce bonheur tout simple qu'elle avait savouré là, il lui appartenait de le revivre à sa guise.

« Je ne dois pas précipiter les choses. Madame Marot est fine mouche. Si je me jette sur son fils aveugle et que je montre ma hâte de me marier avec lui, elle trouvera ça étrange. Les autres aussi. Et Thomas ? Que dira Thomas ? Bah, il sera content pour son frère. Il me jugera généreuse et même charitable de lier mes jours à un infirme. Et nous serons toujours l'un près de l'autre, des voisins, des parents. »

Le cœur serré par une émotion immense, elle s'appliqua à étaler la pâte, souple et odorante grâce au beurre et au sucre vanillé. Elle en dégusta un petit morceau qui fondit sur sa langue. Les privations répétées depuis l'enfance l'avaient rendue gourmande.

Quand Honorine réapparut, les moules ronds en aluminium étaient soigneusement tapissés d'une fine couche de pâte, et Isaure disposait les tiges de rhubarbe, coupées en tronçons et confites la veille dans de la cassonade.

— Eh bien, on peut dire que tu m'auras bien aidée, petite. Jérôme arrive ; Jolenta l'accompagne. Ce seront Gustave et Stanislas qui rentreront avec Thomas.

Isaure maîtrisa de son mieux un long tressaillement nerveux. C'était le moment de jouer le rôle qu'elle s'était choisi. Il faudrait être aimable avec la fiancée de son grand amour et avec Jérôme, son futur mari.

Elle y parvint à merveille, aidée par la présence des familles voisines venues assister au début de la fête sans y avoir vraiment été invitées. Entre mineurs, la solidarité était de mise et chaque événement favorable donnait lieu à des réunions animées, où l'on ne craignait pas de se côtoyer.

Deux couples et leurs enfants se serraient près du fourneau, sans oser s'asseoir sur les bancs.

— Jolenta, sers donc du cidre ! s'exclama Honorine. Il y aura de quoi pour tout le monde. On pourrait allumer le poêle, dehors, et commencer à griller des châtaignes.

— Je m'en occupe, madame Marot ! s'écria Isaure.

— Que c'est gentil ! Savez-vous, la petite Millet m'a été d'un précieux secours, annonça-t-elle à la cantonade.

Isaure remercia d'un sourire et s'éclipsa. Dans le jardin, elle respira l'air frais du soir afin de calmer son impatience et la tension de son corps. La vision de Jolenta la hantait, blonde, rose, avec son clair regard d'azur. « Elle s'est faite belle et elle a dû se laver les cheveux. On dirait de la soie dorée. Quelle chance elle a d'être aimée de Thomas et de porter son enfant ! »

De plus en plus nerveuse, elle entreprit d'allumer le poêle. Elle cassa des sarments de vigne bien secs et froissa du papier journal avant de s'apercevoir qu'elle n'avait ni briquet ni allumettes.

— Zut ! pesta-t-elle au moment où Jérôme franchissait la porte en l'appelant.

— Isaure, je t'apporte du feu de la part de maman. En voilà, une étourdie !

— Ah ! Merci.

Elle l'observa tandis qu'il se dirigeait en longeant le mur, une main tâtant la pierre. Il gardait la tête un peu relevée et avançait prudemment.

— Où es-tu ? demanda-t-il. Viens donc.

Partagée entre pitié et cruauté, elle ne répondit pas tout de suite, puis elle se précipita, se souvenant de ses bonnes résolutions.

— Je suis là, Jérôme. Tu n'aurais pas dû te déranger, j'allais revenir. Pourquoi t'a-t-on envoyé, puisque tu n'y vois rien ?

— C'est aimable de me le rappeler. Je me suis proposé. J'ai beau être aveugle, je tiens à vivre comme tout le monde et à me rendre utile. Isaure, je voulais te demander pardon, aussi, pour dimanche. Je n'aurais pas dû te parler mariage, surtout pas de cette façon, en te faisant miroiter un quotidien près de mon frère.

— Tu n'as pas à t'excuser. Au fond, c'était gentil.

Quelque chose se brisa dans le cœur torturé de la jeune fille. Au bord des larmes, d'une voix faible, elle confessa :

— Il ne faut pas m'en vouloir, je suis tellement malheureuse à la maison ! Tiens, ce matin, mon père m'a giflée, deux claques en pleine figure. Il me refuse de la nourriture. Au moins, en ville, j'étais tranquille.

Jérôme trouva ses joues et les caressa du bout des doigts. Tout ému, il en éprouva la tiédeur veloutée.

— Tu pleures ? déplora-t-il. Pauvre petite Isaure ! Dire que je m'étais accoutumé à ton absence.

D'abord, tu es partie pour tes études, ensuite, tu as eu cette place à La Roche-sur-Yon. Mais il a suffi de ce coup de grisou et tu réapparais. Tu as tout abandonné à la seule idée de perdre Thomas.

— Oui, à quoi bon le nier ? Sais-tu, j'ai perdu mon emploi chez les Pontonnier et j'ai déplu à madame la comtesse parce que j'ai eu l'audace d'implorer son aide, ce matin. Je ne voulais plus retourner à la métairie, j'avais peur de mon père, mais elle a refusé de me protéger.

Comme Jérôme continuait à lui effleurer le visage, Isaure s'écarta de lui. La tendresse de l'aveugle la laissait totalement indifférente. Elle n'en tirait aucun réconfort, si bien que de nouveau elle appréhenda de s'unir à lui. « Je suis folle ! » pensa-t-elle.

Le cœur serré, elle se décida à craquer une allumette et enflamma son échafaudage de bois et de papier.

— Je crois que je ferais mieux de m'en aller du pays pour toujours, déclara-t-elle. Ce ne sera pas sorcier de trouver une autre place à Luçon ou à La Rochelle. En attendant, j'essaierai de passer inaperçue chez moi.

— Isaure, je voudrais tant te garder ici. Mais tu as raison : pars. Tu rencontreras forcément un homme à ton goût. Il n'y a pas que Thomas, sur terre.

— Arrête avec ça ! s'insurgea-t-elle.

Dans une danse joyeuse, le feu prenait. Sa clarté se reflétait sur les plates-bandes de légumes et sur les cailloux tapissant le sol du modeste hangar. Jérôme en perçut la chaleur. Isaure se plongea dans la contemplation des flammes.

Ce fut ainsi que, tous deux immobiles et silencieux, ils entendirent un joyeux brouhaha à l'intérieur de la maison, un concert de cris ravis, d'applaudissements et de rires.

— C'est sûrement Thomas qui arrive. Viens ! s'écria-t-elle.

— D'accord, allons saluer le héros du jour, ironisa-t-il.

Il régnait une folle animation dans la cuisine, où se pressaient une douzaine de personnes. Isaure vit tout de suite Thomas et Jolenta enlacés. Le jeune mineur embrassait sa fiancée sur le front et sur ses cheveux de soie dorée avec une douceur respectueuse. Ce spectacle la blessa, mais elle afficha un sourire de convenance.

Le plus important, c'était de le revoir, lui, couronné de boucles d'un blond foncé presque châtain, brillant sous la lumière électrique, son regard vert et or pétillant de gaieté. Peut-être se forçait-il un peu à sembler de si bonne humeur. Qui aurait pu le deviner ? Le visage de Thomas avait été créé pour le rire, comme le prouvaient ses fossettes aux joues et le pli charmant à la commissure des lèvres.

Soudain, il l'aperçut, en partie dissimulée par Jérôme. Aussitôt, il se libéra des bras de Jolenta et marcha vers elle.

— Isauline, quelle surprise ! Maman n'était pas certaine que tu pourrais te libérer. Ça me fait bien plaisir que tu sois avec nous ce soir. Quel accueil ! Je n'en mérite pas tant : la banderole, les gâteaux, tous nos amis et voisins.

Sur ces mots, Thomas l'étreignit un court instant,

mais assez fougueusement pour la faire rougir. Gustave Marot vint lui serrer la main. C'était un homme robuste de taille moyenne aux cheveux encore très bruns.

— Bonsoir, Isaure. Honorine m'a soufflé à l'oreille que tu l'avais beaucoup aidée. Je t'en remercie. Reste au chaud, je vais m'occuper des châtaignes.

— Je t'accompagne, Gustave, offrit Stanislas Ambrozy sans entrain.

Le père de Jolenta avait les traits marqués par le chagrin. Il y avait de quoi. Son fils de quatorze ans avait été amputé d'une jambe et il soupçonnait sa fille d'être enceinte, car elle n'avait pas voulu repousser son mariage au printemps.

Les deux hommes sortis, on s'installa tant bien que mal autour de la table. Jolenta aligna les verres qu'Isaure avait préparés, tandis qu'une voisine brandissait deux bouteilles de vin blanc.

— On tenait à participer, expliqua la femme. Pensez donc ! Thomas, on l'a vu grandir.

— Et ce n'est pas si fréquent qu'on remonte vivant d'une galerie effondrée. Dieu veille sur toi, mon garçon, renchérit son époux.

— Et cette histoire de crime ? interrogea une autre femme au fort embonpoint. Moi, je n'y crois pas. Qui aurait voulu tuer Alfred Boucard ?

Les discussions allèrent bon train. Beaucoup se plaignirent des interrogatoires qu'ils avaient subis, accusant l'inspecteur Devers de traiter les innocents en coupables. Un galibot ami de Pierre Ambrozy répéta plusieurs fois qu'il avait assisté de loin à l'exhumation de Chauve-Souris en milieu d'après-midi.

— Taisez-vous donc ! ordonna enfin Honorine. Causons plutôt de choses agréables. Tiens, de nos futurs mariés. La noce aura sans doute lieu le premier jour de l'Avent. Souhaitons qu'il ne tombe pas des cordes.

— Mariage pluvieux, mariage heureux ! s'exclama Jérôme. Maman, donne-moi l'accordéon, ça manque de musique, ici.

— Mais oui, fiston, joue-nous un air bien gai !

Quelques minutes plus tard, assis près du fourneau, le jeune aveugle actionnait les soufflets en carton bouilli de son instrument. Sa main droite courut sur le clavier, et les premières notes s'élevèrent. La fête commençait.

4

Un air de fête

Coron de la Haute Terrasse, maison des Marot, jeudi 18 novembre 1920

Isaure était assise entre Jérôme et Thomas. Les deux frères offraient un joyeux concert, le plus jeune à l'accordéon, l'aîné à l'harmonica. Ils jouaient des airs connus, des refrains à la mode ou d'anciennes chansons vendéennes.

Le visage impassible, Isaure observait tous ceux qui l'entouraient en notant certains détails, comme la main menue de Jolenta posée sur l'épaule de Thomas ou le regard rêveur de Zilda dans sa robe grise de religieuse. C'était la première-née de la famille ; elle avait des traits doux et des yeux bruns en amande, les yeux de Jérôme avant la guerre.

Adèle, elle, ressemblait à Honorine, avec ses prunelles claires et ses cheveux blond foncé bouclés ; mais ses boucles aux reflets de miel se cachaient sous le voile blanc tendu sur son front.

— Il faut chanter, aussi ! s'écria Gustave, qui revenait du jardin avec un troisième plat de châtaignes grillées.

Les fruits, dont la coque était noircie par les flammes, exhalaient une odeur fort alléchante, qu'on ne pouvait confondre avec aucune autre, un parfum à la fois boisé et sucré.

— Chanter ? Pourquoi pas, mais je ne voudrais pas choquer mes sœurs, répliqua Thomas. Je suis déjà impressionné de les voir en tenue de couventines.

— Je suis sûre qu'il y a de vieilles ballades innocentes, ajouta sa mère, les joues roses de contentement.

Sa petite Anne manquait à la fête. Cependant, Honorine se promettait de tout lui raconter lors de sa prochaine visite au sanatorium.

— Peut-être la chanson du laboureur, proposa Isaure, qui ne put s'empêcher de songer à son père, le matin même.

— Oui, on la connaît, renchérit Thomas. Allez, Isauline, avec moi.

— D'accord, dit-elle très vite, ravie, car il demandait à elle seule de l'accompagner.

Ils entonnèrent tous les deux le premier couplet. Pour le deuxième, ils eurent en renfort les voix de Gustave Marot et de Zilda.

Venez tous ici à la ronde
Chanter d'une amitié profonde
C'est la chanson du laboureur
Que l'on a faite en son honneur
Le laboureur par son industrie
Donne ce qu'il faut pour la vie
Et chantons tous ici en chœur
Tout vient de nos bons laboureurs

Le laboureur est sans paresse
Par son travail et son adresse
Nourrit le petit et le grand
Le riche le pauvre en même temps
Pourquoi faire de la différence
On veut montrer l'insolence
Du paysan vous vient le pain
Sans lui vous crèveriez de faim

La chanson terminée, chacun souriait, le cœur en fête, heureux de cette belle assemblée, un peu ivre d'avoir bu bière et vin blanc, le palais satisfait par la saveur des châtaignes. Les ténèbres des galeries de la mine étaient provisoirement oubliées sous la clarté jaune de l'ampoule électrique diffusée par un abat-jour en verre dépoli. De même, on ne pensait plus aux questions de l'inspecteur Devers, dont l'accent parisien conférait à ses interrogatoires une consonance inquiétante. Il n'était pas du pays, pas plus que les mineurs polonais recrutés pendant la guerre, mais à eux, au moins, on s'était habitué.

— Encore, supplia Jolenta. J'aime tant la musique !

Isaure, qui regardait Thomas, se détourna quand le jeune homme embrassa sa fiancée au coin des lèvres. Refusant d'être témoin de leur amour, elle s'obligea à étudier le profil de Jérôme. Il avait baissé son bandeau, qui lui faisait une sorte de collier sombre autour du cou, et il gardait soigneusement les paupières closes, la mine inspirée, sans doute occupé à chercher quel air interpréter. Ainsi, son infirmité passait inaperçue et elle revoyait l'adolescent de jadis, taquin et intrépide, qui lui faisait des chatouilles à la moindre occasion.

— Mangez, mangez ! s'écria Honorine. Gustave, il en reste, des châtaignes ?

— Oui, mais je fais une pause, j'ai le ventre creux, moi aussi, comme tout le monde. Sois sans crainte, il y a encore des braises.

— Je vais vous remplacer, monsieur Marot, proposa Isaure en bondissant de sa chaise.

— Attends un peu, protesta Jérôme. J'irai avec toi. D'abord, une autre chanson, de Vincent Scotto. Je sais le refrain par cœur, mais pas tous les couplets, hélas !

Il remit le bandeau sur ses yeux et fredonna en jouant le plus doucement possible. Adèle se joignit bientôt à lui.

Sous les ponts de Paris,
Lorsque descend la nuit,
Toutes sortes de gueux se faufilent en cachette
Et sont heureux de trouver une couchette,
Hôtel du courant d'air,
Où l'on ne paie pas cher,
L'parfum et l'eau c'est pour rien mon marquis
Sous les ponts de Paris[1].

Lente et empreinte de mélancolie, la mélodie fit soupirer une des voisines. Jérôme replia son instrument en déclarant :

— La nuit est descendue sur moi pour toujours !

1. *Sous les ponts de Paris* : célèbre chanson composée en 1914. Paroles de Jean Rodor, musique de Vincent Scotto.

Pardonnez-moi, je suis désolé de gâcher l'ambiance. Viens, Isaure.

Elle comprit qu'il souhaitait lui parler. Sans réfléchir, elle lui prit le bras pour le guider. Ses pensées se bousculèrent. « Je dois le toucher, me montrer familière. Je suis sotte d'imaginer qu'il n'exigera rien de moi quand nous serons au lit, se disait-elle. Enfin, si je l'épouse… »

Isaure avait grandi entre la métairie paternelle et la ferme de sa nourrice. Elle avait assisté, curieuse, mais souvent effrayée, à des scènes d'accouplement qui allaient de pair avec l'élevage des chevaux, des vaches, des cochons et des volailles. Mais elle peinait à associer ces pénétrations rapides, parfois brutales, à l'acte sexuel réservé aux couples mariés, de préférence amoureux.

Les baisers sur la joue de Thomas et ses étreintes amicales lui avaient procuré de vives émotions. Néanmoins, elle croyait l'amour physique plus pénible qu'agréable, pareil à une faim qu'il fallait assouvir. « Comment ont-ils fait, Jolenta et Thomas ? se demanda-t-elle en versant des châtaignes dans la grosse poêle percée de trous réguliers. Pourquoi l'ont-ils fait ? »

— Isaure, appela Jérôme, tu devrais souffler sur les braises, qu'il y ait des flammes.

— Il y en a, répondit-elle, agacée.

— Non, je le sentirais et je l'entendrais… Alors, es-tu contente de ta soirée ?

— Ça oui ! Je voudrais qu'elle dure des siècles. Dis, tu étais vraiment sérieux en me parlant mariage ? Tout à l'heure, tu t'es excusé, tu ne voulais plus, mais on pourrait essayer.

— Essayer de se marier ? En voilà, une drôle de chose. Ce n'est pas une blague. On signe des papiers à la mairie, ensuite on s'engage à l'église.

La jeune fille se rapprocha de l'aveugle. Elle lui saisit la main et la serra doucement.

— Je ne sais plus comment échapper à mon père, Jérôme. J'ai envie d'être tranquille, de me réveiller sans avoir peur, de manger à ma faim, de rire et de chanter. Ici, chez vous, je serais au paradis. Mais, autant te le dire franchement, il me faudrait du temps avant de… enfin, tu me comprends ? Avant de… toi et moi, la nuit. Je ne suis pas vraiment prête.

— Si c'était Thomas, tu serais prête, à mon avis.

— Ça y est, tu recommences. Ni Thomas, ni toi, ni un autre. Tiens, le policier, Justin Devers, il me fait des compliments à n'en plus finir et il me décoche des coups d'œil de côté ; j'ai remarqué son manège. Eh bien, lui, c'est pareil. S'il me touchait, je le giflerais.

— Tu aurais raison. Il a un culot, ce Parigot ! enragea Jérôme. Ne te laisse pas faire, Isaure.

— Je lui ai dit qu'on m'avait demandée en mariage, fanfaronna-t-elle. S'il croit que je suis fiancée, il me laissera en paix.

— Sûr que tu seras bientôt fiancée, et avec moi. Des fiançailles, ça peut durer un an. Je vais en parler aux parents et, quand on sera mariés, je te promets d'attendre, de ne jamais te forcer. Je serai patient. Déjà, de pouvoir me promener à ton bras et te présenter partout comme ma femme, ma jolie petite femme, ce serait un cadeau du ciel.

Il leva sa main prisonnière des doigts d'Isaure

pour les embrasser, ces doigts fins et tièdes au parfum âcre de fumée.

— Merci ! chuchota-t-il. Alors, tu es d'accord ? Je peux annoncer nos proches fiançailles ?

— Oui, jeta-t-elle dans un souffle, avec la sensation de sauter dans un gouffre mystérieux.

— Tu ne le regretteras pas, Isaure. Bon, et les châtaignes ? Sont-elles prêtes ?

— Pas encore…

Elle libéra ses doigts et remua la poêle. Son cœur cognait à grands coups. C'était exaltant et terrifiant, le projet de lier son destin au frère de l'homme qu'elle adorait.

— Vous vous en tirez ? leur cria Stanislas Ambrozy en les rejoignant sous le petit hangar. Mais il faut activer le feu, mademoiselle, ça ne cuira pas, sinon.

Grand et costaud, le mineur avait les cheveux gris et une barbe soigneusement taillée. Son regard clair se riva à celui d'Isaure.

— Rentrez au chaud, vous tremblez, ajouta-t-il.

Il les congédia d'un geste las. Les jeunes gens s'en allèrent sans un mot. Dès le couloir, une voix limpide leur parvint.

Ils découvrirent Jolenta, debout derrière Thomas, qui chantait une complainte de sa lointaine patrie, en polonais, bien sûr. Son auditoire avait une expression émerveillée, Zilda surtout qui tamponnait ses joues humides d'un coin de son mouchoir.

Isaure se crispa, incapable de refouler sa jalousie. Elle fixa le tas d'épluchures brunes au centre de la table afin de ne pas voir sa rivale. Honorine, quant à elle, s'affairait près de son fourneau. D'une poigne souple, la maîtresse de maison battait à la fourchette une douzaine d'œufs.

— Isaure, si tu veux m'aider, il faudrait couper fin le persil et l'oseille, dit-elle tout bas à la jeune fille.

— Volontiers, madame Marot.

Gustave, lui, leva son verre de vin. D'un large sourire, il invita tout le monde à l'imiter.

— J'ai une bonne nouvelle, déclara-t-il. Comme Stanislas est au courant, je me permets de l'annoncer en son absence. Voilà. Le directeur de la compagnie a promis qu'il attribuera un poste à Pierre dès qu'il sera complètement rétabli. Notre galibot sera préposé aux écuries. Il aura une prothèse, mais rien ne l'empêchera de soigner les chevaux qu'il aime tant, de les nourrir et de les atteler aux berlines. Sa retraite est assurée, même si ce n'est pas demain la veille. Nous, les gueules noires, on trime dur, on impose de grosses lessives à nos femmes, mais on a la retraite au bout du compte.

On se mit à rire. Seul Thomas eut un rictus amer à l'idée de son ami Pierre handicapé à vie. Adèle et Zilda échangèrent une confidence et se signèrent. Stanislas Ambrozy pouvait être certain qu'on prierait pour son fils.

— Jolenta, donne des assiettes, je te prie ! cria Honorine. Mes amis, je mets l'omelette à cuire. Gustave, coupe du pain. Je suis soulagée : la compagnie a bien agi envers Pierre. Comment aurait-il gagné sa vie, ce brave petit gars, autrement ?

— Oh ! il y a des emplois dans les bureaux, si on a un peu de chance, nota un voisin. Mais, le gamin, il aime les chevaux. Ça le consolera.

Jolenta mettait le couvert. Malgré le sort tragique qui avait frappé son frère, elle resplendissait parce que Pierre était sauvé, Thomas aussi. Le mariage aurait lieu à la date prévue. Tant pis si leur enfant venait au monde en avance, son honneur n'en souffrirait pas.

Les discussions reprirent, assorties des bruits ordinaires d'une table bien garnie. Dans ce gai tintamarre, Jérôme prit la parole à son tour. Chacun fit silence pour l'écouter, car il suscitait une profonde pitié, avec ses yeux bandés.

— Moi aussi, j'ai une nouvelle, une très bonne nouvelle ! clama-t-il. Isaure et moi, nous serons bientôt fiancés. Je n'ai plus qu'à lui acheter une bague. La noce se fera en temps voulu, l'an prochain, peut-être.

Un profond silence s'ensuivit, qui exprimait la stupeur générale et, chez les Marot, la consternation. Honorine et Gustave échangèrent une œillade incrédule. Zilda et Adèle triturèrent nerveusement la croix ornant leur poitrine.

— Alors, on ne nous félicite pas ? insista l'aveugle. Plus un souffle, plus une respiration. Thomas, mon vieux, as-tu eu droit à la même réaction lorsque tu as proclamé ton mariage avec Jolenta ?

— Non, je l'avoue, mais laisse-nous reprendre nos esprits ! Isaure et toi, fiancés… Vous ne vous fréquentez plus depuis un an, si ce n'est pas davantage. Et, quand je dis fréquenter, j'exagère la chose. Vous n'aviez de cesse de vous disputer, par le passé. Isaure, c'est une blague ?

— Pas du tout, parvint-elle à articuler, toute pâle

d'embarras. Jérôme m'a demandé de l'épouser et j'ai accepté.

— Mon Dieu, quelle histoire ! s'égosilla Honorine. Flûte ! mon omelette !

Une pénible odeur de brûlé flottait dans l'air surchauffé. Ce fut la panique pour cette cuisinière experte qui détestait gâcher la nourriture.

— Tout le fond a cramé, gémit-elle. Vous ne pouviez pas attendre le dessert ? Me dire ça sans prévenir devant nos invités ! Je ne m'étonne plus que tu sois venue m'aider, petite. Tu espérais m'amadouer. Ce n'est pas malin ni très gentil. Et puis, il y a des choses qu'on ne proclame pas comme ça, en public.

— De quoi te plains-tu, maman ? gronda Jérôme. Tu te lamentais quand je suis revenu aveugle de la guerre, tu répétais que je resterais vieux garçon. Une jolie fille que j'aime veut bien de moi et tu l'accables de reproches.

— Parle un peu mieux à ta mère, Jérôme ! tonna Gustave. Elle a raison : vous auriez pu nous avertir, au lieu de lâcher la chose pendant notre petite fête.

Isaure retenait ses larmes. Elle se croyait rejetée, méprisée. La gorge nouée, elle se rua dans le couloir où elle attrapa son manteau. Sans même l'enfiler, elle sortit et s'enfuit en courant.

Justin Devers la vit passer d'une fenêtre de l'*Hôtel des Mines*. L'inspecteur dînait avec le directeur de la compagnie dans une vaste salle à manger réservée aux repas d'affaires. Il fumait un cigare avant de déguster le plateau d'huîtres qui trônait sur la table nappée de blanc. « Tiens, tiens, mademoiselle Millet semble bien pressée ! » se dit-il.

— Inspecteur, où en étions-nous ? demanda alors Marcel Aubignac, vêtu d'un costume trois-pièces avec cravate rouge. Vous deviez m'informer de votre enquête.

— Vous informer ? Le mot est fort. En fait, je ne devrais parler à quiconque de mon travail, rétorqua l'inspecteur en faisant face bien à regret à son hôte. Désolé d'être direct, mais vous pourriez aussi être le coupable, cher monsieur.

— Mais enfin, ne soyez pas ridicule, s'offusqua l'homme, une mimique de surprise sur le visage. Pourquoi irais-je tuer un de mes employés, un porion de surcroît ? Alfred Boucard me donnait entière satisfaction et...

— Et vous venez de dire que vous assassineriez de préférence un simple mineur, plaisanta Devers.

— Mais non, je n'ai pas dit une chose pareille.

Marcel Aubignac fit un effort pour garder son calme. Il était sanguin de nature, et son teint avait viré au cramoisi. Grand et robuste, il s'estimait bel homme malgré un nez épaté et un menton un peu fort. Son regard vert foudroya une seconde le policier, qui le déroutait avec sa manie de mêler allusions équivoques et humour noir.

— Vous êtes offensant, ajouta-t-il, vexé.

— Offensif, surtout, trancha l'inspecteur en jetant un dernier coup d'œil par la fenêtre.

Il aperçut ainsi un homme qui rattrapait Isaure. À sa couronne de boucles blondes nimbée de reflets par l'éclairage public, il reconnut Thomas Marot.

— Monsieur Aubignac, reprit-il, croyez-vous une

de vos dévouées gueules noires assez stupide pour tirer avec une arme à feu dans une galerie de mine ? Hormis un novice que personne n'aurait renseigné, qui commettrait une telle erreur, lourde de conséquences ? Selon l'expert avec qui je me suis entretenu, le coup de feu a pu provoquer le coup de grisou. Certes, ce n'est pas une certitude, puisqu'on utilise parfois de la dynamite pour agrandir certaines veines de charbon.

— Ou bien pour faire exploser une poche de grisou, justement, nota Aubignac froidement.

— Je suis au courant. Passons. Il y a donc deux solutions ; soit le meurtrier savait ce qu'il faisait et il espérait que son crime serait englouti sous des gravats, soit il était dans un état de désespoir ou de haine si extrême qu'il se moquait de tuer plusieurs innocents. Selon moi, a fortiori, je vois là un geste dicté par la passion, ce genre de passion primaire, instinctive, voire bestiale, qui se rencontre au fond des campagnes ou des quartiers ouvriers. Attention, je ne juge pas aveuglément les classes défavorisées, car, d'expérience, ces mêmes passions, je les ai flairées dans les hautes couches de la société. Avouez qu'il y a de jolies femmes qui travaillent pour la compagnie.

Justin Devers se tut. Vers la droite de l'esplanade surplombée par l'*Hôtel des Mines*, Isaure se jetait dans les bras de Thomas. « Notre héros doit bien épouser une Polonaise. Les bans sont affichés à l'église et à la mairie, s'étonna-t-il en son for intérieur. Et la demoiselle Millet prétend se marier bientôt avec le frère infirme. Je ne me trompe guère, la passion, toujours la passion et ses affres. »

Le policier renonça à épier le couple. Il alla s'asseoir à la grande table et observa les huîtres. Aubignac suivit son regard et crut bon de préciser :

— Des fines de claire en provenance de Marennes sur la côte atlantique, en face de l'île d'Oléron. Elles sont excellentes et c'est la meilleure saison. Un verre de vin blanc ?

— Oui, évidemment. Savez-vous qu'on sert les mêmes huîtres et le même vin blanc à Paris dans les brasseries ?

Le directeur soupira, excédé. Il pensait épater Devers avec des spécialités de la région, et ce diable d'homme le narguait à nouveau. Il se rebiffa :

— Dans ce cas, cher monsieur, demain je vous ferai servir une bonne pessaille ! Je gage qu'on ne trouve pas ça dans la capitale.

— Une pessaille ? s'inquiéta Devers.

— Oui, une grande tartine de pain grillée, beurrée et garnie de haricots cuits dans la graisse, aillés de surcroît. C'est le casse-croûte quotidien de mes mineurs pendant les pauses.

Maussade, l'inspecteur ne répliqua pas. Il but son verre d'un trait en trinquant en silence à la fascinante Isaure. Mais Marcel Aubignac insista :

— Ce serait aimable de me répondre au sujet de votre enquête. Je suis très concerné en tant que directeur de la compagnie minière. J'ai mis un bureau et une chambre à votre disposition, mais j'ignore encore comment vous procédez.

— Vous voulez connaître ma manière d'agir ? rétorqua Devers. Vous êtes un peu au courant ; vous avez dû en entendre parler. Depuis dimanche, j'ai interrogé des dizaines de mineurs, sommés de se présenter dans ce bâtiment à l'heure de la débauche. J'ai rendu visite à madame Boucard, si affectée que je lui laisse un peu de temps. Il me faut aussi des renseignements sur Chauve-Souris, enfin, Philippe Millet. J'ai convoqué deux gars de son équipe demain matin. Mais ça ne fait que commencer, cher monsieur. Au fait, saviez-vous qu'Alfred Boucard avait la réputation d'être un coureur ?

— Si vous croyez que je me mêle des commérages de Faymoreau ! soupira Aubignac. J'ai d'autres chats à fouetter. Boucard était un bon employé. Seul m'intéressait son travail dans la mine.

— J'interrogerai quand même sa veuve le plus rapidement possible. Mais dînons, je suis affamé.

De son côté, Isaure cédait à une sorte de crise nerveuse que Thomas ne parvenait pas à juguler. Elle grelottait entre ses bras et claquait des dents en proférant des paroles dont il peinait à comprendre le sens. Certains mots, néanmoins, avaient assez de pouvoir pour l'affoler.

— Que dis-tu ? Calme-toi ! lui dit-il encore une fois. Tu veux mourir, Isauline… Te pendre… quoi ? Te jeter dans les marais ? Allons, allons, respire, par pitié, calme-toi.

Il la maintenait de toutes ses forces, craignant un geste désespéré de sa part tant elle se débattait pour lui échapper. Jamais il ne l'avait étreinte avec autant de détermination, et leurs deux corps étaient plaqués l'un contre l'autre. Soudain, il perçut sa reddition. Elle s'abandonna en larmes, la joue sur son épaule.

— Isaure, ne te mets pas dans un état pareil !

Mes parents ont été surpris, c'est bien normal. Mais si vraiment tu veux épouser mon frère, ils se feront à cette idée. Ils s'en réjouiront, même.

— Non, non ! s'insurgea-t-elle. Ils ne veulent pas de moi comme mes parents, comme la comtesse. Mon père m'a frappée ce matin et il me ment ; maman aussi. Thomas, j'ai peur. Cette nuit, il y avait des feux follets dans la cour. Il va m'arriver malheur, un grand malheur.

— Il y en a déjà eu bien assez, du malheur, ne crois-tu pas ? Cette guerre abominable qui a tué tes frères et tant d'autres hommes, des millions d'hommes ! Tu ne peux pas imaginer, Isaure, c'était une boucherie. On nous envoyait au massacre. À présent, les journaux font de gros titres avec ce meurtre dans la mine. Quant à tes feux follets, quel rapport ont-ils avec tes prétendues fiançailles ? Dis-moi la vérité, ce n'est pas sérieux, toi et Jérôme. Je sais qu'il t'aime beaucoup et qu'il te faisait un peu la cour avant d'être mobilisé, mais tu t'en moquais.

Elle renifla et frotta son nez contre lui dans un geste enfantin.

— Et alors ? J'ai changé d'avis, voilà.

— Jérôme t'aime, je le sais et je te l'ai dit l'autre jour, mais tu ne dois pas t'engager à la légère. Il sera une charge pour toi ta vie durant. Tu devras t'occuper de lui et l'assister en tout. Si vous avez des enfants, il ne les verra jamais. Isaure, tu avais tant de beaux projets en quittant Faymoreau ! Tu voulais enseigner, voyager, louer un appartement plus tard. Tu es intelligente et jolie, tu aurais pu rencontrer un homme valide, un monsieur, pas quelqu'un d'ici.

Elle se dégagea des bras de Thomas, le fixa un instant, puis baissa la tête.

— Non, je ne suis pas celle que tu dis. Mon père me traite de fada ; il a sûrement raison. J'ai de drôles de pensées, souvent. Et de drôles d'idées.

— Par exemple te marier sans réfléchir avec Jérôme. Isaure, j'ai une grande affection pour toi, tu le sais, mais j'aime aussi mon frère. Tu pourrais le rendre très malheureux, le jour où tu te désoleras d'être liée à lui alors que tu auras croisé l'homme de ta vie, le vrai. Je ne veux pas qu'il souffre, Jérôme. D'être aveugle à son âge, ça suffit à le torturer. Regarde-moi bien dans les yeux, Isauline, et promets que tu ne feras pas de mal à mon frère.

Affolée, Isaure lui tourna le dos. Thomas ne devait pas deviner ce qu'elle cherchait en entrant dans la famille Marot.

— Laisse-moi donc, je m'en vais ! s'écria-t-elle. Je retourne en enfer. Pour le coup, si Jérôme est malheureux, ce ne sera pas ma faute.

— Je te raccompagne ! dit-il en la saisissant par le bras. Nous devons en discuter encore.

*

Dans le coron de la Haute Terrasse, Honorine Marot prononçait presque les mêmes mots en pointant un index en l'air d'un geste nerveux.

— Jérôme, nous devons en causer ! Depuis quand fréquentes-tu Isaure dans notre dos ? Vous avez correspondu en cachette ? Enfin, réponds-moi ! Il y a de quoi être estomaqué, surtout ton père et moi. Isaure a passé l'été au pays, mais, l'an dernier, elle faisait ses études à l'École normale et, depuis octobre, elle travaillait en ville. Alors, cette histoire de fiançailles, c'est du grand n'importe quoi.

— Je suis de l'avis de ta mère, ajouta Gustave, l'air soucieux. Jamais je ne m'opposerai à un mariage si les sentiments sont sincères et réciproques. Que tu aimes Isaure, ça, je m'en serais douté, mais elle ? Cette gosse a été maltraitée, fillette, et ça n'a fait qu'empirer depuis la mort de ses frères. J'en entends assez sur le sujet, même au fond de la mine. Tiens, tu peux demander à Thomas, c'est lui qui en sait le plus. Moi, je pense qu'elle veut surtout quitter la métairie et ne plus y remettre les pieds. Elle se sert de toi, rien d'autre.

Témoins de la scène, les voisins se levèrent et commencèrent à prendre congé. L'omelette en partie brûlée dégageait une odeur désagréable. Le vin et la bière ne coulaient plus ; on préférait laisser la famille régler ses problèmes. Il y eut des au revoir discrets, des signes de la main amicaux. Seuls Zilda, Adèle, Jolenta et Stanislas Ambrozy restèrent assis, tous quatre silencieux, comme figés par l'incrédulité et l'inquiétude.

Vexé, Jérôme se mit en colère.

— Vous avez fait moins de scandale quand Thomas vous a annoncé qu'il épousait Jolenta ! Je m'en souviens, j'étais là et, si je ne vois plus, j'entends très bien. Mais, lui, il a tous les droits, il peut même courir dehors consoler ma pauvre chérie.

Rouge de confusion, Honorine s'adossa au mur. Elle était debout depuis le début de la dispute, malgré ses jambes lasses qui la soutenaient à peine.

— Ce n'est pas pareil, le mariage de ton frère, dit-elle. Jolenta et lui sont un peu plus âgés et ils ont un emploi.

— Ne vous fatiguez pas, madame Honorine, coupa Ambrozy. J'ai compris : vous n'avez pas eu le choix. Ce genre de choses, on évite d'en parler, pour garder la tête haute. Dis-le, ma fille, tu attends un enfant de Thomas ?

— Oui, père, avoua-t-elle dans un sanglot. Je te demande pardon.

— Tu as de la chance d'être tombée sur un garçon honnête, beaucoup de chance.

Le Polonais n'ajouta rien ; il se mura dans de tristes pensées. Zilda quitta son siège et, très digne dans sa toilette de novice, alla réconforter Jérôme, désemparé devant ce qu'il venait d'apprendre. Il s'était assis, le poing droit appuyé sur son front.

— Aie confiance en la bonté de Notre-Seigneur, petit frère. Il a placé Isaure sur ton chemin pour ton bien, j'en suis certaine. Je la connais. En dépit d'un caractère un peu particulier, elle a un grand cœur.

— J'espère que tu as raison, soupira Adèle sur un ton alarmé. Elle est si jolie ! Saura-t-elle demeurer loyale ?

Sur ces mots, elle se signa et fit une courte prière du bout des lèvres. Gustave l'observa d'un œil triste. Sa ravissante Adèle, une fraîche réplique de son épouse, il la revoyait mêlée aux femmes qui triaient la houille. Il avait tant souhaité la voir unie à un brave mineur, pour la garder dans le village et la croiser au quotidien ! Zilda, douce et charitable, lui inspirait les mêmes sentiments.

— Mes chères enfants ! s'écria-t-il. J'ai respecté

votre décision de devenir bonnes sœurs, mais il m'en coûte, oui. Vous étiez un soutien pour votre mère, pour moi aussi.

— Tais-toi donc, mon homme ! protesta son épouse. Je suis bien contente de les savoir religieuses. Nos filles peuvent prier pour leur petite sœur. Elles sont à l'abri du monde, elles, ce qui n'est pas rien.

— Pas tout à fait, maman, nota Adèle. Nous œuvrons sous la bannière de la Croix-Rouge et nous sommes confrontées à la misère. C'est notre choix de ne pas être enfermées à longueur d'année, mais de pouvoir nous rendre utiles.

Tout en écoutant la discussion, Jolenta constata que Jérôme pleurait en silence. Touchée, elle lui effleura l'avant-bras.

— Tu as droit au bonheur. Tout va s'arranger. Thomas raisonnera Isaure et elle reviendra.

— Je hais l'injustice, répliqua-t-il à haute voix. J'en suis une victime. Bon sang, je pars défendre ma patrie et, au bout de quelques jours, on m'expédie à l'hôpital. J'en sors aveugle. Il n'y a pas plus grande injustice.

Mortifiée, Honorine vint le prendre par les épaules.

— Si je pouvais, mon petit, je te donnerais mes yeux, oui, si je pouvais, affirma-t-elle. Excuse-moi de t'avoir blessé, ce soir. Comment j'aurais pu deviner que tu aimais Isaure ?

— Je l'aimais en endossant ce fichu uniforme, je l'aimais avant la guerre ! s'écria-t-il. Mais je n'osais pas en parler. Nous étions trop jeunes. Ensuite, je suis devenu infirme.

— Dans ce cas, tu l'épouseras, fiston, concéda Gustave. Seulement, ta mère dit vrai : on ne pouvait pas savoir et on a réagi avec les nerfs. Tu as ta pension et il paraît qu'Isaure aura bientôt un poste d'institutrice. Au fond, chacun y trouvera son compte, elle autant que toi.

Jérôme approuva d'un signe de tête, une esquisse de sourire sur les lèvres. Apitoyée à son tour, Zilda vint le réconforter en lui murmurant de bonnes paroles. Soulagée, Honorine mit les mains sur les hanches et déclara :

— Bon, le débat est clos. Nos invités ont déguerpi, mais rien ne nous empêche de boire un dernier coup de cidre. Et il faudrait manger mon omelette. Je vais gratter le dessus, qui n'est pas brûlé.

— Mais Thomas n'est pas là, fit remarquer Jolenta avec un regard soucieux vers la porte d'entrée.

— On lui gardera une part ; il ne va pas tarder. Peut-être qu'il va ramener la petite. Comme ça, on pourra s'excuser.

Les Marot, de très braves gens, n'étaient pas du genre à tergiverser longtemps. Ils pensaient avant toute chose au bonheur de leurs enfants. Isaure aurait été rassurée si elle avait pu les voir discuter de l'aménagement de la chambre de Jérôme et chercher une date convenable pour la noce.

Mais, pendant ce temps-là, la jeune fille tentait de décourager Thomas. Ils venaient de dépasser la dernière maison du coron des Bas de Soie et s'engageaient sur la route pentue qui descendait vers le château de Faymoreau.

— Retourne donc chez toi ! lui dit-elle pour la

troisième fois. Tout le monde t'attend. Je connais le chemin ; je n'ai pas besoin d'un chien de garde.

Thomas fut sidéré par le ton rogue. En outre, de s'entendre comparer à un animal lui déplut.

— Quelle mouche te pique ? s'offusqua-t-il. Je ne te pensais pas capable d'être aussi désagréable. Calme-toi, car je t'ai prévenue : nous devons causer encore un peu. De toi et de mon frère. Depuis quand êtes-vous amoureux ? L'autre jour, à l'infirmerie, tu ne m'as rien dit de vos sentiments. Pourquoi ? En plus, je le plaignais, certain qu'il resterait vieux garçon.

— Je n'osais pas aborder le sujet, expliqua-t-elle en marchant plus vite. Tu me parlais de ton mariage avec Jolenta. J'ai jugé que ce n'était pas le bon moment.

— Et tes parents, qu'en pensent-ils ? D'accord, Jérôme n'est plus une gueule noire, mais ils nous méprisent, nous, les mineurs. Je parie que ton père s'opposera à votre union, sans compter que tu n'es pas majeure.

— Ils seraient bien soulagés de me voir partir, que je débarrasse le plancher.

Soupçonneux, Thomas parvint à l'arrêter en la cramponnant par le bras.

— Sont-ils au courant, au moins ? Isaure, ne cherche pas à t'enfuir encore. Et réponds ! Tout ceci n'est pas un jeu, figure-toi.

Il s'était rarement montré sévère à son égard. L'intonation dure et menaçante la désespéra.

— Pitié, je n'en peux plus, laisse-moi donc ! Va rejoindre Jolenta ! gémit-elle, prise de sanglots convulsifs.

Le jeune homme la libéra, navré de la faire pleurer. Elle se mit à courir, abandonnant la route pour couper à travers les champs détrempés. Après un haussement d'épaules, il tourna les talons et remonta vers le village minier.

De retour à la métairie, Isaure se réfugia dans la grange à foin. Enfouie parmi le fourrage entassé qui exhalait une délicate senteur d'herbes et de fleurs séchées au soleil, elle donna libre cours à ses larmes. Son existence lui semblait vaine, déjà entachée de tragédies et de souffrances iniques. Son petit poing serré frappait sa poitrine, tandis qu'allongée sur le dos elle haletait et geignait sourdement, égarée par la violence de sa peine. Enfin, épuisée, elle s'endormit, brûlante et la tête lourde.

Aussi ne vit-elle rien de ce qui se produisait à l'extérieur, de ces lumières jaunes mobiles dont les arabesques dansantes traversaient la cour et longeaient le mur du bâtiment dans lequel son sommeil la protégeait de tous les mauvais sorts.

Des pas discrets, bien plus tard, firent aboyer le chien enchaîné, mais ce fut insuffisant pour la réveiller.

Coron des Bas de Soie, Faymoreau,
vendredi 19 novembre 1920

L'inspecteur Devers était de nouveau assis en face de Danielle Boucard, une femme au visage poupin qui approchait la quarantaine. Les yeux rougis par les larmes, la malheureuse veuve venait de lui servir un café.

— Je suis désolé de vous importuner, madame, dit-il doucement, mais je dois vous interroger sur votre mari. Nous devons trouver son assassin, vous êtes bien d'accord, et c'est dans votre intérêt. Je conçois que ce doit être pénible pour vous, mais je n'ai pas le choix.

— Bien sûr qu'il faut l'arrêter, l'ordure qui a tué Alfred, répondit-elle en réprimant un sanglot.

— Vos filles sont à l'école, nous pouvons causer tranquillement, insinua Devers, soucieux de ne pas la heurter. J'aurais besoin de renseignements sur votre époux, ses amis, ses occupations en dehors de son travail…

Danielle Boucard riva son regard gris-vert dans celui du policier.

— Alfred était un bon père et un bon mari, dit-elle. Ses occupations ? Il allait à la pêche. Il aimait nous rapporter du poisson, aux petites et à moi. Comme ses collègues, il avait construit une cabane.

— Près de l'étang de la digue ? Un dénommé Fort-en-Gueule m'a parlé de cet endroit ce matin.

— Ah oui, Saturnin Ricaut. Alfred l'aimait bien. Mais sa cabane, à mon mari, elle était un peu plus loin, au bord du ruisseau des Orelles. Avant la naissance des filles, on y allait souvent le dimanche. Après, je n'ai plus eu le temps. J'ai eu des ennuis de santé, aussi.

— Il faudra m'indiquer où est située précisément la cabane, madame. Votre époux avait-il de la famille à proximité de Faymoreau, ou un ami de longue date ?

— Non, les parents d'Alfred sont décédés. Sa sœur aînée est établie du côté de Nantes. On a fait connaissance là-bas. J'étais une jeune mariée en arrivant ici.

La veuve du porion se remit à pleurer. L'inspecteur patienta, gêné. Il se demandait comment aborder la rumeur dont on lui avait fait part à propos de Boucard, selon laquelle il était un coureur de jupons. Le matin même, il avait posé des questions directes à ce sujet aux mineurs convoqués par ses soins, mais pas un ne semblait au courant. « De toute façon, je ne suis pas dupe, pensa-t-il. Les gueules noires se serrent les coudes. Pas un mot de trop sur leur camarade et supérieur assassiné ! Les femmes du triage seront peut-être plus bavardes. »

— Madame, je vous en prie, reprit-il à voix haute. Cherchez bien. Vous n'avez rien remarqué d'anormal dans le comportement de votre époux récemment ? Avait-il des ennemis ? Faisait-il des envieux ?

Elle haussa les épaules comme s'il débitait des sottises.

— Des ennemis ? Non. Pourquoi donc ? Des envieux non plus. Ce sont plutôt des envieuses qu'il faudrait dire. Dans ce cas, je suis la seule à plaindre. L'épouse d'un porion, on raconte qu'elle est fière parce qu'elle loge dans le coron des Bas de Soie. J'en connais, des mauvaises langues, dans les autres corons, qui débitent des saletés sur nous par envie.

— Quel genre de saletés ? demanda Devers, le ton neutre.

— On me traite de prétentieuse et de cocue aussi, mais je n'en tiens pas compte, moi. Alfred aimait bien blaguer avec les culs à gaillettes. Il était bel homme et bon danseur. Dès qu'il avait une cavalière, au bal, on voulait me faire croire des choses. Mais je n'ai jamais rien cru du tout, monsieur l'inspecteur, affirma-t-elle, un sanglot dans la voix.

— Madame, je préfère être franc, on prétend que votre époux était un coureur.

— Histoire de salir sa mémoire, gémit-elle. Alfred, il n'a jamais découché. Il rentrait ici sans traîner au bistrot, même. Et il adorait ses petites. Je ne sais pas ce qu'il a fait avant notre mariage et je n'ai jamais cherché à le savoir. Sans doute qu'il a eu des aventures. Que voulez-vous, ce n'était pas un saint.

Pressentant une nouvelle crise de larmes, Justin Devers se leva et prit congé.

— Je reviendrai, madame. Je reste à Faymoreau le temps nécessaire. Je vous laisse en paix pour aujourd'hui.

Dehors, il pleuvait. Le policier posa un regard songeur sur le paysage. Le château des Régnier, au fond du vallon, se détachait, clair et élégant, sur les teintes grises et rousses de l'automne. « Je n'ai pas fini de trier le vrai du faux ni de combattre la loi du silence », se dit-il.

Village de Faymoreau, samedi 4 décembre 1920, deux semaines plus tard

Jolenta sortait de l'église au bras de Thomas. Un ciel d'un bleu pâle assorti aux yeux de la mariée roulait des nuages d'altitude d'un blanc crémeux au-dessus du clocher. Une foule considérable se pressait autour de l'édifice afin de pouvoir admirer le jeune couple. Des enfants endimanchés lancèrent des poignées de riz en criant des hourras de leurs voix frêles. Fort-en-Gueule s'empressa d'ouvrir une caisse en bois percée de trous ronds. Des colombes blanches s'en envolèrent dans un joyeux bruit d'ailes.

— Elle est bien belle, la mariée ! s'égosilla une femme.

— Son mari n'est pas en reste ! se moqua sa voisine.

Les cloches carillonnèrent au même instant, si bien que les applaudissements et les vivats redoublèrent de vigueur. Mêlé à la masse en liesse des mineurs et de leurs familles, Justin Devers observait lui aussi les nouveaux époux. Il avait assisté à la cérémonie en ayant soin de ne pas dépasser le bénitier en marbre. Son enquête avançait bien trop lentement à son goût.

Tenu d'interroger tout le personnel de la compagnie minière et les habitants des environs de Faymoreau, parfois à plusieurs reprises, l'inspecteur avait dû demander du renfort en la personne de son jeune adjoint, Antoine Sardin, arrivé dans le pays une semaine auparavant. Ils avaient déjà procédé à un relevé d'empreintes digitales[1] afin de constituer un fichier anthropométrique, un nouvel atout en matière d'investigations policières.

Les deux policiers logeaient à l'*Hôtel des Mines* et prenaient leurs repas dans le restaurant du rez-de-chaussée, peu fréquenté par les mineurs qui préféraient *La Ruche*, un établissement situé près de la poste.

Les interrogatoires se poursuivaient donc, et Devers avait constaté que les témoignages variaient

1. Technique employée et reconnue valide par la police dès 1904.

souvent comparativement aux précédents, venant pourtant des mêmes gens, mais à quelques jours d'écart. Néanmoins, un point important était éclairci, celui de la présence de Philippe Millet sur le lieu du crime. Déjà, son autopsie n'avait rien révélé de particulier, le dénommé Chauve-Souris ayant été tué par la chute d'un étai en bois au moment de l'effondrement de la galerie. Le vieux mineur venait simplement prévenir Alfred Boucard que le porion de son équipe, Yvon Naudin, voulait lui parler à propos d'une sérieuse infiltration d'eau dans la galerie voisine. La révélation venait d'Yvon Naudin en personne. Et, si Chauve-Souris avait croisé le meurtrier, il n'était plus en mesure d'en témoigner.

Quant à la prétendue réputation de coureur attribuée à Boucard par la marchande de volailles, rien ne la prouvait encore. Antoine Sardin était allé rendre visite à la veuve Victor, mais elle n'avait pas fourni de détails supplémentaires. L'inspecteur finissait par croire qu'il s'agissait d'un ragot, mais il continuait à chercher des informations. Il y avait forcément un élément qui lui échappait. De plus, sa présence était très mal perçue par l'ensemble de la population. On s'était moqué de son accent parisien, le traitant dans son dos de Parigot, et il gardait la nette impression que, des retraités aux galibots, des veuves chenues aux adolescentes de la verrerie, on refusait de lui délivrer le moindre renseignement. L'arrivée de son adjoint n'avait rien arrangé.

Là encore, parmi la foule, il étudiait les physionomies et scrutait les expressions des uns et des autres, jusqu'à ce que son regard se pose sur une silhouette féminine en partie dissimulée derrière Jolenta.

La mariée portait une ravissante robe beige ornementée de dentelles roses dont l'ourlet voletait sur ses mollets et un petit voile maintenu par une couronne de fleurs en satin. C'était la parure qu'arborait Honorine des années auparavant devant la même église, au bras d'un Gustave plus brun et plus mince. « Isaure ! Enfin, je la vois mieux ! » se réjouit le policier.

La demoiselle d'honneur de Jolenta venait de lui apparaître en pleine lumière, les traits impassibles, avec sa bouche de fillette boudeuse et son regard mélancolique. Elle était vêtue d'un ensemble gris, veste et jupe droite sur un corsage blanc dont le grand col évoquait des ailes déployées. Sa chevelure d'ébène était relevée en chignon.

Près d'elle se tenait Jérôme Marot, en costume brun et nœud papillon. L'aveugle portait des lunettes rondes en verre fumé, ce qui lui donnait une allure un peu étrange parmi cette joyeuse assemblée.

« Quand je pense que l'assassin se trouve peut-être ici, mêlé à tout ce monde ! se dit l'inspecteur. Un type rusé, une pointure, car, jusqu'à présent, je n'ai aucun indice, rien de rien. Si je pouvais mettre la main sur l'arme du crime ! Mais, comme le suppose monsieur Aubignac, ce cher directeur, il y a de fortes chances que le pistolet soit enfoui sous les gravats. »

Justin Devers avait exigé que le sol soit soigneusement fouillé autour de l'endroit où gisait le porion Alfred Boucard. Sous sa surveillance, une équipe de mineurs s'était chargée de brasser des montagnes de débris, bien en vain. L'expédition dans les profondeurs de la terre vendéenne avait fortement marqué le Parisien. Depuis, il éprouvait pour les gueules noires autant d'admiration que de pitié, à les savoir attelés à un labeur harassant dans des conditions qu'il estimait affreuses.

— Vos employés risquent leur vie au quotidien, quand ils ne gâchent pas leur santé à cause de la poussière de charbon ou des émanations de gaz, avait-il déclaré à Marcel Aubignac lors d'un entretien. Certes, ils ont des maisons modernes confortables et la retraite en bout de course, mais il faut un sacré courage pour faire ce travail.

— Vous exagérez, avait rétorqué le directeur. Ces hommes aiment leur métier. La mine représente beaucoup pour eux.

L'inspecteur n'y croyait guère et ce n'était pas le spectacle du galibot Pierre Ambrozy qui pourrait le faire changer d'avis. L'adolescent était rentré de l'hôpital la veille. Flanqué d'une paire de béquilles, le moignon bandé d'un épais pansement, il se tenait à côté de son père Stanislas.

Un sourire éclairait sa bonne figure encore enfantine ; il admirait sa grande sœur. Malgré ce sourire, on devinait les souffrances qu'il avait endurées et sa secrète désespérance. « Pauvre gosse ! » se dit Justin Devers, qui s'empressa de reporter son attention sur Isaure. Il capta ainsi le regard méprisant, presque haineux dont elle toisait Jolenta. Songeur, il envisagea bientôt une rivalité étouffée entre elles deux, sans concevoir à quel point la cérémonie avait été un calvaire pour Isaure. Elle avait serré les dents en écoutant les jeunes gens prononcer tour à tour le oui rituel, et baissé la tête quand ils s'étaient embrassés.

Le père Jean vint saluer plusieurs de ses paroissiens sur le parvis. Le curé de Faymoreau était connu pour sa simplicité et sa chaleur humaine. Une femme brune de taille moyenne, d'une soixantaine d'années comme lui, le suivait pas à pas. C'était Gisèle, sa gouvernante, d'une fidélité à toute épreuve.

Son regard brun rivé au profil du religieux brillait d'un profond respect, d'un souci presque maternel aussi.

— Viendrez-vous partager notre repas, mon cher père ? lui demanda Honorine, toute pimpante dans sa robe de laine verte, un joli foulard noué au cou.

— Ce serait avec plaisir, mais je dois me rendre au chevet d'un mourant.

— Si vous ne revenez pas trop tard, passez à la maison, il restera bien une part de gâteau, insista Thomas, radieux, Jolenta blottie contre lui. Quoi qu'il arrive, nous gardons votre part et une pour mademoiselle Gisèle.

— Merci, Thomas. Je te souhaite beaucoup de bonheur, dit le père Jean.

Isaure assistait à la scène, glacée intérieurement, les nerfs à vif. Elle avait traversé tous ces jours précédant la noce dans un état second, d'autant plus qu'elle était tombée malade le lendemain de la fête chez les Marot. Fièvre, migraine, toux, courbatures, rien ne lui avait été épargné. Elle s'était dit qu'elle avait pris froid, à dormir ainsi dans la grange. Quand Lucienne Millet l'avait vue apparaître, échevelée et des brins de foin sur son manteau, elle s'était signée.

— Seigneur, qu'as-tu fait cette nuit ? s'était-elle indignée.

— J'ai pleuré, maman, rien d'autre…

— Pourquoi donc ? Tu étais là où tu voulais, au village.

— Les autres ne veulent pas la même chose que moi, avait tranché Isaure en montant l'escalier.

Elle s'était alitée avec une envie de mourir digne d'une héroïne romantique. À sa grande surprise, sa mère avait veillé sur elle, lui apportant une brique chaude enveloppée d'un tissu, préparant des tisanes et des bouillons de poule.

Un après-midi, Lucienne s'était assise à son chevet, un ouvrage de tricot entre les mains.

— Ma pauvre gosse ! avait-elle commencé. Madame la comtesse ne veut plus de toi. Ton père est furieux autant qu'humilié. Tu dois repartir en ville ; tu n'es pas à ta place ici. Je dis ça pour t'éviter de nouvelles raclées. Bastien Millet, personne ne le changera, surtout pas toi. Enfin, les labours sont bientôt terminés. Dès que tu iras mieux, il faudra aider à semer les betteraves et les choux d'hiver.

Le lendemain, sa mère était revenue, et les jours suivants. Enfouie sous ses draps, baignée dans une précieuse sensation de sécurité, Isaure avait écouté les bavardages maternels, quand elle ne plongeait pas dans un léger sommeil d'où elle émergeait l'âme moins triste.

Après une semaine, il y avait eu les deux lettres en provenance du village minier. L'une d'elles renfermait le faire-part et l'invitation au mariage de

Jolenta et de Thomas, la seconde était d'Honorine, qui lui présentait des excuses pour leur réaction le soir de la fête, à son mari et à elle.

La brave femme se confondait en phrases affectueuses, promettant à Isaure qu'elle serait la bienvenue dans la famille Marot. Elle lui confiait aussi le chagrin de Jérôme de ne pas avoir de ses nouvelles. *S'il n'était pas aveugle,* écrivait-elle, *il t'aurait rendu visite pour discuter avec tes parents de vos fiançailles. Mais je lui ai conseillé la patience. Et puis, nous avons su par l'inspecteur de police que tu es bien malade. Soigne-toi, petite, n'oublie pas que tu es la demoiselle d'honneur de Jolenta et la cavalière de ton futur mari.*

Par chance, Bastien Millet était absent quand le facteur avait remis le courrier à Lucienne, qui avait porté les enveloppes à sa fille sans songer un instant à les ouvrir. Ainsi, les parents d'Isaure étaient restés dans l'ignorance de ses projets.

— Je dois aller à la noce, avait-elle affirmé à sa mère. Je suis demoiselle d'honneur. Jérôme sera mon cavalier. Je l'aime bien, ce garçon.

Lucienne avait froncé les sourcils, mais elle avait eu un petit sourire rêveur. « Maman se radoucit ! avait pensé la jeune fille. Je ne croyais pas qu'elle serait aussi gentille avec moi. Et puis, elle sourit de temps en temps, oui, elle sourit. »

Autre changement insolite, Bastien Millet se murait dans un silence déconcertant, lui qui hurlait à tout vent du matin au soir. Durant les jours où elle avait gardé le lit, Isaure n'avait pas entendu les habituels coups de gueule ni les claquements de porte ordinaires.

Une fois rétablie, moins d'une semaine avant le mariage de Jolenta et de Thomas, elle avait demandé à son père la permission d'y assister.

— Fais à ta guise, avait-il répondu. Mange donc comme y faut d'ici là ! Tu as maigri.

Une telle marque d'intérêt avait stupéfait Isaure. Elle avait appris par sa mère que Justin Devers était venu deux fois à la métairie et au château pendant sa maladie et qu'il avait demandé de ses nouvelles. Cependant, elle était loin de soupçonner le rôle joué par le policier.

La révélation lui fut faite sur le parvis de l'église, alors qu'elle s'éloignait de Jérôme pour aller embrasser une de ses anciennes camarades d'école.

— Alors, il paraît que toi aussi tu vas te marier ? s'écria Alice, une petite blonde aux joues rouges. Le bruit court, penses-tu. En plus, tu épouses Jérôme.

— Oui, mais rien ne presse, nous ne sommes pas encore fiancés.

Isaure venait de répondre tout bas, l'air embarrassé. Elle avait revu Jérôme le matin même seulement, en arrivant devant la maison des Marot. L'aveugle l'avait accueillie avec une effusion fébrile.

— Tout est arrangé, maman te l'a écrit, ma chérie, ma petite promise, avait-il chuchoté à son oreille.

Complètement perdue, elle avait émis un oui tremblant, reprise par le doute, la crainte de ne pas être à la hauteur de cet arrangement dont ils avaient convenu, chacun poussé par sa passion respective.

— Mais je n'en ai pas encore parlé à mes parents, avait-elle précisé d'une voix mourante. Comprends-tu, j'ai été si malade ! Une mauvaise grippe.

— Sans ce fouineur de Devers, nous n'en aurions rien su, au village ! s'était exclamé l'infirme d'un ton dur. Qu'est-ce qu'il fabrique à la métairie si souvent ?

— Deux fois, ce n'est pas souvent, avait-elle répliqué, agacée par la jalousie évidente du garçon.

Là encore, mêlée à la foule qui s'attardait devant l'église, elle allait susciter involontairement ce sentiment chez l'aveugle, car Justin Devers la rejoignit et, d'emblée, la prit par le bras. Il salua Alice d'un signe de tête autoritaire, entraînant Isaure à bonne distance des gens attroupés.

— Mademoiselle Millet, je suis sincèrement content de vous voir en meilleure santé, débita-t-il. Toujours en tenue d'institutrice, mais toujours aussi charmante.

— Je n'avais pas de robe adéquate.

— Adéquate ? Ciel, quel vilain mot pour parler d'une toilette féminine ! Un terme d'institutrice, à vrai dire, ou bien celui d'une demoiselle qui veut prouver son instruction.

— Ni l'un ni l'autre, monsieur. Maintenant, si vous n'avez aucune raison de me retenir loin de la noce, je vous prierais de me lâcher.

— J'ai une excellente raison. Honorine Marot m'a dit que vous deviez épouser son fils, celui qui a perdu la vue.

— Effectivement. En quoi cela concerne-t-il votre enquête ?

Désemparé, le policier ne sut que répondre. Les mots se pressaient dans son esprit, qu'il retenait dans le but de ne pas se rendre ridicule.

— Non, je vous l'accorde, vos épousailles n'ont

aucun rapport avec l'enquête que je mène, mais, peut-être par déformation professionnelle, certains détails clochent, à mon humble avis. Tenez, le soir où il y avait la fête pour le retour de Thomas Marot, je dînais chez monsieur Aubignac et, d'une fenêtre, je vous ai vus, vous et ce jeune homme. Votre conversation m'a paru tumultueuse et fort animée, si je prends en compte le fait que, tous deux, vous aviez en tête de vous marier chacun de votre côté. Ne niez pas, vous avez pleuré dans ses bras, mademoiselle Millet.

Isaure éprouva alors une saine colère à l'idée d'avoir été épiée. Cet étranger avait assisté à une scène dont il ne pouvait saisir le sens et il en tirait des conclusions hâtives. Mais elle préféra se justifier. L'intérêt que lui portait Justin Devers la touchait.

— Je suppose que la curiosité est un des éléments de votre métier, monsieur, dit-elle. Sachez que, ce soir-là, je pleurais, car Jérôme avait annoncé nos prochaines fiançailles à sa famille. Ils ont été surpris, presque fâchés. Je me suis enfuie, et Thomas m'a rattrapée pour me consoler. Thomas, je le considère comme mon frère, mon seul ami sur terre.

La détresse qui vibrait dans la voix d'Isaure émut le policier.

— Me feriez-vous l'honneur de m'accepter pour ami, moi aussi, en deuxième place ? murmura-t-il. Déjà, j'ai essayé de juguler la colère chronique de votre père, dont vous avez dû faire les frais bien souvent. Oui, vous êtes surprise, mais je l'ai sermonné à ma façon en lui recommandant de mieux vous traiter.

Devers guettait un sourire, un remerciement. Il obtint un regard furieux, empreint d'une profonde déception.

— C'est donc ça ! Mon père file doux à cause de vos menaces. Je croyais qu'il éprouvait des remords, qu'il renonçait à me tourmenter, peut-être même qu'il pouvait me donner un peu d'affection. Mais de quoi vous mêlez-vous ? Cherchez plutôt le criminel.

Zilda mit fin à l'entretien. La jeune religieuse posa la main sur l'épaule d'Isaure tout en jetant un regard perplexe au policier.

— Jérôme s'inquiète. Il serait bon que tu retournes auprès de lui, Isaure. Il ne peut pas te retrouver sans aide. Tu aurais dû rester à son bras.

— Excuse-moi, Zilda, je viens. Monsieur tenait à me poser encore des questions sur mon grand-oncle, celui que l'on surnommait Chauve-Souris, déclara Isaure avec aplomb, presque certaine que le policier ne la contredirait pas. Tu connais l'inspecteur Devers…

— Non, je n'ai pas eu l'occasion de le rencontrer. Bonjour, monsieur.

En dépit de sa tenue de novice, Zilda Marot n'avait pas encore acquis la discrétion empreinte de docilité de ses aînées en religion. Elle toisa d'un œil mécontent l'homme qui mettait les gueules noires de Faymoreau dans tous leurs états, à les harceler et à les suspecter les uns après les autres.

— Mes parents m'ont parlé de vous, monsieur. Jugez-vous décent d'accaparer cette demoiselle juste après la cérémonie ? Ce n'est pas un jour à enquêter.

— Détrompez-vous, ma sœur. Je serais prêt à

parier que le coupable se cache parmi cette joyeuse assemblée. Cependant, je me rends à vos arguments.

Justin Devers s'inclina, remit son chapeau de feutre noir et s'éloigna, non sans adresser à Isaure un regard vaguement complice.

— Quel détestable personnage ! déplora Isaure. Je suis désolée d'avoir causé du souci à Jérôme.

— Va vite le lui dire, dans ce cas. Sois vigilante, tu auras un mari d'une jalousie maladive, en raison de son infirmité.

Isaure approuva en prenant un air grave. Elle avait honte de duper Zilda, de duper tous les Marot. Depuis son arrivée au coron de la Haute Terrasse tôt le matin, on la traitait avec bonté, chaleur et gentillesse. Il n'y avait pas de demi-mesure chez Honorine et Gustave. Pour eux, elle était déjà de la famille. « J'ai l'impression de faire un cauchemar ! pensa-t-elle en s'approchant de l'aveugle. J'ai mis en place une mascarade indigne, mais Jérôme est responsable, lui aussi. Je n'aurais jamais songé à l'épouser s'il ne m'avait pas demandée en mariage. »

Elle se sentit faible, soudain, accablée par le chagrin.

— Où étais-tu passée ? demanda Jérôme.

— J'ai salué quelques personnes, rien d'autre.

— Pourquoi dis-tu rien d'autre, alors ? gronda-t-il.

— Parce que tu as pris un ton accusateur. Viens donc, ta mère nous fait signe. Il faut les suivre, tous, c'est l'heure du banquet.

En guise de réponse, il s'empara de ses poignets et les examina à tâtons.

— Où est ton bracelet, Isaure, le bracelet que je

t'ai offert avant de partir pour l'église ? Tu aurais pu le porter !

— Je l'ai laissé sur la cheminée de votre cuisine ; j'avais peur de le perdre. Écoute, je vais courir le chercher dès que je t'aurai accompagné jusqu'au restaurant. J'étais tellement contente ! Je n'ai jamais possédé de bijou, Jérôme, et c'en est un joli.

— Entendu. Conduis-moi devant le restaurant ; ensuite, tu iras le récupérer. C'est un premier gage de mon amour, avant la bague que je t'offrirai le jour de nos fiançailles.

Ils avancèrent bras dessus, bras dessous vers l'établissement, situé près du bureau de poste. Le patron, qui appréciait Gustave Marot, avait établi un menu bon marché. Après le repas, on danserait et il prévoyait offrir de la bière et du cidre.

Les serveuses et le commis cuisinier avaient décoré la salle à l'aide de fleurs en papier, de branches de houx et de sapin.

— Hum, il y a des odeurs délicieuses, par ici ! s'extasia Isaure, affamée. Thomas m'a dit qu'on aurait des escargots en sauce, à table.

— Et une pièce montée avec des choux à la crème, renchérit-il, égayé. Dépêche-toi, je t'attends là. Je n'entrerai pas sans toi.

Elle se mit à courir, prise au cœur par l'envie démentielle de s'envoler, d'être enfin libre. Rien ne la retenait vraiment prisonnière, au fond, et elle le savait ; rien hormis l'amour fou que lui inspirait Thomas.

Parvenue devant la maison des Marot, elle trouva la porte entrebâillée. Avant même de franchir le seuil, l'écho d'une discussion l'arrêta. À sa grande stupeur, elle reconnut les voix des jeunes mariés. « Que font-ils ici ? » se dit-elle, n'osant s'avancer.

Gênée, elle hésitait à se montrer, mais elle ne put s'empêcher d'écouter.

— Jolenta, sois raisonnable, tu devras t'habituer au voisinage d'Isaure, puisqu'elle deviendra ta belle-sœur et la mienne. Bon sang, que lui reproches-tu ?

— Je suis incapable de bien me l'expliquer. Je crois qu'elle me fait peur, cette fille. Et elle n'aime pas ton frère. Une de tes sœurs, Adèle, pense la même chose. Alors, pourquoi veut-elle l'épouser ? Parfois, Isaure m'adresse des regards qui me font froid dans le dos, je t'assure.

— Ne dis pas un mot de plus, ma chérie, tu me ferais de la peine. Isaure est mon amie, ma petite Isauline que je voudrais protéger encore longtemps. Son père la frappe et il ne lui a jamais donné de tendresse. Qu'elle aime mon frère ou non, chez mes parents, elle sera à l'abri. Avoir peur d'Isaure ? Enfin, je te pardonne. Maman m'a confié que les femmes enceintes ont souvent des lubies. Fais-moi confiance, Jolenta. Quand tu connaîtras mieux Isaure, tu comprendras mon point de vue. Viens vite, on doit s'impatienter, au restaurant.

Isaure recula très vite de trois pas, puis se mit à chantonner le refrain de la chanson du laboureur. Elle fit ainsi irruption dans le couloir pour se trouver nez à nez avec Thomas et son épouse de fraîche date.

— Mais qu'est-ce que vous faites là ? s'étonna-t-elle. Je vous croyais avec les autres.

— J'avais oublié l'accordéon, et Jolenta devait changer de chaussures. Celles qu'elle portait à l'église la font souffrir ; elles appartenaient à Zilda, qui n'a pas la même pointure. Et toi ?

— J'ai laissé le bracelet que Jérôme m'a offert sur le manteau de la cheminée, tout à l'heure. Je viens le chercher.

Elle eut un sourire attendri et se précipita dans la cuisine. Ils l'attendirent, main dans la main. Thomas avait mis l'instrument en bandoulière sur son épaule. Jolenta touchait machinalement du bout des doigts son petit voile rejeté en arrière. Les trois protagonistes de la scène brassaient leurs idées respectives.

« Isaure est belle, s'inquiétait la mariée. Elle aurait pu épouser n'importe quel garçon de la ville, instruite comme elle est. Papa aussi la trouve bizarre, en fait, tout le monde à Faymoreau, sauf Thomas. »

« Pauvre Isauline ! pensait le jeune homme. Jolenta voit juste : elle ne doit pas aimer mon frère autant qu'il l'aime, lui. Mais il a fallu du temps avant qu'il nous l'avoue. Si elle n'était pas revenue à cause du coup de grisou, il aurait gardé le secret. »

Quant à Isaure, elle mettait le bracelet en plaqué or à son poignet en feignant de l'admirer. Nul ne pouvait deviner le peu d'attrait qu'avaient pour elle les bijoux, les fanfreluches et les jolies toilettes. N'ayant eu dans son enfance ni jouets ni rien de ces menus objets qu'on offre aux anniversaires, elle ignorait le désir de recevoir comme le plaisir que procurent les présents.

Cependant, elle cachait sous son lit une boîte en fer contenant quelques fleurs séchées, un soldat de plomb et un ruban d'un rose délavé. C'étaient là les cadeaux que lui avait faits Thomas, sans pour sa part les considérer comme tels.

— Allons manger, je suis affamée, dit-elle en les rejoignant. Et Jérôme doit s'impatienter. Il ne prendra pas sa place à table sans moi.

Ils se dirigèrent vers le restaurant d'où s'échappaient pêle-mêle des rires, des bruits de vaisselle et le fumet alléchant des sauces et des viandes tenues au chaud.

Justin Devers suivait des yeux leurs silhouettes, de la fenêtre qu'il utilisait comme poste de guet. Accoutumé à la discipline militaire, il considérait comme ses quartiers la grande pièce de l'*Hôtel des Mines* qui lui servait de bureau. L'endroit était meublé d'une commode munie de tiroirs, d'une machine à écrire, d'un lit de camp, d'une armoire et de quatre chaises. Un combiné de téléphone trônait au centre d'un grand bureau en acajou verni encombré de paperasses.

Disposant d'un large panneau en bois tendre, le policier avait accroché à l'aide de punaises divers documents, dont une photographie d'Alfred Boucard prise à la morgue et des clichés de la galerie effondrée en cours de nettoyage et pendant les réparations. Y figurait également la liste de tous les mineurs employés par la compagnie, les piqueurs, les galibots, les femmes du triage et les fameuses culs à gaillettes.

Les murs peints en jaune pâle s'ornaient de photographies sous verre, qui proposaient plusieurs vues du centre minier et du village.

— Alors, Sardin, vos impressions du soir ?

demanda-t-il sans le regarder à son adjoint, debout à ses côtés.

— Je n'en ai guère, inspecteur.

— Bon, dans ce cas, remettons-nous au travail.

Les deux hommes s'installèrent à la table. Devers ouvrit un dossier en carton vert et fixa avec une sorte de rage la première feuille.

— J'ai su immédiatement que rien ne serait simple, déclara-t-il. Nous sommes confrontés à un véritable casse-tête. Mais je dois trouver la solution. Comme je vous l'ai expliqué à votre arrivée, le procureur prend l'histoire très à cœur, le directeur de la compagnie minière étant un ponte de la région et un de ses amis. Résumons. J'ai visité la cabane de Boucard et je n'ai rien vu d'anormal.

— Et votre fameuse intuition, que vous dit-elle ?

— Je n'ai aucune intuition précise, seulement des suppositions, beaucoup de suppositions. Ce n'est pas une mauvaise méthode, au fond. J'élabore diverses versions du drame en espérant avoir un déclic, une soudaine révélation. Mais je vous l'ai dit : je penche pour un crime passionnel. Au début, j'ai songé à une querelle de pouvoir, un mineur convoitant le statut envié de porion, justement, mais ça ne tient pas. Ce sont les mineurs eux-mêmes qui m'ont éclairé sur ce point pendant que je les écoutais discuter de leurs chefs, car les porions ont ce statut, même s'ils n'hésitent pas, comme Boucard, à mettre la main à la pâte et à trimer dans une galerie si nécessaire. De plus, tuer pour un salaire plus avantageux dans les profondeurs de la terre, c'est une théorie bien fragile. Regardez ce schéma que j'ai fait. On y voit la position des hommes dans la galerie dévastée par le coup de grisou. En tête, le galibot Pierre Ambrozy, quatorze ans, un brave gosse qui ne nous intéresse pas. Thomas Marot le suivait de près. Ensuite, nous avons le dénommé Passe-Trouille, père de six enfants, mari exemplaire, bonnes mœurs, pas de suspicion d'alcoolisme.

Antoine Sardin hocha la tête, pareil à un élève attentif.

— Là, voici le porion Alfred Boucard, la victime. Une balle dans le dos.

— Et le cinquième personnage, à l'écart, que vous avez dessiné vêtu d'une cape noire, c'est Chauve-Souris, précisa l'adjoint. C'est bizarre, tous ces surnoms, Passe-Trouille, Chauve-Souris...

— Oui. J'ai croisé un Fort-en-Gueule et un Tape-Dur, au fil des interrogatoires. Une façon de mettre en valeur les qualités ou les manies des uns et des autres. À ce propos, Tape-Dur, dans le civil Charles Martinaud, sera bientôt porion, succédant à Boucard dans l'équipe où nous avons Gustave et Thomas Marot, de même que Grandieu qui a remplacé Passe-Trouille. Gustave Marot a d'abord occupé la fonction de porion, mais monsieur Aubignac m'a dit hier qu'il devait nommer Tape-Dur, Marot préférant rester piqueur. J'ai entendu de nouveau ce Tape-Dur, qui s'est répandu en louanges sur le défunt, tout comme la première fois que je l'ai interrogé.

Les yeux mi-clos, Justin Devers alluma un cigarillo.

— Inspecteur, fit remarquer le jeune homme, vous avancez la thèse d'un crime passionnel, mais avez-vous une idée sur la femme susceptible d'avoir provoqué la chose ?

— Plusieurs jolies personnes de Faymoreau feraient l'affaire, même Jolenta Ambrozy, notre mariée du jour. Une ravissante Polonaise dont la réputation est sans taches depuis des années. Elle est travailleuse et pieuse.

— Elle pourrait pourtant avoir séduit un mineur contre son gré... Pourquoi pas votre porion Boucard ? Imaginons qu'il ait manqué de respect à la belle Jolenta et que Thomas Marot en ait pris ombrage. Il se venge.

— Non. En théorie, Marot ne pouvait pas tirer une balle dans le dos de Boucard qui se trouvait derrière Passe-Trouille.

— Sauf si Boucard, effrayé, a voulu s'enfuir ?

Justin Devers considéra son adjoint avec un air navré.

— Les Marot sont des types honnêtes et consciencieux, appréciés de tous.

— Admettez que, si un autre homme a violenté sa fiancée, Thomas Marot a pu préparer son coup.

— Dans ce cas, il avait toute la campagne environnante pour régler ses comptes.

— Non, en utilisant une arme à feu, il savait le risque. Le coup de grisou déguisait son geste en accident.

— Je n'y crois pas. D'après sa déclaration, Marot a vu la flamme de sa lampe vaciller. Le coup de grisou aurait eu lieu de toute façon, à mon avis. Et puis, même le risque valait pour lui. Néanmoins, vous me donnez une idée. Concentrons-nous sur le couple modèle, Thomas Marot et sa jolie Polonaise.

Lui, il a survécu à la guerre ; elle, de son côté, a quitté sa patrie et elle a dû s'adapter à la vie d'ici, sans sa mère qui est morte avant le départ de la famille pour la France. J'ai interrogé en vain chaque gueule noire, Polonais ou gars de la région. Pas un ne m'a paru entiché de Jolenta, mais nous sommes d'accord : si j'ai eu l'assassin en face de moi, il n'allait pas avouer son penchant pour la jeune femme ni son acte.

— Dans ce cas, pourquoi ne pas imaginer qu'un amoureux éconduit ait décidé de supprimer Thomas Marot, de qui il aurait été jaloux ? s'écria Antoine Sardin. Tout se passe très vite, il descend dans la galerie, il tire, mais c'est Boucard qui prend la balle. Enfin, notre meurtrier s'enfuit, tandis que l'enfer se déchaîne. Chauve-souris, malgré son âge, ferait l'affaire. Il n'a pas pu aller bien loin. L'assassin est mort. Point. Bouclez l'enquête, inspecteur. Vous n'allez quand même pas croupir davantage dans ce patelin !

— J'y croupirai, comme vous dites, tant qu'il le faudra. Malgré votre sens logique, Philippe Millet avait soixante-cinq ans et il était ravagé par la vinasse et le chagrin. Même dévoré d'amour pour Jolenta, aurait-il pris le risque de supprimer Thomas ? Cela dit, j'ai entendu Bastien Millet, son petit-neveu, l'accuser d'avoir un intérêt pervers pour les fillettes, encore un ragot vite démenti par Honorine Marot et d'autres femmes employées à la mine quand je les ai interrogées sur les quatre victimes.

— Il faut s'attendre à ce genre de déviance, inspecteur, insista Antoine Sardin. J'ai lu *Germinal*, vous savez, le roman d'Émile Zola sur les mines, dans le Nord. Le travail constant sous terre, avec comme seules fêtes les sorties du dimanche au soleil et au grand air, cause des ravages sur certains systèmes nerveux et affole les passions aussi. Les mineurs sont rarement instruits ; ce sont des êtres primaires, parfois capables de bestialité. Alors, qu'un vieil homme convoite une jeunesse, ce ne serait pas surprenant.

Sidéré, Devers toisa son collègue d'un regard perplexe.

— Dites-moi, Sardin, un peu plus, à vous écouter, on les enfermerait dans une ménagerie, ces braves mineurs ? Enfin, je peux comprendre. En arrivant ici, ignorant tout de ce milieu, j'ai pensé un peu la même chose que vous. Mais j'ai vite changé d'avis. Depuis des dizaines d'années, des hommes descendent dans les puits alentour dont ils extraient la houille. Au départ, la verrerie établie à Faymoreau utilisait tout ce combustible. Maintenant, une partie de la matière première est revendue. On bosse dur, par ici, mais on est bien payé et bien logé. Personne ne s'est plaint des conditions de travail de cette compagnie, ni hier ni aujourd'hui. J'ai discuté avec bon nombre de mineurs, de même qu'avec les épouses. Ce ne sont pas des sauvages ! Les enfants vont à l'école du village ; ils sont polis et aimables.

Douché, Antoine Sardin se tut un instant. Son supérieur retourna d'un pas rapide se poster à la fenêtre d'où il apercevait la devanture du restaurant. Le soleil se couchait, jetant des rayons sanglants sur la cime des arbres.

Le policier guetta en vain une apparition d'Isaure

sur le seuil de l'établissement. Il ne vit qu'un homme de forte constitution aux boucles grises, en qui il reconnut Stanislas Ambrozy. Le père de la mariée bourrait sa pipe, la mine triste.

« Ce pauvre homme doit déplorer l'état de son fils, amputé. Il y a de quoi se ronger le cœur. Honorine Marot souffre elle aussi d'avoir un enfant aveugle, d'autant plus que cet infirme, Jérôme, est plutôt beau garçon. Le futur mari d'Isaure Millet. Qu'est-ce qui s'est passé entre ces deux-là ? Peut-être qu'ils se fréquentaient au début de la guerre, ou qu'ils se plaisaient, du moins. Quand il est rentré, aveugle, elle ne l'a pas abandonné. Cette demoiselle a le sens du sacrifice… Non, ça ne tient pas. J'ai la conviction qu'elle en pince pour le grand frère, Thomas. J'ai peut-être mes chances, au fond. Si seulement je pouvais lui plaire ! Je l'épouse, je demande ma mutation à Paris, et nous habitons l'appartement dont j'ai hérité boulevard des Capucines. Je lui ferais mener la belle vie, les théâtres, les grands magasins… » rêva-t-il.

Pendant ce temps, son adjoint soliloquait.

— Il faudrait absolument retrouver l'arme du crime.

Exaspéré, Devers virevolta sur ses talons. Il pointa un index menaçant en direction de son adjoint.

— Vous me le dites chaque jour depuis que vous avez débarqué à Faymoreau. Hélas ! le pistolet demeure introuvable. La balle est sous scellés ; je l'ai expédiée au commissariat. Nous savons ainsi que l'arme est un Luger de calibre 9,19, un pistolet allemand qui a été remanié pour être utilisé dans l'armée française au titre des dommages de guerre. Ce n'est pas très difficile de s'en procurer un, mais personne à Faymoreau ne possède ce genre de pistolet, paraît-il. J'ai obtenu de la gendarmerie la liste des permis de chasse et des types ayant un fusil. Ça ne nous avance pas.

On frappa. À l'invite de l'inspecteur, une jeune femme se présenta, en robe noire et gilet gris, ses cheveux châtain clair coupés aux épaules et ses yeux bruns fardés avec soin.

— Monsieur Devers, je suis chargée de vous transmettre une invitation à dîner, ce soir, chez madame et monsieur Aubignac. Vous êtes attendu dans une heure, si cela vous convient. Avec votre collègue, bien sûr. Vous connaissez la demeure de monsieur Aubignac, je crois ?

— Oui, bien sûr.

— Qui êtes-vous, mademoiselle ? demanda Devers. Je suis à Faymoreau depuis trois semaines et je ne vous ai pas encore croisée, sinon je m'en souviendrais.

La nouvelle venue, sans doute troublée du fait d'être confrontée à un inspecteur de police, eut tout de suite du rose aux joues. Elle déclina son identité d'une voix intimidée.

— Excusez-moi, je ne me suis pas présentée. Geneviève Michaud, monsieur. Je suis gouvernante chez monsieur et madame Aubignac. Je viens de reprendre mes fonctions, car j'ai eu droit à un long congé pour veiller sur les derniers jours de ma mère, qui habite Luçon. Enfin, qui habitait… Je l'ai enterrée avant-hier.

— Toutes mes condoléances, mademoiselle, dit Devers.

— Oui, toutes nos condoléances, renchérit Sardin, charmé par la fraîcheur de Geneviève et son éducation.

Sans être une beauté, la jeune gouvernante était plaisante à voir, bien faite de surcroît. Elle s'apprêtait à sortir quand l'inspecteur lui fit signe de patienter.

— Mademoiselle Michaud, avez-vous entendu parler de la tragédie qui agite Faymoreau ?

— Bien sûr ! Ma patronne m'a tout raconté, monsieur. Madame était bouleversée. Quelle horreur, un crime pareil ! Et l'accident, aussi !

— Peut-être êtes-vous fiancée à l'un des mineurs ? hasarda Devers.

Comprenant qu'elle était soumise à un interrogatoire, Geneviève se montra bavarde afin de prouver sa bonne volonté.

— Non, monsieur. Mon fiancé, Armand Millet, a été porté disparu pendant la guerre. Je n'ose pas dire qu'il est mort, car, disparu et mort, c'est un peu différent. J'espère encore son retour. On ne sait jamais, un miracle peut se produire.

— Armand Millet, de la métairie du château de Régnier ? Le frère d'Isaure Millet ?

— Oui, confirma la malheureuse.

— Pardonnez-moi, j'ai rendu visite à chaque paroissien du pays et c'est chez les Millet que j'ai été le plus mal reçu. Vous comptiez vivre là-bas, sous le toit de vos beaux-parents ?

La mine affligée, Geneviève Michaud fit non de la tête.

— Nous avions des projets, Armand et moi, avoua-t-elle tout bas. Nous voulions ouvrir un commerce à Luçon, une épicerie fine, grâce aux économies de ma mère. Mon fiancé ne prisait pas les travaux de la terre. Il était délicat et instruit, comme Isaure, n'est-ce pas, qui sera bientôt enseignante. Bien, je vous laisse, messieurs, madame m'attend.

Elle les quitta sur ces mots, laissant dans son sillage un discret parfum de lavande.

— Vous voulez que je vous dise, mon vieux Sardin ? Le monde est injuste, déclama Justin Devers en allumant un autre cigare. Oui, injuste et cruel.

5

Ivresse et détresse

Faymoreau, samedi 4 décembre 1920, le soir

Assise entre Jérôme et Stanislas Ambrozy, presque en face des jeunes mariés, Isaure venait de boire son quatrième verre de vin. Elle avait mangé avec avidité le pâté de lapin, les œufs en meurette et les escargots. La sauce de ce dernier plat, à base de tomates en conserve, d'ail et de chair à saucisse, laissait de vagues traces luisantes sur ses lèvres en les colorant davantage.

Son chignon avait perdu de sa rigueur, tandis que le col à larges pans de son chemisier blanc s'ouvrait sur sa gorge.

— Tu m'as l'air dans un bel état, lui chuchota Jérôme à l'oreille. Tu devrais aller aux lavabos te passer de l'eau sur le front.

— Je n'ai pas envie de me lever, répliqua-t-elle d'une voix pâteuse. Je veux de la pièce montée. D'ailleurs, tu ne sais pas à quoi je ressemble ni de quoi j'ai l'air, tu n'y vois rien. C'est toi qui l'as dit, tu ne me verras pas vieillir.

— Isaure, je t'entends parler. Tu dis des sottises à monsieur Ambrozy et tu ris très fort. Tu as trop bu, tu vas te rendre malade. Je t'en prie, arrête.

— Monsieur Ambrozy remplit mon verre dès

que je le vide, s'esclaffa-t-elle. Il n'y a pas de mal à ça, nous sommes à la noce.

Elle rit encore, un rire de gorge bas et sensuel, sans même voir le regard vert de Thomas posé sur elle ni celui de Jolenta chargé de réprobation. Certains célibataires de la mine lorgnaient aussi cette jolie fille prise d'ivresse en rêvant de l'emmener à l'extérieur du restaurant. Néanmoins, on avait appris au début du banquet qu'elle allait se fiancer avec Jérôme Marot et on se contentait de rêver.

Placée à côté de son mari, Honorine observait sa future bru d'un œil sévère.

— Quand même, Gustave, Isaure ne sait pas se tenir. Je l'entends glousser d'ici. Il faudrait la reconduire chez ses parents avant la danse, sinon elle nous fera honte.

— Que veux-tu y faire ? Cette gosse n'a jamais aussi bien mangé, à mon avis, et jamais bu une goutte. Un bon café, un peu d'air frais, et il n'y paraîtra plus. Elle a le droit de s'amuser.

— Je n'appelle pas ça s'amuser, Gustave, mais se donner en spectacle. Je vais lui dire ma façon de penser et lui apprendre comment on se comporte dans la famille Marot.

Son mari la retint de justesse par le poignet. Il lui désigna Thomas d'un signe de tête. Debout près du banc, leur fils aîné frappait dans ses mains.

— Avant le dessert, dit-il d'une voix forte, je vous propose de la musique et quelques danses. Nous n'en digérerons que mieux toutes ces bonnes choses.

Tout de suite, une des serveuses se dirigea vers le piano mécanique qui trônait entre deux fenêtres.

C'était un grand instrument en bois verni, dont la caisse de résonance garnie d'une toile grise était protégée par un treillis en cuivre. On y insérait des cartes perforées pour obtenir de la musique. L'appareil fonctionnait à l'électricité et faisait la réputation du restaurant.

— Une valse, Jolenta ! s'écria Thomas en tendant la main à sa femme. Viens, ma chérie.

Acclamé par une salve d'applaudissements, le couple se mit à évoluer dans l'espace libéré par la disposition des tables, regroupées en L au fond de la salle. Ce fut une joyeuse bousculade pour les rejoindre.

— Jérôme, fais-moi valser, implora Isaure.

— Non, je ne pourrai pas.

— Mais je t'aiderai. Si tu te tiens bien à moi, tu y arriveras.

— Je vais me rendre ridicule. Je le suis déjà assez.

Stanislas Ambrozy les écoutait, la mine impassible. Il avait bu également, mais sans en paraître affecté.

— Venez donc, mademoiselle, je vous invite, dit-il soudain, surtout pour mettre un terme à la discussion entre les jeunes gens. Tu permets, Jérôme ?

— Vous n'avez pas besoin de ma permission, juste de celle d'Isaure.

— Et vous l'avez, plaisanta celle-ci en se levant.

Le Polonais entraîna sa cavalière par la taille en ayant soin de la maintenir d'une poigne solide, car elle était incapable de marcher droit.

Faymoreau, même soir, même heure

Justin Devers cherchait comment prendre congé sans vexer ses hôtes. Viviane Aubignac, une charmante personne d'une trentaine d'années, les retenait par de discrets subterfuges : encore un digestif, une anecdote à raconter, un album de photographies à consulter.

— Laisse donc ces messieurs aller se coucher, sinon ils ne reviendront jamais dîner chez nous, protesta son mari sur le ton de la plaisanterie.

Antoine Sardin étouffa un bâillement. Il avait apprécié la soirée tout en étant gêné par le luxe de la maison et le nombre de domestiques. Geneviève, la gouvernante, qui lui plaisait beaucoup, s'était retirée vers vingt-deux heures. Il savait qu'elle logeait dans un pavillon du jardin, anciennement dévolu à un gardien.

— Mais je ne les importune pas ! se récria son épouse. N'est-ce pas, inspecteur ? Je suis rassurée de vous avoir sous mon toit, avec ce criminel qui se cache dans le village ou la campagne.

— Vous n'avez rien à craindre, chère madame, répliqua Justin Devers. Surtout avec vos molosses. Des bêtes pareilles ne doivent pas faire de quartier si elles croisent un rôdeur.

Il désigna du menton deux énormes dogues au poil fauve allongés devant la grande cheminée en marbre noir. Viviane Aubignac approuva en souriant. Cette jolie femme aux boucles courtes d'un blond artificiel avait un corps séduisant, moulé dans un fourreau en soie verte. Un sautoir en perles sinuait entre ses seins.

— J'ai lu une affaire de cambriolage où les malfaiteurs avaient eu soin d'empoisonner le chien qui gardait le jardin, énonça-t-elle, l'air grave.

— Il vous resterait votre époux, qui ne se laisserait pas droguer facilement, rétorqua Devers, non sans ironie.

Sa répartie fit rire le directeur de la mine, un rire nerveux dont les notes discordantes n'échappèrent pas au policier. Il avait aussi remarqué les paupières rougies de Viviane Aubignac quand ils s'étaient présentés, son adjoint et lui.

— J'ai pleuré, excusez-moi, avait-elle déclaré. Je ne vis plus en paix depuis la mort de ces malheureux mineurs.

Pendant le repas, elle avait répété que la vie à Faymoreau manquait cruellement de distractions, qu'elle était lasse d'inviter toujours les mêmes personnes, les châtelains, le docteur et sa femme, le notaire de Vouvant et son cousin. Son existence oisive était seulement égayée par le voyage annuel à Paris, où elle renouvelait sa garde-robe et rendait visite à sa sœur.

— Nos enfants sont en pension. Paul a douze ans et Sophie aura dix ans en janvier. Si vous saviez, quand ils viennent pour les vacances…

Devers et Sardin avaient eu droit au récit complet des soucis que causait sa progéniture à Viviane Aubignac. L'excellence du repas les avait aidés à oublier les litanies de leur hôtesse : des écrevisses en sauce, des faisans rôtis sur un lit de cèpes, des meringues garnies d'une crème au chocolat. Là encore, elle tenta de les appâter avec un cognac centenaire.

— Un dernier petit verre avant d'affronter la nuit et le froid, insista-t-elle, comme affolée de les voir se lever.

— Sans façon, répondit poliment Devers. Il est tard. Merci pour cette agréable soirée, madame.

Les deux policiers gagnèrent le vestibule où ils prirent leur manteau. Cette fois, ce fut Marcel Aubignac qui les retint :

— Dites-moi, inspecteur, où en est votre enquête ?

— Il se pourrait, ainsi que me l'a suggéré mon adjoint, que le coupable soit mort dans l'effondrement de la galerie, qu'il compte parmi les victimes. Tant que nous n'aurons pas trouvé l'arme, comment savoir ? Mais je cherche, monsieur, je cherche. J'ai quelques idées dont je ne peux pas vous parler, vous le comprendrez.

— Bien sûr, bien sûr.

La mine songeuse, le directeur de la compagnie minière referma la porte sur leur départ. Son épouse lui tapota distraitement l'épaule. Il se retourna et lui décocha un regard noir.

— Tu ne peux pas t'empêcher de faire du charme, grogna-t-il. Seigneur, quelle engeance !

— J'ai été aimable, Marcel, rien d'autre qu'aimable. Tu vois le mal partout. Si tu continues à te montrer aussi désagréable, je pars pour Paris plus tôt que prévu.

— Ciel, tu es impatiente de dépenser mon argent ! Excuse-moi d'être à cran, ma chère, mais je suis confronté à une situation pénible. Il faudra verser une pension compensatoire à Pierre Ambrozy même s'il travaille encore en tant que palefrenier, et un de mes meilleurs porions a été tué. La presse en tire des gros titres, mais tu te moques bien de ce désastre. Je t'explique ce qui me tourmente depuis bientôt quatre semaines, et tu n'en as cure. Non, il faut recevoir du monde ou aller courir les boutiques de la capitale sans jamais m'octroyer de réconfort.

Perplexe, Viviane hocha la tête en souriant à son mari. Soudain, il la saisit par les hanches pour l'attirer contre lui d'un geste avide et possessif.

— Tu sais comment m'apaiser, bon sang ! dit-il entre ses dents.

Mais elle se dégagea avec rudesse pour s'écarter de lui, en larmes.

— Je ne peux pas, Marcel, ne me demande pas ça, pitié…

Désabusé, il renonça. Sa femme gravit l'escalier, et il entendit claquer la porte de sa chambre. Aubignac se dirigea vers le salon et se servit un verre de cognac. Il se sentait complètement perdu.

De leur côté, Justin Devers et son adjoint marchaient en direction de l'*Hôtel des Mines*. Ils avaient un jeu de clefs que leur avait remis le concierge. Des toits des corons s'élevaient de minces colonnes de fumée, volutes grises sur le bleu profond du ciel nocturne. Quelque part, on jouait de la musique.

— La noce avait lieu dans la salle du restaurant, nota l'inspecteur. On doit danser encore.

— Nous pouvons y faire un tour.

— Non, Sardin, nous ne serions pas les bienvenus, mais rien ne nous empêche de passer près de l'établissement.

— C'est comme vous voulez, patron.

— Dites, pas de ça, je ne suis pas votre patron. Il faudrait pour ça que je devienne commissaire, voyons ! Ne soyez pas ridicule, je vous prie.

— Excusez-moi, je blaguais, histoire de s'amuser un peu. Enfin, je vais me plaire, ici ; les femmes sont belles, dans le coin.

— Mon pauvre Sardin, les liqueurs de madame Aubignac vous montent à la tête. Je vous l'accorde, il y a de jolies filles. Seulement, les représentants de la loi que nous sommes ne sont pas censés les courtiser, même si c'est parfois tentant. Je vous aurai averti : vous n'êtes pas en villégiature.

— J'ai compris, inspecteur.

Cinq minutes plus tard, ils arrivèrent devant le restaurant aux vitrines éclairées. La musique du piano mécanique se mêlait à des rires et des discussions à tue-tête. Devers jeta un coup d'œil par une des fenêtres. Des couples virevoltaient dans une atmosphère enfumée. Il reconnut Isaure au bras de Stanislas Ambrozy et, vite, il se détourna avec l'impression d'avoir joué les voyeurs.

— Pressons, Sardin, ce n'est pas un soir à traquer notre assassin.

Les deux policiers passèrent leur chemin, tandis qu'Isaure et le mineur polonais continuaient à évoluer parmi les autres couples de danseurs. Pierre Ambrozy, installé entre Adèle et Zilda, murmura :

— Si j'avais mes deux jambes, j'aurais bien valsé, moi aussi.

— Mon cher garçon, tu es vivant grâce à Dieu, répliqua Adèle. Tu sortiras plus fort de cette épreuve.

— Nous te plaignons de toute notre âme, Pierre, ajouta Zilda d'une voix douce. Mais je suis certaine que tu surmonteras ton infirmité. Et tu vas pouvoir veiller sur les chevaux de la mine. Sais-tu qu'à ton âge je descendais dans le puits ? Je remplaçais un homme qui avait succombé à un arrêt du cœur au fond d'une galerie. J'étais dans l'équipe de mon père. Il n'a pas eu à se plaindre de mon travail, ni le porion.

— Maintenant, nous sommes toujours dans la lumière de Dieu, renchérit Adèle.

Avec un sourire sincère, l'adolescent les remercia tour à tour pour leurs bonnes paroles. Il ajouta tout bas :

— Quand j'étais prisonnier sous ce bloc de rocher, j'ai cru que j'étais fini, que je ne reverrais jamais le soleil ni les prairies en été. Et je sais une chose : sans Thomas, j'y restais. Seul, je n'aurais pas pu cogner les pierres pour me faire entendre ni prendre de l'eau. Votre frère, il a fait plus, aussi, en me défendant de renoncer, de perdre espoir. Ça, je ne l'oublierai jamais tant que je vivrai. Il paraît que je marcherai à mon aise, une fois équipé d'une prothèse. Peut-être même que je danserai la gigue à la noce de Jérôme. Vous avez vu sa promise, comme elle a de l'entrain ?

Les sœurs approuvèrent. Pourtant, la conduite d'Isaure les mettait mal à l'aise. Cramponnée d'une main à l'épaule de son cavalier, elle battait la mesure de son autre main, dont les doigts s'agitaient eux aussi. La bouche entrouverte, elle arborait un rire muet, le regard éperdu. Son corps suivait la musique avec une volupté évidente.

— Il a de la chance, votre frère. Elle est jolie, Isaure Millet, crut bon de préciser le galibot.

Les jeunes religieuses ne répondirent pas. Elles craignaient un incident, car leur mère, rouge de colère, venait de quitter son siège. Au même moment, Thomas confia Jolenta à Stanislas et se mit à valser avec Isaure.

« Un vrai tour de passe-passe », songea Gustave Marot en allumant une cigarette. Il obligea son épouse à se rasseoir.

— Laisse-la donc, Honorine, c'est soir de fête. Moi, elle me fait de la peine, la pauvre gosse.

Sans hâte manifeste, Thomas s'arrangeait pour emmener Isaure vers la porte de l'établissement au gré de leurs évolutions. Il réussit à la faire sortir. Le contraste entre la salle surchauffée et la nuit fraîche les fit tressaillir tous deux.

— J'ai froid, se plaignit-elle. Pourquoi tu m'obliges à rester dehors ?

— Allons, n'exagère pas, pour un mois de décembre, l'air est bien doux. Il y a même des étoiles. Isaure, tu es ivre. Ça ne me plaît pas.

— Moi, j'aime bien, j'ai l'impression d'être toute légère, toute gaie. Je te fais peur, c'est ça ? Comme je fais peur à ta femme, madame Jolenta Marot ? Je vous ai entendus et j'ai eu du chagrin, beaucoup de chagrin.

Elle grelottait, et sa voix chevrotait un peu. Repris par la compassion qu'elle éveillait en lui, Thomas la prit dans ses bras.

— Jolenta est très émotive et elle ne te connaît pas bien. Vous deviendrez amies, j'en suis sûr, quand tu seras ma sœur par alliance, Isauline, ma petite sœur. Mais, chez nous, il faudra être plus sage. Je t'ai évité les foudres de ma mère.

— Je n'ai rien fait de mal. C'est monsieur Ambrozy qui m'a invitée à danser et c'est lui qui remplissait mon verre. Il est gentil, monsieur Ambrozy. Plus gentil que Jérôme, plus gentil que toi.

— Seigneur, Isaure, ne sois pas stupide. Personne ne te veut de mal ici. Tu n'as pas l'habitude de boire. Aussi, tu es dans un drôle d'état.

— Oui, c'est vrai, j'ai envie de rire et de danser toute la nuit, avec toi, rien que toi. Dis, tu me fais danser, Thomas ?

— Tout à l'heure, quand tu auras pris du café et que tu seras calmée. Rentrons, tu as froid.

Il venait de voir à travers un des carreaux de la porte vitrée le visage inquiet de Jolenta.

— Ne gâche pas la noce, Isaure, recommanda-t-il d'une voix basse autoritaire.

Ils se retrouvèrent baignés de chaleur, de musique, de fumée et d'odeurs de cuisine. Désemparée, la mariée leur jeta un regard navré.

— Je suis fatiguée, Thomas, déclara-t-elle en s'accrochant à lui. Si nous partions maintenant…

— Partir ? Où partez-vous ? bégaya Isaure.

Ses yeux paraissaient presque noirs sous la lumière des lampes. Elle s'écarta d'un pas mal assuré.

— Mon beau-père doit nous conduire en voiture jusqu'à Vouvant, où il y a une auberge réputée, expliqua Thomas. Nous y passons le dimanche. Mes parents nous ont fait ce cadeau.

— Notre lune de miel, précisa Jolenta sèchement, les joues rosies par un début de colère.

— Eh bien, au revoir, bon vent, bonne lune de miel, répliqua Isaure.

Elle parvint à se réfugier dans les commodités du restaurant, équipées de deux lavabos, d'un grand miroir et d'un water-closet moderne. Là, son reflet la consterna. Elle constata qu'elle avait le teint livide, la bouche gonflée et rougie, le chignon défait et des taches sur son corsage blanc. « Je voudrais vomir, pensa-t-elle, nauséeuse. Cette nuit, ils vont s'aimer, ils auront une jolie chambre et un beau lit, ils se coucheront, ils s'embrasseront. Et moi, qu'est-ce que je vais devenir ? La femme d'un aveugle ! Il n'y aura aucune joie pour ma lune de miel. Jamais de joie, de vraie joie pour moi. »

Honorine la découvrit appuyée au mur, la tête renversée et les paupières closes.

— Tu es malade ! s'écria-t-elle. Ça ne me surprend pas. Ce pauvre Jérôme se tracassait. Quelqu'un lui a dit que tu étais dehors. Passe-toi donc de l'eau sur la figure.

— Je suis désolée, madame Marot.

— Moi aussi. Si tu tiens à porter notre nom, il faudra veiller à ne pas recommencer un cirque pareil.

— Je n'ai rien fait de mal, à la fin ! protesta Isaure en la toisant. Les autres filles s'amusent, elles ont bu du vin comme moi et vous ne leur faites pas la leçon.

— Elles ne sont pas promises à mon fils.

Avec des gestes nets et énergiques, Honorine remit de l'ordre dans la tenue de sa future bru et la recoiffa. Elle mouilla son mouchoir au robinet pour lui tamponner les tempes et le front.

— On a apporté la pièce montée. Jolenta et Thomas en ont mangé et ils sont partis, en route pour Vouvant. Viens, je vais rester avec toi et Jérôme.

Hébétée, Isaure se demanda combien de temps elle était demeurée seule dans la petite pièce carrelée de blanc. Peut-être avait-elle été inconsciente plusieurs minutes. Elle se souvint que Jolenta semblait fâchée et désirait s'en aller. « La Polonaise était jalouse, parce qu'elle nous a vus dehors, Thomas et moi, quand il me tenait contre lui. Tant mieux, ça lui apprendra, à cette mijaurée ! » se dit-elle, envahie par les pulsions de violence qui l'effrayaient tant.

Rien ne transparut sur ses traits impassibles. Isaure suivit Honorine, et elles rejoignirent Jérôme.

— Maman ? appela-t-il discrètement en sentant une présence toute proche. As-tu ramené Isaure à table ?

— Oui, mon garçon, elle était aux commodités, rien de grave. Elle est là. Dis-lui donc deux mots, Isaure.

— Pardon de t'avoir laissé si longtemps, débita l'interpellée d'un ton monocorde.

L'ambiance languissait. Les choux à la crème ainsi que les abus de bière, de cidre et de vin mousseux produisaient leur effet. Les hommes fumaient, alors que les serveuses multipliaient les allées et venues ; elles commençaient à débarrasser la table.

Bien peu de convives prêtèrent attention à une silhouette féminine qui entrait dans la salle, vêtue d'un manteau noir, un foulard gris sur ses cheveux châtain clair. Elle scruta les uns et les autres, puis se dirigea sans hésiter vers la personne qu'elle cherchait.

— Bonsoir, Isaure.

— Geneviève…

— Eh oui, quand j'ai su que tu étais parmi les invités de la noce, je me suis décidée à venir t'embrasser.

Isaure se leva et reçut sur les joues deux bises sonores qu'elle rendit sagement. Honorine retint un soupir. Elle connaissait Geneviève Michaud, qui aurait épousé Armand Millet si la guerre n'en avait pas décidé autrement.

— Bonsoir, madame Marot, bonsoir, Jérôme.

— Asseyez-vous avec nous, il reste de la pièce montée, proposa Honorine. Les mariés sont déjà sur la route. Ils vont à l'auberge de Vouvant.

— Le pays de la fée Mélusine, fit remarquer Isaure.

Jérôme chercha sa main et lui étreignit les doigts. Enfin, il murmura, en souriant :

— C'est toi, la fée Mélusine, belle et mystérieuse.

Ces mots surprirent Geneviève, mais, comme elle savait depuis peu que les jeunes gens comptaient se fiancer, elle en fut touchée.

— Tu vas donc te marier toi aussi, Isaure, dit-elle. Je l'ai su par l'inspecteur de police, monsieur Devers. Ce soir, il dînait chez mes patrons.

— Tu as encore ta place de gouvernante chez monsieur et madame Aubignac ? demanda Isaure.

— Oui, mais je reviens de Luçon. J'ai enterré ma mère. Me voici héritière de sa maison et d'un hectare de vigne. Je compte vendre. Je préfère vivre à Faymoreau en souvenir de ton frère. Je suis contente de te trouver là, car demain j'avais prévu de descendre à la métairie saluer tes parents.

Dégrisée, Isaure haussa les épaules.

— Je ne sais pas si tu seras bien accueillie, Geneviève, dit-elle. Mon père est aigri et de plus en plus sauvage. Maman ne vaut guère mieux. Ils ne se remettent pas d'avoir perdu leurs deux fils.

— Bien sûr. Excuse-moi. Excusez-moi, vous aussi, madame Marot ; je ne voudrais pas gâcher la fête.

— Il n'y a pas de mal, mademoiselle, assura Honorine. Bon, Gustave me fait signe. Je vous laisse, les jeunes.

Son départ soulagea le trio. Éméché, Jérôme attira Isaure plus près de lui en la prenant par la taille. Elle n'osa pas se débattre à cause de Geneviève. Il fallait encore donner le change.

— Ainsi, Isaure, tu seras bientôt nommée institutrice ? reprit la jeune gouvernante.

— C'est aussi l'inspecteur qui te l'a dit ?

— Oui. Ce monsieur prétend qu'il connaît la vie de tout le monde à Faymoreau après trois semaines passées à enquêter. Quelle triste histoire, ce crime dans la mine ! J'étais loin de m'attendre à ça.

— Vous ne l'aviez pas lu dans le journal, à Luçon ? s'enquit Jérôme.

— Je n'ai pas eu l'occasion d'acheter le journal. Je ne quittais guère le chevet de ma mère. Mais il vaudrait mieux parler de vous deux. Tu as un joli bracelet, Isaure.

— Je le lui ai offert ce matin, précisa l'aveugle. J'ai de la chance, il n'y a qu'Isaure pour accepter de lier son sort à un infirme.

— Quand on aime, on a la force de surmonter ce genre de handicap. Savez-vous, Jérôme, si Armand était revenu aveugle de la guerre, ça n'aurait rien changé dans mon cœur, je lui aurais sauté au cou et je l'aurais embrassé. Mon Dieu, j'aurais été si heureuse !

— Geneviève, quand nous nous marierons, voudras-tu être mon témoin à la mairie et ma demoiselle d'honneur à l'église ? interrogea tout bas Isaure. Tu as toujours été gentille, toi, si gentille avec moi, les jours où tu nous aidais, à la métairie.

— Oui, ça me ferait plaisir. Mais je serai toujours en deuil. Ce ne sera pas gai, d'être en noir un jour pareil.

— Moi, ça m'est égal, affirma Jérôme. Je ne vous verrai pas, je sentirai seulement votre parfum, comme ce soir.

— Madame Aubignac me donne ses fonds de flacon, des marques parisiennes. Elle en a tellement, des parfums et des fards !

— C'est vrai, tu sens bon, admit Isaure.

Elles discutèrent encore, tandis que la salle se vidait. L'aveugle les écoutait, sensible aux nuances de leur voix et au rythme de leur respiration. Sous ses doigts, il percevait la chaleur du corps de sa promise, qu'il tenait toujours par la taille. C'était à son sens une promesse de reddition, un aveu de faiblesse, un gage de joie pour lui seul. « Quand nous serons mariés, au lit et la lumière éteinte, je lui prouverai que je suis un homme comme un autre, capable de la rendre heureuse. Je ne suis pas contrefait ni amputé. Elle finira par m'aimer. »

Honorine mit fin aux rêveries de son fils. En manteau et toque de feutrine, elle fixa Isaure d'un œil radouci :

— Où dors-tu ce soir, petite ?

— Je vais rentrer chez moi...

— Ce n'est pas prudent, il fera sombre, sur la route. As-tu prévenu tes parents que tu pourrais être logée au village ?

— Je crois avoir dit à maman de ne pas s'inquiéter.

De toute façon, mon père m'a dit d'aller au diable et d'y rester. Maman doit dormir, déjà. Savez-vous, madame Marot, elle a changé depuis que j'ai été souffrante.

— Il serait grand temps qu'elle change de comportement à ton égard. Bon, la chambre de Thomas est libre. Tu peux coucher chez nous. Mais attention, Jérôme, pas de sottises sous mon toit. Si je t'entends traverser le couloir, tu auras affaire à moi.

— Merci, madame Marot, c'est vraiment gentil de votre part, affirma Isaure.

Elle n'avait jamais été aussi sincère. De dormir dans le lit de Thomas, peut-être entre ses draps qui auraient gardé l'odeur de son corps, c'était un véritable cadeau du ciel.

— Tu fais presque partie de la famille. À propos, voudrais-tu m'accompagner, mardi, à Saint-Gilles-sur-Vie ? Je vais rendre visite à ma petite Anne. Je te paierai ton billet de train, si tu ne peux pas te permettre cette dépense.

— Ne vous donnez pas cette peine, j'ai de l'argent, et je viendrai avec plaisir. Je n'ai jamais vu la mer…

— Je viendrai aussi, dit Jérôme en se levant. J'aurais bien voulu voir ton expression devant l'océan, Isaure, mais je ressentirai ton émotion, j'en suis sûr. C'est très beau, l'océan, les vagues, la plage immense…

— J'ai hâte d'y être, assura-t-elle.

Geneviève prit congé. Les rires, les bavardages et la musique s'étaient tus. Les serveuses balayaient le plancher en poussant les chaises et les bancs.

— La fête est finie, soupira Gustave en les rejoignant.

Auberge de Vouvant, même soir, deux heures plus tard

À peine entrée dans la chambre de l'auberge, Jolenta s'était extasiée sur les rideaux en toile de Jouy, le couvre-lit de satin rouge, les tapis moelleux et les lampes de chevet aux abat-jour en tissu rose ornés de franges dorées. Le chauffage central diffusait une douce chaleur et, comble du confort, une salle de bain jouxtait la pièce.

— Alors, ma chérie, est-ce que tu es contente ? demanda Thomas. Tu n'as guère été bavarde pendant le trajet. Tu étais absente, je dirais même boudeuse.

Elle caressa d'un doigt la figurine en porcelaine blanche qui trônait sur la commode. Elle désirait profiter de leur lune de miel, se blottir contre son mari, jouir de leur intimité, mais un vague ressentiment freinait son bonheur.

— C'était notre banquet de noces, notre fête à nous deux, et je t'ai vu avec Isaure. Tu la tenais dans tes bras. J'ai eu mal au cœur, Thomas. Mets-toi à ma place. Si tu m'avais trouvée dans la même situation avec un autre homme, le soir de notre mariage, comment aurais-tu réagi ?

Il parut sidéré, abasourdi. Comme Jolenta, d'une radieuse beauté dans sa robe en dentelle, s'était assise au bord du lit, il s'agenouilla à ses pieds pour mieux capter son regard.

— Quel imbécile je suis ! Tu es contrariée depuis ce moment-là ? Je sais que tu nous as observés, derrière le carreau, mais, vois-tu, je ne pensais pas que tu m'en voulais. Voyons, Jolenta chérie, je te le répète : Isaure est ma petite sœur. Prendrais-tu ombrage de me voir câliner Anne ou Zilda ?

— Ce sont tes vraies sœurs, elles, pas Isaure !

— D'accord, je parle d'un lien différent. Disons que c'est ma protégée. Vas-tu vraiment bouder toute la nuit ? Ma chérie, tu es si jolie ! Oublions Isaure et Faymoreau. J'ai imaginé ces heures de liberté avec toi ; je souhaitais qu'elles soient merveilleuses. C'est notre nuit de noces, Jolenta, la première fois que nous serons tous les deux entre des draps au creux d'un bon grand lit.

Thomas se redressa et l'obligea à se lever. Il l'enlaça et l'embrassa dans le cou, puis sur les lèvres.

— Que dirais-tu d'un bain chaud ?

— Je dis que ça me plairait bien. Je me suis toujours lavée dans une bassine et je devais chasser papa et mon frère de la maison pour être tranquille, ou bien monter plusieurs brocs d'eau tiède à l'étage.

— Chez nous, je t'installerai une baignoire sabot[1] ; je sais où en récupérer une… « Chez nous », c'est doux à dire et à entendre, Jolenta. Nous allons habiter ensemble, sans personne pour nous déranger. Maintenant, si je déshabillais la mariée !

— Attends, j'ai une question à te poser, dit-elle en le prenant par les épaules, le visage empreint de gravité. Sans le bébé, est-ce que tu m'aurais épousée ?

— Mais oui, voyons. Enfin, je suis tombé amoureux de toi le jour où je t'ai vue pour la première fois. J'ai parlé de toi à ma famille, à Isaure aussi.

1. Petite baignoire plus haute que longue, où l'on se tient assis.

L'amour que j'ai pour toi n'a fait que grandir. Je t'avais promis le mariage, avant cet après-midi d'été où j'ai perdu la tête et où tu as été mienne. Je ne suis pas le genre d'homme à séduire une fille et à l'abandonner. Cet enfant, je l'aime déjà autant que je t'aime. Qu'est-ce qui t'arrive ? Pourquoi doutes-tu de moi ? Dieu du ciel, au fond de la mine, enterré vif avec ton frère, je priais pour sortir de ce piège afin de te retrouver. Toi et Pierre, vous occupiez toutes mes pensées et toutes mes prières, je t'assure.

La jeune femme baissa les yeux et poussa un léger soupir en se réfugiant contre Thomas. Elle avait une dernière confession à lui faire.

— Pardonne-moi. Tu m'as prouvé souvent que tu m'aimais. Je n'en doute pas, mais j'ai peur. J'ai peur des idées qui me sont venues ces derniers temps à cause de l'inspecteur et de l'accident dans la mine. Je me demande si ce n'est pas mon père, le coupable.

Cet aveu stupéfia son mari. Il la dévisagea, totalement incrédule.

— Jolenta, tu perds la tête. Ton père ? Pourquoi aurait-il fait une chose pareille, en mettant la vie de toute une équipe en danger ? Mon Dieu, s'il avait envie de supprimer Boucard, et je me demande bien pourquoi, il pouvait se débarrasser de lui un soir dans le village, à l'air libre, pas dans une galerie de la mine. Mais, là, tu me fais dire des bêtises, car ton père est un honnête homme.

Très pâle et le regard noyé de larmes, Jolenta le lâcha et marcha dans la chambre en se tordant les mains.

— Il a une arme, Thomas. Un pistolet. Une fois,

je l'ai surpris en train de le nettoyer. Il m'a dit de n'en parler à personne.

— D'accord, ton père possède une arme. J'en suis bien surpris, mais si nous en parlions demain, pas maintenant ! Franchement, ma chérie, j'imaginais notre lune de miel plus gaie. Tu aurais pu me confier tes soupçons avant ce soir.

— Je n'osais pas, j'avais peur de ta réaction. J'ai peur de tout ce qui pourrait arriver. Si l'inspecteur de police apprend que mon père a une arme chez lui, il va l'arrêter.

— Pas si la balle trouvée dans le corps d'Alfred Boucard provient d'un autre pistolet. Je pense que tu te fais des idées parce que tu as vécu des jours pénibles. Tu étais si rieuse, avant, toujours à chanter ! Je t'en prie, c'est notre nuit de noces.

Thomas commença à se déshabiller. Quand il fut en gilet de corps et pantalon, il passa dans la salle de bain et fit couler de l'eau dans la baignoire. Ce moment d'isolement l'aida à réfléchir.

Il devait démonter la théorie de la jeune femme, sinon il serait incapable de dormir, encore moins de mettre à exécution la joute amoureuse dont il avait rêvé toute la journée : un grand lit loin des siens, Jolenta nue, livrée à ses gestes passionnés. Le couple n'avait connu que des étreintes à la sauvette dans une grange isolée ou derrière un buisson sur l'herbe tendre. Aussi considérait-il ce bref séjour à l'auberge de Vouvant comme une escapade au paradis. Sa déception n'en était que plus grande.

— Tu devrais prendre un bain, ça te fera du bien, déclara-t-il en retournant dans la chambre. Sais-tu, à l'heure qu'il est, je pourrais être mort, peu importe de quelle façon ou à cause de qui. Je suis vivant, près de toi, et nous sommes mariés. Je voudrais bien remettre les soucis à lundi.

Elle approuva dans un murmure et se décida à dégrafer le plastron de son corsage. Chacun de ses gestes délicats et mesurés enchantait Thomas. Tout heureux, il la contemplait.

— Ma belle petite épouse, n'aie plus peur, rien ne peut nous atteindre, dit-il. Il n'y a que toi et moi. Allons, si tu me faisais ton doux sourire de madone !

Songeuse, Jolenta ôtait ses épingles à cheveux. Soudain, elle lui fit face avec un air attendri. Assez vite, sa chevelure se répandit dans son dos, et elle se débarrassa de sa robe, de même que de sa chemisette en linon. Ainsi, à demi nue, en culotte rose et porte-jarretelles, elle lui présenta son buste de statue, ses seins drus et son ventre à peine bombé.

La lumière des lampes de chevet jetait des reflets roses et or sur les courbes de sa taille et de son dos.

— L'eau va déborder, s'inquiéta-t-elle. Il ne faut pas salir…

— Mais non, c'est long à remplir, ces grandes baignoires. Viens. Je te savonnerai.

— Tu es si gentil, Thomas ! dit-elle. Pas seulement pour le savonnage, non, pour tout le reste.

Il l'étreignit et laissa glisser sa bouche de ses joues à ses lèvres. Tremblante, elle répondit à ses baisers en caressant ses cheveux.

— Je t'aime, mon mari, je t'aime fort. Je suis désolée, tu étais content et je t'ai ennuyé. Mais je me sens mieux, maintenant. Tu m'as raisonnée.

Thomas doutait de la sincérité de ces derniers mots ; cependant, il préférait faire semblant d'y croire ; il se promettait de faire oublier ses idées noires à la jeune femme qui, très sensuelle, se laisserait vite emporter par le plaisir. Déjà, en se retrouvant plongée dans l'eau chaude, elle eut un rire extatique silencieux.

— Alors ? demanda-t-il.

— C'est délicieux.

Il passa scrupuleusement la savonnette au parfum d'iris sur chaque parcelle de son corps, tandis qu'elle fermait les yeux, étourdie par le bien-être. Enfin, il l'aida à se rincer, puis à sortir. Il l'enveloppa d'une large serviette blanche et la sécha.

— J'ai atteint mon rêve, chuchota-t-il à son oreille, une main glissée entre ses cuisses. Tu es toute à moi, Jolenta.

— Oui, toute à toi, Thomas. Pour toujours.

— Va m'attendre dans le lit, ma chérie, je fais un plongeon dans la baignoire et je te rejoins.

Elle lui souffla un baiser et trottina vers la chambre. Sagement, elle se coula entre les draps. Quelques minutes plus tard, épuisée par ces heures d'émotion, d'angoisse et de joie, elle s'endormit.

Thomas ne fut pas long. Quand il se coucha à son tour, nu, prêt à vivre des instants de pure ivresse, il s'aperçut que sa femme était déjà assoupie. Il n'eut pas le cœur de la réveiller et il se contenta de la contempler, en appui sur un coude. « Nous aurons bien le temps ! Nous avons toute la vie pour nous aimer. »

Faymoreau, même soir

Isaure demeurait immobile, absorbée dans son examen du lit étroit qui lui était destiné, un lit en métal garni de draps propres où Thomas n'avait jamais pris place. Elle était déçue.

— Nous avons déménagé quelques meubles dans la maison de nos jeunes mariés, avait expliqué Honorine. Il fallait bien les installer. Jolenta possédait si peu ! Mais elle avait économisé et elle a pu acheter une batterie de cuisine.

Forte de ce précieux renseignement, Isaure s'était demandé si elle achèterait elle aussi des ustensiles de ménage, une fois mariée à Jérôme. La question lui avait arraché un sourire désabusé. À présent, incapable de se décider à ôter sa robe et son châle, elle retenait ses larmes en imaginant Jolenta et Thomas plongés dans les délices de leur nuit de noces.

Ce fut à cet instant précis qu'on frappa à la porte de la maison d'une poigne vigoureuse. Une voix s'éleva après le tintamarre.

— C'est Bastien Millet ! Faut que ma fille vienne tout de suite.

Par chance, personne ne dormait encore. Honorine et Gustave, qui se trouvaient dans leur chambre, n'en crurent pas leurs oreilles.

— Qu'est-ce qui lui prend, à ce fada ? rugit le mineur.

— Pauvre petite, il la poursuit jusque chez nous ! répliqua son épouse.

Quant à Jérôme, il s'était redressé, sur le qui-vive. Déjà, de savoir Isaure sous le même toit que lui et prête à se dévêtir le rendait nerveux. L'irruption de son futur beau-père acheva de le mettre hors de lui. Sa chambre donnant sur la rue, il se leva et alla ouvrir sa fenêtre. L'obscurité ne lui posait aucun souci : il y était accoutumé et il connaissait l'emplacement de chaque chose.

— Qu'est-ce que vous lui voulez, à votre fille ? cria-t-il au visiteur. Ma mère a proposé de la loger cette nuit.

— Dites-lui de descendre, et en vitesse ! rétorqua le métayer.

Mais Isaure dévalait déjà l'escalier. Elle longea le couloir, ouvrit la porte et se rua dehors.

— Me voici, père. J'avais accepté l'invitation de madame Marot. Je serais rentrée tôt, à la première heure, je vous assure.

Elle redoutait une gifle, des cris ou un sermon. Bastien lui fit simplement signe de le suivre.

— La calèche est devant la verrerie. Dépêchons. Je te causerai en route.

Il tourna les talons et s'éloigna. Honorine, qui s'était levée, observait la scène à l'abri de ses volets entrebâillés. Elle entendit Jérôme protester.

— Isaure, reste ici, chez nous. Dis-lui donc qu'on sera vite fiancés ! Il te laissera en paix.

Il n'eut aucune réponse, mais ses parents entrèrent dans sa chambre, l'une en longue chemise blanche, l'autre en pyjama rayé.

— J'ai cru comprendre, mon pauvre garçon, que les Millet ne sont pas encore au courant de votre projet de fiançailles. Qu'est-ce que ça cache ? gronda Gustave. C'est du sérieux, oui ou non, votre histoire ?

— Rien de plus sérieux, papa, trancha l'aveugle. Mais tu connais la réputation de cet homme ! Nous attendions un peu avant d'aborder le sujet avec lui.

Déçue, Honorine secoua la tête. Elle était lasse. Aussi ne put-elle contenir son exaspération.

— Cette affaire m'inquiète, Jérôme. Déjà, Isaure

va devoir affronter la colère de son père. Ensuite, excuse-moi, mon fils, mais je n'ai pas apprécié la conduite de ta future femme, ce soir, pendant le repas et le bal.

Après avoir traversé la pièce les mains en avant, l'aveugle se recoucha.

— Si tu as des reproches à faire, maman, adresse-toi à Stanislas Ambrozy. C'est sa faute si Isaure était ivre, il n'arrêtait pas de lui verser à boire. Je l'ai entendue refuser, mais il continuait.

— Je suis allée à bien des noces, Jérôme, répliqua Honorine. Il suffit de ne pas vider son verre. Comme ça, personne ne peut le remplir plusieurs fois.

— Merci du conseil, maman. Je le donnerai à Isaure. Mais c'était la première fois qu'elle était invitée à des réjouissances. Tu pourrais être plus charitable et comprendre qu'elle ne savait pas comment se comporter. Bonne nuit.

Les époux Marot se sentirent congédiés. Ils laissèrent leur fils seul, renonçant à discuter davantage.

*

Assise dans la calèche, Isaure attendait le premier coup de tonnerre paternel, qui n'allait pas manquer d'éclater, Bastien Millet n'étant sûrement pas venu la chercher par bonté d'âme. Pourtant, assis à ses côtés, le métayer ne bronchait pas. Elle lui jeta un coup d'œil méfiant. Il fixait la ligne d'horizon avec une moue de colère, les sourcils froncés.

— Je suis désolée, père, si vous vous êtes déplacé à cause de moi. Il est bien tard. D'habitude, vous dormez…

— Qu'est-ce qu'il racontait, le fils Marot ? Vous allez vous fiancer ?

— Oui, père.

Là encore, Isaure se crispa tout entière, prête à subir un de ces accès de fureur propres à Bastien Millet. Il ne se passa rien. Après un long silence ponctué par l'écho des sabots sur la route, il lui dit simplement :

— Drôle d'idée, d'épouser un aveugle ! Tu ferais mieux de choisir l'inspecteur de police : il a le béguin pour toi. Ça, c'est un gars qui a une place dans la société et un bon salaire. Un homme fait, pas un infirme.

Stupéfaite, elle ne sut que répondre. Étaient-ce les effets du vin blanc et du cidre ? Elle se sentit libérée de la peur que lui inspirait son père. S'il cédait à la rage, ce serait tant pis, elle serait bientôt hors de danger, installée dans le coron de la Haute Terrasse.

— Père, à quoi bon tricher avec vous ! J'ai beaucoup d'amitié pour Jérôme, que je connais depuis des années. Il touche une pension. Au début, nous habiterons chez ses parents. Quand je serai nommée institutrice à Faymoreau, nous aurons un logement de fonction. J'avais besoin de connaître une vie de famille où on rit, où on chante le soir à la veillée, où je mange à ma faim. Que ça vous plaise ou non, je ne changerai pas mes projets. Je suis trop malheureuse sous votre toit.

— Ouais, fit Millet. Tu te rabats sur le cadet, vu que tu n'as pas pu avoir l'aîné. T'étais la risée du pays, à changer de couleur dès que tu croisais Thomas. Mais t'as raison de me causer franchement. Je préfère ça.

De plus en plus surprise, Isaure commença à s'interroger sur la santé mentale de son père. Elle avait l'impression qu'il n'était pas lui-même. Soudain, elle s'aperçut qu'ils ne suivaient pas le chemin menant à la métairie.

— Où m'emmenez-vous, père ?

— Dans les marais. J'ai besoin de toi, ma fille, parce que tu es la seule personne, cette nuit, qui peut m'aider. Pour ce qui risque de se passer, y me faut pas de témoin, sauf toi.

Isaure se sentit glacée. La voix de son père avait soudain retrouvé sa dureté et sa hargne. Elle n'osa pas demander de précisions. Elle n'eut d'ailleurs pas besoin de le faire, car il s'expliqua aussitôt :

— Ta mère me fait porter des cornes, j'en mettrais ma main au feu. Je dois lui montrer que je ne suis pas le dernier des crétins. Figure-toi qu'elle se lève quand elle croit que je dors. Je n'ai qu'à faire semblant de ronfler et la voilà qui se rhabille et file je ne sais où. J'ai découvert le pot aux roses y a deux jours. J'ai eu qu'à regarder par la fenêtre ; je voyais sa lanterne qui dansait dans le noir. Le long du pré des chevaux, une autre lampe approchait. Ce soir, je l'ai suivie un peu pour me rendre compte. Lucienne, elle va dans les marais, en bas du bois de chênes. Il y a ma cabane, là-bas, du temps où je pêchais des tanches, du bon vieux temps où tes frères attrapaient des grenouilles, aussi.

Muette d'embarras en même temps que touchée d'entendre son père évoquer ces souvenirs-là, Isaure songeait aux lumières dansantes qu'elle avait prises pour des feux follets quelques jours auparavant.

— Tu vas me rendre un service, Isaure. Ta mère,

elle se rend à la cabane par nos pâtures. Moi, je vais te déposer à l'entrée d'un sentier qui y conduit aussi. Faut pas que je m'en approche, sinon j'ferais une grosse sottise. Comprends-tu, j'ai pris mon fusil de chasse, sauf que je n'dois pas m'en servir. Mais, si je m'écoutais, si je voyais de quoi me foutre en rogne…

— Je comprends, le coupa-t-elle, effarée. Que dois-je faire ?

— Tu jettes un coup d'œil par la fenêtre. Il y aura sans doute un peu de lumière. Après, tu reviens me dire ce que tu as vu. Ensuite, tu retournes dire à ta mère de sortir. L'autre, j'irai lui causer… en tête-à-tête.

Bastien n'ajouta rien, comme terrassé par l'irrémédiable. En réalité, depuis qu'il soupçonnait Lucienne, il vivait un enfer. « D'accord, se disait-il, moi, je vais de temps en temps chez la veuve Victor, mais faut bien, parce que, ma Lulu, elle a des soucis de ce côté-là et ça lui dit plus rien depuis deux ou trois ans. Peut-être qu'elle a trouvé un type à sa convenance. Il va passer un sale quart d'heure. Ma Lulu, je suis le seul qui a le droit d'y toucher. »

Pour sa part, Isaure gardait le silence. La situation la dépassait tout en la plongeant dans une atmosphère étrange, proche du rêve éveillé, un très mauvais rêve. Il lui semblait un peu ridicule, même incongru d'imaginer sa mère dans les bras d'un autre homme.

— Mais, père, pourquoi maman verrait-elle quelqu'un, à son âge ?

— Quoi, à son âge ? grogna Bastien. Te fie pas à sa tignasse blanche ! Lucienne, elle n'est pas si vieille. Et je peux te dire que c'était une beauté.

Il arrêta la jument sous le couvert des arbres à prudente distance du marécage. Des nappes de brouillard s'élevaient des eaux stagnantes, changées en voiles fantomatiques par la clarté lunaire.

— Que le diable m'emporte si je mens ! Ta mère, ils étaient deux à courir derrière ses jupons, au pays, quand elle avait ses seize ans, mais elle n'a voulu que moi. Alors, si j'ai la preuve qu'un fumier la touche en ce moment, je suis capable de tout. Vas-y, dépêche-toi. Elle va bientôt repartir. J'ai noté l'heure où elle rentre à la maison.

Il faisait plus froid qu'à Faymoreau dans ce large creux de vallon gorgé d'humidité. Apeurée et transie, Isaure réprima un frisson. Elle descendit de la calèche sans penser une seconde à désobéir, même si le rôle que lui faisait jouer son père la dégoûtait.

— Je dois vraiment y aller à votre place ? demanda-t-elle d'une petite voix anxieuse.

— Tu feras mieux, si tu ne veux pas que je fasse des dégâts, rétorqua-t-il entre ses dents. Comme ça, je n'aurai pas de sang sur les mains. Ça me rendrait fou de croupir en prison.

« Fou, il l'est déjà ! » songea Isaure en s'éloignant à petits pas.

Tout le long du sentier, elle eut la sensation atroce de marcher sous la menace d'une arme invisible, qui la blesserait cruellement dès qu'elle toucherait au but. « Si vraiment maman a un amant, je vais la trahir. Elle qui me montrait un peu de gentillesse, elle me haïra. Pourquoi mon père ne se charge-t-il pas de sa sale besogne ? » se disait-elle.

Jouissant d'une excellente vision, Isaure aurait

pu avancer plus vite entre les ajoncs et les herbes folles qui bordaient le passage entre deux marécages. Mais elle espérait, à cette allure, donner une chance à la coupable de s'être remise en chemin vers la métairie.

« Mais l'autre, l'homme, si je le croise ? s'effara-t-elle en distinguant un carré de clarté jaune dans la nuit. Mon Dieu, c'est allumé ! Ils sont encore là ! » Elle s'immobilisa, incertaine de la conduite à tenir. Devait-elle mentir encore une fois, faire demi-tour et déclarer à son père qu'il n'y avait plus âme qui vive dans la cabane ?

— Je dois savoir, murmura-t-elle en mettant un pied devant l'autre, le cœur serré.

Pour Bastien Millet, l'attente se faisait insupportable. Il s'obligeait à rester assis sur la banquette de la voiture, s'abîmant dans la contemplation de la jument qui patientait avec sa docilité coutumière, qui lui avait été inculquée à grands coups de fouet et de coups de gueule.

Le métayer avait pris son fusil, qu'il gardait à présent en main. Assommé par la certitude d'être trompé et bafoué, il sortait de son état d'abrutissement et reconsidérait les aveux de sa fille. « Fan de vesse ! épouser Jérôme Marot juste pour foutre le camp de chez nous ! Qu'elle aille au diable ! Tant que j'ai ma Lucienne, ma Lulu… »

Il soupira, la gorge nouée, se revoyant jeune, ardent, obsédé par les sourires d'une jolie domestique du château, très blonde, toute menue et de petite taille. Ils se rencontraient derrière une haie d'ifs centenaires et échangeaient des regards complices à la sortie de la messe.

Ils espéraient se marier, mais il y avait eu Alfred Boucard, un mineur, une gueule noire de vingt ans bâti en colosse, arrogant et sûr de son pouvoir sur les filles. Il avait jeté son dévolu sur Lucienne et il la harcelait. Elle le repoussait sans cesse en se moquant de lui, mais il avait fini par avoir gain de cause, un soir de bal. Craignant d'avoir un enfant et sur l'insistance de ses parents, la jeune femme s'était résignée à se fiancer avec Boucard qui, ravi de l'aubaine, disait à qui voulait l'entendre qu'il était enchanté de réparer ses torts.

« Je ne sais pas qui l'a tué, ce salaud, mais il mériterait une médaille », songea Millet.

Peu après le drame, le vent avait tourné. Une fois certaine de ne pas être enceinte, Lucienne avait rompu ces fiançailles de pacotille et s'était réfugiée dans les bras robustes de Bastien. Il souffrait tant de l'avoir perdue que, fou de joie, il s'était empressé de l'épouser, sa petite Lulu.

Seul au cœur de la nuit de décembre, il se mit à trembler à l'idée de la perdre à nouveau. Elle disait l'aimer comme au premier jour malgré les marques du temps, son caractère violent, sa rudesse et ses visites à la veuve Victor. Dans le secret de leur chambre, dans le lit conjugal où ils se retrouvaient chaque soir depuis les noces, Bastien lui avait longtemps prouvé la ténacité de sa passion.

Tout cela, Isaure n'en avait aucune idée à l'instant où, malade d'angoisse, elle approchait son visage de l'étroite fenêtre aux carreaux crasseux. Sa mère était bien là, avec un homme…

La scène qu'elle vit aurait pu faire penser à un de ces anciens tableaux éclairés par une unique chandelle, avec ses jeux d'ombre et de lumière. Lucienne Millet se tenait debout, l'air infiniment triste. Elle caressait les cheveux du personnage assis sur une chaise, qui baissait la tête, comme accablé. Aucun des deux ne disait mot. Sidérée, Isaure faillit reculer aussitôt, mais un sentiment indéfinissable la retint.

« Je connais cet homme, j'en suis sûre, se dit-elle. Ses mains, je les ai déjà vues. »

Troublée, elle s'attacha à examiner l'intérieur de la cabane. Sur une table étroite se trouvaient un réchaud à alcool et deux bouteilles, l'une de lait, la seconde de vin. Au fond, il y avait la couchette où devait dormir son père quand il pêchait l'anguille, la nuit ; c'était un simple bat-flanc garni d'une paillasse.

Isaure sursauta et recula un peu. Sa mère avait bougé, contournant le siège pour se pencher sur l'inconnu. D'un geste très tendre, elle lui tapotait la cuisse et effleurait ses doigts.

— Sois courageux…

Cette recommandation, quoique murmurée, parvint à la jeune fille. Le sens pouvait s'appliquer à des amoureux séparés par l'illégitimité de leur relation, mais il y avait tant de désespoir et de tendresse dans la voix de Lucienne que l'hypothèse paraissait fragile.

Soudain, l'homme se redressa et, se levant, présenta son visage à la clarté de la bougie. Isaure ouvrit grand la bouche sur un hurlement d'horreur, muet cependant, car le choc était si violent qu'elle en eut le souffle coupé.

Un monstre. Elle avait vu une face monstrueuse,

un visage hideux aux traits couturés qui n'avait plus forme humaine, une masse rougeâtre dans laquelle un œil à demi fermé étincelait. Mais ce monstre articula quelques mots sur un timbre grave, un timbre oublié ressurgi du passé qui la fit fuir, détaler même comme une bête affolée : « Je n'ai plus de courage, maman. »

À bout de patience, Bastien Millet la vit arriver, courant et trébuchant. Il sauta de la calèche, son fusil à l'épaule, et se rua vers elle.

— Alors ? grogna-t-il.

L'expression terrifiée d'Isaure laissait présager le pire. Sous la luminosité blême de la lune reflétée par la brume toute proche, sa fille ressemblait à un esprit errant.

— Vas-tu parler ? lui intima-t-il l'ordre.

Très vite, il songea que d'avoir assisté aux ébats amoureux de sa mère et d'un autre homme pouvait donner à Isaure ce rictus égaré, ce tremblement convulsif de tout le corps.

— Fan de vesse ! Si tu ne causes pas, j'y vais et j'fais un malheur, je t'le jure.

— Oui, vous devez y aller, père, réussit-elle à articuler, mais sans votre fusil. Surtout pas. Père, votre fils est revenu, mon frère… Armand. C'est lui que maman cache ici, dans votre cabane, le pauvre malheureux ! Il n'a plus figure humaine.

La nouvelle terrassa le métayer. Il jeta son arme en poussant une plainte rauque presque animale. L'instant d'après, il fonçait sur le sentier les bras un peu écartés, continuant à lancer des cris brefs qui vrillaient le cœur d'Isaure.

D'une démarche mal assurée, elle regagna la

voiture. Pendant qu'elle caressait la jument, un terme sinistre résonnait dans sa tête : les gueules cassées[1]. Elle savait que certains soldats héritaient de ce surnom après avoir été gravement défigurés pendant la guerre.

— Armand, ce n'est pas possible, chuchota-t-elle, envahie par le souvenir de son frère le jour de la mobilisation, joli garçon aux yeux noisette et au sourire vaguement narquois, dont les boucles châtain clair avaient été rasées chez le coiffeur du village.

À cette image succéda la vision atroce qui lui donnait la nausée et lui broyait le cœur. Elle évoqua ce faciès torturé, sans nez, avec des creux et des bosses, de même que l'éclat de l'œil resté intact. Prise de malaise, elle se hissa péniblement dans la calèche et se recroquevilla sur la banquette. Là, elle pleura enfin à gros sanglots, révoltée aussi bien qu'incrédule.

« Je vais me réveiller chez les Marot, se répétait-elle. Père ne sera pas venu me chercher et je n'aurai rien vu dans la cabane. Il fera jour, j'aurai du bon café chaud et de la brioche. »

Malgré son désir de nier la réalité de l'instant, il lui suffisait de rouvrir les yeux pour distinguer un détail de l'intérieur de la calèche ou, un peu plus loin, les troncs sombres des arbres. Alors, vaincue, Isaure céda à la compassion, brusquement submergée par une immense pitié pour tous les soldats qui

1. On doit ce nom au colonel Picot, lui-même défiguré sur le front en 1916, qui créa une association pour venir en aide aux soldats dans le même cas que lui.

étaient morts au champ d'honneur comme pour ceux qui en étaient revenus meurtris à jamais dans leur chair et dans leur âme.

Jérôme Marot en faisait partie. Pour la première fois, elle eut vraiment conscience de la cruauté de son infirmité. « Moi, je peux admirer le ciel rose à l'aube, les fleurs et les chevaux au galop dans les prés, je peux lire, je peux fixer les flammes de la cheminée que je trouve si belles, souvent. Lui, si jeune, il vit dans les ténèbres. Et Armand, ce pauvre Armand ! Quand je pense à Geneviève qui l'attend encore, qui l'aime encore. Quelle horreur ! »

Au même moment, à environ deux cents mètres de là, Armand Millet bégayait :

— Personne ne doit savoir, personne ne doit me voir, papa. Tu vas me jurer de garder le secret, sinon je me pends !

Le métayer était entré en trombe dans la cabane. Lucienne avait hurlé de surprise et également de désolation en reconnaissant son mari. Tous ses efforts se révélaient vains, elle qui s'était engagée auprès de son fils à le tenir isolé du monde encore des mois.

— Mon Dieu non, non ! s'était-elle écriée. Pardon, Armand. Ce n'est pas ma faute.

— Armand ? avait balbutié Bastien, figé dans son élan, confronté au masque de cauchemar qu'était devenu le visage de son fils cadet.

Après ce court temps d'arrêt, pris d'une joie farouche, il avait étreint vigoureusement son enfant à pleins bras.

— Tu es vivant, gamin, tu es là, chez nous ! Le reste, on s'en fiche. Je comprends, va, que tu voulais te planquer ici, éviter de croiser des gens du coin, je comprends. Mais on va te ramener à la maison, hein ? Maintenant que je suis au courant, tu seras mieux dans ta chambre. Ta sœur t'a vu, elle aussi.

Il n'avait reçu comme réponse que l'écho d'une respiration sifflante accompagné d'un tressaillement caractéristique ; Armand pleurait.

— Isaure m'a vu ? s'étonna-t-il enfin.

— Je l'avais envoyée surveiller ta mère. Couillon que j'suis, je croyais que tu me faisais porter des cornes, ma Lulu, et j'étais en rogne, ça, oui.

L'émotion eut raison de Bastien Millet. Il serra plus fort son fils contre lui et se mit à pleurer à son tour.

*

Une heure plus tard, la cabane des marais était déserte ; sa fenêtre était toute noire dans la nuit. Chez les Millet, il en allait autrement. Lucienne avait allumé une bonne flambée, tandis qu'Isaure préparait le lit de son frère. Le chef de famille avait donné ses ordres et nul n'aurait osé les contredire, pas même Armand.

Accoudé à la table de la cuisine, le jeune homme considérait avec amertume le décor où il avait grandi. Son père venait de déboucher une bouteille de cidre ; aussi affairé qu'une véritable ménagère, il disposait des verres et cherchait la boîte de biscuits dans le placard.

— T'as échappé à la grande boucherie, fiston ! clama-t-il. Faut fêter ça. Tu vas nous raconter pourquoi t'es rentré si tard.

— Quand Isaure descendra, papa. J'ai du mal à parler à cause de ma mâchoire ; je n'ai guère envie de causer jusqu'au matin.

Le métayer approuva d'un geste. Il épiait son fils à la dérobée. En dépit de ses blessures au visage, Armand paraissait en bonne santé. Il était toujours robuste. « Il a deux bras solides, deux jambes costaudes, songeait-il. Il pourra travailler avec moi. Peu à peu, le voisinage s'habituera à son aspect et, le premier qui osera dire un mot de trop, je le lui ferai rentrer au fond de la gorge. »

Isaure réapparut, très pâle, un foulard entre les mains.

— J'ai aéré la pièce et j'ai fait le lit, dit-elle tout bas. Tiens, Armand, le foulard dont tu as besoin.

— Merci. Tu es une belle fille, à présent, sœurette !

Le vocable affectueux auquel elle n'avait jamais eu droit bouleversa Isaure. Sans regarder son frère, elle s'empressa de lui donner le carré de tissu et elle alla s'asseoir au coin de l'âtre.

— Je t'ai déjà vue, sais-tu, à La Roche-sur-Yon, ajouta-t-il. Je savais que tu logeais là-bas.

— Comment ? s'étonna-t-elle.

— Dis-le-lui, maman.

Il essuya ses lèvres difformes à l'aide d'un mouchoir. Les « blessés de la face et de la tête », selon la désignation établie par les médecins, souffraient souvent d'une salivation excessive, provoquée par l'inertie de leurs maxillaires. Armand subissait la chose ; comme ses compagnons d'infortune, il avait été soigné dans le département des « baveux », comme on les désignait.

— Eh bien, ton frère a séjourné des mois à l'hôpital. Ils ont essayé de le réparer, de lui faire des greffes, mais sans bons résultats. Il avait refusé qu'on soit prévenus, nous autres. Il avait honte de son allure. Et puis, au début du mois de novembre, il s'est décidé à revenir au pays. Pour ça, il a pris des précautions. Il a écrit à un camarade de régiment amputé des deux jambes, un gars de Vouvant, et il lui a demandé des renseignements sur nous tous.

— Ouais, coupa Armand. J'ai su, sœurette, que tu avais étudié et que tu étais surveillante dans une école privée de La Roche-sur-Yon, chez les Pontonnier. J'ai appris aussi qu'Ernest était mort parmi les premiers. Mon pauvre frère !

— C'est toi qui me suivais, alors ? s'enquit Isaure.

— Bien sûr, sous mon déguisement, chapeau bas et écharpe haute. Je n'ai pas eu le courage de t'aborder, quand je t'ai vue. Les retours, ça donne du bonheur à condition de ne pas faire peur à ceux qu'on aime.

— Armand m'a écrit à moi aussi, précisa Lucienne. Seigneur, quand j'ai reconnu son écriture ! Il m'a donné rendez-vous dans la cabane du marais. Il a décidé d'y vivre quelques mois, et je lui apportais de quoi s'équiper de même que de la nourriture chaque nuit. Hein, fiston, tu étais à ton aise ? Et moi donc, de pouvoir te parler et te toucher. Tu sais, une mère, ce qui compte à ses yeux, c'est d'avoir ses enfants autour d'elle.

— Pareil pour un père ! s'empressa d'assurer Bastien.

Isaure se raidit, outrée. Durant la guerre, elle avait servi de souffre-douleur à ses parents, Lucienne

Millet n'étant pas plus attentive ni affectueuse que son époux. L'exaltation dont le couple faisait preuve tout à coup, seul Armand en était la cause. Dépitée d'avoir si peu d'importance pour eux, elle retint ses larmes.

Armand remarqua l'expression de sa sœur et il tourna son attention vers elle.

— J'ai beaucoup pensé à toi, Isaure, au combat, dans les tranchées, et ensuite à l'hôpital. On a une autre opinion de sa vie quand on rampe au milieu des cadavres et qu'on a jour et nuit l'odeur du sang, de la poudre et de la mort dans les narines. Je me promettais, si je me sortais de cet enfer, de t'embrasser bien fort à mon retour, de te dire que je t'aime, que tu ne méritais pas d'être traitée comme tu l'étais, ici, chez nous. Ernest et moi, on s'est mal comportés à toujours te chercher des noises et à te laisser pleurer dans ton coin. Le sort est injuste. Je suis là, mais t'embrasser, non…

Comme frappés par la foudre, Lucienne et Bastien prenaient la mesure des paroles de leur fils. Honteux, ils baissèrent la tête de concert. Isaure se leva sans leur accorder un regard et marcha vers Armand. Rassemblant son courage, elle abaissa le foulard qu'il avait noué à la hauteur de son nez afin de cacher ses difformités. Il lui était impossible de reconnaître son frère ; cependant, les mots qu'il lui avait offerts vibraient encore dans tout son être.

— Moi, je peux t'embrasser, dit-elle.

Avec un sourire, elle l'étreignit, l'obligeant à appuyer sa gueule cassée entre ses seins de vierge. Il l'enlaça à son tour, tandis qu'une larme coulait doucement de son œil valide.

6

Frère et sœur

Métairie du château, le lendemain matin

Isaure se réveilla avec la sensation immédiate qu'il s'était passé la veille un événement exceptionnel. La tête lourde, elle se reprocha d'avoir bu à outrance et passa la main sur son front comme pour soulager l'emprise de la migraine. Le contact de sa peau lisse et fraîche lui renvoya brusquement l'image du visage monstrueux de son frère.

— Mon Dieu, Armand… murmura-t-elle.

La vision du faciès ravagé du malheureux persista dans son esprit encore confus. Effarée, elle prit dans le tiroir de sa table de nuit le petit miroir ovale qui était rangé là depuis des années et dont elle se servait rarement. Oppressée, elle étudia son reflet et effleura ses lèvres d'un doigt hésitant. Des pensées pénibles l'assaillirent. « La chair meurtrie, déchiquetée, la bouche comme un trou béant, le nez écrasé… La honte, la douleur, une vie finie, condamnée… Pauvre Armand ! Hier soir, il nous disait qu'il voulait mourir, mais qu'il avait manqué de courage pour se supprimer. »

Le cœur brisé, Isaure en vint à admirer la perfection intacte de ses traits. Pour la première fois, elle se trouva jolie. « Bien des gens me l'ont dit : Jérôme,

Honorine Marot, Thomas aussi, la comtesse, le policier, mais je ne les croyais pas. Je dois apprécier ma chance d'être une fille et de ne pas avoir fait la guerre. Je vais devenir meilleure, il le faut. Et je dois aider mon frère, l'aider à vivre. Comment peut-on supporter d'être devenu une sorte de monstre ? »

Tremblante, elle se leva et s'habilla après une rapide toilette. L'eau du broc en zinc était glacée et elle frissonna de plus belle. Une fois qu'elle eut revêtu une robe en laine noire et un épais gilet, sa respiration saccadée s'apaisa.

— Plus rien ne sera comme avant, se dit-elle à mi-voix.

Isaure demeura songeuse un long moment, la main sur la poignée de la porte de sa chambre. Thomas et Jolenta étaient mariés. Elle les imagina endormis et sûrement enlacés au milieu d'un lit somptueux, entre les murs de l'auberge de Vouvant, mais, à sa grande surprise, elle en souffrit à peine. Sa jalousie exacerbée lui parut dérisoire, et ses prochaines fiançailles avec Jérôme lui firent l'effet d'une mauvaise farce. Seule était importante la douce et sincère émotion qu'elle avait ressentie en prenant son frère défiguré dans ses bras.

Après la pathétique étreinte de ses deux enfants, Lucienne Millet s'était mise à pleurer, figée par le désespoir. Bouleversé, Bastien avait attiré son épouse contre lui, sa face rougeaude luisante de larmes amères. Isaure s'était demandé à cet instant si des remords naissaient enfin dans le cœur de ses parents, si les paroles d'Armand leur avaient fait prendre conscience de leurs torts à son égard.

— Je ne peux plus abandonner ma famille. Je

consolerai mon frère et je le protégerai, décida-t-elle du bout des lèvres.

Forte de sa résolution, elle descendit à la cuisine. Sa mère surveillait le contenu d'une marmite posée sur les braises.

— Bonjour, ma petite ! s'écria-t-elle. Je me suis levée avant le jour pour préparer une bonne soupe à notre Armand. Il veut rester dans sa chambre ; il a tellement peur qu'on le voie.

— Je le comprends, maman.

— Quand même, c'est lui, c'est mon fils, et bien vivant. Peut-être qu'avec le temps on s'habituera. Les gens du pays aussi.

— Maman, ça me fait penser qu'hier soir, à la noce, j'ai revu Geneviève Michaud, la fiancée d'Armand. Elle a l'intention de vous rendre visite parce qu'elle espère encore.

Lucienne se signa, affolée. Sans réfléchir à l'heure matinale, elle tourna un regard soucieux vers la fenêtre, comme si la jeune femme allait se présenter dans la seconde.

— Seigneur, il faut prévenir ton frère. Jamais il ne voudra qu'elle l'approche. Il serait capable de repartir, lui qui voulait se cacher dans les marais pendant plusieurs mois. Maintenant qu'il est là, chez nous, je ferai tout pour le retenir.

Elle hocha la tête afin de prouver sa détermination. Isaure approuva en silence, l'air inquiet.

— Mais que faire, maman, au sujet de Geneviève ?

— Tiens, monte un bol de soupe à ton frère et causez-en, tous les deux. Demande-lui ce qu'il en pense. Prends une serviette, il se salit. Essuie-le bien quand il aura terminé. Tu es sa sœur, ça ne le gênera pas.

— Si tu le dis, maman… soupira la jeune fille. Moi, je crois qu'il aura honte si je m'occupe de lui.

— Pas du tout. De toute façon, ton père a besoin d'aide et j'ai promis de le rejoindre à la basse-cour, trancha Lucienne Millet sur un ton catégorique. Nous n'irons pas à la messe ce dimanche. On va tuer un beau poulet que je mettrai à rôtir ; Armand se régalera. Au fait, il paraît que tu vas te fiancer avec Jérôme Marot ?

— Papa t'en a parlé ?

— Ce matin, et moi je l'ai annoncé à ton frère quand je suis allée lui dire bonjour. Est-ce bien sérieux, ma fille ? Un aveugle ! Sans compter que, tant que tu n'es pas institutrice, faudrait rester ici nous donner un coup de main.

— Bien sûr, maman. On se mariera l'an prochain, sans doute. Rien ne presse.

— J'espère que rien ne presse, Isaure. Tu me comprends… Dépêche-toi, la soupe d'Armand va refroidir.

Isaure approuva en silence. Ses parents l'avaient rodée à l'obéissance. Malade d'appréhension à l'idée de revoir Armand, elle gravit lentement les vieilles marches dont le bois grisâtre craquait sous ses pas. Elle s'exhortait au courage, se promettant de sourire, d'être douce et affectueuse. Cependant, à l'instant de tourner la poignée de la porte, elle eut envie de s'enfuir.

— Maman ? appela son frère.

— Non, c'est Isaure. Je peux entrer ?

Il bougonna un oui contrarié. Quand elle s'avança dans la pièce aux volets clos, la pitoyable gueule cassée lui tournait le dos, allongée et dissimulée sous une couverture. Isaure constata qu'Armand avait dormi tout habillé, sans se glisser entre les draps.

— Je vais t'aider à manger ta soupe, dit-elle gentiment.

— Pas la peine, je me débrouillerai. Descends vite, tu as mieux à faire. Maman a le droit de me traiter en gamin, pas toi.

Sans lui répondre, elle posa le bol ainsi que la serviette sur la table de chevet.

— Tant que je suis là, je voudrais te parler de Geneviève, déclara-t-elle sans préambule. Je l'ai croisée hier soir.

— Tais-toi, pas un mot. Qu'elle aille au diable !

— Armand, je crois qu'elle est toujours célibataire et qu'elle t'aime toujours. C'est une fille bien. On ne peut pas lui cacher que tu es vivant. Et j'ai su que sa mère venait de mourir en lui léguant une maison et de l'argent, enfin, quelque chose comme ça, je ne me souviens pas trop. Alors, écoute, tu devrais lui écrire, sinon elle va rendre visite aux parents, aujourd'hui ou demain, peut-être. Je me mêle sans doute de ce qui ne me regarde pas, mais il vaudrait mieux qu'elle sache la vérité. En plus, quand elle a appris que j'étais fiancée à Jérôme Marot, qui est revenu aveugle du front, elle a dit qu'elle t'épouserait si par bonheur tu réapparaissais, même infirme.

Les mots coulaient, rapides, incisifs, pathétiques. Son frère ne l'interrompait pas, étrangement silencieux. Soudain, elle comprit la raison de son mutisme au tressaillement spasmodique de ses épaules. Il sanglotait sans bruit.

— Pardon, Armand, pardon, je te fais de la peine ! s'écria-t-elle en s'asseyant au bord du lit.

— Ouais, je voudrais crever pour de bon, à t'écouter, parce que je suis plus rien, rien qu'un monstre, affirma-t-il, le souffle court. Je l'avais rayée de mon cœur, Geneviève, pendant tout ce temps dans les hôpitaux. Je me répétais qu'elle était mariée et heureuse. Isaure, dis-lui que je suis enterré quelque part dans la Marne. Qu'elle fiche le camp du pays, qu'elle n'y revienne jamais. Tu auras peut-être du mal à entendre ça, mais parfois je veux en finir. Parfois aussi je veux vivre, profiter de l'œil qui me reste autant que je peux, admirer les prairies au mois de mai et le bois de chênes en automne. Je suis valide, je pourrai travailler avec le père sur nos terres.

— Ce ne sont pas nos terres ; elles sont au comte de Régnier, répliqua-t-elle d'une voix d'enfant.

— Ne sois pas sotte ! J'ai grandi là, près des chevaux. J'ai couru la campagne et le marais avec Ernest, j'ai des souvenirs partout, de bons souvenirs. Je me baladerai les nuits de pleine lune, au printemps, et je contemplerai les étoiles.

Attendrie, Isaure imagina son frère en promenade, pareil à une âme errante condamnée à de maigres joies. Il marcherait dans la clarté fantomatique de la lune, seul, tellement seul !

— Tu es si jeune, déplora-t-elle étourdiment.

— Merci de me le rappeler.

Il se redressa et lui fit face d'un coup. Malgré la pénombre, il était terrifiant de laideur. Prise de panique, elle ferma les yeux.

— Voilà ! aboya-t-il d'une voix rauque. Les gens feront comme toi : ils auront peur, ils auront pitié. Geneviève serait capable de m'épouser quand même, ça, je n'en doute pas. Les femmes sont toujours prêtes au sacrifice, surtout elle. Mais je ne peux pas lui imposer ça. Et nos baisers, hein, nos baisers qui nous rendaient fous ? Il n'y en aura plus, de baisers, de bals où danser tous les deux. Isaure, rends-moi un service. Va la voir ce matin. Tu as raison, elle mérite la vérité. Alors, dis-lui ce que je suis devenu… Et dis-lui ça aussi…

Il salivait d'abondance. Furieux, il frotta ses lèvres du revers de sa manche.

— Dis-lui donc que, si elle m'aime encore bien fort, elle doit s'en aller et se chercher un mari. Dis-lui… Si par malheur elle me voyait tel que je suis, je me pendrais dans l'heure suivante. Jure-le, Isaure, que tu répéteras tout ça.

— Je le jure, chuchota-t-elle.

Soulagé, car il avait confiance en sa sœur, le jeune homme s'allongea de nouveau, un bras sur son visage.

— Et toi, tu comptes vraiment épouser Jérôme Marot ? dit-il d'un ton neutre. Comme ça, le pauvre gars est aveugle. Maudite guerre, saleté de boucherie, fumisterie ! De la chair à canon, on n'était que ça. Isaure, pourquoi te lier à un infirme ? Tu es belle fille, tu pourrais trouver mieux. Tu l'aimes à ce point ? Tu l'aimais avant qu'il soit mobilisé ? Bon sang, tu étais encore gamine.

— Il n'y a pas d'âge pour aimer, rétorqua-t-elle.

— Et papa accepte ton choix ? Un mineur ?

— Un ancien mineur ; le directeur de la compagnie refuse de lui redonner un emploi. Pourtant, Jérôme affirme qu'il connaît les galeries par cœur et qu'il saurait s'y diriger, même aveugle.

— Pour y crever ? Maman m'a raconté le dernier

accident, peu de jours avant mon arrivée ici. Il y a eu des morts.

— Dont un meurtre. La police enquête depuis.

— Quoi ? En voilà, une histoire !

— Maman ne t'a rien dit ? Le porion de l'équipe, Alfred Boucard, a été assassiné d'un coup de pistolet.

— Boucard ? Fan de vesse ! il ne l'a pas volé. Tu es au courant, je suppose.

Stupéfaite, Isaure haussa les épaules. Armand se redressa sur un coude sans songer à cacher sa face ravagée. Elle détourna le regard, feignant de s'absorber dans l'examen du parquet.

— De quoi devrais-je être au courant ? Je suis allée à l'École normale pendant un an, après le lycée, et je te rappelle que nos parents ne me parlent pas. Je suis leur bête noire, juste bonne à travailler dès que je suis là. J'ai trimé dur pendant la guerre et après, sans recevoir un compliment ni un merci.

— Je m'en doute, Isaure.

— Pardonne-moi, j'ai honte de me plaindre.

Perplexe, Armand baissa la tête. C'était un garçon intelligent, doté d'un sérieux sens logique et d'un esprit vif. Il venait de tenir un raisonnement implacable, quoique rapide. Puisque le porion avait été tué, sa sœur n'avait pas besoin de savoir certaines choses que ses parents s'étaient bien gardés de révéler.

— Alors, que m'a-t-on caché ? insista-t-elle.

— Rien du tout, de vieilles histoires sans importance. Je crois me souvenir que Boucard passait pour un coureur de jupons et, comme tu étais gamine, on évitait d'en causer devant toi.

— Il n'y a pas de quoi le traiter comme tu le fais. Ce pauvre homme est mort. Il faut respecter sa mémoire.

Elle fixait la fenêtre aux volets clos. Un faible rai de clarté dessinait son profil d'une douce pureté.

— Ma belle petite sœur, murmura-t-il d'un ton triste, je t'en prie, monte au village avant le début de la messe. Tu verras forcément Geneviève.

— Je verrai beaucoup de monde : les Marot, peut-être le policier chargé de l'enquête. Est-ce que je peux annoncer ton retour… et le reste ?

— Bah, j'avais prévu me cacher, mais c'était stupide. Dis ce que tu veux. Il y aura des curieux qui viendront jusqu'ici tenter d'observer les dégâts. Ensuite, ils n'oseront plus croiser mon chemin. Mais j'ai une solution. Un docteur m'a donné le conseil. Il faudrait me fabriquer un masque en cuir, du cuir fin. L'hiver, je l'endurerai sans peine. L'été, ça m'irritera, mais, au moins, personne ne verra à quoi je ressemble. Allez, va vite, petite sœur. Ce n'est pas commode pour moi de bavarder, je salive davantage. Déjà, je suis dans un bel état… Armand le baveux. Va vite, et n'oublie pas, pour Geneviève. Tu as juré. Elle doit jurer aussi, sinon je m'enferme à clef et je crève sur ce fichu lit.

— D'accord, je ferai de mon mieux, Armand.

Isaure se leva d'un bond et sortit précipitamment. Le tendre « petite sœur » résonnait dans son cœur, obsédant et grisant. Elle en aurait pleuré de joie.

Une fois dans sa chambre, elle enfila son manteau de ville, chaussa des bottines, se coiffa de son chapeau rond à voilette et s'empressa de quitter la métairie. Ses parents ne la virent pas marcher d'un bon pas à travers les champs boueux afin de rejoindre au plus vite la route de Faymoreau.

Auberge de Vouvant, même jour, même heure

Jolenta était blottie contre le torse nu de Thomas, ses grands yeux d'un bleu très clair rivés à un détail du plafond. Ils avaient fait l'amour en se réveillant, un peu surpris de se retrouver couchés l'un près de l'autre, entre des draps de beau coton blanc au parfum de lavande. Le lit était large et douillet. Le corps et l'âme reposés par un long sommeil paisible, ils s'étaient contemplés, puis embrassés à perdre haleine. Le désir les avait terrassés et ils s'étaient laissé emporter par l'ivresse de se donner l'un à l'autre.

— Je n'ai jamais été aussi heureuse, mon mari chéri, avoua-t-elle d'une voix caressante. J'ai cru mourir et j'ai failli crier. Qu'auraient pensé les gens d'à côté !

— Que nous sommes de jeunes mariés en lune de miel… et que je suis un formidable amant, plaisanta-t-il tout bas.

Confuse, elle eut un léger et voluptueux rire de gorge. Thomas la dévisagea attentivement.

— Dis, Jolenta, pourquoi as-tu versé des larmes, juste après ? Il faut m'expliquer, j'ai cru que tu avais du chagrin.

— Non, c'est tout le contraire, je pleurais de joie, je t'assure. Et je voudrais rester des jours seule avec toi, loin de la mine.

— Sais-tu, ça me plairait aussi. Mais je reprends le travail demain. Quant à ma gentille petite femme, elle va s'installer dans sa maison parmi ses meubles et je lui interdis de se fatiguer, surtout. Notre vie de couple commence. Au printemps, je retournerai notre carré de jardin. Tu auras des légumes et des fleurs. Tu ne manqueras de rien, c'est certain.

— Si seulement tu pouvais faire un autre métier ! avoua-t-elle. J'aurai peur tous les jours, maintenant.

— Les coups de grisou et les poches de gaz sont quand même rares, à Faymoreau. Mon père descend dans la mine depuis trente ans et il ne lui est rien arrivé de grave.

La jeune Polonaise enlaça Thomas et déposa de menus baisers sur son épaule.

— Je ne pensais pas aux accidents, dit-elle très bas. Je ne veux pas te perdre. Tu es mon amour, le père du bébé.

— Jolenta, ne brasse pas de mauvaises idées. C'est notre dimanche. Nous allons nous lever, nous habiller et descendre prendre le petit-déjeuner dans la salle, en bas. Ensuite, nous irons nous promener. Ce premier jour de notre mariage doit être magnifique. C'est un jour fait pour l'amour, pour les baisers et pour le rire. La fée Mélusine nous protège.

— Je ne crois pas aux fées, protesta-t-elle.

— Isaure y croyait, gamine. Quand je l'emmenais dans les bois, elle prétendait apercevoir des créatures ailées en robe verte confectionnée avec des feuilles d'arbre.

— Ne parle pas d'Isaure. Je suis jalouse.

— La jalousie est un vilain défaut, madame Marot, surtout quand elle n'a pas lieu d'être. Mais, promis, je ne prononcerai plus le prénom d'Isaure jusqu'à demain matin.

Moqueur, il étreignit Jolenta en glissant une main impérieuse entre ses cuisses à la chair drue et chaude. Elle était nue. Il frotta son front entre ses seins et en mordilla les mamelons rose framboise l'un après l'autre.

— Non, non, protesta-t-elle faiblement. J'ai faim, il faut nous lever.

— Moi j'ai faim de toi, ma chérie.

Elle ne tarda pas à s'abandonner à ses caresses. Il la pénétra avec délicatesse, avide d'extase, encore hanté par les heures d'angoisse vécues dans les profondeurs de la terre. Après avoir frôlé la mort, que c'était bon de jouir d'un beau corps féminin !

— Je t'adore, je t'aime, je t'aime, scanda-t-il avant d'être vaincu par l'intensité de son plaisir.

Jolenta le serra dans ses bras, câline et dolente, comme étonnée par la fougue égoïste de son mari. De nouvelles larmes jaillirent, qu'elle parvint à essuyer d'un geste discret.

Faymoreau, domaine de la famille Aubignac, une demi-heure plus tard

Isaure était obligée de passer près de l'église du village afin d'entrer dans le vaste jardin des Aubignac, auquel on accédait par un portail en fer forgé massif et intimidant. La jeune fille aperçut quelques paroissiens endimanchés qui la saluèrent d'un signe de tête.

« Les Marot ne vont pas tarder, songea-t-elle. Ils ont dû s'inquiéter pour moi quand papa est venu me chercher, cette nuit. Je ne leur dirai pas qu'il imaginait maman avec un autre homme. Il l'aime très fort, quand même ! Il est encore jaloux, à son âge. » Revivant la scène, elle évoqua le trouble extrême de Bastien Millet, armé de son fusil de chasse, qui craignait de faire un malheur s'il trouvait son épouse en galante compagnie.

Perdue dans ses pensées, elle avança en suivant

sagement l'allée tapissée de gravillons blancs. Des éclats de voix lui firent relever le nez et, à sa grande surprise, elle découvrit deux gendarmes postés devant la belle demeure du directeur de la compagnie minière. Geneviève leur parlait, tandis que Marcel Aubignac déambulait, de toute évidence furieux. Dès qu'il vit Isaure, il poussa une exclamation :

— Sortez d'ici ! Pas de curieux, pas de fouineurs !

— Excusez-moi, monsieur, balbutia-t-elle, tétanisée par la gêne.

Geneviève Michaud se précipita vers la visiteuse, les mains jointes et le teint blafard.

— Isaure, je suis navrée, il y a un problème. Sors vite, monsieur est en colère.

— Mais je devais te parler ; c'est important.

— Enfin, où as-tu la tête ? Entrer chez monsieur et madame comme ça pour me parler ! La prochaine fois, frappe au pavillon. Là-bas, c'est mon logement. Je suis désolée, je n'ai pas une minute à te consacrer. Je viendrai cet après-midi à la métairie, si madame va mieux. Le docteur lui a administré un calmant.

La gouvernante avait chuchoté ces derniers mots. De plus en plus embarrassée, Isaure jeta un coup d'œil intrigué du côté des gendarmes. Elle vit ainsi deux grandes bêtes au poil brun étendues par terre et toutes raides.

— Que s'est-il passé ? interrogea-t-elle.

— Geneviève ! hurla alors Marcel Aubignac. Voulez-vous éconduire cette jeune personne, qui n'a rien à faire chez moi ?

— Oui, monsieur, tout de suite, répliqua la jeune femme en entraînant Isaure par le coude.

Près du portail, elle expliqua à mi-voix :

— Les dogues de monsieur ont été empoisonnés. Je les ai découverts ce matin derrière la haie de troènes. Madame Viviane a poussé des cris horrifiés, et ses nerfs ont lâché. Mon Dieu, si tu l'avais vue, j'ai eu du mal à la calmer. Elle répétait qu'après les chiens on les tuerait, eux. Je t'en prie, sauve-toi, c'est préférable.

Consternée, Isaure hésitait sur la conduite à tenir. Elle refusa de céder pour ne pas trahir son frère.

— Pitié, ne viens pas chez nous, Geneviève. Je voulais t'annoncer une drôle de nouvelle. Armand est revenu.

Immédiatement, la physionomie affligée de la gouvernante s'illumina. Le regard soudain étincelant, les traits sublimés, elle étouffa une plainte de bonheur.

— Merci, Seigneur, merci ! Je le sentais, il était vivant. Petite Isaure, tu as couru me le dire...

— Oui, mais ne te réjouis pas, je t'en supplie. Ce n'est plus vraiment lui, il n'a plus figure humaine. On appelle ces soldats des gueules cassées. Geneviève, je vais t'attendre dehors près de l'église ; je dois te transmettre un message d'Armand.

— Gueule cassée ou pas, c'est mon fiancé. Mon Dieu, j'ai tant prié ! Bon, d'accord, attends-moi, je vais essayer de me libérer.

Elle rejoignit au pas de course les gendarmes et son patron. Bouleversée, Isaure la suivit des yeux. Elle sursauta quand on lui tapota l'épaule.

— Bonjour, mademoiselle Millet, fit la voix grave de Justin Devers. Que faites-vous ici de si bon matin ?

— Je venais saluer une amie de longue date avant d'assister à la messe. Et vous ?

Elle le toisait de son regard bleu nuit avec une expression ironique qui eut le don d'amuser le policier.

— Je parie que vous avez la réponse, dit-il en la fixant avec un air perspicace. Ce n'est pas un secret ; la rumeur va se répandre bien vite. Monsieur Aubignac m'a téléphoné. On a tué ses chiens.

— Je sais.

— Je n'apprécie guère les molosses, mais ces pauvres bêtes ne méritaient pas de crever au nom de la lutte des classes.

— C'est votre opinion ? s'étonna Isaure.

— Que voulez-vous que ce soit ? Relisez *Germinal*, de Zola. Enfin, peut-être que vous ne l'avez pas lu.

— Si, et le roman m'a beaucoup intéressée.

— Alors, vous me comprenez. Je n'ai rien à ajouter. Au revoir, mademoiselle Millet. On m'attend.

Justin Devers s'éloigna en soulevant d'un doigt son chapeau de feutre, une manière de prendre congé poliment.

« Il croit qu'il s'agit d'une vengeance de la part des mineurs, à cause de l'accident du mois dernier, songea-t-elle. Dans *Germinal*, les mineurs font la grève ; ils s'en prennent ensuite à la fille de leur patron. »

Elle en oubliait de se diriger vers l'église, se demandant si Devers avait tort ou raison. Elle aurait volontiers discuté plus longuement avec lui.

— Isaure !

On la hélait. Elle se retourna et aperçut Honorine Marot qui lui faisait signe, suivie de Zilda et d'Adèle. Jérôme marchait à côté de son père ; tous les deux étaient en costume du dimanche. Les jeunes religieuses affichaient une mine inquiète.

— Dieu merci, tu es là, déclara sa future belle-mère. Nous avons passé une mauvaise nuit, Isaure. Vraiment, monsieur Millet se conduit en rustre. Venir te chercher chez nous, tambouriner à notre porte aussi fort ! J'espère qu'il ne t'a pas frappée ?

— Non, pas du tout. Je suis désolée. Il ne fallait pas vous tourmenter. Papa avait vraiment besoin de moi.

— Quand nous serons mariés, viendra-t-il te tirer du lit en pleine nuit pour te faire trimer dans sa fichue métairie ? s'écria Jérôme.

— Je t'en prie, mon fils, moins fort, protesta Gustave. Et sois poli, laisse Isaure s'expliquer.

C'était un très honnête homme, soucieux des convenances, épris de loyauté et de tranquillité. Depuis la mort du porion Alfred Boucard, son quotidien, bousculé par une foule de contrariétés, avait perdu sa saveur familière. Les interrogatoires de la police, les articles de presse où se lisaient bien des suppositions fantaisistes, cela lui pesait et le troublait.

Quant à Isaure, elle prisait peu l'allusion de Jérôme à leur intimité de couple dans un avenir prochain. L'infirme se projetait déjà dans le lit conjugal et elle en éprouva du dégoût, même de la révolte.

— Il n'y aura certainement pas d'autres nuits de ce genre : mon frère Armand est enfin revenu, le cingla-t-elle d'une voix dure. Il a survécu, mais le prix à payer est terrible.

Médusés, les Marot ne surent que répondre. Ils échangèrent des œillades incrédules. Au bout d'un long moment de silence, Honorine réagit avec enthousiasme.

— Ton frère Armand ? Il est vivant ? Que le Seigneur soit loué ! Quel miracle, quel bonheur pour tes parents et pour toi, Isaure ! Ma chère petite, viens que je t'embrasse.

Elle tendit ses bras maternels, qui avaient bercé chacun de ses enfants avec une infinie tendresse. Émue, Isaure se laissa cajoler.

— Tu as parlé d'un prix à payer ? demanda Gustave. Il est invalide, le malheureux ?

— Pire que ça, monsieur Marot, murmura-t-elle. Mon pauvre frère est défiguré. Il a été soigné des mois et des mois dans différents hôpitaux. On l'a opéré en vain. Je suis venue de bonne heure afin d'avertir Geneviève. Armand m'a chargé d'un message pour elle, un triste message. Il refuse de la revoir, bien sûr.

Zilda et Adèle balayèrent leurs préventions à l'égard d'Isaure et, remplies de pitié, elles se confondirent en paroles de compassion.

— Mon Dieu, quel grand malheur ! dit Gustave en hochant la tête. Je comprends mieux la hâte de ton père de te ramener au bercail.

La cloche de l'église se mit en branle ; les habitants de Faymoreau qui n'étaient pas entrés dans le sanctuaire s'empressèrent de franchir le porche aux battants ouverts.

— Allons, il est temps, commenta le mineur. Eh bien, Jérôme, tu pourrais réconforter ta promise !

La main droite crispée sur le pommeau de sa canne blanche, l'aveugle bougonna sur un ton irrité :

— Comment la consoler d'une pareille horreur ? Isaure, viens près de moi. La guerre a brisé tant de vies comme la mienne et celle de ton frère ! Tu lui diras que je compatis de tout cœur à son chagrin et à son désespoir. Mais j'ai de la chance, comparativement à lui, puisque tu vas m'épouser malgré mon infirmité.

Elle s'approcha de lui, presque subjuguée par son habileté à mettre en scène leur prétendue histoire d'amour. Il lui vint aussi une idée, comme une évidence.

— Armand aurait bien besoin d'amitié, dit-elle doucement. Vous étiez à l'école ensemble. Or, tu es le seul qui pourrait le rencontrer sans souffrir de son apparence, sans le gêner non plus.

— Tu dis vrai, et il va devenir mon beau-frère. Transmets-lui ma sympathie. Je lui tiendrai compagnie, s'il le souhaite, les jours où son moral sera au plus bas.

Honorine les écoutait, l'air perplexe, car, à son avis, Isaure avait manqué de tact en trouvant un avantage au fait que Jérôme soit aveugle. Elle ne fit aucune remarque, néanmoins, mais un singulier malaise la tarauda, qui devait durer pendant toute la messe.

Chez Marcel et Viviane Aubignac, même heure

Justin Devers examinait les deux chiens d'un œil attentif, mais il se gardait bien d'y toucher.

— Il faut transporter les cadavres à La Roche-sur-Yon, qu'un médecin légiste détermine quel poison les a tués, ordonna-t-il au brigadier de gendarmerie.

Surpris, l'homme protesta.

— Il y a fort à parier qu'on leur a donné de la mort-aux-rats, de l'arsenic, quoi ! Je m'y connais. Ce n'est pas la première fois que ces choses-là arrivent.

— Peut-être, brigadier, mais, dans le cas présent, il peut s'agir d'un avertissement, clama Marcel Aubignac. Inspecteur, vous êtes témoin. Hier soir, après le dîner, mon épouse évoquait la possibilité que nos chiens soient empoisonnés par certains malfrats résolus à nous faire un mauvais coup. Et, comme par hasard, ce matin, nos dogues gisent au fond du jardin, raides morts. C'est à croire que les murs ont des oreilles.

Devers fit la moue. Il alluma un cigarillo en promenant son regard brun autour de lui. Geneviève Michaud, qu'il dévisageait à l'occasion, tressaillit de nervosité.

— Les murs, non, mais vos domestiques, oui, avança-t-il. Si je me souviens bien, la bonne débarrassait la table de la salle à manger, et je sais par mes interrogatoires que son frère travaille à la mine. Attention, je n'accuse personne ! Nous nous trouvons peut-être devant une simple coïncidence. Quelqu'un a jugé bon de supprimer vos molosses, histoire de semer la panique et de vous atteindre, monsieur Aubignac.

Le brigadier prit un air inspiré. Il faisait enfin le lien entre le meurtre commis dans le puits du Centre et l'empoisonnement des chiens.

— Alors, ça n'annonce rien de bon, conclut-il.

— En effet, tonna Aubignac. Mon épouse l'a compris, et ses nerfs ont lâché. Elle est terrifiée. Je lui ai promis qu'elle pourrait partir très vite chez sa sœur, à Paris.

— Je suis désolé, c'est hors de question, déclara le policier. Aucun habitant de Faymoreau ne doit s'éloigner, pas plus votre femme que vous, tant que l'enquête n'aura pas abouti. À ce propos, je souhaiterais m'entretenir avec madame Aubignac.

— Monsieur, il faudrait patienter, madame se repose, à l'heure qu'il est, osa préciser Geneviève, les joues colorées par son audace. Son docteur lui a donné un calmant.

— Je ne serai pas long.

— Mais mon épouse ne peut pas vous recevoir dans sa chambre, inspecteur, s'indigna Aubignac. Revenez après le déjeuner, je vous prie.

— Je vous rappelle, cher monsieur, que nous avons rendez-vous avec Gustave Marot et le dénommé Fort-en-Gueule à treize heures trente pour descendre dans la mine, fit remarquer Devers d'un ton mielleux. D'autre part, on me parle d'un médecin. Je ne l'ai pas croisé en entrant dans le jardin.

— C'est notre voisin, un ami de longue date. Il emprunte une petite porte derrière la maison qui communique avec son propre jardin. Seigneur, vous êtes vraiment suspicieux ! soupira Marcel Aubignac.

— Je fais mon métier, tout simplement. Mademoiselle, pouvez-vous me conduire auprès de madame ?

Justin Devers s'adressait à Geneviève avec un sourire de mondain. Embarrassée, la gouvernante hésita, craignant de déplaire à son employeur. En guise d'accord, Aubignac eut un geste exaspéré.

Bientôt, le policier et la jeune femme montaient l'escalier intérieur en bois ciré, agrémenté d'un tapis en velours rouge maintenu par des baguettes de cuivre.

— Vous n'avez rien noté de particulier, hier soir, mademoiselle Michaud ? demanda-t-il. Ou pendant la nuit ?

— Non, mais je me suis absentée après mon service pour me rendre au restaurant où avait lieu la noce. Je voulais surtout revoir une amie, la sœur de mon fiancé. À mon retour, tout était calme, ici. Les chiens sont venus me renifler. Comme ils sont habitués à moi, je peux aller et venir sans problème.

— Quelle heure était-il ?

— Moins de minuit, il me semble. Quand le clocher a sonné douze coups, j'étais couchée.

— Je vous remercie.

Geneviève toqua à la chambre de Viviane Aubignac sans obtenir de réponse. Justin Devers frappa à son tour, un peu plus fort.

— Je pense que madame dort profondément.

— Il faudrait vérifier, on ne sait jamais.

L'insinuation lourde de sens causa une vive angoisse à la jeune gouvernante, même si le policier ne paraissait pas du tout inquiet. Il avait ses raisons, une idée assez singulière lui ayant traversé l'esprit.

— Allons, ouvrez et entrez la première, au cas où la tenue de madame serait indécente, dit-il. Il faudra me laisser seul avec elle, si tout va bien.

— Mon Dieu, vous me faites peur, murmura Geneviève.

Elle découvrit sa patronne allongée sur son lit en peignoir de cachemire blanc. Elle sanglotait sans bruit, un mouchoir entre les mains.

— Madame, je suis navrée de vous déranger, mais l'inspecteur Devers tient à vous parler.

— Qu'il vienne.

Devers s'inclina poliment avant de se poster au chevet de Viviane Aubignac. Geneviève s'éclipsa avec soulagement. Elle était obsédée par la révélation que lui avait faite Isaure et elle comptait bien en apprendre davantage à la sortie de la messe.

— Bonjour, chère madame, commença le policier. Excusez-moi d'être aussi importun. Je vois que vous êtes souffrante et, de plus, fort affectée par la perte de vos chiens.

Elle fit l'effort de se redresser un peu en appui sur un coude. Ses boucles blondes en désordre et sans aucun fard, elle demeurait ravissante.

— Je ne vais pas me plaindre d'avoir la visite d'un représentant de l'ordre. Monsieur, j'ai tellement peur. Nous sommes menacés, mon époux et moi, je le sais, je le sens.

— Pourtant, vous ne répondiez pas quand on a frappé à votre porte.

— J'étais sûre qu'il s'agissait de Marcel et je n'avais pas envie de le voir.

— Votre mari doit s'annoncer, s'il désire pénétrer ici ? ironisa-t-il. Est-ce une pratique de la haute bourgeoisie ?

— Bien sûr ! Nous avons chacun notre chambre.

Fort d'un solide flair en matière de psychologie féminine, Devers venait d'acquérir une certitude : le couple battait de l'aile ; leurs relations n'étaient pas au beau fixe.

— En effet, quand on a la place, pourquoi s'enfermer dans la même pièce ? plaisanta-t-il. Peut-être que vos gueules noires céderaient à la mode, si on les logeait de façon plus spacieuse. Mais, trêve de bavardages inutiles, chère madame. Voyez-vous, votre état me préoccupe, depuis hier. Aussi, j'aimerais comprendre ce qui vous afflige autant, plus de trois semaines après les tragiques événements survenus dans la mine. Également, je voudrais bien savoir pourquoi vos chiens ont été empoisonnés juste quelques heures après l'excellent dîner auquel j'étais convié, ainsi que mon collègue. J'appellerais ça une maladresse de votre part.

Le regard voilé et l'air égaré, Viviane Aubignac parvint à s'asseoir. L'échancrure de son peignoir dévoila la dentelle d'une chemise de nuit rose.

— Qu'essayez-vous de me dire, inspecteur ?

— Eh bien, hier soir, je vous fais la remarque que vous êtes bien protégée par vos molosses, ce à quoi vous rétorquez que des gens mal intentionnés peuvent empoisonner les chiens de garde. La nuit même, vos toutous gobent de l'arsenic. Si vous êtes coupable de ce forfait, c'était maladroit de l'annoncer, maladroit ou puéril. Ne seriez-vous pas très pressée de partir pour Paris, loin de Faymoreau ?

Sans vos dogues, vous manifestez une frayeur légitime, et monsieur Aubignac accepte de vous mettre dans le premier train. Je me trompe ?

— Jamais je n'aurais pu tuer ces pauvres bêtes.

— Et ç'aurait été en vain, personne du village n'étant autorisé à quitter la région.

— Mais c'est ridicule ! Mon mari et moi-même sommes au-dessus de tout soupçon. Cherchez votre coupable parmi les mineurs. Inspecteur, soyez gentil, je ne veux pas rester à Faymoreau. Je serai plus en sécurité chez ma sœur. Vous êtes parisien, vous devez comprendre les avantages de la capitale quand on vit dans ce coin perdu toute l'année et qu'il y a un criminel en liberté, de surcroît. Je suis menacée, j'en ai la conviction.

Le policier fixa un long moment la femme qui tendait son joli visage vers lui avec une expression anxieuse.

— La conviction, rien que ça ? Le mot me paraît fort, madame Aubignac. Dans le vocabulaire juridique, il peut peser lourd. Jouons franc jeu : avez-vous des raisons d'être aussi effrayée ? Des raisons que vous seule connaissez... ou connues également de votre époux, qui nous les cacherait.

— Mais non, inspecteur, je parlais d'un pressentiment. Je n'ai pas les idées très claires à cause du calmant que m'a donné le médecin. Il faudrait que je dorme. Maintenant, excusez-moi.

Viviane Aubignac s'allongea sans prendre la peine de tirer le drap sur sa poitrine, moulée par la soie rose de sa chemise de nuit.

— Le peuple en veut toujours aux nantis, marmonna-t-elle en fermant les yeux.

Justin Devers hocha la tête et sortit, préoccupé. L'affaire lui semblait de plus en plus complexe, même inextricable, surtout si on y ajoutait une note de conflit social. Il se retrouva dehors avec un réel soulagement. Les cadavres des chiens gisaient à la même place, mais enveloppés de linges. Il réitéra ses ordres au brigadier, apparemment mécontent.

— Déplacer une fourgonnette pour des cabots, inspecteur, c'est du grand n'importe quoi, aboya le gendarme.

— Faites ce que je dis. Bon sang, quel pays !

Agacé, Devers s'apprêtait à quitter la propriété des Aubignac quand il pensa à la porte de communication entre le parc et le jardin du docteur. « Allons questionner l'homme de science, se dit-il. Je ne l'ai pas encore rencontré, ce monsieur. »

Cinq minutes plus tard, après avoir étudié la distance qui séparait les deux constructions assez similaires, il frappait à la porte vitrée du cabinet médical. Un individu d'une cinquantaine d'années, les cheveux grisonnants et des lunettes sur le nez, écarta un rideau et lui fit des signes exaspérés.

— Nous sommes dimanche ! cria-t-il sans ouvrir. Je devrais être à la messe. Revenez demain.

Mais, à la vue de la carte de police plaquée contre le carreau, il le fit entrer.

— Bonjour, docteur, dit Devers d'un ton cordial. Docteur…

— Docteur Roger Boutin.

— Inspecteur Justin Devers. J'enquête sur le meurtre du porion Alfred Boucard.

— Je suis au courant, mais je ne peux vous aider en aucune façon. Je n'ai pas assisté à la remontée du corps des victimes de l'accident ni aux autopsies, étant absent de Faymoreau à cette période. Mais vous avez déjà dû interroger le médecin de la compagnie, le docteur Farlier. Marcel est tellement soucieux de la santé de son personnel qu'il a tenu à créer une infirmerie à l'intérieur de l'*Hôtel des Mines*.

— Je sais, j'y ai rendu visite à un mineur. Mais dites-moi, vous devez être très proches, Aubignac et vous, pour l'appeler Marcel, nota Justin.

— Oui, comme des types qui se sont connus sur les bancs du collège et qui habitent l'un près de l'autre depuis une douzaine d'années.

Le médecin promena un regard songeur autour de lui. Devers fit de même. Le cabinet médical était propre et fonctionnel, du lit d'examen aux armoires laquées en blanc.

— Vous possédez de l'arsenic, docteur ? demanda-t-il.

— Cela m'arrive, mais pas actuellement. Pourquoi ? Vous me soupçonnez d'avoir empoisonné les dogues de Marcel ?

— Non, pas encore. Cependant, admettez qu'un docteur est une des personnes les plus susceptibles d'avoir ce genre de substance chez lui.

— Je suis navré, je n'en ai pas dans ma pharmacie.

Roger Boutin leva les bras au ciel, l'air excédé. Il jeta un coup d'œil à la pendule accrochée au mur.

— Je suis pressé, inspecteur. Mon épouse et moi sommes attendus par la comtesse de Régnier. Une solide habitude ! Nous déjeunons au château tous les dimanches.

— Ce n'est pas encore l'heure de se mettre à

table, fit remarquer Justin Devers avec un sourire malicieux. Docteur, j'avais une ou deux questions concernant madame Aubignac. Je lui ai parlé il y a une dizaine de minutes et je l'ai trouvée extrêmement angoissée, surtout pour quelqu'un qui a pris un calmant.

— Mais Viviane n'a rien pris du tout. Elle craignait d'être assassinée dans son sommeil et elle préférait rester bien réveillée. J'ai eu beau tâcher de la rassurer, elle s'entêtait à se croire menacée. J'ignore pourquoi. Qui lui voudrait du mal ?

Devers fronça les sourcils sous le coup de la contrariété. Il avait l'impression que tous les gens de Faymoreau lui mentaient ou lui dissimulaient ce qu'ils savaient.

— Son mari de même que la gouvernante m'ont affirmé tous deux que madame avait eu besoin d'un calmant et que je ne pouvais pas la déranger. Les avez-vous prévenus ?

— Non, car je suis reparti sans croiser personne. Viviane est une jeune femme d'une grande nervosité et d'une rare sensibilité. Le crime dans la mine, les chiens empoisonnés, ce sont autant d'événements qui la bouleversent. Elle sera beaucoup mieux dans sa famille, à Paris.

Le médecin regarda encore une fois la pendule. Devers prit congé.

— Je reviendrai, docteur, dit-il sèchement. Je ne voudrais pas briser le rythme de vos relations mondaines. Quant à madame Aubignac, il faudra lui trouver un autre remède qu'un voyage. Je lui ai interdit de quitter la région, ainsi qu'à son époux.

Justin salua le médecin avec ostentation. Dehors,

l'air frais et humide l'apaisa. Il éprouvait un sentiment de découragement proche de la lassitude. « Je ferais mieux de suivre les conseils de mon adjoint, se dit-il, et boucler l'affaire, en attribuant le meurtre à l'un des morts, Passe-Trouille ou Chauve-Souris, c'est-à-dire Jean Roseau, père de six enfants, et Philippe Millet, le grand-oncle d'Isaure. » L'adorable silhouette de la jeune fille traversa son esprit et il se représenta son exquise frimousse avec sa moue boudeuse. Le policier en eut un pincement au cœur. Isaure l'attirait, il ne pouvait plus le nier. « Voilà qui n'arrange rien », déplora-t-il.

Une fois près de l'église, il hésita. Un inspecteur sérieux serait retourné à l'*Hôtel des Mines* discuter avec son collègue, mais un flic parisien exilé en Vendée et amateur de jolies femmes aurait plus volontiers guetté la fin de la messe. Incapable de se décider, il opta pour une troisième solution. Il descendit vers les rues basses du village et pénétra, la mine morose, dans le café-restaurant.

Là, il commanda un verre de vin blanc. Un homme assis à une table voisine lui décocha une œillade méprisante avant de se lever avec brusquerie et de sortir. Intrigué, le policier reconnut alors Stanislas Ambrozy, un des mineurs polonais qu'il avait interrogés dès le début de l'enquête, comme tous les employés de la compagnie.

« Eh bien, le père de la mariée n'est pas de bonne humeur, songea-t-il. Un colosse, ce type, ouais, un colosse plein de hargne ! »

7

Face à l'océan

Faymoreau, dimanche 5 décembre 1920

Dans sa hâte de voir Isaure apparaître, Geneviève faisait les cent pas devant l'église. Les cloches sonnaient à la volée et la jeune femme se mit à rêver mariage. Elle avait tant pleuré, tant désespéré de retrouver Armand un jour ! « Il est revenu vivant, je me moque du reste », pensa-t-elle, malade de joie.

Après d'horribles années à le croire mort, il lui suffirait de descendre la route qui menait au château des Régnier, puis de courir sur le chemin de la métairie, et le miracle se produirait. Elle pourrait serrer son fiancé dans ses bras, lui dire à quel point elle l'aimait. Ivre de soulagement, elle ferma les yeux pour remercier Dieu de sa bonté.

Isaure la découvrit ainsi, les mains jointes, une expression de pure félicité sur le visage.

— Geneviève ?

— Oui, enfin tu es là, Isaure. Viens, allons chez moi, juste un quart d'heure.

Les Marot qui approchaient s'écartèrent avec discrétion. Ils comprenaient la nécessité de laisser les jeunes femmes s'éloigner ensemble. Émue, Honorine essuya une larme.

— Geneviève est une brave fille. Quel malheur

pour elle, mon Dieu ! chuchota-t-elle à l'oreille de Gustave.

— Le véritable amour passe outre les apparences, rétorqua-t-il assez fort.

— Je suis d'accord avec toi, papa. Isaure et moi, nous en sommes la preuve, dit Jérôme tout en sachant qu'il travestissait la vérité.

Le couple approuva du même sourire gêné. Zilda et Adèle, qui marchaient à côté de leur frère, échangèrent un regard inquiet.

— Nous en sommes la preuve, n'est-ce pas ? répéta l'aveugle.

— Mais oui, Jérôme, concéda sa mère. Rentrons vite, j'ai mis un poulet au four. Il doit être à point.

*

Pendant ce temps, Isaure étudiait d'un œil perplexe le lieu où logeait Geneviève. Le pavillon, comme le nommait la jeune gouvernante, était en fait un petit bâtiment carré au toit pointu qui aurait pu servir de cabanon de jardin. La pièce principale, un parfait carré, comportait un lit étroit aux montants de cuivre, un poêle, une table et deux chaises. Le plancher luisait, encaustiqué régulièrement, et des rideaux en macramé ornaient une fenêtre donnant sur le parc.

— J'ai un cabinet de toilette adjacent et l'eau courante, précisa Geneviève. Veux-tu un café ? Ce ne sera pas long, la bouilloire siffle. Monsieur Aubignac me fournit en charbon ; le contraire serait un comble.

— Oui, je prendrai volontiers du café. Aurais-tu du lait et du sucre ?

— J'ai tout ça, et même des biscuits au beurre. Isaure, je t'en prie, raconte-moi le retour d'Armand. Parle-moi de lui et de ses blessures. Tu disais qu'il n'avait plus figure humaine. Comment est-ce possible ?

— C'est possible, voilà tout. Geneviève, écoute, j'ai de la peine pour toi, mais je le comprends, mon frère.

En quelques phrases nettes qui auraient pu sembler dénuées d'émotion, Isaure fit un compte rendu explicite, sans rien oublier ni atténuer.

— Si mon père n'avait pas remarqué les sorties nocturnes de maman, Armand serait encore caché dans le marais, soupira-t-elle en guise de conclusion.

Le café fumait dans leurs tasses. Isaure y versa du lait et y ajouta un peu de sucre sous le regard larmoyant de sa malheureuse hôtesse.

— Mon Dieu qu'il doit souffrir ! balbutia-t-elle. Mais il n'a pas le droit de me rejeter, Isaure, moi qui l'ai attendu des années. Tu l'as vu, toi, tu l'as serré dans tes bras. Pourquoi m'interdire de le voir et de le consoler ? Je m'en fiche, qu'il soit défiguré. Je veux me marier quand même. Tu ne peux pas imaginer ce qu'il y avait entre ton frère et moi ! Nous étions des âmes sœurs, nous nous étions engagés l'un envers l'autre dans l'église, sans témoin, la veille de son départ pour la caserne. Si je me rends à sa volonté, ça signifierait qu'il aurait fait la même chose à mon égard si jamais j'avais été brûlée au visage…

— Peut-être, hasarda Isaure. Parce que, toi, dans ce cas-là, tu lui aurais demandé de renoncer à vos vœux ; tu te serais considérée indigne de lui.

Geneviève la fixa avec un air hagard avant de répondre :

— Qu'il m'accorde un rendez-vous, la nuit s'il le désire, mais j'ai besoin d'entendre sa voix et de le toucher.

— Il va se suicider, si tu insistes. Le pire, à son avis, c'est d'être un baveux.

— Tu me l'as dit, il bave beaucoup et nous ne pourrons plus nous embrasser comme avant.

— Je t'en supplie, Geneviève, obéis à Armand. Je dois partir, à présent. Prends le temps de réfléchir. Mets-toi à la place de mon frère. Je voudrais qu'il vive, moi, qu'il n'ait plus de chagrin. Or, tu lui en feras si tu essaies de le revoir.

— Très bien. Dans ce cas, je suppose que je peux au moins lui écrire.

— Oui, ça, c'est une bonne idée. Au revoir, Geneviève. Dis, en quoi consiste ton travail ici, chez les Aubignac ? J'ai toujours cru qu'une gouvernante était vieille, grognon, et qu'elle ne servait pas à grand-chose.

La jeune femme parvint à sourire, déconcertée par la question d'Isaure, son étrange maîtrise d'elle-même, son ton posé et ses manières de chaton gourmand.

— C'est madame Viviane qui m'a baptisée gouvernante, précisa-t-elle. En fait, je surveille la cuisinière, la bonne et le jardinier qui sert aussi de chauffeur, je trie le courrier, je tape des lettres à la machine dans le bureau de monsieur Marcel. Il paraît que je leur suis indispensable.

— Pourtant, tu ferais bien de t'en aller, puisque tu as hérité de ta mère. Tu pourrais vivre à Paris ou à Bordeaux, des grandes villes. Moi, ça me plairait de visiter d'autres pays. Mardi, je vais au bord de la mer avec ma future belle-mère. Je suis impatiente, si tu savais ! As-tu déjà vu l'océan, toi ?

— Oui, plusieurs fois, Isaure. Je suis contente pour toi. Tu n'as pas souvent l'occasion de te distraire. Viens, je te raccompagne jusqu'au portail.

Une fois seule, Geneviève courut se réfugier dans le pavillon. Elle ferma à clef et se jeta sur son lit pour pleurer enfin à son aise. Le sort d'Armand lui semblait cruel, injuste, épouvantable. « Isaure a raison : je n'ai qu'à m'enfuir de Faymoreau et à ne plus jamais y revenir, se disait-elle. Je suis jeune, pas vilaine, et j'ai de l'argent. Autant en profiter. » Malgré ce constat, elle sanglota de plus belle en frappant de ses poings serrés le satin rouge de son édredon.

Dans la confusion où elle se débattait se dessinèrent soudain le visage d'Isaure et ses prunelles d'un bleu sombre. Elle eut l'impression bizarre d'avoir passé un quart d'heure avec une inconnue dont la voix basse et douce avait prononcé d'affreuses paroles. Puis elle se souvint.

« Armand prétendait que sa sœur n'était pas vraiment normale, qu'elle aurait croisé des fées, toute petite. Mais c'est stupide, Isaure a fait des études et elle s'exprime comme une dame. Quand même, se réjouir d'aller au bord de la mer après tout ce qu'elle m'a dit sur mon fiancé, c'est manquer de délicatesse. »

Isaure aurait été surprise si elle avait lu dans les pensées de Geneviève. Bouleversée par la mission que lui avait confiée son frère, elle s'était appliquée, au prix d'un terrible effort, à ne pas montrer son émotion et à garder son calme. À présent, elle marchait vite, perdue au sein d'un tumulte intérieur qui l'empêchait de respirer librement. « Thomas, reviens, Thomas, reviens », se répétait-elle.

Il était son protecteur, son rempart contre le monde, son frère de cœur. D'un baiser léger qu'il posait sur son front, d'un clin d'œil ou d'un sourire lumineux, il avait toujours su ramener Isaure des noires contrées du chagrin et de la peur.

Elle pressa le pas et dévala la route sans même consentir un regard au coron des Bas de Soie. Chemin faisant, elle chassa de son esprit le regard désespéré de Geneviève, la face hideuse d'Armand, la voix caressante de l'inspecteur de police, mais aussi les cadavres des chiens, et même Jolenta accordant sa foi à Thomas dans l'église.

« Après-demain, je verrai enfin la mer, non plus sur une carte postale, mais en vrai, se disait-elle pour mieux repousser ses tourments. Je serai face à l'océan, et le grand vent du large effacera toutes mes peines. »

Coron de la Haute Terrasse,
lundi 6 décembre 1920

Thomas déposa Jolenta à l'entrée de leur maison. Il avait tenu à porter son épouse pour en franchir le seuil, sans bien connaître le fondement de cette tradition. Il se disait en toute bonne foi qu'il s'agissait sûrement d'un geste favorable à une union heureuse et il ne se trompait guère. Depuis des temps immémoriaux, une jeune mariée ne devait pas trébucher en pénétrant dans son foyer, sinon la vie du couple serait sous le signe de l'échec.

— Te plairas-tu ici, ma chérie ? demanda-t-il tout bas.

Jolenta considéra, l'air ravi, les meubles peints en jaune clair, les rideaux en dentelle amidonnés d'un blanc pur, le fourneau en fonte, la rangée de casseroles suspendue sous une étagère.

— Je n'avais rien, moi, dit-elle d'une voix tremblante, et j'ai un joli logement bien garni. Tes parents ont été trop généreux.

— Ton père aussi a contribué aux achats. Dis, si tu nous faisais un bon café pour fêter notre installation ?

Avec une joie presque enfantine, Jolenta chercha le nécessaire dans le buffet. Elle s'approcha du fourneau qui dégageait une bonne chaleur.

— Je suis si heureuse, Thomas ! Mon Dieu, je suis ta femme et je ne descendrai plus dans la mine !

— Plus jamais, insista-t-il en riant. Tu vas t'occuper de ton ménage et surtout te reposer en attendant l'arrivée du bébé.

Sans cesser d'admirer les déambulations de Jolenta, il prit place à la table, dont il caressa le bois du plat de la main. Elle venait de trouver un pot en fer contenant du café déjà moulu.

— Nous sommes mieux ici, chez nous, qu'à l'auberge de Vouvant ! s'écria-t-elle. Ne te vexe pas, Thomas, mais je n'étais pas à mon aise, là-bas.

— Je m'en suis aperçu, répliqua-t-il, attendri. Par chance, hier après-midi, nous avons fait une belle promenade dans les bois.

— Et j'ai cueilli du houx.

Elle courut dehors et s'empara du bouquet qu'elle avait laissé au bord de la fenêtre. Les feuilles lustrées d'un vert sombre au contour dentelé et piquant de même que l'éclat des baies rouge vif lui firent l'effet d'un trésor.

— Ce sera une décoration pour Noël. J'y ajouterai des branches de sapin, dit-elle encore.

Thomas approuva, se gardant bien de déclarer, ce qu'il aurait fait deux jours plus tôt, qu'Isaure le suppliait toujours de couper du houx dans la forêt de Vouvant, vers la mi-décembre. Elle lui racontait ensuite comment elle ornait sa chambre. « Je mets le houx dans un gros pot en terre cuite et j'allume des bougies autour, en cachette de mon père, bien sûr… » crut-il entendre à son oreille. Gêné d'évoquer sa petite Isauline en un pareil moment, il se leva et remplit d'eau la bouilloire.

— J'allais le faire, protesta Jolenta.

— Je crois que nous avons le loisir d'explorer la chambre, annonça-t-il gaiement avant de l'enlacer. L'eau est glacée ; elle sera longue à chauffer, ma belle épousée ! Viens un peu par là.

Il l'entraîna dans l'escalier étroit. Elle le suivit, les joues roses d'exaltation.

— Je pense que nous avons un grand lit, garni d'un édredon en satin et de deux oreillers moelleux, murmura-t-il.

Elle se mit à rire de satisfaction, troublée à l'idée

de vivre au quotidien avec Thomas et de dormir chaque nuit près de lui.

— Oh ! notre chambre ! s'extasia-t-elle. Il y a une armoire avec un miroir.

— C'est pour que tu puisses te contempler matin et soir, Jolenta.

Le ciel était couvert. Une clarté grisâtre filtrait à travers les rideaux en cotonnade fleurie. En proie au désir, Thomas la saisit par la taille et l'obligea à le regarder. Doucement, il lui ôta son béret et sa veste en laine. Il dénoua ses cheveux.

— Tu es belle ! Je veux que tu le saches, que tu le voies, dit-il, le souffle plus rapide.

— Non, non…

Mais il continua, debout derrière elle. Jolenta fixa leur reflet avec une sorte d'étonnement, tandis qu'il déboutonnait son corsage, baissait les bretelles de sa combinaison et libérait de leur prison de soie ses seins ronds aux mamelons durcis.

— Thomas, il ne faut pas, j'ai honte.

Malgré l'aveu chuchoté, sa respiration s'était faite plus précipitée, et son jeune corps était assailli d'ondes voluptueuses. Pourtant, quand il dégrafa la ceinture de sa jupe, elle lui échappa et se réfugia sur le lit, un bras sur son visage.

— Tu es fou, lui reprocha-t-elle.

— Fou de toi, oui, fou !

Très vite, il parvint à ses fins, surexcité par la vision de ses jambes gainées de bas noirs et de la chair nacrée en haut de ses cuisses.

— Ma chérie, dans trois heures, je redescends au fond du puits du Centre, balbutia-t-il en allant et venant en elle. J'aurai ce souvenir, qui me donnera tous les courages.

Jolenta poussa une plainte et se cambra, offerte. Elle voulait rendre son mari heureux, elle tenait à le combler, car, dorénavant, elle vivrait au rythme de ses départs et de ses retours. Elle l'attendrait le cœur serré par l'angoisse, dans la crainte d'un accident.

— Ne me quitte pas, gémit-elle lorsqu'il s'allongea à ses côtés, étourdi de plaisir.

— Il n'en est pas question, madame Marot, blagua-t-il. Oh ! écoute : la bouilloire chantonne. Le café n'en sera que meilleur, maintenant.

Thomas eut son sourire le plus doux, le plus charmeur. Comme éblouie, Jolenta ferma les yeux un instant. Elle reçut un baiser sur la bouche et, rieuse, en quémanda un autre. Mais un bruit de porte au rez-de-chaussée coupa court à leur joute amoureuse.

— Ohé ! les tourtereaux ! appelait Honorine.

— Nous arrivons, maman, répondit Thomas en vérifiant sa tenue avec un clin d'œil à l'adresse de Jolenta.

Quelques minutes plus tard, les jeunes mariés faisaient irruption dans la cuisine, où les accueillit le parfum du café chaud.

— Je venais vous souhaiter la bienvenue, mes enfants, déclara Honorine. Dites, vous avez vu la buée sur les vitres ? Il ne faut pas laisser la bouilloire siffler aussi longtemps. Enfin, j'ai apporté un gâteau aux noix.

— Merci bien, madame Marot, dit Jolenta. Et merci pour tout. J'ai une maison bien arrangée et remplie de jolies choses.

— J'y tenais, ma chère petite. Toi et Thomas, vous méritez d'être à votre aise. Monsieur Ambrozy est passé me prévenir qu'il partait vous chercher à Vouvant et que vous seriez là avant midi.

— Tu vas boire le café avec nous, maman, proposa Thomas en étreignant affectueusement sa mère.

— Je ne voudrais pas vous déranger, répondit-elle d'un ton réjoui qui démentait sa discrète protestation.

— Vous ne nous dérangerez jamais, madame, affirma Jolenta. J'espère que vous me rendrez très souvent visite pendant que Thomas sera à la mine. J'ai du travail en vue pour le bébé. Je vais tricoter et coudre jusqu'à la naissance.

— Je t'aiderai, ma fille, mais je ne veux plus de madame. Tu peux m'appeler Honorine.

— Je n'oserais pas…

— Belle-maman, dans ce cas, ou bien mère, toi qui as perdu la tienne, une mère douce et exemplaire que tu chérissais, selon ce que mon fils m'a confié. Embrasse-moi, petite.

En larmes, Jolenta se retrouva blottie contre sa belle-mère. Peu après, ils s'asseyaient tous trois autour de la cafetière et du fameux gâteau aux noix.

— Monsieur Ambrozy vous a-t-il dit ce qui s'est passé chez les Millet ? demanda Honorine.

— Rien de grave, maman ? s'inquiéta aussitôt le jeune homme.

— Leur fils Armand est revenu, Isaure nous l'a appris hier, avant la messe. Le malheureux serait défiguré, une gueule cassée parmi tant d'autres. Mais, bon, il est vivant. Si tu avais vu la pauvre

Geneviève Michaud ! Seigneur, elle faisait peine à voir.

— Mon Dieu, quelle injustice ! déplora Thomas. Ils s'adoraient, Geneviève et Armand…

Jolenta les écoutait, en apparence impassible. Honorine reprit sur un ton plus véhément :

— Isaure a encore parlé à tort et à travers au sujet de Jérôme. Elle lui a dit devant nous qu'il pourrait être une des seules personnes susceptibles de tenir compagnie à Armand, puisqu'il est aveugle. Avoue que ça manque de délicatesse.

— Isaure n'a pas pensé à mal ; elle a un esprit logique, maman, voilà tout. Admets que c'est une évidence. De surcroît, elle sait à quoi ressemble son frère, je suppose, d'où sa remarque.

Encore une fois, Thomas avait défendu sa précieuse amie avec emportement. Agacée, Jolenta jugea utile de donner son avis.

— Ce n'était quand même pas une chose à dire. Isaure Millet devrait avoir autant de considération pour son promis que pour son frère.

Bizarrement, Thomas ne baissa pas les armes. Il estimait que sa famille se faisait une idée fausse de sa protégée.

— Isaure épousera Jérôme. Il faudrait que vous fassiez l'effort, tous, de la connaître. Elle est intelligente et elle a réussi à se faire instruire. C'est un miracle, dans les conditions déplorables où elle a été élevée. Qu'elle soit maladroite de temps en temps, d'accord, mais quelle fille ne le serait pas, privée toute son enfance d'affection et de la moindre marque d'intérêt, battue, affamée, raillée et tyrannisée par ses frères ? Ne comprenez-vous pas, toi, maman, et toi, Jolenta, qu'Isaure mendie un peu d'amitié et de tendresse ? Je la considère comme ma sœur depuis des années, et ça ne changera jamais.

— Allons, ne monte pas sur tes grands chevaux, fiston, voulut plaisanter Honorine. J'ai bien l'intention d'apprivoiser Isaure. Tiens, demain, je l'emmène à Saint-Gilles-sur-Vie. Nous prenons le train à sept heures. Elle va devenir ma belle-fille, elle aussi. J'espère réussir à lui mettre un peu de plomb dans la cervelle. Quant à l'apprécier, je l'apprécie, et je n'oublie pas la gamine mal fagotée que tu conduisais près de mon fourneau les soirs d'hiver après l'école. Je la revois se régalant d'une tasse de lait chaud et d'une tranche de brioche. Il n'y a pas de problèmes, fiston, pas pour moi.

— Ni pour moi, Thomas, mentit Jolenta. Je pense qu'au fil des jours je me ferai une amie d'Isaure, puisque tu l'aimes comme une sœur.

La discussion en resta là. Honorine regagna ses pénates en trois pas à peine, la maison des Marot jouxtant celle du couple. Malgré l'expression paisible qu'elle affichait, une sourde angoisse lui nouait la gorge. En mère vigilante, elle aurait simplement voulu avoir la certitude qu'Isaure ne ferait pas souffrir Jérôme.

Puits du Centre, même jour, deux heures plus tard

Thomas traversa la « salle des pendus » d'un pas énergique. Il jeta un regard distrait à l'alignement des vêtements de ses collègues accrochés au plafond et dont les ombres se reflétaient sur les murs, pareils à des spectres décapités aux formes singulières.

Son équipe le salua avec chaleur. Il faisait figure

de héros pour avoir sauvé le galibot Pierre Ambrozy et résisté au terrible effondrement qui avait coûté la vie à trois des leurs. En dépit de l'histoire criminelle qui se greffait sur l'accident, tous les mineurs vénéraient la mémoire des victimes.

— Ah ! mon fils ! s'écria Gustave Marot. La lune de miel est déjà finie, tu redescends avec nous.

— Non, père, ma lune de miel ne fait que commencer et elle durera une éternité, tant que j'aurai mon épouse à mes côtés.

— Bien dit, mon gars, rugit en riant un homme au crâne tondu surnommé Tape-Dur. Tu joues les poètes.

— Thomas, je te présente notre nouveau porion, annonça Gustave, ce brave Tape-Dur, qui mérite sa promotion. Il faudra l'appeler monsieur Charles Martinaud, désormais.

— Gustave, tu te fiches de moi ! s'exclama l'intéressé. Peut-être que ma femme est contente, elle, d'emménager au coron des Bas de Soie, mais j'en tire aucune fierté.

Le jeune homme ne put cacher sa surprise. Il croyait que son père garderait le poste, l'ayant occupé ces dernières semaines.

— J'ai refusé, marmonna l'intéressé, conscient de la réaction de Thomas. Je préfère être un bon piqueur qu'un mauvais porion. Les responsabilités ne me tentent pas, de commander mes amis non plus.

— J'étais juste un peu étonné, papa. Assez causé, j'ai besoin d'une lampe neuve et d'un nouveau casque.

— Tu as ce qu'il faut, grogna Tape-Dur. Monsieur

Aubignac ne lésine pas sur le matériel, on ne peut pas lui reprocher ça. C'est lui qui m'a désigné comme porion. Je ne pouvais pas refuser.

Stanislas Ambrozy les rejoignit, taciturne et les traits tirés. Les hommes échangèrent des poignées de main. Au même instant, très loin dans les profondeurs de la terre, un hennissement résonna, qui leur parvint affaibli.

— Pierre doit se languir de ses chevaux, surtout de son Danois, fit remarquer Thomas en souriant à son beau-père.

— Il ne peut pas encore embaucher, son genou n'est pas bien cicatrisé, répondit le Polonais.

— Vous êtes de notre équipe, aujourd'hui ?

— Je remplace Passe-Trouille, précisa Ambrozy.

Bientôt, ils furent prêts à grimper dans la nacelle qui plongerait dans les entrailles du sol, d'où montait une odeur âpre de houille, de poussière et de boue. Thomas éprouva une vague appréhension, se souvenant du bruit infernal du coup de grisou, assorti du vacarme effrayant qu'avaient provoqué les éboulements. Il fit part de ses craintes à son père.

— Bah, ça n'arrivera pas avant longtemps, fiston, lui souffla Gustave. La galerie a été réaménagée. Il n'y a plus de danger.

— Il y aura toujours du danger, protesta le Polonais. Le type qui a tiré sur Alfred Boucard, il se pourrait qu'on le côtoie tout à l'heure, qu'on casse la croûte avec lui.

Thomas repensa à ce qu'avait dit Jolenta, le soir de la noce. Ambrozy possédait une arme, un pistolet. Il se promit d'en savoir plus avant l'heure de la remontée.

L'occasion se présenta pendant la pause. Gustave et un autre piqueur du nom de Grandieu discutaient ferme, assis sur un madrier. Les deux hommes se partageaient une bouteille de cidre, de même qu'une boîte de pâté dont chacun se nappait une large tartine de pain.

Fidèle à sa nature réservée, Ambrozy s'était installé à l'écart. Le regard dans le vague, il avait déplié un torchon qui contenait un morceau de brioche et une pomme.

— Beau-père, j'ai du gâteau aux noix, si ça vous dit, lui proposa Thomas en se rapprochant.

— Non, merci, mon garçon, je n'ai pas faim, ces temps-ci. Ni faim ni soif.

— Auriez-vous des ennuis ? demanda tout bas le jeune mineur. Déjà, ce matin, quand vous êtes venu nous chercher à Vouvant, vous n'aviez pas l'air de bonne humeur. Dites, ce n'est pas notre mariage qui vous tracasse ?

— C'était la seule chose à faire, de réparer tes torts.

— Mais j'aime Jolenta de tout mon cœur, vous savez. Je comptais l'épouser, même avant... ce que vous savez. Et j'ai une immense affection pour Pierre.

Stanislas Ambrozy scruta les traits de Thomas dans la clarté jaune de sa lampe, posée près de lui.

— Mon pauvre petit Piotr ! Oui, tu lui as sauvé la vie, ça, je ne l'oublie pas.

Ils restèrent silencieux, attentifs à la rumeur permanente de la mine, souvent assourdissante. Il y avait le roulement des berlines sur les rails, la frappe régulière des pics contre le rocher, des appels étouffés, parfois des hennissements.

— Beau-père, Jolenta est entrée dans ma famille. Moi, je veux avoir ma place dans la vôtre. Une chose m'inquiète, une question qui me démange.

Thomas jeta un coup d'œil du côté de Gustave et de Grandieu, occupés à ranger les restes du casse-croûte dans un sac.

— Jolenta m'a dit que vous avez un pistolet, chuchota-t-il à l'oreille du Polonais. Vous feriez mieux de le montrer le plus vite possible à l'inspecteur Devers, qui cherche précisément l'arme du crime. Il doit connaître le modèle, grâce à la balle qui a tué Boucard. Ainsi, vous serez mis hors de cause tout de suite. Autrement, si quelqu'un d'autre que votre fille est au courant, vous pourriez être dénoncé, et accusé.

— Pourquoi Jolenta t'a-t-elle parlé de ça ? s'insurgea Ambrozy.

— Elle a peur pour vous. Je ne pouvais pas me taire, ajouta-t-il. Jolenta pleurait, là-bas, pendant notre nuit de noces.

— Et si on avait tué le porion avec mon arme ? insinua Ambrozy avec une étrange expression de colère. Je vais te dire ce qui me tracasse, mon gars. Je ne l'ai plus, mon pistolet, on me l'a volé ! Quand ? Comment ? Je n'en sais rien. Alors, je me méfie de tout le monde et j'ai du mal à dormir, même éreinté.

— On vous l'a volé ? Quand ? Avant la mort de Boucard, ou après ?

— Avant, pardi, sinon je ne me ferais pas de mouron.

— Beau-père, pour vous le voler, ce pistolet, il

fallait savoir que vous l'aviez. C'est une sale affaire, ça ! Nous en reparlerons ailleurs qu'ici, promit Thomas.

Bien qu'intrigué par leur conciliabule, Gustave Marot reprit son ouvrage. Grandieu également, mais en entonnant de sa voix grave la complainte des mineurs.

Debout, mineur, vois : l'horizon s'éclaire
Dans ton cercueil vivant, va gagner ton salaire
Le ciel, pour toi, n'a pas fait la lumière.

Il est déjà passé, le jour où je respire,
II me faut retourner dans ce gouffre béant,
Ma vie est ainsi faite, je ne peux la maudire,
Que mon travail suffise à ceux que j'aime tant.

Le soldat se défend au milieu des batailles,
Le mineur, lui, jamais, ne voit son ennemi,
Le sol qui le nourrit a fermé ses entrailles,
Une voûte s'écroule, un cri, tout est fini.

Thomas secoua la tête, attristé par la véracité de ces paroles. Mais son père jugea peu opportun le choix de la chanson.

— Tais-toi donc, Grandieu ! Pense à nos camarades morts pas loin d'ici !

— Justement, Marot, j'y pense, et c'est pour ça que je chante !

Ambrozy haussa les épaules, puis chacun se remit à l'ouvrage.

Métairie du château, le soir

Isaure s'était enfermée à clef dans sa chambre, un geste mal vu de ses parents, mais qui lui donnait un sentiment de liberté et de sécurité. Petite fille, elle n'osait pas braver l'interdit établi par Bastien Millet ; elle fixait la même clef en fer en rêvant de la tourner. C'était chose faite ce soir-là, comme bien d'autres soirs depuis deux ans.

— Comment m'habiller demain ? se demanda-t-elle tout bas, navrée de n'avoir à sa disposition que son petit miroir ovale.

L'objet ne lui permettait jamais de vérifier si ses tentatives pour être élégante étaient réussies ou non. Sa maigre garde-robe gisait sur le lit. Elle finit par choisir une jupe en laine beige et un gilet marron. « Il fera froid comme aujourd'hui, pensa-t-elle. En plus, au bord de la mer, le vent souffle fort, Thomas me l'a souvent dit. Je mettrai mon manteau et je prendrai une écharpe. »

Elle serra les dents et retint un soupir. Elle ne devait plus laisser le jeune mineur tenir autant de place dans son esprit. Elle était résolue à respecter sa décision de ne pas abandonner les siens, de veiller sur Armand, notamment. Quant à Jérôme, elle lui expliquerait qu'il ne deviendrait pas son fiancé, encore moins son mari.

« Demain, peut-être, s'il vient avec nous rendre visite à la petite Anne », se dit-elle.

Un léger déclic la fit sursauter. La poignée de sa porte tourna en vain. On frappa.

— Isaure, ouvre donc, lui ordonna sa mère. Je dois te parler.

Lucienne découvrit sa fille en combinaison de flanelle, un châle miteux sur les épaules.

— Qu'est-ce que tu fabriques dans cette tenue ? Nous allons bientôt souper. Enfile un vêtement, sinon tu tomberas encore malade.

— Je suis habituée, maman. Cette pièce n'a jamais été chauffée. De quoi voulais-tu me parler ?

— Armand est en bas. Il vient de nous dire que tu partais je ne sais où avec madame Marot demain. Tu ne peux pas, Isaure, ton père et moi, nous allons tuer le cochon chez les Duvigne. On a promis de les aider. Ça date du mois dernier. Toi, tu dois rester ici pour t'occuper de ton frère. On ne peut pas le laisser seul.

Isaure ne répondit pas immédiatement. Elle rejeta son châle et mit une vieille robe usagée qu'elle réservait aux travaux de la ferme.

— Je suis certaine qu'Armand n'a pas besoin de moi, déclara-t-elle enfin. Il n'est pas invalide. Maman, nous allons à Saint-Gilles-sur-Vie, au bord de la mer. J'ai promis d'être à Faymoreau avant sept heures.

— Descends, tu vas expliquer ça à ton père, soupira Lucienne Millet. Mon Dieu, comme tu manques de cœur, ma pauvre fille, pour dire que notre Armand n'est pas invalide ! Si quelqu'un venait à la ferme et le voyait…

Bastien Millet les attendait sur le seuil de la cuisine, sa face rouge illuminée par les flammes qui dansaient dans l'âtre. Isaure savoura à l'instar d'une gourmandise la température agréable du rez-de-chaussée, la clarté dorée du feu et l'odeur de la soupe.

— Alors, Isaure, paraît que tu voudrais laisser tomber ton frère, demain, commença-t-il. Histoire sans doute de fréquenter les Marot.

— Père, tais-toi donc, protesta Armand, déjà attablé, le visage enveloppé d'un linge blanc à la façon d'un turban arabe.

Parmi les plis du tissu brillait son œil d'un brun ambré sous la paupière lourde.

— On sacrifie point un héros de la guerre à une balade au diable vauvert, s'égosilla son père.

Armand eut un geste de lassitude. Lucienne s'empressa de poser la soupière devant lui et de le servir.

— Tu es affamé, mon fils. Mange vite. J'ai ajouté du lard, puisque tu l'aimes. Ta sœur te tiendra compagnie demain. Elle ne fera pas sa mauvaise tête, hein, Isaure ?

— Mais il faudrait que je prévienne madame Marot, hasarda la jeune fille, hésitante.

— Ne les écoute pas ! s'écria son frère. Fais ce qui était prévu. Viens t'asseoir à mes côtés. Père, réfléchis un peu. Je me suis débrouillé seul à ma sortie de l'hospice, j'ai voyagé, j'ai dormi à l'hôtel et déjeuné dans des restaurants. Ici, au moins, je connais la maison. Je ne veux pas d'une garde-malade, car je ne suis pas malade. Isaure ira à Saint-Gilles-sur-Vie. Tiens, petite sœur, tu me rapporteras des journaux, ça me fera de la lecture. Et puis, au retour, tu donneras une lettre à Geneviève. Je lui ai écrit ce matin.

— Bien sûr, Armand, je ferai tout ça, affirma Isaure, soulagée. Je suis tellement contente de voir la mer.

— Fan de vesse ! Si c'est pas misère d'entendre

des niaiseries pareilles ! rugit Bastien. Voir la mer, tu m'en diras tant ! Est-ce que je l'ai vue, moi, la mer ?

— Les temps changent, père, répliqua son fils. Isaure a le droit de vivre à son idée et de voyager si ça lui plaît. Qui a trimé dur pendant la guerre, les hommes en pleine force de l'âge étant au front ? Les femmes, comme mère et Isaure sur ces terres et partout en France, dans les usines ou les campagnes.

— Flûte ! j'ai plus envie de causer des bonnes femmes ni de tes changements. Vaut mieux boire un coup de rouge.

Mécontent, le métayer se versa du vin et fit claquer sa langue en hochant la tête. Lucienne lui servit de la soupe, puis alla brasser le plat de ragoût qui mijotait sur un trépied au-dessus d'un lit de braises incandescentes.

— Allons, calme-toi donc, mon homme, marmonna-t-elle. On est en famille, je voudrais en profiter.

— Tu as raison, maman, renchérit Armand. Ne vous faites pas de souci. Demain, comme je serai seul à la maison, je ferai une grande toilette et une longue sieste. Quant à toi, petite sœur, si tu trouves un coquillage sur la plage, ça me ferait plaisir que tu me l'offres. Je l'ai vu, l'océan, au mois de juillet 1914. Nous étions allés en train aux Sables-d'Olonne, Geneviève et moi. Il n'y a rien de plus beau…

— C'est promis, je t'en rapporterai un.

Elle effleura du bout des doigts la main d'Armand, qu'il avait posée près de son assiette. C'était pour le remercier. Il le comprit et lui rendit une discrète caresse.

« Geneviève serait heureuse, je crois, de pouvoir le toucher, simplement le toucher », pensa-t-elle.

Elle revécut, émue, la discussion qu'ils avaient eue la veille, à son retour de Faymoreau. Comme ce soir, son frère s'était coiffé du même genre de turban qui lui cachait le visage. « Quand je suis entrée dans sa chambre, il lisait un livre, son fauteuil calé près du poêle. Il faisait bon et, lui, il avait l'air paisible », se souvint-elle.

Malgré le récit détaillé qu'elle lui avait fait de son entrevue avec sa fiancée, Armand était demeuré impassible. Après, il avait dit d'un ton rêveur :

— Geneviève peut m'écrire, si ça la réconforte. Et ça me donne une idée : je vais lui écrire une lettre avant de recevoir la sienne. Elle doit accepter notre séparation, Isaure. J'agis par amour. Je veux qu'elle ait une belle et bonne vie.

Ils avaient passé tout l'après-midi ensemble. Armand avait évoqué les premiers jours sur le front, et Isaure lui avait raconté son année à l'École normale, son travail chez les Pontonnier et ses prises de bec avec la comtesse de Régnier. Vers quatre heures, elle avait préparé un goûter sous le regard plutôt bienveillant de leur mère. Ce dimanche resterait gravé dans sa mémoire, elle le savait. Elle en aimait davantage son frère.

« Il a encore pris ma défense contre père ! » se dit-elle, ce qui la fit sourire.

Saint-Gilles-sur-Vie, le lendemain

Isaure descendit la première de la patache, un vestige des diligences du siècle précédent qui faisait office de navette entre la petite gare du bourg et la villa Notre-Dame. Cette villa était une imposante construction qui abritait le sanatorium. Elle était bâtie sur un pan de falaise au milieu des dunes. On y accédait par une allée sablonneuse. Pour apercevoir la plage et l'infini de l'océan Atlantique, il fallait monter jusqu'à la terrasse de l'établissement.

— Où est la mer ? demanda Isaure. Seigneur, comme le vent sent bon ! J'adore cette odeur. Et j'entends un drôle de bruit.

— L'odeur de l'iode et des embruns, précisa Jérôme, qu'elle aidait à quitter l'habitacle en lui tenant la main. Le bruit, ce sont les vagues. La marée doit être haute.

— Madame Marot, est-ce que je peux courir en avant ? s'écria-t-elle d'une voix fébrile et passionnée. Allez vite au chevet de votre petite Anne. Prévenez-la que je suis là, moi aussi ; je vous rejoindrai. Laissez-moi votre cabas, le plus lourd…

— Non, file ! Jérôme le portera, rétorqua Honorine, vêtue avec soin et un foulard noué sur ses cheveux.

Encombrée d'un cabas de provisions, de son sac à main et d'un autre sac en toile, elle pensait qu'Isaure resterait avec eux.

Jérôme eut le cœur serré. Il aurait donné cher pour admirer Isaure en face de l'océan, ses boucles noires fouettées par le vent du large, un rire silencieux extatique sur son adorable minois de chaton.

— Oui, vas-y, ma chérie, l'exhorta-t-il. Mais sois prudente : ne te fais pas emporter par une vague plus grosse que les autres.

— Merci, Jérôme, merci.

Elle partit d'un élan enfantin en relevant sa longue jupe sur ses bottines et ses bas gris.

— Quel manque de décence ! déplora Honorine tout bas.

— Pourquoi, maman ? s'enquit l'infirme.

— Je sais que la mode a raccourci les robes, du moins dans les revues et sûrement à Paris, mais Isaure se permet d'exhiber ses mollets.

— Arrête de la critiquer ! Dans le train, dès qu'elle parlait, tu soupirais, tiens, comme tu viens de le faire encore. Si nous étions en été, Isaure aurait bien le droit de se baigner, et je suppose que les femmes qui viennent aux bains de mer montrent plus que leurs mollets. Nous ferions mieux de rendre visite à Anne.

— Mon Dieu, oui, tu fais bien de me sermonner. On dirait que je veux perdre du temps. Au fond, c'est un peu ça, Jérôme. Si tu savais comme j'appréhende le diagnostic des médecins ! Ils étaient inquiets lors de ma dernière visite, et ça date du mois de novembre, avant l'accident dans la mine. Heureusement que tes sœurs viennent plus souvent !

— Aie confiance, maman. Anne est notre petit ange, Dieu la sauvera.

Honorine prit le bras de son fils, qui inspectait le chemin du bout de sa canne blanche.

— Puisses-tu dire vrai, Jérôme. Je voudrais tant qu'Anne passe Noël avec nous, cette année ! Mais j'en doute. Monsieur Aubignac est formel, il refuse que je la ramène à Faymoreau, même pour deux ou trois jours.

Le directeur de la compagnie redoutait la

contagion et, à la moindre suspicion de tuberculose, le malade devait être éloigné du village minier[1]. Les Marot estimaient la mesure très sévère, mais, à l'instar d'autres familles, ils avaient dû céder. Ainsi, depuis bientôt deux ans, leur benjamine était hébergée au sanatorium de Saint-Gilles-sur-Vie, l'air marin et une nourriture saine étant censés lutter contre le redoutable fléau.

Isaure avait tout oublié des misères du monde et de ses propres chagrins. Debout au sommet de la dune, elle contemplait l'océan, dont l'immensité mouvante et le chant tumultueux l'avaient plongée dans une sorte d'extase incrédule. Sous le ciel gris opaque, la mer arborait une teinte verdâtre presque cuivrée, tandis que des vagues énormes déferlaient sur la plage avec des grondements harmonieux.

— Oh oui ! Il n'y a rien de plus beau, murmura Isaure.

Elle était seule, fouettée par des rafales chargées d'embruns, seule et infiniment heureuse. Des mouettes se laissaient porter par les flots impétueux ; certaines s'envolaient, à peine posées, en poussant des cris rauques.

— Je voudrais vivre ici, à cet endroit précis, dit-elle encore en tapant du pied dans le sable.

Soudain, n'y tenant plus, elle dévala la pente. Elle trébucha et se redressa. Elle voulait s'approcher le plus près possible de l'océan et de ses vagues, se griser des parfums nouveaux qui la bouleversaient.

Honorine s'était arrêtée un court moment sur la terrasse de la villa Notre-Dame, par où on avait

1. Fait authentique.

accès à la porte principale du sanatorium. Elle put observer sa future belle-fille qui courait vers la mer, les bras levés comme pour célébrer une énigmatique victoire. L'inévitable se produisit. Une vague grise couronnée d'écume blanche vint entourer les chevilles d'Isaure et tremper sa jupe. « Seigneur tout-puissant, elle ne recule même pas. À croire qu'elle va se jeter à l'eau ! »

— Que fait Isaure, maman ? interrogea Jérôme.

— Elle s'amuse, il me semble. Mon Dieu, ce n'est vraiment qu'une gamine, fiston. Je ne l'imagine pas en enseignante en octobre, encore moins en épouse convenable.

L'aveugle ne répondit pas tout de suite, mais il eut un sourire très doux, comme certain d'être parvenu au seuil d'une existence qui le comblerait.

— Jamais je ne lui demanderai d'être convenable, maman, dit-il enfin. Je suis heureux grâce à Isaure. Ne gâche pas ma joie.

8

Les détours de l'amour

Saint-Gilles-sur-Vie, villa Notre-Dame, même jour

Honorine Marot cessa de se poser des questions sur Isaure dès qu'elle se retrouva au chevet de sa petite Anne. À douze ans, c'était une enfant très menue aux yeux bleus en amande et à la légère chevelure châtaine ondulée. Un sourire ébloui éclaira son visage émacié dès qu'elle constata la présence de sa mère.

— Maman, tu m'as manqué, balbutia-t-elle, au bord des larmes. Tu n'es pas venue depuis un mois.

— Ma mignonne, toi aussi tu m'as manqué, répondit sa mère en déposant un baiser sur son front. Devine ce que je t'ai apporté pour me faire pardonner.

— Un cadeau ?

— Deux cadeaux, mais quelqu'un qui m'a accompagnée patiente dans le couloir.

— Thomas ?

— Non, il viendra dimanche avec Jolenta. C'est Jérôme.

— Oh ! Jérôme, je suis bien contente !

Les infirmières, en majeure partie des religieuses, conseillaient aux visiteurs de ménager la sensibilité accrue des malades, les émotions étant peu indiquées. Soucieuse de respecter la consigne, Honorine avait tenu à entrer la première, et seule.

— Je vais dire à ton frère qu'il vienne, Anne, murmura-t-elle, le cœur serré, car la fillette lui paraissait affaiblie.

L'aveugle salua sa sœur d'un geste théâtral, puis, guidé par leur mère, il l'embrassa à son tour.

— Sœurette, je suis sûr que tu es de plus en plus jolie et, comme j'écoutais à la porte, je tiens à te dire que moi aussi j'ai un cadeau pour toi.

— Je suis gâtée, alors !

L'enfant disposait d'une chambre particulière depuis bientôt six mois. Honorine le déplorait en secret, certaine qu'il s'agissait là d'une mesure d'isolement. La directrice du sanatorium s'était empressée de nier la chose quand elle l'avait interrogée sur ce point, mais son regard attristé démentait ses paroles.

— Oui, tu es gâtée, ma chérie ! s'écria-t-elle sur un ton enjoué. De plus, tu as eu la visite de Zilda et d'Adèle, hier.

Sa fille, brusquement d'une gravité étrange, fit oui d'un signe de tête. Honorine s'inquiéta.

— Tu n'étais pas contente de les voir ?

— Si, maman, mais elles m'ont raconté le mariage de Thomas et de Jolenta. J'aurais voulu y être, danser et manger du gâteau. En plus, il y a eu l'accident dans la mine. Le pauvre Pierre a eu la jambe coupée.

Anne conservait les souvenirs de sa vie à Faymoreau comme autant de précieux trésors. En se réveillant chaque matin, elle regrettait l'époque où, assise devant la maison, elle voyait passer ses voisins, les mineurs, ou bien leur épouse et leurs enfants. On la saluait gentiment et Marie, la plus jeune des filles de Passe-Trouille, jouait avec elle après l'école.

— C'est triste, je suis d'accord, concéda Jérôme. Peut-être que tu aurais préféré ne rien savoir ?

— Oh ! Ça, non ! Moi, je veux tout savoir, même si c'est triste. Je peux prier pour ceux qui sont malheureux, comme ça. Je prie beaucoup la Vierge Marie, Jésus et sainte Barbe qu'ils protègent papa et Thomas.

— Tu as donc dû les sauver, le mois dernier, grâce à tes prières, affirma Honorine. Mais si je te montrais le contenu de mon cabas, à présent ? Voyons un peu…

Elle sortit un sachet de bonbons au miel, puis un paquet ficelé par un ruban. Anne l'ouvrit : il contenait un pyjama en pilou rose orné de pois blancs.

— J'ai fini de le coudre hier soir. Est-ce qu'il te plaît ?

— Il est tout doux, maman. Merci.

— Et j'ai confectionné autre chose, puisque tu n'as plus de voisine de lit. Une poupée de chiffon.

La fillette s'empara de la poupée aux nattes de laine jaune, coiffée d'un béret rouge et habillée d'une robe rayée. Les yeux, le nez et la bouche étaient brodés avec des fils de couleur.

— Tu crois que j'ai le droit d'avoir un jouet ? chuchota-t-elle, le souffle court. Je suis grande, maintenant.

— Sœurette, tu as le droit, protesta Jérôme.

— Oui, écoute ton frère, mignonne, renchérit Honorine. Dis, ça te fait plaisir au moins ?

Anne allait répondre, mais une quinte de toux l'en empêcha. Vite, elle se tourna sur le côté, chercha son mouchoir sous l'oreiller et le plaqua contre sa bouche sans pouvoir endiguer une autre quinte. Toute tremblante, sa mère se précipita pour la soutenir. En apercevant du sang sur le mouchoir, elle eut envie de hurler son désespoir.

— Il faut appeler une infirmière ou un docteur ! cria-t-elle à Jérôme.

— Non, maman, laisse, dit la petite malade. Ils vous feront partir. Je me sens mieux.

On frappa au même instant, et Isaure ouvrit la porte. Elle avait les cheveux poissés par les embruns et des mèches sombres plaquées sur la joue droite. Ses bottines étaient humides, ainsi que le bas de sa jupe.

— Bonjour, Anne, dit-elle tout bas.

— Isaure ? s'étonna l'enfant, que sa mère tenait encore dans ses bras. En voilà, une surprise !

— Seigneur, dans quel état tu es ! déplora Honorine. Tu aurais pu faire attention, quand même, puisque tu nous rejoignais ici.

— Excusez-moi, je suis navrée. C'était tellement beau, la plage, l'océan, les mouettes dans le ciel !

Il y eut un court silence embarrassé que rompit Anne de sa voix frêle, mais bien timbrée.

— Alors, Isauline, Zilda et Adèle m'ont dit pour toi et Jérôme. Vous allez vous fiancer, il paraît.

— Oui, il paraît, répliqua la jeune fille en s'approchant du lit. Petite Anne, je ne peux pas m'asseoir près de toi, je salirais la couverture et le drap.

Mais, si je t'embrasse, tu sentiras le parfum des vagues sur moi. Tu es gentille, tu m'as appelée Isauline comme quand on jouait au bord de l'étang.

— Je m'en souviens, on guettait les fées de l'eau qui se cachent dans les roseaux, précisa Anne, les yeux brillants d'exaltation. C'est toi qui le disais.

Isaure déposa un baiser sur sa joue et lui caressa les cheveux sous l'œil réprobateur d'Honorine. Assis sur une chaise, Jérôme les avait écoutées sans rien dire, saisi d'une poignante nostalgie. « Nous étions insouciants, avant cette maudite guerre et, Dieu merci, nous avons profité de nos dimanches en toutes saisons », songeait-il.

Thomas et lui travaillaient déjà à la mine, mais, chaque jour de congé, ils couraient dans les bois ou se rendaient sur la digue de l'étang où Gustave Marot possédait une cabane. C'était de joyeuses parties de pêche ponctuées de rires et de chansons, où ils se moquaient bien de prendre du poisson. Employées la semaine au triage de la houille, Zilda et Adèle leur apportaient le goûter dans un panier. C'étaient deux jolies filles qu'aucun garçon n'osait taquiner tant elles étaient pieuses. « Et Isaure s'arrangeait toujours pour se trouver sur notre chemin, dans sa blouse rapiécée ; son visage de poupée était plein d'espoir autant que de crainte. Elle avait peur qu'on la rejette, mais on l'emmenait », se remémorait-il.

— Jérôme ? appela sa mère. Jérôme, à quoi rêvasses-tu ? Tu devrais donner ton cadeau à notre petite chérie.

— Ah ! fit-il, gêné. Mais il est là, mon cadeau,

c'est Isaure. Tu as vu comme Anne est contente ? N'est-ce pas, Anne ?

— Tu as raison, grand frère. Isaure est un beau cadeau.

Outrée, Honorine installa sa fille confortablement, le dos appuyé au creux de son oreiller.

— Je dois aller parler à la directrice, déclara-t-elle. Ne fatiguez pas la petite avec vos sottises, surtout. Si vous avez faim, il y a des biscuits et des pommes au fond du cabas.

Sur ces mots, la brave femme sortit de la chambre, dépitée. Hantée par la tache de sang sur le mouchoir, elle éprouvait une terreur sacrée à l'idée de perdre sa benjamine ; mais à cette angoisse atroce s'ajoutait une colère froide. Elle regrettait d'avoir proposé à Isaure de l'accompagner et elle en voulait à son fils de placer aussi haut sa promise, au point de la présenter comme un cadeau. « Comme si je n'étais pas assez malheureuse ! » se disait-elle en longeant le couloir.

Métairie du château, une heure de l'après-midi, même jour

Armand appréciait sa solitude. Certain que personne de sa famille ne souffrirait de son aspect hideux, il pouvait se détendre, se croire le garçon de jadis. Comme il l'avait dit à ses parents, il s'était lavé devant la cheminée, debout dans un baquet d'eau chaude. Par précaution, il avait tourné le verrou de la porte d'entrée.

Lucienne s'était levée avant l'aube pour lui préparer son repas de midi, alors que Bastien avait rentré des bûches qu'il avait empilées près de l'âtre afin d'éviter le moindre effort à son fils.

Une fois propre, en caleçon et gilet de corps, Armand avait enfilé le peignoir en lainage écossais qu'il affectionnait. C'était le cadeau d'adieu d'une infirmière et il ne s'en était pas séparé.

Il avait déjeuné dans cette tenue, sans grand appétit, une serviette à sa disposition pour essuyer sa salive. Il avait bu la moitié d'une bouteille de vin et deux verres de gnole.

— Eh bien, je n'ai plus qu'à monter faire une sieste, dit-il tout bas, un peu ivre.

D'une démarche hésitante, il se dirigea vers le vestibule et déverrouilla la porte afin de ne pas être dérangé au retour de ses parents. Il fut soulagé de retrouver son lit et le ronronnement du poêle. L'aménagement sommaire de la pièce lui convenait, surtout l'absence de miroir, car, chaque fois qu'il apercevait son reflet, l'envie de se supprimer revenait, obsédante.

Vite somnolent, il n'entendit pas le chien agiter sa chaîne et aboyer. Geneviève traversait la cour, en manteau noir au col de fourrure de lapin, une cloche en feutre sur ses cheveux châtains. La jeune femme jetait des regards inquiets vers les fenêtres de la maison sans pour autant reculer.

« Les Millet sont partis chez les Duvigne, les fermiers de Foussais-Payré. Le facteur me l'a dit, il les a croisés sur la route et ils ont causé. Isaure est à Saint-Gilles-sur-Vie. Je glisse ma lettre sous la porte et je m'en vais. »

Il lui semblait incroyable que son fiancé soit là, derrière les murs épais de la métairie. Elle l'avait pleuré durant des mois, avec au plus profond de son cœur aimant la certitude qu'il n'était pas mort.

— Armand, mon amour ! murmura-t-elle. Dire que tu es là, tout près, et que je n'ai pas le droit de te revoir, de te serrer contre moi…

En se rendant chez les Millet, pas une seconde Geneviève n'avait envisagé de s'opposer à la volonté d'Armand, mais la tentation était grande d'essayer de lui parler. Elle aurait été comblée d'entendre sa voix. « Seigneur, est-ce si cruel d'implorer une simple rencontre ? Rien ne l'oblige à se montrer. Nous pourrions discuter sans échanger un regard. »

Elle tendit une main tremblante vers la poignée, qu'elle tourna. La lourde porte cloutée en bois grisâtre s'ouvrit sans bruit. Un tel silence régnait à l'intérieur que la visiteuse perçut le chuintement des flammes dans la cuisine et un bizarre ronflement à l'étage. « Est-ce lui qui ronfle ainsi ? » s'interrogea-t-elle, prête à s'enfuir.

Affolée, elle supposa qu'un baveux, un homme qui n'avait plus figure humaine, comme avait dit Isaure, pouvait avoir des difficultés à bien respirer. Une peine mortelle la terrassa, la confrontant à ce qu'elle voulait obtenir au mépris de sa jeunesse et de sa liberté. « Je ne serai peut-être pas capable de m'occuper de lui, pas capable de vivre aux côtés d'un mari affublé d'un masque qui ne pourra jamais m'offrir un baiser sur la bouche, songea-t-elle, les yeux noyés de larmes. Oh ! nos baisers, nos délicieux baisers ! »

Pourtant, pareille à un automate, elle monta l'escalier sur la pointe des pieds en se cramponnant à la rampe. Sur le palier, le plancher craqua sous ses pas. Elle s'immobilisa, effrayée, avec l'impression de commettre un acte répréhensible.

« Je pense qu'Armand est dans son ancienne chambre, celle qu'il occupait avec Ernest. »

Elle était venue plusieurs fois à la métairie, quand elle aidait les Millet à la fenaison et aux moissons. Souvent, à ces occasions, elle suivait Isaure à l'étage pour se rafraîchir loin des regards masculins ou simplement pour aller faire un tour dans la pièce où couchait son promis afin de vérifier si sa photographie restait en bonne place sur la table de chevet.

Parvenue devant la porte, tristement ornée d'un vieux calendrier des postes défraîchi, elle nota qu'un profond silence s'était fait. Il n'y avait plus de ronflement bizarre, même pas l'écho d'une respiration. Figée, Geneviève tendit l'oreille en retenant son souffle.

— Qui est là ? cria Armand subitement. Maman ?

Elle tressaillit, bouleversée d'entendre à nouveau la voix de son fiancé, cette voix devenue un peu rauque, mais qu'elle aurait reconnue entre mille. Les larmes aux yeux, elle demeura silencieuse, brûlant d'envie de le rejoindre, mais effrayée à l'idée d'être rejetée ou de lui causer du chagrin. Une seconde, elle se dit qu'elle pouvait encore s'enfuir, dévaler les marches, se ruer dehors et courir sur le chemin vers Faymoreau, vers un avenir paisible et ordinaire.

— Bon sang, qui est là ?

Elle plaqua sa joue contre le chambranle.

— C'est Geneviève, Armand. Ne crains rien, je reste là, dans le couloir. Pardonne-moi, ça a été plus fort que moi. Je devais venir jusqu'à la métairie. Je t'ai écrit. Je voulais glisser ma lettre sous la porte et je suis entrée. Ne m'en veux pas.

Elle avait la gorge nouée par l'émotion et la peur de sa réaction. Comme il ne répondait pas, elle ajouta :

— Je t'en supplie, nous pouvons quand même nous parler un peu. J'ai tellement prié pour que tu reviennes ! Je comprends ton attitude, mais, puisque tu es vivant, j'ai au moins droit à ça, une conversation. As-tu oublié à quel point on s'aimait, nous deux ? Tous nos projets, tous nos rêves… Au nom de ce qui nous liait avant la guerre, réponds-moi, aie pitié.

Geneviève se tut, haletante. Les yeux fermés, elle revivait ce soir déjà lointain d'un doux mois d'avril. Armand était venu lui dire adieu à la verrerie de Faymoreau, où elle travaillait à cette époque. En quelques secondes, la jeune fille d'alors avait pris sa décision. Elle avait quitté son poste et entraîné son bien-aimé dans les bois. Ce n'était pas la première fois qu'ils couchaient ensemble sur la mousse fraîche d'une clairière, mais jamais ils n'avaient éprouvé autant de plaisir ni de désespoir.

— Armand ! hurla-t-elle soudain. Réponds donc.

— Entre, dit-il.

— Vraiment ?

— Oui… entre.

Elle s'interrogea, prête à affronter le pire. Armand comptait-il se montrer dans le but de la décourager, de lui prouver que plus rien n'était possible entre eux, ou avait-il simplement envie de la revoir ?

Elle franchit le seuil de la chambre. Il était assis le dos au bois du lit, les jambes étendues, la tête enveloppée d'un tissu blanc. Elle distingua, en guise de profil, le clignement d'une paupière sur un œil qui fixait le mur voisin.

— Peut-être croyais-tu à une plaisanterie, hasarda-t-il d'une voix sourde, étouffée par le linge qui couvrait sa bouche. Une blague du genre : « Tiens, si je me débarrassais de ma jolie promise en lui racontant que je suis défiguré… » Je te connais, tu as besoin de preuves, de certitudes.

— Armand, tu es là. Merci, mon Dieu, soupira Geneviève. C'est toi, ça, je le sais, toi tout entier.

Elle pleurait, hébétée. D'un élan, elle fut près de lui, allongée, la tête nichée au creux de son épaule. Il la prit dans ses bras avec délicatesse et l'étreignit tendrement.

— Ce n'est pas ta faute ni la mienne, déclara-t-il. J'aurais pu être touché aux jambes ou aux bras, mais non. J'aurais pu être tué sur le coup comme tant d'autres et connaître une mort nette, rapide, qui m'aurait évité un épouvantable chemin de croix. Geneviève, bon sang, que c'est agréable de te tenir contre moi ! J'ai tenu bon durant les combats en me répétant qu'un jour je te retrouverais, que nous serions ainsi, tranquilles, enlacés. Après avoir été blessé, je me promettais de tout faire pour t'épargner, te libérer de nos vœux.

La jeune femme l'écoutait, le visage ruisselant de larmes. Elle savourait le contact de ses doigts qui caressaient sa taille, et c'était un bonheur inouï, aussi cruel que merveilleux.

— Pourtant, je suis revenu au pays, reprit-il. Je n'avais nulle part où aller. Et puis, je pensais à ma mère et à Isaure. Je me disais qu'ici je me rendrais utile, que je profiterais de la campagne. J'étais prêt à m'installer dans la cabane du marais où je n'aurais terrifié que les hérons et les crapauds.

Un sanglot lui échappa. Émue, Geneviève glissa sa main dans l'entrebâillement du peignoir écossais pour effleurer son torse et son ventre.

— Non, arrête ! s'écria-t-il. Nous sommes bien, comme ça. L'envie me viendrait d'autre chose et je ne veux pas. Sais-tu, à La Roche-sur-Yon, j'ai logé deux semaines dans un garni. Un soir, je suis monté avec une prostituée, une femme usée. Elle m'a emmené dans un hôtel sinistre. Elle avait vu à quoi je ressemblais, mais ça lui était égal tant que je la payais.

— Chut, tais-toi ! s'écria Geneviève. Je m'en moque.

— Pas moi… Elle était laide, fardée, avec des seins lourds et un corset noir. Je n'aurais pas osé aborder une fille plus avenante ou plus jeune. Je lui ai même dit que j'étais désolé d'avoir une figure de monstre. Après m'avoir souri, elle m'a tourné le dos. « Dans cette position, tu seras aussi beau gosse qu'avant », voilà ce qu'elle a répondu. Je l'ai prise, honteux, en me rappelant l'étalon de père quand il couvrait une jument. Le lendemain, j'ai failli me trancher les veines tellement je me dégoûtais. Je me sentais la plus misérable créature du monde.

— Pourquoi me racontes-tu ça, Armand ? Aujourd'hui, je suis dans tes bras. Je n'en espérais pas tant. Dans ma lettre, je t'ouvre mon cœur. Je te confie mon souhait de t'épouser malgré tout. Je me doute que tu vas refuser en m'expliquant que je peux me marier avec un homme normal, que je n'ai pas à me sacrifier, et plein d'autres phrases de ce genre. Mais réfléchis. J'ai hérité de la maison de ma mère, à Luçon, ainsi que de ses économies. Je peux t'offrir une vie agréable. Je me contenterai de peu, de me blottir contre toi, de repasser tes chemises, de te faire la cuisine et de te faire l'amour. Rien ne nous en empêche.

Elle retint mal une plainte de désir. Ses vingt-quatre ans faisaient de Geneviève une femme épanouie, marquée par le plaisir qu'elle avait connu avec l'homme qu'elle aimait. De son côté, Armand cédait à ses instincts virils. Son sexe se tendait et son esprit s'enflammait à la perspective de redécouvrir la chair soyeuse de sa fiancée et la chaleur de sa peau. Il toucha ses seins, d'abord timidement, puis avec fièvre.

— Mon chéri, mon amour, dit-elle, je veux te rendre heureux, très heureux. Je suis à toi, rien qu'à toi.

Elle se mit à genoux sur le lit pour se débarrasser de son gilet et de son corsage. Elle lui fit face les yeux mi-clos, respirant avec précipitation. Sa poitrine gonflait le satin bleu de sa combinaison à travers lequel ses mamelons pointaient.

— Tu es bien jolie, plus jolie qu'avant, balbutia-t-il en la fixant de son œil valide.

Hagarde, elle approuva, retroussa sa jupe en laine et, d'un mouvement félin, lui tourna le dos. Il comprit son intention et protesta sans conviction.

— Mais non, pas toi, Geneviève.

— Si, je l'envie, cette prostituée, parce qu'elle t'a donné un peu de joie. Allons, viens, viens donc.

Il poussa un grognement d'incrédulité, en se

redressant pour se plaquer derrière elle. La vision de ses fesses bien rondes voilées de dentelle lui fit perdre toute maîtrise de lui-même. Quand il la pénétra, elle dut s'accrocher au montant du meuble, sous la rudesse de l'acte. Cependant, des larmes de bonheur ruisselaient sur ses joues. Armand se déchaînait au creux de son ventre, non sans ahaner et geindre. C'était ce qu'elle voulait plus que tout : lui appartenir. Très vite, elle s'abandonna au délire sensuel dont elle avait été frustrée si longtemps.

Leur extase mutuelle vint rapidement. Encore avide de jouissance, Geneviève s'étendit sur le dos. Armand se détourna pour rajuster le bandage autour de son visage.

— Je me suis retiré, dit-il tout bas. Pas question de te faire un enfant. Je n'y avais pas pensé, à ça. Tu imagines ! Imposer à un gamin innocent un père à la figure monstrueuse.

— Et alors ? Savons-nous combien d'enfants, en ce moment, ont un père revenu de la guerre infirme ou même invalide qu'ils aiment quand même et qu'ils respectent encore plus ? Sans le courage et le sacrifice de tous nos soldats, la France n'existerait plus.

— Peut-être, mais je préférerais peut-être obéir aux Allemands et pouvoir t'embrasser sur la bouche, ma douce, déplora le jeune homme. La guerre est une abomination. La mort chaque instant, les corps disloqués, les chevaux éventrés, la peur, la puanteur permanente dans les tranchées, autour de nous, partout ; la crasse, les poux, j'en ai vu, des horreurs, si tu savais. Un type de mon bataillon a été fusillé parce qu'il avait essayé de déserter. On avait beau nous répéter qu'il fallait nous battre, on n'avait souvent qu'une idée, s'enfuir, ne plus se réveiller chaque matin en se demandant si on serait vivant le soir.

Dans une posture délicieusement impudique, Geneviève s'empara de la main de son amant. Elle couvrit ses doigts de petits baisers gourmands.

— Tes belles mains fines, tes belles mains n'ont pas changé, murmura-t-elle. Et si nous inventions une nouvelle façon de s'embrasser.

Pris au jeu, de l'index, il caressa ses lèvres tièdes et les effleura avec subtilité. Elle répondit du bout de la langue et, très vite, tous deux succombèrent à une exaltation proche de celle que leur donnaient les baisers de jadis. Moins brusque, plus attentif, Armand s'abîma de nouveau entre les cuisses de la jeune femme. Il allait et venait en elle, ébloui, comblé.

— Je voudrais mourir, là, dit-il en libérant sa semence d'un ultime coup de reins.

— Non, pas mourir, revivre, mon amour, répliqua-t-elle. Revivre et vivre avec moi, moi qui t'adore !

Elle avait presque crié les derniers mots, secouée par un long spasme de volupté. Penché au-dessus d'elle, Armand s'avoua vaincu.

— Je veux bien essayer, Geneviève, si tu jures de ne jamais voir mon visage. Il me faudra un masque en cuir fin, du cuir d'agneau… Et une chambre, un cabinet de toilette pour moi seul. Tu ne devras pas t'endormir à mes côtés, jure-le, jure !

Il hurlait et sanglotait. Elle l'apaisa d'une main câline, posée sur son épaule.

— Tout ce que tu voudras, je le jure devant Dieu, Armand, je t'en fais le serment.

Elle ferma les yeux et l'attira sur elle, l'étreignant avec force. C'était son homme, son amour, et personne ne les séparerait, désormais.

Saint-Gilles-sur-Vie, villa Notre-Dame,
même jour, même heure

Honorine avait quitté le bureau de la directrice du sanatorium depuis dix minutes, mais elle restait dans le couloir, le dos appuyé au mur. Le décor lui semblait flou tant elle pleurait. Néanmoins, elle n'oublierait jamais le vert pâle qui l'entourait, le brun du linoléum, le feuillage aérien d'un tamaris derrière la fenêtre.

Anne était condamnée. Les médecins en étaient venus à cette conclusion. Ni le vent marin ni la nourriture saine de l'établissement ne viendraient à bout de la maladie. La malheureuse mère n'osait pas retourner dans la chambre affronter le regard confiant de son enfant.

— Je crois que votre fille a compris la gravité de son état, avait débité la femme en blouse blanche au chignon blond-gris.

Il était hors de question d'emmener la petite moribonde ni de séjourner au sanatorium pour l'accompagner pendant les dernières heures de sa jeune vie. « Ce n'est pas juste, se répétait Honorine. Pourquoi elle, ma toute belle, ma poupée ? Tant pis pour la dépense, je viendrai tous les deux jours, je dormirai dans le hall de la gare, s'il le faut, afin d'être là quand… quand elle s'en ira. »

Une religieuse s'approcha, pleine de compassion,

une main diaphane posée sur la croix en bois qui pendait sur sa poitrine.

— Madame Marot, n'est-ce pas ? Je ne vous ai pas croisée depuis l'an dernier. J'étais en mission au Congo. Madame, courage, il faut prier pour votre chère petite Anne. J'ai appris hier seulement qu'il n'y avait plus rien à faire. Je lui ai rendu visite à l'heure de la prière, ce matin. Votre fille est très pieuse. Elle m'a dit que Dieu l'appelle en Son paradis.

— Ce sont des mots, ça, ma sœur, murmura Honorine, les mots d'une pauvre gosse confinée ici loin des siens, loin de sa mère. J'ai la foi, mais comment accepter la volonté divine, qui va me voler mon enfant ?

Gênée, la religieuse baissa la tête et s'éloigna.

*

Dans la chambre d'Anne régnait au même instant une sorte de gaieté étrange. Isaure faisait danser la poupée de chiffon au bord du lit et lui prêtait des paroles amusantes en changeant sa voix. Son timbre, d'ordinaire grave, prenait des sonorités aiguës et souvent discordantes.

— Mais ce que je m'ennuie, fan de vesse ! dans ce vilain endroit ! M'selle Anne, faudrait me chatouiller pour que je rigole un peu, disait la poupée promue marionnette. Savez-vous d'où je viens ? D'un patelin nommé Faymoreau, et ça rime avec galibot, chevaux et… et…

— Gâteau, claironna Jérôme en riant de bon cœur.

— Oh oui, du gâteau, j'veux beaucoup de gâteau !

Livide et des cernes mauves sous les yeux, Anne pouffait et frappait dans ses mains. Elle suivait d'un regard ravi les moindres mouvements de sa poupée, qui tourbillonnait entre les mains d'Isaure.

— J'suis un peu fatiguée, m'selle Anne. Si vous me faisiez une place sur votre oreiller ? Au fait, comment je m'appelle ? Y me faut un nom, jolie demoiselle.

— Isauline, répondit la fillette.

— Excellent choix, affirma l'aveugle. A-t-elle bien dansé, ton Isauline ?

— Oui, comme une fée des bois, affirma Anne en serrant la poupée sur son cœur. Isaure, dis, tu reviendras ? En tout cas, tu seras une bonne maîtresse d'école.

— Euh, sans doute, mais je n'aurai pas le droit de faire rire mes élèves, soupira la jeune fille.

— Dis, tu reviendras ? insista l'enfant. Avant que je parte.

— Où veux-tu partir ?

— Je ne vais pas guérir, je le sais. Maman et papa seront très tristes. Il faudra vous occuper d'eux, hein, Jérôme ?

— Tais-toi, ce sont des sottises, s'indigna son frère. Tu es bien soignée ici, tu te rétabliras forcément.

Anne remonta le drap jusqu'à son menton, l'air songeur.

— Certaines nuits, je rêve que je m'envole, dit-elle. Je sors de la chambre, je traverse la fenêtre et je me retrouve au-dessus de l'océan. D'abord, je vois les vagues de près. Ensuite, je monte, je monte, je n'arrête pas de monter vers le ciel et je suis contente. Je n'ai pas peur, parce que, chaque fois, je vois des lumières de toutes les couleurs et des fleurs, des fleurs magnifiques. Ce sera comme ça, je crois.

Jérôme se leva, incapable d'en entendre davantage. Sa canne blanche pointée vers le sol, il dit, la gorge nouée :

— Mère tarde à revenir, je ferais mieux de l'attendre dans le couloir.

Isaure le rejoignit, lui ouvrit la porte et le guida pour sortir.

— Je suis désolée, chuchota-t-elle à son oreille.

Elle déposa un léger baiser sur sa joue, ce qui le consola un peu.

— Merci, dit-il. Merci d'être là avec moi, surtout aujourd'hui.

Elle referma derrière lui et s'assit de nouveau au bord du lit. Anne souriait avec une expression d'adulte, comme si elle avait pitié d'eux tous qui demeureraient sur terre sans promesse de jardin céleste.

— Anne, qu'est-ce qui te ferait plaisir, si vraiment tu ne peux pas guérir ? demanda Isaure.

— Passer Noël avec mes parents, mes frères et mes sœurs, et que tu sois là aussi. Un vrai Noël où on chanterait ensemble au coin de la cheminée, où on mangerait des crêpes en buvant du chocolat chaud comme avant. Mais je ne serai peut-être plus là… C'est dans dix-huit jours. De toute façon, même si je suis encore là, je n'ai pas le droit de rentrer à Faymoreau à cause de la contagion.

— Je sais et je trouve ça stupide.

Isaure ne précisa pas le fond de sa pensée ;

cependant, elle s'était souvent demandé si les mesures soi-disant préventives établies par le directeur de la compagnie étaient judicieuses. Honorine embrassait Anne et la cajolait, comme le faisaient également son père, ses frères et ses sœurs ; or, aucun membre de la famille n'avait encore attrapé la tuberculose.

— Peut-être que tu pourras passer Noël avec tous ceux que tu aimes, hasarda-t-elle.

— Tu crois ? Ce serait merveilleux.

La fillette ferma les yeux et se pelotonna au creux de son lit, comme si elle était épuisée et qu'elle allait dormir. Une religieuse entra, suivie d'Honorine et de Jérôme.

— Notre petite malade doit se reposer, il me semble, déclara la sœur. Une seule personne à la fois dans la chambre, ce serait plus raisonnable, la maman de préférence.

— Oui, je dois rester avec ma petite mignonne le plus longtemps possible, même si elle dort, affirma Honorine d'une voix tendue, empreinte de désespoir.

— Nous reviendrons plus tard, dans ce cas, proposa Isaure. Viens, Jérôme, allons nous promener. Donne-moi le bras.

Ils sortirent et marchèrent un peu. L'aveugle s'arrêta soudain et s'appuya au mur, la tête rejetée en arrière.

— Maman m'a parlé, dans le couloir. Anne est perdue. Elle va mourir, Isaure, à douze ans. Bon sang, si j'avais pu crever à la guerre, ne pas revenir infirme au pays et enterrer ma petite sœur !

— Je suis désolée, répondit-elle en se rapprochant

de lui. Anne est très courageuse. Elle sait la vérité et elle accepte son sort.

— Sans doute, c'est une brave petite sainte, mais, si on lui disait qu'elle est guérie, tu verrais comme elle s'enfuirait d'ici au pas de course, tout heureuse d'avoir un avenir. Je suis sonné, Isaure. Si je pouvais boire un coup, ça me ferait du bien.

— Descendons, il y a un réfectoire. Peut-être qu'une sœur aura pitié de toi et te servira du vin.

— Il me faudrait de l'eau-de-vie, ouais, grogna-t-il. Mais autant descendre et aller prendre l'air. Tous les deux.

Jérôme se serra contre elle et tenta de l'embrasser. Isaure ne chercha pas à éviter le baiser destiné à sa joue, mais qui se posa par hasard sur ses lèvres.

— Tu es salée, chuchota-t-il.

Elle resta silencieuse et, en le tenant fermement, avança vers le vaste palier qui donnait accès à la cage d'escalier.

Métairie du château, même jour, même heure

Geneviève avait remis de l'ordre dans sa toilette. Assise au bord du lit, elle tournait le dos à Armand, qui lui caressait les cheveux.

— Alors, tu ne changeras pas d'avis ? interrogea-t-elle. J'ai hâte d'organiser notre départ pour Luçon. D'abord, je vais annoncer à mes patrons que je les quitte définitivement. Ensuite, je boucle ma valise et je viens te chercher.

— Comment ? Avec quel véhicule ?

— Je téléphonerai à un taxi de Fontenay-le-Comte, celui qui m'a conduite à Faymoreau. J'ai gardé sa carte professionnelle.

— Tu as les moyens, dis donc !

— Tout à fait, je suis à l'aise, maintenant. De plus, dès que nous serons installés, je vendrai l'hectare de vignes que je possède ; j'en tirerai un bon prix. Tu seras vraiment bien dans la maison que ma mère m'a laissée. Le jardin est enchanteur, même s'il n'est pas grand et qu'il est entouré de murs. Il ne donne pas sur la place des Acacias, mais sur d'autres jardinets. Il y a une petite serre ; nous planterons des fleurs.

— Ah ça, j'aimerais bien, admit-il. Des fleurs des pays chauds. Elles seront si belles que j'oublierai ma laideur.

— Je te ferai la lecture, le soir, près de notre cheminée en marbre blanc. Nous avons droit au bonheur, Armand, après tant de souffrances et de chagrins.

— Peut-être. Geneviève, es-tu sûre que tu ne le regretteras pas ?

— Oui, sauf si tu es insupportable, plaisanta-t-elle. Dans ce cas, je te ramène sous la férule de tes parents par la peau du cou.

Elle l'entendit rire, un rire bas, étouffé, mais franc.

— C'est bien de me causer comme ça, comme si j'étais un type normal. Parole, je te permets de me flanquer dehors quand tu en auras assez de moi.

Elle se rejeta en arrière, posant sa tête sur ses cuisses, les paupières mi-closes.

— Tu as des atouts qui pèseront sur la balance, mon chéri. Je n'aurai jamais assez de toi, de tes mains, du plaisir que tu m'apportes.

Il devina que le désir la submergeait à nouveau. Cependant, il n'osa pas y répondre.

— Je connais ma mère, elle fera l'impossible pour être de retour de bonne heure. Il vaut mieux que tu partes, Geneviève. Nous sommes mardi. Prévois notre départ vendredi ou samedi, que je passe du temps avec mes parents. Je parierais gros que mon père va piquer une colère. Il était fou de joie que je sois revenu. Il pensait que je travaillerais avec lui, mais ça ne me plaît pas de m'échiner pour monsieur le comte, de brasser du fumier ou de labourer. Ernest en raffolait, lui, pas moi.

— Tu n'as jamais aimé ni la terre ni l'élevage. J'ouvrirai une épicerie ou un autre commerce. Nous ne manquerons de rien.

— Sauve-toi donc, à présent.

Geneviève se redressa prestement et remit son manteau et son chapeau. Elle envoya un baiser du bout des doigts à son amant.

— Repose-toi. Tiens, tu liras ma lettre.

Elle lui tendit une enveloppe.

— D'accord. Au fait, moi aussi, je t'ai écrit. Isaure ne t'a rien donné de ma part, ce matin très tôt ?

— Non, mais, si elle prenait le train de sept heures, elle n'a peut-être pas eu le temps de monter chez mes patrons.

— Alors, elle te donnera ma lettre ce soir, à son retour. Je t'en prie, ne la lis pas, brûle-la sans l'ouvrir. Je voulais te dégoûter de moi. Je t'ai écrit des mensonges, des méchancetés inutiles, quoi ! Quand j'ai entendu ta voix derrière la porte, j'ai pensé que tu avais lu mes bêtises et que tu venais exiger des explications.

— Ne t'inquiète pas, je jetterai ta lettre dans le poêle tout de suite, Armand. Et je ne regretterai jamais d'avoir osé entrer ici aujourd'hui. Je t'aime.

Elle sortit et referma la porte sans bruit. Armand guetta ses pas dans l'escalier. Il s'allongea, bizarrement heureux, indifférent à son aspect physique, le corps et le cœur satisfaits.

« Il n'y en a pas deux comme ma Geneviève ! » se dit-il.

Saint-Gilles-sur-Vie, villa Notre-Dame

Isaure avait entraîné Jérôme sur la terrasse avec l'envie forcenée de revoir l'océan et son ballet incessant de vagues. Mais le vent faiblissait et les nuages s'éloignaient en direction de l'intérieur des terres, dévoilant un pan de ciel bleu.

— La mer semble calmée, lui expliqua-t-elle. Elle gronde moins. Écoute.

— Il y a les hautes marées et les basses marées, précisa-t-il. La plage va se dégager, et une bande de sable mouillé assez ferme sera mise à nu.

— Mise à nu, tu as de ces expressions, toi.

Elle eut un rire nerveux et se cramponna à son bras d'une façon familière. Bouleversé, l'aveugle soupira :

— Comme tu es gentille, aujourd'hui, Isaure !

— Parce que je suis heureuse. Oh ! pardon, excuse-moi, je ne devrais pas dire ça… En fait, je suis très triste pour Anne, mais contente quand même d'être là. Je dois chercher un coquillage pour Armand. Tu sais, mon frère me protège. Il a changé.

Son visage est monstrueux et pourtant son âme paraît meilleure. Un peu plus, je croirais qu'il m'aime un peu... Viens, je vois un sentier dans la dune, viens.

Il se laissa guider en songeant qu'ils pourraient être deux vrais amoureux, partager peines et joies, mais une impression singulière lui fit douter de ses projets. « Isaure est une étrangère pour moi, au fond. Je l'ai toujours admirée et elle me faisait rêver sans que je m'intéresse vraiment à sa nature profonde. Thomas la connaît mieux que quiconque, ça, je ne peux le nier. »

Elle l'avait déconcerté et charmé en jouant avec la poupée de chiffon afin d'égayer Anne. C'était une facette de sa personnalité dont il ne soupçonnait rien. Que lui cachait-elle encore ?

— Si tu trouves plusieurs coquillages, s'écria-t-il, on en offrira un à Anne !

— Bien sûr, j'ai eu la même idée que toi. Je te lâche le bras. Ne bouge pas, tu es sur le sable sec.

Jérôme eut un léger sourire. Depuis qu'il était aveugle, il avait développé ses autres sens et il appréhendait parfaitement le sol qu'il foulait, ce qu'Isaure ignorait peut-être. Il attendit en savourant à son tour l'air iodé, la rumeur des vagues, les appels des oiseaux. Ses pensées se bousculaient, oscillant entre la mort imminente de sa jeune sœur et le mariage de Thomas, le frère aîné si séduisant qu'il enviait en secret depuis leur adolescence. Il se souvint du temps où il descendait dans la mine, fier de rapporter un salaire à ses parents. Puis il y eut, pareil à un éclair subit et terrifiant, l'obus qui éclatait près de lui, tellement près, de quoi perdre la vie… ou la vue. Autre chose le préoccupait.

— Isaure, où es-tu ? appela-t-il.

— J'arrive, répondit-elle, accroupie à une vingtaine de mètres de lui, les mains plongées dans un amas d'algues. Jérôme, j'ai un coquillage, un beau… et un petit pour Armand. On dirait un chapeau chinois.

— Eh bien, tu as de la chance, répliqua-t-il.

Le jeune homme avait la gorge nouée à cause du ton enfantin qu'elle avait eu et de son enthousiasme. Il se souvint soudain d'un lointain dimanche, dix ans auparavant. Gustave et Honorine avaient décidé d'emmener leurs cinq rejetons au bord de la mer. Toute la troupe avait déboulé du train aux Sables-d'Olonne, des casquettes en toile sur la tête, avec un lourd panier pour le pique-nique de midi. Vite, ils avaient été émerveillés par la découverte de l'océan immense. « Zilda et Adèle étaient de très jeunes filles. Elles ont relevé leur longue jupe pour se tremper les pieds. Thomas a couru le long de la plage. Papa et maman riaient. J'avais environ onze ans ; j'ai tout de suite rêvé de voyages en bateau. Anne a barboté dans une flaque, près du château de sable que Zilda avait construit. C'était une poupée aux joues rondes qui marchait le plus souvent à quatre pattes, notre Anne. »

Il imagina sa sœur morte, vêtue de blanc et blanche elle-même. Il réprima un sanglot.

— Jérôme, tu pleures ?

Isaure effleura une larme de son index. Sans rien ajouter, elle plaça les coquillages au creux de sa paume et lui referma les doigts dessus.

— Tu sens leur forme ? murmura-t-elle. Je t'en prie, allons, ne pleure pas. Mon Dieu, comme je te plains, autant que je plains mon pauvre frère ! Dire que tu ne verras plus jamais ni la mer ni le ciel !

Tremblante d'émotion, elle caressa la joue de son prétendu promis. Jérôme avait la peau douce, des traits réguliers, un beau nez et une bouche bien dessinée. Elle le compara à ce qu'était devenu Armand et vacilla, effarée.

— Tu dis vrai, j'ai de la chance, Jérôme. Sais-tu pourquoi ? Je suis une fille et les filles ne sont pas mobilisées ; elles ne vont pas se faire déchiqueter sur les champs de bataille.

— Mais elles peuvent mourir en couches ou subir la violence de certains hommes. Ne t'inquiète pas pour moi, Isaure. J'ai de bons parents, moi. Ils nous ont gâtés dans la mesure de leurs moyens, quand nous étions gosses. Toi, tu n'as eu droit qu'à des coups et des offenses… J'ai honte de t'avoir proposé le mariage à seule fin de te permettre de fuir la métairie et de côtoyer Thomas. C'était une sorte de chantage, en effet, et je suis un mufle. Ne te sens pas obligée de te fiancer avec moi ; j'ai été idiot. Surtout que tu ne m'aimes pas comme moi je t'aime. Il pourrait difficilement en être autrement : je t'aime si fort !

Isaure l'écoutait, perplexe. Elle qui comptait lui tenir à peu près le même discours, elle ne savait plus que dire, soudain.

— Nous verrons plus tard, Jérôme, finit-elle par proposer tout bas. Je voulais t'en parler, moi aussi. Je dois aider ma mère à veiller sur Armand. En outre, tant que mon frère sera là, père ne me fera pas de mal.

— Oui, nous verrons plus tard, approuva-t-il. Surtout que Thomas risque d'avoir des ennuis, à mon avis.

— Thomas ? Mais pourquoi ?

Ils remontèrent sur la dune et s'assirent sur l'herbe jaunie. Jérôme hésitait à se confier ; cependant, il en éprouvait le besoin, hanté qu'il était par ce qu'il avait appris.

— Promets-moi de garder le secret, Isaure, commença-t-il. C'est grave.

— Je te le promets, affirma-t-elle, anxieuse.

— Hier soir, je suis monté me coucher. Une fois dans ma chambre, je me suis aperçu que j'avais oublié de prendre une carafe d'eau. J'ai mis mon pyjama et je suis descendu. Chez nous, c'est difficile de ne pas entendre une conversation depuis l'escalier ; la maison est petite. Maman dormait déjà, elle, mais Thomas et mon père discutaient. Je me proposais d'aller les rejoindre, quand il a été question d'un pistolet. Le mot m'a arrêté net et j'ai écouté la suite. Stanislas Ambrozy possédait une arme qu'on lui aurait volée. Seulement, j'ai senti que mon frère était inquiet, qu'il se demandait si son beau-père n'était pas l'assassin.

— Mais monsieur Ambrozy n'a pas une tête d'assassin ! protesta Isaure.

— Tu en as vu beaucoup, des assassins ?

— Non, aucun… Enfin, si tu voyais mon père en colère ! J'ai souvent pensé qu'il pouvait tuer quelqu'un, me tuer, même. Où était donc Jolenta ?

— Dans le logis d'à côté, pardi. Thomas n'aurait

pas parlé à son aise devant elle, car c'est Jolenta qui a avoué la chose quand ils étaient à Vouvant. Elle soupçonne son père.

— Ce n'est pas forcément le même pistolet !

— Thomas disait ça. Il a essayé de persuader Ambrozy d'aller témoigner afin de mettre l'inspecteur Devers au courant. Il aurait refusé net. Avoue que c'est louche.

Isaure frissonna, troublée.

— En quoi Thomas aurait-il des ennuis ? s'étonna-t-elle après un temps de silence. Il n'a rien à voir dans cette affaire d'arme.

— Si par malheur le père de Jolenta est le coupable, mon frère pourrait être inculpé, s'il ne le dénonce pas, s'il cache la vérité à la police. Et moi, imbécile que je suis, je n'ai pas osé me montrer. Thomas est parti et je suis remonté dans ma chambre. Je n'ai pas osé avouer à papa que je les avais entendus et je n'ai rien dit à maman, évidemment. Isaure, fais attention, n'en parle à personne autour de toi, ni à Armand ni à tes parents. J'espère qu'Ambrozy aura l'intelligence de faire une déposition. Les flics savent quel modèle de pistolet a servi. Ils auraient vite fait de l'innocenter.

— Oui, espérons-le.

Ils restèrent silencieux face à l'océan qui, sous l'azur couleur de lavande, prenait des teintes de turquoise, irisé de reflets mouvants par le timide soleil de décembre enfin libéré de sa prison de nuages.

— C'est encore plus beau, soupira Isaure.

Faymoreau, la métairie du château, Thomas et

Jolenta, tout cela lui semblait appartenir à un autre monde.

— Je voudrais vivre ici, ajouta-t-elle.

Sa petite main encore maculée de sable chercha celle de Jérôme, comme pour le supplier de concrétiser son souhait.

— Un jour, peut-être, répondit-il.

Isaure nicha sa tête contre son épaule. Elle se sentit aussitôt à l'abri. Il l'embrassa sur le front avec une infinie tendresse.

9

Larmes et égarements

Saint-Gilles-sur-Vie, mardi 7 décembre 1920

Un trio silencieux se dirigeait à pas lents vers la gare de Saint-Gilles-sur-Vie. Tête basse, accablée par la cruauté du destin qui allait lui prendre sa petite fille, Honorine tenait le bras de Jérôme.

Isaure marchait seule derrière eux, portant le cabas vide et son sac à main. « C'était bien triste de quitter Anne, de lui dire au revoir, pensait-elle. Mais elle avait besoin de repos et nous ne devons pas manquer le dernier train. »

Remplie d'une sincère compassion pour l'enfant malade, elle observait cependant le paysage environnant d'un regard rêveur. Les maisons basses lui plaisaient, avec leurs volets bleus et leurs murs chaulés d'un blanc grisâtre que le soleil ravivait. Les nuages avaient fui vers l'intérieur des terres, et le ciel dégagé dispensait une douce clarté sur les tamaris, les pins et les toits de tuile rose. « Tiens, un logement à louer ! » remarqua Isaure au croisement entre une impasse et la rue qu'ils empruntaient. Immédiatement, elle se vit habiter là, près de l'océan. Un portillon en bois supportait la pancarte. Il y avait un puits dans la cour tapissée de cailloux et un rosier orné d'une ultime fleur rouge aux pétales fanés. « Un jour, qui sait, je vivrai peut-être tranquille dans une maison de ce genre, loin de Faymoreau », songea-t-elle encore.

Souvent solitaire, Isaure avait développé par la force des choses une faculté d'imagination peu commune. C'était un remède aux chagrins divers et aux vexations, de toujours croire à un avenir lumineux. Jérôme avait coupé court à certaines de ses rêveries en la confrontant à une situation ancrée dans la réalité.

— Si tu m'épouses, tu échapperas à ton père, tu seras de notre famille, tu verras Thomas chaque jour, avait-il dit en substance.

Elle résumait ainsi en son for intérieur la proposition du jeune aveugle. C'était là une solution dont elle n'aurait pas eu l'idée.

En montant dans la voiture réservée à la troisième classe, elle pesait encore le pour et le contre d'un éventuel mariage. Bizarrement, quand Jérôme l'avait tenue dans ses bras, en haut de la dune, elle avait éprouvé une émotion subtile, ainsi qu'une étonnante impression de sécurité.

Une plainte d'Honorine, qui venait d'éclater en sanglots, la tira de ses méditations.

— Ma pauvre petite Anne ! Ma pauvre chérie ! gémissait-elle.

— Courage, maman, soupira Jérôme.

— Il m'en faudra pour annoncer la mauvaise nouvelle à ton père, ce soir, de même qu'à Thomas. Pour ce qui est de Zilda et d'Adèle, je suis sûre qu'elles ont compris que notre petite est condamnée quand elles sont passées la voir hier soir. Elles vont m'écrire du couvent, c'est certain. Seigneur, les visites sont si courtes, hélas ! Vous avez vu, nous n'avons pas pu rester davantage, car il paraît que nous la fatiguons. Les infirmières rabâchent ça.

La malheureuse mère pleura de plus belle. Elle sortit un grand mouchoir de la poche de son manteau et se moucha bruyamment.

— Bientôt deux ans que ma petite est partie de chez nous, dit-elle en reniflant. J'ai fait le voyage le plus souvent possible, mais ça coûte cher. Ces derniers mois, Gustave m'a demandé de limiter les trajets. Et là, d'un moment à l'autre, Anne peut mourir et je n'aurai pas été près d'elle, je n'aurai pas pu lui dire adieu. Le sanatorium avisera par téléphone monsieur Aubignac et tout sera fini. Seigneur, j'ai tant de peine !

Consterné, Jérôme hocha la tête. En fils affectueux, il attira Honorine contre lui. Elle reprit son souffle sans cesser de pleurer.

Ils étaient seuls dans le compartiment, ce qui décida Isaure à donner son avis. Quelques semaines auparavant, elle serait demeurée muette, mais les récents événements avaient libéré une part cachée de sa personnalité. En moins d'un mois, elle avait beaucoup mûri.

— Madame Marot, dit-elle d'une voix nette, sans vouloir vous offenser, il ne faut pas vous résigner si vite. Pleurer ne sert à rien. Anne m'a confié son souhait le plus cher. Elle souhaiterait passer Noël avec vous tous, comme avant.

— Et alors, que veux-tu que je fasse, Isaure ? la coupa Honorine d'un ton sec. Le règlement de la compagnie est formel : les phtisiques doivent être tenus à l'écart des corons à cause des risques de contagion. De toute façon, même si nous voulions emmener Anne, la directrice du sanatorium et le médecin nous l'interdiraient. Elle est trop faible. Au moins, là-bas, elle reçoit les meilleurs soins.

— On ne dirait pas, puisqu'ils n'ont pas pu la guérir, rétorqua Isaure. Moi, si Anne était ma sœur ou ma fille, je ferais n'importe quoi pour lui faire ce grand plaisir avant qu'elle meure.

— Isaure, je t'en prie, tu déraisonnes, protesta Jérôme.

— Tu me trouves bizarre ? Tu penses comme mes parents et certaines autres personnes ?

— Mais non. Seulement, maman est désespérée. Tu t'y prends mal pour la réconforter.

— Ah ! ça, on peut le dire ! s'écria Honorine, dont les nerfs lâchaient. Tu enfonces le couteau dans la plaie en me rappelant que ma pauvre enfant va mourir. Est-ce que tu peux te mettre à ma place, à notre place ? Anne n'est rien pour toi. Elle t'aime bien, je te l'accorde, et je suppose que tu as de l'amitié pour elle, mais ce n'est pas comparable avec ce que nous ressentons, Jérôme et moi.

— Sans doute, madame Marot. Mais, au fond, vous allez tenter de rendre visite une fois ou deux à Anne avant Noël. Vous allez tous pleurer beaucoup en la laissant dans sa chambre, loin de sa famille.

Elle se tourna vers la vitre. Le paysage défilait : des haies, des champs labourés d'un brun rougeâtre, des pâtures boueuses où déambulaient de lourdes vaches d'un roux clair.

— Quel culot, non, mais quel culot tu as ! s'indigna Honorine. Je te plains, mon fils, si tu épouses une fille pareille. Isaure, je te croyais plus gentille que ça. Là, tu me déçois. J'ai bien entendu ? Tu nous accuses d'abandonner Anne !

— Isaure a dû mal s'exprimer, maman, intervint l'aveugle. Tu es remontée contre elle depuis ce matin. Si on y réfléchit, ce n'est pas faux, ce qu'elle dit.

Honorine se remit à sangloter. Le cœur brisé, elle ferma les yeux comme pour ne plus voir la jeune fille assise en face d'elle.

— Excusez-moi, madame Marot. Jérôme dit vrai, j'ai été maladroite, mais, en fait, j'ai eu une idée. Je ne savais pas comment vous la présenter ni surtout si vous accepteriez…

— Accepter quoi, à la fin ! s'écria la brave femme.

— Mon idée pour Noël. Je sais que le directeur de la compagnie ne changera pas le règlement d'ici là et on ne vous autorisera sûrement pas à faire voyager Anne dans son état. Mais j'ai vu une petite maison à louer, à Saint-Gilles-sur-Vie, à mi-chemin du sanatorium et de la gare. Il reste trois semaines d'ici la fin de décembre, de sorte que le prix devrait être abordable. Je peux vous aider, je n'ai pas dépensé mon salaire d'octobre. Toi, Jérôme, tu touches une pension depuis la fin de la guerre et tu dois avoir des sous de côté, puisque tu es nourri et logé chez tes parents. Il suffirait de louer cette maison et que vous y fêtiez Noël tous ensemble. Anne pourrait y être transportée facilement, bien couverte. Elle serait avec vous. Elle pourrait manger une crêpe et boire du chocolat chaud.

Honorine et Jérôme l'avaient écoutée bouche bée. Pour eux, l'idée d'Isaure faisait figure de révolution.

Jamais ils n'auraient pensé à s'éloigner du coron de la Haute Terrasse.

— Je ne suis pas de la famille, je sais, ajouta Isaure, mais je peux m'occuper de tout. Je reviendrai jeudi ou vendredi, j'interrogerai les voisins et je rencontrerai le propriétaire. Il faudrait décorer la maison avec du houx et des branches de sapin. Je crois en outre qu'il y a un tas de bois dans la cour, sous une bâche.

Elle fixait Honorine Marot, l'air ravi. Dans son espoir d'être approuvée, elle était plus jolie que jamais avec ses joues rondes, son petit nez esquissé, son ovale de madone, ses prunelles d'un bleu intense ourlées de cils drus et noirs.

— Tu en as dans la cervelle, toi, murmura Honorine. Qu'en dis-tu, Jérôme ? Anne serait heureuse, c'est certain. Si Gustave consentait à un tel chambardement, moi, je serais partante. Avoir notre petite près de nous pour Noël, ce serait inouï.

L'aveugle perçut une vibration de fébrilité dans la voix de sa mère.

— Oui, maman, et on aurait tous un merveilleux souvenir, après. Enfin, tu me comprends. Isaure, j'ai honte, je n'ai pas songé une minute à dépenser l'argent de ma pension. Il faut le faire, il faut louer la maison de Saint-Gilles.

Triomphante, Isaure dévoila le fond de sa pensée.

— En insistant, peut-être que la directrice vous permettrait d'installer Anne là-bas avant les fêtes, madame Marot, et vous pourriez passer plusieurs jours avec elle. Une maman, c'est si précieux quand elle est comme vous !

Honorine eut un véritable choc. Si elle n'avait pas

déjà été en larmes, elle aurait pleuré à coup sûr. L'allusion d'Isaure était sans équivoque.

— Une maman comme moi, reprit-elle. Ma pauvre gosse, tu n'as pas été gâtée, hein, chez toi, avec des parents trop durs. Viens donc m'embrasser. Et je t'avais demandé de ne plus m'appeler madame Marot, mais Honorine. Tu me redonnes de l'espoir parce que, les bons moments, il faut savoir les prendre. D'abord en avoir l'idée.

Isaure alla s'asseoir entre Jérôme et sa mère, où elle reçut un baiser de chacun sur la joue. Assortie de la joie qu'elle éprouvait en songeant au bonheur de la petite Anne, cette récompense la comblait.

« Elle vivra jusqu'au jour de l'An. J'implorerai Dieu, même s'Il n'existe pas. S'Il existe, Il offrira forcément un sursis à une enfant condamnée. Déjà, quand elle saura, pour Noël, elle ira mieux, j'en suis certaine. »

En la remerciant encore une fois, Honorine et Jérôme quittèrent Isaure devant l'*Hôtel des Mines*.

— Je dois monter jusqu'au pavillon des Aubignac.

J'ai une lettre d'Armand pour Geneviève, précisa-t-elle.

— Crois-tu possible qu'ils se fréquentent à nouveau ? s'enquit l'aveugle.

— Oh non ! Mon frère n'a aucune intention de la revoir. Il lui a écrit, mais sûrement pour lui expliquer sa décision.

— Elle en a fait, des dégâts, la guerre ! déplora Honorine. Enfin, transmets notre sympathie à tes parents, Isaure. Seigneur, j'ai hâte de parler à mon mari de notre idée… enfin, de ton idée !

— Maintenant, c'est la nôtre, ne vous en faites pas, répondit Isaure, radieuse.

Sur ces mots, elle embrassa Jérôme au coin des lèvres et se sauva en riant. Il faisait nuit lorsqu'elle parvint à la hauteur de l'église. Le clocher sonna cinq coups sonores dont l'écho se répercuta sur le village où régnait l'animation habituelle, celle d'une ruche humaine. Les mineurs étaient rentrés chez eux. C'était l'heure de la toilette à l'eau chaude et des discussions entre époux. Des odeurs de soupe se mêlaient à l'air frais du soir. Sous la clarté vacillante des becs de gaz, des enfants jouaient dans la rue.

Isaure se sentait libre, légère, comblée par son rendez-vous avec le vaste océan Atlantique, fière d'avoir amusé Anne et de lui préparer une surprise somme toute extraordinaire.

En arborant une expression sérieuse, elle s'aventura dans le parc des Aubignac. Le pavillon où logeait Geneviève était tout proche du portail, si bien qu'elle fut vite devant la porte. Aucune lumière n'éclairait la fenêtre, ce qui n'était pas le cas de la grande demeure au bout de l'allée. « Geneviève doit être chez ses patrons », se dit Isaure. Elle glissa l'enveloppe sous la porte.

Sa mission accomplie, elle s'empressa de quitter la propriété pour descendre la rue rejoignant l'*Hôtel des Mines*. Après une journée qui lui avait redonné confiance et espoir en son avenir, elle préférait éviter le coron de la Haute Terrasse pour ne pas croiser Thomas. Les sentiments qu'il lui avait inspirés, toujours vivaces, étaient maintenant plus tolérables. Elle attribuait cela au retour d'Armand, ainsi qu'à l'inéluctable. Son grand amour était marié, il serait bientôt père de famille et elle devait se résigner à cet état de fait.

Comme si ce simple geste avait le pouvoir de lui porter chance, elle plongea sa main droite dans la poche de son manteau et étreignit le coquillage destiné à son frère. « Anne était si contente du sien ! Il est joliment nacré. Quant à Armand, il ne pourra pas dire que je l'ai oublié ! »

Elle dévala d'un bon pas la route qui menait au château et à la métairie. Passé le dernier réverbère, l'obscurité se fit dense, aggravée par le brouillard. Mais la jeune fille n'avait plus peur de rien.

Métairie du château, même heure

Bastien et Armand Millet se tenaient face à face, le père plus trapu, le fils courbant un peu sa haute taille pour mieux toiser son adversaire de son œil unique.

— Fan de vesse ! j'peux point y croire, hurla à nouveau le métayer. Tu veux foutre le camp, toi ?

— Oui, et ça fait un sacré bout de temps que je vous le dis, depuis que vous êtes rentré de chez les Duvigne, parfaitement ivre en ce qui vous concerne.

Terrifiée, Lucienne s'était réfugiée près de la cheminée. Elle observait les deux hommes d'un regard halluciné, pareille à une bête prise au piège d'un orage soudain et imprévisible.

— Allez donc ! Traite-moi de poivrot, tant que tu y es, avec tes mots de la ville, là. Tu me plantes un couteau dans le dos et faudrait que je roucoule ?

— Père, je suis désolé. J'admets que, le soir où je

suis revenu ici, j'ai pensé que je travaillerais avec vous, mais labourer, semer, récolter à longueur d'année, ça ne me plaît pas, ça ne m'a jamais plu.

— Ouais ! Si la Geneviève Michaud ne s'était pas pointée par chez nous pour te faire des promesses, tu causerais autrement, grogna Bastien en tapant sur la table.

— Mon homme, calme-toi, enfin, osa dire Lucienne. Je suis bien triste qu'Armand s'en aille, mais, Geneviève et lui, c'était du sérieux. Si elle l'aime toujours, on ne peut rien empêcher.

Une telle intervention était un exploit de sa part, elle qui depuis son mariage avec Bastien s'évertuait à ne jamais le contrarier ni s'opposer à son autorité. Elle avait toléré l'aversion de son mari pour Isaure, préférant fermer les yeux et se boucher les oreilles quand leur fille subissait des corrections injustes. Mais, là, son cœur de mère se révoltait timidement tant elle avait pitié de son garçon, qui ne méritait pas de vivre une existence cloîtrée, sans l'amour d'une femme.

— Merci, maman ! s'écria Armand. Ne t'inquiète pas, tu viendras me voir à Luçon quand tu voudras. Et vous, père, il faudra vous décider à embaucher quelqu'un, et non plus des journaliers, comme vous l'avez toujours fait.

Le métayer recula et empoigna la bouteille de gnole qui trônait devant lui. Il en but une rasade et s'essuya la bouche avec sa manche.

— J'ferai à mon goût, môssieur, puisque tu seras plus là pour donner ton avis. Vas-y, tire-toi avec ta catin. Tu auras vite des cornes, ça oui. Elle te fera cocu, histoire de plus voir ta face ravagée.

— Tais-toi, Bastien, tu es ignoble, là ! Ne dis pas des choses pareilles à notre fils ! s'égosilla Lucienne.

En larmes et secouée de frissons nerveux, elle était indignée.

— Quoi ? Je ne suis pas le dernier des crétins, éructa son mari. La fille Michaud, elle en veut à sa pension de guerre. Elle s'en fiche, de nous l'emmener, notre gars !

— Bon sang, ne dites pas de conneries, tonna Armand. Je vous ai tout expliqué, tout à l'heure. Geneviève n'a pas besoin de ma pension ; elle a hérité d'une maison et d'une vigne qui rapporte bien. Et autant être franc, père, même avant la guerre, nous avions comme projet de vivre à Luçon et d'y ouvrir une épicerie.

— Une épicerie ? Eh bé ! laisse-moi rigoler ! Tu feras fuir les clients, avec ta tronche, bégaya Bastien.

— Si vous n'étiez pas mon père, je vous casserais la gueule et on serait sur le même plan, tous les deux. Au fond, vous étiez content que je revienne, mais surtout parce que j'allais travailler aux champs ! Mon bonheur, vous vous en foutez !

Lucienne étouffa une plainte épouvantée. Elle claquait des dents, à présent, et, désespérée, elle appuya son front contre le manteau de la cheminée. Elle renonçait à prendre parti de peur d'attraper un mauvais coup, même si Bastien ne l'avait jamais frappée. « Mais pourquoi on en est arrivés là ? » se demanda-t-elle.

Le déroulement de la journée lui apparut, de l'abattage du cochon chez les Duvigne dans les cris stridents de l'animal sacrifié à l'odeur âcre du sang et des entrailles. Vers midi, ils avaient déjeuné dans la grange, et Bastien avait bu beaucoup de vin. Ils avaient ensuite continué leur besogne. Lucienne, elle, se réjouissait, contente de bavarder avec Janine, la fermière, une ancienne camarade d'école. « Je lui ai parlé d'Armand et elle a eu bien pitié, c'est sûr, mais elle m'a dit que c'était quand même une bénédiction qu'il soit vivant, même défiguré. Après, on s'est remis en route ; j'ai dû conduire la jument, sinon la calèche aurait roulé de travers, parce que Bastien était fin saoul. Misère ! Il a fallu qu'on croise monsieur le comte et madame la comtesse dans leur automobile. » Clotilde de Régnier avait jaugé son métayer d'un œil sévère tout en se plaignant à nouveau de la conduite d'Isaure. Ces pensées remplissaient Lucienne d'amertume, et la réaction de son mari à la décision d'Armand était loin d'arranger les choses.

— Une fille ingrate, Lucienne, avait-elle déclaré. Je suis mal récompensée des bontés que j'ai eues à son égard, mon Dieu. Il paraît qu'elle va se fiancer avec le fils Marot, celui qui est aveugle. Tant pis pour elle ! Son instruction ne lui servira pas à grand-chose.

Quant à son époux, le taciturne Théophile, il avait annoncé que son régisseur leur rendrait bientôt visite afin d'étudier les comptes de fin d'année. « Si seulement Armand avait attendu un peu pour causer de Geneviève ! » déplora sa mère, tandis que Bastien et son fils échangeaient des injures, à présent.

— Vous n'êtes qu'une brute, un imbécile, un jean-foutre, rugissait Armand. Si je pouvais, je m'en irais maintenant.

— Eh bien, barre-toi, aboyait Bastien. Fan de vesse ! j'aurais mieux fait de me couper les parties, au lieu de mettre au monde des gosses qui ne valent pas un clou. Sans compter ta sœur. Elle devait rester là, aujourd'hui, hein ? Mais non, elle est allée courir chez les gueules noires se faire trousser derrière un buisson…

— Isaure a bien du courage d'être encore ici, dans cette maison, répliqua le jeune homme, furieux. Savez-vous, père, je vais la remercier, quand elle rentrera. Oui, elle n'a pas donné ma lettre à Geneviève ce matin et c'est tant mieux, sinon ma fiancée ne serait sûrement pas venue, vu ce que je lui avais écrit. Au moins, j'aurai droit à un peu de bonheur, dès que je serai à Luçon, et j'y ai droit, au bonheur, comme ma sœur, comme ma pauvre mère qui a trimé toute sa vie pour vous. Si vous aviez fait la guerre, vous sauriez comme on apprécie le moindre petit plaisir, comme on a envie d'oublier l'enfer.

— Pas ma faute, si je suis inapte et chargé de famille, ricana Bastien.

Il tituba, sans lâcher la bouteille d'eau-de-vie qu'il brandissait en l'air. Lucienne s'affola. Si son mari buvait une goutte de plus, il deviendrait tout à fait impossible à raisonner.

— Monte donc, fiston ! Vous discuterez demain, ton père et toi. Il n'est pas en état de comprendre. Demain, il regrettera sa conduite et il te demandera pardon. Pourquoi tu nous as dit tout ça, aussi, aussitôt qu'on s'est pointés ?

Elle pleurait ; un rictus de frayeur tordait sa bouche. Armand eut un geste d'impuissance. Il regrettait bien d'avoir cédé à un élan d'enthousiasme en annonçant à ses parents qu'il épouserait Geneviève Michaud malgré tout. Il les avait accueillis tout joyeux, la tête soigneusement bandée d'un foulard, habillé d'une chemise propre et d'un pantalon en velours.

Mais, dès qu'il avait été question de son départ, Bastien Millet avait vu rouge. Ce fils dont la réapparition tenait du miracle, ce solide gaillard qui se disait prêt à le seconder, les abandonnait sans remords et repartait après quelques jours de repos, tout ça pour une femme.

— Engeance et damnation ! brailla encore le métayer, hagard, le teint sanguin, les yeux révulsés. Oui, monte donc, prépare ta valise, moi, j'vais pisser et visiter mes chevaux. Sont moins ingrats que les gosses.

Armand haussa les épaules et, sans prendre la peine de consoler sa mère, gravit l'escalier. Lucienne le suivit, alarmée. Ils entendirent claquer la porte principale sur ses vieux gonds huilés.

— Armand, dis, tu ne vas pas t'en aller ce soir ? implora-t-elle, une fois sur le palier. Ton père déraisonne, quand il boit.

— Maman, je n'appelle pas ça déraisonner. C'est un fou, oui, un être violent, bestial. Comment as-tu pu l'aimer ? Comment peux-tu vivre à ses côtés ?

— Bastien n'a jamais été méchant avec moi et je fais attention. S'il est en rogne, je ne l'approche pas. C'est mon mari.

Bouleversé, le jeune homme déroula le linge qui cachait son visage. Sa peau meurtrie affichait une teinte rosâtre et un aspect moite.

— Je n'aurais pas pu travailler sur les terres de la

métairie, dit-il. Ce serait trop pénible, la sueur ou le froid. Geneviève prendra soin de moi.

— Je m'en doute, c'est une brave fille. Allons, repose-toi, je te monterai de quoi dîner. J'ai du chagrin que tu nous quittes, mais, si tu es heureux malgré ce qui t'est arrivé à la guerre, c'est tant mieux.

Armand prit la main de sa mère et l'étreignit. Lucienne réprima un sanglot.

— Ne te soucie pas de moi, maman. Je serais incapable de manger quoi que ce soit. J'ai des cachets qui aident à dormir. On m'en a donné une boîte à l'hôpital. Je vais en prendre un et me coucher. Isaure ne tardera pas. Dis-lui de se méfier de père.

— Oh ! à mon avis, il finira allongé dans le foin et il dormira jusqu'à l'aube.

— Dieu soit loué ! soupira-t-il. Maman, je ne lui pardonnerai jamais ce qu'il m'a dit. Saoul ou pas, il aurait dû me témoigner un peu de respect, à défaut d'amour.

Chez Marcel et Viviane Aubignac, même heure

Debout près du piano dans le luxueux salon de ses patrons, Geneviève était confrontée, quant à elle, au désappointement de la ravissante Viviane, lovée au creux d'un fauteuil en cuir. Son époux faisait les cent pas, l'air déçu, lui aussi.

— Je devrais vous obliger à travailler pour nous encore un mois, Geneviève, dit-il en allumant un cigare. Déjà, nous vous avons accordé un congé exceptionnel, votre mère ayant besoin de vous. Vous êtes juste de retour et vous nous annoncez tout de go votre démission.

— Mon mari dit vrai, c'est très incorrect, Geneviève, renchérit Viviane. Admettez que votre décision précipitée manque de sérieux. Il faut réfléchir.

Rouge de confusion, la jeune femme gardait la tête baissée. Elle avait hésité à prévenir le couple sur-le-champ, mais, après avoir veillé aux menus de la fin de semaine, tapé trois lettres et préparé la table du dîner, elle s'était vue libre de toute contrainte, à Luçon avec Armand.

— Madame, monsieur, je dois solliciter votre bienveillance ! s'était-elle écriée. Je vais me marier prochainement et je compte m'en aller vendredi. Mon fiancé est revenu, un grand blessé de guerre.

Marcel Aubignac l'avait d'abord félicitée, mais son épouse s'était lancée dans une série de jérémiades, invectivant Geneviève sur un ton rancunier. Ils en étaient là, à lui reprocher son départ.

— J'ai réfléchi des années, madame, dit-elle à l'adresse de Viviane. Je refusais de croire à la mort d'Armand. Je l'aimais tant ! Quelque chose me disait de l'attendre, même ces deux dernières années. J'ai appris qu'il était vivant dimanche grâce à sa sœur, Isaure Millet.

— Millet, les métayers du comte, marmonna Aubignac. Oui, je me souviens, vous fréquentiez un de leurs fils avant la guerre.

— Tu as bonne mémoire, Marcel, ironisa Viviane. Geneviève ne travaillait pas encore chez nous et tu venais de prendre la direction de la compagnie. Il faut croire que tu regardais les jolies filles du pays !

Il ne daigna pas répondre. Sa femme ajouta en pointant un index accusateur en direction de sa gouvernante :

— Je ne m'en sortirai pas sans vous, Geneviève, surtout en décembre. Nos enfants vont rentrer de pension pour les congés de Noël et je reçois la famille de mon époux ainsi que mes cousins de Niort. Seigneur, soyez charitable, restez au moins jusqu'au 2 janvier.

— Non, madame, je suis navrée. Je préfère partir vendredi, même si je perds les gages de cette semaine. Quand on retrouve un être cher, un fiancé qu'on a pleuré si longtemps, chaque jour devient précieux.

— Soit, soit, mais vous me mettez dans l'embarras. Jamais je ne dénicherai une personne convenable d'ici les fêtes, gémit Viviane. De plus, mon mari s'absente sans cesse. Je ne supporte pas d'être seule dans la maison.

— Seule, c'est vite dit, se moqua Aubignac. Il y a la cuisinière et son gamin de quatorze ans, la bonne et le jardinier. Dans dix jours, nous aurons deux nouveaux dogues bien dressés. Je les ai payés un bon prix.

Soulagée, Geneviève se vit déjà installant Armand dans leur nid, à Luçon. Sans raison précise, ou bien à cause de son rêve éveillé, elle pensa à Isaure.

— Madame, dit-elle doucement, je pourrais vous conseiller quelqu'un, la sœur de mon fiancé, Isaure. Elle remplacera l'institutrice, madame Maillard, qui prend sa retraite en octobre. Je vous l'assure, c'est une jeune fille instruite, discrète, capable et d'une bonne éducation, grâce à la comtesse de Régnier.

Marcel Aubignac leva les bras au ciel, l'air consterné.

— Justement, nous avons eu la visite de la

comtesse, hier, et nous en avons entendu de belles sur cette demoiselle. Il paraît qu'elle a envoyé sa bienfaitrice au diable, refusant ses bontés. Comble de tout, votre Isaure, Geneviève, parle de feux follets, de Gilles de Rais et pourquoi pas des sorcières ? En plus, il semble qu'elle cherche à se faire épouser du fils Marot, l'aveugle.

— Ce sont des racontars, monsieur. Isaure plairait à madame, j'en suis sûre. Elle est ravissante. Elle a les cheveux noirs et les yeux très brillants d'un bleu sombre, en plus de posséder les qualités que j'ai déjà évoquées.

— Je l'ai sans doute déjà aperçue, hasarda Viviane, intéressée. Quitte à vous perdre, Geneviève, autant engager une originale et une beauté. J'ai besoin de compagnie avant toute chose. Venez avec elle jeudi.

Aubignac secoua la tête, renonçant à comprendre les caprices de son épouse. Il se servit un cognac et s'assit près du feu qui crépitait dans la haute cheminée en marbre.

— Je vous remercie de votre compréhension, chère madame, disait Geneviève. Si vous prenez Isaure à l'essai ce mois-ci, je la mettrai au courant de tout le nécessaire.

— Je l'espère, répondit Viviane, une moue boudeuse sur ses lèvres fardées. Allons, je vous aime bien et je vous souhaite bien du bonheur. Est-il beau, votre futur mari ?

— Oui, madame, un très beau garçon !

Sur ce pieux mensonge, Geneviève s'inclina gracieusement et sortit de la pièce.

Métairie du château, un peu plus tard

Isaure s'apprêtait à traverser la cour de la métairie. Fidèle à une habitude de son enfance, elle alla d'abord caresser le chien, qui bondissait vers elle en tirant sur sa chaîne.

— Là, je suis là, Riton. Sage ! Tu vas t'étrangler, à force.

L'animal se dressa sur ses pattes arrière et fit le beau. La jeune fille le gratta sur le sommet du crâne. Elle avait flâné en chemin, toujours exaltée par les images de sa journée, tour à tour triste ou contente quand elle pensait à la petite Anne, émue en évoquant la tendresse de Jérôme et l'affection que lui avait montrée Honorine.

En marchant vers la vieille bâtisse imposante où elle était née, elle n'avait même pas éprouvé la crainte coutumière, celle de subir la mauvaise humeur de son père. Armand serait là, elle lui offrirait le coquillage et il lui dirait : « Merci, sœurette ! »

Pourtant, son destin allait basculer et elle se souviendrait durant des années de cet instant. Noyé de brume, le décor environnant dégageait une atmosphère fantasmagorique. Le clocher de Faymoreau sonnait six heures. Il y avait de la lumière dans l'écurie, et un cheval hennissait.

« Je leur ai donné du foin ce matin, aux bêtes, avant de monter au village », songea-t-elle, car c'était sa tâche favorite.

Une silhouette d'homme se dressa soudain devant elle. Une faible luminosité, justement en provenance de l'écurie, jouait sur le faciès crispé de Bastien Millet. Il tenait à la main le fouet d'ordinaire rangé sur la calèche.

— Père ? murmura-t-elle, figée sur place.

— Viens donc par là, Isaure… crut-elle entendre de façon assourdie tant son cœur cognait fort.

Rompue à l'obéissance, elle avança d'un pas. Le chien fila dans sa niche. Le métayer bondit en avant, attrapa sa fille par le bras d'une poigne implacable et l'entraîna dans l'ombre du hangar. Isaure sentit le parfum printanier des bottes de foin entassées.

— Père, qu'avez-vous ? demanda-t-elle dans un souffle.

— Ce que j'ai ? Sale garce, tu as bien semé la pagaille, eh, en allant causer à Geneviève Michaud ! Elle est venue le relancer, lui faire de belles promesses, et ce couillon a tout gobé. Il part vivre en ville. C'était trop simple que tu restes chez nous avec ton frère ? Si tu avais été là, elle serait pas entrée, l'autre garce.

— Mais Armand m'a demandé de lui parler ; je ne pouvais pas refuser, père !

Il la secouait avec une violence rare, la tenant à présent par les épaules. Prudente, Isaure évita de se débattre ou de crier pour ne pas exciter la rage de son père, qui empestait l'alcool.

— Et la lettre, espèce d'andouille, tu pouvais point la donner ce matin, à sa catin ? Ben non, fallait rejoindre ton promis, avec ses yeux crevés, et coucher avec lui ! En une journée, t'as fait not' malheur !

Isaure reçut une première gifle, puis une autre. La lèvre supérieure fendue, elle perçut le goût du sang. Mais ce n'était qu'un début. Son père la jeta par terre et commença à la fouetter, un coup sur les cuisses, un second dans le dos. Elle se cacha le visage derrière ses bras croisés et roula plus loin, hébétée, muette de terreur comme elle l'était enfant lorsqu'elle était confrontée aux colères soudaines du métayer. Son manteau en drap de laine l'avait protégée, atténuant la douleur cuisante que provoquaient les lanières en cuir.

— Où es-tu, petite putain ? gronda-t-il. Je te guettais, figure-toi, parce que, ce soir, je te fous dehors ! J'veux plus te voir ici. Ton frère, avec sa gueule cassée, y se barre. Alors, toi aussi tu fiches le camp. Où es-tu, bordel ?

Elle s'était réfugiée, en rampant, sous la calèche. Il faisait noir et Bastien la cherchait en vain. « Je dois hurler, appeler Armand au secours », se disait Isaure sans oser pousser le moindre gémissement, sachant qu'aucun son ne sortirait de sa gorge serrée par l'épouvante.

D'un mouvement de reins, elle parvint de l'autre côté du véhicule. Il lui suffisait de courir le plus vite possible pour sortir du hangar, de traverser la cour pour de bon, de se ruer à l'intérieur de la maison et elle serait hors de danger. Cependant, effrayée, elle tenta de calmer son père.

— Je n'ai rien fait de mal. Je vous en prie, laissez-moi passer. J'étais à Saint-Gilles-sur-Vie avec madame Marot. J'ignore pourquoi Geneviève est venue voir Armand.

En se guidant au son de sa voix, Bastien se rua sur elle. Il la saisit par la nuque, d'abord, puis remonta, attrapa son chignon et, sa prise bien assurée, tirant sans pitié sur ses cheveux, il la traîna hors du bâtiment.

— Si tu cries, je t'arrache la crinière, menaça-t-il tout bas.

Ils arrivèrent ainsi sur le chemin qui menait à la route. Là, le métayer lâcha prise, mais il fit claquer le fouet.

— Va-t'en, Isaure, file de mes terres, petite traînée ! T'es plus ma fille, t'es plus rien.

— Père, où voulez-vous que j'habite ? Et mes vêtements, j'ai les pieds trempés. Je peux au moins me changer ! Je m'en irai demain.

— Oh non, pas demain ! susurra-t-il.

Cette fois, Isaure sentit la morsure du cuir sur sa main gauche et sur sa cheville droite. Une bouffée de rage la submergea. Elle recula, horrifiée.

— D'accord, je m'en vais, et je ne reviendrai pas, puisque mon frère s'en va lui aussi. Il a bien raison, vous êtes un monstre, un malade mental, un salaud, une brute épaisse ! Tuez-moi donc, si ça vous fait plaisir. De toute façon, vous ne m'avez jamais aimée, jamais, pas une seconde. Vous pourriez crever devant moi, je ne ferais pas un geste ! Adieu, monsieur Millet, vous n'êtes plus mon père, vous ne l'avez jamais été !

— Veux-tu te taire ? vocoféra-t-il, prêt à la fouetter de nouveau.

Mais elle avait ramassé une pierre qu'elle lui lança de toutes ses forces. Touché à l'épaule, il poussa un grognement furibond. Isaure se mit à courir à toutes jambes, bientôt happée par la nuit d'hiver et ses brouillards. Elle avait perdu son sac à main, et son visage tuméfié la faisait souffrir ; cependant, rien n'aurait pu ralentir sa fuite. Une demi-heure plus tard, haletante et la gorge en feu, elle longeait les façades du coron de la Haute Terrasse.

— Thomas, aide-moi, Thomas, au secours, chuchotait-elle.

Les volets étant clos pour la plupart, l'alignement familier des maisons toutes semblables d'un seul étage lui faisait l'effet d'une barrière presque infranchissable entre la vie normale, les gens ordinaires et sa propre condition. Comme perdue au sein d'une nuit de cauchemar froide et humide où régnait une brume légère, elle hésita devant la porte des Marot. À coup sûr, Jérôme l'accueillerait à bras ouverts, Honorine et Gustave aussi, mais elle n'avait pas le courage d'affronter les inévitables questions qu'ils poseraient, ni leur indignation, ni leur pitié.

« Je veux voir Thomas », songeait-elle sans avoir conscience de l'allure qu'elle avait, échevelée, la bouche en sang, les joues marquées de stries rosâtres. D'un pas chancelant, elle s'avança près de la fenêtre du coron dévolu aux jeunes mariés. Le hasard avait voulu que Jolenta, ce soir-là, n'ait pas encore crocheté les volets. Mais les rideaux en lin blanc étaient soigneusement tirés derrière les carreaux, ne laissant qu'un mince interstice. Ce fut cependant suffisant à Isaure pour apercevoir le couple.

Leurs cheveux blonds brillaient sous la lampe électrique ornée d'un abat-jour en verre. La scène aurait pu charmer un témoin impartial, mais tel n'était pas le cas. Thomas était en gilet de corps ; ses bras musclés enserraient avec tendresse sa belle épouse, assise sur ses genoux, et ils s'embrassaient à pleine bouche. Après ce baiser langoureux, Jolenta désigna une assiette posée sur la table. Thomas y prit un morceau de brioche qu'il fit manger à sa femme, rieur, en la regardant d'un œil ébloui.

Isaure recula précipitamment, son cœur amoureux brûlé au fer rouge. Il lui sembla vain d'implorer du secours là, auprès du séduisant fantôme de son grand ami de jadis.

Elle s'éloigna en ravalant des sanglots de déception. Il lui vint l'idée de se réfugier chez Geneviève, mais elle lui en voulait trop. Durant sa marche forcenée vers Faymoreau, la fiancée d'Armand lui était apparue comme une traîtresse, venue en cachette à la métairie pour lui voler son frère sur qui elle fondait tant d'espoir d'affection et de protection.

La fatigue et la nervosité rendaient ses pensées confuses. Elle venait de passer une des meilleures journées de sa jeune vie, mais la violence et le mépris de Bastien Millet l'avaient rattrapée pour bien gâcher sa joie.

Isaure passa un doigt tremblant sur ses lèvres douloureuses. Elle se sentait d'une fragilité extrême, privée d'un bon feu, de vêtements secs et d'un peu de nourriture.

« Le père Jean, l'église… Non, le presbytère, je dois aller frapper à la porte du presbytère. »

Malgré une foi défaillante, elle devenait pareille aux réprouvés des anciens temps qui réclamaient asile sur le seuil des lieux saints. Vaguement apaisée, elle pressa le pas et s'engagea dans une ruelle étroite qu'empruntaient souvent les mineurs pour se rendre au café-restaurant. C'était une voie étroite et mal éclairée où elle croyait ne croiser aucun villageois.

Le sort joua contre elle. Deux piqueurs polonais se trouvaient là, occupés à siroter une bouteille de vodka. Ils avaient l'âge d'Isaure et le besoin d'oublier les heures de labeur dans les profondeurs de la terre vendéenne.

— Hé ! mademoiselle, bredouilla d'une voix pâteuse celui qui la vit le premier. Vous venez boire un coup avec nous ?

— Contre un baiser, plaisanta le second en s'approchant d'une démarche titubante.

Isaure voulut l'éviter en longeant le mur d'en face, mais il la rattrapa et elle se retrouva plaquée au mur, prisonnière des bras du plus corpulent.

— Je veux bien boire un coup, mais vous n'aurez pas de baiser, répondit-elle sans éprouver aucune crainte, rendue téméraire par l'intensité de son désespoir et de sa colère.

— Pas fiancée, au moins ?

— Non, pas fiancée ni rien du tout, cracha-t-elle d'un ton sec en rejetant Jérôme dans les ténèbres.

Sa désillusion était profonde. Pire encore, Isaure se sentait entraînée au fond d'un gouffre de désespoir dont elle ne remonterait pas. Elle venait de payer trop cher une journée de joie, frappée, chassée, humiliée et confrontée de surcroît au bonheur de Jolenta. Aussi le frère de Thomas ne lui inspirait-il plus aucun sentiment. Armand lui-même la laissait indifférente, lui qui était si pressé de fuir le pays et sa petite sœur. Tout en respirant l'haleine au relent d'éther du Polonais, elle imagina Geneviève prête à lier son destin à une gueule cassée, cela par amour.

— Vous savez ce que c'est, au moins, l'amour ? demanda-t-elle soudain d'une voix dure, comme pour mieux piétiner ses propres sentiments et les élans de sympathie qui l'avaient amenée là, dans cette ruelle sombre, loin de tout secours.

— Oui, amour bien plaisant, ricana l'un d'eux en lui tendant la bouteille d'alcool.

Isaure s'en empara et but avidement. Elle se souvenait de la sensation si agréable d'ivresse qu'elle avait éprouvée le soir du mariage de Thomas, une impression de libération qui rendait le rire facile et dissipait la timidité.

— Hé ! attention, c'est fort, dirent-ils en chœur quand elle but à nouveau, la tête renversée en arrière. Sinon, faudra donner un baiser, non, deux baisers, un à chacun…

Ils distinguaient mal ses traits, sinon ils auraient constaté l'état de son visage et l'auraient sans doute laissée tranquille. Mais l'occasion était trop belle et le plus audacieux noua ses mains autour de sa taille. « Pourquoi pas ? songeait-elle. Je saurai peut-être ce qui attache un homme à une femme ou vice-versa ! Je m'en fiche, de rester vierge. Je m'en fiche… »

Déjà sonnée par la vodka et également réchauffée, elle ferma les yeux, comme en signe de docilité. Cependant, derrière ses paupières, elle crut deviner une soudaine clarté. Au même moment, des pas résonnaient, assortis d'une exclamation furibonde.

— Police ! Arrêtez ça tout de suite !

Il y eut le bruit d'une galopade. Les Polonais décampaient à vive allure.

— Bon sang, Isaure ! s'écria Justin Devers.

L'inspecteur braquait sa lampe de poche sur elle, découvrant les dégâts qu'avait causés la fureur vengeresse du métayer. Il se trompa néanmoins de coupable.

— Ce sont ces deux types, qui vous ont frappée ? s'enflamma-t-il, hors de lui. Et ils ont filé !

Ahurie autant qu'aveuglée par le faisceau lumineux, elle tourna la tête en grognant un non indifférent.

— Qu'est-ce que vous faites là, toute seule dans cette ruelle à la nuit tombée ?

Une réelle angoisse vibrait dans la voix de l'inspecteur. Il éteignit sa lampe et prit Isaure par le bras.

— Je ne sais pas où aller, avoua-t-elle. Père avait bu ; il m'a battue. Moi aussi, j'ai bu avec les deux gentils mineurs. Je suis à la rue, inspecteur, enfin, à la campagne, parce qu'il n'y a pas de rue devant la métairie.

Elle avait du mal à s'exprimer et tenait à peine debout. À la fois attendri et révolté, Justin dut la soutenir.

— Votre père… Il faudrait l'enfermer. Hélas ! les prisons seraient vite pleines si on enfermait tous les pères qui passent leurs nerfs sur leurs enfants, dit-il tout bas, comme pour lui-même. Venez, Isaure. Puis-je vous offrir à dîner bien au chaud ?

Elle approuva en silence, étonnée d'être prise en charge. Lui, de son côté, constata qu'il l'avait appelée par son prénom sous le coup d'une vive émotion.

— Mademoiselle Millet, excusez-moi, je me suis montré familier. Venez, je vous emmène à l'*Hôtel des Mines*. J'ai de quoi vous donner à manger. Si je vous conduisais maintenant au restaurant, on s'imaginerait que je vous ai passée à tabac.

— Passée à tabac, ça veut dire quoi, ça ?

— Cogner sur un suspect pour obtenir des aveux, par exemple.

Isaure ne fit aucun commentaire. Elle aspirait à un abri sûr, à quitter ses bottines et ses bas trempés, à avaler quelque chose de chaud.

— Où seriez-vous allée si je ne vous avais pas rencontrée ? s'enquit-il avec douceur.

— Je voulais dormir au presbytère. Monsieur le curé était obligé de m'héberger. Vous savez, la fameuse charité chrétienne !

*

Cinq cents mètres plus loin, dans une maison basse, Gustave Marot discutait de banalités avec Stanislas Ambrozy en présence de son fils Pierre, le galibot amputé d'une jambe. Une toile cirée couvrait une table ronde sur laquelle étaient disposés une bouteille de vin blanc et trois verres.

Assis au milieu d'un banc en bois délavé, le pâle adolescent était soucieux. La visite tardive de Gustave l'intriguait. Les deux hommes travaillaient dans la même équipe ; ils avaient souvent la possibilité de se parler.

— Sors deux minutes, Piotr, lui indiqua son père. Je crois bien que monsieur Marot veut me causer en tête-à-tête.

— Il peut rester, Stanislas, protesta le mineur. Vous avez assez fait de cachotteries à vos gosses. Puisque Jolenta a mis Thomas au courant au sujet de votre arme, Pierre a le droit de savoir.

— Et si je n'étais pas d'accord ? tonna le Polonais. Je suis chez moi, ici, je fais à mon idée.

Pierre ne bougea pas, mais il baissa la tête, mal à l'aise, avant de déclarer très vite :

— Je savais que papa avait un pistolet.

— De mieux en mieux, s'emporta Gustave. Le problème, c'est que ta sœur a vendu la mèche à Thomas pendant leur lune de miel. Alors, si on ne prend pas une décision, nous aurons tous des ennuis. On nous accusera d'entrave à la justice, ou bien de faux témoignages. Il paraît qu'on vous a volé l'arme. Est-ce vrai ?

Stanislas Ambrozy soupira. Il servit le vin et désigna un verre à son visiteur.

— Je n'ai pas confiance dans la police ! s'écria-t-il. Comme ils n'ont pas de coupable, ils vont me mettre en prison. Tant que je ne dis rien, ils ne peuvent pas m'accuser.

Excédé, Gustave déambula dans la pièce sombre, dont le dépouillement l'attristait. Les efforts de Jolenta pour égayer le logis, un des plus anciens de Faymoreau, se voyaient aisément, mais le désordre régnait.

— Ambrozy, nous avons trimé dur ensemble, dit-il, nous avons creusé côte à côte pour délivrer nos fils, le mois dernier, votre gamin et le mien, enfermés sous terre. Vous vous souvenez ? Vous me connaissez, quand même ! Je ne vous veux que du bien. Si j'ai un conseil à vous donner, c'est de raconter cette histoire de vol à l'inspecteur Devers. Ce flic pratique l'ironie et la froideur. Seulement, je le pense honnête et intelligent. Vous avez tout intérêt à ne rien lui cacher.

— Mais je n'ai pas tué Boucard, gronda le Polonais. Je ne veux pas aller en prison alors que je n'ai rien fait de mal.

— Qui vous dit que vous irez en prison ? En donnant la marque de votre pistolet, il y a des chances que vous soyez innocenté immédiatement. Ils ont forcément la balle, donc le calibre et le modèle de l'arme.

— Sauf si le porion a été assassiné avec l'arme de papa, dit Pierre d'une voix émue. Peut-être qu'on la lui a volée exprès en vue de tuer le porion. C'est ma faute, tout ça.

— Non, Piotr, tu n'y es pour rien ! rugit son père.

— Là, je ne comprends pas, s'étonna Gustave.

— Papa a acheté le pistolet à cause de moi, avoua le galibot. Pour les chevaux… Au mois de septembre, le vieux Cachou s'est brisé un membre dans une galerie à cause d'une berline qui s'est détachée et qui lui a foncé dessus. Ce pauvre cheval, il était couché par terre. Les hommes l'ont tiré où ils ont pu pour qu'il ne gêne pas le transport de la houille. Pendant des heures, Cachou a souffert, le temps de prévenir quelqu'un d'en haut et de trouver un fusil pour l'abattre, mais il fallait l'achever à l'extérieur. J'en ai vomi, moi, de voir le cheval comme ça. Une autre bête l'a remorqué. Sa patte cassée se cognait ; je me disais qu'il subissait un martyre. Je pensais à Danois, le cheval que j'aime tant, et j'avais peur qu'il lui arrive la même chose un jour. Papa m'a alors promis de garder un pistolet sur lui pour l'achever tout de suite si ça se produisait.

Sidéré, Gustave Marot roula des yeux incrédules. Il ne gobait pas un mot du discours de Pierre.

— Attendez une seconde, là ! Vous me prenez pour un imbécile, tous les deux ? Vous tenez à votre salaire, Ambrozy. Dites, depuis quand on est autorisé à descendre une arme à feu dans la mine ? Chaque jour, un cheval peut avoir un accident. Ça signifie que vous aviez le pistolet sur vous ? C'était le renvoi pur et simple, si le directeur l'avait appris.

— Non, non, je le laissais à la maison, bien caché. En cas de nécessité, j'aurais couru le récupérer.

— Personne n'avalera votre fable, mon pauvre Stanislas.

— C'est pourtant la vérité, m'sieur Marot, affirma l'adolescent. Là-bas, en Pologne, mon grand-père avait des chevaux. Papa en avait soin et il les aimait autant que je les aime. Faut les aimer comme nous pour comprendre. Dites-le à Thomas, tout ça.

Pierre tendait vers Gustave son jeune visage inquiet aux joues semées de taches de rousseur. Il paraissait sincère.

— Je le lui dirai, petit. Je ne vous dérange pas plus longtemps. Quoi qu'il en soit, Ambrozy, réfléchissez. Le mieux est surtout de dire la vérité à la police.

Le Polonais haussa les épaules, muré dans sa réprobation et sa méfiance.

10

Justin Devers

Hôtel des Mines, mardi 7 décembre 1920,
même soir

L'inspecteur Devers venait de faire entrer Isaure dans la pièce que Marcel Aubignac lui avait attribuée ; elle était assez spacieuse et équipée d'un cabinet de toilette rudimentaire. De plus en plus intrigué par le mutisme de la jeune fille, il actionna l'interrupteur. Durant le trajet jusqu'à l'*Hôtel des Mines*, elle n'avait pas soufflé mot, pas plus qu'une fois à l'intérieur du vaste bâtiment et dans l'escalier central.

— Je crois que vous dormez debout, mademoiselle Millet, dit-il en adoptant un ton neutre.

— Non, je pensais à des choses, marmotta-t-elle en guise de réponse. Mais c'est vrai que je suis fatiguée. De plus, j'ai tellement faim et soif !

Un gros poêle en fonte émaillée chauffait le logement. Justin ouvrit un placard d'où il sortit un bocal contenant des grillons[1], du pain et une bouteille de vin. Il déposa le tout sur une table où se trouvaient un réchaud à alcool et une carafe d'eau.

1. Mets typique de la région vendéenne. Viande de porc cuite en petits morceaux dans la graisse.

— Je peux vous faire un café ou un thé, proposa-t-il, plus gêné qu'il ne l'aurait imaginé d'être là avec elle en tête-à-tête.

— Du thé comme madame la comtesse ? s'étonna-t-elle.

— J'apprécie le thé. Ne vous moquez pas. Bon, que puis-je faire pour vous, dans l'immédiat ? Je ne vous propose pas de bain chaud ni de douche. Des sanitaires existent, mais à l'infirmerie, et je n'ai pas la clef.

— J'ai les pieds gelés. Mes bas et ma jupe sont trempés et j'ai du chagrin. Je vais me déchausser, si vous ne regardez pas.

Sous la clarté de l'ampoule électrique, le visage d'Isaure avait de quoi impressionner. Le policier éprouva un début de rage contre le métayer, capable de cogner sa propre enfant avec tant de hargne.

— Vous êtes bien arrangée, soupira-t-il. J'ai de quoi désinfecter votre lèvre, mais, pour le reste, vous aurez des ecchymoses durant deux ou trois jours. Je vais vous prêter une paire de chaussettes et un caleçon long. Tout est propre, évidemment. Quant au chagrin, je ne peux pas trop y remédier. Vous avez tendance à me fuir.

Isaure s'était assise à table. Elle arracha un bout de pain dans lequel elle mordit, non sans une grimace de douleur.

— J'étais heureuse, ce soir, en rentrant chez moi, murmura-t-elle. Je suis allée au bord de la mer, oui, à Saint-Gilles-sur-Vie. Là-bas, une petite fille très mignonne va mourir. Il n'y aura pas d'inspecteur pour chercher son assassin. Je me demande si c'est

Dieu ou la tuberculose. L'un comme l'autre, on ne peut pas les mettre en prison.

Elle pouffa nerveusement, tandis que Devers, penché sur sa valise, en fouillait le contenu. D'un geste vif, elle s'empara de la bouteille de vin et but au goulot. Déjà, la vodka des jeunes mineurs polonais l'avait détendue, mais elle voulait être ivre afin d'oublier l'image obsédante de son père surgissant de la nuit.

— Hé ! doucement, protesta l'inspecteur qui la surprit en train de reprendre son souffle, prête à boire encore. Isaure, vous devriez savoir que l'alcool ne résout rien et qu'il ne fait que changer tant les hommes que les femmes en imbéciles. Vous en avez eu la preuve, il me semble !

— Je m'en fiche, déclara-t-elle. Je ne peux jamais être contente, jamais. Aujourd'hui, j'étais contente de moi, j'avais fait rire la pauvre petite Anne, Anne Marot, la sœur de Thomas, et je lui ai rapporté un coquillage de la plage. J'en avais un pour mon frère, aussi, Armand, le pauvre Armand.

— Une seconde ! Vos deux frères sont morts à la guerre !

— Pas Armand, il est revenu… défiguré, hoqueta Isaure. Dimanche, j'allais le dire à Geneviève quand je vous ai croisé. J'aurais mieux fait de me taire. Parce que, voilà, inspecteur, Geneviève, elle a récupéré son fiancé et ils s'en vont, à Luçon, sans doute. Alors le père, enfin, il paraît que c'est mon père, ce type-là, il a dit que c'était ma faute, c'est toujours ma faute. Je n'avais pas le droit d'aller au bord de la mer, de voir l'océan, non, je devais garder mon frère, empêcher Geneviève de le récupérer, son grand amour. Et le mien, mon grand amour, je l'ai revu, ce soir. J'ai regardé à leur fenêtre, la fenêtre des jeunes mariés. Si vous saviez, Thomas avait sa Jolenta chérie sur ses genoux ; il lui donnait à manger comme si c'était un bébé. Et moi, j'étais dans le noir, toute seule, et j'avais froid aux pieds. Bastien Millet m'a chassée. Je n'ai pas pu me changer.

Elle réprima un sanglot en repoussant une mèche de cheveux qui pendait sur son front. Pendant qu'elle parlait, Justin avait pris dans sa boîte à pharmacie personnelle un morceau d'ouate qu'il imprégnait de solution de Dakin[1].

— Là, là, ne pleurez pas. Tout ça n'en vaut pas la peine, Isaure. Tenez bon jusqu'à votre majorité ou votre mariage, et votre père ne pourra plus vous faire de mal.

Il tamponna avec une extrême délicatesse sa lèvre inférieure tuméfiée. Elle ferma les yeux, le souffle suspendu, tandis qu'il savourait en secret le plaisir discret de la soigner, d'effleurer sa bouche dont le dessin le fascinait.

— Je ne vous ai pas fait souffrir ? demanda-t-il quand ce fut terminé.

— Non, mais je n'aime pas l'odeur de votre produit.

— J'aurais volontiers passé de la pommade sur vos joues. Hélas, je n'en ai pas. Il faudrait une préparation à base d'arnica.

1. Solution antiseptique de couleur rose à odeur d'eau de Javel, mise au point pendant la Première Guerre mondiale par le chimiste Henry Dakin.

— Vous vous y connaissez, dit-elle d'un ton las. Ma nourrice me badigeonnait de baume à la consoude, quand je me cognais, petite fille.

— Ma mère s'en servait également. J'étais du genre casse-cou.

— Elle s'appelait Huguette, ma nourrice. J'ai beaucoup pleuré le jour où mes parents sont venus me chercher chez elle. J'avais quatre ans ; je croyais que c'était elle, ma mère. J'aurais préféré, au fond.

Justin l'écoutait, ému par l'étendue de sa détresse, par son air de poupée martyrisée. Il ne releva pas le fait qu'elle avait enfin avoué, sous l'effet de l'ivresse, sa passion pour Thomas Marot, ce qui confirmait ses soupçons.

— Est-ce que votre père vous a souvent battue ? interrogea-t-il en s'approchant d'elle.

— Oui, souvent, quand j'étais fillette, quand j'ai grandi, dès que j'ai eu l'air d'une femme, et ce soir… Avant, c'était pour me punir de mes bêtises. Si je détachais le chien, si j'oubliais de refermer l'enclos des chevaux et d'autres choses. Mais, dites, ça vous intéresse vraiment ?

Isaure dévissa le couvercle du bocal de pâté, attrapa un couteau resté sur la table et se fit une tartine.

— Une pessaille, une bonne pessaille ! marmonna-t-elle.

— Vous ne voulez pas vous changer d'abord ? demanda Justin. Tenez, des chaussettes en laine et un caleçon long qui remplacera vos bas.

— Merci, monsieur l'inspecteur, s'écria-t-elle en éclatant en sanglots.

— Allons, allons, du cran, fit-il d'une voix qui se

voulait sévère, mais qui ne l'était pas vraiment. Soit vous passez dans le cabinet de toilette pour enfiler ça, soit j'y vais pour vous laisser seule ici. Vous serez tranquille, ainsi.

Comme elle commençait à délacer ses bottines, Devers jugea bon de la laisser. Il s'enferma dans le local exigu en se retenant de penser au corps d'Isaure, à ses jambes, à ses cuisses, autant de charmes qu'elle était en train de dénuder. Il fixa un point du plafond et essaya de se concentrer sur l'enquête dont il serait bientôt dessaisi, étant donné le manque de résultats. « Samedi, je tourne la page "Faymoreau" où je n'aurais jamais dû venir, songea-t-il. Isaure Millet, vous avez séduit un célibataire endurci… »

Soudain, elle l'appela de sa voix grave et feutrée. Il sortit de son réduit avec soulagement.

— Je suis bien, maintenant, affirma-t-elle.

L'inspecteur considéra les bottines en cuir assombries par l'eau de mer et les bas noirs gisant sur le parquet. Isaure avait défait ses cheveux qui croulaient dans son dos, masse noire et ondulée, cependant emmêlée. Sa longue jupe, fort démodée, était retroussée à hauteur des genoux et il aperçut ses mollets moulés dans son caleçon gris, ainsi que les chaussettes en laine roulées au niveau des chevilles. Il céda à l'attendrissement sans le montrer.

— Je ne le dis qu'à vous : mon père m'a traînée sur plusieurs mètres en me tenant par mon chignon, annonça Isaure. Ça fait mal, très mal.

— Je vous plains. Cet homme mériterait une solide correction à son tour. Hélas ! rien ne m'autorise à la lui servir. Vous êtes mineure, et la loi ne prévoit pas de sanctions contre les parents de ce genre.

Elle hocha la tête, manifestement épuisée. Il remarqua alors une zébrure rouge sur sa main gauche. Debout derrière elle, il désigna la blessure.

— Et ça ?

— Oh ! un coup de fouet… Inspecteur, laissez tomber, vous ne changerez pas le monde, encore moins Bastien Millet. Je ne le reverrai plus, plus jamais. Il m'a interdit de retourner à la métairie et j'obéirai.

Justin attira un tabouret près de la table et s'installa en face d'Isaure.

— Où comptez-vous vivre, dans ce cas ? s'enquit-il. De toute façon, il faudra bien que vous alliez là-bas chercher vos affaires. Moi, je pars samedi matin. Le procureur de la République m'envoie sur une autre affaire, un crime crapuleux du côté de Fontenay-le-Comte. Les gens d'ici pratiquent la loi du silence. Mon adjoint est de mon avis : rien ne les fera parler. Pas question de trahir un collègue de travail, de raconter les faits et gestes d'un voisin. L'épouse du porion assassiné ment sur certains détails, j'en suis sûr, mais elle se ferait tuer plutôt que de m'aider.

— Vous partez en vrai ? questionna Isaure, qui luttait contre un début de somnolence.

— En vrai, répéta-t-il, sauf si j'ai une piste sérieuse. Pour être franc, l'univers de la mine me déplaît. Dimanche, je suis descendu dans le puits du Centre, bien en vain, mais je me suis encore une fois demandé comment des hommes, des gamins parfois, peuvent travailler dans de telles conditions.

Même à la surface, une journée ici compte double, avec le bruit incessant des tapis de criblage, l'odeur tenace du charbon, le boucan de la verrerie. Mon adjoint, Antoine Sardin, n'a qu'une hâte : filer. Mais je vous ennuie. Vous dormez à moitié. Isaure… pardon, mademoiselle Millet, vous pouvez vous reposer une heure sur le divan. Ensuite, je devrai vous reconduire à la métairie ou ailleurs. Il est impensable que vous passiez la nuit dans cet endroit. Quand même, on doit s'inquiéter, chez vous, votre mère, notamment.

— Maman ? Tant qu'elle a son fils sous la main, elle ne se fera pas de souci pour moi.

— Ciel, arrêtez avec ça, vous n'êtes pas une fada ! s'indigna-t-il. Ce soir, vos idées ne sont pas claires. Vous êtes saoule.

— Ah bon ? Et vous n'en profitez pas ? Les Polonais, eux, ils voulaient m'embrasser… Je peux coucher avec vous, inspecteur, je m'en fiche, de ma virginité, puisque Thomas, il est marié avec une autre fille que moi.

— Taisez-vous, c'est gênant. J'ai des valeurs, Isaure, je n'abuse pas des femmes en état d'ivresse. À ce compte, offrez votre fameuse virginité à Jérôme Marot, votre futur fiancé, votre futur époux que vous n'aimez pas.

— Si, si, je l'aime bien, il est gentil, comme vous… Oh ! j'ai envie de dormir.

Apitoyé, Devers la fit lever et la guida jusqu'au divan qui lui servait de lit.

— Allongez-vous, je dois retrouver mon adjoint au restaurant des mineurs. Je reviendrai plus tard et nous aviserons.

Isaure le regarda avec un sourire absent.

— Dites, monsieur le policier, qu'est-ce que vous fabriquiez dans la ruelle ? Vous me suiviez ? ânonna-t-elle péniblement.

— Pas du tout, j'emprunte souvent ce passage, car il débouche en face du café-restaurant. Aussi, je me planque derrière le poteau en ciment de la ligne électrique et je surveille la clientèle. Un des mineurs me paraît bizarre. Il s'agit d'Ambrozy, le beau-père de votre grand amour.

L'inspecteur se reprocha aussitôt d'avoir livré sans réfléchir son opinion, une bévue due sans aucun doute au corps alangui de la jeune fille dans ses bras. Il ne le regretta pas longtemps.

— Ah ! monsieur Ambrozy ! À cause du pistolet, dit-elle tout bas, se souvenant vaguement des propos de Jérôme, près de la mer.

— Quel pistolet ?

— Son pistolet à lui… le sien.

Sidéré, Justin perçut le relâchement total d'Isaure, qu'il étendit de son mieux sur le divan. Elle sombra, la bouche entrouverte et les paupières closes. Elle était si pâle qu'il la secoua un peu par l'épaule. Elle soupira en s'agitant faiblement.

— En voilà, une nouvelle ! ronchonna-t-il.

Malgré l'exaltation qu'il ressentait, le policier couvrit Isaure d'un plaid écossais, alluma une petite lampe de chevet et éteignit le plafonnier. « On va peut-être la boucler, cette maudite enquête, se dit-il. Et plus vite que prévu. »

Il sortit sans bruit en élaborant son plan de bataille. D'abord, avertir son adjoint qui devait s'impatienter ; ensuite, prévenir les gendarmes de

Fontenay-le-Comte. Ils devaient être à Faymoreau à l'aube. « Je ne veux pas de scandale. On arrêtera Ambrozy chez lui avant qu'il parte à la mine, avec le moins de témoins possible. Bizarre, le colosse polonais n'a pas la tête de l'emploi, mais tout dépend du mobile. »

Métairie du château, une demi-heure plus tard, même soir

Lucienne Millet fixait la pendule suspendue entre les deux fenêtres de la cuisine d'un air hébété. Les aiguilles indiquaient neuf heures et vingt minutes. Son mari était monté se coucher sans rien manger après avoir fermé l'écurie.

« Moi qui avais prévu faire une grosse omelette au lard ! C'était plutôt la soupe à la grimace, ce soir, et pas une petite grimace ! se dit-elle, encore bouleversée. Et Isaure qui ne rentre pas. Heureusement que Bastien dort depuis un bon bout de temps. »

La solitude lui pesait, surtout après la scène odieuse qui avait opposé le métayer et Armand. Assise sur une chaise près de l'âtre, elle guettait le moindre bruit à l'extérieur, attentive aussi à d'infinis craquements dans la maison. « Quand notre gars sera parti et si Isaure se marie bientôt, j'ai pas fini de m'ennuyer », pensa-t-elle, le cœur lourd.

Elle fut soulagée de percevoir un grincement de sommier dans la chambre de son fils. L'instant suivant, il y eut des pas sur le palier, puis dans l'escalier. Armand descendait. Toute contente, Lucienne se leva et l'attendit, debout entre la table et le fourneau, déjà prête à lui concocter un petit plat.

— Maman, tu es seule ? s'étonna-t-il en la rejoignant.

— Ben oui, fiston, répondit-elle très bas. Je parie que tu as faim, maintenant.

Il n'avait pas dissimulé son visage, sachant que sa mère s'en souciait peu, accoutumée qu'elle était à son aspect depuis leurs rendez-vous nocturnes dans la cabane du marais.

— J'ai entendu l'ivrogne de service ronfler, mais où est Isaure ? Elle devrait être de retour.

— Pardi, tu as raison, je commençais à me poser des questions. Il suffit qu'un train ait eu du retard. Le facteur nous en conte de belles, sur les trains ; il y a même des accidents. As-tu faim, mon grand ?

— Maman, ça ne t'inquiète pas plus que ça, le fait que ta fille ne soit pas encore là ? D'après Isaure, le car arrivait à Faymoreau à dix-sept heures trente.

Lucienne hocha la tête, préoccupée par ce qu'elle pourrait cuisiner. Exaspéré, Armand ouvrit une des fenêtres et regarda dans la cour. Il referma presque aussitôt.

— Peut-être que ta sœur a décidé de dormir chez les Marot, dit sa mère. Il ne faut pas te tracasser, fiston. Elle est habituée à se débrouiller. Elle louait un garni à La Roche-sur-Yon ; nous ne pouvions pas la surveiller, là-bas.

Armand prit place à la table. Nerveux, il sortit un mouchoir de sa poche pour essuyer la salive qui perlait au coin de sa bouche.

— Bon sang de bois, qu'est-ce qu'elle vous a fait, Isaure ? s'écria-t-il. Avant la guerre, je voyais les choses différemment, mais, là, je me rends compte de votre comportement à son égard. Père semble la détester et la mépriser, et toi on dirait que tu ne l'aimes pas, ou bien peu.

— Ne dis pas de sottises, enfin. Les filles, ça s'éduque d'une autre façon que les gars, voilà tout. Surtout Isaure. Si je te faisais un œuf à la poêle, avec une tranche de jambon grillée ?

— Donne-moi un verre de vin, ça me suffira. Maman, nous n'avons jamais eu ce genre de discussions, mais j'aimerais que tu me répondes. Quand j'étais hospitalisé, une infirmière me parlait beaucoup ; elle tenait à m'aider, à me faire accepter mon état. J'ai appris à réfléchir grâce à des lectures également. Maintenant, je voudrais comprendre pourquoi père traite ainsi sa propre fille, pourquoi il la frappait si souvent quand elle était gamine.

Gênée, Lucienne lui servit du vin blanc et s'assit à son tour. Dans la clarté du feu qui s'ajoutait à celle de la lampe à pétrole, ses traits se faisaient plus harmonieux, et ses cheveux blancs paraissaient d'un blond platine. Armand se souvint, ému, à quel point sa mère était jolie, à l'époque où il était petit garçon.

— Tu as trompé père ? Isaure n'est pas de lui ? hasarda-t-il, même si la chose lui semblait improbable.

— Moi ? Tromper Bastien ? Es-tu fou, Armand ? Non, Isaure est notre enfant à tous les deux, mais ton père espérait tant avoir un troisième fils ! Il a été vraiment déçu. Plus ta sœur devenait mignonne, plus il était dur et sévère avec elle, injuste même, ça, je te l'accorde. Après, en voyant qu'elle était si belle fille à quatorze ans, il s'est mis en tête qu'elle tournerait mal, qu'elle serait coureuse.

— Mais ça n'a pas été le cas. Ma pauvre sœur a trimé comme un homme sur l'exploitation avant d'étudier avec succès. Maman, il faudrait monter au village interroger les Marot. S'il était arrivé un accident à Isaure pendant qu'elle rentrait à la maison ! Jamais elle n'aurait décidé de coucher ailleurs qu'ici. Elle voulait me rapporter un coquillage de son escapade au bord de la mer.

Armand se tut, la gorge serrée. Il avisa la tristesse du décor qui l'entourait, les murs nus jaunis par la fumée, le plafond sombre, les pavés bruns du sol.

— Je suis désolé, maman, de te quitter. J'ai besoin de ce que m'offre Geneviève : un foyer agréable, un jardin fleuri, de l'amour sans condition. Si j'étais resté à la métairie, j'aurais fini par me pendre à une poutre de la grange.

L'aveu fit pleurer Lucienne. Elle jeta un coup d'œil à la pendule et poussa un soupir.

— Attendons encore, murmura-t-elle. Ta sœur peut rentrer d'un moment à l'autre.

— Sinon, que ferons-nous ?

— Je ne vais quand même pas atteler la jument et débarquer à Faymoreau si tard ! Les gens se couchent tôt.

— Moi, je ne peux pas attendre en me tournant les pouces. Viens, maman, habille-toi chaudement, je m'occupe de préparer la calèche et d'allumer les lanternes. Je ne peux pas t'accompagner, au cas où Isaure reviendrait entre-temps. Je n'ai pas envie qu'on me voie non plus. Tu iras chez les Marot en premier. Ils pourront peut-être te renseigner, ou bien elle sera avec Jérôme. Va aussi demander à Geneviève. Ma sœur a pu dîner chez elle.

— Entendu, fiston, je ferai ce que tu dis, répliqua Lucienne, pour qui une telle expédition constituait un défi personnel, tant elle était timide. Tiens, prends la pile[1] pour traverser la cour.

Survolté, le jeune homme sortit après s'être enveloppé le bas du visage d'une écharpe. Dans le faisceau lumineux, le brouillard se transformait en une myriade d'étincelles brillantes. Il avança sans peine, cependant tenaillé par l'angoisse qu'il éprouvait au sujet d'Isaure.

Les bâtiments étaient équipés d'une installation électrique. Armand actionna les commutateurs de l'écurie et du hangar. Les chevaux s'agitèrent. L'étalon poussa un hennissement sonore.

— Du calme, les bêtes ! grogna-t-il. Ohé ! Fantoche, tu as du travail, ce soir. Faudrait conduire la patronne à Faymoreau.

Il n'avait rien oublié de ses années passées à prêter main-forte à son père, dans le sillage de son frère aîné, Ernest. Son champ de vision étant réduit, il compensait ce handicap par une vivacité de mouvement accrue. Ses gestes étaient précis et efficaces.

Sa mère accourut au moment où il commençait à harnacher la jument. Elle s'était coiffée d'une toque en velours élimée assortie à son manteau d'hiver, lui aussi défraîchi.

— Je n'y verrai rien à cause du brouillard, gémit-elle.

1. En France, on surnommait les lampes de poche ainsi, car elles fonctionnaient grâce à une pile.

— Bah, Fantoche connaît le chemin, maman. J'espère qu'Isaure sera avec toi au retour.

— Moi aussi, je l'espère, car ce n'est pas rassurant.

Lucienne recula sous le hangar, où il faisait moins froid. Anxieuse, elle piétinait la terre battue parsemée de paille, quand une forme marron au pied d'une botte de foin attira son regard. Sans un mot, elle alla vérifier de quoi il s'agissait.

— Armand, vois donc, j'ai trouvé le sac de ta sœur ! s'exclama-t-elle. L'étourdie. Elle a dû l'oublier ce matin quand elle a nourri les chevaux.

— Donne…

Examinant le contenu de la sacoche en cuir, il découvrit les billets de train et les tickets du car.

— Maman, Isaure est arrivée à Faymoreau à l'heure prévue et elle est venue ici. Sûrement à l'heure où notre fumier de père rôdait de ce côté, près de l'écurie. Je vais le réveiller. Il a intérêt à m'expliquer ce qui s'est passé.

— Non, Armand, je t'en prie, vous allez encore vous fâcher !

Furieux, son fils s'élança vers la maison sans tenir compte des suppliques de Lucienne.

Hôtel des Mines de Faymoreau,
une heure plus tard

Justin Devers déambulait dans la grande pièce que lui avait concédée Aubignac, située à l'opposé du logement où dormait Isaure. Antoine Sardin observait les allées et venues de son supérieur hiérarchique avec un air intrigué.

— Vous êtes nerveux, chef, constata-t-il. Ne vous

faites pas de bile, nous avons eu le brigadier de Fontenay-le-Comte. Lui et ses hommes seront là en temps voulu.

— J'ai peut-être commis une erreur, répliqua Devers d'un ton sec. Nous aurions pu arrêter Ambrozy nous-mêmes, sans faire appel à la maréchaussée. Mais ce type me paraît sur ses gardes. Autant se montrer prudent.

— Ouais, surtout s'il a le pistolet chez lui. Enfin, on va boucler l'enquête. Après ça, retour à la civilisation.

— Sardin, fermez-la. Un bon conseil, allez vous coucher, je ne vous entendrai plus. J'ai besoin de réfléchir. Ne vous réjouissez pas trop vite. Rien ne prouve que l'arme du Polonais est celle qui a tué le porion.

— D'accord, chef, je vous laisse cogiter.

L'inspecteur adjoint grimaça. Marcel Aubignac avait mis à sa disposition un réduit équipé d'un lit de camp inconfortable. Par chance, il y avait le chauffage.

— C'est ça, filez, Sardin, et mettez votre réveil à cinq heures.

Une fois seul, Justin alluma un cigarillo et se remit à faire les cent pas. Il avait hâte d'agir, de démêler le vrai du faux. Un point le tracassait, cependant. « Comment Isaure est-elle au courant, pour le pistolet ? Un des fils Marot lui en a parlé, c'est évident. Thomas est le gendre de mon suspect. S'il sait quelque chose, en a-t-il informé Isaure ? Je l'ai jugé assez intelligent ; il n'aura pas commis une telle erreur. Ce doit être l'aveugle, le prétendu promis. »

Autre chose le dérangeait, malgré son désir d'avoir enfin un coupable. La jeune fille lui avait livré le précieux renseignement tout à fait étourdiment, parce qu'elle était ivre et épuisée. « Je parierais gros que, demain, lucide, elle m'en voudra. »

Soucieux, il décida de réveiller Isaure et de la ramener à la métairie, sinon au presbytère si elle refusait de nouveau de rentrer au bercail. Il suivit le long couloir qui menait à l'extrémité du bâtiment, mais hésita avant d'ouvrir la porte. Son cœur battait plus vite. Il eut l'impression fugitive d'être souffrant et affaibli.

— Quel crétin je fais ! marmonna-t-il. Qu'est-ce qui m'arrive ?

Un instant plus tard, il contemplait Isaure endormie. La clarté tamisée de la petite lampe dorait son teint laiteux et soulignait l'arc élégant de ses sourcils. Sa bouche d'un rose délicat gardait la moue boudeuse d'enfant triste qui le troublait tant.

« Seriez-vous née sous une mauvaise étoile, mademoiselle Millet ? » se demanda-t-il, choqué par les marques de coups, dont il concevait sans peine l'impact sur ce tendre visage féminin, puisqu'il avait été molesté par un malfrat dans les quartiers crapuleux de Paris, à ses débuts.

Devers finit par s'asseoir à son chevet, comme pour veiller sur son sommeil. Il se débattait entre son sens logique et son engouement pour Isaure. « Je dois la conduire chez le curé. Sa réputation est en cause, ce qui est d'autant plus important qu'elle doit enseigner à Faymoreau. Mais elle dort si bien ! Elle a l'air tellement paisible ! Je la réveillerai vers quatre heures. Ce sera bien suffisant pour éviter qu'elle ne soit vue par d'éventuels curieux. »

Satisfait de sa décision, il se perdit dans une suite de pensées diverses, mêlant des éléments de l'enquête à certains de ses souvenirs personnels. Il se revit confronté à l'ignoble veuve Victor, la prétendue maîtresse occasionnelle de Bastien Millet, et il crut sentir à nouveau l'odeur de putréfaction de la chouette clouée sur la porte de la grange. Des images de son enfance parisienne traversèrent sa mémoire. Il se rappela ses galopades dans les rues pentues de Montmartre. Son père, mort dix ans auparavant, était militaire de carrière. Sa mère était une douce et aimable femme au foyer. Comme tant d'autres, elle avait tremblé pour son fils unique pendant la guerre. Maintenant, elle déplorait le métier qu'il avait choisi et lui écrivait deux fois par semaine. « Chère maman, tu aurais préféré que je reste à Paris, mais j'avais des envies de province, songea-t-il. Je voudrais te ramener Isaure Millet, un jour prochain, et te prier de l'héberger afin qu'elle découvre une facette neuve de l'existence, les joies de la liberté et les richesses de la capitale. »

Il en était là de ses méditations quand on frappa. Surpris, il alla entrouvrir la porte. Antoine Sardin se tenait sur le seuil.

— Désolé de vous déranger, chef, je n'ai plus rien à fumer. Si vous pouviez m'offrir un de vos cigares, histoire de m'endormir. Ça m'aide, comprenez-vous ?

— Non, j'ignorais que le tabac faisait office de somnifère, mais je vous dépanne volontiers. Ne bougez pas, ma boîte de cigarillos est dans ma veste.

L'inspecteur s'aperçut trop tard que son adjoint le suivait. En voyant Isaure sur le divan, Sardin retint une exclamation. De là où il se tenait, il ne pouvait pas voir si elle dormait ou si elle était juste allongée.

— Flûte, je dérange vraiment, chef, chuchota-t-il. Pardon, je me demandais aussi qui vous avait filé le tuyau, pour Ambrozy. C'est votre béguin. Je m'en suis aperçu.

Furieux, Justin tendit un cigare à son collègue et lui fit signe de sortir. Il l'accompagna ensuite dans le couloir.

— Pas un mot sur la présence de mademoiselle Millet ici, lui intima-t-il l'ordre sèchement. En effet, elle a témoigné et j'estime qu'elle a besoin d'être protégée jusqu'à l'arrestation d'Ambrozy. De surcroît, Sardin, son père l'a rossée. Alors, béguin ou pas, je ne la laisse pas sans surveillance. Pour le moment, elle dort.

— D'accord, inspecteur, excusez-moi... et merci pour le cigare.

Devers enrageait. Il n'était pourtant pas au bout de ses peines, en cette nuit d'hiver.

Coron de la Haute Terrasse, même heure

Gustave Marot ne trouvait pas le sommeil. Il fixait le rai lumineux qui dessinait un trait vertical sur les rideaux, son épouse ayant la manie de ne pas fermer complètement les volets. Le mineur était préoccupé et très affligé. À son retour de chez Stanislas Ambrozy, Honorine avait abordé un sujet douloureux. Leur petite Anne était condamnée à brève échéance. Il se reprochait de ne pas lui rendre souvent visite, mais il lui écrivait de courtes lettres où il lui répétait qu'il l'aimait et qu'elle occupait ses pensées. Il aurait pu ajouter qu'il allait régulièrement prier pour son rétablissement, le dimanche soir, dans l'église déserte, étant pudique de nature.

Le choc avait été rude pour lui aussi, même s'il n'avait guère d'espoir en une possible guérison, ces derniers mois. Mais, peu après lui avoir asséné la mauvaise nouvelle, sa femme lui avait parlé d'un projet qui lui tenait à cœur, approuvée en cela par Jérôme. Tous deux avaient en tête de fêter Noël dans une maison louée, à Saint-Gilles-sur-Vie. « Une drôle d'idée et, bien sûr, elle vient d'Isaure Millet, une originale à l'esprit bourré de romans où tout est facile ! » se dit-il, sans savoir pourquoi il s'était opposé immédiatement à ce plan qu'il jugeait ridicule. Il s'interrogeait à présent sur sa réaction.

« J'ai fait pleurer Honorine alors qu'elle est si malheureuse, et Jérôme m'a traité d'individu borné, sans compassion pour ma propre enfant, déplora-t-il en son for intérieur. Après tout, ça ne nous coûtera pas bien cher et, si la petite est contente, je lui aurai au moins fait ce cadeau. Demain matin, je rassurerai ma pauvre femme. Pardi, elle prendra le train le soir, telle que je la connais. »

Soudain, Gustave Marot tendit l'oreille. Il entendit nettement le pas caractéristique d'un cheval sur les pavés de la rue. C'était peu ordinaire, surtout la nuit. Le bruit des sabots s'arrêta devant chez lui. Vite, il se leva et entrouvrit la fenêtre, découvrant ainsi une calèche d'où descendait une silhouette féminine.

— Qu'est-ce que c'est encore ? s'écria-t-il. En voilà, une heure pour des visites.

— Monsieur Marot, je suis bien navrée, répondit Lucienne Millet en levant la tête vers lui. Je cherche ma fille Isaure. Sans doute qu'elle dort ici ?

— Mais non, elle n'est pas là !

Réveillée, Honorine se précipita aux côtés de son mari.

— Je descends, madame Millet, dit-elle aussitôt avant de reculer et d'enfiler une robe de chambre en lainage. Seigneur, Gustave, Isaure n'est pas rentrée à la métairie ! Il lui est arrivé quelque chose.

Cinq minutes plus tard, les Marot au complet, Jérôme ayant été secoué d'importance par son père, entouraient Lucienne, livide sous la suspension électrique.

— Madame, affirma l'aveugle, Isaure nous a quittés, maman et moi, devant l'*Hôtel des Mines*. Elle devait remettre une lettre à Geneviève Michaud. Nous ne l'avons pas revue ensuite. Je suis très inquiet, là.

— Mon Dieu, j'espérais tant qu'elle se soit réfugiée chez vous, gémit Lucienne en dévisageant le jeune infirme susceptible d'épouser Isaure. Son frère se ronge les sangs. Oui, Armand. Il est revenu, mais…

— Nous sommes au courant, madame Millet, dit Honorine qui observait la visiteuse avec curiosité.

En fait, elle ne l'avait pas vue depuis longtemps, Lucienne n'assistant plus à la messe dominicale et s'aventurant rarement hors des limites de la métairie. « Seigneur, comme elle a changé ! se dit-elle. Ce sont ses cheveux blancs qui la vieillissent. Je parie qu'elle ne serait jamais montée au village chercher Isaure sans l'insistance de son fils. Quand même, elle paraît soucieuse ; elle en tremble. »

— Nous sommes bien inquiets, Armand et moi, reprit Lucienne. Il a fallu réveiller mon époux, et ce n'était pas une mince affaire. Enfin, il a fini par ronchonner et on a su qu'il avait chassé Isaure, ce soir, parce qu'elle était partie avec vous au bord de la mer.

Comme Jérôme, Honorine perçut une note de reproche dans la voix geignarde de la visiteuse.

— Ne nous affolons pas sans raison valable, recommanda Gustave. Je ne vois qu'une solution : Isaure a dû retourner chez Geneviève Michaud. Elle loge dans le pavillon en briques à l'entrée du parc de monsieur Aubignac. Je m'habille et j'y vais.

— Je prépare du café, annonça Honorine. Ça vous requinquera, madame Millet.

— Merci bien, vous êtes braves, tous. Ah ! j'ai perdu l'habitude de voir du monde. Aujourd'hui, nous sommes allés, Bastien et moi, tuer le cochon chez les Duvigne. Aussi, mon mari a bu un coup de trop.

Jérôme ajusta le bandeau noir qui cachait ses yeux éteints. Il était malade d'angoisse en imaginant Isaure seule et transie dans la nuit froide.

— Mais il faut d'abord vérifier si elle n'est pas chez Thomas ! s'écria-t-il. Elle sera forcément allée lui demander son aide. Mon frère l'a si souvent consolée !

— Maintenant qu'il est marié, Thomas ne l'aurait pas hébergée, protesta Honorine. Il l'aurait amenée ici. Bon, sait-on jamais ! Je vais toquer aux volets de la cuisine.

Il y eut un véritable branle-bas de combat. Une fois chaudement vêtu, Gustave partit, tandis que Jérôme attachait la jument des Millet à un crochet du mur extérieur. Quant à Honorine, elle troubla les ébats de Thomas et de Jolenta en tambourinant contre les contre-vents de leur rez-de-chaussée.

— Je crois que c'est ta mère, murmura la jeune Polonaise. Il doit être arrivé quelque chose. Je te l'avais dit, tout à l'heure, que j'avais entendu un cheval.

Freiné en pleine action, Thomas étouffa un juron. Agacé, il remit son caleçon et sa chemise de corps pour dévaler l'escalier et ouvrir la porte.

— Maman, il est plus de onze heures ! Nous étions au lit, dit-il sur un ton où grondait la colère.

— Désolée, mon fils, mais Lucienne Millet cherche Isaure. Son père l'aurait chassée de la métairie et on ignore où elle est. Jérôme supposait que tu l'avais recueillie.

— C'est stupide, je n'ai pas revu Isaure depuis le soir de mon mariage.

Enveloppée d'une couverture, Jolenta les rejoignit au même instant, échevelée.

— Vous parlez encore d'Isaure ! s'indigna-t-elle. Thomas, ça peut attendre demain.

— Isaure a disparu, c'est quand même alarmant, répliqua-t-il. Monte te recoucher, ma chérie. Allons, je t'accompagne, je dois m'habiller. J'arrive, maman.

Dès qu'ils furent seuls, Jolenta céda à la colère. Elle tapa du pied, exaspérée.

— Ton Isaure le fait exprès, Thomas. Il faut toujours que tu te soucies d'elle. On était si bien, au lit, tous les deux. Je t'en prie, ne t'en va pas.

— Je ne serai pas long, ma petite femme. Si Pierre avait disparu, tu irais le chercher, non ?

— Piotr est mon vrai frère. Isaure n'est pas ta sœur !

— Tu es bêtement jalouse, là, Jolenta. Je dois y aller. Ne sois pas sotte. Je te promets de te réveiller si tu dors quand je reviendrai, et je terminerai ce que j'ai commencé.

Furibonde, sa jeune et belle épouse lui tourna le dos. Thomas lui vola cependant un baiser. Peu après, il entrait dans la maison voisine, où flottait une bonne odeur de café brûlant. Lucienne Millet le salua d'un signe de tête, le regard fuyant.

— Madame, bien le bonsoir, même s'il est très tard, dit-il en la considérant sans indulgence.

Certes, les gens du pays se connaissaient tous, mais de façon inégale, souvent. Le comte et la comtesse de Régnier évitaient le village minier et ses corons ; cependant, ils recevaient le docteur et son épouse, ainsi que Viviane et Marcel Aubignac. Les paysans de la commune, fermiers et métayers, se mêlaient rarement aux mineurs. Seuls les enfants se côtoyaient à l'école, ce qui obligeait leurs parents à se croiser et à échanger des paroles de convenance.

Thomas était un vivant exemple de ces rapports intermittents. Il se souvenait à peine de l'apparence de Lucienne Millet, alors qu'il gardait en mémoire les visages d'Ernest et d'Armand, les frères d'Isaure.

— Ton père est monté chez les Aubignac, l'informa Honorine. Il va demander à Geneviève Michaud si elle n'a pas hébergé Isaure.

— Je voudrais bien qu'elle y soit, soupira Lucienne. Je pourrais la ramener à la maison.

— Pour que votre mari la remette dehors ? cracha Jérôme. Non, si on retrouve ma promise, elle sera la bienvenue ici, chez nous, les Marot.

— Du calme, frangin ! conseilla Thomas. Isaure fera ce qu'elle veut. Vous n'êtes même pas fiancés encore et c'est à maman de formuler une telle invitation, pas à toi.

— Maman, Isaure pourrait habiter à Saint-Gilles-sur-Vie, ce mois-ci, renchérit l'aveugle, fébrile.

— Seigneur, tais-toi donc, Jérôme. Tu sais bien que ton père n'a pas accepté et que Thomas n'est pas au courant.

Une discussion s'ensuivit, qui renseigna Lucienne sur les faits et gestes d'Isaure au cours de la journée. Touchée par le sort cruel de la petite Anne, elle crut bon compatir.

— Je vous plains, madame Marot. C'est triste, tout ça. Ah ! la maladie ne pardonne pas, surtout la phtisie. Mais il ne faut pas trop écouter ma fille ; elle ferait dépenser des sous à n'importe qui. Louer une maison au bord de la mer, en voilà, une fantaisie.

Honorine préféra ne pas répondre. Elle ressentait la somme d'indifférence dont faisait preuve Lucienne Millet à l'égard d'Isaure et elle commençait à comprendre Thomas, toujours prêt à la défendre, à plaider sa cause.

— Une fantaisie qui adoucira grandement les derniers jours de ma petite sœur, fit remarquer Jérôme.

Gustave réapparut à cet instant précis, essoufflé. Il ôta sa casquette, l'air inquiet.

— Geneviève Michaud a trouvé une lettre sous sa porte vers sept heures, mais elle n'a pas vu Isaure.

De loin, j'ai aperçu de la lumière à une fenêtre de l'*Hôtel des Mines*. Il n'y a que le policier qui soit logé là-bas, ces temps-ci. Autant le prévenir, c'est son boulot, après tout.

— Dans ce cas, je m'en charge, affirma Thomas. J'en profiterai pour marcher un peu dans le village. Par ce froid, Isaure a dû s'abriter. Les bâtiments où l'on peut entrer et se cacher ne manquent pas.

— Je viens avec toi ! s'écria Jérôme.

— Non, fils, tu es en pyjama et tu feras perdre du temps à ton frère, si tu montes t'équiper comme il faut, protesta Honorine.

— Parce que je suis aveugle ? Je m'organise en conséquence, maman. Je serai vite prêt. Thomas, attends-moi.

Le jeune mineur n'osa pas refuser. Dix minutes plus tard, ils se dirigeaient ensemble vers l'*Hôtel des Mines*, dont la masse imposante dominait les corons. Parvenus à destination, ils se heurtèrent à un problème, la porte principale étant fermée à clef. La fenêtre dont avait parlé Gustave était toujours éclairée, mais située au second étage.

— Peut-être que l'inspecteur dort avec une veilleuse, hasarda Thomas. Si j'appelle, je risque de semer la pagaille à Faymoreau sans pouvoir le réveiller.

— Regarde bien s'il n'y a pas une sonnette, argumenta son frère. Je crois me souvenir de ça, un bouton sur lequel on appuie. Oui, à droite, il est rond, en marbre ; le poussoir est blanc…

— Eh bien, tu as une sacrée mémoire ! C'est exactement comme tu le dis. Je sonne. Si nous avons de la chance, Devers entendra.

*

Justin Devers somnolait dans un fauteuil, les jambes posées sur une chaise, lorsqu'un tintement métallique strident retentit dans le hall d'entrée et dans les couloirs des étages. Il sursauta et se leva, le cœur battant à grands coups.

— Bon sang, qui est-ce ?

Il pensa au directeur de la compagnie. Marcel Aubignac ou sa charmante femme pouvaient avoir des ennuis. Ceux qui avaient empoisonné les dogues étaient susceptibles de récidiver. Vite, il ouvrit la fenêtre et découvrit deux hommes en bas des marches du perron, à trois mètres d'un réverbère. « Tiens, tiens, les frères Marot, se dit-il, pas vraiment surpris. Un qui est aimé, adoré même, l'autre qui aime, qui adore. Je parie qu'ils cherchent une certaine demoiselle. »

— Inspecteur, nous devons vous parler, expliqua Thomas à mi-voix.

— Je descends, répondit-il.

Une jubilation intérieure s'emparait du policier contre son gré. Tout en empruntant sans hâte la série d'escaliers, il tenta d'analyser les sentiments d'Isaure pour l'aîné des Marot.

« Je l'admets, ce type est bien bâti et souriant, mais il n'est pas si beau que ça, plutôt charmeur. Son frère était presque mieux loti que lui. Hélas ! le pauvre gars n'y voit plus ; il ne verra jamais son épouse, s'il se marie. J'ai la conviction qu'Isaure renoncera à cette mascarade. Je ne suis pas dupe : elle souhaite convoler avec un infirme pour vivre dans l'ombre d'un autre homme, assurément.

Pourquoi l'aime-t-elle tant ? Pourquoi lui, Thomas Marot ? »

Accoutumé à dissimuler ses émotions sous une expression neutre ou ironique, Justin Devers présenta aux visiteurs un léger sourire courtois.

— Bonsoir, messieurs, qu'est-ce qui vous amène ?

— Isaure Millet a disparu. Son père l'a chassée de la métairie et, depuis, personne ne l'a revue, débita Jérôme d'une voix rauque. Sa mère la cherche.

— Ce n'est pas de mon ressort, rétorqua le policier, qui désirait s'amuser un peu à leurs dépens, malgré tout. Il faudrait en principe alerter les gendarmes. Mais vous êtes mal renseignés, jeunes gens : Bastien Millet n'a pas fait que chasser sa fille, il l'a frappée et fouettée avec une cruauté indigne. Soyez sans crainte, elle n'est plus en danger ; mon lit est très confortable.

— Quoi ? s'exclama l'aveugle. Non, mais dites donc, vous avez du culot, d'abuser de la situation pour…

— Continuez, l'encouragea Devers. Pour la séduire ? Vous faites erreur. Je suis un homme d'honneur et les mots les plus simples ont parfois deux sens. Certes, Isaure est dans mon lit, enfin sur mon divan, mais pas avec moi.

— Vous ne devriez pas plaisanter, s'offusqua Thomas. Ce qui amuse les Parisiens ne nous semble pas si drôle, à nous, les gueules noires, surtout quand il s'agit de la vertu d'une jeune fille de nos amis bientôt fiancée à mon frère.

— Excusez-moi, capitula aussitôt l'inspecteur, qui avait cédé à son tempérament sarcastique. En effet, je n'avais pas à présenter la chose sous cet angle. En ce qui concerne mademoiselle Millet, je l'ai trouvée en fâcheuse posture dans une ruelle voisine. Deux jeunes Polonais, d'après leur accent, la tourmentaient. Ils étaient ivres et je crois qu'elle a bu elle aussi. J'ai donc jugé prudent de la ramener ici, de lui donner à manger et de lui prêter mon lit. Je comptais la conduire au presbytère à son réveil.

— Pourquoi, là-bas ? s'étonna Thomas.

— C'était son idée. Je crois qu'elle ne veut pas se montrer. Son père n'y est pas allé de main morte.

— Quelle ordure, ce type ! grogna Jérôme. Isaure ne doit plus mettre les pieds à la métairie. Autant la réveiller tout de suite : elle sera bien accueillie chez nous. Inspecteur, je veux la voir, vous entendez ?

L'expression et le ton arrachèrent une grimace amère à Thomas. Apitoyé, il tapota l'épaule de son frère.

— Rien ne presse, elle est à l'abri, Jérôme. Nous n'avons plus qu'à rassurer sa mère et à nous recoucher.

— Ce serait plus sage, je vous l'accorde, intervint le policier. Isaure Millet n'a pas l'intention de rentrer au bercail, même si elle aurait grandement besoin d'affaires de rechange.

Encore une fois, les propos de Justin Devers parurent ambigus aux deux frères Marot. Il s'en rendit compte et rectifia, non sans malice.

— Ne vous inquiétez pas, elle dort tout habillée. Je l'interrogerai dès qu'elle sera reposée et lucide. Si elle désire aller chez vos parents, jeune homme, vous la retrouverez très vite, et ce, avant l'aube.

Il s'adressait à Jérôme.

— Eh bien, je suppose que je dois vous remercier, répliqua le jeune homme. Merci, inspecteur.

— Oui, merci d'avoir pris soin d'Isaure, ajouta Thomas. Nous étions très inquiets. Cette jeune fille fait pratiquement partie de notre famille.

— Ah ! fit Devers. Dans ce cas, ne la laissez pas errer la nuit devant chez vous, seule et malheureuse. Bonsoir, messieurs.

Sans attendre de réponse, il gravit les marches du perron et disparut derrière la porte double dont la clef tourna tout aussi vite.

11

Au petit matin

Hôtel des Mines, mercredi 8 décembre 1920, quatre heures et quart du matin

Isaure se réveilla la tête lourde. Elle ressentit tout de suite une douleur à la joue gauche et à la lèvre inférieure. L'endroit où elle se trouvait lui parut insolite, une pièce étrangère plongée dans un clair-obscur rougeâtre à cause d'une petite lampe à abat-jour rouge.

« Où suis-je, déjà ? » se demanda-t-elle en s'asseyant au bord du divan.

Quelqu'un respirait avec régularité, manifestement endormi. Elle se rappela alors les événements de la veille, la fureur de son père, les coups d'une violence extrême, son errance désespérée dans Faymoreau et l'intervention de l'inspecteur de police quand deux jeunes mineurs polonais avaient voulu l'embrasser. Et c'était lui, Justin Devers, qu'elle découvrait assis dans un fauteuil, les jambes posées sur un tabouret, la tête penchée de côté.

« Je ferais mieux de m'en aller », se dit-elle.

Il faisait pourtant bon. L'air dégageait l'odeur si réconfortante d'un poêle en fonte où brûlait un feu de bois. Isaure se leva, intimidée, toute sa lucidité retrouvée. Elle aperçut sa paire de bas qui séchait, suspendue à un cintre, lui-même accroché à un clou du mur, puis ses bottines par terre, bourrées de papier journal. Seul le policier avait pu prendre soin de ses affaires. Très gênée, elle se souvint vaguement d'avoir enfilé un caleçon long et des chaussettes en laine appartenant à Devers.

« Je dois vite me changer et partir avant d'avoir à lui parler et à le remercier. »

Malgré son embarras, Isaure éprouvait un début d'émotion. Personne ne s'était jamais occupé de faire sécher son linge ou ses chaussures, ni sa nourrice ni sa mère, pas même Thomas du temps où elle traînait au village après l'école, souvent dans de mauvaises galoches percées. En songeant à Thomas, un malaise la prit. Il s'était passé quelque chose de pénible. Soudain, elle le revit, souriant, tenant la blonde Jolenta sur ses genoux et lui donnant à manger. La scène l'avait blessée par la tendresse et l'intimité qu'elle révélait. Sans doute que de les surprendre enlacés, à demi nus et s'embrassant sur la bouche, l'aurait moins chagrinée.

La sollicitude de l'inspecteur la touchait d'autant plus qu'elle était avide de protection et de gentillesse. Elle le regarda un instant d'un œil différent, moins sévère. Assoupi, il paraissait plus jeune, sans l'expression ironique qu'il affectait.

Elle se promit de lui laisser un court message. Une table était encombrée de papiers et de crayons, le tout à proximité d'un bocal de pâté et d'un morceau de pain.

Sur la pointe des pieds, pareille à une maraudeuse, Isaure se glissa dans le cabinet de toilette. Elle y voyait à peine, mais elle put se rafraîchir le visage et se laver les mains. Toujours à pas de loup, elle retourna dans la pièce pour récupérer ses bas et ses bottines. Justin ouvrit les yeux et bondit de son siège tel un diable de sa boîte.

— Que faites-vous, mademoiselle Millet ? s'écria-t-il aussitôt.

— Je voulais m'habiller et vous rendre vos affaires.

— Rien d'autre ?

— Si, je comptais sortir et vous laisser dormir. Je me suis reposée, bien reposée.

D'un geste nerveux, Justin se frotta le menton, que sa barbe naissante rendait piquant. Il rajusta le col de sa chemise et resserra son nœud de cravate.

— Sortir ? soupira-t-il. D'accord. Mais chez qui avez-vous prévu de toquer, à quatre heures et demie environ ?

— Ah ! il est si tard que ça ? Enfin, si tôt ? s'étonna-t-elle. Je devais monter jusqu'au presbytère, je crois.

— En effet, et c'est la meilleure solution, même si vos amis Marot vous cherchaient, hier soir, et qu'ils m'ont chargé de vous dire que vous seriez la bienvenue chez eux. Thomas et son frère, votre promis, sont venus ici.

— Mon promis… répéta Isaure, perplexe. Je ne veux pas qu'ils me voient dans cet état, inspecteur. Le curé m'accueillera et pourra me donner de bons conseils.

— Je vous y conduis, en voiture, évidemment. Vers minuit, il tombait quelques flocons. Maintenant, il neige pour de bon.

— Il neige ? Alors, je préférerais marcher. J'aime

la neige. Elle embellit le paysage, l'hiver. Tout ce qui est laid disparaît sous son blanc manteau, comme on dit dans les livres.

— Autre chose, votre mère vous cherchait également, paraît-il. Bref, votre disparition en inquiétait plus d'un.

— Ma mère ? J'en doute fort, répliqua la jeune fille d'un ton net. Excusez-moi, inspecteur, je n'en ai pas pour longtemps.

Elle s'empara de ses effets et disparut à nouveau dans le cabinet de toilette. Devers en profita pour allumer le réchaud à alcool afin de préparer du café. Il appréhendait déjà la réaction d'Isaure quand elle apprendrait l'arrestation d'Ambrozy et qu'elle se souviendrait d'avoir dénoncé le Polonais.

« Bon sang, je n'ai pas le choix, je ne peux pas ignorer ce qu'elle m'a dit, pensait-il, mal à l'aise. En plus, je serai obligé de la citer. Je ne vais pas inventer un témoin. »

Isaure le rejoignit, en apparence d'un grand calme, presque sereine. Les traces mauves sur son visage et sa lèvre tuméfiée lui conféraient une allure attendrissante. Il remarqua qu'elle s'était recoiffée.

— Un café ? proposa-t-il. Il sera bientôt prêt.

— Volontiers, inspecteur. Avec trois sucres et du lait, si vous en avez.

— Je n'ai pas de lait, mais du sucre, si.

— Merci de m'avoir hébergée, dit-elle tout bas. Ça a été une drôle de nuit, vraiment. Je ne boirai plus jamais.

— Ce serait plus prudent. Vous êtes d'une audace, ivre ! Vous m'avez invité à coucher avec vous.

Il n'avait pas pu s'empêcher de lui jeter cette

pique moqueuse, sans raison valable et peut-être, inconsciemment, pour se venger des sentiments encore confus qui le tourmentaient, teintés d'un désir frustré.

— J'ai fait ça, moi ? s'indigna-t-elle. Non, c'est impossible.

— Je n'oserais pas l'inventer, mademoiselle Millet. Par chance, j'ai trop de respect pour vous. Je n'ai pas songé une seconde à accepter. Surtout que vous m'aviez avoué auparavant en aimer un autre, votre cher Thomas.

Sidérée, Isaure enfila son manteau, pressée de quitter l'*Hôtel des Mines*. Elle évitait le regard du policier, car elle avait l'impression d'être démasquée par sa propre faute.

— J'espère que je n'ai pas débité d'autres sottises, murmura-t-elle.

Il lui servit un café et but le sien d'un trait après l'avoir coupé d'eau froide. Il se garda de lui répondre, toujours à cause de Stanislas Ambrozy.

Métairie du château, même heure

Armand Millet ne parvenait pas à s'endormir. Sa mère était rentrée peu de temps avant minuit, l'air morose et transie de froid. Elle lui avait demandé d'aller dételer la jument et de la mettre à l'écurie.

— Je dois me réchauffer, mon fils, avait déclaré Lucienne d'une voix tremblante.

— Mais Isaure ? Où est-elle ? avait-il crié.

— En sécurité, n'aie crainte.

Le jeune homme était sorti dans la cour, rassuré sur le sort de sa sœur. Les brumes du crépuscule avaient cédé la place à un vent glacial sous des nuées sombres. Le sol craquait sous ses sabots et, au retour, il avait senti la caresse d'une discrète pluie de flocons de neige.

Assise au coin de l'âtre, Lucienne pleurait sans bruit en se frottant les yeux pour essuyer ses larmes au fur et à mesure qu'elles coulaient sur ses joues et le long de son nez.

— J'ai appris une vilaine chose, ce soir, lui avait-elle dit, dès qu'il s'était approché de la cheminée. Figure-toi que les Marot m'ont reçue bien poliment. Ils se sont tous mis en branle quand j'ai dit qu'Isaure avait disparu. La mère m'a offert du café et, plus tard, de la gâche. Le père est allé se renseigner chez Geneviève ; ta sœur n'y était point. Alors, Thomas, l'aîné, et Jérôme, l'aveugle, sont montés à l'*Hôtel des Mines* prévenir l'inspecteur de police. Il avait trouvé Isaure, lui, qui traînait dans les rues. Mon pauvre Armand, ton père l'aurait frappée et fouettée, la malheureuse. Fouettée ! Te rends-tu compte ? Mon Dieu, il aurait pu la tuer et la jeter dans les marais. Qui l'aurait su, hein ? Qui ?

Après ce court récit aux accents peureux, sa mère avait pleuré de plus belle, hébétée, tandis que lui, Armand, avait dû se contenir pour ne pas grimper à l'étage et tirer le métayer de son lit, où il ronflait en toute impunité. Une haine mêlée de mépris lui avait rongé le cœur à l'idée des coups que sa sœur avait pris, en imaginant sa détresse, sa douleur, son humiliation.

— Ton père s'en voudra, demain, oui, il s'en voudra beaucoup, s'était lamenté Lucienne, la face crispée et le regard absent. Que le Seigneur lui pardonne ses fautes. Bastien juge les gens à tort et à travers, aussi, comme les gueules noires. Il les maudit, il les traite de tous les noms, souvent, quand nous sommes seuls, mais il n'y a pas de quoi, ça non. Les Marot ont été bien aimables avec moi, et leur maison est propre et agréable.

Sa mère avait poussé un gros soupir qui ressemblait à de cuisants regrets enfouis au fond de son âme craintive.

— Tu aurais vécu dans un coron, si tu avais épousé Alfred Boucard, tout coureur de jupons qu'il était, lui avait asséné Armand, impitoyable. Tu n'aurais pas eu à trimer aussi dur ni à vivre ici.

— Tais-toi donc, mon fils ! s'était-elle exclamée, affolée. J'ai préféré Bastien et je le préfère encore. Que veux-tu, l'amour, ça ne se commande pas. Tu sais ce qu'il en est. Je t'avais tout raconté, quand tu es devenu jeune homme. Alfred, il ne me plaisait pas.

Plus de trois heures s'étaient écoulées depuis cette discussion ; cependant, les mots hantaient avec virulence le jeune homme : « L'amour, ça ne se commande pas ».

Assis contre le dossier de son lit, éclairé par un bout de chandelle, il fumait la pipe qu'il avait achetée à La Roche-sur-Yon, ayant dû renoncer aux cigarettes à cause de la salivation excessive dont il souffrait. « Comment peut-on aimer un Bastien Millet ? Une brute égoïste, un type qui pue, qui râle à longueur de journée, avare et teigneux ! Fichue guerre, saleté de destin ! se disait-il. Je n'ai plus rien à faire dans ce taudis où tout est noir et crasseux. Même si je n'aimais plus Geneviève, j'irais à Luçon avec elle me reposer l'âme, voir de jolies choses et en savourer. Ouais, savourer un corps de femme doux, blanc, parfumé. Mais je l'aime, je l'aime de tout mon être. De toute façon, j'ai les cartes en main. Si la vie devient insupportable, ce ne sera pas difficile d'y mettre fin. »

Ses pensées revinrent à Isaure. Il brûlait de savoir ce qui s'était passé la veille, de l'entendre de sa bouche. Il fut plein de pitié pour elle, qui devait rentrer toute contente de son périple au bord de la mer. Une fois de plus, une fois de trop, leur père avait piétiné sa joie, une joie si fragile dont il avait attendu en vain l'éclat fugitif qu'il aurait perçu en l'écoutant raconter son voyage.

— Je vais foutre le camp ! clama-t-il, le poing serré brandi vers le plafond. Tu ne me reverras plus, vieux fou !

Incapable de dormir elle aussi, Lucienne l'entendit et sursauta, touchée en plein cœur. Allongée près de son mari, elle se remit à sangloter parce qu'elle allait perdre son fils et sa fille. Bientôt, très bientôt.

Presbytère de Faymoreau, cinq heures du matin

— Il y a de la lumière. Vous ne réveillerez pas m'sieur le curé, plaisanta Justin Devers sur un ton plutôt amer. Il sera content de recevoir une belle fille en fuite.

— Est-ce que vous vous moquez de tout ? s'enquit Isaure. Le père Jean réconcilierait n'importe qui avec Dieu. Vraiment, c'est un bon prêtre. Sa gouvernante, Gisèle, me donnait des gommes à la réglisse, quand j'étais fillette.

— Ah oui, la charité chrétienne dont vous parliez

hier soir, persifla-t-il. Bien, allez vite, j'ai à faire de mon côté. Ce serait gentil de me tenir au courant de votre sort, les jours à venir, et, si vous avez besoin d'un chauffeur, n'hésitez pas. Vous pouvez même me laisser un message à l'*Hôtel des Mines*.

— Ensuite, on dira que nous nous fréquentons, et ma réputation sera compromise, fit-elle remarquer. Si elle ne l'est pas déjà…

Sur ces mots dits d'une voix neutre, presque indifférente, Isaure descendit de la voiture du policier dont le moteur ronronnait, troublant le silence ouaté de la nuit. Il la suivit des yeux à travers un rideau de flocons que le vent du nord faisait parfois tourbillonner. Soudain, avant d'actionner le heurtoir en bronze de la porte, elle se retourna et lui adressa un léger sourire, qu'il aurait pu ne pas discerner tant il faisait sombre.

Vite, il fit demi-tour sur l'esplanade, un pincement au cœur. Le père Jean entrouvrit un des battants au même moment.

— Isaure Millet ? Que se passe-t-il, mon enfant ? s'écria-t-il en l'invitant d'un geste à entrer.

— Je ne sais pas où me réfugier, mon père, avoua-t-elle. J'ai pensé au droit d'asile de jadis, à la protection de l'église.

Le curé l'observa d'un œil curieux, car on lui tenait rarement de tels propos. Une lampe à pétrole posée sur une console en bois noir servait de veilleuse dans le vestibule. Sa faible lumière suffisait néanmoins à souligner les meurtrissures du visage de la jeune fille.

— Tu as eu des ennuis ? Viens à la cuisine,

Gisèle te servira du lait chaud. Nous avons le temps de causer, avant le premier office.

Isaure pénétra à sa suite dans une grande pièce où flottait une délicieuse odeur de sucre chaud et de café. Elle jeta un coup d'œil rêveur sur la longue table en bois noir, où étaient disposés une cruche en porcelaine, un pot de miel, un bocal de confiture et un beurrier.

La gouvernante, une femme de cinquante-six ans d'allure énergique, la salua, l'air surpris, mais amical. Un tablier en toile grise ceignait sa taille, et une petite coiffe blanche faisait ressortir sa chevelure très brune coupée à hauteur de la nuque.

— Bonjour, mademoiselle Millet, dit-elle enfin après avoir attrapé un bol dans le vaisselier. On est matinale…

— Matinale et pareille à la brebis égarée, ajouta le prêtre avec douceur. Que vous est-il arrivé, Isaure ? Peut-être voulez-vous être entendue sous le sceau de la confession ?

— Non, ce n'est pas la peine. Je n'ai rien fait de mal. Hier soir, mon père avait bu. Il m'a frappée et chassée de la métairie. Jamais il n'avait été aussi violent, jamais…

Sa gorge se noua et elle ne put en dire davantage. Apitoyée, Gisèle versa du lait chaud sucré au miel dans un bol.

— Buvez un peu, ça vous fera du bien, affirma-t-elle. J'ai cuit des galettes de blé ; je vous en apporte une. Monsieur le curé allait prendre son petit-déjeuner.

La dévotion sans faille de Gisèle pour le père Jean était connue dans tout le pays. Depuis dix ans, la gouvernante veillait à la bonne tenue du presbytère, réalisant des prouesses en cuisine sans beaucoup dépenser.

— Gisèle me dorlote, nota le curé en souriant. Mais elle s'ôte le pain de la bouche pour moi.

Isaure approuva d'un signe de tête. Elle était étrangement apaisée d'être là, entre ces deux personnes qui respiraient la simplicité et la bonté. Elle les enviait de filer un quotidien tranquille, rythmé par les tâches ménagères pour l'une, les obligations du sacerdoce pour l'autre.

— Ma chère enfant, hasarda le père Jean, pourquoi avoir quitté votre emploi en ville, si monsieur Millet vous traite de cette façon et qu'il ne vous offre pas l'affection que vous êtes en droit d'attendre de lui ? Les gens parlent, hélas ! Je sais que vous n'avez pas été très heureuse, chez vous. Sans la générosité et l'intérêt que vous porte madame la comtesse, vous n'auriez sûrement pas eu la chance d'étudier et d'être la prochaine institutrice de Faymoreau. Faites appel à son bon cœur. Votre père est son métayer ; elle pourra arranger les choses.

La face émaciée de Clotilde de Régnier traversa l'esprit d'Isaure et elle se revit au château, confrontée à une femme prétentieuse et capricieuse.

— La comtesse m'a congédiée. Elle ne veut plus me voir. Peu à peu, je suis rejetée de partout, répliqua-t-elle.

Elle ne cherchait pas à inspirer de la pitié ni de la compassion, mais à expliquer sa situation. De sa voix basse feutrée, elle raconta en quelques mots le retour d'Armand, son frère, en précisant qu'il allait repartir au bras de sa fiancée d'avant la guerre, Geneviève Michaud.

— Je ne pourrai enseigner qu'en octobre, dit-elle encore. Il me reste des mois à attendre pour avoir droit au logement à l'étage de l'école et à un premier salaire. Et puis, il y a la petite Anne…

Gisèle s'était assise, ce qui n'était pas dans ses habitudes. Elle s'écria :

— La benjamine de la famille Marot qui séjourne au sanatorium de Saint-Gilles-sur-Vie ?

— Oui. J'ai accompagné madame Marot, hier. Nous lui avons rendu visite. Il y avait Jérôme avec nous. Anne va mourir ; les médecins n'ont plus d'espoir. Je voudrais prier pour elle, mais je ne sais plus prier. Enfin, je prie à ma manière, pas comme avant, à l'époque de ma communion solennelle.

— Peu importe la manière de prier, Isaure, dit le curé, si vos prières sont sincères et inspirées par votre cœur. Patientez un peu, j'ouvrirai l'église tout à l'heure et vous pourrez prier pour cet agneau innocent, mon enfant, sans être dérangée. La tuberculose fauche sans distinction petits et grands, pauvres et puissants, mais il faut avoir confiance en la divine Providence. Quant à votre père, je suis prêt à lui parler, à le raisonner. La boisson trouble les meilleurs, Isaure. Il vous accueillera de nouveau sous le toit familial.

— Mais je n'irai pas, je n'y retournerai jamais, protesta-t-elle, ses yeux bleus étincelant de révolte. Je suis navrée de vous avoir dérangés si tôt, mais, je vous l'ai dit, je ne savais pas où me réfugier.

— Dans ce cas, où avez-vous passé la nuit ?

s'inquiéta Gisèle. J'ai cru entendre le moteur d'une voiture avant que vous toquiez à la porte.

Isaure hésita. Devait-elle mentir, ou dire la vérité, au risque de choquer la gouvernante et le prêtre ? Comme poussée par la force maligne du destin, elle choisit le mensonge.

— Geneviève Michaud m'a hébergée. Seulement, j'étais si agitée que je me suis levée sans bruit pour venir ici, au presbytère.

— Seigneur, madame Millet doit se ronger les sangs, si elle vous croit dehors par ce froid, soupira Gisèle. Mais ça ne nous dit pas qui rôdait en automobile.

— Peut-être était-ce la gendarmerie, déclara le curé. L'assassinat du malheureux Alfred Boucard a semé la panique dans la paroisse.

Les paroles du père Jean résonnèrent bizarrement aux oreilles d'Isaure. Elle eut l'impression d'avoir oublié un détail important en rapport avec le meurtre du porion. Mais, pour le moment, elle regrettait déjà d'avoir menti, puisque sa mère, Armand et les Marot au grand complet savaient, eux, que l'inspecteur l'avait recueillie la veille.

« Que je suis stupide ! se reprocha-t-elle. Je serai obligée de m'arranger avec Geneviève et d'inventer une histoire comme quoi j'ai vite quitté l'*Hôtel des Mines* pour dormir chez elle. »

Confuse, elle baissa la tête et considéra avec envie la galette grillée au saindoux, luisante de sucre fondu, que Gisèle venait de lui servir.

— Merci, ça semble excellent, madame.

Le curé et sa gouvernante la regardèrent d'un œil

attendri, pendant qu'elle dégustait la nourriture avec une sorte d'application enfantine.

Une heure plus tard, après avoir prié dans l'église déserte, Isaure se précipitait vers le portail des Aubignac et entrait dans le grand jardin tapissé d'une couche de neige immaculée. Les arbustes en parure blanche et les sapins dignes d'une carte de Noël lui donnèrent envie de rire et de pleurer, tant le spectacle l'émouvait, tout en rendant plus cruelle sa détresse.

Geneviève Michaud était levée et préparait du thé de Ceylan, sa boisson chaude favorite. Quand on cogna nerveusement à sa porte, elle eut un sursaut de surprise et s'empressa d'ouvrir. En découvrant Isaure, elle poussa un cri de soulagement.

— Dieu merci ! Je me suis fait tant de souci, hier soir, quand monsieur Marot te cherchait ! Viens vite au chaud, belle-sœur, je t'offre du thé.

Isaure entra, mais sans daigner répondre ni sourire. La voix flûtée de Geneviève, son expression heureuse et le mot « belle-sœur » firent naître en elle une colère qu'elle estimait légitime.

— Tu n'es pas encore mariée à mon frère. Ne m'appelle pas comme ça.

— Excuse-moi, mais, quand même, tu seras bientôt une personne de ma famille, et pour qui j'ai de l'affection, je t'assure. Mon Dieu, Isaure, ton visage ! Tu es tombée ?

— Le père m'a frappée et fouettée, il m'a humiliée, chassée de la métairie à cause de toi, Geneviève, comprends-tu ? Tu as profité de mon absence pour rendre visite à Armand et le persuader de s'en aller. J'étais contente, moi, qu'il habite avec nous. Il est gentil et il me défend contre… contre cet homme qui ne mérite pas le nom de père. Armand me disait qu'il serait bien, loin des gens, isolé à la campagne, qu'il pourrait se promener et contempler les paysages qu'il connaît depuis son enfance. Tu as tout détruit, avec tes manigances.

Geneviève était médusée. Elle ignorait que son fiancé avait déjà annoncé leur projet de vivre ensemble à ses parents et, peu au courant du tempérament violent de Bastien Millet, elle peinait à accepter les faits dont se plaignait Isaure.

— Calme-toi, enfin, protesta-t-elle d'un ton agacé. Je n'ai rien détruit du tout. J'aime ton frère et je veux le rendre heureux malgré tout. Je me moque du reste, de la terre entière.

Livide, un éclat pathétique au fond de ses yeux couleur de nuit, Isaure scruta les traits de la jeune femme. Elle en avait assez d'entendre parler d'amour.

— Tu dis l'aimer ? Est-ce qu'il t'a montré ce que la guerre a fait de lui ? gronda-t-elle méchamment. Non, avoue donc, il s'était caché à l'aide d'un linge ou d'un foulard, mais un jour tu le verras et tu l'abandonneras. Tu le feras souffrir…

— Non, jamais ! hurla Geneviève. D'abord, ça ne te regarde pas, ce qui nous lie, Armand et moi, ni ce qui s'est passé hier. Je suis navrée pour toi, je ne savais pas que ton père pouvait s'en prendre à toi, mais il avait sûrement une autre raison que ma visite. Je t'en prie, Isaure, calme-toi ! Tu trembles, tu es choquée. En plus, j'avais une proposition à te faire.

— Moi, je venais te supplier de mentir si on

t'interrogeait, répliqua la jeune fille en s'asseyant sur une chaise, car ses jambes flageolaient. J'ai raconté au curé que tu m'avais hébergée, cette nuit. Je t'en prie, si on t'en parle, dis que c'est la vérité.

Geneviève voulut caresser son épaule, mais elle repoussa sa main, incapable de lutter contre la colère qui la faisait trembler et serrer les dents.

— Mon père m'a brutalisée et chassée parce que j'étais partie au bord de la mer avec madame Marot et Jérôme, parce que j'avais laissé Armand seul, reprit-elle peu après, le ton cinglant. Si tu savais à quel point c'est effrayant d'affronter un homme brutal complètement saoul qui te fixe les yeux pleins de haine ! J'ai eu peur de mourir, hier soir, oui, je crois qu'il avait envie de me tuer et j'étais paralysée par la terreur, enfin, au début. Sais-tu, il y a un moment où l'on ne peut plus tolérer la souffrance et l'injustice. Là, on est pris d'une autre sorte d'ivresse, une rage folle qui fait oublier toute prudence. Je lui ai lancé une pierre. J'espérais le voir s'écrouler.

— Tais-toi, tais-toi, implora Geneviève. Isaure, tu dois me croire, je n'étais pas au courant. Jamais Armand ne m'avait dit que votre père buvait.

— Oh ! il ne boit pas si souvent que ça ! De toute façon, il n'avait pas besoin de boire pour me cogner, quand j'étais fillette. Il m'a chassée. Tant mieux, je ne remettrai jamais les pieds à la métairie. J'ai réfléchi, tout à l'heure, dans l'église. Le père Jean l'a ouverte très tôt pour que je puisse prier. J'enverrai quelqu'un chercher mes affaires et je retournerai à La Roche-sur-Yon. J'ai encore un peu d'argent ; je louerai un garni. Le travail ne manque pas, je serai serveuse ou vendeuse. Si j'en ai le courage, je reviendrai à Faymoreau en octobre pour prendre mon poste d'institutrice. Pourtant, je voudrais rester ici. Je ne sais même pas pourquoi. Ou je le sais trop bien…

— Sans doute penses-tu à Jérôme Marot. Vous serez bientôt fiancés. Isaure, je le répète, j'ai une proposition à te faire. Écoute-moi : j'ai parlé de toi à madame Aubignac. Mon départ la met aux abois ; elle prétend que je suis irremplaçable. Alors, je lui ai dit que je connaissais une jeune personne ravissante, instruite, polie, qui pourrait me remplacer quelques mois, le temps qu'elle déniche une nouvelle gouvernante. La place est intéressante, je peux te l'assurer. Déjà, tu aurais mon logement, un endroit rien qu'à toi. Tu dois veiller sur l'organisation de la grande maison.

Isaure écoutait, stupéfaite. Elle s'apprêtait à refuser, mais Geneviève ne lui laissa pas l'occasion de le faire.

— Réfléchis donc. Madame tient surtout à ne pas s'occuper des menus ni de l'intendance en général. Tu auras un chauffeur à ta disposition qui t'emmènera à ta guise acheter de la nourriture à Fontenay-le-Comte, mais attention, des pâtisseries fines, de la viande de qualité, des fruits et des légumes. La cuisinière et son fils seront à tes ordres, le jardinier aussi. Si madame Aubignac te dit qu'elle verrait un rosier à tel endroit du jardin, tu transmets ses volontés. C'est une place en or, et bien rémunérée.

— Ta patronne ne voudra pas de moi. Je ne ressemble à rien, avec ma lèvre fendue et mes joues marbrées.

— Tu serais donc d'accord, si tu dis ça ?

— Est-ce que j'ai le choix ?

— Nous irons demain matin et je te parie qu'elle t'engagera. En attendant, tu es mon invitée, tu ne bouges pas d'ici. J'ai un lit de camp ; je le déplierai pour moi ce soir. Isaure, pardonne-moi si je suis responsable de ton malheur. Et, promis, je ne t'appellerai plus belle-sœur.

C'était dit avec un doux sourire. Sans être une beauté, Geneviève avait un charme rare, qui était le reflet de son âme généreuse. Vaincue, Isaure fondit en larmes dans ses bras. Il lui semblait apercevoir une lumière parmi les ténèbres de détresse où elle se noyait depuis sa fuite de la métairie. Entre deux sanglots, la joue enfouie dans les cheveux soyeux de la fiancée d'Armand, elle promena un regard curieux, presque ravi, sur la pièce chaleureuse qui serait peut-être son petit domaine très bientôt.

Chez Stanislas Ambrozy, Faymoreau, même heure

Stanislas Ambrozy venait d'endosser sa vieille veste en laine et d'enfoncer un bonnet sur sa tête. Prêt à rejoindre le puits du Centre, il avait baissé le tirage de la cuisinière en ayant soin de laisser la cafetière au chaud. Pierre dormait encore dans un angle de la pièce, sur un lit pliant. Depuis son amputation, l'adolescent ne couchait plus à l'étage, ce qu'il ferait de nouveau seulement quand il aurait une jambe artificielle. En bon père, le Polonais tenait à faciliter la vie quotidienne de son fils. Il avait le cœur brisé chaque fois qu'il le voyait se déplacer à l'aide de ses béquilles.

Jusqu'à présent, les repas, le ménage et les lessives

étaient assurés par Jolenta. Ambrozy devait succéder à sa fille et cette perspective le rebutait.

— Mon Piotr a fait la soupe, hier soir, marmonna-t-il dans sa barbe. Elle n'aurait pas été mauvaise si Marot n'était pas venu me couper l'appétit avec son sermon.

On frappa à la porte au même instant. Stanislas crut qu'il s'agissait de son voisin, venu de Pologne lui aussi pendant la guerre.

— J'arrive, Henrik, grogna-t-il tout bas. J'ai plus qu'à éteindre la lumière. Réveille pas mon gosse, bon sang !

Il ouvrit et se trouva nez à nez avec l'inspecteur Devers, entouré de trois gendarmes et d'un homme en civil aux allures de policier, lui aussi, sous son chapeau de feutre noir. D'instinct, ses muscles se raidirent et sa respiration se fit précipitée. Il fut tenté de bousculer le groupe qui lui barrait le passage et de s'enfuir dans le pré d'à côté, sa maison étant la dernière de la rue, mais il n'avait aucune chance. Il resta figé, l'œil furibond.

— Monsieur Ambrozy, je vous conseille de nous suivre sans faire d'esclandre, dit Justin. Je voudrais vous interroger dans le cadre de l'enquête sur la mort d'Alfred Boucard.

— Vous m'avez déjà interrogé. J'ai rien d'autre à dire ! aboya-t-il.

— Monsieur Ambrozy, dans deux minutes, vos collègues de la mine vont sortir de chez eux, puisque l'heure de l'embauche est imminente. Je ne tenais pas à vous interpeller là-bas devant tout le monde. Montez dans le fourgon de la maréchaussée, que j'ai fait garer le long du pré. Soyons discrets. Je ne suis pas un mauvais bougre de flic. Vos poignets...

Résigné, Stanislas se laissa passer les menottes par le brigadier de gendarmerie. Il fulminait intérieurement, certain qu'ils étaient épiés depuis les fenêtres d'Henrik et que la nouvelle de son arrestation se répandrait comme une traînée de poudre.

— Vous me faites rigoler, avec votre discrétion, dit-il d'un ton rogue. Où vous m'emmenez, d'abord ?

— Faire un tour à Fontenay-le-Comte, peut-être un simple aller-retour. Tout dépendra de vos réponses. Je préfère éviter mon bureau provisoire de l'*Hôtel des Mines*.

Seul Devers lui adressait la parole. Les autres évoquaient de sombres pantins au masque impassible. Antoine Sardin esquissait cependant une mimique hautaine, comme s'il était le chef et tenait son coupable.

Ambrozy se mit en marche, non sans bougonner :

— C'est mon gendre qui m'a dénoncé. Il ne pouvait pas tenir sa langue, hein ?

— Ah ! merci du renseignement ! Thomas Marot savait donc des choses et il n'a pas jugé bon d'en témoigner, rétorqua le policier. Ne vous fatiguez pas, monsieur Ambrozy, nous en discuterons plus tard.

Justin Devers avait hâte de quitter Faymoreau. L'opinion des mineurs et du directeur de la compagnie lui importait peu, mais il craignait les remous que son initiative allait provoquer dans le cœur et l'esprit suffisamment tourmenté d'une certaine Isaure Millet. Il se sentait démuni, n'ayant pas eu le temps d'obtenir un mandat de perquisition. Mais il jugeait la mesure inutile ; si Ambrozy avait tiré sur le porion, il n'avait pas eu la bêtise de rapporter l'arme chez lui ni de l'y cacher. « Je suis un crétin, songea-t-il une fois assis dans le fourgon qui démarrait. Si je veux continuer dans mon métier, j'ai intérêt à me montrer prudent et un peu plus raisonnable. J'ai mis le doigt dans l'engrenage, je n'ai plus à reculer. Selon la déposition de mon suspect, j'aurai à entendre Isaure, Jolenta et Thomas Marot, ainsi que le pauvre galibot amputé. Fichu métier, ouais ! »

Anxieux, il alluma un cigarillo en espérant que Stanislas serait vite innocenté et ramené au bercail.

Coron de la Haute Terrasse, Faymoreau, une demi-heure plus tard

Assise à la table de sa cuisine, Jolenta épluchait des pommes. Elle exultait d'habiter sa propre maison, de laver leur vaisselle de jeunes mariés, de faire leur lit de couple. Le moindre détail la ravissait, des rideaux brodés au sol carrelé de rouge, des meubles en bois clair aux casseroles étincelantes. Thomas était parti à la mine depuis une vingtaine de minutes, mais elle rêvait déjà de son retour. « Mon mari se lavera, je le sécherai, on s'embrassera et il aura une tarte aux pommes pour dessert », se disait-elle en souriant.

Quand Thomas était revenu de l'*Hôtel des Mines*, bien avant minuit, elle avait d'abord boudé. Il s'était évertué à la faire changer d'humeur, même en usant de chatouilles, un stratagème qui fonctionnait à coup sûr. Elle cédait à un fou rire nerveux, porte ouverte sur des caresses et des baisers. La réconciliation n'avait pas tardé.

— Mon mari, mon mari chéri, fredonna très bas Jolenta au souvenir de leur étreinte nocturne, longue et exaltante.

Un bruit dehors lui fit tourner la tête vers la fenêtre. Le visage de son frère se dessinait derrière un des carreaux. À son expression anxieuse, elle vit tout de suite qu'il y avait un problème.

— Entre, Piotr ! cria-t-elle en se levant pour l'accueillir.

La jeune femme usait de la forme polonaise du prénom dès qu'ils étaient seuls ou avec leur père. Elle honorait ainsi la mémoire de leur mère, la jolie Hannah, disparue bien trop tôt.

— Jolenta, c'est terrible, débita le galibot, essoufflé. Je suis venu aussi vite que j'ai pu malgré ces fichues béquilles. Père, la police l'a arrêté. Ils l'ont emmené. J'ai tout entendu, mais je n'ai pas osé intervenir. J'étais en pyjama et je suis moins rapide qu'avant.

L'adolescent éclata en sanglots. Affolée, Jolenta le prit dans ses bras.

— Alors, quelqu'un a parlé du pistolet, murmura-t-elle. Mais ça ne peut pas être Thomas, non, ça ne peut pas être lui. Par la Sainte Vierge, il n'a pas pu me trahir. Piotr, je lui ai dit que j'avais vu l'arme quand nous étions à l'auberge de Vouvant.

Pierre Ambrozy renifla et sécha ses larmes d'un geste rageur. Il admirait Thomas, qui lui avait sauvé la vie. Sa déception n'en était que plus cruelle.

— Mais bien sûr qu'il en a causé autour de lui, Jolenta, puisque monsieur Marot nous a rendu visite hier soir, à l'heure du repas. Il savait tout. Il a demandé à père d'aller voir l'inspecteur de police et de lui dire qu'il avait un pistolet pour éviter des ennuis.

— Quels ennuis ? Qui aurait eu des ennuis ? s'emporta sa sœur. Il ne fallait pas en parler, voilà. C'était simple, pourtant. C'est ma faute ! Je suis sotte, j'ai même avoué à Thomas que je soupçonnais notre père.

Jolenta tremblait de tout son corps, Pierre aussi. Ils restèrent enlacés, saisis de panique et d'incompréhension.

— Tu as fait ça ? s'indigna le galibot.

— Oui, parce qu'il y avait eu ce crime et que père ne m'avait jamais montré son arme. À toi non plus.

Abasourdi, Pierre lui expliqua le fin mot de l'histoire, mais Jolenta ne fut pas convaincue, pas plus que ne l'avait été Gustave Marot.

— Personne ne va croire ça, dit-elle sur un ton lugubre. J'ai peur, très peur. Père ira en prison ; la police le jugera coupable. Viens, nous devons en discuter avec madame Marot. Elle est forcément au courant de quelque chose.

Elle s'enveloppa d'un châle en laine et entraîna son frère à l'extérieur. Les pavés de la rue étaient givrés. Un ciel bas d'un gris opaque semblait peser sur le village. Main dans la main, ils franchirent les trois mètres les séparant de la porte des Marot.

En pleine préparation d'un gâteau de semoule, Honorine sursauta lorsqu'ils entrèrent sans avoir frappé. Plongée dans ses pensées, qui concernaient principalement sa petite Anne condamnée, elle ne fut guère aimable.

— Quelles drôles de manières tu as, Jolenta ! Tu

es de la famille, mais ce n'est pas une raison pour oublier la politesse. Bonjour, Pierre.

— Excusez-moi, madame, répliqua la jeune femme. Ce qui nous amène est grave. Mon père a été arrêté.

— Quoi ? s'exclama Honorine, sidérée. Vous me faites une blague qui ne m'amuse pas. Pourquoi donc la police s'en prendrait-elle à un honnête travailleur comme monsieur Ambrozy ?

— Vous ne savez pas ? Ça m'étonnerait ! s'enflamma Pierre. C'est plutôt que vous avez grand-honte parce que votre mari et Thomas l'ont dénoncé.

Furieuse, Honorine ôta sa casserole de sur le feu et jeta sa cuillère dans l'évier. Elle les toisa tour à tour avant d'appeler Jérôme d'une voix stridente.

— Gustave est à la mine, Thomas aussi. Jérôme pourra vous dire que vos accusations ne riment à rien. Dénoncer, dénoncer, et à quel sujet ? s'égosilla-t-elle.

Soudain, ils la virent pâlir et ouvrir des yeux effarés, tandis que des pas lents ébranlaient l'escalier étroit donnant directement dans la pièce.

— On accuse votre père d'avoir tué Alfred Boucard ? demanda-t-elle.

— Je ne le sais pas encore, dit Jolenta, certaine que sa belle-mère avait été tenue dans l'ignorance, pour le pistolet.

Jérôme les rejoignit. En robe de chambre, il était échevelé, mais il avait cependant mis ses lunettes à verres fumés. Il prit aussitôt la parole :

— Maman et moi, on ne nous a pas estimés capables d'entendre certains détails d'importance, comme on dit. Je suis désolé de ce qui arrive, Jolenta.

Moi, j'ai appris que Stanislas avait une arme en écoutant parler mon père et Thomas depuis le palier. Qu'est-ce qui s'est passé ?

L'aveugle chercha une chaise à tâtons et s'assit. Mal remise du choc que la nouvelle lui causait, Honorine fit signe à ses visiteurs de prendre place autour de la table.

— Eh bien, je vais refaire du café, annonça-t-elle. Décidément, que de chambardements depuis hier soir !

Désemparée, elle haussa les épaules en secouant la tête.

— Je connais mon père et mon frère, déclara Jérôme. Jamais ils n'auraient osé prévenir l'inspecteur à propos de cette arme.

— C'est ce que je croyais, admit Pierre. Hier soir, monsieur Gustave a conseillé à mon père d'aller voir la police pour être innocenté tout de suite en donnant la marque du pistolet.

— Et où est-il, ce maudit pistolet, à présent, enragea Jolenta.

— On le lui a volé, hélas ! rétorqua son frère.

— Malheur de malheur, soupira Honorine. Mais qui était au courant ? Toi, Jolenta, toi, Pierre, Jérôme, Thomas et Gustave. Si quelqu'un a vendu la mèche, ce n'est pas un Marot, vous pouvez en être sûrs.

Aucun d'eux ne vit Jérôme frémir et son visage perdre toute couleur. Il avait un pénible pressentiment. « Moi, j'en ai parlé à Isaure, sur la dune, à Saint-Gilles-sur-Vie, songea-t-il. L'inspecteur l'a hébergée hier soir ; il l'aura obligée à témoigner contre Ambrozy… Non, je l'avais avertie, c'était un secret. Elle n'est pas du genre à bavarder à tort et à travers. Mais je ne vois personne d'autre. »

Il ne prêtait plus attention au discours précipité de Jolenta qui, dans son affolement, mêlait le français au polonais. Sa mère finit par s'apercevoir de son silence et de son attitude pensive. Se souvenant elle aussi du lieu où s'était réfugiée Isaure la veille, elle dit tout à coup sur un ton ou perçait l'inquiétude :

— Dis donc, Jérôme, ta promise était à l'*Hôtel des Mines*, hier soir, tard. D'après Thomas, elle viendrait chez nous ce matin pour ne pas rentrer à la métairie. Elle n'est toujours pas là. Si le policier l'a gardée toute la nuit, ça me tracasse. En plus, elle peut l'avoir vu partir, ce Parigot de Devers, pile quand il allait chercher des noises au malheureux Stanislas… Eh oui, Jolenta, j'ai la certitude que ton père est victime d'une erreur et qu'ils vont le ramener avant midi.

— Que le Seigneur vous entende, belle-maman ! gémit la jeune femme. Mais c'est vrai, ça : Thomas m'a dit qu'Isaure était chez l'inspecteur. Jérôme, tu ne lui as rien raconté ?

— Non, rien du tout, mentit-il.

— Ma pauvre Jolenta, nous avions d'autres choses à penser, hier, dans le train du retour, soupira Honorine en posant la cafetière fumante au milieu de la table, sur un sous-plat en fonte. Anne, ma fille, va mourir. En outre, Isaure ne s'occupe pas des affaires des gueules noires.

— Mais quand même, insista Pierre, qui a pu dénoncer notre père ? Il y avait des gendarmes, madame Marot. J'ai regardé par la fenêtre, après. Ils marchaient tous vers un fourgon noir. On n'emmène pas un homme de cette façon si on ne l'accuse pas d'un acte grave. D'habitude, l'inspecteur convoque les gens à l'*Hôtel des Mines* ou il va chez eux.

— Ne te bile pas, Pierre, ça va s'arranger, affirma Jérôme, mal à l'aise.

— Tant que ton père est absent, tu peux manger et coucher ici, dans l'ancienne chambre de Thomas.

— Merci bien, madame Marot, mais je préfère rester à la maison, au cas où père reviendrait.

— Mon frère monte difficilement l'escalier, précisa Jolenta, et, si quelqu'un doit le loger, ce sera moi.

Soudain agacée par toute cette histoire, Honorine eut une autre pensée pour sa fille, qui luttait pour sa vie. Savoir qui avait parlé ou non lui sembla une futilité. Anne accapara toute la place dans son esprit. Envers et contre tout, elle décida de suivre fidèlement les conseils d'Isaure. Elle louerait une maison à Saint-Gilles-sur-Vie.

*

Isaure approchait de la maison des Marot. Éblouie de parcourir le village en toilette hivernale, elle avait marché dans la neige fraîche avec une timide joie. Les cheminées fumaient sur chaque toit nappé de blanc et, au loin, les collines arboraient la même parure duveteuse, en harmonie avec le ciel d'un gris clair, uni et paisible. Des flocons voletaient encore, qui effleuraient son visage ou se posaient sur ses cheveux.

Geneviève avait dû la quitter pour courir chez ses patrons et veiller au menu de la journée. Dès qu'elle s'était retrouvée seule, Isaure avait observé son reflet dans le miroir du cabinet de toilette. Le constat, quoique décourageant, s'était avéré utile.

« Je vais remplacer Geneviève. Madame Aubignac doit à tout prix m'engager. Plus rien ne me retient à la métairie. Armand s'en va, je hais mon père et je déteste ma mère. »

Sa décision lui offrait une précieuse sensation de liberté. Réconfortée, elle s'était servie de la poudre de riz dont la boîte trônait sur une étagère, une jolie boîte ronde en carton décorée de motifs orientaux. Elle avait longuement contemplé la houppette en plume rangée à l'intérieur. « Moi aussi, j'aurai des objets délicats, du maquillage et des parfums. Il paraît que Viviane Aubignac se débarrasse de tout ce qui ne lui plaît plus. »

Elle était sortie avec l'intention de rendre visite à Honorine Marot, ainsi qu'à Jérôme. Ils avaient dû s'inquiéter de son sort, la veille ; elle tenait à les rassurer.

En passant devant la maison de Jolenta et de Thomas, son cœur se serra. « Il ne faudrait jamais regarder par la fenêtre des gens heureux », se dit-elle.

En frappant à la porte voisine, elle perçut des éclats de voix. Un instant, elle craignit d'être confrontée à ses parents, mais aucune calèche n'encombrait la rue ni les environs immédiats. Honorine vint lui ouvrir.

— Isaure, enfin, te voilà ! Eh bien, petite, on

avait hâte de te revoir. Mon Dieu, ta figure ! Jérôme m'a expliqué, hier soir. C'est ton père.

Bouleversée, la brave femme l'embrassa sur le front. Le silence régnait dans la cuisine, à présent. Jolenta virevolta sur sa chaise pour jeter une œillade curieuse à la visiteuse, sans lui accorder un sourire.

— Bonjour, Isaure ! s'écria Pierre, plus aimable. On a bien du souci. La police a emmené père au petit matin, oui. L'inspecteur l'a arrêté.

— Piotr, que tu es sot ! Elle n'a pas besoin de le savoir, cracha sa sœur, humiliée.

— Jolenta, tout le village le saura d'ici peu, intervint Honorine.

Changée en statue, le souffle suspendu, Isaure réfléchissait à toute allure. C'était ça qui la tourmentait sournoisement, au fond de son esprit malmené par l'alcool et le chagrin. Elle en était sûre, soudain : elle avait parlé du pistolet d'Ambrozy à Justin Devers. Sans bien se rappeler en quels termes ni à quel moment, elle en avait la certitude. « Et il en a profité, il m'a déposée au presbytère et il a filé faire sa sale besogne de flic ! »

— Isaure, viens t'asseoir, proposa Jérôme d'une voix tendue. Tu as eu assez de malheurs, hier, pour qu'on ne t'ennuie pas avec cette histoire.

Mais elle demeura interdite, le regard fixe, sans lui répondre ni bouger.

— Ma pauvre enfant, la plaignit Honorine, Jérôme a raison. Raconte-nous ce qui s'est passé.

Ils la virent s'appuyer au buffet d'une main et effleurer sa bouche meurtrie de l'autre.

— Je suis désolée, vraiment désolée, mais je crois que c'est ma faute, déclara-t-elle d'une voix dramatique. Jolenta, Pierre, je vous demande pardon, j'avais bu hier soir et j'ai dû parler du pistolet de votre père à l'inspecteur Devers.

Après son aveu, ce fut la tempête, une tempête de colère, de mépris, d'indignation, dont le vent violent allait durer plusieurs jours et causer bien des ravages.

12

Jalousies

Faymoreau, coron de la Haute Terrasse, même jour, même heure

Jolenta s'était relevée, les poings sur les hanches, les joues rouges, les yeux écarquillés. Elle dévisagea Isaure avec une expression haineuse et méprisante avant de s'écrier :

— Tu es désolée, seulement désolée, et tu nous demandes pardon ! Tu l'as entendue, Piotr ? Cette fille a dénoncé notre père à la police et elle n'est que désolée, comme si elle avait fait une petite bêtise ! Je vais te dire la vérité, Isaure : tu n'es pas désolée parce que tu l'as fait exprès ; oui, tu as tout raconté à l'inspecteur, exprès pour me faire souffrir, pour me punir !

Pierre n'avait encore jamais vu sa sœur se livrer à une telle explosion de colère. Déconcerté, il n'osa pas intervenir. Également stupéfaite devant la réaction virulente de Jolenta, Honorine en resta bouche bée.

— Mais comment as-tu su, pour le pistolet ? renchérit la jeune Polonaise, transfigurée par la fureur. C'est Thomas qui t'en a parlé, bien sûr, parce que tu es son amie, sa petite sœur ! Il n'y a pas un jour où mon mari ne prononce pas ton prénom. C'est Isaure par-ci, Isaure par-là ! Tu me gâchais la vie et maintenant tu veux envoyer notre père en prison.

Isaure vit fondre sur elle la jeune femme, qui la dépassait d'une demi-tête. Elle la prit par les épaules et la secoua.

— J'en ai assez, de toi, Isaure Millet ! J'ai pleuré pendant ma nuit de noces à cause de tes manières de sainte nitouche, oui, toujours avec ton air de chien battu et tes coups d'œil à Thomas.

Tout en maîtrisant presque parfaitement le français, Jolenta s'exprimait avec l'accent de son pays natal, ce qui conférait à ses exclamations des notes insolites.

— Calme-toi, enfin, protesta Jérôme. Thomas n'a rien dit à Isaure, c'est moi. Hier, au bord de la mer, je lui ai parlé de l'arme de ton père en lui recommandant de garder ça secret, que c'était grave.

— Oh non ! Jérôme, tu n'aurais pas dû, déplora Honorine. Déjà, tu écoutes en cachette une discussion. Après, tu racontes tout à Isaure.

Désemparée, Jolenta lâcha sa rivale – car c'était une rivale à ses yeux. Elle en avait la certitude, Thomas éprouvait des sentiments très vifs pour Isaure. Quand elle s'en inquiétait, il niait avec force, il prétendait que c'était uniquement une amitié profonde, de l'affection, une tendresse de grand frère, mais, en femme amoureuse, elle ne le tolérait pas. Il avait fallu l'arrestation de son père pour la faire sortir de ses gonds et dire le fond de sa pensée à la principale intéressée devant sa belle-mère et son frère, sans oublier Jérôme.

— Tu as mal agi, Isaure, dit enfin Pierre, gêné par le coup d'éclat de sa sœur.

— Je ne voulais pas vous causer du tort, je suis désolée, répéta Isaure, bouleversée par les propos de Jolenta. Il faut me croire.

— Ce sera difficile, ajouta le galibot. Moi, je crois plutôt ma sœur.

— Laissez-la tranquille, à la fin ! s'indigna Jérôme en tapant du poing sur la table. Je n'y vois pas, mais je sais qu'elle porte des marques, que son père l'a frappée et chassée de la métairie, hier soir. J'ignore quand et comment tu as pu t'enivrer, Isaure, mais on ne peut pas te le reprocher, dans une circonstance pareille. Allons, viens près de moi, dis-nous de quelle façon ce fichu inspecteur t'a obligée à parler.

— Je ne m'en souviens pas, murmura-t-elle en se rapprochant de l'aveugle.

— Fais un effort, creuse ta cervelle ! hurla Jolenta.

— Allons, allons, un peu de tenue, crut bon de dire Honorine. Tu as le droit d'être en colère, Jolenta, pas de te changer en harpie sous mon toit. Nous n'arriverons à rien si tu ameutes le voisinage. Isaure a commis une erreur, je te l'accorde, mais Jérôme a raison : elle n'était pas dans son état normal.

— Qu'est-ce qui le prouve ? rétorqua sa belle-fille, des sanglots dans la voix. Personne n'a vu les regards méchants qu'elle me lançait, le jour du mariage et le soir, au bal. Elle me déteste, elle est jalouse. Elle voulait Thomas et c'est moi qu'il a épousée.

— En voilà, une histoire à dormir debout ! s'offusqua Jérôme. C'est plutôt toi qui es jalouse, Jolenta, on dirait.

Isaure affichait une expression lointaine, comme si la querelle ne la concernait pas. Elle regrettait sincèrement d'avoir causé du tort à Stanislas, qu'elle appréciait. Cependant, la rage de Jolenta la faisait jubiler en son for intérieur.

« Jérôme voit juste : elle est jalouse de moi, de l'affection que Thomas me porte. Je compte, pour lui, je compterai toujours et j'en suis bien contente, consolée même », se disait-elle.

— Belle-maman, regardez-la, elle veut se faire plaindre alors qu'elle a osé dénoncer mon père. Pierre, Isaure n'a pas eu pitié de toi, elle n'a pas eu pitié de nous ! Cette fille n'est qu'une prétentieuse, une peste. Alice Grenier, une de ses camarades d'école, me l'a dit.

Accablé, l'adolescent fit oui d'un signe de tête. Il essuya ses larmes, et son chagrin silencieux était plus terrible à endurer que les vociférations de sa sœur.

— Pardon, Pierre, murmura Isaure. Je suis certaine que votre père est innocent. Ils vont le ramener.

— Toi, Jolenta, tu soupçonnais ton propre père, fit remarquer Jérôme d'un ton rogue. C'est toi qui, la première, as parlé du pistolet à Thomas. Isaure a plus de cœur, plus de jugement aussi.

— Quoi ? Thomas a dit ça ? Il n'avait pas le droit de le répéter, gémit Jolenta. Et c'est faux, j'ai eu des soupçons, mais très vite j'ai su que je me trompais.

Pourquoi père aurait tué Alfred Boucard ? Pourquoi ? Dès que j'y pensais, je me trouvais idiote.

Soudain, Honorine poussa un cri sourd. Elle cacha son visage entre ses mains et se mit à pleurer en se lamentant.

— Assez, assez, taisez-vous, tous autant que vous êtes ! On se croirait dans une basse-cour.

Elle se redressa et plaqua ses paumes sur le bois de la table, l'air égaré.

— La police fera son travail. À quoi bon vous chamailler et vous écharper ? Ma petite Anne va mourir, elle est condamnée et je ne pense qu'à ça. Je voudrais être à ses côtés pour la choyer pendant ses derniers jours. Taisez-vous, ayez un peu de respect pour moi et pour Anne. Même Gustave a préféré rendre visite à ton père hier soir, Jolenta, sans me donner d'explications, alors que je l'avais entretenu d'un projet, un doux et triste projet qui concernait notre enfant malade, notre enfant innocente.

Honteuse, Jolenta marmonna un mot d'excuse et se rassit. Jérôme saisit la main d'Isaure, qu'elle avait posée sur son épaule.

— Je n'étais pas au courant, m'dame Marot, chuchota Pierre.

Le silence se fit, pesant, à peine troublé par le ronronnement du feu dans la cuisinière en fonte.

Métairie du château, même heure

Le nez à la fenêtre, Lucienne Millet observait la vaste cour tapissée de neige. Elle s'était équipée pour sortir et nourrir les chevaux, le cochon et les poules.

— Quand je suis rentrée du village, il tombait

des flocons et il faisait froid, mais je ne m'attendais pas à voir une couche pareille ce matin, déclara-t-elle.

Elle s'adressait à son mari, assis au coin du feu, tête basse, la tignasse en bataille.

— Tu as dû être bien surpris, toi, en te levant, insista-t-elle, comme il ne répondait pas. Bastien, bois ta chicorée.

— J'la boirai quand Armand sera descendu. Je dois lui causer, au fiston, ronchonna-t-il.

Il daigna quand même jeter un coup d'œil à son épouse. Elle avait mis un manteau cintré en drap de laine et un foulard bleu noué sous le menton.

— Tu parais toute jeune, arrangée comme ça, dit-il doucement. Tu devrais aller en ville te faire teindre. T'étais jolie, en brune ; t'aurais pas dû blanchir.

— Je ne commande pas la nature, mon pauvre homme, et ça coûte cher, une couleur. Voilà que tu radotes, ce matin.

Le métayer frissonna. Morose, il disposa une énorme bûche sur les chenets.

— On gèle, ici, hein, Lucienne ?

— Tu me fais rire. Tu es collé au feu ; tu ne dois pas trop geler.

Elle prenait un ton léger dans l'espoir de passer une journée tranquille. Il y avait eu du grabuge la veille, mais elle n'avait pas envie d'en parler. Bastien était calmé, dégrisé, sûrement plein de remords. Il lui faisait presque pitié.

— Armand s'est endormi tard, dit-elle avant d'ouvrir la porte sur la cour. Ne fais pas de bruit, qu'il se repose. Et ne t'inquiète pas pour Isaure. Tu te doutes que, si je suis montée à Faymoreau, hier soir, c'était pour la retrouver. Quelqu'un l'a hébergée, va, ne te fais pas de bile.

— Et qui ? Pourquoi tu ne l'as pas ramenée ?

— On en causera tout à l'heure. Le coq fait du boucan. Peut-être qu'un renard rôde autour du poulailler…

Lucienne sortie, le métayer poussa un gros soupir. Une boule d'angoisse l'empêchait de respirer à son aise. Il appréhendait de revoir son fils, ignorant si Armand était au courant, pour Isaure.

— Misère de misère ! grogna-t-il dans sa barbe. J'crois ben que j'ai cogné la petite. Faut dire qu'elle me fiche en rogne, avec ses grands airs. J'ai pas de chance, ça, non. Fallait qu'elle arrive chez nous quand j'étais à l'écurie. Si je l'avais pas croisée…

Des images confuses tournaient dans son esprit embrumé par l'alcool ingurgité la veille. Une sensation proche du désespoir le terrassait.

— Faut pas que le fiston s'en aille, faut que je le retienne, dit-il tout bas, une main tremblante sur son front comme pour mieux ordonner ses idées.

Un pas énergique ébranla les marches de l'escalier. Bastien se raidit, le regard affolé. Armand descendait.

Le jeune homme entra dans la cuisine, une écharpe autour du cou et en robe de chambre écossaise, mais le visage nu, sans linge ni foulard. Son père lui jeta un coup d'œil craintif.

— Bonjour, mon gars, souffla-t-il, anxieux.

— Il y aura de bons jours quand je serai loin d'ici, répliqua sèchement Armand. Alors, tu n'oses pas me regarder ? Ma face ravagée te fait peur ? Espèce de vieux fumier !

Le métayer courba l'échine sous l'insulte, sans même remarquer que son fils le tutoyait, ce qu'il n'avait jamais fait. Subitement, à la stupeur du jeune homme, il éclata en gros sanglots, la figure crispée et tout de suite écarlate.

— J'me souviens pas ben ce que j'ai fait, mais c'est à cause de toi, mon petiot, parce que je n'veux pas te voir partir. Tu ne peux pas nous laisser comme ça, ta mère et moi, hoqueta-t-il, haletant.

Bien que troublé par l'attitude coupable et presque humble de son père, Armand ne céda pas à l'attendrissement. Il éprouvait trop de dégoût et de rancœur.

— Ah oui ? À t'entendre, tu as frappé et chassé ma sœur à cause de moi. Décidément, toi, tu ne fais jamais rien de mal ! Tu peux pleurer et gueuler, rien ne me retiendra. Rien.

Armand déambulait dans la pièce, tenant un mouchoir dont il se servait pour essuyer sa salive après avoir parlé. Bastien abandonna son siège au coin du feu et le suivit en essayant de lui toucher l'épaule. Mais son fils se dérobait, comme si le contact de son père le révulsait.

— Tu n'peux pas t'en aller, reprit le métayer. Faut que je te dise une chose que j'ai dite à personne, même pas à ta mère. Depuis le temps que je trime sur les terres du comte, j'ai mis des sous de côté. Tu vois le bahut, là, derrière le tiroir de gauche ? Il y a une cachette où je range des louis d'or, oui, fiston, des louis d'or. Ils sont à toi, je te les donne si tu restes chez nous. On fera du beau boulot, tous les deux, on plantera le double de blé et des choux sur la parcelle que j'ai défrichée à l'automne. Et t'aimes les chevaux. Pour chaque bête vendue, t'auras la moitié du prix ; moi, je donnerai ma part au patron.

Le jeune homme soupira. Il connaissait bien le principe du métayage, qui consistait à partager les revenus de l'exploitation avec le propriétaire. Son père avait dû tricher assez souvent, pour obtenir les fameux louis d'or qu'il lui faisait miroiter.

— Garde ton argent, rétorqua-t-il. Je ne vais pas répéter ce que j'ai déclaré hier. Si tu as oublié, tant pis. La vie de paysan ne me plaît pas. Isaure et moi, nous ne sommes pas faits pour ça.

— Isaure, Isaure ! bougonna Bastien. Fan de vesse ! si ta mère l'avait appelée autrement, elle serait peut-être moins bizarre, ta sœur.

— Tu as toujours filé doux devant madame la comtesse. C'est elle qui a choisi ce prénom. Tu n'avais qu'à refuser.

— Tu en as de bonnes, toi. Comment veux-tu refuser quelque chose à la patronne !

Il lorgna la bouteille de gnole rangée sur une étagère et ferma les yeux un instant afin de résister à la tentation. Le dédain que lui témoignait son fils le désarmait. Il le blessait cruellement. Il s'affala sur un des bancs et s'accouda à la table.

— Alors, c'est foutu, tu vas aller roucouler à Luçon avec ta Geneviève. Pourquoi t'es revenu ici ? T'avais qu'à lui écrire, la revoir en ville…

— Je n'avais rien prévu. Maintenant, si tu veux que je vous rende visite de temps en temps, à maman et à toi, il faut me parler franchement. Je me suis posé des questions une partie de la nuit.

Qu'est-ce que tu reproches à Isaure ? Comment oses-tu la traiter encore plus mal qu'un chien ? Allez, crache le morceau !

Un doute tracassait Armand. Aussi loin qu'il remontait dans ses souvenirs d'enfant, jamais sa sœur n'avait reçu d'affection ni de considération de la part de leur père. Sa mère avait pu mentir quand il lui avait demandé si Isaure était bien leur fille, à tous les deux. Ses parents dissimulaient-ils un ancien drame, un de ces odieux secrets de famille ?

— Les filles n'apportent que du malheur et des soucis, répondit brusquement Bastien. Je n'en voulais point, moi. Ta mère n'avait pas l'air mécontente d'avoir une gazoute[1], bien belle en plus. Et madame la comtesse s'en est mêlée. Elle était jeune mariée, à l'époque, et elle avait déjà fait deux fausses couches, des filles, paraît-il. Un peu plus, elle aurait pris le bébé sous le bras pour l'emmener au château. Tout le monde rabâchait qu'elle était jolie, Isaure, et ma belle-mère, la vieille pie, m'a jeté une vacherie à la figure, le jour du baptême.

— Du genre ? demanda froidement Armand.

— Qu'avec ma trogne de sanglier, c'était un miracle que j'aie pu avoir une telle merveille. Le soir, j'ai bu à en tomber raide. Aussi, faut me comprendre, ta mère, je n'étais pas le premier, je pouvais me méfier. T'es un homme, maintenant, on peut causer. Ernest et toi, je vous avais dit une fois qu'elle fréquentait Alfred Boucard avant qu'on se marie. Bah, elle prétend encore qu'il n'était pas à son goût, mais va croire une femme ! Enfin, y a

1. En patois du pays, une petite fille.

fréquenter et fréquenter. D'après Lucienne, il l'aurait forcée à lui céder à la fin d'un bal. C'était sa nature, à ce type, un coureur de jupons. Il lui fallait des conquêtes. Bon, il était prêt à l'épouser, ensuite, seulement, elle l'a envoyé sur les roses. N'empêche, je l'aimais, ma Lucienne, pour la conduire à l'autel un an plus tard, sachant ce que je savais. Elle n'était plus neuve. Quand ta sœur est née, j'ai promis de la surveiller, qu'elle ne salirait pas mon nom. Isaure a grandi, elle était de plus en plus jolie et j'me disais que les gars lui tourneraient autour comme des mouches. Je lui ai mené la vie dure pour qu'elle reste dans le droit chemin. Et je peux te jurer que j'ai hâte de la voir mariée à Jérôme Marot.

Révolté autant qu'abasourdi, Armand se posta devant la cheminée en fixant les flammes.

— Du vent, des paroles en l'air, des sottises de péquenot ! tonna-t-il. Va me faire gober tes histoires ! Tu renies ta propre fille sous prétexte qu'elle est jolie et que maman n'était pas vierge ! Isaure a toujours été sage, obéissante et travailleuse. Je crois même qu'elle redoublait d'efforts, tellement elle avait peur de toi, tellement elle espérait se faire aimer. Tu me donnes envie de vomir. En plus, tu mens ! Il y a autre chose.

Lucienne entra au même instant. Elle avisa la posture résignée de son mari et son expression de bête traquée, tandis que les derniers mots de leur fils résonnaient dans son esprit.

— Armand, tu accuses ton père de mentir ? De quoi causiez-vous donc ? En plus, il me semble bien que tu lui manques de respect.

— Eh oui, je le tutoie. Ça t'étonne ? Je lui manque

de respect, car il n'a rien d'un bon père. Dis-moi, maman, tu n'aurais pas la mémoire courte ? Tu as déjà pardonné ce qu'il a fait hier soir ? Et la façon dont il a insulté Geneviève ? Bon sang, si je pouvais me barrer immédiatement, ne plus être là, entre vous deux… Au fond, je suis bien sot d'imaginer que vous me cachez la vérité sur Isaure. Vous ne l'aimez pas ni l'un ni l'autre, c'est tout, et sans raison précise. Elle a eu le tort d'être une fille, jolie et intelligente. Elle devait payer pour ça. Vous voulez mon avis ? J'espère qu'elle ne remettra plus les pieds à la métairie.

— Et où ira-t-elle ? s'écria Lucienne.

— Oui, elle doit rentrer, renchérit Bastien. Surtout si tu t'en vas, on a besoin d'elle.

— Mais tu l'as chassée ! Engage un commis, un bien docile, répliqua Armand, profondément écœuré. Faudrait savoir ce que tu veux vraiment, père.

— Quand ta sœur reviendra, je lui dirai que je regrette. Un homme saoul n'a plus toute sa tête. J'ai eu la main lourde, sûrement, mais je ne recommencerai pas.

— Il vaudrait mieux, affirma son fils d'un ton menaçant, surtout si vous voulez me revoir un jour.

— Attends, Armand, écoute donc ! s'exclama Lucienne. Tu te trompes, on l'aime, Isaure. J'ai été élevée à la baguette, tu peux me croire. Je n'allais pas m'opposer à ton père quand il la punissait. Aussi, elle avait toujours des idées bizarres.

— C'est sa nourrice qui lui bourrait le crâne de ses bêtises, précisa Bastien. Figure-toi, fils, que ta sœur nous faussait souvent compagnie en douce pour courir chez Huguette, sa nourrice. On la cherchait partout et on s'inquiétait. Elle revenait avec ses airs de demoiselle en disant : « Je suis retournée voir ma petite mère. » J'étais en rogne. Fallait que je la corrige, non ?

— Vous ne m'avez jamais dit ça, nota Armand. Quel âge avait Isaure ?

— La première fois qu'elle a fait le trajet, six ans, je crois bien, répondit Lucienne. Ton frère et toi, vous aviez eu le certificat d'études et la bourse pour le collège. Vous ne pouviez pas savoir ce que trafiquait Isaure. Une fois entrée à l'école, ta sœur courait dans les bois avec les fils Marot dès ses douze ans. Ton père se tourmentait ; elle était jolie, déjà, et bien formée. En plus, il y avait madame la comtesse. On avait peur de la contrarier.

Intrigué, le jeune homme s'attabla et tripota une tranche de pain. Tout de suite, sa mère lui servit la boisson à la chicorée qu'elle avait gardée au chaud dans une cruche en fer posée sur les braises.

— Madame la comtesse s'est entichée d'Isaure dès sa naissance. Elle m'a promis qu'elle lui servirait de marraine, mais, la vraie marraine de ta sœur, c'était votre grand-mère Millet qui n'avait pas un sou. Madame la comtesse a tenu parole ; elle me donnait des vêtements et des chaussures, mais c'était de si belles affaires que je n'osais pas les mettre à la petite. Elle les aurait abîmées. Je ne savais pas ce qu'elle avait en tête, la patronne. Aussi, chaque fois qu'elle venait voir Isaure ou qu'elle me demandait de la lui amener au château, je faisais la leçon à ta sœur.

— Fan de vesse ! tu parles d'un bazar ! ajouta

Bastien. Madame Clotilde nous répétait que la petite devait être bien élevée, causer comme il faut, étudier. Tu me connais, fils, je tenais à la métairie, j'avais de bonnes terres à cultiver, les parcelles de pommes de terre et de betteraves, l'élevage des chevaux.

— Ben oui, on ne pouvait pas perdre tous nos avantages en déplaisant à madame la comtesse, qui faisait la pluie et le beau temps. Pardi, son régisseur lui mangeait dans la main ; monsieur le comte ne s'occupait que de chasser. Oui, ton père veillait au grain, si Isaure racontait qu'elle avait vu des fées dans le bois de chênes ou si elle s'amusait au lieu de faire ses devoirs. A-t-on eu tort, Armand ? Ta sœur a l'air d'une demoiselle de la ville, elle aura un poste d'institutrice et elle nous a pas rapporté un bâtard. Pourtant, elle est belle, c'est certain.

Son mouchoir sur la bouche, Armand adressa un regard navré à sa mère. Il avait enfin compris quel amalgame de servilité, de crainte et de sottise était responsable de l'enfance gâchée d'Isaure et de sa jeunesse studieuse sans aucune joie ordinaire. Sa sœur avait dix-huit ans, elle comptait se fiancer à un infirme et elle se préparait à une existence morne, routinière, peut-être même sans véritable amour.

— Voici les méfaits de l'obscurantisme, glapit-il d'une voix dure, avec la satisfaction intérieure de jeter un tel mot à la face de ses parents.

— Ah ! tu fais ton savant ! dit Lucienne.

— Ça veut dire quoi ? s'enquit le métayer, soucieux. Tu as lu trop de livres, toi. Ernest ne nous aurait pas enquiquinés, lui. Au fond, Isaure te ressemble.

— Je ne vous enquiquinerai pas longtemps, trancha Armand. Pour savoir de quoi je parle, allez demander à madame la comtesse, cette perruche !

Il se leva, épuisé, pressé de s'enfermer dans sa chambre. Son départ pour Luçon lui fit l'effet d'un envol vers un autre univers, délicat et paisible.

« Pauvres ignorants ! Encore deux jours à tirer ici, songea-t-il. Mais que fait Isaure ? »

Coron de la Haute Terrasse,
même jour, même heure

Isaure, elle, ne pensait ni à son frère ni à ses parents. Chez les Marot, l'atmosphère demeurait orageuse malgré les larmes et les reproches d'Honorine. Il y avait eu une légère accalmie, le temps qu'on boive une tasse de café et qu'on croque sans appétit quelques biscuits comme s'il s'agissait d'un rituel à observer.

Mais, très vite, irritée par le silence boudeur de la jeune fille, Jolenta la harcela de questions.

— D'abord, pourquoi étais-tu chez l'inspecteur ? Tu prétends avoir bu. Où donc ?

— Dans la ruelle qui arrive juste en face du café-restaurant, répondit Isaure tout bas. Je me rendais au presbytère, c'est un raccourci. Là, j'ai fait une mauvaise rencontre.

Elle se sentait sur le banc des accusés, confrontée à un juge impitoyable. Jérôme perçut la détresse qui vibrait dans sa voix et protesta.

— Fiche-lui la paix, Jolenta. Le policier nous a raconté ce qui s'est passé, à Thomas et à moi. Ton mari ne t'a rien dit ?

— Non. Il m'a seulement dit qu'Isaure était saine et sauve. Sauvée, peut-être, mais saine d'esprit, non.

— Ne sois pas méchante, se récria Jérôme. Deux mineurs, des Polonais comme toi, ont agressé ma promise ; ils lui ont donné de l'alcool. Je préfère ne pas imaginer la suite. Heureusement, l'inspecteur Devers rôdait par là.

— Des Polonais, bien sûr, ironisa Jolenta. Il ne fait pas bon être étranger, chez vous. On a le droit de s'éreinter dans la mine, mais il faudrait vite rentrer dans nos baraques, après.

— C'étaient vraiment des Polonais, affirma Isaure. Ils n'étaient pas méchants, seulement ivres. Tant d'hommes se saoulent !

Honorine assistait au débat, taciturne, les paupières rougies. Elle aurait volontiers mis tout le monde dehors pour rêver tranquillement au lendemain, le jour béni où elle retrouverait sa petite Anne. Le matin, à leur réveil, Gustave l'avait enlacée, avant de chuchoter à son oreille :

— Je suis d'accord pour ton histoire de location à Saint-Gilles-sur-Vie. Tu peux piocher dans nos économies et, puisque Jérôme tient à participer à même sa pension, ce n'est pas une folie. Anne sera bien contente, la pauvre petite, d'avoir sa maman près d'elle. J'essaierai de vous rendre visite un dimanche avant Noël et, de toute façon, je vous rejoindrai le 24. C'est un crève-cœur, hein, de la perdre !

Malade de chagrin et de soulagement, Honorine n'était plus tout à fait là, dans le coron de la Haute Terrasse. Elle avait hâte de boucler sa valise, de retirer de l'argent à Fontenay-le-Comte et surtout de serrer son enfant contre sa poitrine, d'embrasser ses cheveux, de lui annoncer la bonne nouvelle.

— Oh ! ça y est, je me souviens ! s'écria Isaure, tirant la brave femme de ses songeries. Oui, c'était plus tard, à l'*Hôtel des Mines*. L'inspecteur m'a dit qu'il surveillait Stanislas Ambrozy, et moi, j'ai pensé au pistolet. J'ai cru que la police surveillait ton père, Jolenta, à cause du pistolet, et j'en ai parlé, il me semble. J'avais bu du vin, en plus, ce n'est pas ma faute. Je voulais oublier, oublier des choses.

Pierre regarda sa sœur en espérant qu'on en resterait sur cette explication, plausible de surcroît. Il n'en fut rien.

— En tous les cas, tu n'as pas oublié que mon père possédait une arme, une arme qu'on lui a volée, intervint Jolenta. L'assassin du porion la lui a volée, mais, à cause de toi, Isaure Millet, le vrai coupable va courir longtemps. Si quelqu'un d'autre meurt dans le village, ce sera ta faute, rien que ta faute.

— N'exagère pas, Jolenta, s'insurgea Honorine. Tu dépasses les limites, là.

— Maman a raison. Calme-toi donc. Il faut faire confiance à la police, argua Jérôme. Au fond, dans cette affaire, je suis le seul responsable. Je voudrais que tu arrêtes de t'en prendre à Isaure.

— Bien sûr, défends-la. On défend ceux qu'on aime. Il paraît que vous allez vous fiancer, beau-frère, éructa durement Jolenta. Pourtant, ta promise a couché chez un autre homme, un policier qui pense, comme beaucoup de gens d'ici, qu'un Polonais ne vaut rien et peut finir en prison. Nous avons l'habitude.

La jeune femme était méconnaissable. Si la colère

ne nuisait en rien à sa beauté, elle n'avait plus l'expression douce, timide et angélique qui avait séduit Thomas Marot lorsqu'il l'avait vue la première fois. Son regard avait un éclat froid ; sa bouche était pincée et affectait une moue dédaigneuse.

— Je n'apprécie pas tes allusions, Jolenta, s'indigna l'aveugle.

Il tremblait de nervosité, car sa belle-sœur avait touché un point sensible.

— Moi non plus, je ne les apprécie pas, déclara soudain Isaure, exaspérée. Je suis désolée, j'ai demandé pardon pour mon erreur. Tu t'en moques, Jolenta. Tu cherches à m'humilier et à me blesser, ça, je peux l'admettre, mais ne fais pas de peine à Jérôme. Je vais te dire pourquoi j'ai bu de la vodka avec tes compatriotes. J'étais trop malheureuse. Tu as perdu ta mère, je le sais par Thomas, et c'est bien triste. Mais ton père t'aime. Hier, à mon retour ici après une journée au bord de la mer, j'avais repris espoir. Ce brin d'espoir tout fragile, mon père à moi l'a brisé net dès qu'il m'a vue entrer dans la cour de la métairie. As-tu connu ça, Jolenta, des coups en plein visage, des insultes, la haine dans les yeux de celui qui t'a élevée, de celui qui est de ton sang ? Tu es jalouse parce que Thomas parle souvent de moi ! Tu es bien sotte, tu n'as rien à craindre. Et l'inspecteur Devers n'a fait que me protéger de moi-même. Il faudrait laisser madame Marot en paix, maintenant.

Isaure s'exprimait sur un ton calme, le buste bien droit, le visage empreint d'une sincère détresse. Avec ses cheveux noirs, son teint laiteux et ses prunelles de poupée dont les cils battaient un peu, elle était infiniment séduisante.

— Bien dit, petite, approuva Honorine. J'ai un ragoût à préparer et du linge à repasser. Reviens ce soir avec Thomas, Jolenta, quand il aura débauché. Nous recauserons de tout ça. Stanislas sera peut-être de retour.

Jolenta comprit. Sa belle-mère la congédiait. Pierre se leva, l'air confus.

— Tu as entendu, Piotr ? s'écria sa sœur. Mais, belle-maman, je veux rester avec vous ; je suis de la famille, maintenant. Pourquoi vous ne dites pas à cette fille de sortir ? Nous sommes de trop, mon frère et moi ? Pas Isaure Millet ?

— Tu es de la famille, mais tu habites à côté et tu as sûrement du travail, toi aussi, déclara fermement Honorine.

— Je m'en vais la première, annonça Isaure.

Mais Jérôme la retint par le bras. Elle céda avec un sourire résigné.

— Tu ne nous déranges pas, dit-il. Je voudrais te parler, si tu as le temps. Je suppose que tu dois rentrer chez tes parents.

— Jamais, non, jamais, répliqua-t-elle. Je n'y suis même plus obligée.

— Eh bien, installe-toi ici, persifla encore Jolenta. Je te cède la place. Viens, Piotr.

Ils sortirent. La porte claqua. Isaure fut soulagée que cette scène invraisemblable prenne fin.

— J'ai quelque chose à vous confier, murmura-t-elle.

— Alors, assieds-toi, proposa Jérôme.

Elle les mit au courant de la proposition providentielle de Geneviève. Plus elle en parlait, plus la hargne vengeresse de Jolenta perdait de son venin. Il lui semblait d'une importance capitale d'obtenir la place de gouvernante dans la riche maison Aubignac, d'investir le pavillon en briques, de le décorer avec des branches de houx, d'y lire près du poêle sans peur d'être dérangée.

Jérôme l'écoutait, affligé. Il était de plus en plus convaincu que, tout ce dont Isaure avait besoin, c'était d'un asile sûr. « Elle était prête à m'épouser pour se réfugier près de moi et de mes parents, se disait-il. Je ne suis même plus sûr qu'elle aime vraiment mon frère. Elle n'éprouve peut-être que de la gratitude, une immense gratitude envers lui parce qu'il s'est toujours soucié d'elle. »

Commissariat de Fontenay-le-Comte, même jour

Justin Devers alluma un cigarillo. Il se retrouvait dans son élément, un poste de police où résonnait le bruit familier d'une machine à écrire dans un décor gris et noir, composé de casiers de rangement en métal et de quatre tables surmontées chacune d'un appareil téléphonique.

On lui avait volontiers prêté un bureau pour l'interrogatoire de son suspect, même si Devers et son adjoint dépendaient du commissariat de La Roche-sur-Yon. Mais l'inspecteur avait agi dans l'urgence, Fontenay-le-Comte étant plus proche de Faymoreau. Le crime de la mine, comme titraient encore les journaux, avait secoué la Vendée et aiguisé la curiosité populaire. Un porion tué d'une balle dans le dos pendant l'effondrement d'une galerie dû à un coup de grisou, il y avait de quoi alimenter les colonnes et les discussions au zinc des bistrots.

Stanislas Ambrozy n'avait pas desserré les lèvres pendant le voyage jusqu'à Fontenay-le-Comte. Il s'était tenu prostré, le regard lointain, comme retiré à l'intérieur de lui-même. Mais, à présent, seul avec l'inspecteur, il semblait se redresser et bomber le torse, l'œil furibond, prêt à se justifier.

— Nous voici en tête-à-tête, monsieur Ambrozy, à prudente distance de vos camarades les gueules noires, attaqua Justin. Je ne voulais surtout pas créer d'agitation. Les travailleurs sont souvent solidaires, les mineurs encore plus.

— Les Polonais du village seront solidaires, rétorqua l'homme. Les autres, je ne crois pas.

— Si vous le dites… Parlons plutôt de l'arme, un pistolet que vous possédez et dont vous n'avez pas fait état lors d'un précédent interrogatoire à l'*Hôtel des Mines*. C'est bien simple, donnez-moi la marque et le modèle. Selon votre réponse, nous rentrons ensemble, bons amis, à Faymoreau. Dans ce cas, vous objecterez sans doute qu'il était inutile de vous emmener ici, dans ce sinistre bureau. J'ai préféré prendre mes précautions, car, toujours selon votre réponse, je vous placerai peut-être en détention provisoire et nous aurons gagné du temps.

La voix bien timbrée du policier et ses intonations ironiques agacèrent Stanislas. Il ne le montra pas.

— J'avais acheté un Luger de calibre 9,19. Ça m'avait coûté deux semaines de salaire parce qu'il me fallait également des balles. Un type de Saint-Hilaire des Loges en vendait, après la guerre.

— Ah ! fit Devers. Vous êtes dans de sales draps, Ambrozy. Le porion Boucard a été tué avec ce modèle d'arme, assez courant, je vous l'accorde.

— J'en étais sûr, grogna le suspect. Si je n'ai pas causé de mon arme, inspecteur, c'est pour cette raison. On me l'a volée chez moi, avant la mort de Boucard. Si j'en causais à la police, on m'arrêtait. La preuve…

Justin prit place derrière le bureau qui le séparait du Polonais. Il n'éprouvait en fait aucune jubilation ni aucune satisfaction du fait de tenir son coupable, car, au fond de lui, il avait l'étrange conviction qu'Ambrozy était innocent. Mais il appela Antoine Sardin, qui attendait dans le couloir.

— Mon collègue va noter votre déposition et tout ce que vous déclarerez. Un conseil, soyez le plus sincère possible.

Sardin entra, l'air goguenard. Il s'installa à une petite table équipée d'une machine à écrire.

— Je vous écoute, monsieur Ambrozy, dit Devers. Vous vous souvenez de la date du vol ?

— Patron, il ose raconter qu'on lui a volé le pistolet ? s'écria son adjoint. Ma parole, il nous prend pour des imbéciles !

— Pas de commentaires, Sardin, gronda le policier. Monsieur Ambrozy ?

— J'ai constaté la disparition de mon arme après la mort de notre porion. Faut avouer qu'avec l'accident dans la mine et mon gars qui était prisonnier sous terre, je ne suis pas souvent rentré chez moi, sauf pour me coucher et m'endormir comme une masse. Je priais avec ma fille Jolenta pour que

Piotr… enfin, Pierre, dans votre langue, s'en sorte vivant.

Le Polonais tournait le dos à Antoine Sardin, qui en profita pour faire semblant de jouer du violon, une façon de signifier à son chef que le suspect espérait les attendrir avec du mélo. L'inspecteur jugea la pantomime stupide.

— Sardin, dehors ! Je n'apprécie pas vos pitreries indignes de votre fonction. On ne vous a jamais appris la décence ? Sortez, je me passerai de vos services. Vous avez entendu ? Dehors !

Le jeune homme obtempéra, surpris par cet accès de colère. Devers se leva, claqua la porte et alla s'asseoir devant la machine à écrire. Stanislas fit pivoter sa chaise et scruta les traits de l'inspecteur avec curiosité. Il avait peut-être une chance de le convaincre.

— Je disais donc que, pendant les jours où on tentait de libérer mon fils et Thomas Marot, qui est devenu mon gendre depuis, je ne me suis pas préoccupé du pistolet. Mon épouse s'est éteinte un mois avant notre départ pour la France. Alors, l'idée de perdre Piotr, ça me rendait malade. Mais il y a eu l'enquête et j'ai su par Gustave Marot que Boucard avait été tué, enfin qu'il avait reçu une balle dans le dos. J'ai trouvé ça bizarre, monsieur l'inspecteur. Pourtant, pas une seconde je n'ai pu imaginer que c'était avec mon arme. Je m'en suis soucié quand Pierre a été hors de danger et qu'on l'a amputé.

Ambrozy avait baissé la voix, les yeux fixés sur les menottes qui entravaient ses poignets.

— La cachette était vide, reprit-il, un carton à chaussures rempli de chiffons sous mon lit.

— Ce n'est pas très original. Pourquoi cachiez-vous le pistolet ?

— J'avais peur. Je pensais que c'était illégal. Mais Piotr savait où le trouver, en cas de besoin.

— Votre fille était-elle au courant ? Comprenez-moi, il est déconseillé de mentir à la police. Or, vos enfants ont eu soin de taire l'existence de votre arme.

— J'avais demandé à Jolenta et à Piotr de ne pas en parler, mais ma fille l'a dit à Thomas.

— D'accord. À présent, expliquez-moi pourquoi vous avez acheté une arme.

Le Polonais se lança dans un récit précis, sans jamais hésiter, d'où ressortait, évident, son amour pour son fils unique et pour les chevaux. Il raconta à l'inspecteur ce qu'il avait déjà confié au père de Thomas, à savoir qu'il avait procédé à l'achat du pistolet pour pouvoir au besoin abréger les souffrances des bêtes blessées au fond de la mine.

Quand il eut terminé, Justin retint un soupir navré.

— Trouvez une autre raison, monsieur Ambrozy. Votre histoire ne tient pas debout. Dites-moi que vous teniez à protéger la vertu de votre fille, si un mineur cherchait à la séduire, ou que vous aviez idée de braconner afin d'améliorer l'ordinaire. Là, aucun juge n'avalera vos fadaises.

— Ce ne sont pas des fadaises ! tonna Ambrozy. J'ai voulu être un bon père pour mon fils. C'est un garçon sensible. Il a grandi en compagnie des chevaux de la ferme familiale, là-bas, en Pologne. Il a beaucoup pleuré sa mère, une fois en France, et j'ai promis à Hannah dans mes prières d'éviter les chagrins à notre enfant. Je sais que ça paraît ridicule, mais avez-vous vu une bête agoniser, inspecteur ? Une grande bête aux yeux affolés qui trime sous la terre pour les hommes, pour la compagnie ? Pierre a été embauché comme galibot à douze ans et, depuis, trois chevaux de la mine ont été blessés. Ils ont attendu des heures avant d'être achevés, en souffrant comme ce n'est pas permis de souffrir. Alors, j'ai acheté le pistolet. Mon garçon courait vite, avant ; il ne lui aurait pas fallu longtemps pour aller chez nous et rapporter l'arme.

Perplexe, Justin Devers observa sans répondre les lettres de la machine à écrire. Malgré sa nette tendance à la logique, il avait l'intuition qu'Ambrozy disait la vérité.

— Mettons que tout ceci soit vrai, hasarda-t-il. Qui vous a volé le Luger ? Pour le voler, on devait savoir qu'il existait et qu'il était en votre possession. À ce point de votre déposition, seul votre fils Pierre était au courant, ainsi que votre fille. Plus ennuyeux encore, l'arme est introuvable. Deux fois, je suis descendu dans le puits du Centre afin d'inspecter les lieux, sans compter les fouilles effectuées par des ouvriers spécialisés venus de La Roche-sur-Yon pendant les réparations de la galerie.

— Si le voleur est celui qui a tiré sur le porion, il a dû s'en débarrasser.

— Oui, les moyens de faire disparaître une arme sont nombreux : un marécage, un trou creusé au fond d'un bois et j'en passe, marmonna Devers. Monsieur Ambrozy, vous risquez gros si on ne retrouve pas votre prétendu voleur. Dès que le procureur sera informé, il n'hésitera pas à vous désigner comme le coupable. Cherchez bien. À qui auriez-vous parlé du pistolet, hormis vos enfants ? Un autre mineur, une femme ?

Nerveux, Justin se tut. Le Polonais réfléchissait, tête basse.

— Je me suis déjà posé la question, dit-il enfin. La réponse ne m'a pas avancé. Elle ne vous plaira pas non plus. J'en avais causé à Boucard, notre porion, mais il ne peut pas témoigner, paix à son âme.

Le policier jura entre ses dents. Il faillit changer d'humeur et accuser Ambrozy de mauvaise foi. Cependant, il se calma afin d'élaborer un raisonnement.

— Alfred Boucard, la victime ! s'écria-t-il. Pourquoi lui ? Vous n'étiez pas dans l'équipe dont il avait la responsabilité, d'après vos propres déclarations, la première fois que je vous ai interrogé.

— Mais je le connaissais bien. Il m'est arrivé de travailler sous ses ordres. Je lui ai demandé en douce si c'était permis par la loi française de posséder une arme et, du coup, j'ai expliqué que j'avais acheté un Luger.

— Qu'a-t-il dit ?

— Il m'a conseillé d'être discret et qu'il le serait lui aussi. Après, il m'a tapé sur l'épaule. Boucard, je l'estimais. Je ne l'ai pas tué, inspecteur. Je n'avais pas de motif. Il faut chercher qui avait un motif.

— Un mobile, le mot juste est un mobile, pas un motif, rectifia le policier d'un ton sec.

L'enquête prenait l'allure d'un véritable imbroglio dans lequel il se débattait. Les propos du principal suspect ne faisaient que compliquer la situation.

« Si Ambrozy est l'assassin, il n'avait aucun intérêt à me donner le modèle de son pistolet. Il pouvait mentir, puisque l'arme a disparu. Non, cet homme me semble sincère. Pourtant, je dois le placer en détention et téléphoner sans tarder au procureur… le grand ami de Marcel Aubignac. » Cela le mettait franchement mal à l'aise. Il ajouta à voix haute :

— On peut supposer une chose ; Alfred Boucard a pu ensuite parler de votre arme à quelqu'un d'autre, même si je n'ai rien entendu de ce genre lors des interrogatoires. Danielle Boucard aurait pu m'en parler, si elle avait été au courant, mais je doute que son mari lui ait fait des confidences à ce sujet. Dès le début de l'enquête, j'ai fait le triste constat que les gens ne savaient rien, qu'ils n'avaient rien vu d'anormal. La fameuse solidarité des mineurs, encore une fois, n'est-ce pas ! Monsieur Ambrozy, vous allez être mis en prison. C'est une mesure provisoire ; le procureur décidera de votre remise en liberté au vu de votre déposition. Quant à moi, je dois rentrer à Faymoreau afin de poursuivre mes investigations. Je préviendrai votre fils.

Le Polonais hocha la tête en tressaillant de tout son corps. Résigné, il murmura :

— Dites bien à mes enfants que je suis innocent.

— Je n'y manquerai pas, rétorqua Justin Devers.

Faymoreau, deux heures plus tard

Isaure et Jérôme se tenaient immobiles devant la porte de la famille Marot. La jeune fille avait remonté le col de son manteau et gardait ses mains enfouies au fond de ses poches.

— Il fait de plus en plus froid. Ne reste pas

dehors, tu n'as qu'une écharpe et un gilet, dit-elle à l'aveugle. Ça me fait mal au cœur que tu ne puisses pas admirer le paysage. Il a bien neigé ; tout est blanc, tout est différent. On dirait un tableau, comme dans les livres.

— Tu pourras me dire la même chose chaque saison, Isaure. Je me suis fait une raison. Je ne verrai plus les fleurs de l'été, ni les feuillages roux de l'automne, ni la neige, ni ton visage, surtout, un chef-d'œuvre de la nature, lui aussi.

— Tais-toi, je ne mérite pas de compliments. Je m'en veux d'avoir parlé du pistolet de Stanislas à l'inspecteur, je m'en veux tant ! Je n'ai pas de chance, je n'en aurai jamais. Tiens, je pourrais parier que madame Aubignac ne voudra pas de moi, même si j'espère le contraire de toute mon âme.

Le jeune homme soupira. Il chercha la joue d'Isaure à tâtons et la caressa.

— Quand tu seras rejetée de partout, je serai encore là pour t'accueillir à bras ouverts. Tu aurais fait une bonne épouse, attentionnée et instruite.

— Pourquoi dis-tu ça de cette façon, Jérôme ?

— Je t'en prie, arrêtons de jouer, Isaure. J'ai compris certaines choses, avant-hier, à Saint-Gilles-sur-Vie, et tout à l'heure, pendant que ma furie de belle-sœur dévidait sa rage sur toi. J'ai eu tort de te proposer le mariage en profitant de ton désespoir. Thomas épousait sa belle et tu ne supportais plus la méchanceté de tes parents ; j'ai sauté sur l'occasion. Maintenant, à cet instant précis, j'efface tout ce que j'ai fait et dit, mon chantage indigne d'un type amoureux, mes crises de jalousie… Une femme comme toi, il faut la conquérir en douceur, lui prouver sa valeur. J'ignore qui deviendra ton mari, mais prends ton temps pour le choisir. Tout va s'arranger. Tu auras la place de gouvernante, et j'en suis content. Tu seras libre d'agir à ta guise, tu auras chaud et tu ne souffriras plus sous les coups de ton tyran de père.

Jérôme se tut et caressa encore le contour de son visage à l'ovale de madone.

— Tu n'es plus ma promise. Je vais l'annoncer à maman dès que je rentrerai dans la maison. Mais, si tu m'acceptes comme ami, j'en serai ravi.

— Tu as raison, j'avais l'intention de t'en parler moi aussi, répliqua-t-elle. C'était idiot, cette histoire de fiançailles. Je ne sais pas bien ce que je veux, mais je te remercie de me proposer ton amitié. J'en aurai besoin. Tu as entendu Jolenta ? Elle a osé crier la vérité, ma vérité, devant ta mère et son frère. Elle ne se trompe pas : j'étais jalouse à en mourir, le jour de leur noce. Depuis, grâce au retour d'Armand, j'ai l'impression que mes sentiments pour Thomas ont changé. Peut-être que je l'aime comme un grand frère, justement comme j'aime Armand. Si tu savais à quel point j'ai été heureuse de le retrouver ! En plus, il me traite en adulte, maintenant, et il est gentil.

— Mais, si j'ai bien compris ce que tu nous as expliqué, à maman et à moi, Geneviève et lui s'en vont vendredi matin ?

— Oui, mais je n'ai pas le droit de me plaindre. Il mérite un peu de bonheur.

— Je n'aurai même pas eu l'occasion de le rencontrer et de discuter avec lui. J'étais censé le distraire, les longs après-midi à la métairie. Tu te souviens ?

— Eh bien, nous irons le voir à Luçon, tous les deux. Je vais te faire un aveu, Jérôme. Plus je passe du temps en ta compagnie, plus je t'apprécie.

Isaure eut un petit rire léger dont elle fut la première étonnée.

Un bruit de pas dans la rue la fit sursauter, tandis que l'aveugle tendait l'oreille.

— Qui est-ce ? demanda-t-il.

— Un sale flic qui n'a aucun sens de l'honneur, répondit-elle tout bas. L'inspecteur Devers !

Mais, en dépit de la réponse pleine de rancœur qui lui avait échappé, Isaure n'était pas mécontente de voir réapparaître le policier.

13

Une tempête de sentiments

Faymoreau, coron de la Haute Terrasse,
même jour, même heure

Justin Devers salua Isaure et Jérôme d'un signe de tête avant de toquer à la porte de Jolenta Marot. Le clocher de la chapelle des mineurs sonna onze coups, comme pour souligner de son tintement cristallin le geste du policier.

« Mademoiselle Millet m'a décoché un regard meurtrier », se disait-il, légèrement inquiet de l'accueil que lui réserverait la fille de Stanislas Ambrozy.

Jolenta lui ouvrit aussitôt et le fit entrer. Elle désigna sans dire un mot la cuisine, où Pierre était assis près du fourneau à charbon.

— Bonjour, mon garçon, dit-il. Bonjour, madame Marot. Je suis venu le plus vite possible vous apprendre une mauvaise nouvelle. Votre père est en prison à Fontenay-le-Comte. Je précise qu'il s'agit d'une détention provisoire. J'ai téléphoné au procureur ; il va examiner le dossier de l'enquête et il décidera alors de libérer notre principal suspect ou de prolonger son incarcération.

— Votre principal suspect, répéta la jeune femme. Mais notre père n'a rien fait de mal. Avez-vous des preuves contre lui, au moins ?

— Le pistolet qu'il possédait et qu'on lui aurait supposément volé pourrait être l'arme qui a servi à tuer Alfred Boucard. Un Luger de calibre 9,19. Je dis bien pourrait, car, je l'admets, c'est un modèle courant qu'il est facile de se procurer, et quelqu'un d'autre ici a pu en acheter un et l'utiliser. J'ai envoyé mon adjoint à Saint-Hilaire des Loges, chez le commerçant où monsieur Ambrozy déclare avoir acquis son arme. Un quincaillier, paraît-il.

— Dans ce cas, n'importe qui a pu tuer notre porion, insinua Pierre, les larmes aux yeux.

— Oui, mais l'inspecteur a voulu faire plaisir à Isaure Millet. Il lui doit bien ça : elle a dénoncé notre père.

Justin ôta son chapeau constellé de gouttelettes d'eau ; les flocons venaient de fondre, tant il faisait chaud dans la maison.

— Mademoiselle Millet n'a pas dénoncé volontairement votre père, affirma-t-il sur un ton véhément. Elle a parlé du pistolet en état d'ivresse et par étourderie. Par conséquent, je n'ai pas eu le choix, je n'ai fait que mon métier. De surcroît, nous avions des soupçons à l'égard de monsieur Ambrozy et il était surveillé.

Jolenta haussa les épaules. Devers l'observa et la trouva très belle, avec la cascade de cheveux blonds qui ruisselaient dans son dos, ses joues roses et ses grands yeux d'azur. « Thomas Marot doit adorer sa femme », songea-t-il en se reprochant immédiatement d'avoir une pensée aussi futile en un tel moment.

— Ni vous, madame, ni toi, Pierre, n'avez évoqué l'existence de ce pistolet quand je vous ai interrogés, reprit-il. D'après la déposition de votre père, Gustave et Thomas Marot étaient au courant. Il fallait me prévenir.

Pierre se redressa et considéra le policier avec surprise. Justin fut attendri par sa tignasse blonde, ses yeux bleus et ses taches de rousseur sur les pommettes. L'adolescent respirait la bonté et la tristesse.

— Vous ne pouvez pas nous le reprocher, puisque vous ne nous avez pas posé la question. J'étais à l'hôpital, au début de votre enquête. Vous ne m'avez interrogé qu'à mon retour ici et, là encore, vous n'avez pas demandé si mon père avait une arme. Ni aux autres mineurs, j'en suis sûr.

Interloqué, Justin Devers perdit contenance un instant.

— Tu marques un point, jeune homme, admit-il avec un vague sourire. Mais, à ton avis, après un crime qui met en émoi toute la population de Faymoreau, est-ce que beaucoup de gens m'auraient sagement répondu ? Non, le mensonge est la règle, dictée par la peur d'être soupçonné ou accusé. Il fallait retrouver l'arme, qui pouvait révéler des empreintes. Là, je pourrais poser la question, mais ça n'a pas été le cas.

Jolenta toisa le policier d'un œil glacial. Submergée par la colère et la jalousie, elle ne retenait qu'une chose : Isaure avait livré son père à la justice. Elle en oubliait même encore une fois qu'elle avait envisagé sa culpabilité.

— Madame Thomas Marot, lui dit soudain Devers, je voudrais savoir, à présent, si Alfred Boucard n'aurait pas cherché à vous séduire ou s'il vous aurait forcée à des relations, une éventualité qui aurait été susceptible de provoquer la fureur de votre père.

— Ni lui ni aucun autre mineur, rétorqua-t-elle, rouge de honte. Je fréquentais sérieusement Thomas depuis deux ans, mais nous nous aimions bien avant. Pendant qu'il était à la guerre, j'ai prié chaque jour pour son retour. On me respectait.

— Et vous êtes enfin mariés, tous les deux. Est-ce que votre père approuvait votre union ?

— Oui, tout à fait. Il estime son gendre, et Pierre aime son beau-frère. Nous sommes une famille tranquille.

— Bien, bien, je vous laisse en paix. Mais je voudrais entendre le témoignage de votre époux, ce soir, et celui de Gustave Marot. Je vous confie une convocation ; je les attendrai à l'*Hôtel des Mines*.

La jeune Polonaise approuva d'un hochement de tête.

— Ne tenez pas rigueur à Isaure Millet, dit Justin avant de sortir. Cette demoiselle a son lot de malheurs. C'est moi qui ai profité de la situation.

— Ah ! c'est dommage ! cracha Jolenta entre ses dents. Qu'un homme me débarrasse d'elle et l'emmène au diable ! Je serai enfin rassurée. Isaure a voulu me nuire, et vous, monsieur l'inspecteur, vous l'avez aidée.

— Jolenta, non, ne dis pas des choses pareilles, protesta Pierre, son honnête figure empourprée.

— Disons que je n'ai rien entendu, dit Devers en remettant son chapeau.

Il prenait conscience d'une évidence troublante : la belle fille blonde à l'accent mélodieux se rongeait de jalousie. « L'enfer de la passion », se dit-il quand il fut dehors.

Tout de suite, il remarqua une silhouette féminine au bout de la rue, là où le coron de la Haute Terrasse donnait accès à une pente douce menant à l'*Hôtel des Mines*. Brassée par le vent du nord, la neige tombait encore sur le village, fluide et aérienne. « C'est Isaure, là-bas. Je devine sans peine ce qu'elle veut. Elle va m'accabler de reproches. »

Elle le regarda venir le long des façades toutes semblables, dont les couleurs paraissaient ternes à côté de l'éclat du sol d'un blanc pur. Il fut bientôt à sa hauteur. Il la fixa en silence.

— Je vous attendais, inspecteur Devers.

— Vous m'en voyez flatté, mademoiselle Millet.

— Oh ! mettez de côté votre ironie bon marché, elle ne m'amuse pas, répliqua-t-elle. Comme si je n'étais pas assez malheureuse, je vous dois les foudres de Jolenta Marot. J'ai cru qu'elle allait me cogner dessus, elle aussi. Pourquoi avez-vous arrêté son père ? Il est innocent.

— Fournissez-moi une preuve de ce que vous dites et il sera libéré. Isaure, l'enquête piétine. Grâce à vous, j'ai eu connaissance d'un élément important, le premier élément intéressant. Je vous accorde qu'Ambrozy se défend bien et qu'il m'a paru sincère, mais son pistolet, qu'on lui a soi-disant volé, était un Luger, et du même calibre que l'arme incriminée. Certes, les preuves manquent et le procureur va hésiter sur la décision à prendre. Cependant, à ce jour, le Polonais est le seul suspect possible.

— Ce n'était pas une raison pour courir chez lui

et l'emmener. Je me sens responsable, et tout le monde va le penser.

— Surtout Thomas ?

— Oui, il m'en voudra d'avoir causé de la peine à sa femme.

— Isaure, je croyais que c'était lui, Thomas, qui vous avait parlé du pistolet, en vous priant, sans doute, de garder le secret.

— Bien sûr, vous n'avez rien eu de plus pressé, dans votre scénario, que de l'accuser d'avoir fait entrave à la justice ! Mais vous vous trompez : c'est Jérôme, son frère. Il m'a confié ça sur la dune, à Saint-Gilles-sur-Vie. Il avait écouté une discussion parce qu'on le tient à l'écart. Pensez donc, un aveugle ! Oh ! au fond, je me fiche de tout ça ! Je veux être à l'abri, manger ce qui me fait envie et ne plus recevoir de coups. Je me fiche de tout, de vous et de vos manigances.

Sur ces mots ânonnés, Isaure éclata en sanglots. Le chaos de sa jeune existence l'effrayait autant qu'il la désolait.

— Je m'en vais, chuchota-t-elle. Je ne veux plus vous voir, plus jamais.

Justin la retint par le bras en luttant contre l'envie de l'enlacer, de la bercer et de sécher ses larmes avec des baisers.

— Où irez-vous ?

— Geneviève Michaud m'a invitée à rester chez elle jusqu'à vendredi. Demain, jeudi, elle me présente à sa patronne, qui m'engagera comme gouvernante. Je n'ai pas besoin de votre pitié.

— Mais vous êtes mineure, Isaure. Vos parents vont exiger votre retour au bercail.

— D'abord, cessez de m'appeler par mon prénom, nous ne sommes pas des amis et c'est indécent, balbutia-t-elle. Mon père m'a ordonné de ne pas remettre les pieds sous son toit. Je lui obéis. J'ai toujours obéi à cette brute.

Le policier lâcha prise. Il ne comprenait pas bien pourquoi Isaure deviendrait employée de maison chez les Aubignac, mais il brûlait d'en apprendre davantage. De plus, en se basant sur les manies de sa mère et celles de sa dernière maîtresse, une fringante Parisienne, il supposa que la jeune fille devait déplorer de ne pas avoir ses vêtements et ses petits effets personnels.

— Si je vous conduisais à la métairie en voiture, vous pourriez récupérer vos affaires et discuter avec votre mère, au moins. Bastien Millet n'osera pas vous importuner en ma présence. En chemin, vous m'expliquerez ce qui se passe.

— Ce qui se passe ? Geneviève a rendu visite à mon frère pendant que j'étais au sanatorium avec madame Marot et elle l'a persuadé de s'en aller vivre avec elle à Luçon. Elle quitte son emploi et elle croit que Viviane Aubignac voudra de moi pour la remplacer.

— Eh bien, ce serait une excellente solution, fit-il remarquer.

— Non, ce serait le paradis, soupira Isaure.

Faymoreau, quelques heures plus tard

Jolenta faisait les cent pas au pied de l'édifice métallique qui indiquait l'emplacement du puits du Centre. L'heure de la débauche était imminente, et la jeune femme n'en pouvait plus d'impatience. Elle avait les pieds gelés. Des frissons la secouaient malgré son manteau et le châle en laine qui protégeaient sa tête et ses épaules de la neige. Il était seize heures trente, et le crépuscule obscurcissait déjà le ciel lourd de nuages. La nuit ne tarderait pas.

— Bonsoir, Jolenta, fit une voix dans son dos. Tu attends ton p'tit mari malgré le mauvais temps ?

La jeune femme se retourna et reconnut Séverine Martinaud, l'épouse du dénommé Tape-Dur, le nouveau porion. C'était une imposante quadragénaire, mère de trois garçons, qui travaillait à la verrerie.

— Oui, Thomas est content quand je viens le chercher et j'avais envie de me dégourdir les jambes, répondit Jolenta.

— Tu as également quelque chose à lui dire, pas vrai ? Votre voisin, Henrik, il a causé, ce matin. Paraît que la police a embarqué ton père. Alors, c'est lui qui a tiré sur Boucard ! Ma pauvre petite, je te plains. On n'aurait jamais cru ça de Stanislas.

— Père est innocent, madame Martinaud. L'inspecteur l'a arrêté à cause du bavardage d'une fille qui avait bu.

— Ben, dis donc ! Il leur en faut peu, aux flics.

— Vous verrez, père reviendra ce soir ou demain. Il n'y a aucune preuve contre lui.

— Bah, je l'espère pour toi et ton frère. Enfin, le malheur des uns fait le bonheur des autres. On a emménagé au coron des Bas de Soie dimanche dernier. Elle n'était pas à plaindre, la famille Boucard. Si tu voyais le logement ! Tout est neuf ou presque, les chambres sont plus grandes, la cuisine aussi. Mais la veuve ne voulait pas s'en aller. Elle m'a fait languir, tu peux me croire.

Les commérages de la femme exaspéraient Jolenta. Elle tenta de s'éloigner de quelques pas, mais Sévérine Martinaud la suivit.

— Avec ça, il neige, reprit-elle. Une chance qu'on est bien chauffés. Je te causais de Danielle Boucard. Figure-toi qu'elle voulait rester au coron des Bas de Soie, sous prétexte que son mari était porion, qu'elle était donc veuve d'un porion et qu'on ne pouvait pas l'obliger à partir. Par chance, monsieur Aubignac a réglé le problème.

— Mais que va devenir madame Boucard ?

— Elle touchera une pension de la compagnie minière. Que veux-tu, elle a deux filles à élever qui ne sont pas encore en âge de travailler. Monsieur Aubignac lui a attribué une petite maison dans les anciens corons, là où habitait le vieux Chauve-Souris. Elle qui était si fière, elle n'osera plus crâner.

— Vous ne devriez pas parler comme ça. Cette femme a perdu son mari.

— Ah ! ça, tant qu'il y aura des assassins dans la nature… laissa perfidement tomber Sévérine.

Jolenta serra les dents. La rumeur ne ferait que croître. Dès le lendemain, le village entier penserait que son père était bien le meurtrier. Elle retint des larmes de honte en s'étonnant d'avoir pu croire une seconde à sa culpabilité.

Un brouhaha familier la tira de sa peine. Les mineurs sortaient à l'air libre, foulant la neige fraîche de leurs grosses chaussures, la plupart coiffés de bonnets ou de casquettes, l'écharpe sur le nez. Elle se tendit tout entière, avide de découvrir parmi cette marée humaine la silhouette de Thomas. Il l'aperçut le premier et se rua vers elle avec une expression soucieuse.

— Je me doutais que tu serais là, dit-il en l'étreignant. Henrik nous a appris la mauvaise nouvelle ce matin. J'ai trouvé le temps long, crois-moi. Je pensais à toi, ma chérie, et, si j'avais eu un moyen de te rejoindre, je l'aurais fait.

Il l'entraîna à l'écart, et son bras énergique autour de sa taille la réconforta. Elle n'était plus seule.

— Piotr a passé la matinée avec moi, précisa-t-elle, mais il n'a pas voulu rester. Il est rentré chez nous, enfin, chez notre père.

— C'était ton foyer il y a encore une semaine. Ne t'en fais pas, j'irai chercher ton frère, si Stanislas n'est pas là ce soir. Viens, rentrons, Fort-en-Gueule nous regarde, Tape-Dur et sa femme aussi. Je n'aime pas provoquer la curiosité ni la pitié. Dis-moi ce qui s'est passé. Henrik n'a pas pu nous donner d'explication.

Ils se hâtèrent le long du chemin qui menait à l'esplanade de l'*Hôtel des Mines*.

— L'inspecteur a su, pour le pistolet, avoua tout bas Jolenta. Devine qui a dénoncé mon père !

Gustave Marot les rattrapa au même instant, essoufflé, une réelle angoisse au fond de son regard brun.

— Papa, tu n'as pas fait ça, tu n'as pas dénoncé Stanislas ! s'exclama Thomas, indigné. Sinon, tu as bien joué la comédie, ce matin. Tu étais du genre ébahi.

— De quoi parles-tu, enfin ? protesta sèchement

Gustave. Moi, dénoncer un camarade que je sais innocent ?

Contrariée d'être dérangée dans son tête-à-tête avec Thomas, Jolenta fut cependant incapable de se taire.

— J'allais dire à mon mari qui nous veut du mal, à moi, à Piotr et à notre pauvre père. C'est Isaure Millet, oui, c'est bien elle qui l'a dénoncé, durant la nuit où vous vous inquiétiez tant parce qu'elle avait disparu. Elle était saoule ; le policier lui-même l'a dit ce matin. Il est venu nous annoncer que père est en prison.

— Mon Dieu ! marmonna Gustave.

— Isaure ? Mais il ment, Devers. Isaure ignorait cette histoire de pistolet. Ce type est rusé. Il a piégé Stanislas, voilà tout, en lui faisant croire à une dénonciation, et c'est un beau dégueulasse d'avoir choisi Isaure. Je vais lui rendre visite dès ce soir.

— Tu es convoqué, de toute façon, gémit Jolenta, vous aussi, monsieur Marot. Thomas, Dieu m'en est témoin, tu défends encore une fois cette fille ! Pourtant, elle nous a demandé pardon devant ta mère, à Pierre et à moi. Elle était désolée, mais elle n'a pas nié la chose. Tu comprends ?

Ils étaient arrivés au coron de la Haute Terrasse. La clarté des réverbères se reflétait en mille paillettes sur la neige. La jeune Polonaise ouvrit sa porte et s'engouffra à l'intérieur, suivie par les deux mineurs.

— Comment Isaure aurait-elle su, pour l'arme ? questionna Gustave, aussitôt entré. Thomas m'en a informé il y a deux jours à peine.

— Là aussi il a eu tort, répondit Jolenta sans

s'adresser à son mari. Tu ne devais en parler à personne, Thomas.

— Je ne t'avais rien promis, et là n'est pas le sujet. Qui a pu renseigner Isaure et comment a-t-elle osé le dire à la police ?

Le jeune homme bouillonnait d'une colère impuissante. Il aurait voulu abolir le temps et les distances, se précipiter dans le bureau de Justin Devers tout en courant jusqu'à la métairie.

— Jolenta, je te jure ce soir que je ne pardonnerai jamais à Isaure le mal qu'elle t'a fait ni son acte, odieux à mes yeux. Papa, tu en es témoin. Sais-tu où elle est ? Chez ses parents ?

— Peut-être toujours auprès de ta mère. Madame Marot… enfin, belle-maman Honorine a protégé Isaure et Jérôme.

— Qu'est-ce que tu racontes, petite ? gronda Gustave. Et que vient faire Jérôme là-dedans ?

Jolenta devait rectifier sa version des événements du matin. Gênée, elle avoua quel rôle l'aveugle avait tenu, en insistant sur le fait qu'il avait eu la promesse d'Isaure de ne rien révéler.

— Une promesse qu'elle n'a pas tenue, bien sûr, conclut-elle en se mettant à pleurer à chaudes larmes.

Navré, Thomas la cajola sans se soucier des regards perplexes de Gustave, qui finit par déclarer :

— Jérôme est le plus fautif. Il écoute une conversation qui ne le concerne pas et il en parle à sa promise. De plus, si Isaure avait trop bu, pas étonnant qu'elle ait commis une étourderie. Devers me paraît assez malin pour lui avoir fait dire ce qu'elle ne voulait pas dire.

— Vous aussi, monsieur Marot, vous la défendez donc malgré tout, dit Jolenta en reniflant.

— Je ne la défends pas, c'est Jérôme que je blâme. Il aurait dû mesurer les conséquences de sa sottise.

— Thomas, je te disais qu'Isaure me faisait peur et j'avais bien raison, ajouta la jeune femme.

Elle désigna d'une main tremblante la convocation posée sur la table.

— Vous feriez mieux d'y aller très vite. J'aurai peut-être des nouvelles de père, comme ça.

Thomas considéra son épouse avec désespoir. Sous la lumière crue de l'ampoule électrique, il pouvait lire sur son beau visage à la fois les traces de son chagrin et de sa révolte. Quand elle appuya ses paumes sur son ventre d'un geste nerveux, il s'affola.

— Souffres-tu ? Ma chérie, ne me cache rien.

— Après une journée pareille, je suis épuisée, et j'ai eu une crampe, avoua-t-elle.

— Monte t'allonger, je t'en supplie. Toi et le bébé, vous êtes ce que j'ai de plus précieux au monde. Ne discute pas. Si je te trouve en bas quand je reviens, je t'étouffe sous mes baisers.

D'une voix faible, Jolenta souffla un oui docile. Thomas l'embrassa sur le front et les joues. Gêné, incommodé aussi par la chaleur de la pièce, Gustave Marot sortit de la maison. Il n'avait pas jugé bon d'ôter sa veste et son bonnet. L'air froid l'apaisa.

« Tout va de travers, ces temps-ci, songeait-il. Et moi, je clame qu'Ambrozy est innocent, qu'il ne fallait pas l'arrêter, mais qu'est-ce que j'en sais, au fond ? »

Métairie du château, deux heures plus tard

L'inspecteur Devers avait déposé Geneviève à l'entrée de la cour. Déjà intimidée d'avoir été seule avec lui durant le trajet, la jeune femme fit un discret signe de la main avant de franchir le porche de la métairie.

— Je vous rejoins dans dix minutes environ, lui cria-t-il, sa vitre étant en partie baissée. Dites-le bien à Millet. Ça le calmera, s'il monte sur ses grands chevaux.

Elle approuva et il la vit s'avancer vers la maison, dont deux fenêtres seulement étaient éclairées.

« Justin, mon vieux, tu files un mauvais coton. Bientôt, Isaure te fera marcher sur les mains », songea-t-il. Elle avait refusé catégoriquement de remettre les pieds chez ses parents afin de respecter les ordres paternels. C'était jouer sur les mots, car elle ne risquait rien si Devers l'escortait, mais elle avait été inflexible.

« Quand je l'ai raccompagnée, nous avons finalement croisé Geneviève Michaud. Une fille qui a du cran. Elle a tout de suite proposé à Isaure d'aller récupérer ses affaires dans l'antre de l'ogre en sachant qu'il lui en veut de lui prendre Armand. Oui, Millet me fait penser aux ogres des contes. Il est dangereux, pétri de violence et de sadisme. Enfin, j'ai eu le temps d'entendre les nouvelles dépositions de Gustave Marot et de son fils, le beau Thomas. Bon sang, ce sont des durs à cuire, ces deux-là ! »

Pendant qu'il cogitait ainsi, Geneviève frappait à la porte de ses futurs beaux-parents. Du moins se répétait-elle ce détail pour se donner du courage.

« Je n'y peux rien, j'épouserai leur fils. Je serai obligée de les voir, de les recevoir, même. »

Lucienne lui ouvrit. En la reconnaissant, elle étouffa un cri de surprise. Néanmoins, elle la fit entrer et elles se dirigèrent en silence vers la cuisine. Le métayer était assis au coin du feu. Il épluchait une pomme à l'aide d'un couteau dont la lame brillait dans le reflet des flammes.

— Nous avons une visite, mon homme, annonça Lucienne. La fiancée d'Armand.

— Je ne suis pas venue seule, s'empressa de préciser Geneviève. L'inspecteur de police arrive. Avec la neige, le chemin n'est pas commode.

Bastien releva la tête pour fixer d'un œil méprisant celle qui lui volait son fils.

— Où est Isaure ? demanda-t-il froidement. On attendait ma fille, pas une pimbêche de la ville.

— Ne faites pas attention, mademoiselle Michaud, protesta assez gentiment Lucienne. Mon mari est en rogne. Isaure devrait être rentrée depuis ce matin.

— Je l'ai hébergée, madame. Elle est encore chez moi à l'heure qu'il est. Je tenais à vous le dire : puisque je suis là, je suis vraiment désolée de vous causer de la peine. Mais, Armand et moi, on s'aimait de tout notre cœur avant la guerre et rien n'a changé. C'est un miracle qu'il soit vivant. J'ai tant prié pour le retrouver ! Dieu m'a exaucée. Je prendrai bien soin de lui.

— C'est-y que vous venez le chercher ce soir ? Parce qu'il nous a annoncé son départ pour vendredi. Une journée de plus avec mon petit, ça compte, aux yeux d'une maman.

— Non, je viendrai en taxi. Là, je dois seulement récupérer les vêtements de votre fille et certains objets personnels. Si vous pouviez m'aider, madame... Isaure m'a dit que tout logerait dans sa valise. Elle voudrait également son sac à main.

— Bien sûr. Vous pourrez causer un peu avec Armand.

Bastien était resté muet, se contentant de croquer sa pomme, non sans diriger des regards haineux vers la visiteuse. Mais la menace de voir surgir le policier avait produit l'effet voulu. Il n'osait pas faire d'esclandre.

— Isaure n'est pas majeure, grogna-t-il cependant. Je préfère qu'elle soit chez vous que chez son promis, l'aveugle, mais il faut lui dire de rentrer. Un point, c'est tout.

Désemparée, Geneviève guettait le moindre bruit, soit en provenance de l'étage, car Armand avait dû entendre sa voix, soit venant de la cour, au cas où Devers approcherait.

— Il y a du nouveau, déclara-t-elle d'un ton ferme. Ma patronne, madame Aubignac, va sûrement engager Isaure à ma place. Si c'est le cas comme je l'espère, votre fille occupera le pavillon qui m'était attribué. Elle touchera un bon salaire. En octobre, elle pourra prendre son poste d'institutrice et habiter au-dessus de l'école.

Lucienne joignit les mains, l'air soulagé. Son mari ne pouvait en aucun cas contester un arrangement aussi avantageux.

— Qu'en dis-tu, mon homme ? lui demanda-t-elle.

— J'en dis que ça n'sert à rien de faire des gosses,

puisqu'ils fichent le camp. Bah, au moins, l'ingrate ne nous coûtera plus un sou.

Armand Millet et Justin Devers, comme mystérieusement avertis, se manifestèrent en même temps. Le jeune homme dévala l'escalier ; le policier frappa et entra sans attendre de réponse.

— Fan de vesse ! pas moyen d'avoir la paix chez soi, bougonna le métayer.

Geneviève n'osa pas regarder son amant, mais il lui caressa l'épaule. Elle leva les yeux et ne vit qu'une tête enrubannée de tissu noir où brillait l'éclat brun doré de son œil valide. Devers ôta son chapeau et salua d'un bref bonsoir. Lucienne céda à un début de panique.

— Monsieur l'inspecteur, prenez une chaise, nous causions d'Isaure. Mademoiselle Michaud, on ferait mieux de faire cette valise, toutes les deux.

— Appelez-moi Geneviève, madame.

— D'accord.

— Quelle valise ? s'exclama Armand. Pas la mienne, je n'ai rien préparé. Va-t-on m'expliquer ?

— Votre fiancée offre l'hospitalité à votre sœur, l'informa Justin d'une voix nette et sonore. Monsieur votre père ayant interdit à sa fille de remettre les pieds ici, j'ai proposé mes services afin qu'elle dispose du nécessaire à Faymoreau.

Le « monsieur votre père » avait été prononcé sur un ton froid et méprisant. Bastien piqua du nez, inquiet. Lucienne et Geneviève n'osaient plus bouger.

— Vous avez eu la main lourde, Millet, ajouta le policier. Je croyais vous avoir déconseillé de maltraiter mademoiselle Isaure. Les corrections familiales ne sont pas punies par la loi, mais il y a des limites. L'infanticide envoie au bagne ou à la guillotine. De surcroît, les individus violents de votre genre, que l'alcool rend dangereux, font d'excellents suspects.

— Surtout quand on cherche l'assassin d'Alfred Boucard, insinua Armand, le timbre légèrement étouffé par le linge qui protégeait sa bouche. Père, racontez donc à l'inspecteur votre folle jeunesse, à l'époque où Boucard a séduit la fille que vous aimiez, à savoir ma mère, et que vous rêviez sûrement de lui faire la peau, à ce coureur de jupons.

— Armand, veux-tu te taire ! Seigneur, débiter des bêtises pareilles ! protesta Lucienne.

— J'espère simplement aider la police, rétorqua-t-il.

Interloqué, Justin jaugea le père et le fils avec un air inquisiteur. Devant la face voilée de la gueule cassée, il éprouva une sincère compassion tout en percevant de façon presque pénible la tension qui régnait dans la pièce.

— Monsieur Millet a un alibi, hélas, dit-il. Mais les faux témoignages existent. En outre, les vieilles rancunes ne mènent pas forcément au crime. Cependant, je vous remercie du renseignement, jeune homme. J'en tiens compte et je vérifierai à nouveau l'alibi de monsieur Millet auprès de son témoin.

Devers fulminait intérieurement, persuadé que la marchande de volailles était au courant de cette histoire, peut-être aussi Danielle Boucard. Il avait établi que les deux femmes se connaissaient. Là encore, on lui avait soigneusement caché des faits importants. Il avait hâte de pouvoir leur rendre visite et les confronter à leur propre mauvaise foi.

Armand, lui, s'en voulait d'avoir mené un tel assaut par besoin de se venger, de faire peur à son père.

— Je suis navré, inspecteur, c'était puéril de ma part, admit-il. Geneviève, montons, veux-tu ? Tu me donneras des nouvelles de ma sœur.

Lucienne les suivit, malade de honte et d'embarras. Elle avait eu l'impression fugitive, mais extrêmement pénible, d'être nue devant le policier.

— Voilà ce que c'est de causer à mon fils, grogna le métayer une fois seul avec Justin Devers. J'lui fais des confidences, le cœur gros et lourd de remords, et il vous balance ça à la figure.

Bastien se leva de son siège pesamment, le souffle court. Il désigna la bouteille de vin blanc sur la table.

— Un petit coup, inspecteur ? On trinque ?

— Sans façon, Millet. Pourquoi m'avoir tu, lors de ma première visite, les relations qu'avaient eues jadis Alfred Boucard et votre femme ? Vous prétendiez même ne pas connaître cet homme.

— C'n'est pourtant pas dur à comprendre ! Boucard avait été tué. Moi, j'avais une dent contre lui. Si je vous le disais, j'étais un suspect.

— En effet, mais je pouvais penser, après vous avoir entendu, que votre rancœur était loin derrière. De plus, un suspect n'est pas obligatoirement un coupable. Sans compter que vous avez gagné la partie, si je ne me trompe.

— Ben, ouais, Lucienne m'a choisi. J'ai eu de la chance. Si ce fumier l'avait mise enceinte, il la mariait… Inspecteur, j'suis pas fier d'avoir frappé Isaure. Vrai, je me mets vite en rogne. Mais faut pas écouter Armand : j'ai pas tué Boucard.

— Je ne peux pas en être sûr, Millet. Vous auriez pu avoir des idées de meurtre pour telle ou telle raison, même si je vous imagine mal dans une galerie de mine, un monde dont vous ignorez tout. Et puis, vous êtes un lâche, au fond, un lâche qui s'en prend aux proies faciles. Votre genre, ce serait plutôt de solides coups en plein visage, des coups de poing, de bâton ou de fouet. Je vous donne un deuxième avertissement : ne touchez plus à votre fille. Et, là, ce n'est pas le flic qui vous parle.

— Ah bon ? C'est qui ? ricana le métayer. Ma parole, vous avez le béguin pour ma gamine ! Dommage pour vous, elle a déjà un promis. Moi aussi, j'vous préviens, môssieur de la police. Si vous ou le fils Marot salissez mon nom en déshonorant Isaure, vous passerez un sale quart d'heure.

Ils se toisèrent du même regard haineux, mais Bastien baissa les yeux avant Justin.

— Chienne de vie, marmonna-t-il en se servant un verre de vin. Lulu et moi, on va se retrouver sans personne.

— Dieu merci, répondit le policier tout bas.

Il n'aurait souhaité à aucun être vivant de se retrouver quotidiennement avec le couple Millet.

Faymoreau, même heure, demeure des Aubignac

Isaure était assise près du poêle, dans le modeste pavillon où Geneviève l'avait laissée en larmes pour monter dans la voiture de l'inspecteur. Après avoir beaucoup pleuré, elle luttait contre sa détresse en aménageant en pensée les lieux à sa manière. « Je garderai les rideaux en macramé, se disait-elle. Ils sont jolis. Je changerai le lit de place pour voir le jardin par la fenêtre en me réveillant. Il faudrait des tableaux au mur, mais ça coûte cher. »

Deux coups à la porte la firent se lever, tremblante d'anxiété.

— Qui est-ce ?

— Thomas !

Affolée, elle chercha en vain comment lui échapper. Il n'y avait pas d'issue possible, à moins d'ouvrir une étroite lucarne et de se faufiler à l'extérieur. Immédiatement, l'idée lui sembla d'un grand ridicule et elle ouvrit, livide.

Malgré son amertume et sa fureur, le jeune mineur fut saisi de pitié en découvrant les marques qu'elle avait sur le visage.

— Pourquoi as-tu fait ça ? interrogea-t-il sèchement malgré tout.

— Entre vite, le vent est glacial, répliqua-t-elle d'une voix humble.

Thomas obtempéra. Le geste nerveux, il enleva son bonnet et son écharpe. Ses boucles blondes resplendirent sous la lampe. Isaure le fixa avec insistance, à nouveau fascinée et infiniment bouleversée. Elle connaissait par cœur ses traits, le moindre détail de son front, de ses joues et de son menton.

— Je suis désolée, tellement désolée ! Je ne peux dire que ça, comme je l'ai dit à Jolenta et à son frère. Thomas, j'ai eu la sottise de boire, à cause de…

— Inutile de me rabâcher l'histoire, je suis au courant. Cette brute de Millet t'a malmenée. Pour ça, tu ne mens pas, il suffit de te regarder. J'ai passé un sacré savon à Jérôme, aussi, en rentrant de l'*Hôtel des Mines*. Je suis d'accord, il est responsable, mais, toi, tu aurais dû penser à Jolenta. Ma femme est désespérée. Elle ne fait que pleurer.

— Je lui ai demandé pardon, gémit Isaure. Je ne me souviens pas bien de la soirée de mardi, je t'assure.

— Je peux te rafraîchir la mémoire. Papa et moi, nous venons de passer un sale moment avec l'inspecteur Devers. Selon lui, Stanislas avait éveillé ses soupçons par son attitude hostile et ses airs renfrognés. Et toi, quand il t'en a parlé, tu as répondu que c'était à cause du pistolet.

— Oui, c'est à peu près ce qui a dû se produire, Thomas. Mais, dans l'état où j'étais, je ne pouvais pas prévoir les conséquences.

— Il fallait, Isaure, car je te considérais comme mon amie, ma petite sœur.

— Je ne l'ai pas fait exprès, enfin ! Tu as bien commis des erreurs, toi aussi, protesta-t-elle.

— Sans doute, mais pas aussi graves. Même si mon beau-père était coupable, et je pense vraiment le contraire, on ne trahit pas quelqu'un sans preuve, on ne livre pas un secret à la police. Tu as tout gâché. J'avais supplié Stanislas de parler de son arme à Devers ; papa aussi lui avait conseillé de le faire.

La jeune fille tressaillit, soudain révoltée. Pour la première fois, Thomas la jugeait et l'accablait de reproches qui, à son avis, étaient exagérés.

— Mais ça n'aurait rien changé. Je ne vous comprends pas, ni toi, ni monsieur Marot, ni Jolenta ! s'indigna-t-elle. Jérôme m'a confié que ta femme elle-même soupçonnait son propre père. Mettons que Stanislas Ambrozy soit l'assassin et que je le sache de source sûre ; je devrais le protéger ? Je serais tenue de me taire ? Au nom de quelle justice, Thomas ?

— Je m'en fiche. J'aurai du mal à te pardonner, Isaure, la souffrance que tu viens d'infliger à mon épouse. Elle est fragile. Elle porte mon enfant. Si elle le perdait par ta faute, je ne pourrais plus t'adresser la parole ni endurer ta présence ici, à Faymoreau.

Isaure recula, effarée. Il n'avait jamais eu pour elle un regard aussi froid ni aussi dédaigneux. De son côté, rongé par l'anxiété, Thomas ne se reconnaissait plus. Il avait vaguement conscience qu'il allait trop loin, mais il se sentait réellement trahi par Isaure, lui qui l'avait toujours protégée et choyée.

— Pourquoi dis-tu une chose pareille, Thomas ?

— Jolenta se plaint de douleurs au ventre. Maman est à son chevet. J'ai averti le docteur Boutin avant de venir te voir. Il va l'ausculter sans tarder. Les émotions violentes peuvent causer une fausse couche, figure-toi.

— Je suis désolée, répéta-t-elle avec le sentiment d'une terrible catastrophe qui la menaçait. Il faut que Jolenta se repose, qu'elle garde espoir. Monsieur Ambrozy sera vite innocenté. Je sais que ce n'est pas lui, le criminel.

Thomas s'appuya au mur le plus proche, paupières mi-closes. Il suffoquait de peur et de chagrin.

— Dans ce cas, va dénoncer le véritable assassin, jeta-t-il. Fais libérer Stanislas, que nous puissions être heureux, Jolenta et moi. Tu dirais n'importe quoi, Isaure, pour te sortir du pétrin.

Sans un mot, elle remplit deux verres d'eau, en but la moitié d'un et lui tendit le second qu'il vida d'un trait.

— En somme, fit-elle remarquer, tu ne m'en voudrais pas si le suspect, disons le propriétaire du pistolet, n'était pas le père de ta femme. La vérité, tu t'en moques. Tout ce qui n'a pas un lien avec Jolenta t'est indifférent.

Il approuva en silence. Elle s'approcha et effleura son bras du bout des doigts.

— Nous n'avions jamais été fâchés, avant. Il n'y a jamais eu une ombre entre nous, Thomas. Je ne suis plus ton Isauline ?

— Ne fais pas l'enfant, dit-il. Je ne me rendais pas compte à quel point je t'ai accordé du temps, combien j'avais d'affection pour toi. J'en suis devenu idiot. Le soir de mon mariage, j'ai torturé Jolenta, oui. Elle se rongeait de jalousie et, pendant notre nuit de noces, elle pleurait. Elle croyait que je l'avais épousée uniquement parce qu'elle attendait un bébé. Dorénavant, je ne veux plus lui causer la moindre peine, surtout pas en prenant ta défense. Tiens-toi à l'écart de nous, Isaure.

La jeune fille secoua la tête. Elle ne pouvait pas accepter l'attitude de Thomas ni ses propos.

— Jolenta n'a aucune raison d'être jalouse de moi, affirma-t-elle. Tu l'adores depuis des années, vous êtes mari et femme, vous allez avoir un enfant. En quoi je la gêne ? Ne crains rien : désormais, je resterai loin du coron de la Haute Terrasse. Je refuserai même le poste d'institutrice. En fait, Jolenta voudrait que je disparaisse, rien d'autre !

Terrassée par le désespoir, Isaure avait crié. Il y avait un fond de logique dans ce qu'elle venait de dire. Thomas devint songeur.

— La jalousie n'est pas toujours rationnelle, surtout si on est très amoureux, concéda-t-il. Tu comprendras un jour quand tu aimeras vraiment quelqu'un, pas à la manière d'une petite fille qui joue les fiancées, mais comme une femme.

L'allusion était sans équivoque. Elle serra les dents, blessée.

— On ne peut pas effacer ce qui s'est passé, ajouta-t-il. Bon sang, quel besoin avais-tu d'emprunter cette ruelle mal famée, le soir, et de boire avec ces deux types ? Ton père t'avait chassée et battue, soit. Pourquoi tu n'es pas venue chez moi ou chez mes parents ? Nous étions tous prêts à t'accueillir et à te réconforter.

— Je n'ai pas osé te déranger à cause de Jolenta, justement, dit-elle avec difficulté.

— Tu as eu tort.

Thomas remit son bonnet et son écharpe. Il promena un regard distrait autour de lui.

— C'est le policier qui m'a dit où te trouver. Papa m'a expliqué, ensuite, pour Geneviève et ton frère.

— D'habitude, je t'aurais tout raconté ou je te l'aurais écrit. Mais ça ne t'intéresse plus. Armand, ce que la guerre a fait de lui, Geneviève qui me propose sa place ici, tu t'en moques. Il n'y a pas de rapport avec Jolenta. Je n'en dis pas davantage. Va-t'en, Thomas, sors vite tant que je tiens encore debout.

Il eut une expression angoissée en la voyant d'une pâleur extrême. Cependant, il se rua dehors en claquant la porte.

— Et flûte ! s'exclama-t-il au bout d'une dizaine de pas.

Il fit demi-tour et entra sans frapper par simple étourderie. Isaure gisait à plat ventre sur le parquet, le corps secoué de gros sanglots. Ses cheveux d'un noir brillant voilaient son profil.

— Isaure ! appela-t-il. Isaure, voyons, relève-toi !

Excédé, il l'attrapa par la taille et l'obligea à se redresser. Il la fit asseoir au bord du lit.

— Pourquoi tu es encore là ? dit-elle à travers ses pleurs.

— Maman m'a chargé d'un message pour toi quand elle a su que je voulais te parler. Son voyage à Saint-Gilles-sur-Vie est repoussé à vendredi. De toute façon, elle ira avec Jérôme. Tu n'es pas tenue de les accompagner.

— Je suis de trop, à présent ; on ne veut plus de moi, hoqueta-t-elle. Moi, j'ai promis à Anne que je reviendrais la voir. Je me débrouillerai pour tenir ma promesse. Je n'ai besoin de personne pour prendre le train.

Sans réfléchir, il arrangea les mèches plaquées sur ses joues.

— Tu es à plaindre, va, soupira-t-il. Et ne mélange pas tout. Maman a insisté, elle compte sur toi vendredi.

— Je serai à l'heure à la gare.

Elle avait du mal à respirer. Apitoyé, Thomas prit la fuite. Il n'était plus du tout certain de lui en vouloir, et encore moins de ne jamais lui pardonner.

Métairie du château, même heure

Armand avait entraîné Geneviève dans sa chambre, Lucienne tenant à s'occuper seule de la valise d'Isaure. La pièce où les deux amants venaient de s'enfermer était envahie par une pénombre complice. Tout de suite, ils s'étaient enlacés et blottis l'un contre l'autre.

— Tu me manquais, comme tu me manquais ! murmura-t-elle. Chéri, tu n'as pas changé d'avis ?

— Non, loin de là. Je n'ai qu'une hâte : m'en aller, être avec toi. Tu as du cran d'être venue. Isaure t'a sûrement dit que notre père est rentré ivre et qu'il a piqué une crise de rage. Il s'est saoulé encore plus quand il a su que je partais.

— Et c'est ta pauvre sœur qui a payé pour nous, déplora la jeune femme.

— Comment va-t-elle ?

— La lèvre inférieure fendue, tuméfiée, des ecchymoses sur le visage. Un peu plus, il lui cassait le nez.

Geneviève sentit Armand trembler dans ses bras. Il chuchota à son oreille :

— Demande-lui pardon de ma part, dis-lui que je l'aime très fort. C'était une scène épouvantable. Si j'avais patienté, Isaure serait rentrée saine et sauve ; elle m'aurait raconté sa journée au bord de la mer.

— Ah ! tu fais bien d'en parler. Elle m'a confié quelque chose pour toi, un petit coquillage. Il est dans ma poche de manteau. Attends !

Elle s'écarta de lui et plaça un murex au creux de sa paume. Armand referma ses doigts dessus.

— Je le regarderai quand j'allumerai la lampe. Je prends goût à l'obscurité, ironisa-t-il sur un ton triste. Mais tu es là, ma chérie, je me sens heureux, vraiment, malgré tout ce chaos.

— Un baiser, alors, souffla-t-elle en s'emparant de sa main libre pour appuyer ses lèvres sur ses doigts, qu'elle caressa du bout de la langue.

— Arrête, tu me rends fou. Maman est à côté. Geneviève, je t'aime. Tu es exceptionnelle !

Elle eut un petit rire réjoui et l'étreignit, haletante.

— Je t'aime aussi.

Ils furent interrompus par un coup discret à la porte. C'était Lucienne, qui fit irruption aussitôt.

— Seigneur, qu'est-ce que vous faites, dans le noir ? s'écria-t-elle.

Armand ne fut pas dupe. Sa mère usait d'une gaieté factice, qu'elle devait estimer de circonstance.

— Mademoiselle Michaud... pardon, Geneviève, finalement, j'ai besoin de vous. Qu'est-ce qu'elle veut, Isaure ? J'ai plié du linge, mais, sa tenue de travail, j'ai peur de la froisser en l'empilant avec le reste.

— Je viens, madame.

Geneviève eut le cœur serré lorsqu'elle pénétra dans la chambre voisine. Il y faisait un froid polaire et le lit n'avait qu'une couverture. Les rideaux n'étaient que des carrés de lin usagés. Le plafonnier et son ampoule sans garniture soulignaient l'allure sinistre de la pièce.

— Laissez-moi faire. Je veille sur la garde-robe de ma patronne et je prépare ses bagages quand elle part pour Paris, expliqua-t-elle à Lucienne sans montrer sa désapprobation.

« Je dois convaincre madame Aubignac d'engager

Isaure. La malheureuse, j'espère qu'elle ne remettra plus les pieds ici », se disait-elle.

Avec des gestes précis et habiles, la jeune gouvernante mit deux toilettes correctes sur des cintres et dénicha une sacoche pour emporter des chaussures. Elle fouilla le tiroir de la table de chevet, prit le miroir, le peigne et un carnet qui s'y trouvaient.

Armand la contemplait, debout dans l'encadrement de la porte.

— Cherche sous le lit, dit-il à Geneviève. Isaure cachait une boîte en fer contenant des babioles. Elle sera contente de l'avoir.

— Eh bé, tu en sais plus sur ta sœur que nous autres, nota Lucienne.

— Ernest et moi, on la lui prenait parfois, sa précieuse boîte. On la planquait pour la faire bisquer. Elle pleurait, souvent. Au bout d'un moment, je la lui redonnais, avoua-t-il, la gorge nouée.

Attendri et plein de remords, Armand observa à la lumière crue de l'ampoule électrique le coquillage qu'Isaure avait ramassé pour lui. S'il avait pu, il l'aurait embrassé, mais il fit seulement mine de le porter à sa bouche, puis il l'enfouit dans sa poche. « Ce sera mon porte-bonheur, se dit-il, un peu du cœur de ma petite sœur que j'emporterai avec moi, vendredi. »

14

Geneviève Michaud

Coron de la Haute Terrasse,
même soir, même heure

Thomas croisa le docteur Boutin au moment où il longeait l'alignement des maisons du coron. L'homme lui adressa un sourire rassurant.

— Ah ! monsieur Marot, soyez sans crainte, votre épouse ne présente aucun signe alarmant. Mais quel caractère ! Si votre mère ne lui avait pas fait la leçon, je n'aurais pas pu l'examiner. Il faudra lui expliquer que la grossesse nécessite une surveillance. La prochaine fois, adressez-vous à la sage-femme ou au docteur Farlier, le médecin de la compagnie.

— Disons que je me suis affolé, mais je vous remercie d'avoir fait aussi vite, docteur. Alors, vous en êtes certain, Jolenta va garder le bébé ?

— Mais oui, elle est robuste et en parfaite santé. Je lui ai cependant conseillé de rester allongée jusqu'à demain soir si les crampes reviennent. Et attention ! Évitez les rapports, vous me comprenez ?

Embarrassé par la recommandation, Thomas approuva d'un signe de tête. Roger Boutin le salua et s'éloigna, sa mallette à la main. D'humeur morose, il se disait : « Sa jolie Polonaise lui fera une ribambelle d'enfants. Déjà, ils ont précipité le mariage parce qu'elle était enceinte ! »

Quand il avait pris congé, Honorine Marot lui avait confié le tragique diagnostic prononcé par les médecins du sanatorium concernant sa fille Anne. Malgré une longue habitude de ce genre de triste dénouement, il en gardait un goût amer dans la bouche, se souvenant d'une enfant gaie et rieuse. « Il vaut mieux être de l'autre côté, se dit-il enfin, chez les notables, les nantis, les bourgeois. Ma chère Viviane, elle, ne tient pas à procréer de nouveau. »

Muselé par le secret professionnel, le médecin eut un rictus dédaigneux. Il se félicita même d'avoir coupé court à la liaison qu'il entretenait avec l'épouse de son ami Marcel Aubignac, trois ans auparavant. À présent, il demeurait fidèle à sa femme Jeanne, qui lui avait donné deux garçons.

Bizarrement, Thomas hésita au moment de rentrer chez lui. Il s'était imaginé grimpant l'escalier quatre à quatre pour se ruer au chevet de Jolenta, mais il s'attardait dans la rue, le dos appuyé à la porte. Contre son gré, l'image d'Isaure, allongée à même le parquet et en proie à un poignant désespoir, l'obsédait.

« Pourquoi avait-elle autant de peine ? » se demanda-t-il.

Peu accoutumé à se montrer dur ou cruel, le jeune mineur éprouvait maintenant une sorte de honte rétrospective, comme s'il avait puni une créature prise au piège et sans défense. Il sentait aussi qu'il abordait un tournant de son existence, où un choix s'imposait.

— J'aime Jolenta. Elle doit rester ma priorité absolue. Nous sommes mariés et nous allons fonder une famille, murmura-t-il.

Les mots lui semblèrent d'une banalité affligeante. Il ferma les yeux, exaspéré. Quelque chose le déroutait et l'oppressait. En réfléchissant bien, il trouva la clef de l'énigme. Isaure avait changé, ou bien il l'avait perçue de façon nouvelle, différente. La timide adolescente qu'il protégeait n'aurait jamais eu un discours aussi précis, aussi juste. Elle ne se serait pas rebellée avec une telle énergie. Il eut alors une pensée presque paternelle : « Je ne l'ai pas vue grandir, mûrir et devenir une femme. C'est là, le problème. Jolenta, elle, la considère comme un danger parce qu'Isaure n'est plus une gamine. »

Honorine, qui guettait son retour, regarda par la fenêtre en écartant le rideau. Elle le vit et poussa un petit cri nerveux. L'instant suivant, il sentit le battant s'écarter.

— Seigneur, quelle journée ! dit sa mère. Et toi, tu traînes dehors. Viens te réchauffer, Jolenta n'arrête pas de te réclamer.

— J'ai discuté avec le docteur, maman, et j'avais besoin de me calmer. Tout va bien, à présent.

— En es-tu sûr, fiston ?

En entrant, Thomas ôta ses vêtements chauds et ses godillots humides. La cuisine lui parut vide, sans la blondeur et les yeux bleus de sa femme. Honorine le fixait, l'air inquiet.

— Tu as rendu visite à Isaure ? Elle était toujours chez Geneviève Michaud ?

— Oui, et ça a été pénible, crois-moi. Nous ne nous étions jamais querellés, auparavant. Je lui ai dit ce que j'avais à lui dire, ce que je pensais de sa conduite. Elle pleurait quand je l'ai laissée.

— Oh ! ça s'arrangera, Thomas. La seule qui aurait des raisons de pleurer, ici, c'est moi. Tu ne fais guère cas du sort de notre Anne. Jolenta non plus.

— Ne crois pas ça, maman, protesta-t-il. Je suis très triste. Mais, je te l'accorde, étant donné l'arrestation de mon beau-père et le malaise de ma femme, je ne sais plus où j'en suis.

Il s'assit, le visage tendu, en proie à la culpabilité. Anne avait sept ans quand il était parti à la guerre et, à son retour, elle faisait déjà des séjours au sanatorium.

— Pardonne-moi, maman, soupira-t-il. L'état de ma petite sœur devrait avoir plus d'importance que tout le reste. J'irai la voir dimanche, avec Jolenta si elle est remise.

— Ta femme n'est pas vraiment malade, Thomas, seulement trop émotive. As-tu fait la commission à Isaure ?

— Oui, elle sera à la gare vendredi matin.

— Mon Dieu, je serais bien déçue si je ne pouvais pas louer cette maisonnette à Saint-Gilles-sur-Vie, déclara sa mère. C'est une idée d'Isaure, une bonne idée et qui vient du cœur. Hélas, je dois patienter toute la journée de demain. C'est plus prudent que je reste à veiller Jolenta. En plus, je n'ai pas pu préparer mes bagages à cause de tout ce micmac. Bon, je rentre chez moi. Monte vite embrasser ta femme. J'ai mis des pommes de terre à bouillir avec du lard. Vous aurez de quoi souper.

— Je te remercie, maman.

— Mon pauvre garçon, tu as perdu ton beau sourire, déplora-t-elle.

— Il y a de quoi ! Bonsoir, maman.

Il se leva et tendit les bras à sa mère. Ils s'étreignirent un instant.

— Repose-toi, fiston, prends une bonne nuit de sommeil. Je retourne nourrir mes hommes. Gustave n'aime pas attendre, Jérôme non plus.

— Comment feront-ils, sans toi jusqu'à Noël ?

— Je ne veux pas le savoir. Ils se débrouilleront forcément, rétorqua Honorine qui s'enveloppait de son châle en laine. Moi, je pourrai profiter de mon enfant et la dorloter.

Sa voix se brisa. Elle sortit sans bruit, un peu voûtée, comme si tous les malheurs du monde pesaient sur son dos.

Faymoreau, chez Geneviève Michaud, même soir, un peu plus tard

L'inspecteur Devers et Geneviève avaient à peine échangé quelques mots durant le trajet du retour, effectué au ralenti à cause de la route verglacée. Perdus dans leurs pensées, ils s'étaient bornés à commenter les intempéries et la fuite d'un renard qui avait surgi sur le talus enneigé et fait demi-tour aussitôt, terrifié par l'éclat des phares.

La jeune femme songeait à Isaure et à Armand. Elle cherchait comment les réunir le plus souvent possible, à l'avenir, dans le cadre agréable de sa maison de Luçon. Il fallait aussi leur permettre de se dire au revoir vendredi matin. Quant à ses beaux-parents, même si elle les connaissait par le passé, ils lui laissaient une impression pénible, malgré les efforts de Lucienne pour être aimable.

Justin, lui, repoussait l'image d'Isaure en essayant de se concentrer sur son enquête. Il craignait de devoir précipiter les choses afin de contenter le procureur et, par conséquent, Marcel Aubignac, le directeur de la compagnie étant un de ses amis. Ce détail le tracassait, car il était soucieux d'établir la vérité, de privilégier la justice.

« Stanislas Ambrozy n'est pas coupable, j'en suis sûr, se disait-il. Sinon, il ne m'aurait pas débité son histoire de chevaux à abattre pour épargner la sensibilité de son fils. C'est tellement saugrenu que ça sonne vrai, à mon avis. »

Ils arrivèrent ainsi, muets et rêveurs, devant le portail grand ouvert des Aubignac.

— Je vais porter la valise de mademoiselle Millet, proposa Devers. Elle pèse son poids. Vous vous chargerez du cabas.

— Je suis capable de prendre la valise et le cabas, j'ai deux mains, plaisanta la jeune femme.

— J'en aurais profité pour saluer votre invitée et savoir si elle m'en veut encore.

— Inspecteur, j'ignore pourquoi Isaure vous bat froid, mais vous devriez peut-être attendre demain. Elle sera de meilleure humeur, sans doute. Je ferai de mon mieux auprès de ma patronne. Il faut qu'Isaure prenne ma place.

— Vous êtes une chic fille, soupira Justin. Et très courageuse !

Geneviève adressa un regard avisé au policier. Elle répondit d'une voix douce :

— Vous dites ça parce que je tiens à vivre avec

l'homme que j'aime envers et contre tout. Je cours le risque, en effet. Notre vie sera différente et sans doute difficile, mais je ne veux pas renoncer à lui.

— C'est admirable. Puis-je vous donner un conseil ? Dites à votre fiancé de ne pas baisser les bras. Il doit consulter encore des chirurgiens. La médecine réparatrice fait des progrès chaque mois dans le soin des grands blessés de la face et de la tête. Armand Millet m'a paru lucide et équilibré. Si sa santé mentale n'est pas atteinte, soutenez-le dans ses démarches. Il peut espérer une amélioration de son visage.

— J'en discuterai avec lui. Nous n'avons pas abordé le sujet sous cet angle-là. Je vous remercie, inspecteur.

Ils se serrèrent la main. Justin descendit de sa voiture sans couper le moteur afin de lui remettre les affaires d'Isaure. Il finit par avouer, gêné, soucieux que le détail du pistolet ne demeure connu que du cercle restreint des actuels initiés :

— Vous me rendriez service en demandant à Isaure de ne rien dire de ce qu'elle sait. Elle comprendra.

— Entendu. Bonsoir, inspecteur.

Geneviève marcha d'un bon pas vers la porte du pavillon. Encombrée de la valise et du cabas, elle tapota le battant du bout du pied.

— Ouvre-moi, Isaure, s'il te plaît.

Elle n'obtint aucune réponse. Il y avait de la lumière, mais le logement semblait étrangement silencieux, comme vide de toute présence humaine. La jeune femme déposa la valise sur la pierre du seuil et tourna la poignée. La pièce principale était vide, mais le manteau d'Isaure était plié sur le dossier d'une chaise, et ses chaussures étaient rangées près du poêle.

— Isaure ? s'écria-t-elle.

Un bruit infime, qui ressemblait à une plainte, l'alerta. Cela provenait du cabinet de toilette. Elle s'y précipita et frappa.

— Isaure, tu es là, n'est-ce pas ?

N'obtenant pas de réponse, mais affolée par une sorte de râle, Geneviève voulut ouvrir. La targette était mise de l'autre côté. Saisie par un horrible pressentiment, elle fit demi-tour et hurla :

— Inspecteur Devers ! Au secours !

De toute son âme, elle espérait que le policier serait encore là, même si c'était insensé. Il avait dû regagner sa voiture et partir. Mais Justin se rua dans le pavillon, livide.

— Isaure s'est enfermée dans le cabinet de toilette ! cria-t-elle. Je crains le pire.

Il s'élança et enfonça la porte d'un violent coup d'épaule.

— Bon sang ! cria-t-il.

Isaure était pendue par une cordelette en chanvre, qu'elle avait attachée à la chasse d'eau. Elle geignait faiblement, ayant passé trois doigts entre son cou et la corde. Devers la saisit par la taille pour la soulever.

— Aidez-moi, enfin ! ordonna-t-il à Geneviève, épouvantée. Vite, allez chercher un couteau.

— Oui, oui ! répondit-elle. Mon Dieu, pourquoi a-t-elle fait ça ?

— Dieu n'a pas la réponse, tonna le policier.

Il tenait Isaure contre lui d'un bras et, de sa main libre, il venait de réussir à desserrer le nœud coulant.

— Petite idiote, petite imbécile, me jouer un aussi sale tour, chuchotait-il en respirant l'odeur de ses cheveux et de sa peau.

Il avait été confronté plusieurs fois à des tentatives de suicide, la pendaison étant un moyen fréquemment utilisé en prison et en cellule de détention provisoire. Souvent, un foulard ou une ceinture suffisait. Il ressentit une terrible frayeur rétrospective à l'idée qu'ils auraient pu arriver trop tard, la gouvernante et lui.

Geneviève n'avait pas perdu une seconde. Elle trancha la cordelette d'un unique geste rageur. À demi inconsciente, Isaure se retrouva affalée sur la poitrine de l'inspecteur, le visage enfoui dans son cou.

— Vouloir mourir à son âge, gémit-elle. Quelle horreur ! Portez-la sur mon lit, je cours chercher le docteur.

Il acquiesça d'un signe de tête en luttant de son mieux contre des frissons incoercibles de nervosité. Une fois seul dans la pièce avec son précieux fardeau, il craqua.

— Isaure, j'aurais eu le cœur brisé de vous perdre, j'aurais eu mal, tellement mal si vous étiez morte ! dit-il très bas, la bouche près de sa joue, incapable de la poser sur le lit, de se séparer d'elle.

C'était un besoin impérieux de la sentir vivante, d'éprouver la chaleur de son corps alangui, de guetter sa respiration encore ténue. Il dut cependant se résigner à l'allonger, ce qu'il fit avec d'infinies précautions.

— Petite folle ! murmura-t-il, attendri, en la contemplant.

Soudain, elle ouvrit les yeux et le regarda. L'instant d'après, elle se mit à rire, l'air hébété. Justin ne fut pas surpris. C'était une réaction presque ordinaire après une brève syncope.

— Eh bien, mademoiselle Millet, voilà de drôles de manières ! gronda-t-il. Ce n'est pas malin, de vouloir mourir ! Aux traces de coups de votre père, vous avez ajouté une vilaine marque rouge à votre joli cou.

— J'en avais assez, avoua-t-elle dans un souffle. Assez de tout.

— Chut ! fit-il. Le docteur va arriver, ne vous fatiguez pas à parler.

— Je ne souffre pas. Dès que j'ai sauté de la cuvette des toilettes, j'ai regretté ce que je faisais et j'ai essayé de desserrer la corde. C'était affreux, je ne pouvais pas me libérer, et j'avais peur, si peur !

— Chut ! chut ! vous m'expliquerez plus tard. Vous devez être examinée. Bon sang, vous nous avez flanqué une belle frousse, à votre amie et à moi !

— Je n'ai pas mal. Je dois vous parler. J'avais envie de mourir, je n'en pouvais plus d'être malheureuse, mais, dès que l'air m'a manqué, j'ai pensé à la pauvre petite Anne Marot. Je ne comprenais plus comment j'avais pu l'oublier. Je devais tenir ma promesse de retourner à son chevet et de la distraire. Elle sourit quand je fais danser et parler sa poupée de chiffon. Madame Marot la lui a offerte mardi, et Anne l'a baptisée Isauline, comme Thomas m'appelait avant. Non, je n'avais pas le droit de me supprimer, moi qui ne suis pas malade. Anne est condamnée, à douze ans ! Me pendre, c'était une offense à ceux qui n'ont pas le choix.

Isaure se tut et ferma les yeux. Justin lui caressa le front en l'observant mieux. Il devina qu'elle avait beaucoup pleuré, car ses paupières étaient rougies.

— Qu'est-ce qui s'est passé pendant notre absence ? demanda-t-il d'un ton affectueux. Quand je suis parti avec mademoiselle Michaud pour la métairie, vous étiez triste et en colère contre moi, mais vous ne sembliez pas désespérée ni pressée d'en finir avec la vie. Ce n'est quand même pas à cause de cette histoire de pistolet, dites ? Dans ce cas, je serais l'unique responsable et je m'en voudrais beaucoup, même plus que ça…

— Mais non. Je vous l'ai dit, je n'en pouvais plus. Je craignais de ne pas avoir l'emploi de gouvernante et de devoir retourner chez mes parents.

L'irruption de Geneviève vint à point. Les cheveux constellés de flocons, elle avait une mine désemparée.

— Le docteur Boutin a été appelé d'urgence chez un ouvrier de la verrerie, annonça-t-elle d'une voix tremblante. J'ai demandé à son épouse de nous l'envoyer dès son retour. Isaure, tu es revenue à toi ? Comment vas-tu ? Seigneur, quel bonheur ! Tu as repris connaissance !

— Pardonne-moi, Geneviève, je suis désolée, je te cause du tracas.

— Mon Dieu, non, puisque tu me parles et que tu me regardes. Tu imagines le grand chagrin qu'aurait eu ton frère, ainsi que bien des gens ?

Isaure ne répondit pas. Le policier se mit alors à palper son cou à l'endroit où la corde avait laissé une trace rouge et de légères égratignures.

— Que faites-vous ? protesta la jeune fille.

— Je vérifie l'état de votre trachée et de votre artère, précisa-t-il. Un gars de vingt ans a essayé de se pendre, dans notre tranchée, pas très loin de Verdun. Il s'en est sorti et je l'ai porté jusqu'au camion de la Croix-Rouge. Un infirmier m'a indiqué comment savoir s'il y avait des lésions ou non… Ce jeune soldat a été exaucé au bout d'une semaine, grâce à un tir d'obus.

— C'est vous, inspecteur, qui l'avez sauvé quand il a voulu se pendre ? demanda Geneviève.

— Oui, un réflexe, en somme ! Sur le front, on a souvent envie de précipiter les choses pour échapper à l'atrocité de la guerre. Enfin, je crois que mademoiselle Millet n'a pas besoin de médecin.

— Personne ne doit savoir ce que j'ai voulu faire ! s'écria Isaure, d'autant plus confuse après le bref récit du policier.

— J'ai jugé inutile de dire à madame Boutin de quoi il s'agissait, affirma Geneviève, malgré l'envie que j'avais de tout lui débiter, tant j'étais affolée.

— Je reviendrai demain matin prendre de vos nouvelles, déclara Justin. J'avais laissé tourner le moteur de ma voiture, mais je n'entends plus rien. Il a dû caler. Isaure… pardon, mademoiselle Millet, reposez-vous. Peut-être serez-vous plus en confiance avec votre amie pour ouvrir votre cœur meurtri. De plus, un peu d'air froid me fera du bien.

Il n'avait quitté ni son manteau ni son chapeau. Il les salua et sortit. Isaure poussa un soupir de soulagement. Geneviève s'assit au bord du lit et lui prit les mains qu'elle étreignit.

— Pourquoi as-tu tenté de mourir ? Je n'oublierai jamais cette abominable vision de toi pendue. Dieu merci, tu te débattais ! Cela m'a donné espoir. Mais, sans l'inspecteur Devers, je n'aurais pas pu te sauver. Le temps de courir chercher de l'aide, c'était fini.

— Peut-être pas. J'avais une chance de reprendre appui sur le siège des toilettes. Pardonne-moi, la porte est abîmée, en plus. Geneviève, toi, tu as le droit de savoir la vérité. Thomas est venu. Il me rejette, je ne suis plus son amie, sa sœur de cœur, plus rien. Il a été cruel ; il a crié qu'il ne me pardonnerait jamais. Je pourrais tout endurer, mais pas ça.

— Thomas Marot ! J'ignorais que vous étiez amis à ce point. Mais pourquoi était-il en colère contre toi ? Qu'est-ce qu'il ne te pardonnera pas ?

— Sa femme, Jolenta, est jalouse. Elle se méfie de moi. Nous nous sommes querellées, toutes les deux. Depuis, elle prétend avoir mal au ventre. Il paraît qu'elle pourrait perdre son bébé.

— Elle est enceinte ? Ils se sont donc vite mariés pour cette raison, en déduisit Geneviève. Enfin, as-tu perdu l'esprit ? Tu as voulu mourir à cause de ça ?

Sans avoir eu le message de l'inspecteur Devers, Isaure jugea préférable de ne rien dire sur Stanislas Ambrozy.

— Eh oui, je suis fada, mes parents me l'ont assez répété.

Apitoyée, Geneviève l'attira dans ses bras avec douceur.

— Le plus important, c'est que tu sois bien vivante, ici, à l'abri. Il neige, mais nous avons chaud. Je passerai une partie de la nuit avec toi et je saurai te persuader qu'il ne faut jamais renoncer à se battre comme à aimer. Nous avons la soirée pour causer, pour nous faire des confidences. Je vais préparer un bon dîner et ouvrir une bouteille de cidre. J'ai même des macarons. Ma patronne me fait souvent cadeau de gourmandises, des bonbons ou des pâtisseries… Mon Dieu, si nous t'avions trouvée morte ! Quelle horreur ! Je ne m'en remettrai pas facilement. J'ai eu peur, sais-tu ! Et tu as utilisé la cordelette qui me sert à attacher le chèvrefeuille et la vigne sur la treille, au printemps.

— En faisant le nœud coulant, j'étais déterminée. Je me répétais que je ne manquerais à personne.

— C'était faux, archifaux. Tu aurais manqué à ton frère qui t'aime, qui a fait le geste d'embrasser ton coquillage, sans oublier Jérôme, ton promis, et moi, ta future belle-sœur. Ça en fait, du monde ! En plus, ta mère t'aime également, et même ton père, j'en suis sûre.

— Ah oui ! Le dicton a été écrit pour lui. *Qui aime bien châtie bien !* ironisa la jeune fille.

— Qui sait, il y a peut-être une vérité derrière les mots.

Tremblante d'émotion, Geneviève l'embrassa sur le front et les joues. Son amie se dégagea gentiment.

— Jérôme et moi, nous ne comptons plus nous fiancer et c'est mieux ainsi. J'avais accepté de le fréquenter pour échapper à mon père.

— Tu aurais peut-être préféré Thomas, avança prudemment Geneviève.

— Peut-être, mais il était surtout mon unique ami, mon grand frère, mon protecteur, rien d'autre, mentit Isaure.

— Tu es toute jeune. Tu rencontreras un homme

digne de ton amour. D'ici là, tu seras bien dans ce modeste logis, car j'ai l'intuition que madame Aubignac va t'engager. Déjà, je crois que tu as un soupirant, un certain Justin Devers qui se languit de tes beaux yeux bleu nuit au point de rester en plein froid devant la porte. S'il était reparti aussitôt, il n'aurait pas accouru dès que j'ai hurlé son nom.

— Crois-tu ?

— Oh oui !...

C'était impossible de résister à la mimique malicieuse de Geneviève. Isaure se mit à rire tout bas, un peu de rose sur ses joues meurtries.

Faymoreau, chez Danielle Boucard,
jeudi 9 décembre 1920, le matin

Justin Devers fixait la veuve d'Alfred Boucard d'un œil inquisiteur. Mal à l'aise sous son regard méfiant, la femme gardait le silence. Elle l'avait fait entrer en s'excusant d'être encore en peignoir et chaussons.

— Je suis désolée, monsieur l'inspecteur, mais c'est jeudi et les petites ne vont pas à l'école. On ne s'est pas levées aussi tôt que d'habitude.

Le policier considéra, ennuyé, les deux fillettes assises autour du poêle à bois, occupées à manger une tartine beurrée. Situé dans le plus ancien coron de Faymoreau, le logement lui paraissait sombre et exigu.

— J'aurais voulu vous parler sans les enfants, madame, dit-il d'un ton sec.

— Les filles, retournez au lit jouer un peu avec vos poupées ! s'écria Danielle Boucard. Maman doit causer au monsieur.

Elle referma la porte de la chambre et toisa l'inspecteur avec un air inquiet.

— Alors, c'est bien Ambrozy, le coupable ? Séverine Martinaud, la femme de Tape-Dur, m'a rendu visite hier. Elle était soulagée que vous ayez arrêté l'assassin, et moi, donc ! J'avais toujours dit à mon mari de se méfier des Polonais.

— Et pas des métayers, d'un en particulier ?

— De qui ? On fréquente pas les fermiers, nous.

— Madame Boucard, vous n'avez rien omis de me raconter sur le passé de votre époux, soi-disant irréprochable ? Je ne peux quand même pas torturer les gens pour les décider à déballer ce qu'ils savent. Bastien et Lucienne Millet, ça ne vous dit rien ?

La femme baissa le nez, soudain empourprée. Enfin, elle haussa les épaules.

— La veuve Victor m'avait recommandé de tenir ma langue, avoua-t-elle.

— Tiens donc ! ironisa Devers. Vous étiez au courant de la conduite de votre Alfred, qui voulait épouser Lucienne Millet dans leur prime jeunesse, mais vous avez préféré vous taire. Pourquoi ?

— Pourquoi j'aurais causé de ça ? C'était il y a longtemps et j'en ai assez souffert, parce que la réputation de coureur de mon mari, elle daterait de cette affaire-là, d'après la veuve Victor. Une fois, après nos noces, Alfred m'a expliqué en trois mots qu'il avait eu une fiancée, une domestique du château, mais sans me dire son nom. Je l'ai su plus tard, par Marcelline Victor, justement. Pensez, elle couche avec le métayer depuis un bon bout de temps ; elle était au courant.

Déconcerté autant qu'excédé, le policier s'assit sur une chaise.

— Madame, vous rendez-vous compte que Millet aurait été suspecté malgré son alibi, que je devais à sa maîtresse, si vous m'aviez confié la chose dès le début de l'enquête ? Je vous ai exhorté à aider la justice, lors de ma seconde visite, et vous sembliez d'accord. Il fallait trouver le coupable.

— Mais ça ne pouvait pas être Millet ! s'exclama-t-elle avec une mimique de dépit. J'en étais sûre. Pourquoi j'aurais craché sur lui ?

— Comment en étiez-vous aussi sûre, madame ?

— Par la veuve Victor. Elle me livre des œufs tous les samedis et, le samedi qui a suivi l'accident dans la mine, alors que je pleurais sur le corps d'Alfred, elle s'est arrangée pour me causer. Elle était affolée ; elle prétendait que la police allait débarquer à Faymoreau, que je ne devais surtout pas raconter le passé de mon mari, enfin, son histoire avec Lucienne, car les flics soupçonneraient Millet… C'est elle qui vous appelle comme ça, des flics, pas moi… Elle m'a aussi juré sur la tête de son fils qui est aux colonies que Bastien Millet était chez elle, dans son lit, au moment où on m'a tué Alfred.

— Mais enfin, la veuve Victor n'était pas la seule personne du pays à connaître cette affaire de fiançailles, même si ça date, en effet ! s'insurgea Devers.

— Peut-être que les gens en ont parlé, à l'époque, inspecteur. Mais il y a eu la guerre, tous ceux d'ici qui y sont morts et la grippe espagnole. Ceux qui auraient pu vous répondre, les parents d'Alfred ou ceux de Lucienne, ils sont au cimetière.

— Ouais, grogna Justin.

Il se disait que Marcelline Victor avait dû prendre soin de recommander le silence aux rares habitants de Faymoreau susceptibles de divulguer ce renseignement afin de protéger son amant. « Pourtant, il ne risquait rien, elle lui fournissait un solide alibi ! » songea-t-il encore.

— De toute façon, c'est Ambrozy, le saligaud qui a tiré sur Alfred, renchérit Danielle, en larmes. J'espère qu'on l'enverra à la guillotine !

— Nous verrons bien, soupira l'inspecteur en se levant. Autant vous le signaler : à l'heure actuelle, mon adjoint se trouve chez la veuve Victor. Nous comparerons vos déclarations.

Furieux, il sortit en se retenant de claquer la porte.

Puits du Centre, même jour, même heure, jeudi 9 décembre 1920

Thomas transpirait à grosses gouttes, couché sur le côté, en train d'attaquer à coups de pic une veine de houille. S'il faisait froid à l'extérieur, il régnait une chaleur humide dans la galerie. Autour du jeune homme, les bruits familiers de cet univers souterrain résonnaient, à la fois réconfortants et angoissants.

C'était un concert de chocs répétés, d'appels et de grincements dont l'écho persistant assourdissait, chocs des pics sur la paroi, grincements des roues des berlines sur les rails, cris des autres gueules noires. Parfois survenait un moment de silence, vite interrompu par des éclats de voix ou un crissement métallique.

Quand le hennissement d'un cheval retentit

parmi le vacarme, Thomas serra les dents, ému, en songeant à Pierre. L'adolescent ne prendrait ses fonctions de palefrenier qu'une fois équipé d'une prothèse. « Le malheureux gosse, il doit se ronger les sangs, à penser à son père en prison ! »

Le nom de Stanislas Ambrozy était sur toutes les lèvres depuis l'heure de l'embauche. Une semaine plus tôt, on le respectait ; à présent, il était un objet de mépris. Des tensions naissaient entre les gueules noires originaires du pays et les Polonais venus travailler pendant la guerre. La faute présumée d'un des leurs semait la méfiance. Les porions de chaque équipe avaient fort à faire pour maintenir le calme.

Tape-Dur s'en plaignit à Gustave, qui piochait derrière son fils. Son crâne tondu caché par le casque en cuir bouilli, le successeur de Boucard avait posé sa lampe. Sa fonction consistait surtout à surveiller le travail des mineurs.

— Tu parles d'un boulot ! brailla-t-il. J'ai dû séparer Henryk et Fort-en-Gueule dans la salle des pendus. Ils allaient se cogner dessus. Hé ! Marot, tu ne voudrais pas mon poste ? Je le solde !

— Garde-le, Martinaud. Avec ton surnom, tu es plus apte à régler les conflits que moi.

— Vieux filou de Marot, t'as raison : vaut mieux être piqueur. En tout cas, il y en a une qui est contente. Ma femme, de s'installer dans le coron des Bas de Soie, elle en rêvait. Allez, on s'offre une pause, j'ai un sacré creux dans l'estomac.

Soulagé, Thomas abandonna sa besogne. Il se redressa sur un coude et s'assit en tailleur.

— Je n'ai pas le cœur à l'ouvrage, aujourd'hui, avoua-t-il.

Son père hocha la tête. Dans la clarté d'un jaune très clair que dispensaient leurs lampes, les trois hommes arboraient des faces étranges, souillées de suie ; chaque détail de leurs traits était sculpté par un jeu d'ombres.

— Bah, ça n'doit pas être facile, mon gars, de se réveiller un matin et d'être le gendre d'un criminel, reprit Tape-Dur. Tu n'as rien à voir dans l'affaire, ça, on est tous d'accord. Tu as même failli y laisser ta peau. Quand même, sois méfiant. Certains types causent à propos de toi et de Jolenta.

— Qu'ils causent donc ! s'offusqua Thomas. Stanislas Ambrozy est innocent. L'enquête continue.

— Je voudrais bien te croire, mais la police pense autrement, sinon Ambrozy aurait été libéré. On ne garde pas les innocents en taule.

Agacé, Gustave but au goulot une gorgée de piquette. Il déclara ensuite, d'un ton ferme :

— Hier, j'ai eu des doutes, Martinaud, mais, ce matin, je suis de l'avis de mon fils : Stanislas n'a pas tué Boucard. Il n'y a pas de preuve et surtout pas de mobile.

— J'en connais un, moi, un mobile, insinua le porion en ricanant. Ambrozy courtisait la veuve d'un employé des postes. Elle habite du côté de Livernière, à trois kilomètres d'ici. Le dimanche, il enfourchait son vélo et filait là-bas. Alfred Boucard lui faisait de l'ombre parce qu'il s'était entiché de la femme, encore jolie et pas trop sérieuse. Sa réputation de coureur de jupons n'était pas une blague !

Gustave et Thomas échangèrent un coup d'œil surpris. Il y avait souvent eu dans le village des rumeurs mettant en doute la fidélité du porion à son épouse, mais les Marot n'étaient pas du genre à y prêter attention.

— Qu'est-ce que tu nous racontes là ? protesta le jeune homme. Stanislas vénérait la mémoire de sa femme. Je l'imagine mal en quête d'une maîtresse ou songeant à se remarier.

— Hé ! saint Thomas, descends de ton petit nuage ! se moqua Tape-Dur. Ambrozy est fait comme les autres. Il avait sûrement des besoins en bas du ventre ; tu m'comprends ? Boucard, c'était pareil.

— Un peu de respect, gronda Gustave. Tu parles d'un défunt, un de nos camarades, assassiné en plus et pas loin de la galerie où nous sommes.

Le porion haussa les épaules. Vexé, il mordit avec rage dans sa tartine de rillettes qui exhalait une forte odeur d'ail. En l'observant, Thomas se demanda soudain pourquoi Marcel Aubignac l'avait nommé à un poste de responsabilité, qui exigeait un esprit avisé capable d'appréhender les dangers de la mine et d'instaurer une certaine discipline.

— Dis-moi, Tape-Dur… enfin, si je peux encore t'appeler comme ça, maintenant que tu es mon chef…

— Vaudrait mieux me donner du Martinaud, quand même ! Les surnoms, c'est bon pour les piqueurs ou les boiseurs. Et faut plusieurs années de travail avant d'en écoper. Tiens, ton père, on lui dit Gustave simplement, et toi, Thomas, ce n'est pas demain la veille qu'on te baptisera à notre sauce.

— Vous n'en aurez peut-être pas le temps : Jolenta me supplie de quitter la mine et de me faire embaucher à la minoterie. Mais je voulais te poser une question. L'inspecteur de police t'a interrogé, toi aussi. Pourquoi tu ne lui as pas parlé de cette veuve, qui aurait pu semer la pagaille entre Boucard et Ambrozy ?

— J'ne suis pas un mouchard, mon gars, et je n'avais pas de raison d'en causer. Le Polonais n'était pas sous les verrous. Maintenant que les flics l'ont embarqué, j'ai tiré mes conclusions. Vous avez peut-être une idée là-dessus, vous aussi ? Il paraît que vous étiez convoqués, hier soir.

— Non, aucune idée, répliqua Gustave, le visage fermé.

— Pas plus que toi, renchérit Thomas.

Ils suivaient strictement les consignes de Justin Devers. Quand il les avait reçus la veille à l'*Hôtel des Mines*, le policier leur avait intimé l'ordre de ne pas ébruiter l'histoire du pistolet d'Ambrozy.

— Monsieur Ambrozy affirme avoir confié à Alfred Boucard qu'il possédait une arme, et uniquement à lui, leur avait déclaré l'inspecteur avec gravité. Il est préférable de taire ce point capital de l'enquête afin de me laisser une chance de trouver d'autres preuves ou ce fameux Luger. Les esprits s'échauffent vite. Si vos collègues de la mine pensent que je tiens le coupable, ça pourrait provoquer des remous. Prévenez votre famille, je me charge d'en informer mademoiselle Millet.

L'avertissement avait porté. Par l'intermédiaire de Gustave et de Thomas, Honorine et Jérôme avaient été avertis de garder le secret, ainsi que Jolenta et Pierre.

— Allez, faut reprendre le boulot, les exhorta

Tape-Dur. On n'est pas payés à fouiner dans les affaires des autres comme le Parigot de service.

Il s'agissait bien entendu de Justin Devers. Thomas esquissa une grimace, en proie à un problème de conscience. Avant de se remettre à piocher, il prit son père à témoin.

— Je crois qu'il faudrait informer la police de l'existence de cette femme, la veuve de Livernière. Martinaud, tu es le mieux placé pour dire ce que tu sais. Connais-tu son nom ?

— Maria quelque chose. Bien roulée, pas farouche ! Mais compte pas sur moi pour aller moucharder, je te l'ai déjà dit. Après tout, si Ambrozy a été coffré, peut-être bien que la dame l'a dénoncé.

— Avec des si, on mettrait Paris en bouteille, ronchonna Gustave, comme dit souvent mon épouse.

Les deux hommes se remirent à leur dur labeur, couchés sur le flanc, acharnés à détacher des morceaux de minerai des veines de la roche. Mais Thomas réfléchissait, hésitant quant à la conduite à tenir. Il revoyait Isaure en larmes qui lui disait :

— Mettons que Stanislas Ambrozy soit l'assassin et que je le sache de source sûre ; je devrais le protéger ? Je serais tenue de me taire ? Au nom de quelle justice, Thomas ?

Une heure plus tard, il comprit le sens de son cri de révolte et il prit sa décision.

Faymoreau, chez Geneviève Michaud, même jour, même heure

— Isaure, réveille-toi, Isaure !

Geneviève finit par secouer doucement la jeune

fille par l'épaule. Pelotonnée sur le lit de camp pliant, le visage à demi caché par un pan de couverture, sa protégée semblait décidée à dormir encore longtemps.

— Isaure, il est neuf heures.

— Oui, je me lève, dit-elle en clignant les paupières.

Une odeur de lait chaud flottait dans l'air, mêlée à celle du café et, plus ténue, une senteur particulière.

— Mademoiselle est servie, plaisanta Geneviève. Regarde.

Sur le parquet, un petit plateau trônait sur lequel se trouvait un bol fumant de café, une cruche de lait et trois tranches de gâche, la brioche chère aux palais des Vendéens.

— La cuisinière m'en a donné spécialement pour toi. Je lui ai dit que tu allais me remplacer. C'est une brave femme.

Isaure se redressa sur un coude et examina Geneviève, l'air incrédule. Sa charmante hôtesse était bien coiffée et maquillée ; elle était vêtue d'une robe en velours marron et d'un gilet beige.

— Depuis quand es-tu debout ?

— Je me lève à sept heures et, à sept heures trente, je suis à l'office. Eh oui, il faut dire l'office, ça flatte ma patronne. Je vérifie les provisions, je prépare le petit-déjeuner de madame et de monsieur Aubignac, qu'ils prennent dans leur salle à manger à huit heures précises, monsieur se rendant ensuite à son bureau. Je raccompagne madame dans sa chambre, prépare ses habits du jour et lui fais la causette. Là, je suis libre jusqu'à dix heures. Ce matin, j'ai beaucoup parlé de toi. Viviane Aubignac paraît bien disposée. Je dois te prévenir, Isaure : elle s'ennuie, ici ; elle est mélancolique. La maison tournerait très bien sans gouvernante, mais madame a besoin d'une compagnie féminine. Son époux l'a compris et c'est pourquoi j'ai été engagée.

L'explication inquiéta Isaure, d'une nature réservée et peu encline au bavardage.

— Je ne sais pas si je serai capable de distraire cette dame, avoua-t-elle.

— Tu représentes une nouveauté à ses yeux. C'est un atout.

— Mais que va-t-elle penser en me voyant ? J'ai encore des traces sur la figure et sur la lèvre, en plus d'une marque rouge autour du cou.

— Nous allons essayer d'arranger ces petits détails avec un peu de maquillage et un foulard. Madame Viviane nous attend vers dix heures dans le salon. Ne m'en veux pas, Isaure, je lui ai confié la manière dont ton père te traite. Elle a bon cœur ; ça jouera en ta faveur.

Muette de perplexité, Isaure entreprit de déguster son petit-déjeuner. Grâce à la gentillesse et aux attentions de Geneviève, elle eut l'impression de franchir le seuil d'une nouvelle vie. Il lui suffirait de faire ses preuves.

— Je suis désolée pour hier soir, murmura-t-elle entre deux bouchées de brioche. Je t'ai causé du souci. Si vous étiez rentrés un peu plus tard, l'inspecteur Devers et toi, je ne serais peut-être pas là ce matin, à boire du bon café et à rêver de l'avenir. Notre destin tient à un fil, le fil du hasard. Je t'en supplie, n'en parle pas à Armand.

— Je n'en parlerai pas, ni à lui ni à personne. Le docteur Boutin ne s'est douté de rien quand il est venu hier soir. Tu n'as donc rien à craindre ; ton coup de folie restera secret.

— Je te remercie. En plus, tu as menti au médecin avec un bel aplomb, se souvint Isaure. Tu ne l'as même pas fait entrer en prétendant que tu avais eu une forte migraine, mais qu'elle était déjà passée. Geneviève, tu es mon ange gardien. J'ai tellement honte d'avoir voulu mourir ! Mon frère, lui, a eu le courage de rester vivant malgré son grand malheur.

Geneviève frissonna. Isaure avait vu ce à quoi ressemblait son fiancé et elle tremblait d'être confrontée à la vérité, même si le jeune homme avait posé ses conditions sur ce point.

— Isaure, Armand me suit à Luçon et j'en suis heureuse, mais il exige une chose : jamais je ne dois voir son visage. J'ai accepté. J'espère réussir à respecter sa volonté. Au quotidien, ça ne sera pas facile. Cela dit, l'inspecteur Devers m'a donné un conseil, hier ; il prétend que des médecins spécialisés pourraient tenter d'autres opérations.

— Ce serait merveilleux, Geneviève.

— Je me renseignerai discrètement avant d'en parler à Armand. Bon, maintenant, il faut songer à ta tenue et à ta coiffure.

Dix minutes plus tard, elle brossait la somptueuse chevelure noire d'Isaure, qui ondulait sous ses yeux en vagues souples et brillantes.

— Tu ne voudrais pas une coupe à la mode ? hasarda-t-elle. Personne ne voit la beauté de tes cheveux. Ils sont toujours attachés, nattés ou relevés en chignon.

— Non, je préfère les garder longs. Ne te vexe pas, Geneviève, tu es jolie comme ça.

— C'est tellement pratique, répliqua son amie, qui arborait un carré lisse dégageant son cou.

Isaure retint un soupir. Une voix adorée résonnait dans son esprit. « Tu es une fée de la nuit, Isauline, tu lui as volé du bleu pour tes yeux, du noir pour tes beaux cheveux et le blanc lumineux de la lune pour ta peau », lui disait Thomas avant la guerre, quand il voulait la consoler d'un chagrin ou d'une brimade endurés à l'école.

Comme si elle lisait dans ses pensées, Geneviève demanda :

— Au fait, que contient ta boîte en fer ? Tu es contente que je l'aie rapportée ? C'est Armand qui m'a indiqué où tu la cachais.

— Oh ! il s'en souvenait ? Je rangeais des bricoles à l'intérieur, gamine. Je vais la jeter, et ce qu'il y a dedans aussi.

« Des fleurs séchées, un soldat de plomb, un ruban rose, de petits cadeaux de Thomas et sa dernière lettre », pensa-t-elle.

— Tu as raison, elle est rouillée et cabossée.

La jeune fille approuva, hantée par la scène de la veille, où son grand amour l'accablait de cuisants reproches en la fixant avec mépris et colère. Elle entendait encore les paroles odieuses qui sonnaient le glas de leur étrange amitié. Cependant, elle osa évoquer l'instant où il l'avait relevée et tenue contre lui pour l'asseoir sur le lit. Là, il avait arrangé une mèche de ses cheveux d'un geste presque tendre.

« Nous verrons bien ce qui arrivera, se dit-elle. Si

monsieur Ambrozy sort vite de prison, Thomas me pardonnera peut-être. »

*

Viviane Aubignac feuilletait un exemplaire du *Petit Écho de la mode*[1], lovée sur son divan dans une position étudiée afin de jouer son rôle à la perfection. Elle tenait à représenter par son attitude une bourgeoise aisée, mais en proie à des tourments intérieurs et qui n'était pas vraiment à sa place dans ce sinistre village minier.

Elle comptait impressionner Isaure Millet, que devait lui amener la gouvernante. Subitement, prise d'un doute quant à son apparence, elle se leva et courut observer son reflet dans le magnifique miroir de Venise qui surplombait la cheminée en marbre noir. Elle fut satisfaite de son apparence. Ses courtes boucles d'un blond très clair étaient retenues par un bandeau en soie verte, sa couleur fétiche qui se retrouvait également sur sa robe au plastron de dentelle. « Mon Dieu, être si jolie et devoir croupir ici, à Faymoreau, privée d'amour ! songea-t-elle. Je maudis cet inspecteur. Sans lui, je serais déjà à Paris, chez ma sœur. Enfin, si cette fille me plaît, j'aurai un peu de distractions. »

La porte principale grinça légèrement. Vite, Viviane se rua vers le divan et reprit sa pose.

1. Créé en 1880 par Charles Huon de Penanster, magazine à la fois féminin et familial qui sera publié jusqu'au vingtième siècle.

Geneviève entra la première avec un sourire prometteur, puis Isaure apparut.

— Madame, voici la jeune personne dont je vous ai parlé, mademoiselle Millet.

— Bonjour, madame, dit Isaure de sa voix grave et suave. Je suis heureuse de faire votre connaissance.

— Bonjour, répondit presque tout bas la maîtresse de maison en étudiant d'un œil avide la nouvelle venue.

« Pas très grande, élégante malgré des vêtements bon marché et très jolie, oui. Je parie qu'elle doit sa coiffure à Geneviève. Une excellente idée, un chignon haut, mais une longue mèche libre sur l'épaule. Mais quel dommage, ces ecchymoses et sa lèvre blessée ! Ciel, certains hommes sont de sales brutes, vraiment. »

— Asseyez-vous, dit-elle tout haut. Nous pourrions boire du thé et je grignoterais volontiers un macaron.

— Je m'en occupe, madame ! s'écria Geneviève, consciente que sa patronne mettait en œuvre un moyen de rester seule avec Isaure.

— Je perds une perle, commenta Viviane d'un ton affligé.

— En effet, Geneviève est une jeune femme dotée de qualités rares et d'autant plus précieuses.

L'élocution soignée de la postulante et son maintien digne en dépit de sa condition surprirent agréablement son éventuelle patronne.

— Vous avez étudié, dit-elle, l'air ravi. Vous serez dès l'automne l'institutrice de l'école de filles, n'est-ce pas ?

— Oui, madame, l'école où j'ai appris à lire et à écrire, enfant de métayer parmi tant d'enfants de mineurs. Si vous me le permettez, je voudrais vous remercier sans tarder d'avoir eu la bonté de me recevoir ce matin. Je suis navrée de vous imposer un visage marqué.

— Oublions ce détail, il n'y paraîtra plus très bientôt. Il vous faudrait de la pommade d'arnica, très utile contre les contusions. J'en achète chez l'apothicaire de Fontenay-le-Comte grâce à une ordonnance du docteur Boutin, notre voisin et ami. Geneviève ira en chercher un pot dans ma salle de bain.

Viviane se tut et continua d'étudier l'allure de la jeune fille. Elle vérifia des points qui lui semblaient importants. Les bottines d'Isaure étaient impeccablement cirées ; son corsage et le foulard blanc autour de son cou étaient très propres ; ses cheveux resplendissaient.

— Je vois, je vois, chuchota-t-elle. Vous savez sûrement rédiger des lettres sans fautes d'orthographe. Mon époux ne les tolère pas.

Le cœur serré, entre angoisse et espoir, Isaure n'osait pas se réjouir. Le retour de Geneviève dissipa sa tension nerveuse. En gouvernante exemplaire, elle servit trois tasses de thé. Viviane s'empara d'un macaron et le savoura, paupières mi-closes.

— Délicieux, soupira-t-elle quand elle eut terminé. Bien, bien, il demeure un problème à résoudre. Nous avons parmi nos relations le comte et la comtesse de Régnier. Ma chère amie Clotilde a dressé de vous un tableau inquiétant. Je voudrais entendre votre version des choses en toute franchise.

Geneviève toussota sans oser regarder Isaure qui, de son côté, hésitait sur la conduite à tenir.

— Je pourrais plaider ma cause, madame, déclara-t-elle après un court silence. Mais vous me demandez d'être franche et je le serai. La comtesse de Régnier m'a donné mon prénom et m'a servi de marraine quand elle manquait de divertissement. J'admets que, sans son secours, je n'aurais pas pu entrer à l'École normale, mais, ces derniers jours, depuis que j'ai abandonné ma place de surveillante à l'école privée de ses amis Pontonnier, elle me juge ingrate. Quand j'ai osé me plaindre de la cruauté de mon père, elle m'a traitée de menteuse. J'avoue qu'un certain soir je suis allée la supplier de m'héberger, de m'offrir une place de domestique. J'étais si malheureuse ! Je me sentais loin de tout et privée des joies les plus simples de la vie familiale. Alors, j'ai évoqué les feux follets, l'ogre de Machecoul et le terrible Gilles de Rais. J'ai dû passer pour une illuminée, et la comtesse m'a fait éconduire avec ordre de ne plus revenir.

Troublée, mais intimement exaltée par le récit d'Isaure, Viviane se pencha en avant, comme pour créer un lien de complicité.

— Pourquoi étiez-vous si malheureuse ? s'enquit-elle d'un ton passionné.

— Un ami d'enfance, un ami très cher, était enseveli dans une cavité de la mine à cause d'un coup de grisou. Vous savez, le dernier accident, au mois de novembre. On ignorait s'il serait remonté mort ou vivant. Je devais être là, à Faymoreau, le plus près possible de lui.

Geneviève devina de qui elle parlait. Il s'agissait de Thomas Marot.

— Je n'ai jamais manqué de respect à ma bienfaitrice, conclut Isaure. Je ne lui ai causé aucun tort. J'ai seulement commis l'erreur de lui déplaire.

— Eh bien, moi, vous me plaisez beaucoup et vous êtes engagée ! s'exclama Viviane avec un sourire éperdu. Vous me faites penser à une héroïne romantique du siècle dernier. Geneviève, bravo ! Encore une fois, vous me comblez.

— Merci, madame, répondit modestement la jeune femme.

— Je vous remercie de tout cœur, madame, et je ferai de mon mieux pour vous satisfaire, renchérit la nouvelle gouvernante des Aubignac.

Isaure sortit de la grande demeure à midi. Geneviève l'avait présentée à la cuisinière, Germaine, une grande et robuste femme de quarante-deux ans, à son fils Denis, au jardinier, ainsi qu'à la jeune bonne chargée surtout du ménage. « Ils ont tous été aimables et gentils, se disait-elle en marchant vers le portail. Je prends mes fonctions samedi matin. »

Elle en était tout ébahie, comme au seuil d'une aventure palpitante, même si Viviane Aubignac la laissait perplexe. Elle l'avait trouvée vraiment ravissante et assez familière pour une personne d'un milieu supérieur au sien.

— Tu as fait sa conquête, avait affirmé Geneviève à son oreille, dans le vestibule. Ta sincérité l'a touchée. Je crois qu'elle n'est pas très heureuse en ménage. Tu en jugeras par toi-même.

15

Une autre vie

Coron de la Haute Terrasse, chez Jolenta et Thomas Marot, même jour, jeudi 9 décembre 1920

Midi approchait. Honorine Marot, qui tricotait une pièce de layette assise au chevet de sa belle-fille, posa son ouvrage.

— Je vais descendre préparer le déjeuner, dit-elle. Qu'est-ce qui te ferait plaisir ?

— Du vermicelle cuit dans du lait. Je n'ai envie que de ça.

— Ce n'est pas très consistant. Enfin, au moins j'aurai vite fait. Montre-moi ta brassière. Une des manches me semble cousue de travers.

— Je ne suis pas très douée en couture, belle-maman, déplora la jeune femme.

Depuis le matin, toutes les deux travaillaient au trousseau du bébé. Honorine avait apporté de quoi s'occuper les mains, des pelotes de laine et ses aiguilles à tricot, car elle détestait l'oisiveté.

— Le petit naîtra en juin ou en juillet, déclara-t-elle tout en examinant la brassière en calicot. Il fera bon, mais il lui faut des vêtements chauds quand même. Tout à l'heure, j'irai chercher chez moi de petits habits que j'ai gardés. Ils étaient à

Anne. Tu sais, c'était un beau poupon, et, plus tard, une fillette bien dodue. Qui aurait pu croire !

Une boule d'émotion la fit taire. Malgré sa volonté d'être aimable, Jolenta prononça une parole malheureuse.

— Ne vous vexez pas, belle-maman, mais je préfère que mon enfant porte ses propres affaires.

— Ah ! Eh bien, si vous en avez les moyens, Thomas et toi, faites à votre idée. Mais dans ce cas autant te dire que, toute cette laine, je l'ai eue en défaisant d'anciens gilets de Zilda et d'Adèle. Il fallait des couleurs claires ; j'ai donc fouillé mes armoires dès que j'ai su pour votre bébé. J'ai tout défait, lavé et séché au grand air.

— Là, ce n'est pas pareil, affirma Jolenta. Belle-maman, je vous ai contrariée, je le sens à votre voix.

— Mais non, mais non ! Seulement, quand on se met en ménage, le mieux est d'économiser.

— Ce matin, avant qu'il parte à la mine, j'ai imploré Thomas de trouver une place à la minoterie ou à la centrale électrique. Je ne veux pas le perdre. Quand il y a eu l'accident du puits du Centre, j'ai cru que je ne le reverrais jamais. Je l'aime tant ! Je ne croyais pas qu'on pouvait aimer aussi fort.

Attendrie, Honorine pardonna immédiatement à sa belle-fille les griefs qu'elle ruminait en son for intérieur. En fait, après l'avoir vue et entendue déverser sa hargne sur Isaure, elle pensait que Jolenta n'était pas vraiment un ange de douceur et de patience. Thomas avait toujours vanté le caractère paisible de sa fiancée, sa discrétion, sa timidité, mais l'incident de la veille changeait la donne. « Elle a des excuses, aussi, se dit-elle. Le coup de grisou et ses conséquences avaient de quoi la bouleverser. Son frère est infirme, à présent, et son père est en prison, accusé de meurtre. De plus, les femmes enceintes ont des sautes d'humeur, souvent. »

Elle replia la petite pièce de linge et regarda la jeune femme. Le dos appuyé contre deux gros oreillers et très pâle, la jolie Polonaise aurait inspiré de la compassion à n'importe qui.

— Ma fille, ce n'est pas facile de se faire embaucher à la minoterie du jour au lendemain, hasarda-t-elle cependant.

— Mais Thomas doit quitter la mine, belle-maman. C'est trop dangereux. J'ai dit la même chose à Piotr.

— Appelle donc ton frère Pierre ! Les gens d'ici ne peuvent pas prononcer ce prénom-là. Tu devrais te montrer raisonnable, petite. Puisque nous sommes seules et que l'atmosphère est plus calme, je te conseille de réfléchir un peu, au sujet d'Isaure, notamment. Tu as été dure avec elle, hier.

Tout de suite, Jolenta perdit son air paisible. Elle pinça les lèvres, et son regard d'azur s'assombrit.

— Elle avait bu ; on ne peut pas lui faire de reproches. L'alcool rend idiot. Tiens, Gustave qui est un si brave homme, il m'en a fait voir, plus jeune, quand il se laissait entraîner au bistrot, le soir. Une fois, il s'est soulagé par la fenêtre, la nuit. Il croyait être descendu aux commodités. Même Thomas et Jérôme se sont mal tenus, certains dimanches. Ils commençaient tout juste à trimer dans la mine et ils avaient besoin de s'enivrer, pas beaucoup, mais suffisamment pour semer la pagaille dans le coron.

— Les hommes aiment boire. Mon père ne s'en

prive pas, dit Jolenta. Une fille saoule, c'est plus rare. Vous vous souvenez, à notre repas de mariage, dans quel état était cette fille ? Vous n'étiez pas contente, belle-maman.

— Je te l'accorde, mais, quand on a du chagrin, on commet des erreurs.

La jeune femme se redressa, le visage tendu par un regain de colère.

— Elle avait du chagrin parce que j'épousais Thomas, voilà ! Je suis sûre qu'elle ne voudra pas de Jérôme. C'était encore une de ses ruses.

Troublée par autant de perspicacité, Honorine hocha la tête. Jolenta ne se trompait guère sur ce point.

— Tu dis vrai : ils ont renoncé à se fiancer, soupira-t-elle. Jérôme me l'a expliqué hier soir, après dîner. Seigneur, tu me retournes l'esprit avec tes suppositions. Isaure et Thomas sont de grands amis. C'est toi qu'il a menée à l'autel et à qui il a promis sa foi. Pourquoi es-tu aussi jalouse ?

— Mardi, j'ai trouvé un carton à chaussures, quand je rangeais la chambre. Il était rempli de lettres d'Isaure. Elle lui écrivait deux fois par semaine pendant qu'elle étudiait à l'École normale. J'ai lu les cachets de la poste. Il y en avait encore datées du mois d'octobre, postées de La Roche-sur-Yon, de même que des cartes postales.

L'aveu choqua Honorine, qui n'aurait jamais songé à fouiller les poches de son mari ni le placard qui lui était attribué.

— Jolenta, tu n'aurais pas dû regarder dans ce carton, lui reprocha-t-elle sèchement. Tu t'es rendue malade pour pas grand-chose.

— Je l'ai dit à Thomas et il n'était pas fâché. Il m'a consolée. Je pleurais tant ! Isaure a une belle écriture et elle est très instruite ; pas moi. J'ai suivi les cours du soir pour apprendre le français, mais je lis mal votre langue. Je ne sais pas l'écrire encore.

Elle fondit en larmes, le visage caché entre ses mains. Apitoyée, sa belle-mère s'assit sur le lit et lui caressa les cheveux.

— Thomas s'en moque bien, il t'adore, Jolenta, murmura-t-elle. Et il aime déjà votre bébé. Ce sera un bon père et un bon mari. Si tu savais toutes les recommandations qu'il m'a faites, ce matin, avant de partir à la mine ! Allons, ne pleure plus. Tu aurais intérêt à devenir amie avec Isaure. Si tu as une fille, elle sera sûrement son institutrice.

— Je verrai plus tard, quand mon père sortira de prison.

Honorine se releva. D'un pas pesant, qui trahissait un lourd souci, elle descendit à la cuisine et prépara le vermicelle au lait. L'attitude de Jolenta l'inquiétait, surtout pour une raison précise. La brave femme comptait bien fêter Noël à Saint-Gilles-sur-Vie en réunissant la famille au complet et en invitant Isaure. « Je n'ai plus qu'à prier jour et nuit pour que Stanislas Ambrozy soit déclaré innocent et qu'il soit vite de retour à Faymoreau », se dit-elle.

Chez Geneviève Michaud, deux heures plus tard

Le ciel s'était dégagé. Un timide soleil faisait briller le parc des Aubignac dans sa parure de neige. Des nuées de mésanges voletaient autour d'un pommier où était accrochée une mangeoire garnie de graines. Isaure observait par la fenêtre leur va-et-vient ailé, attentive à leurs pépiements affamés.

Geneviève, quant à elle, vidait son armoire en étalant sa garde-robe sur le lit.

— Si j'avais pu prévoir, en revenant à Faymoreau, que je n'y resterais pas plus qu'une semaine après avoir enterré ma mère, je n'aurais pas pris autant de vêtements. Je pensais passer l'année ici. Mais je change de vie et j'en suis enchantée.

Isaure approuva d'un signe de tête. Elle appréhendait un peu le départ de la jeune femme, de qui elle se sentait à présent très proche.

— Il faudra tout m'expliquer, aujourd'hui, Geneviève. Tu as l'air si compétente, tellement à l'aise chez tes patrons ! Je crains de ne pas être à la hauteur. Autre chose me tracasse : je ne pourrai pas dire au revoir à mon frère. Je prends le car demain matin à sept heures avec madame Marot.

Geneviève eut un sourire malicieux, une paire d'escarpins en cuir entre les mains.

— Viens essayer ces chaussures. Si elles te vont, je te les offre ; elles sont pratiquement neuves. Tu n'as rien de correct, hormis tes bottines. Je voudrais te laisser une ou deux jupes ainsi que des corsages. Arrête de te tourmenter, tu t'en sortiras très bien, j'en ai eu la preuve pendant l'entretien. Pour Armand, j'ai trouvé la solution. Le taxi que j'ai réservé par téléphone arrive à six heures. Tu viendras avec moi jusqu'à la métairie, mais tu attendras dans la voiture. Nous serons devant l'*Hôtel des Mines* à peine dix minutes plus tard. Ça vous laissera du temps. Nous te laisserons à la gare, ensuite.

— Décidément, tu es une perle, Geneviève, comme me l'a dit Viviane Aubignac.

Rassérénée, Isaure s'abandonna à la douce atmosphère qui régnait dans la pièce, et une séance d'essayage commença. La jeune fille se retrouva ensuite en possession d'une ravissante lingerie, des sous-vêtements en satin et en soie ornés de dentelle, d'une robe en velours noir à plastron brodé, d'une jupe plissée et de trois gilets en fin lainage, sans oublier deux foulards, les fameux escarpins et un peignoir d'inspiration orientale.

— Tu as pu t'acheter autant de choses ? s'étonna-t-elle, ravie d'une telle aubaine.

— Oh non, je ne suis pas dépensière ! Tout ceci appartenait à ma patronne. Elle se lasse très vite de ses affaires. Chaque fois qu'elle séjourne à Paris, elle rapporte des nouveautés et distribue les toilettes dont elle ne veut plus. La cuisinière y a droit aussi, la bonne et même Gisèle, la gouvernante du curé.

— Je me demande pourquoi j'ai autant de chance, tout d'un coup, soupira Isaure, qui remettait ses propres vêtements qu'elle jugeait soudain de piètre facture.

— Ne te pose pas de questions, dit Geneviève. Fais en sorte de profiter de la moindre petite joie et des petits plaisirs de l'existence.

— Les grands plaisirs, eux, comment sont-ils ?

— Les grands plaisirs ? De quoi parles-tu, Isaure ?

— Tu sais bien, ceux du mariage, enfin, ceux de l'amour. Tu es la seule que je peux interroger ; je n'ai pas d'amie ni de sœur. Et tu sembles si enthousiaste à l'idée de vivre avec Armand jour et nuit.

— Je comprends…

Geneviève la fit asseoir au bord du lit et s'installa à ses côtés. Elle demeura songeuse un moment afin de répondre de la meilleure manière possible.

— L'essentiel, c'est d'être amoureux, très amoureux, affirma-t-elle. Les relations physiques entre un homme et une femme peuvent satisfaire les sens, procurer du plaisir, mais c'est bien plus fort, bien plus merveilleux quand on est amoureux. J'ai couché plusieurs fois avec Armand avant la guerre et, quand il a été mobilisé et que nous avons été séparés, j'ai beaucoup souffert. C'était un vrai déchirement. Il me manquait, je me languissais de lui, de ses baisers, de son corps… du bonheur fou que nous savions nous donner. Rien n'a changé ; nous nous sommes aimés mardi. Même là, en te parlant, je n'ai qu'une hâte : le retrouver pour m'enfermer avec lui dans une chambre obscure.

Troublée, Isaure rougit.

— Est-ce que tous les couples ressentent ce plaisir quand ils sont ensemble, enfin, quand ils couchent ensemble ?

— Je l'espère, mais il y a des unions mal assorties où l'un des deux aime moins que l'autre. D'où les infidélités et les adultères. Tu dois savoir aussi que certains hommes prennent leur plaisir chez des prostituées ou avec leurs épouses sans trop se soucier de leurs envies à elles, de leurs sensations.

— Comment le sais-tu ? s'enquit Isaure, vaguement choquée par le franc-parler de Geneviève.

— Il suffit de discuter avec d'autres femmes et d'écouter leurs confidences. Tu t'en apercevras vite au contact de madame Aubignac. J'ai su ainsi qu'elle avait été la maîtresse du docteur Boutin. Tu es la première personne à qui je l'avoue. Il faut être très discret, quand on est employé de maison.

— Je m'en doute. Je garderai ça secret, sois tranquille. Vraiment, comparativement à toi, je me fais l'effet d'une oie blanche, d'une gosse naïve. Pourtant, il paraît que je me suis comportée de façon étrange avec l'inspecteur Devers. Il prétend que je lui ai proposé de coucher avec lui, la nuit où j'ai dormi quelques heures à l'*Hôtel des Mines*. Je n'ai qu'une excuse : j'avais beaucoup trop bu.

Geneviève éclata d'un rire nerveux, puis elle pinça la taille d'Isaure. Elle imaginait difficilement sa future belle-sœur faisant des avances au policier, surtout aussi directes.

— Le malheureux, il devait être au supplice, pouffa-t-elle.

— Pourquoi ?

— C'est simple, je te l'ai dit, hier soir : l'inspecteur est amoureux de toi, ça crève les yeux. Il aurait volontiers accepté, mais c'est un type bien et il n'en a pas profité. Mais toi, Isaure, qu'est-ce qui te poussait à lui proposer ça ?

— Je ne m'en souviens plus. Peut-être que j'avais envie de ne plus être une oie blanche, dit-elle avec un faible sourire.

La discussion en resta là, car Denis, le fils de la cuisinière, frappa à la fenêtre en claironnant :

— M'selle Geneviève, la patronne vous réclame.

— J'arrive, j'arrive, répondit l'intéressée.

Isaure se retrouva seule. Elle décida de ranger ses nouveaux vêtements dans l'armoire afin de pouvoir les admirer un par un et de respirer le parfum délicieux qu'ils dégageaient encore, une fraîche senteur fleurie qui évoquait le printemps… et l'amour.

Faymoreau, Hôtel des Mines, le soir

Justin Devers avait passé une fin de journée studieuse, enfermé dans la salle qui lui tenait lieu de bureau. Il s'était escrimé à éplucher de nouveau le dossier de l'enquête en se livrant à certaines suppositions. Marcelline Victor avait confirmé les propos de Danielle Boucard, selon le rapport de son adjoint. « Je range définitivement Bastien Millet dans le peloton des non coupables, s'était-il dit avec une pointe de regret. Une sale brute ! J'aurais aimé le coffrer, lui faire payer les coups qu'il a infligés à sa fille. »

Penser au métayer, c'était penser à Isaure, dont le beau visage l'obsédait. Le matin, il était allé jusqu'au pavillon, mais il n'y avait personne. Bizarrement, il en avait été soulagé et il s'était gardé d'y retourner.

« Isaure a-t-elle entendu ce que je lui ai dit, quand je la tenais dans mes bras ? se demanda-t-il encore une fois. Tant pis si c'est le cas ! J'espère qu'elle va bien. Mais elle est en de bonnes mains, chez Geneviève Michaud. J'aurais tort de m'inquiéter. »

Il relut machinalement le rapport d'autopsie qu'il avait reçu concernant les chiens de Marcel Aubignac. Les deux dogues avaient été empoisonnés à la strychnine, un poison utilisé le plus souvent pour détruire les corbeaux et les rongeurs. La dose était massive, même plus que fatale.

« Pauvres bêtes ! Qui pouvaient-elles déranger ? Bah, il peut s'agir d'une banale vengeance contre le directeur d'une compagnie minière, après la mort de trois hommes et l'amputation d'un gamin de quatorze ans. »

Il sursauta, interpellé par son propre raisonnement. Stanislas Ambrozy était encore une fois le plus susceptible d'en vouloir à Marcel Aubignac, son fils étant devenu infirme. « Bon sang, je dois l'interroger sur ce point. J'irai demain matin, se promit-il. Pourtant, mon intuition m'a rarement trompé et je n'arrive pas à incriminer cet homme. »

Antoine Sardin entra en trombe, une cigarette au coin des lèvres.

— Chef, quelqu'un veut vous parler. Thomas Marot…

— Vous avez oublié de frapper, Sardin, rugit Justin. Et ôtez ce mégot de votre bouche si vous souhaitez avoir une élocution correcte. Bon sang, des adjoints de votre acabit, je m'en passerais volontiers. Thomas Marot ? Faites-le entrer.

Le jeune homme apparut dans l'encadrement de la porte. Devers le trouva livide et les traits tendus.

— Bonsoir, inspecteur, dit-il d'une voix nette. Je viens vous communiquer un renseignement.

— Asseyez-vous.

— Non, je préfère rester debout, je suis pressé. J'ai beaucoup hésité, mais la vérité doit être établie.

— Vous m'intriguez. Sardin, sortez. Je vous appellerai si je le juge nécessaire.

— D'accord, chef, répliqua l'adjoint, déçu d'être tenu à l'écart.

Thomas se sentit tout de suite plus à l'aise. Justin le nota et lui proposa un cigarillo.

— Non, je vous remercie. Je serai bref, inspecteur.

Ce que j'ai appris ce matin m'a paru important. D'après un autre mineur, Charles Martinaud, promu porion de mon équipe, Alfred Boucard et Stanislas Ambrozy courtisaient la même femme, une veuve pas farouche habitant Livernière, à quelques kilomètres d'ici.

— Ils la courtisaient ou ils la fréquentaient ?

— Je n'en sais guère plus. Disons que ça pouvait provoquer des tensions entre eux.

Le policier considéra Thomas Marot d'un air surpris. Il lui dit assez bas, sans le quitter des yeux :

— Je comprends que vous hésitiez à me livrer l'information, qui ne plaide pas en faveur de votre beau-père. Hier, ici même, vous affirmiez qu'il était innocent.

— J'ignorais sa relation avec cette femme. Stanislas n'est pas du genre bavard. Je me suis souvenu qu'il s'absentait le dimanche, mais, Jolenta et moi, nous en profitions pour passer du temps ensemble. Les jours de congé sont bienvenus.

— Si ce nouvel élément fournit des réponses aux questions que je me pose et que le procureur obtient la preuve qui lui manque, votre épouse vous en voudra beaucoup, insinua Justin.

Thomas hocha la tête, comme résigné à affronter la colère de Jolenta et la déception de Pierre.

— Que ce soit par moi ou par un autre mineur, vous auriez fini par découvrir la chose, déclara-t-il. Ma femme devra se plier à ma décision au nom de la justice. On ne peut pas la bafouer, même pour protéger des personnes qui nous sont proches.

— C'est tout à votre honneur, monsieur Marot,

et je vous remercie d'aider la police, répondit Devers. Connaissez-vous le nom de la veuve ?

— Non, mais son mari était employé des postes, et Livernière est un hameau. Bien, je m'en vais.

Thomas sortit, l'air soucieux. D'avoir accompli son devoir ne lui procurait aucune satisfaction, loin de là. Il cherchait déjà comment épargner Jolenta, quitte à lui cacher sa démarche le temps voulu. Il faillit heurter Antoine Sardin, qui déambulait dans le couloir. Ils échangèrent un salut du bout des lèvres. Le destin était en marche.

Livernière, une demi-heure plus tard

Maria Blanchard retint un petit cri apeuré en découvrant deux hommes sur le seuil de sa maison. Elle revenait de son poulailler, une lanterne à bout de bras. Elle s'apprêta à reculer.

— Ne craignez rien, madame, nous sommes des policiers, annonça Sardin.

— La police ? Pourquoi donc ?

— Je voudrais vous interroger, madame, précisa Justin. Je suis navré de venir aussi tard.

— Entrez, alors, murmura-t-elle, intimidée.

La maison ne disposait pas de l'électricité. Maria monta la mèche de la lampe à pétrole et éteignit sa lanterne. D'un geste vif, elle passa sa manche sur la table comme pour la nettoyer de saletés invisibles.

Son apparence éclaira l'inspecteur sur la prétendue rivalité entre les deux mineurs. C'était une jolie femme aux rondeurs harmonieuses, coiffée d'un chignon roux. Elle dardait sur lui des prunelles limpides d'un gris-bleu assez rare. Le logement était propre et un bon feu flambait dans la cheminée, jetant des reflets dorés sur les meubles encaustiqués.

Elle restait debout, les mains crispées sur les pans de son châle en laine noire.

— Madame Blanchard, connaissez-vous un dénommé Stanislas Ambrozy ? lui demanda Justin.

— Stanislas ? Bien sûr ! Dites, il ne lui est pas arrivé malheur, au moins ? Il est mort, c'est ça ?

Elle jetait des regards affolés autour d'elle.

— Non, monsieur Ambrozy est bien vivant, la rassura Sardin, pris de compassion pour sa détresse.

— Ah ! j'ai eu mal au cœur. Je m'assieds, soupira la veuve.

— Quelles étaient vos relations, madame ? interrogea Devers.

— Stanislas voulait m'épouser, mais il n'osait pas parler de moi à ses enfants. Il craignait de les décevoir, puisqu'il était veuf, lui aussi. Il pensait que, s'il se remariait, ses petits le prendraient mal.

— Des petits, il ne faut pas exagérer. Sa fille vient elle-même de convoler et son fils a quatorze ans.

— Je le sais bien, gémit Maria. Depuis l'accident de son Pierre, Stanislas semblait décidé. Il disait qu'il fallait une femme chez eux, une seconde mère pour son garçon. Je ne demande pas mieux, monsieur. J'ai perdu mon fils unique, Philippe, pendant la guerre. Mort à Hébuterne, dans le Pas-de-Calais. Il avait vingt ans et moi je l'avais mis au monde le jour de mes dix-huit ans.

Justin se détourna, gêné, car la jolie veuve pleurait sans bruit. Il s'était fait son opinion. Maria

Blanchard n'avait rien d'une femme facile et peu farouche.

— Et Alfred Boucard, est-ce qu'il approuvait vos projets de mariage avec Ambrozy ?

— Qui ça ?

Mis au courant par son supérieur pendant le trajet en voiture, Antoine Sardin crut bon de jouer la carte de l'autorité.

— Allons, ne faites pas l'innocente. Vous connaissez très bien Alfred Boucard, madame. Il disputait vos charmes à Ambrozy.

— Non, mais dites donc ! Je n'ai jamais entendu causer de ce monsieur et vous me manquez de respect !

Indignée et les joues rouges de contrariété, Maria se leva et courut chercher un cadre sur le buffet.

— Regardez ! cria-t-elle. C'est mon époux, Francis, tué à Verdun. La guerre m'a pris mes deux hommes. Je peux jurer sur leur mémoire que je ne connais pas votre Alfred Boucard. Et mes charmes ne sont pas à vendre, tenez-vous-le pour dit ! Questionnez Stanislas. Je ne lui ai rien accordé encore, rien de rien, et il n'aura rien tant qu'il ne me conduira pas à l'autel, devant le curé. Il le sait. C'est un homme sérieux et gentil. Le dimanche, je lui prépare un goûter. Lui, il offre le cidre. Nous causons là, autour de la table.

— Excusez mon adjoint, madame, intervint Justin. Une rumeur courait, à Faymoreau. Nous devions trier le vrai du faux. Si ce nom de Boucard ne vous dit rien, peut-être fréquentiez-vous un homme quand même, un autre homme qu'Ambrozy et qui vous aurait décliné une fausse identité…

La malheureuse sécha ses larmes à l'aide d'un mouchoir.

— Non, je ne voyais que Stanislas. Mais qu'est-ce qui se passe, à la fin ? Du grabuge dans la mine ? Je ne lis pas les journaux, moi ! Ça m'évite d'être triste.

— Monsieur Ambrozy est suspecté de meurtre, débita Sardin d'un ton lugubre. Il est en détention provisoire. Vous avait-il confié qu'il était en possession d'une arme ?

— Stanislas, un criminel ? Ce sont des bêtises. Je ne peux pas le croire. Bien sûr qu'il avait acheté un pistolet au cas où un cheval serait blessé. Et, oui, à cause de son garçon. Il paraît que Pierre adore les chevaux, qu'il ne supporte pas de les voir souffrir. Son préféré, c'est Danois, une belle bête noire avec du blanc sur le front. Pensez un peu. Si ce cheval-là avait un accident, le petit serait désespéré. Déjà qu'on l'a amputé.

Complètement désemparé, Justin Devers se frotta le menton, ôta son chapeau et lissa ses cheveux. À moins d'être une comédienne professionnelle, Maria Blanchard ne pouvait pas avoir réagi avec autant de spontanéité en apprenant les charges qui pesaient contre le Polonais. De surcroît, elle livrait la même histoire aberrante au sujet de l'arme.

— Nous ne vous dérangeons pas plus longtemps, madame, dit-il en la saluant. Vous devrez sûrement faire une déposition les jours qui viennent, à l'*Hôtel des Mines* de Faymoreau.

— Mais… et Stanislas ? Le pauvre homme, pourquoi vous l'accusez ?

— S'il est innocent, il n'a rien à craindre de la

loi, ajouta le policier gentiment. Bonsoir, madame Blanchard.

Elle les regarda sortir, hébétée, le portrait de son défunt époux serré contre son cœur.

Dans la voiture, Justin poussa un gros soupir. Sardin alluma une cigarette avec une expression perplexe sur sa face émaciée.

— Votre avis, chef ?

— Charles Martinaud, alias Tape-Dur, devenu porion récemment, a menti. Il a servi une calomnie à Thomas Marot et je dois savoir pourquoi. Nous allons lui rendre une petite visite au coron des Bas de Soie.

Coron des Bas de Soie, un peu plus tard

Séverine Martinaud enrageait. Les deux policiers les dérangeaient en plein repas. Elle les fit entrer dans la cuisine afin de bien leur montrer qu'ils étaient à table en famille.

— Dites, ça ne pouvait pas attendre à demain matin ? Quelle idée d'enquiquiner les honnêtes gens ! ronchonna-t-elle, les poings sur les hanches. Charles, ces messieurs veulent te causer.

Justin Devers reconnut tout de suite le mineur surnommé Tape-Dur à son crâne chauve et à ses yeux bridés. L'homme leva son verre rempli de vin rouge en guise de salut. Il affichait des traits tendus empreints d'une expression de contrariété.

— Bonsoir, inspecteur, dit-il assez bas. En quoi j'peux vous être utile ?

— J'aimerais vous poser quelques questions, mais pas devant vos enfants, rétorqua le policier.

— Ma tortore va refroidir, à ce compte-là. Tant pis !

Charles Martinaud se leva au moment où son épouse reprenait sa place en bout de table. Les trois garçons du couple piquèrent le nez dans leur assiette sur un coup d'œil noir de leur mère. Ils avaient respectivement douze, huit et cinq ans.

— Bon appétit, les petits gars, clama Antoine Sardin dans un louable souci de paraître cordial.

— Merci, monsieur, répondit l'aîné.

Déjà, Tape-dur conduisait Devers dans la pièce voisine, où étaient entassées des caisses en bois. Il s'empressa de suivre le mouvement.

— Vous emménagez ? s'enquit Justin.

— Ben oui, puisque je suis porion, maintenant.

— En effet, j'ai eu confirmation de la chose par votre directeur ; un simple coup de fil a suffi. Monsieur Aubignac m'a également dit que votre famille était relogée dans la maison d'Alfred Boucard, dans le coron des Bas de Soie tant convoité.

— Convoité, faut pas exagérer, inspecteur. Sûr, on est bien plus à l'aise ici, avec trois gamins, et les équipements ménagers sont de meilleure qualité. Ma femme est contente, ça, oui.

Justin perçut le malaise de Tape-Dur. Sous la clarté blafarde d'une unique ampoule électrique qui pendait au bout d'un fil, le porion tournait en rond.

— Monsieur Martinaud, commença-t-il d'une voix douce, autant vous dire l'objet de ma visite. Vous avez déclaré à Thomas Marot, un piqueur de votre équipe, que Stanislas Ambrozy et le défunt Boucard fréquentaient la même personne, une veuve, Maria Blanchard.

— Ouais ! Et alors ?

— Il se trouve que nous venons de la rencontrer et de l'interroger. Hélas ! elle a nié formellement connaître Alfred Boucard. Le nom lui était inconnu et je la pense sincère. Selon cette dame, seul Ambrozy la courtisait, en tout bien tout honneur. De plus, je ne la qualifierais pas de peu farouche, plutôt du contraire, de sérieuse et soucieuse de sa réputation. Quel besoin aviez-vous de débiter une telle fable ?

Tape-Dur passa deux fois la main sur son crâne luisant. Il finit par sourire d'un air un peu niais.

— J'ai raconté ce qu'on m'a raconté, inspecteur. Boucard, sauf votre respect, c'était un fameux coureur de jupons, un chaud lapin, même, comme dirait mon épouse.

— Comment expliquer, dans ce cas, que sa veuve, madame Danielle Boucard, ne m'en ait pas touché un mot ? s'étonna Devers. Je l'ai interrogée à plusieurs reprises et elle m'a dépeint son mari sous les traits d'un type fidèle, économe et bon père.

— Cette pauvre Danielle, elle n'en savait rien ou elle faisait semblant de ne pas savoir par fierté, prétendit Tape-Dur. Tant que son homme ramenait sa paie et qu'il couchait chaque nuit dans le lit conjugal, elle se fichait du reste.

— Admettons. Mais vous n'avez pas répondu à ma question. Je la répète donc. Pourquoi avoir calomnié Maria Blanchard dans un sens qui pourrait nuire à Ambrozy ?

— Vous l'avez arrêté, non ? Et y a pas de fumée sans feu. Vous n'gardez pas les gens en prison sans raison ! Du coup, moi, je me suis souvenu de cette histoire. Stanislas était du genre coléreux. Alors, qu'il ait pu supprimer son rival, ça coulait de source.

— Si c'était vraiment son rival ! insinua Antoine Sardin, désireux de participer.

— D'où teniez-vous cette histoire ? ajouta Justin.

— De Passe-Trouille, qui aimait causer, peut-être à tort et à travers.

— Passe-Trouille, alias Jean Roseau, mort, hélas ! en même temps qu'Alfred Boucard et le dénommé Chauve-Souris dans l'effondrement de la galerie. Dites, monsieur Martinaud, vous n'auriez pas un témoin vivant susceptible de confirmer vos propos ?

— Non, désolé, inspecteur. C'était notre brave Passe-Trouille qui m'avait raconté ça. Allez plutôt voir sa veuve. Elle aimait aiguiser sa langue. Elle a pu en causer à son mari.

Justin Devers eut la désagréable impression d'être au bout d'une impasse. Privée du salaire de son époux, Catherine Roseau devait élever six enfants. Il allait être obligé de l'importuner à nouveau, l'ayant déjà interrogée après les obsèques de son mari.

— J'aviserai, dit-il. Bonsoir et bon appétit, monsieur Martinaud. Je vous convoquerai si c'est nécessaire.

— Je suis à votre service, inspecteur, répliqua le mineur.

Une fois au volant de sa voiture, le policier alluma un cigarillo. Il contempla d'un œil navré les maisons alignées et la neige sale accumulée en tas de chaque côté des portes.

— Vous en pensez quoi, chef ? demanda Sardin.

Maria Blanchard a pu nous mener en bateau, si le chauve dit la vérité.

— Non, je la crois sincère. Mais Charles Martinaud ment et ça se sent. Ses gestes me le prouvent, au même titre que son regard fuyant et sa nervosité. Cependant, d'après toutes les dépositions que j'ai étudiées et la composition des équipes le jour du meurtre, il ne peut pas être le coupable. Tape-Dur couvre quelqu'un, à mon humble avis. Il protège l'assassin, mais je n'ai aucun moyen de lui faire cracher le morceau.

— Pourquoi a-t-il raconté cette histoire sur la veuve, alors ? Il aurait dû se douter qu'elle allait prétendre le contraire, fit remarquer son adjoint.

— Il voulait bêtement enfoncer Ambrozy, très bêtement, affirma encore Justin. Et j'ai enfin une petite intuition, mais je préfère ne pas vous en parler.

Faymoreau, vendredi 10 décembre 1920, six heures trente du matin

Le taxi s'était garé devant l'*Hôtel des Mines*. Sachant qu'il devait patienter, le chauffeur marchait à quelque distance de son automobile, les mains dans les poches. Il faisait encore nuit, et sa silhouette déployait une ombre allongée dans la lumière des réverbères. Geneviève, quant à elle, avait prétexté l'oubli d'une babiole dans le pavillon des Aubignac afin de laisser Isaure et Armand en tête-à-tête. Assis à l'arrière de la voiture, l'un près de l'autre, ils osaient à peine se regarder.

— J'espère te revoir souvent, Isaure, disait le

jeune homme. Je ne serais pas parti tranquille si tu devais vivre à la métairie jusqu'à l'automne.

— Mais tu serais parti quand même.

— Oui, je veux ma part de bonheur, puisque Geneviève m'accorde encore son amour. Tu dois me croire, je me sentais mieux dans la cabane des marécages qu'à la maison. Je ne voyais que maman ; elle me donnait de l'affection et me rassurait. Au début, j'ai cru que je pourrais supporter notre père, mais j'ai vite compris mon erreur. Il me répugnait et, quand j'ai su comment il t'avait traitée, j'ai eu envie de le tuer.

— Ne dis pas ça, Armand, protesta-t-elle faiblement, sachant pourtant qu'elle avait éprouvé une semblable pulsion de haine meurtrière lorsqu'elle avait jeté une pierre à son bourreau.

— C'est une bonne chose que tu aies la place chez les Aubignac. Geneviève m'a brièvement expliqué les conditions. Tu vas être bien, en sécurité, et chez toi. Tu le mérites, Isaure.

Touchée, la jeune fille prit la main que lui tendait son frère. Elle la serra pour lui montrer son attachement et sa tendresse.

— Prends bien soin de toi, Armand. Tu mérites plus que moi d'être heureux, très heureux. J'ai confiance en Geneviève. Elle a le don de rendre les choses belles et faciles.

— Nous nous verrons souvent. Tu viendras à Luçon. Promis ?

— Je te le promets. J'ai décidé de ne plus me lamenter sur le passé et de me préparer un avenir lumineux.

— Rien que ça ? plaisanta Armand. Tu me fais

plaisir, petite sœur. Tu as un atout : ton passé ne comporte que dix-huit années, et l'avenir t'attend, oui, plein de surprises.

Isaure approuva en silence, gênée en songeant à sa tentative de suicide. Elle avait failli condamner des dons inestimables, son souffle régulier, les battements de son cœur, la course de son sang dans ses veines, ses sens si précieux, tout son jeune corps vigoureux.

— Certains événements se produisent et changent le cours des choses, murmura-t-elle.

— Je crois comprendre à quoi tu fais allusion. Des circonstances s'enchaînent comme pour nous amener où nous devons aller, quitte à recevoir de sévères claques, n'est-ce pas ?

— Et à s'enivrer et à dire ce qu'il ne fallait pas, renchérit-elle. Je t'écrirai, Armand, chaque semaine. Je te raconterai mes débuts comme gouvernante et demoiselle de compagnie logée, nourrie et blanchie.

Son frère eut un rire étouffé. Il avait couvert son visage d'un tissu sombre, enfoncé son chapeau jusqu'aux sourcils et relevé le col de son manteau.

— Je n'ai plus qu'un œil, dit-il à mi-voix, mais je te vois et j'en suis ravi. Tu es très jolie, Isaure. Jérôme a de la chance, lui aussi.

— Pas vraiment.

— Bon sang, que je suis sot ! Le malheureux est aveugle.

— Non, ce n'est pas à cause de son infirmité que je te faisais cette réponse. Nous avons renoncé à nos fiançailles, mais nous demeurons amis. J'ai le temps de penser à l'amour.

Geneviève était de retour. Bouleversée, Isaure se

jeta dans les bras d'Armand. Il l'étreignit en poussant une plainte.

— Pardonne-moi ce départ précipité, ma sœur chérie. J'ai ton coquillage ; il sera mon talisman contre la déprime et les idées noires, car j'en aurai.

Le chauffeur approcha et entreprit de démarrer la voiture à l'aide d'une manivelle. Geneviève prit place à côté d'Isaure. Cinq minutes plus tard, elle descendait du véhicule devant la petite gare de Faymoreau. Ce furent encore des embrassades et des au revoir émus.

Le taxi avait disparu du paysage quand Honorine arriva sur le quai où déambulait la jeune fille. Jérôme accompagnait sa mère, sa canne blanche balayant le sol devant lui. « En route pour Saint-Gilles-sur-Vie ! se dit Isaure, la gorge nouée et les larmes aux yeux. Au moins, je vais distraire Anne et revoir l'océan ! »

Saint-Gilles-sur-Vie, villa Notre-Dame, deux heures de l'après-midi

Anne Marot regardait sa mère avec sur les traits un air ébloui. Honorine venait de lui annoncer qu'elle avait loué une petite maison proche du sanatorium et qu'elle y habiterait jusqu'à la fin du mois.

— Comme ça, je serai tout près de toi. Je viendrai le matin et je m'en irai à l'heure du coucher. La directrice est d'accord.

— C'est bien vrai, maman ? Je vais te voir tous les jours ? Je suis si contente !

— Eh oui ! ma mignonne, Isaure a eu cette idée mardi et nous avons tout organisé aujourd'hui.

La fillette se redressa en serrant plus fort sa poupée de chiffon sur sa maigre poitrine.

— Je veux rester assise, maman. Tu dois me raconter comment vous avez fait.

Honorine l'installa confortablement, le dos soutenu par un oreiller et le traversin plié en deux. La joie et le soulagement de son enfant lui prouvaient à quel point Isaure avait eu raison. Anne avait besoin de la présence maternelle, de ne plus être seule loin des siens.

— Eh bien, c'est simple, dit-elle en s'asseyant au bord du lit. Quand nous sommes partis, mardi, donc, Isaure a repéré une pancarte *À louer* sur le portillon d'une jolie maisonnette. Elle nous en a parlé dans le train, à Jérôme et à moi. J'étais si triste, ma chérie, de te quitter ! J'en rêvais depuis longtemps, de pouvoir veiller sur toi, de te faire la lecture, de te gâter un peu… Isaure a dit des choses qui m'ont fait comprendre que je devais être à tes côtés.

— Parce que je vais mourir bientôt, déclara Anne.

C'était dit sans résignation ni crainte, comme une constatation dont il fallait tenir compte.

— Mais non, ma mignonne, non. Seulement, nous entrons dans l'hiver. Il a neigé sur Faymoreau. La mauvaise saison t'empêche de prendre le bon air sur la terrasse et je ne peux plus t'emmener sur la dune en fauteuil roulant. Tu as vu ces gros nuages gris et la pluie battante par la fenêtre. Ce n'est pas bien gai pour les petits malades, surtout ceux qui sont privés de leur maman. Et j'ai une autre bonne nouvelle.

Anne eut un grand sourire, destiné à faire croire à sa mère qu'elle n'était peut-être pas condamnée à brève échéance.

— La veille de Noël, le 24, et même le lendemain, nous serons tous réunis dans la maison que j'ai louée. Papa viendra, Thomas et Jolenta, Zilda et Adèle, sans doute, et Jérôme. Ce sera une jolie fête en famille.

— Vraiment ? J'aurai le droit de sortir ?

— Oui, j'ai bataillé avec la directrice et le médecin-chef, mais tu auras le droit.

Cette fois, la fillette battit des mains, et un peu de couleur revint sur ses joues. Elle compta sur ses doigts à mi-voix.

— Maman, il reste quatorze jours d'ici Noël et, en attendant, tu seras là, à Saint-Gilles-sur-Vie. Je suis la plus heureuse du monde. La Sainte Vierge m'a écoutée, les anges du ciel aussi. Je m'ennuyais tant, souvent, même si je jouais avec Isauline, même si je lisais les contes de Perrault dans le beau livre que m'a envoyé Thomas pour mes douze ans !

Bouleversée, Honorine caressa les cheveux de sa fille. Si elle éprouvait un douloureux déchirement à la perspective de la perdre, elle se répétait qu'au moins elle pourrait la combler de tendresse et d'amour durant les prochains jours.

— Tu es venue seule, maman ? demanda Anne.

— Mais non, Anne, Isaure et Jérôme m'ont accompagnée. Dès que nous sommes descendus du train, nous avons rôdé devant la maison en question. La pancarte n'avait pas bougé. Isaure a interrogé un voisin, qui nous a donné le nom et l'adresse de la propriétaire, une dame âgée très aimable. Elle nous a dit que, l'été, elle louait ce logement à des gens de Niort qui prisent les bains de mer. Jérôme a payé le loyer du mois sur ses économies. Il y tenait, ton frère. Nous n'avons eu les clefs que vers onze heures, car cette dame était très bavarde.

Souriante, Anne buvait les paroles de sa mère. Son esprit vif imaginait de courtes scènes en relation avec le récit.

— J'ai laissé Isaure et Jérôme ouvrir la maison et l'aérer, reprit Honorine. Ils vont faire des courses, aussi. Pardi, il faut que j'aie de quoi manger. Moi, j'avais le plus important à régler, convaincre la directrice et ton docteur. Ils ont été très compréhensifs.

Sur ces mots, elle se tut un instant, sans cesser d'arborer un air réjoui. « Bien sûr qu'ils ont été d'accord, songeait-elle. Ils estiment qu'Anne est perdue. Quelques jours à peine, voilà ce qu'ils m'ont dit. Dans ces conditions, comment refuser à ma petite de s'éteindre dans les bras de sa maman, de revoir sa famille une dernière fois ? Selon eux, elle peut mourir avant Noël. Non, Dieu ne le permettra pas. »

— As-tu expliqué à la propriétaire de la maisonnette que j'ai la tuberculose ? s'enquit alors Anne d'une voix inquiète. Elle peut refuser que j'y entre par crainte de la contagion.

— Je ne voulais pas le lui dire, reconnut Honorine, embarrassée. Mais la dame a eu des soupçons parce que personne ne loue une maison au bord de la mer en cette saison. Elle a posé la question et Isaure lui a répondu. Seigneur, elle a su lui clouer le bec avec politesse en débitant le résumé d'un article sur la maladie, qu'elle avait lu pendant ses études. Jérôme a renchéri en promettant que nous ferions attention, que tout serait bien propre après notre départ… Anne, mon Dieu, ne pleure pas !

Malgré tous ses efforts, la fillette versait des larmes de honte, ainsi que de regret. Les mots « après notre départ » lui avaient retourné le cœur. Un départ qui aurait lieu quand elle serait morte et enterrée dans la terre sablonneuse de Saint-Gilles-sur-Vie. Elle savait de plus que les phtisiques étaient considérés comme des pestiférés ; une infirmière l'avait clamé dans le couloir, une fois.

— Qu'est-ce que tu as, ma petite ? s'écria Honorine.

— Rien, maman, je suis trop contente. Je voudrais une jolie robe pour la veillée de Noël.

— Tu en auras une, promit sa mère, la gorge nouée par l'envie de sangloter. Il faut te reposer, maintenant. Isaure et Jérôme viennent te voir à l'heure du goûter. Je ne te quitte plus, Anne, ma chérie.

— Je suis pressée qu'Isauline soit là.

— Si tu dors, le temps passera plus vite. Je l'ai bien remerciée, Isaure, d'avoir eu une aussi bonne idée. C'est une jeune fille vraiment surprenante. Je l'apprécie de plus en plus.

— Je l'aime beaucoup, admit Anne en se recouchant, les yeux fermés, sa poupée posée sur son cœur.

16

La rue du Petit Marais

Saint-Gilles-sur-Vie, rue du Petit Marais,
même heure

Isaure s'amusait, ce qui lui arrivait rarement. Après avoir franchi le seuil de la maison louée et ouvert les volets, elle faisait le tour des placards en s'extasiant à chaque découverte. Chargé d'un lourd cabas de provisions, Jérôme patientait.

— Il y a une jolie vaisselle. La propriétaire a du goût ! s'écria-t-elle. Les rideaux, ils sont en cotonnade rose. Il faudrait vite allumer la cuisinière. Je n'en ai jamais vu de si originale, en fonte émaillée beige, avec un décor de fleurs.

— Dis-moi plutôt où poser les courses. Ça pèse. Je ne connais pas les lieux ; c'est dérangeant pour moi. Chez mes parents, je sais exactement où sont les meubles et les portes.

Elle s'empara du sac en toile cirée et le cala contre un des murs. Sa main effleura le bras de l'aveugle.

— Je suis désolée ! Je vais tout te décrire, c'est promis. Excuse-moi, Jérôme, d'être sottement gaie. Je ne sais même pas pourquoi je me sens aussi joyeuse.

— Ne t'excuse pas, ça me fait plaisir, si tu es gaie.

Je croyais que tu serais triste, que je devrais te consoler.

— Pourquoi ?

— Thomas a dit à maman qu'il t'avait rendu visite mercredi soir et que l'entrevue avait été très pénible, que tu pleurais à cause de ses reproches.

Isaure inspectait l'intérieur d'un buffet en bois sculpté. Elle fit une légère grimace, une odeur de renfermé lui agressant le nez.

— C'était abominable, avoua-t-elle. Je ne croyais pas que Thomas pouvait être aussi méchant et méprisant. Mais il s'est passé beaucoup de choses, depuis. J'ai obtenu la place de gouvernante chez les Aubignac. Je vais disposer d'un logement et d'un bon salaire. Tant pis si ton frère est furieux et ne me pardonne jamais ma faute, ma très grande faute.

Elle avait pris une intonation solennelle pour se moquer. Elle éclata de rire.

— Décidément, aurais-tu bu en cachette, dans le train ? blagua Jérôme. Je ne te reconnais plus.

La jeune fille regretta de ne pas pouvoir se confier à lui. Son envie de mourir et sa tentative avortée de pendaison devaient demeurer secrètes. Pourtant, elle savait que ces instants tragiques s'étaient révélés salutaires, lui faisant comprendre à quel point la vie était précieuse. Elle répondit en plaisantant à demi.

— Les claques de mon père ont dû me remettre l'esprit bien d'aplomb. De plus, je suis tellement soulagée d'avoir quitté la métairie que je ne peux pas m'empêcher de rire. Ne t'y méprends pas, dès que je pense à ta petite sœur, ça me brise le cœur, mais en même temps je me dis qu'Anne verra sa maman du matin au soir et qu'elle sera avec vous pour Noël. C'était son rêve.

Touché, Jérôme avança à tâtons en s'aidant de sa canne.

— Son rêve se réalisera, grâce à toi. Je t'en prie, Isaure, continue à rire et à être gaie. Mon Dieu, je donnerais cher pour voir ton sourire ! Tu dois être encore plus jolie.

Il fut surpris de la sentir soudain toute proche, presque plaquée contre lui.

— Même si je le voulais, je ne parviendrais pas à être triste. J'ai l'impression de m'être échappée de l'enfer, dit-elle tout bas. Mais j'ai une promesse à tenir, celle de te décrire la maison. Alors, écoute. Le portillon de la cour est peint en vert clair, la cour est tapissée de galets, et il y a un rosier contre la façade. Les fenêtres sont petites avec d'épais volets, sans doute pour protéger la maison du vent. Il souffle fort, aujourd'hui, mais, ça, tu l'entends. Là, nous sommes dans la cuisine ; les murs sont jaunes et les poutres du plafond sont en bois très sombre. Le buffet, la table et les chaises sont peints du même vert que le portillon. J'aime bien les cadres accrochés au-dessus de la cheminée ; ils représentent des peintures du bord de mer. Viens, visitons l'autre pièce.

Elle effleura sa joue droite d'un baiser et lui prit la main.

— Mais, Isaure, dit-il, ce que tu sens bon !

— Geneviève Michaud, ma future belle-sœur, m'a offert un fond de parfum parce que j'adorais le flacon en verre, de même que des vêtements ravissants. Elle va me manquer. Nous avons beaucoup parlé durant les deux derniers jours. Nous bavardions jusqu'à minuit passé. Est-ce que tu te souviens d'elle ?

— Oui, une fille charmante et pas mal du tout.

— Plus que ça : élégante et intelligente, une perle. Elle m'a expliqué qu'il faut prendre le bonheur où il est, que l'espoir et la volonté viennent à bout de bien des obstacles. Elle rendra Armand heureux, j'en ai la certitude.

Jérôme ne répondit pas, troublé. Isaure le guidait sans jamais s'écarter de lui, comme si elle recherchait son contact.

— Nous voici dans une sorte de salon avec une cheminée. Il y a un lit couvert d'une courtepointe rouge. Ta mère n'aura rien à faire ce soir ; la propriétaire nous a dit qu'il y avait des draps neufs et des oreillers emballés dans du papier. Tout à l'heure, je mettrai une soupe à cuire. La remise à bois est au fond de la cour. Nous irons plus tard.

La voix d'Isaure tremblait un peu. Elle ressentait une bizarre exaltation à se retrouver seule avec le jeune homme dans la pénombre. Geneviève avait éveillé sa curiosité en évoquant les mystères de l'amour physique et du plaisir féminin par le biais de confidences chuchotées une fois la lampe éteinte.

Pendant quelques secondes, elle eut la vision de leurs corps enlacés, sur le lit, en train de faire l'amour. Une onde douce et chaude naquit dans son ventre et fit s'accélérer les battements de son cœur. La sensation l'enchanta et la rendit audacieuse.

— Jérôme, murmura-t-elle.

— Oui, qu'est-ce que tu as ?

En guise de réponse, Isaure l'enlaça et lui fit

lâcher sa canne. Elle frotta son visage contre son épaule en soupirant, puis l'embrassa sur la bouche en caressant ses lèvres des siennes. Il recula un peu.

— Isaure, à quoi joues-tu ? Nous avons renoncé à nous fiancer. Ne me provoque pas.

— Je suis tellement ignorante ! plaida-t-elle.

— Ah ! et tu souhaites t'entraîner sur moi ? s'indigna-t-il avec un brin d'humour. Pour le bénéfice de qui ? L'inspecteur ?

— Non, non, ce n'est pas ça, tu te trompes. Je suis curieuse, rien d'autre. Je me sens tellement différente, aujourd'hui, et je t'aime bien. Je n'ai pas peur de toi.

— Sans doute, mais c'est un jeu dangereux, Isaure. Les hommes s'enflamment vite, même les aveugles.

Elle recommença cependant à l'étreindre et à l'embrasser en songeant cette fois à Justin Devers. « Si j'étais là avec le policier, dans cette étrange ambiance, est-ce que j'éprouverais le même malaise délicieux ? s'interrogea-t-elle. Oui, ce serait pire encore. » Bouleversée par ce constat, elle ôta son manteau. Elle refusait d'attendre davantage pour découvrir les secrets de son corps de femme et les rouages du plaisir. Pareille à la rescapée d'un naufrage qui serait avide de croquer la vie à pleines dents, elle voulait profiter de sa gaieté, de l'euphorie étrange dont elle subissait les effets bénéfiques.

— Caresse-moi, implora-t-elle.

Affolé, Jérôme oublia raison et prudence. Il enroba ses seins au creux de ses paumes, les pressa un peu et les caressa. Elle poussa un gémissement d'exaltation et de surprise.

— Isaure, ma chérie, ma beauté, haleta Jérôme, il ne faut pas continuer, sinon je perdrai la tête et, si on couche ensemble, je serai incapable de me passer de toi, après, je te voudrai sans cesse. Comprends-tu, je te voudrai toujours.

— Tant pis, ou tant mieux, je m'en moque, je dois savoir.

— Et si maman entrait ? Elle pourrait très bien venir ici visiter le logement, dit-il sans conviction. Isaure, c'est la première fois, pour toi. Si tu te maries, tu ne seras plus vierge. Ou bien on fait marche arrière et je t'épouse le plus vite possible.

Ce discours empreint de sérieux et de logique eut le don de la ramener sur terre. Déçue, elle haussa les épaules.

— J'aurais gardé un bon souvenir de cet après-midi, si tu étais plus fou, moins sage, se plaignit-elle. Enfin, tu as peut-être raison. J'ouvre les volets et je fais le lit pour ta mère.

Elle s'éloigna et ne prononça plus une parole. Il devina à quoi elle s'occupait aux bruits divers qui résonnaient dans la pièce : grincements de gond, froissements de tissu, tic-tac d'une pendule dont elle venait de remonter le mécanisme.

— Isaure, ne boude pas. Si tu savais le sacrifice que je m'impose ! Il m'en faut, du courage ! On peut en causer, quand même.

— De quoi ? marmonna-t-elle.

— De ton ignorance en la matière, tout à fait honorable. Tu n'as que dix-huit ans.

— Un âge où certaines filles ont déjà un enfant.

— Pendant tes études à l'École normale, tu étais pensionnaire. Ne va pas me faire croire que tes compagnes de dortoir étaient toutes d'innocentes créatures et qu'il n'y avait pas de discussions instructives sur ce que font ensemble un homme et une femme. Moi, quand j'ai été mobilisé, j'en ai appris, des choses, à la caserne, puis dans les tranchées. Les types avaient besoin d'oublier la guerre et la mort qui rôdait. On évoquait les femmes, leur corps, leurs dessous, tout y passait.

— Et toi, tu participais ? s'enquit Isaure, intéressée.

— Parfois. Il m'est arrivé de te décrire, mais attention, avec respect, comme une toute jeune fille pure et adorable. Aucun gars n'a osé formuler de sales blagues à ton sujet.

— Tu es gentil, nota-t-elle. Viens, je dois allumer la cuisinière.

Isaure le frôla ; il respira son parfum avec avidité, mais ce fut en vain qu'il tendit une main.

— Je voulais que ce soit Thomas, le premier, confessa-t-elle tout bas, qu'il m'épouse ou non. Désormais, je me fiche bien de ma virginité. Je veux tirer un trait sur ton frère et aimer quelqu'un d'autre.

— Voilà une bonne nouvelle, concéda Jérôme. Qu'est-ce qui t'a changée à ce point ?

— J'aurais pu mourir de chagrin, mercredi soir, quand il a été dur et injuste. J'ai survécu. Aussi, je veux vivre et être heureuse… Je voudrais savoir ce que ressentent les couples dans un lit. Geneviève s'est donnée à Armand, mardi, malgré le fait qu'il soit défiguré. À l'écouter, elle était au paradis. Et Jolenta avec Thomas, je les ai vus un soir, par la fenêtre. Elle était sur ses genoux et il la tenait bien serrée comme si un lien très fort les unissait. J'ai l'âge de connaître ça.

— Mais tu me parles de gens très amoureux. Or, tu ne m'aimes pas de cette façon. Moi, si, et depuis longtemps.

Isaure retint un sanglot en se jetant au cou du jeune aveugle. Il l'enlaça, chercha sa bouche et lui donna un vrai baiser d'homme rongé par le désir, un baiser explicite, impérieux, ardent. Ils échouèrent ainsi en travers du lit, sur la courtepointe rouge.

Pendant d'interminables minutes, Jérôme parcourut les formes de la jeune fille à pleines mains. Il caressa son cou, ses poignets, son ventre, ses hanches et ses jambes à travers le tissu de ses vêtements, puis il s'aventura sous sa jupe et dans l'échancrure de son corsage. La respiration saccadée, il semblait s'apaiser quand il posait ses lèvres sur sa peau ou mordillait sa chair, ce qui la faisait rire nerveusement.

Plongée dans le noir elle aussi à l'abri de ses paupières closes, elle guettait l'éveil de son corps tout en luttant contre des réactions instinctives de pudeur. Peu à peu, elle occulta l'identité de celui qui explorait le calice humide niché sous la toison frisée entre ses cuisses. Les doigts audacieux dont elle goûtait les mouvements habiles lui faisaient l'effet de petites créatures indépendantes venues d'un univers inconnu où la morale et les règles humaines n'existaient pas.

— Est-ce que tu es bien ? demanda soudain Jérôme. Veux-tu toujours ?

Le charme se rompit brutalement. Isaure

entrouvrit les yeux et aperçut l'aveugle dans la clarté blême du jour pluvieux. Il se tenait à genoux, un peu ridicule avec ses lunettes en verre fumé, le pantalon déboutonné d'où sortait un sexe raidi. Elle détourna la tête, apeurée et saisie d'un vague dégoût. Il lui paraissait impossible d'aller plus loin.

— Non, je ne veux plus, dit-elle en se relevant pour vite rectifier le désordre de ses habits. Excuse-moi, je suis désolée. Une autre fois, peut-être. Et puis, j'ai froid, et nous n'avons pas le temps.

Elle prit la fuite après lui avoir asséné les premiers prétextes qui lui étaient venus en tête. La porte donnant sur la cour s'ouvrit et se referma. Frustré et dépité, Jérôme se rajusta. Il comprenait néanmoins sa réaction, dictée sûrement par la crainte d'avoir mal ou par une répulsion incontrôlée. Le sang battait à ses tempes, mais il parvint à se calmer. Il avait obtenu plus qu'il n'aurait jamais osé espérer et, déjà satisfait d'avoir goûté à son intimité, il ne lui en voulait pas. Avec un petit sourire, il huma ses doigts qui en gardaient la fragrance subtile. « Petite folle, tu n'étais pas prête », se disait-il.

Il resta assis sur le lit jusqu'au moment où Isaure fut de retour, sûrement chargée de fagots et de bûches, ce qu'il devina à l'odeur fugace du bois humide. Bientôt, il y eut des crépitements et la senteur particulière du papier enflammé.

— C'est une chance ! lui cria-t-elle. Les bûches sont coupées à la bonne taille pour le foyer de la cuisinière. Mais je n'ai pas visité la troisième pièce. Vous dormirez nombreux, ici. J'espère qu'il y aura assez de place.

Isaure lui signifiait que son coup de folie était terminé, qu'il fallait le reléguer aux oubliettes.

— Vas-y sans moi, répliqua-t-il. Je me remets de mes émotions.

— D'accord.

Peu après, elle ouvrait la porte intérieure située à gauche du buffet et elle pénétrait, étonnée, dans une grande chambre obscure où étaient alignés trois lits à montants de cuivre. « Voyons, Honorine et Gustave, Zilda et Adèle, Jérôme, Jolenta et Thomas… Non, eux, ils auront droit à l'autre pièce. Pierre Ambrozy viendra ; ils ne peuvent pas le laisser seul un soir de Noël. »

Elle nota qu'un grand poêle en fonte était installé dans un angle, comme l'avait précisé la propriétaire.

— C'est équipé de tout le confort. Elle s'en est vantée. Les sanitaires sont neufs et la consommation de bois est comprise dans le prix du loyer.

Le prix en question avait d'abord effrayé Honorine, mais Jérôme, en faisant valoir qu'ils occuperaient la maison trois semaines à peine, avait réussi à faire baisser le tarif.

— Tout est parfait, murmura Isaure. Je viendrai rendre visite à Anne le dimanche, puisque je suis libre, à présent, libre d'agir à ma guise.

— Qu'est-ce que tu complotes ? questionna l'aveugle qui avait réussi à la rejoindre en suivant les murs d'une main.

— Je me parlais à moi-même, cher ami, expliqua-t-elle.

— Je suis redevenu ton ami ? Pas plus ?

— Oui, un ami rend service, et c'est ce que tu as

fait. J'en sais plus sur les hommes, maintenant. Et sur les femmes…

Jérôme eut un rire désabusé, presque ironique.

— Isaure, tu es d'une naïveté ! Il te manque encore des leçons, crois-moi.

— En tout cas, ces leçons, je les prendrai plus tard, rétorqua-t-elle, vexée. J'ai des légumes à éplucher.

Villa Notre-Dame, deux heures plus tard

Le sanatorium prenait de plein fouet le vent violent qui soufflait du nord-ouest. La pluie frappait les fenêtres et ruisselait le long des vitres. Debout dans le couloir, Honorine observait ce triste spectacle qui avait pour musique de fond les grondements de l'océan déchaîné.

Elle était sortie un moment de la chambre où Anne dormait d'un mauvais sommeil entrecoupé de quintes de toux. « Je vais endurer la lente agonie de mon enfant, ma dernière-née. Mon Dieu ! c'était moins éprouvant pour moi quand j'étais loin d'elle, à Faymoreau. Dire que ma petite subit un tel calvaire sans moi et sans son père depuis des mois, déjà ! »

Deux religieuses passèrent à côté d'elle et la saluèrent. Quelque part dans le vaste bâtiment, une longue plainte s'éleva, pathétique. L'écho de cette douleur vrilla les nerfs d'Honorine. « Un malade en souffrance ou une mère qui vient de perdre son petit », se dit-elle.

Des bruits de pas en provenance du palier où aboutissait l'escalier la firent se retourner. Isaure approchait, un foulard gris noué sous le menton. Jérôme la suivait.

— Ah ! vous voilà enfin, soupira-t-elle. Anne a encore changé. Elle est bien faible, la pauvre chérie !

— Maman, courage ! murmura son fils en la prenant dans ses bras. Si je pouvais faire des miracles pour t'éviter le grand chagrin qui menace !

— Mais que vous ont dit le médecin-chef et la directrice ? demanda Isaure. Ils acceptent qu'Anne sorte à Noël ?

— Ils ont consenti sans guère discuter, laissa tomber Honorine sur un ton dur. À mon avis, c'est simplement parce que notre petite ne sera plus parmi nous à cette date. Ils ne prennent pas vraiment de risques.

La nouvelle terrassa Isaure. Elle fit non de la tête comme une fillette contrariée.

— Il faut espérer encore, madame Marot, dit-elle à mi-voix. Pouvons-nous entrer ?

— Elle dort. Autant attendre un peu. Alors, la maison que nous avons louée est-elle convenable ?

— Tout à fait, assura Isaure. Vous serez à votre aise. J'ai fait le lit et allumé la cuisinière ; la soupe mijote. Maintenant, je vais descendre chercher les goûters au réfectoire. Une employée nous a dit, au rez-de-chaussée, qu'il y avait un service de chocolat chaud avec des brioches.

— Va, petite. Tu es bien dévouée ! soupira la malheureuse mère.

Jérôme la tenait toujours par l'épaule. Honorine s'abandonna, secouée par des sanglots secs.

— Je ne peux pas y croire, mon fils. Nous allons perdre Anne. Je crains de passer une épouvantable soirée et d'autres plus tard, seule dans un logement inconnu avec la vision de ma petite qui tousse, tousse et finit par cracher du sang.

— Maman, je comprends bien. Et si je restais là, avec toi ? Ce serait moins pénible. Je ne suis pas très utile pour les tâches ménagères, mais je te tiendrais compagnie.

— Mais, Jérôme, tu n'as rien prévu au moment de notre départ.

— Isaure ira prévenir papa. Elle lui dira de venir sans faute dimanche. Il m'apportera du linge de rechange.

— Elle devra rentrer en train sans toi, alors qu'il fera déjà nuit. Ce n'est pas prudent.

— Il n'y a guère de danger, quand même !

L'aveugle s'apprêtait à convaincre sa mère quand il entendit tousser dans la chambre. Tout de suite, Honorine se rua sur la porte, l'ouvrit et se précipita au chevet de sa fille. Anne respirait avec difficulté, le front constellé de gouttelettes de sueur, le teint cireux.

— Ma mignonne, je suis là, maman est là !

Du seuil de la pièce, Jérôme écoutait le souffle rauque de sa sœur. Il serra les poings, révolté par la cruauté du destin.

— Anne, j'arrive ! Je viens t'embrasser, balbutia-t-il.

— Jérôme, marmonna la fillette en clignant les yeux. Et Isaure ? Où est Isaure ?

— Elle va nous apporter le goûter, répondit Honorine sans pouvoir maîtriser le tremblement de sa voix.

— C'est passé, maman, chuchota Anne. Je

voudrais être assise pour accueillir Isaure. Ma poupée avait hâte de la revoir.

Jérôme tint parole, pendant que leur mère aidait la malade à se redresser. Il embrassa sa sœur sur les deux joues et la câlina. On frappa. Une sœur se présenta, qui poussa le battant au maximum pour laisser entrer Isaure, un plateau entre les mains.

— Je vous laisse en famille, dit la religieuse gentiment. Mais ne fatiguez pas trop notre petit ange.

Ces mots glacèrent Honorine, comme si Anne n'était plus vraiment du monde des vivants. La mine furibonde, elle libéra Isaure de sa charge. La jeune fille ôta son manteau et prit place au bout du lit.

— Bonjour, Anne, bonjour, poupée Isauline ! dit-elle en souriant.

— Bonjour, vraie Isauline ! rétorqua Anne, les prunelles dilatées et le souffle irrégulier.

Isaure fut saisie d'une peine atroce en constatant l'état de la fillette, de plus en plus maigre et livide, les lèvres décolorées, son regard bleu clair agrandi par des cernes mauves.

— Ne fais pas d'effort, recommanda-t-elle. Ta poupée va me causer et je vais lui causer aussi.

— Oh oui, oui ! dit Anne.

Honorine s'effondra sur une chaise, une main à son front. Jérôme s'appuya au mur, les doigts crispés sur le pommeau de sa canne blanche.

— D'abord, tout le monde doit goûter, annonça Isaure du ton aigu et modulé qu'elle prêtait à la poupée de chiffon dont elle s'était emparée pour la faire danser sur place. Madame Marot, dites donc, prenez des forces. Il y a du lait chaud et des brioches. Et vous, m'sieur Jérôme, faut casser la croûte aussi.

Anne cala sa tête au creux de l'oreiller tout en restant assise. Ses yeux brillaient de joie.

— Savez-vous, jolie demoiselle, reprit Isaure en imprimant des bonds de cabri au jouet, savez-vous que votre amie Isauline va prendre ses fonctions de gouvernante samedi matin, chez môssieur et m'dame Aubignac ? Rien que ça !

— Vrai ? murmura Anne, ravie.

— Vrai de vrai, et m'dame Viviane Aubignac est très jolie, très gentille. La voici !

Prise par le jeu, Isaure dénoua son foulard, en enveloppa la poupée et changea de voix.

— Bonjour, mademoiselle Millet. Aimez-vous les macarons ? Ils sont si délicieux ! Humm, exquis ! Mais la comtesse de Régnier m'a dit d'étranges choses à votre sujet, mademoiselle Millet, et j'en suis inquiète. Il paraît que vous fréquentez des sorcières dans les bois et que vous êtes une ingrate ?

Isaure était si drôle à entendre que Jérôme pouffa. Honorine se détendit également. Elle but une gorgée de chocolat chaud et goûta une brioche.

— Et qu'a répondu mademoiselle Millet ? interrogea Anne, transfigurée.

— Qu'elle ferait en sorte de donner satisfaction, de ne pas casser les riches porcelaines de Chine, de ne pas se prendre les pieds dans les magnifiques tapis d'Orient, de ne pas gober tous les riches macarons, débita Isaure en reprenant les intonations de la poupée. Maintenant, j'ai grand faim. Je veux ma brioche !

Honorine et Anne étaient les seules à profiter de

ses mimiques comiques. Jérôme déplora amèrement d'être aveugle en un pareil moment et il retint un soupir. Il aimait Isaure auparavant, mais, après les baisers et les caresses échangés, il l'adorait, ému par sa volonté de distraire la petite malade. Sa mère, qui s'était levée, le guida vers la table où était posé le plateau. Elle le fit asseoir et lui mit une tasse entre les mains. Elle servit également Anne et Isaure. Ce fut ainsi qu'elle remarqua une vilaine trace rouge sur le cou de la jeune fille, en partie dissimulée par le col de son corsage. « Ce serait son père qui lui aurait fait ça ? se demanda-t-elle. Je n'ai rien vu ce matin à cause de son foulard. Pourtant, les marques sur son visage ont disparu. »

Elle se promit d'en avoir le cœur net dès que possible.

Faymoreau, puits du Centre, même jour, une heure plus tard

La nuit précoce de décembre était tombée sur le village. Les mineurs se hâtaient de rentrer chez eux, piétinant la terre boueuse parsemée de plaques de neige souillée par les éclaboussures d'eau sale. Les femmes et les jeunes filles employées au triage de la houille, les culs à gaillettes dont avaient fait partie naguère Zilda, Adèle, ainsi que Jolenta et Honorine, marchaient dans les traces des hommes en bavardant et en riant malgré la pluie et le froid.

L'hiver approchant, les journées de travail sous les hangars venteux ou au fond de la mine étaient plus courtes. Chacun pressait le pas vers la promesse d'un fourneau ronflant, d'une bonne soupe de légumes, d'une toilette et d'un lit confortable.

Posté près d'un bosquet de noisetiers, l'inspecteur Devers guettait Gustave et Thomas Marot. Sanglé dans un imperméable beige et coiffé d'un chapeau en cuir, il ne passait pas inaperçu, et certains piqueurs le saluaient d'un signe de tête presque respectueux. L'arrestation de Stanislas Ambrozy avait semé une sourde crainte dans le village minier, comme si la police était désormais perçue différemment, à l'instar d'une institution toute-puissante.

N'ayant aucune nouvelle d'Isaure depuis le triste mercredi soir où elle avait tenté de mourir, Justin était oppressé. Le pavillon des Aubignac, où il s'était rendu trois fois, était fermé, les volets clos. Par chance, Bernard, le jardinier, l'avait renseigné.

— Elle est ben jeunette, dites, la nouvelle gouvernante ! Je crois qu'elle prenait le train ce matin. Enfin, y avait de la lumière à six heures. Un taxi est venu, ensuite.

Il avait pu respirer à son aise, vaguement rassuré, mais il aurait donné cher pour voir la jeune fille et lui parler. Pour l'instant, il avait mieux à faire, du moins en ce qui concernait son enquête.

« Ah ! les voilà, le père et le fils ! Même stature, même démarche ! » se dit-il en reconnaissant Gustave et Thomas. Vite, il leur adressa un geste de la main en allant à leur rencontre.

— Bonsoir, messieurs. Je voudrais vous parler.

— Bonsoir, inspecteur, dit poliment Gustave. Sommes-nous encore convoqués dans votre bureau ?

— Si c'était le cas, je ne vous attendrais pas ici.

Intrigué, Thomas scruta le visage de Devers. Il nota ses traits tirés et son regard soucieux.

— Eh bien, faisons quelques pas ensemble, même

si le temps ne se prête pas à la balade, inspecteur, ironisa-t-il.

— Je suis navré, mais j'ai songé au dicton voulant que les murs aient des oreilles, un dicton qui pourrait se justifier à l'*Hôtel des Mines*. J'aurais besoin d'en savoir plus sur Tape-Dur, enfin, Charles Martinaud, votre nouveau porion. Monsieur Thomas, avez-vous dit à votre épouse que monsieur Ambrozy fréquentait une femme de Livernière ?

— Non, je retarde le moment de le faire. Jolenta sera furieuse. Elle se sentira trahie et elle n'aura pas tort.

— Tant mieux… Je veux dire que c'est préférable qu'elle l'ignore, ça vous évitera des ennuis. En fait, monsieur Marot, vous avez très bien agi en me rapportant le gros mensonge de Tape-Dur. J'ai rendu visite à la veuve Blanchard, et sa déposition pourrait être capitale pour innocenter votre beau-père.

Gustave lissa sa moustache, l'air perplexe. Il n'avait jamais eu affaire à un inspecteur de police ; cependant, Devers lui paraissait d'un genre original.

— Dites, vous n'êtes pas tenu, dans votre fichu métier, de ne rien confier d'une enquête en cours ? hasarda-t-il.

— Mais, cher monsieur, je discute simplement avec le gendre d'un suspect contre lequel la justice n'a aucune preuve sérieuse. Et je ne suis pas en service, ce soir. Cet entretien restera entre nous.

— Comment ça ? s'écria Thomas. Tape-Dur aurait menti ?

— Maria Blanchard ignorait jusqu'au nom d'Alfred Boucard. C'est une femme jolie, certes, mais encore affligée par la perte de son mari et de son fils pendant la guerre. Elle n'a rien accordé à Ambrozy qui, de son côté, lui causait mariage. Détail important : dès que j'ai évoqué le pistolet, elle m'a débité d'un ton sincère la même explication que mon suspect, cette histoire de chevaux à abattre. Un argument pareil, ça ne s'invente pas.

— Donc, si j'ai bien compris, ajouta Thomas, à présent, vous vous demandez pourquoi Martinaud nous a menti.

— C'est ça, jeune homme, soupira Devers avec des intonations paternalistes. Bon, écoutez, je ne suis pas un mauvais bougre. J'ai la conviction que Stanislas dit la vérité. On lui a volé son arme et il n'a pas tué Boucard. Ce matin, j'ai perquisitionné son logement. Nous avons emporté le carton où était caché le pistolet. Il est sous scellés. Je dois repartir de zéro, sauf si vous vous souvenez de quelque chose de bizarre au sujet de Martinaud, devenu porion et déjà relogé avec sa famille dans le coron des Bas de Soie. Je l'ai interrogé hier soir. Selon lui, la rumeur d'une rivalité amoureuse entre Ambrozy et Boucard avait été lancée par Passe-Trouille, qui l'aurait lui-même entendue de la bouche de son épouse. Comme les morts ne sont guère bavards, je suis allé interroger Catherine Roseau. Elle n'a jamais parlé d'une affaire de ce genre à son mari. J'ai donc décidé de faire appel à vous.

— Je n'ai rien à reprocher à Martinaud, déclara Gustave. Je travaille avec lui depuis dix ans. C'est un gars sérieux. Il ne boit pas le samedi soir et il est fidèle à sa femme. Maintenant, inspecteur, si vous le permettez, je rentre chez moi.

— Allez-y…

— Tu dînes avec nous, papa, rappela Thomas à son père qui s'éloignait déjà. Ne fais pas faux bond à Jolenta ; elle voulait préparer des flans au café.

— Et vous n'invitez pas votre mère ? plaisanta Justin.

— Maman s'installe à Saint-Gilles-sur-Vie pour veiller sur ma plus jeune sœur, Anne. Elle est phtisique. Il y a un sanatorium là-bas. C'est une idée d'Isaure. Elle les a accompagnés.

Le policier devina la tension douloureuse qui altérait la voix du jeune mineur.

— Anne va mourir, murmura Thomas, surpris de faire cet aveu à Devers, qui ne lui était pas sympathique jusqu'à présent.

— Je suis désolé pour vous tous. La tuberculose est un fléau, une malédiction divine peut-être, comme la grippe espagnole qui a ravagé la planète, déjà exsangue après une guerre atroce. Mais revenons à Charles Martinaud. J'ai l'intuition qu'il sait quelque chose ou qu'il est mêlé au meurtre de Boucard. Si je suis mon instinct, le pistolet devrait réapparaître très vite, dans l'hypothèse où je m'arrange pour faire circuler le motif de l'arrestation d'Ambrozy.

Thomas, qui se sentait dépassé par les cogitations à voix haute de Devers, eut néanmoins conscience qu'il suivait son idée sans vraiment tenir compte de sa présence. Il comprit aussi que ce policier aux méthodes assez particulières lui faisait confiance, désormais, et il en fut touché.

— Pourquoi ? interrogea-t-il tout bas.

— C'est simple, si on veut faire porter le chapeau

à votre beau-père, de me fournir une preuve, c'est une tactique logique. Or, l'assassin et son éventuel complice ne peuvent pas savoir qu'Isaure m'a parlé du pistolet et qu'en conséquence j'ai embarqué ce pauvre Stanislas à cause de ce point précis.

— S'ils l'apprennent, ils feront en sorte que vous retrouviez l'arme. C'est ça ?

— Exactement. Et pas n'importe où, dans un endroit qui désigne le suspect comme le seul et unique coupable. Mais je ne peux pas prendre le risque, car le procureur sauterait sur l'occasion pour faire juger votre beau-père et l'expédier au bagne. Il y a un cerveau derrière tout ceci. Je ne devrais pas vous déballer mes conclusions, mais je compte sur votre entière discrétion. D'ordinaire, c'est mon adjoint qui joue votre rôle.

Nerveux, Justin alluma un cigarillo. Il enrageait de frôler la vérité sans pouvoir agir.

— Il y aurait une solution, poursuivit-il. Arrêter discrètement Charles Martinaud, l'emmener au commissariat de La Roche-sur-Yon et, là, lui mettre la pression, bluffer, l'obliger à cracher le morceau. Hélas, ce serait enfreindre la loi, de coincer un type parce qu'il a raconté un mensonge, une soi-disant rumeur. Mais je vous retarde.

Thomas haussa les épaules. La manière de réfléchir du policier le fascinait un peu. Il appréhendait aussi le retour chez lui, où Jolenta dissimulerait mal son chagrin et parlerait en polonais à Pierre, qu'elle avait invité à dîner également.

— Bah, je n'ai pas le moral, avoua-t-il. Ma femme insiste pour que je quitte la mine et ça me ferait bizarre. Malgré le danger et le travail pénible, je me sens à ma place dans les dédales du sous-sol.

— Où vous avez failli rester, enterré vivant avec Pierre Ambrozy.

— Je m'en suis sorti. Le gamin est plus à plaindre que moi, qui ai gardé mes deux jambes. Inspecteur, je suis moins instruit que vous et j'ai d'autres soucis en tête, mais je me pose une question. Qui pouvait détester Alfred Boucard au point de lui tirer une balle dans le dos ? En fait, ça me rappelle la guerre, pendant les offensives, ces manières d'abattre l'ennemi comme un chien en oubliant qu'il s'agit d'un être humain à notre image, le fils d'une famille, le fiancé d'une jeune fille, un mari ou un père. J'ai vu des horreurs telles que j'en ai encore des cauchemars.

Thomas eut un étrange sourire, proche d'un rictus de douleur. La clarté jaunâtre du réverbère le plus près d'eux baignait d'un or pâle son visage expressif au teint mat, empreint de gravité et d'un charme rare qui émanait aussi de son regard vert et or. Justin en fut frappé, et ses pensées revinrent à Isaure. « Pas étonnant qu'elle l'aime ! » se dit-il, en proie à une pulsion jalouse dont il eut honte immédiatement. La seconde d'après, il s'entendit répondre :

— Je ne vois qu'une explication : le crime passionnel. Depuis le début, j'en ai l'intuition. Pourtant, j'ai entendu chaque mineur, tous les hommes du village, y compris les ouvriers de la verrerie. Pas un n'a semblé nourrir de récriminations de cet ordre à l'égard du défunt Alfred Boucard. Par ailleurs, si Boucard avait une maîtresse ailleurs qu'ici, ce qui est peu probable, comment l'amant ou l'époux trompé pouvait-il s'introduire dans le puits du Centre après avoir dérobé le pistolet à Ambrozy et tuer son rival dans la galerie où vous étiez en train de trimer ?

Thomas eut un geste d'impuissance, signifiant ainsi qu'il n'avait pas plus de temps pour en discuter.

— Je dois partir. Jolenta va s'inquiéter. Si je peux vous aider, je le ferai. Plus vite mon beau-père sera libéré, plus vite je serai en paix.

— Et vous pardonnerez à mademoiselle Millet ? s'enquit Devers sans réfléchir, d'un ton rogue.

— Désolé, inspecteur, mais ça ne vous regarde pas. Isaure m'a déçu, vraiment déçu. Bonsoir !

Le jeune homme s'éloigna. Justin étouffa un juron et jeta son cigare par terre avant de l'écraser d'un coup de talon furibond.

Saint-Gilles-sur-Vie, rue du Petit Marais, même heure

Honorine observait d'un regard songeur le décor où elle allait passer une vingtaine de jours loin de tout ce qu'elle connaissait. La pièce était accueillante et il y faisait bon ; l'odeur potagère de la soupe la réconfortait.

— Tu as bien travaillé, petite, dit-elle à Isaure. Mais je suis soulagée que Jérôme reste avec moi, finalement. J'aurais eu un gros cafard, sans lui. Que veux-tu, j'ai emménagé dans le coron de la Haute Terrasse le soir de mes noces il y a vingt-sept ans. Tous mes enfants sont nés là-bas, dans la maison où Gustave m'a faite femme. J'y suis tellement habituée ! Je ne pensais même pas dormir dans un autre lit que le mien un jour.

— Vous m'en voulez d'avoir eu cette idée ? s'alarma la jeune fille.

— Seigneur, non, je te bénis ! Tu m'as fait comprendre où était mon devoir de mère, et je t'en suis reconnaissante. Si tu avais vu la joie de ma petite Anne quand je lui ai appris la nouvelle ! Je n'ai pas de cervelle, comparativement à toi, et moins de cœur, sans doute. J'ignorais que tu avais joué autant avec mes fils et Anne, que tu comptais à ce point pour elle. Aujourd'hui encore, tu l'as rendue heureuse avec ce drôle de jeu que tu as imaginé, tu sais, avec sa poupée.

Un peu gênée, Isaure approuva d'un léger signe de tête.

— Tant mieux ! Vous savez, madame Marot, ça me vient comme ça, comme une envie de m'amuser, moi aussi.

— Fi de loup ! tu en as le droit, après toutes les misères que tu as endurées ! Bon, on cause, on cause, mais c'est l'heure que je t'accompagne jusqu'à la gare.

Assis dans un fauteuil en osier près de la cuisinière, Jérôme s'était montré taciturne depuis qu'ils étaient revenus tous les trois du sanatorium. Sa mère le remarqua.

— Tu peux rentrer à Faymoreau, fiston, si tu as changé d'avis, lui dit-elle. Tu sais ce que j'en pense ; ça me tracasse, de laisser Isaure seule dans le train du soir.

— Maman, je préfère te tenir compagnie. J'aurais dû prévoir d'habiter ici avec toi. J'aurais emporté des affaires, surtout la méthode où j'apprends le braille. Qu'est-ce que je ferais sans toi, toute la journée et le soir, à la maison ?

— Ne t'inquiète pas, Jérôme, je dirai à ton père de t'apporter le nécessaire dimanche, affirma Isaure. Et vous, madame Marot, c'est inutile de vous déranger ; le vent souffle fort. J'irai sans encombre jusqu'à la gare.

— Pas question, j'enfile mon manteau et je prends mon sac à main. Je les ai posés sur le lit à côté.

Isaure en profita pour s'approcher de l'aveugle. Elle caressa ses cheveux bruns et déposa un baiser sur sa joue.

— Je reviendrai vite, dit-elle à son oreille.

— Je l'espère bien, répondit-il. Sois prudente, Isaure. Tu m'es très précieuse.

*

Cinq minutes plus tard, les deux femmes marchaient d'un bon pas en direction de la gare. Les rues étaient encore animées en dépit des rafales chargées d'embruns, et elles longeaient des boutiques aux vitrines éclairées qui attiraient leur regard.

— Au retour, j'achèterai des biscuits au beurre à Jérôme, déclara Honorine. Il en est friand.

— Moi, j'ai goûté des macarons chez Geneviève Michaud. C'est un délice.

— Tu seras à ton aise, maintenant, et j'en suis bien contente. Dis-moi, petite, ce n'était pas sérieux, alors, vos projets de fiançailles, toi et Jérôme. L'autre soir, il m'a confié que vous n'y pensiez plus. J'étais déçue, mais il m'a expliqué ses raisons et les tiennes.

Embarrassée, Isaure serra plus fort le bras de la brave femme.

— Je suis désolée, murmura-t-elle. En plus, je me doute que Jérôme aura du mal à se marier. Pourtant, il ne peut guère vivre seul.

— Tant qu'on sera là, Gustave et moi, on s'occupera de lui, mais ensuite… Enfin, tu n'as pas à te sacrifier. Il faut te préparer un avenir tranquille, à présent que tu as échappé à ton père. À propos, j'ai vu une vilaine marque sur ton cou et je crois qu'elle n'y était pas mercredi dernier quand il y a eu l'horrible scène avec Jolenta. Bastien serait revenu te tourmenter ?

— Non, je ne l'ai pas revu, répliqua la jeune fille sans réfléchir.

— Comment tu t'es fait ça ?

— J'ai dû dormir en gardant un collier que m'avait prêté Geneviève. J'ai essayé ses bijoux, hier.

Elles arrivaient sur l'esplanade de la gare, située près du port. L'océan grondait contre la jetée, soulevant d'énormes vagues furieuses.

— Ne me prends pas pour une imbécile, soupira Honorine. Tu n'as pas tenté de te supprimer, n'est-ce pas ? Allons, parle donc, sinon je ne fermerai pas l'œil de la nuit.

— Vous ne le répéterez à personne, madame Marot ? Surtout pas à Thomas !

— Je n'aime pas jurer ni promettre, mais je sais me taire.

En quelques phrases courtes et hachées, Isaure lui confessa sa crise de désespoir causée par les reproches de Thomas et son envie d'en finir, une envie implacable qui l'avait poussée à chercher une cordelette dans le pavillon et à l'utiliser pour se pendre. Elle évoqua d'un ton persuasif comment elle avait regretté aussitôt son geste. Elle lui confia son désir frénétique de faire marche arrière et l'arrivée providentielle de l'inspecteur Devers et de Geneviève.

Honorine eut l'impression de s'arracher un voile opaque dont elle avait protégé ses yeux et ses oreilles pendant des mois. Elle en fut affolée.

— Misère de nous autres ! soupira-t-elle. Seigneur, que tu devais souffrir pour faire une chose pareille ! Et c'était juste après la visite de Thomas. Ma pauvre petite, je comprends, maintenant. Tu l'aimes.

— Oui et non, madame, je l'aimais. Il faut user de l'imparfait, car c'est terminé, précisa Isaure d'un air sage, digne d'une future institutrice. Je l'ai su en reprenant mes esprits. J'étais tellement heureuse d'être vivante, d'avoir toute une vie devant moi !

— Tu ne recommenceras jamais ?

— Jamais.

Au même instant, le sifflet d'une locomotive domina le chant farouche de la mer.

— Dans mes bras, petite, dit Honorine en étreignant Isaure. J'ai peine à te laisser partir. Tu seras comme ma fille, à l'avenir, même si tu n'épouses pas un de mes gars.

Paupières closes, Isaure se laissa cajoler et embrasser.

— Merci, madame Marot, merci. Ce que vous venez de dire, c'est le plus beau cadeau que j'ai reçu.

Gare de Faymoreau, deux heures plus tard

Isaure descendit du train un peu lasse. Elle avait somnolé pendant la dernière partie du trajet. Les idées confuses, elle se sentait engourdie. « J'aurais pu rester à Saint-Gilles, moi aussi, se disait-elle en foulant le quai luisant d'humidité. Pourvu que madame Marot ne répète rien à Jérôme ! Il n'arrêtera pas de s'inquiéter, s'il sait ce que j'ai voulu faire. Hélas ! je n'ai pas eu le choix, puisque j'ai eu la sottise d'ôter mon foulard. »

Un point précis, surtout, l'angoissait. Dorénavant, Honorine prendrait au sérieux les déclarations exaltées de Jolenta en ce qui concernait ses sentiments pour Thomas. « Et puis flûte ! je m'en fiche, songea-t-elle. Ce soir, je rentre chez moi. J'ai ma clef au fond de mon sac, la clef de mon chez-moi. »

La jeune fille éprouvait une joie enfantine en anticipant le moment où elle s'enfermerait dans le pavillon des Aubignac. Il lui fallait d'abord gravir la pente qui débouchait sur l'esplanade de l'*Hôtel des Mines*, mais ensuite, quelle récompense ! « Je rallumerai le poêle, je me ferai du thé, je mettrai les chaussons que Geneviève m'a donnés », se promit-elle.

Elle contournait le bâtiment réservé aux guichets quand elle aperçut une voiture noire, dont le moteur tournait. Les phares brillaient dans l'obscurité et leur faisceau irisait la bruine qui ruisselait, douce et silencieuse. Isaure reconnut l'homme assis au volant et ne put retenir un sourire.

— Auriez-vous besoin d'un chauffeur, mademoiselle Millet ? lui demanda Justin Devers par la vitre baissée.

— Ce n'est pas de refus, répliqua-t-elle. Il fait noir et froid.

Tout de suite, le policier bondit du véhicule et lui ouvrit la portière côté passager. Isaure s'installa sur le siège avant avec un réel soulagement.

— Vous tombez à pic, fit-elle remarquer quand il démarra. J'étais pressée de rentrer au chaud… Que faites-vous devant la gare ? Un suspect à surveiller ?

— Je vous attendais, murmura-t-il. Je me doutais que vous arriveriez par le dernier train. J'ai deux requêtes à vous faire, mademoiselle.

— Dites toujours.

— Je voudrais votre permission de vous appeler Isaure quand nous sommes seuls et j'aimerais vous inviter à dîner. Le menu est alléchant, ce soir, au restaurant de l'*Hôtel des Mines* : des friands à la viande, de la mouclade et des choux à la crème. Je préfère déguster un tel repas en votre compagnie. Sinon, je serai condamné à subir la face irritante de mon adjoint.

Devers roulait lentement, comme pour lui donner le temps de répondre. Isaure éprouva de nouveau des sensations étranges, les mêmes qui l'avaient conduite à se jeter au cou de Jérôme dans la maisonnette de la rue du Petit Marais. Son corps s'éveillait, apaisé et excité à la fois, et, bien qu'étonnée par le phénomène, elle refusait de le nier ou de le combattre. « Qu'est-ce que j'ai ? » s'interrogea-t-elle.

Soudain, elle entrevit la réponse. La peur et le chagrin s'étaient dissipés. L'assurance d'être libre, de ne plus côtoyer ses parents, d'être appréciée par certains et désirée par d'autres avait brisé sa chrysalide, son enveloppe terne et étouffante.

— Je suis enfin un papillon, dit-elle à mi-voix.

— Pardon ? s'exclama Justin, ahuri.

— Creusez-vous la cervelle, monsieur l'inspecteur, plaisanta-t-elle. Si vous ne comprenez pas, je ne pourrai pas dîner avec vous et il faudra continuer à m'appeler mademoiselle Millet…

— Vous m'avez surpris, Isaure ; cependant, je crois avoir deviné. J'ai fait monter dans mon automobile un joli papillon de nuit aux ailes de velours bleu sombre, mais un papillon ne survit pas à décembre sans abri ni chaleur.

Isaure lui adressa un grand sourire malicieux. Justin le reçut comme un choc violent en plein cœur. Il ne l'avait encore jamais vue sourire ainsi.

— L'air marin vous réussit, soupira-t-il. Alors, allons-nous dîner ou préférez-vous un bol de vermicelle dans votre petit logis ?

— Le bol de vermicelle, inspecteur, et je vous invite à en prendre un chez moi. Après tout, vous m'avez sauvé la vie !

17

Viviane Aubignac

Faymoreau, pavillon des Aubignac, même soir, une heure plus tard

Justin Devers considéra son bol en porcelaine blanche d'un œil ravi. Isaure reprit sa place à la table après avoir remis une bûche dans le poêle.

— Je n'avais pas mangé de potage au vermicelle depuis mon enfance, dit-il gentiment. Enfin, peut-être à l'armée, pendant la guerre, mais aussi bon, non. Il faudra me confier la recette ; ça intéressera ma mère.

— J'ai suivi les conseils de Geneviève, expliqua la jeune fille. Si vous n'en aviez pas parlé, dans la voiture, je n'aurais pas essayé d'en préparer. Je me serais contentée de tartines beurrées avec de la confiture de prunes. J'ai hérité de deux bocaux.

— Une chic fille, votre future belle-sœur ! Nous pourrions manger ça en guise de dessert… Dites, Isaure, un détail me tracasse. Les gouvernantes de la famille Aubignac logées ici ont-elles le droit de recevoir des hommes ? Je serais désolé de vous attirer des ennuis.

— Vous avez garé votre voiture le long de l'église. Personne ne peut deviner que vous êtes ici. De toute façon, je n'ai pas eu de consignes particulières sur ce point-là.

Il la fixa, attentif à la moindre de ses expressions, ébloui par sa beauté. Elle avait dénoué ses cheveux, qui ondulaient sur ses épaules. Un gilet en lainage blanc moulait sa poitrine et épousait sa taille. Une rangée de boutons en nacre le fermait, qu'il s'imaginait ouvrant un par un.

Dès leur arrivée, Isaure s'était changée dans le cabinet de toilette pendant qu'il se chargeait de rallumer le poêle à bois. La situation leur paraissait à tous deux assez insolite. Pourtant, ils avaient joué la désinvolture, comme s'ils étaient de vieux amis ou des cousins réfugiés dans une cabane.

— Où en est votre enquête ? demanda-t-elle en penchant un peu la tête.

— Est-ce une manière détournée de prendre des nouvelles de monsieur Ambrozy ?

— Je suppose que vous ne pouvez rien me dire. Tant pis, je m'en voulais beaucoup quand vous l'avez arrêté, et je vous en voulais encore plus, mais, s'il est innocent, il sera libéré.

— Je pense qu'il l'est et je le prouverai. Pouvons-nous avoir une conversation plus agréable ? C'est pesant, d'être le policier de service.

Elle se releva, nerveuse, débarrassa les bols et sortit une bouteille de vin blanc d'un placard. Il la suivit des yeux, ému par la courbe de ses hanches sous le tissu de sa jupe.

— Thomas Marot m'a parlé de sa jeune sœur Anne, tout à l'heure, dit-il afin de chasser le désir qui le harcelait. Vous êtes allée lui rendre visite avec madame Marot et votre promis ?

— Jérôme n'est plus mon promis. Sinon, je ne vous aurais pas invité à dîner ici. Mais je croyais que nous devions avoir une conversation plus agréable, rétorqua Isaure sur un ton de reproche. Anne va mourir. Sa mère et son frère seront à son chevet tous les jours jusqu'à la fin. Je voudrais oublier tout ça, au moins ce soir.

— Excusez-moi, je suis maladroit.

Sans répondre, elle déposa devant lui la confiture et le pain. Elle lui tendit la bouteille de vin.

— Avez-vous l'intention de vous enivrer, Isaure ? Méfiez-vous. Si vous me faites encore des propositions scandaleuses, je pourrais accepter, au mépris de mes principes.

— Je profite simplement de ma liberté toute neuve, inspecteur.

Il fit la grimace, mouché de s'entendre nommer ainsi. Elle s'affaira derrière son dos. Il y eut le pétillement d'une allumette et, l'instant suivant, le plafonnier électrique s'éteignit. Isaure avait allumé une ancienne lampe à pétrole qu'elle mit sur le buffet. La pièce fut plongée dans une reposante lumière tamisée.

— C'est mieux, dit-il, la gorge nouée. Vous auriez pu allumer une ou deux bougies, c'est plus romantique encore.

— Les papillons se brûlent les ailes aux flammes des chandelles. Ça me faisait beaucoup de peine quand j'étais petite. J'avais pitié d'eux quand ils tombaient dans la cire chaude et se débattaient. Souvent, je les achevais, horrifiée d'y être obligée, et mon père me traitait de fada.

— Je déteste ce mot. Le patois ne vous convient pas du tout. Vous êtes une merveilleuse créature, savez-vous ! Je ne peux plus concevoir un monde où vous n'existeriez pas. Quand je quitterai pour de bon Faymoreau, j'ignore à quelle date, j'aurai une consolation, celle de savoir que vous êtes là, toute belle, avec vos silences et votre mystère. Ce village minier triste, noir et sinistre que j'ai trouvé affreux le premier jour, vous l'avez changé en un lieu enchanté. Vous l'avez illuminé.

Bouleversée, Isaure baissa la tête. Thomas lui avait souvent dit de charmants compliments, mais les mots du policier, puissants et d'une sincérité ostensible, résonnaient d'une façon différente. Il ne cherchait pas à la consoler d'une peine ou d'une punition. Il lui ouvrait son cœur et lui dévoilait ses sentiments.

— Je vous remercie, monsieur, balbutia-t-elle, intimidée.

Pourtant, elle osa le dévisager. Il avait les traits tendus, et ses yeux bruns brillaient de tendresse. Une mèche châtain clair s'était égarée sur son front, lui conférant un air de jeunesse. Il souriait.

— Vous me plaisez, en fait, ajouta-t-elle.

Justin eut l'intelligence de ne rien répliquer, de retenir ses éternelles pointes d'ironie. Il se laissa examiner, sidéré de lire un appel dans les prunelles insondables de la jeune fille.

— Si vous me serviez du vin ! chuchota-t-elle de sa voix basse et mélodieuse. Il faut fêter ma nouvelle vie.

— Votre résurrection, voulez-vous dire ? Le terme serait plus juste. Isaure, je vous reconnais à peine ; j'en ai l'esprit retourné. Que voulez-vous de moi, ce soir ?

— Des leçons, monsieur Devers.

Il ne sut que répondre, désemparé. Elle continua à l'observer, rêveuse, silencieuse, sans oublier de boire son verre à petites gorgées.

« Je suis au bord de la mer, sur la dune, songeait-elle après deux autres verres. Le vent me caresse et soulève ma jupe ; je n'ai qu'à courir vers la plage et me jeter dans l'océan. Les vagues me coucheront sur le sable mouillé, elles me rouleront en tous sens, je serai bientôt nue, livrée à leur fougue… »

Tout aussi silencieux, Justin fit en sorte de boire davantage afin de l'empêcher d'être ivre. Elle avait l'intention de s'offrir à lui, il en avait la conviction, et il en était fiévreux, heureux, mais presque effrayé comme d'un sacrilège. Sa nature loyale lui dicta de partir au plus vite.

— Isaure, il est tard, je m'en vais, déclara-t-il subitement.

— Nous n'avons pas mangé le dessert.

— Tant pis.

Il haussa les épaules, se leva, reprit son manteau et coiffa son chapeau.

— Non, je vous en prie, Justin, restez !

Elle le rattrapa près de la porte et se serra contre lui. Il n'eut qu'à se pencher un peu pour l'embrasser sur la bouche, avec tant de délicatesse et de subtilité qu'elle noua ses bras autour de son cou. Doux et interminable, le baiser la grisa en éveillant dans chaque fibre de son corps de femme des pétillements de joie pure. La même onde chaude de volupté naquit de sa chair intime pour se répandre dans son ventre et ses reins. Elle voulut l'entraîner vers le lit comme elle l'avait fait pour Jérôme, du même élan maladroit et impatient.

— Une seconde, mademoiselle, protesta Justin en la tenant par la taille. J'ai cru comprendre que vous vouliez des leçons ; je me dois donc d'être un bon professeur.

— Pitié, taisez-vous, gémit-elle.

— Isaure, ma belle enfant, je vous préviens : je ne reculerai pas devant le défi si vous souhaitez sauter le pas. Mais vous devez en garder un bon souvenir, ce qui n'est pas souvent le cas pour une jeune fille.

Il la sentit se raidir, prête à s'écarter de lui. Vite, il l'embrassa encore sans lui imposer de caresses, se contentant de la retenir d'une main ferme. Expert dans l'art du baiser, il était attentif au moindre de ses tressaillements comme au relâchement de son corps.

De son côté, elle s'émerveillait du plaisir qu'il lui donnait par l'union de leurs lèvres, de leurs deux bouches complices, sans l'intrusion frénétique de sa langue à lui, ce qu'elle reprocha rétrospectivement à Jérôme en pensée. Enfin, Justin la lâcha.

— Passons aux choses sérieuses, dit-il en souriant. Le professeur Devers est là pour vous enseigner des règles essentielles, ma beauté. La première, l'amant élu va faire un tour dans le cabinet de toilette pour se rafraîchir, car l'hygiène est capitale.

— Je suis propre, moi, avoua-t-elle, gênée.

— Je m'en doute. J'ai bien dit l'amant.

Il s'éclipsa en lui dédiant un clin d'œil. Déconcertée, Isaure se demanda quoi faire en l'attendant. Son cœur cognait à grands coups. Elle se remit à hésiter, hantée par la vision du sexe brun et raide de Jérôme. « Geneviève a eu mal, la première fois, pensa-t-elle. Mais ça ne peut pas être si douloureux, moins qu'un accouchement. Maman prétendait qu'elle avait cru mourir en mettant Ernest au monde. Justin a l'air d'être un homme délicat, pas du tout brutal. »

Résignée à souffrir un peu, elle s'allongea sur le lit. Il la trouva ainsi, comme alanguie, le visage paisible. Sans un mot, il s'étendit près d'elle.

— Pourquoi ? demanda-t-il à son oreille. Pourquoi ce soir, et pourquoi moi, le vilain inspecteur de police, un vieillard qui vient d'avoir trente-deux ans ?

— Moi, j'aurai dix-neuf ans en janvier. Ne vous traitez pas de vieillard, c'est ridicule.

— Soit, mais je répète ma question, pourquoi ?

— Vous me plaisez. Vous m'avez sauvé la vie et j'ai entendu ce que vous disiez, mercredi soir, quand vous m'avez portée dans vos bras. Votre voix était lointaine, mais j'ai entendu et j'étais contente. J'avais l'impression d'être aimée.

Justin caressa ses cheveux noirs de jais en appréciant leur brillance.

— Mais vous êtes aimée, demoiselle. Vous l'êtes de votre frère, de Geneviève et aussi de Thomas. Pas de la manière que vous imaginiez, je l'admets. Et de vos parents, malgré tout.

— Vous, est-ce que vous m'aimez un peu ?

— Ciel, que c'est déplaisant d'être interrogé, blagua-t-il pour cacher son émotion. Isaure, j'ignore si on peut aimer une femme que l'on connaît depuis un mois seulement. Je serai honnête : je suis follement amoureux de vous, et ce sentiment est un peu différent d'un attachement plus profond. Dès notre première rencontre, j'ai été attiré, fasciné. J'ai lutté, je me suis jugé stupide, car je n'ai pas tardé à comprendre que vous adoriez le séduisant Thomas Marot. Avez-vous réussi à détruire ce grand amour ? Voulez-vous des leçons sur le plaisir en guise de vengeance ?

— Non, ce n'est pas le cas. Mais est-ce nécessaire de tout expliquer ? s'insurgea-t-elle. Vous tentez de me décourager. C'est dommage. J'ai décidé de vivre pleinement sans me soucier de Thomas. Il est marié, il va être père. Je n'étais que sa petite sœur de cœur, une enfant malheureuse à défendre et à consoler. Et, flûte ! oublions-le !

Attendri, Justin l'embrassa sur le front, sur les joues, sur le bout du nez, puis il reprit sa bouche, toujours avec délicatesse. Isaure ferma les yeux, troublée de le sentir si proche. Son corps d'homme dégageait une chaleur bienfaisante et, sans en avoir vraiment conscience, elle le chercha à tâtons en glissant une main dans son dos, l'autre dans l'échancrure de sa chemise. Il lui imposa alors un baiser plus viril auquel elle répondit, presque égarée par le désir qui irradiait sa chair vierge.

— Deuxième règle, murmura-t-il en reprenant son souffle. Un lent déshabillage pour dévoiler vos charmes.

Elle n'osa pas répondre, gardant soigneusement les paupières closes, à la fois anxieuse et impatiente. Sa détermination à devenir femme ce soir-là précisément prenait ses racines dans la sensation de liberté qui la grisait. C'était son choix, sa décision, et elle en éprouvait une sorte de fierté secrète. Le policier déboutonna son gilet et découvrit les dentelles d'une combinaison en satin bleu. Les tétons durcis de la jeune fille pointaient sous le tissu. Il les effleura d'un doigt avant de lui ôter sa jupe.

— Que tu es belle, soupira-t-il, passant au tutoiement, la gorge serrée de jouir d'un tel privilège.

D'une grâce encore adolescente, elle alliait la minceur à des formes divinement modelées, fines, mais rondes. Il passa ses paumes le long de ses cuisses et dessina de l'index le contour de ses mollets gainés d'une matière satinée.

— Des bas de soie ! s'étonna-t-il.

— Cadeau de Geneviève, précisa-t-elle à mi-voix. Le reste aussi, le parfum et les vêtements.

— Mais quel adorable corps tu as ! déclara-t-il, admiratif. Lui seul m'intéresse, à présent.

L'inspecteur Devers avait une grande expérience des femmes. Subjugué par la personnalité singulière d'Isaure, il voulait se montrer à la hauteur du don qu'elle lui faisait et surtout l'aider à s'épanouir, à savourer l'acte sexuel.

— N'aie pas peur, dit-il tendrement. Je ne te brusquerai pas, je te respecte trop. Si jamais tu voulais arrêter, je comprendrais.

— Non, j'ai envie de continuer, je n'ai pas peur, je vous assure, chuchota-t-elle.

Il fit glisser les bretelles de la combinaison et dénuda ses seins d'une blancheur laiteuse aux mamelons bruns. Il les embrassa, les agaça de la pointe de sa langue, y frotta son front. Haletante, Isaure se mit à respirer par saccades. Justin alterna longtemps des baisers sans rudesse à pleine bouche et des baisers sur sa poitrine. Soudain, il recula, pencha la tête entre ses cuisses et la débarrassa de sa culotte en soie.

L'instant d'après, il l'obligeait, par de douces pressions, à lui livrer passage vers le calice de son sexe.

Elle se tétanisa, certaine qu'il s'apprêtait à la pénétrer. Mais, à son effarement, il l'embrassa là, sur les fragiles volutes de chair nichées au plus secret de son corps, à l'abri d'une courte toison frisée aussi noire que sa chevelure.

— Non, que faites-vous ? Oh non ! s'indigna-t-elle.

Cependant, il insista, et elle renonça à lutter, en proie à une sorte d'éblouissement fulgurant. D'abord honteuse, elle céda au plaisir inouï que lui procurait l'audacieuse caresse. Elle se tordit, se cambra, s'ouvrit en poussant de petites plaintes incrédules, incapable de réfléchir, de penser à quoi que ce soit. Bientôt, une sensation de vide, de soif intense, la fit geindre, le ventre en feu. Elle avait besoin de lui, il devait combler ce vide, l'investir tout entière, apaiser la folie qui la prenait.

Justin perçut son impatience et, avec d'infinies précautions, il s'efforça de vaincre la résistance que lui opposait sa virginité. Isaure étouffa un cri, mais en nouant ses bras autour de ses reins d'homme afin de l'encourager à persister.

— Pardonne-moi, chuchota-t-il, ému aux larmes.

Il poursuivit sa progression et s'immobilisa enfin. Elle le fixait de ses étincelantes prunelles couleur de nuit où il se perdit.

— J'ai menti tout à l'heure, avoua-t-il tout bas. Je t'aime, Isaure, je n'ai jamais aimé une femme avant toi, jamais autant.

Sur ces mots, il ferma les yeux et ils échangèrent un nouveau baiser passionné.

— Je pourrais demeurer en toi jusqu'à ma mort, dit-il, toujours sans faire un mouvement.

Elle eut un sourire ineffable et l'étreignit. Alors, il s'agita, allant et venant doucement en elle, puis un peu plus vite. Isaure crut être emportée dans un univers de délices où le plaisir jetait des reflets d'or. Elle fut submergée aussi par une fièvre croissante qui lui donnait envie de pleurer, de rire et de crier tout à la fois. Un infime endroit de son corps paraissait enflammé, suscitant chaque instant des élans de jouissance de plus en plus aigus, presque insoutenables. Tout à coup, elle revit l'océan déchaîné, et une vague immense crénelée d'écume la souleva très haut vers le ciel. Elle s'envola, comme éparpillée aux quatre vents, frappée par une extase insensée.

Peu après, elle gisait sur le lit, un sourire rêveur sur le visage, envahie par un exquis sentiment de détente et de bonheur, pareil à l'oubli miraculeux de tout son passé.

Pas un instant elle n'avait eu conscience des gestes de Justin. Pourtant, le policier s'était retiré avant de libérer sa semence, la réservant à son mouchoir, qu'il avait préparé dans ce but. Il venait de se lever et il avait déjà remis son pantalon.

Mais, en se redressant sur un coude, elle le surprit qui jetait quelque chose dans le poêle.

— Que faites-vous ? demanda-t-elle d'un ton câlin.

— Troisième règle, ne pas prendre de risque, éviter des ennuis aux demoiselles et aux dames, répondit-il, un peu gêné.

Il continuait à jouer le jeu qu'elle avait instauré, un jeu qui l'avait aidé, lui, à dissimuler son exaltation, la force de son désir et la profondeur de ses sentiments.

— Ah ! ce n'était pas la peine, lâcha-t-elle, embarrassée.

— Pardon ? Que veux-tu dire ?

Il revint s'asseoir au bord du lit et la contempla. Elle avait remonté les bretelles de sa combinaison. Les cheveux en désordre et les épaules nues, il la trouva sublime.

— Ne vous moquez pas, et excusez-moi de ne pas vous tutoyer. Il n'y avait pas de danger. En principe, je ne pouvais pas tomber enceinte.

Sidéré, il lui caressa la joue.

— L'excellente élève que voici aurait-elle des leçons à donner à son professeur ? ironisa-t-il gentiment.

— Ma nourrice, Huguette, était un peu sorcière ou guérisseuse. Mes parents m'ont enlevée de chez elle quand j'étais toute petite, mais je retournais la voir en cachette. Ce n'était pas si loin de la métairie. Une fois, alors que j'avais treize ans, il s'était produit un phénomène inquiétant. Vous me comprenez ? Je n'ai rien dit à ma mère, mais je suis allée poser des questions à Huguette. Elle m'a bien renseignée sur ce chapitre. La pauvre, elle avait eu une fille qui est morte à trois mois, l'enfant dont j'ai bu le lait, en fait. Huguette a eu tant de chagrin qu'elle ne voulait plus jamais revivre un tel deuil. Elle calculait ses lunes. Enfin, c'est le nom qu'elle donnait aux mauvaises périodes des femmes et, je vous assure, ça a marché : elle n'a pas eu d'autres bébés. Ma mère non plus, qu'elle avait conseillée aussi. Il paraît que, juste avant ou juste après les fameuses mauvaises périodes, il n'y a pas de risque d'être enceinte.

Très intéressé, Justin hocha la tête. Il en déduisit qu'Isaure lui confiait ceci en connaissance de cause.

— Là, pour vous, c'était sans danger, si j'ai bien compris. Vous en êtes sûre ? Oui… J'en ai de terribles regrets.

Elle eut un rire bas, sensuel et un peu provocant.

— Continuez à me tutoyer, ça ne me dérange pas… Ainsi, vous êtes pressé de rentrer à l'*Hôtel des Mines*, inspecteur ?

Elle se rejeta en arrière.

— Absolument pas, mais j'aimerais savoir comment une jeune fille taciturne d'un caractère épineux peut se métamorphoser en une radieuse odalisque, une tentatrice sans scrupules.

— Je ne le sais pas vraiment. Le contrecoup de mes chagrins, le vin blanc ou bien la joie d'être libre.

Justin nota qu'elle n'était pas surprise par le mot odalisque et il en fut satisfait. Isaure faisait preuve d'une instruction rare et d'une vive intelligence. De plus, elle ignorait la fausse pudeur. « Je l'épouse, je veux l'épouser, ne plus jamais la quitter ! songea-t-il. Je l'emmènerai à Paris ; elle ne doit pas s'enfermer dans ce pays. »

D'un geste spontané, elle lui prit la main au même instant et l'emprisonna entre ses doigts menus, comme si elle avait lu dans ses pensées.

— Isaure, je suis heureux, très heureux, déclara-t-il. Mais un détail me préoccupe. Jérôme… Pourquoi avoir renoncé à vos projets, lui et toi ?

— Il a estimé qu'il m'avait proposé un marché indigne de ses sentiments sans chercher à me conquérir ; ce sont ses termes à lui. J'étais maltraitée, chez moi. Il m'a offert le mariage parce que je pourrais vivre près de Thomas et échapper à mon père.

— En effet, c'était odieux, concéda Justin.

Soudain, Isaure sembla soucieuse. Elle décocha un regard angoissé au policier.

— Qu'est-ce que tu as ? s'alarma-t-il.

— Aujourd'hui, à Saint-Gilles-sur-Vie, dans la maison que madame Marot a louée, j'ai très mal agi, confessa-t-elle d'une petite voix. Je ressentais des choses bizarres, seule avec Jérôme, et je l'ai embrassé. Je l'ai supplié de… enfin, je voulais coucher avec lui pour savoir si c'était agréable ou épouvantable. Au dernier moment, j'ai refusé, je me suis enfuie.

Justin était médusé, interloqué. Il demeura muet quelques secondes avant de marmonner :

— Pauvre gars, je le plains de tout cœur ! Et ma vanité en prend un coup. Je croyais être le seul à te faire perdre l'esprit, le seul que tu désirais.

— C'est le cas, admit-elle en se glissant vers lui pour l'enlacer.

La joue appuyée contre sa poitrine, de sorte qu'il ne pouvait pas voir son visage, elle ajouta :

— Ne sois pas triste. Pendant que Jérôme m'embrassait, je me suis demandé ce que j'éprouverais si tu étais là, à sa place, et la réponse a été très nette. Je me suis dit que mes sensations et le malaise délicieux qui faisait trembler mes jambes seraient plus intenses encore. En plus, tu m'attendais devant la gare ; c'était un signe.

Ivre de soulagement, Justin la releva et s'empara de sa bouche pour de nouveaux baisers. Ils s'abandonnèrent à la fièvre joyeuse qui les consumait. Cette fois, la combinaison vola par terre. Le policier se débarrassa de son pantalon et de sa chemise. La nudité exalta Isaure, lui donnant l'impression d'être une autre femme, née à cet instant précis où elle s'offrait au regard d'un homme.

Il s'abîma en elle très vite, ébloui par son ardeur et sa joie délirante. Pendant plus d'une heure, jamais rassasiés du plaisir qu'ils se donnaient l'un l'autre, ils égrenèrent les lois secrètes de l'extase sans prendre aucune précaution. Isaure apprenait avec enthousiasme ; elle se montrait docile s'il exigeait de l'admirer sous tous les angles et même là où personne ne l'avait jamais regardée.

Elle fut épuisée avant lui, cependant.

— J'ai faim. Pas toi ? murmura-t-elle en riant.

— Si, je suis affamé. Je rêve de tes tartines de confiture.

Le corps endolori, un vertige la saisit dès qu'elle se leva. Justin se rhabilla à regret sans remettre ses chaussures ni sa veste. Isaure s'enveloppa d'un peignoir en satin, cadeau de Geneviève lui aussi, et monta la mèche de la lampe à pétrole. L'idée de dévorer du pain et de la confiture en compagnie de Justin la réjouissait.

— Tout est simple, avec toi, constata-t-elle sur un ton émerveillé. Tellement simple !

Il allait répondre lorsqu'on tambourina à la porte du pavillon, des coups de poing assortis de gros sanglots.

— Mademoiselle, ouvrez vite, pitié, ouvrez !

C'était la voix de Viviane Aubignac. Ils en restèrent stupéfaits, n'osant plus bouger.

— Vite, j'ai besoin d'aide. Ouvrez, par pitié !

— J'arrive ! cria Isaure.

Déjà, le policier ramassait son chapeau, sa cravate

et ses chaussures. Elle lui montra la direction du cabinet de toilette ; il approuva en silence.

— Mademoiselle, je vous en conjure, ouvrez, supplia Viviane en pleurant. Mon mari ne doit pas me voir, pitié.

Affolée, Isaure répéta qu'elle arrivait, tout en tendant sa boîte de cigares à Justin, qu'il enfouit dans sa poche.

— Sors par la petite fenêtre ; elle donne derrière le pavillon, dit-elle tout bas.

Il l'embrassa sur la bouche et se faufila dans la petite pièce où la jeune fille avait failli mourir. La porte n'était pas réparée. Il s'y adossa le temps de se donner une apparence correcte. Pendant ce temps, Isaure fit entrer Viviane. Sa patronne était en chemise de nuit, une veste en fourrure sur les épaules, décoiffée et l'air terrifié.

— Merci, tournez vite le verrou. Mon Dieu, heureusement que vous êtes là ! J'ai vu un peu de lumière entre les volets et j'ai pensé à vous… Mon mari, il va venir. Je l'ai enfermé dans notre salle de bains, mais je le connais, il a dû mener un tel tapage qu'un des domestiques l'a sûrement libéré. Je vous en prie, s'il frappe ici, dites que vous n'avez rien vu ni entendu. Non, il ne vous croira pas. Répondez plutôt que vous avez cru entendre quelqu'un pleurer et que, selon vous, je me suis rendue au presbytère. Marcel n'osera pas aller faire du scandale là-bas. Ça se saurait vite, car Gisèle est bavarde, oui, Gisèle, la gouvernante du père Jean.

Après cette tirade confuse débitée à la hâte, Viviane tituba et s'accrocha au bras d'Isaure.

— Entre femmes, on doit s'aider, renchérit-elle.

Mon mari ne me laisse jamais tranquille, la nuit. Il veut me forcer à coucher avec lui, mais j'ai fait une fausse couche il y a deux mois. Depuis, j'ai des ennuis de ce côté-là, mais il s'en moque. Avant, les chiens me défendaient, surtout Duc, le plus vieux. Il grognait pour tenir Marcel à distance de moi. C'étaient de braves chiens. Si seulement j'avais pu partir pour Paris comme prévu ! Sans cet abruti d'inspecteur, je serais loin de ce trou de campagne. Je serais avec ma sœur et ma mère.

— Je suis désolée, madame, répondit doucement Isaure.

Elle se demandait si Justin avait écouté, ayant l'intuition qu'il n'était pas encore dehors. « Il y aurait eu un peu de bruit, quand même ! » pensa-t-elle.

Apitoyée par la détresse de Viviane Aubignac, elle essaya de la rassurer.

— Madame, je sais ce que vous éprouvez ; je ferai de mon mieux pour vous protéger. Est-ce que votre mari vous frappe ?

— Non, il ne lève pas la main sur moi, mais je préférerais. Je ne supporte plus qu'il me touche, et lui il insiste. Je n'en peux plus.

Elle éclata en sanglots, secouée de frissons. Isaure remarqua que les jolis chaussons en velours qu'elle avait aux pieds étaient détrempés.

— Il faut attendre, Marcel va venir. J'ai peur ! Il ne doit pas savoir que je suis là. Il arrive, écoutez…

Dans le parc, un homme appelait. Le prénom de la femme résonnait, ponctué de jurons incompréhensibles. Peu après, de nouveaux coups, plus violents que les précédents, ébranlèrent la porte.

— Mademoiselle ! rugit Marcel Aubignac,

ouvrez ! Je suis sûr que mon épouse s'est réfugiée chez vous. Je vous préviens, vous êtes virée demain matin si vous n'obéissez pas ! Ma femme fait une crise de nerfs. J'ai prévenu le docteur Boutin.

La bouche sèche, Isaure se plaqua contre le battant en chêne.

— Je suis désolée, monsieur, madame n'est pas ici.

— Bien sûr que si ! aboya-t-il. Elle n'a pas pu aller plus loin, bon sang ! Vous avez compris ? Ouvrez ou vous perdez votre place. C'est moi qui verse les gages, pas ma femme. Je n'aurai aucun regret à vous renvoyer illico sur votre tas de fumier. Nous n'avons pas besoin d'une fille de métayer pour fouiner partout.

Viviane jeta un regard désespéré à Isaure, certaine que la jeune fille céderait à la menace.

— Renvoyez-moi si vous voulez, monsieur, répliqua la nouvelle gouvernante. Mais, si vous voulez mon avis, mon très humble avis, madame a dû se réfugier au presbytère, comme le font toutes les âmes en peine. Le père Jean ne refuse jamais son aide.

Il y eut un bref silence. Une voix d'homme s'éleva bientôt, mais ce n'était pas celle de Marcel Aubignac.

— Bonsoir, monsieur Aubignac. J'ignorais ce côté de votre personnalité, disait Justin Devers. Expédier une charmante demoiselle sur un tas de fumier, ça manque de classe.

— Ah ! inspecteur ! Qu'est-ce que vous faites sur ma propriété à une heure aussi tardive ?

— Il n'est pas minuit, cher monsieur. Je travaille.

Debout derrière la porte du pavillon, Isaure et Viviane tendirent l'oreille pour suivre la discussion.

— Toujours votre enquête ? Mais vous avez arrêté Ambrozy. J'ai trouvé votre message sur mon bureau.

— Je tenais à vous le signaler malgré votre absence.

— J'ai des obligations, inspecteur. Je recevais des ingénieurs de Niort afin d'étudier un lieu favorable au forage d'un puits aussi rentable que le puits du Centre. Cette année, nous avons extrait vingt mille tonnes de charbon.

— Les mineurs ont extrait vingt mille tonnes, rectifia Devers d'un ton sec.

— Ne jouons pas sur les mots. Revenons-en au fait. Vous avez votre coupable, nous pouvons enfin respirer.

— Un suspect, pour l'instant, monsieur, rien qu'un suspect. Je n'ai pas mis la main sur l'arme du crime, hélas ! et, en guise de témoins à charge, je n'ai que des morts reposant au cimetière de Faymoreau. Mais vous devriez rentrer, il fait froid et vous êtes en chemise et pantoufles.

Viviane se mit à rire nerveusement en silence. Isaure, elle, se représentait la scène. Justin avait sûrement surpris le directeur de la compagnie avec l'apparence d'un homme qui sortait de sa voiture et non d'un cabinet de toilette exigu.

— Bon, expliquez-vous, Devers, trancha Marcel Aubignac. Que faites-vous chez moi ?

— Je veille sur un témoin important, mademoiselle Millet. Elle m'a appris que Stanislas Ambrozy possédait un pistolet. Je crains des représailles de la part des Polonais de la mine. Au procès, son rôle sera décisif. Je vous la confie jusqu'à cette date, monsieur Aubignac. Cela dit, évidemment, si elle est congédiée, je devrai la loger à l'*Hôtel des Mines* à vos frais…

— Allons, allons, il n'en est pas question. Je présenterai des excuses à mademoiselle Millet dès demain matin. Je me suis emporté ; j'étais inquiet. Ma femme souffre de troubles nerveux. Elle m'use le moral avec ses caprices, ses jérémiades et ses larmes. Rien ne la satisfait, inspecteur. Je pourrais marcher sur les mains ou danser la gigue en public, elle se lamenterait. Vous m'auriez rendu un fier service en la laissant passer une semaine à Paris.

— Je pourrais l'envisager bientôt.

— Ce n'est plus la peine : nos enfants seront à la maison vendredi prochain. Ils sont pensionnaires à La Roche-sur-Yon, une école religieuse, cela va de soi. Bien, je vous souhaite une bonne nuit, inspecteur. Mon épouse dormira au presbytère, je suppose, ou elle reviendra d'ici peu, sa lubie passée. Bah, aucun ménage n'est épargné. Il y a forcément des querelles ou au moins des désaccords. Je suis désolé que vous ayez assisté à mon éclat de colère, fort ridicule, j'en conviens.

— Ne soyez pas désolé, insinua Devers sur un ton bizarre.

Isaure perçut l'embarras manifeste d'Aubignac. Viviane leva les yeux au ciel, exaspérée.

Les deux hommes échangèrent une poignée de main. Justin avait dû s'éloigner un peu, car sa voix parut moins nette quand il laissa tomber, comme distraitement :

— Au fait, Charles Martinaud, alias Tape-Dur, que j'ai convoqué demain matin, sera confronté à

Stanislas Ambrozy. Prévenez son équipe qu'il sera en retard. Peut-être même sera-t-il retenu toute la journée. C'est sans doute ennuyeux, un porion qui manque à l'appel.

— Nous nous arrangerons, rétorqua Marcel Aubignac. Gustave Marot le remplacera. Faites votre métier, inspecteur.

Il y avait une note étrange dans les derniers mots du directeur. Isaure en fut mal à l'aise, tandis que Viviane se remettait à pleurer.

— Madame, calmez-vous, je vous en prie, dit la jeune fille. Votre mari est parti, vous n'avez plus rien à craindre. Allongez-vous sous le couvre-lit bien au chaud. Je peux vous préparer une tisane.

— Je crois que Geneviève avait de l'eau-de-vie. La cuisinière lui réservait les fonds de bouteille et les versait dans un flacon.

— De l'eau-de-vie ? Bien, madame.

— Nous sommes seules, n'en faites pas trop, l'avisa Viviane en se pelotonnant dans sa fourrure près du poêle, assise sur une chaise. Moi, je vous appellerai Isaure. Dites, nous avons eu une sacrée chance ! Sans l'inspecteur, mon mari aurait pu enfoncer les volets ou la porte.

Stupéfaite, Isaure n'osa pas, cependant, poser de questions.

— Pourquoi ne m'avez-vous pas confié, hier, que vous étiez mêlée à l'enquête de police ? reprit sa patronne aussitôt. Mais je vous félicite, c'était une bonne action de dénoncer le coupable. De la part d'un Polonais, ça ne m'étonne pas du tout. J'avais averti Marcel, pendant la guerre, quand il a fait venir de la main-d'œuvre étrangère. Ce type doit payer son crime. Et votre ami, vous y pensez, ce très cher ami dont vous me causiez hier, il aurait pu mourir aussi !

Choquée par la violence de ces propos, Isaure évita de faire un commentaire. Elle dénicha le flacon d'alcool et en versa une rasade dans un verre.

— Tenez, madame.

— Merci, prenez-en également, vous avez un drôle d'air.

— Non, sans façon, c'est trop fort et ça ne me réussit pas.

Viviane contempla la pièce d'un regard triste, un pli amer au coin des lèvres.

— J'aime bien ce pavillon. L'été dernier, je me réfugiais là, au frais, dans la pénombre. Geneviève a pris un long congé ; cinq mois environ. J'avais la clef, que je dissimulais pour pouvoir m'évader un peu. Les enfants sont si fatigants ! Surtout Paul, mon garçon, un vrai chenapan. J'adore ce mot, « chenapan ». Sophie est délurée, elle aussi ; les religieuses n'en viennent pas à bout.

— Je serai contente de m'en occuper.

— Ah oui, j'oubliais, vous serez institutrice en octobre de l'an prochain. Alors, racontez-moi : comment avez-vous découvert que ce mineur polonais était le meurtrier ?

Désemparée et également épuisée, Isaure dut s'asseoir. Elle s'était levée à cinq heures trente du matin, et sa journée s'était avérée riche en émotions, sans oublier des ébats amoureux qui la laissaient dolente.

— Je vais vous décevoir, madame, je n'ai rien découvert du tout. J'ai eu la sottise de répéter une confidence qu'on m'avait faite et j'en suis navrée. Je connais bien monsieur Ambrozy et j'ai la certitude qu'il est innocent.

Viviane se redressa et l'étudia avec attention d'un regard perçant où pointait une note évidente d'anxiété.

— Innocent, peut-être. Mais, celui qui a fait ça, qui a tué un homme sans hésiter, son acte était cruel et certainement prémédité. Tirer du pistolet dans une galerie de mine, alors que deux des porions redoutaient un coup de grisou la veille, c'est vraiment criminel.

— Je ne suis pas au courant de certains détails. Au moment de l'accident, j'étais à La Roche-sur-Yon. Après, j'étais chez mes parents, à la métairie.

— Mon Dieu, la métairie, votre bourreau de père ! Et Marcel qui a osé parler de vous renvoyer sur un tas de fumier ! Mon époux devient grossier dès qu'il est furieux. Je suis désolée, Isaure. Vous viendrez quand même travailler demain matin ? Vous n'allez pas m'abandonner ?

— Bien sûr que non, madame, mais il faudrait dormir, à présent. Je vais déplier le lit de camp pour moi… Vous devez vous reposer.

— Je prendrai encore un verre d'alcool. Je me sens mieux, déjà. Changeons de sujet, voulez-vous ? Demain soir, au dîner, nous recevons deux couples d'amis, le notaire et le docteur, accompagnés de leur épouse, évidemment. Bernard vous conduira au marché de Fontenay-le-Comte en fin de matinée. Vous déciderez du menu.

La nouvelle ranima Isaure, même si elle était un peu surprise. De toute évidence, la scène qui venait d'avoir lieu ne changeait pas les plans mondains des Aubignac et elle pourrait montrer ses capacités. Paupières mi-closes, elle fit appel à sa gourmandise. « Combien de fois j'ai erré sous les Halles, en ville, se dit-elle, en dégustant des yeux toutes les victuailles présentées, des mets hors de prix dont j'ignorais le goût. »

— Ne vous endormez pas, s'alarma sa patronne.

— Je réfléchissais, madame. Des langoustines en entrée, avec une sauce mayonnaise et une salade verte ; ensuite, des cailles rôties servies sur une purée de châtaignes, puis un rôti de bœuf et des pommes de terre sautées ; des choux à la crème pour dessert.

— Seigneur, c'est parfait ! Un peu ordinaire, mais parfait. Bien, je vais regagner le domicile conjugal, maintenant, je n'ai pas le choix.

— Mais, madame, votre mari ? Il n'avait pas l'air bien disposé à votre égard.

— Il s'est calmé, j'en mettrais ma main au feu. Vous êtes gentille, Isaure, mais j'ai mes habitudes. Il me faut ma chambre, mon décor et la solitude. Ne cherchez pas à me comprendre.

La singulière jeune femme se leva et se dirigea vers la porte.

— Au pire, l'eau-de-vie aidant, je lui accorderai ce qu'il veut, dit-elle sur un ton résigné ; j'aurai la paix quelques jours par la suite. Autant vous préciser que Geneviève n'a jamais été témoin d'un drame de ce genre entre Marcel et moi. Inutile de lui en parler ni de vous tracasser. J'ai les nerfs malades, Isaure, depuis ma fausse couche, en octobre, et la tragédie dans la mine, les chiens empoisonnés, la désertion de Geneviève, ce n'est rien pour me rassurer. J'étais si contente qu'elle revienne, Geneviève, et elle me lâche pour filer avec son fiancé ! Votre frère, n'est-ce pas ? Il paraît qu'il est bel homme. Enfin, d'après Geneviève.

— Oui, des yeux noisette, les cheveux châtain clair bouclés, un nez droit, un grand front, un sourire charmeur avec ça, débita Isaure, le cœur serré, comprenant que Geneviève n'avait rien dit.

— Ah ! l'amour ! déclama Viviane. Bonne nuit, Isaure. À demain huit heures et demie. Germaine, notre cuisinière, prépare mon plateau ; vous me le porterez dans ma chambre.

— Bien, madame.

Quand l'extravagant personnage disparut enfin de son champ de vision, Isaure poussa un soupir de soulagement. Elle avait trouvé sa patronne à la fois pitoyable et charmante, pénible et attendrissante. Mais elle augurait mal de leurs relations futures. « Je ne ferai pas une employée de maison exemplaire, songea-t-elle. J'ai suffisamment obéi, courbé le dos et travaillé dur pour mes parents. »

Elle remit une grosse bûche dans le poêle, transporta la lampe à pétrole jusqu'à la table de chevet et, avec délice, se glissa entre les draps, sous les couvertures en laine, sans même avoir ôté son peignoir en satin. Un sentiment de bien-être extrême la fit sourire. « Jamais eu un matelas aussi moelleux, un oreiller aussi doux, jamais eu aussi chaud en me couchant », récitait-elle dans ses pensées de plus en plus brumeuses.

Un bruit sourd dans le pavillon la tira de sa somnolence. Elle se redressa un peu, effrayée, et distingua un cliquetis, puis un pas discret sur le parquet. Justin apparut près du lit, son chapeau sur la tête, sa cravate d'aplomb.

— Je suis revenu pour te souhaiter une bonne nuit et t'embrasser une dernière fois, murmura-t-il en se penchant sur elle. J'avais pris congé en catastrophe et il fallait refermer la fenêtre du cabinet de toilette. De l'extérieur, c'était impossible.

— J'avais oublié, avoua-t-elle, éberluée par son retour digne d'un cambrioleur. Je suis tellement lasse ! Je m'endormais.

— Dors, mon trésor, chuchota-t-il en déposant un léger baiser sur sa bouche. Je m'absente demain, mais je reviendrai. Sois prudente.

Le policier faillit dire autre chose, mais il se retint. Isaure lui adressa un faible sourire.

— J'avais tourné le verrou derrière Viviane Aubignac. Je dois me relever pour refermer quand tu seras sorti, articula-t-elle avec peine.

— Pardonne-moi, mais ce sera encore meilleur de te recoucher après un ultime désagrément. Quatrième règle ! plaisanta-t-il.

Isaure lui dédia un regard noir. Elle repoussa la literie, le suivit jusqu'à la porte et, là, elle le serra dans ses bras.

— Soyez prudent, vous aussi, monsieur l'inspecteur.

— C'est promis. J'ai une sérieuse raison de l'être : te retrouver, répliqua-t-il.

Ils échangèrent encore un baiser. Une fois seule, Isaure patienta quelques secondes avant de regagner son lit.

— Et jamais je n'ai été aussi heureuse, ajouta-t-elle à sa liste, très bas, comme par peur de perdre ce bonheur, d'avoir rêvé cette nouvelle existence.

18

La nouvelle gouvernante

Faymoreau, chez Jolenta et Thomas Marot,
le lendemain, samedi 11 décembre 1920

Il était six heures du matin. Thomas fixait avec rancœur la pendulette qui venait de sonner. Hanté par une foule de questions sans réponses, il avait eu du mal à s'endormir la veille. Jolenta se tourna vers lui, la chevelure en désordre.

— Tu as été agité, pendant la nuit, dit-elle tendrement. Tu avais une indigestion à cause de ma cuisine ?

— Non, ma chérie, ton repas était fameux. Papa a repris deux fois de la soupe et il s'est régalé de ton ragoût de porc.

Rassurée, la jeune femme se rapprocha de son mari, câline. Elle aimait se réveiller à ses côtés dans un lit tiède et profiter de ces instants d'intimité qui n'appartenaient qu'à eux.

— Je suis contente, Piotr a bien voulu coucher chez ton père, ajouta-t-elle.

— Papa aussi était content, crois-moi. Il doit trouver la maison bien vide, sans maman et Jérôme. Du jamais-vu, ma petite mère qui s'exile à une centaine de kilomètres !

Thomas glissa son bras sous Jolenta et l'obligea à

s'allonger à ses côtés. Il voulait à toute force chasser les idées qui le harcelaient et qui avaient gâché son précieux temps de repos. C'était un étrange mélange. Il y avait Tape-Dur et son mensonge, le regard sombre de l'inspecteur Devers, sa façon de raisonner à voix haute et la mystérieuse veuve de Livernière, dont il n'osait pas parler à Jolenta ni à Pierre. Et puis Isaure, qui lui semblait différente. Il l'avait blessée. Il la revoyait sans cesse étendue sur le sol, comme une fragile créature foudroyée par sa cruauté.

— Viens sur moi, dit-il à sa femme, le souffle court. Comme ça, au fond de la mine, j'aurai un bon souvenir de ce matin. Il pleut encore ; je préférais la neige. Viens, j'aime te toucher les seins. Ils sont beaux ; ils ont grossi, à cause du bébé.

Jolenta le fit taire en posant un doigt sur sa bouche. Elle demeurait pudique, souvent gênée de pratiquer une position qui lui semblait inconvenante. Mais il faisait bien sombre dans leur chambre et elle tenait à satisfaire Thomas.

— Chérie, ma chérie, marmonna-t-il pendant qu'elle guidait son sexe durci entre ses cuisses, oui, ne pense à rien, qu'à nous deux, ma beauté.

Déconcertée, elle s'immobilisa et éclata de rire.

— Je ne pense qu'à toi, mon Thomas.

Il se cambra et décocha des coups de reins ardents. Le rire de Jolenta se brisa ; elle se mit à gémir et à haleter. Ils prirent leur plaisir l'un après l'autre, presque hâtivement.

— Bon sang de bois, je dois me lever, déplora le jeune mineur. Ma chérie, reste couchée. Je ferai du café que je laisserai au chaud.

— Merci, je n'ai pas envie de bouger, avoua-t-elle, de nouveau alanguie près de lui. Je t'aime, je t'aime à la folie.

Il l'embrassa, ému, car c'était une expression qu'il lui avait apprise au début de leur idylle, quand elle maîtrisait mal le français.

— Repose-toi. À ce soir, mon épouse adorée ! Au fait, es-tu d'accord pour demain ? Papa a proposé qu'on rende visite à Anne, nous aussi. On prendrait le train tous les trois. Maman serait contente, ma petite sœur aussi ; je ne l'ai pas vue depuis des semaines. Et sait-on jamais ce qui peut arriver !

— Non, Thomas, moi, je n'y vais pas. C'est dangereux pour notre bébé, la tuberculose. Ma mère en est morte. As-tu oublié ? J'ai rendu visite à ta sœur quand je n'étais pas enceinte, mais j'avais peur.

— Tu nous attendras dans la maison, à Saint-Gilles. Tu n'es pas obligée de venir au sanatorium, insista-t-il.

— Et mon frère ! Il sera seul tout un dimanche ! Accompagne ton père, je resterai ici. J'ai la layette à coudre et du tricot à faire. Piotr passera la journée avec moi.

— D'accord, tu as raison.

Thomas s'habilla en vitesse et descendit dans la cuisine. L'angoisse et le remords reprirent possession de lui.

« Comment ai-je pu dire de pareilles méchancetés à Isaure ? Elle ne les méritait pas. J'aurais pardonné à n'importe qui d'avoir laissé échapper une parole en l'air sous l'effet de l'alcool. Elle, cette sale brute de Millet venait de la tabasser et de la chasser. Je passerai la voir ce soir, puisqu'on débauche plus tôt le samedi. Ma pauvre petite Isauline ! »

Faymoreau, Hôtel des Mines, même jour

Justin Devers rêvassait, tenant entre les doigts un coupe-papier qui provenait de l'héritage de son grand-père maternel dont il ne se séparait pas. Il était six heures trente du matin. Son bureau provisoire embaumait le café chaud et le bois enflammé, car son adjoint venait de rallumer le gros poêle en fonte et de lui apporter un petit-déjeuner sur un plateau.

— La serveuse du restaurant vous a mis deux croissants. Elle est bien plaisante, cette fille ! Je crois que j'ai une chance avec elle. Je l'invite au cabaret ce soir.

— Quel cabaret ? s'étonna l'inspecteur, tiré de ses douces songeries où Isaure gémissait sous lui, nue et adorable.

— Ce n'est pas vraiment un cabaret, mais des gars de Puy-de-Serre viennent jouer de la musique dans l'autre restaurant près de la poste, celui où vont les mineurs le plus souvent. Il y aura la place pour danser.

— Oui, je vois, l'établissement où a eu lieu la noce de Thomas Marot. Dites, Sardin, n'oubliez pas votre mission, c'est l'heure. Vous me ramenez Charles Martinaud ici. Il ne doit pas descendre dans le puits du Centre.

— Je lui donne quoi comme prétexte, chef ?

— Simple convocation pour l'interroger. Et cessez de m'appeler chef, ça m'agace.

— D'accord, inspecteur.

Le jeune policier sortit, oubliant son chapeau et son écharpe. Justin but une tasse de café et dévora les croissants. Il était affamé.

« Au boulot, mon vieux ! s'exhorta-t-il. Je dois arrêter de penser à Isaure, sinon je n'arriverai à rien du tout. Quand même, que puis-je lui offrir ? Il est hors de question d'en faire ma maîtresse, c'est une fille sérieuse qui se destine à l'enseignement. Mais je ne vais pas lui proposer le mariage si vite ! Elle refusera et je comprendrais, nous nous connaissons si peu, malgré tout ! Peut-être qu'elle aime toujours son cher Thomas. Bon sang ! j'ai été nommé à La Roche-sur-Yon il y a un an ; je ne vais pas repartir. Ce n'est pas dit qu'on va accepter de m'accorder une nouvelle mutation. Ma parole, je deviens idiot. J'ai l'impression d'être déboussolé, oui, je suis déboussolé. »

Il tergiversa encore, de plus en plus nerveux. Il refusait de transformer Isaure en femme au foyer et de lui faire des enfants, mais il ne l'imaginait pas non plus institutrice à Faymoreau pendant des années, soumise à une vie rythmée par les heures de classe et les devoirs à corriger, logée au-dessus de l'école.

« Elle est tellement singulière ! Il lui faudrait une existence fabuleuse, originale. Déjà, si nous habitions à Paris, boulevard des Capucines, nous aurions toutes les opportunités, la belle vie, les concerts, les musées… »

C'était l'unique solution, à son avis. Perplexe, cependant, il alluma un cigarillo. On frappa. Il cria d'entrer et vit avec stupeur Charles Martinaud, escorté par son adjoint.

— Déjà ! gronda-t-il.

— Un quart d'heure, montre en main, se vanta Sardin.

— Fan de vesse ! qu'est-ce que vous me voulez encore ? protesta le fameux Tape-Dur. On me paye pas à rien faire ! J'suis porion. Mon équipe va m'attendre.

— Mais non, j'ai prévenu le directeur que vous étiez en congé aujourd'hui, répliqua Justin. Gustave Marot doit vous remplacer. Assoyez-vous donc, monsieur Martinaud. Un café ? J'ai une tasse propre quelque part.

— Merci, mais j'en veux pas. Je bois de la chicorée, moi.

L'homme passa une main calleuse sur son crâne chauve qui luisait sous la lampe. Il avait enlevé son bonnet en franchissant le seuil de la pièce.

— Monsieur Martinaud, reprit le policier, je voudrais des précisions sur la rumeur que vous avez ébruitée, notamment auprès des Marot père et fils, les plus concernés par l'arrestation de Stanislas Ambrozy. J'ai entendu la veuve de Passe-Trouille. Ça ne vient pas d'elle, l'histoire d'une rivalité entre Boucard et mon suspect. Je n'en dors plus, Tape-Dur, tellement je me creuse la cervelle. Quel intérêt aviez-vous à raconter ça ?

Le porion secoua la tête, le regard dans le vague. Enfin, il leva les bras au ciel, l'air outragé.

— Nom d'un chien, j'aurais mieux fait de tenir ma langue. Sûr, vous m'auriez pas cherché des noises ! Je ne sais plus, moi, qui avait causé de cette femme de Livernière. Et puis, ça date. Un type de l'équipe a dû en rigoler. J'ai écouté et ça m'est revenu quand j'ai su qu'Ambrozy était en prison.

— Histoire de l'enfoncer davantage ? persifla Devers avec un début de hargne. C'était une manœuvre idiote qui a seulement réussi à piquer ma curiosité de flic. Aviez-vous quelque chose à reprocher à Ambrozy ? Vous méprisez les Polonais ?

— Fichez-moi la paix ! aboya le mineur. C'est rien de tout ça, mais le bruit court qu'il avait un pistolet. Pourquoi ce serait pas lui le coupable, hein ?

— Ah ! le bruit court, vous dites ? Pourtant, qu'Ambrozy ait eu un pistolet, c'est une information que je m'étais bien gardé de divulguer, sauf à des personnes de confiance. Comment donc savez-vous qu'il en avait un ?

— Pourtant, on en a parlé, c'est tout, répliqua Tape-Dur, l'air confus.

Justin retint un soupir de satisfaction, celui du pêcheur quand un poisson mord enfin à l'hameçon. Le juron de Tape-Dur, son « nom d'un chien », résonnait dans son esprit. Il croyait entendre Viviane Aubignac regretter les dogues de la maisonnée qui la défendaient si son époux l'importunait.

« C'est une chance que je me sois planqué dans le cabinet de toilette, le temps d'enfiler mes chaussures. Privé de galipettes, ce cher Marcel a pu se débarrasser de ses toutous », songea-t-il, intrigué.

Il se versa une seconde tasse de café qu'il sirota en silence.

— Sardin, mettez les menottes à monsieur Martinaud. On va faire un petit tour à La Roche-sur-Yon, où Stanislas Ambrozy a été transféré. Une confrontation sera sûrement instructive, car cet homme, ici, nous cache quelque chose, n'est-ce pas ? Nous y reviendrons plus tard.

— Les menottes, et puis quoi encore ? hurla Tape-Dur, qui sentait la soupe chaude. Je suis innocent, moi. J'ai un alibi, inspecteur. Vous êtes au courant, non ?

— N'ayant pas de gendarmes sous la main ce matin, c'est une simple précaution que je prends, monsieur Martinaud. Allez, en voiture !

Faymoreau, chez Viviane et Marcel Aubignac, une heure plus tard

Isaure avait soigné sa coiffure, une lourde natte dans le dos, et choisi des vêtements qu'elle estimait élégants ; elle portait un tailleur en tweed marron à la jupe longue et droite et à la veste cintrée, ainsi qu'un corsage en soie beige. Un foulard gris cachait son cou. Elle hésita un instant devant la double porte aux ferrures cuivrées. Enfin, avisant le heurtoir en bronze, une tête de dragon, elle frappa. Très vite, la bonne lui ouvrit.

— Mademoiselle Millet, murmura-t-elle, il faut passer par la porte de service, qui donne directement dans la cuisine.

— Je suis désolée, Geneviève ne m'en avait pas informée.

— La prochaine fois, alors, dit la jeune domestique, dont les cheveux roux étaient coupés à la hauteur de la nuque. Entrez, je vous en prie, Germaine vous attendait.

— Comment vous appelez-vous ? s'enquit Isaure.

J'ignore votre prénom, ou bien on me l'a dit et j'ai oublié. Excusez-moi.

— Nadine. Je suis de Vouvant. J'ai été engagée au mois d'août. Je suis encore maladroite, hélas !

— Vouvant ! Le domaine de la fée Mélusine, répliqua tout bas Isaure.

— Ne dites pas ça devant Germaine, elle est superstitieuse. Déjà qu'elle ne m'aime guère.

En pénétrant dans la vaste cuisine, la nouvelle gouvernante éprouva une joie enfantine à la vue des nombreuses provisions qui semblaient servir de décoration. Trois grands plats creux en terre cuite vernissée trônaient au milieu de la longue table cirée, remplis de légumes : navets, carottes, poireaux, choux, oignons et betteraves. Des saucissons et des jambons pendaient aux solives du plafond entre deux énormes poutres noircies par la fumée. Des étagères ouvragées couraient sur les murs, auxquelles étaient accrochées plusieurs batteries de casseroles en cuivre.

— C'est magnifique, madame Germaine ! Je n'avais pas osé tout regarder, jeudi matin, s'extasia-t-elle en tendant la main à la cuisinière, campée près d'un gigantesque fourneau à quatre feux.

— Il faut me dire Germaine tout court, mademoiselle, rectifia l'imposante femme, sanglée dans un tablier blanc. Voulez-vous du thé, ou du café ? Geneviève prenait du thé, elle.

— Non, rien, je vous remercie, j'ai pris mon petit-déjeuner. Je vous ai écrit le menu de ce soir. Madame m'a dit hier que j'irais au marché de Fontenay en fin de matinée. J'achèterai le nécessaire.

Germaine s'empara de la feuille de papier que lui tendait Isaure. Souriante, Nadine les observait.

— Tu n'as pas de travail, toi, peut-être ? aboya Germaine en désignant la porte. Faut faire la poussière du salon, nettoyer les commodités du rez-de-chaussée, battre le tapis du vestibule. Ouste, file donc !

— Oui, j'y vais tout de suite, marmonna la petite bonne, rouge de confusion.

— Monsieur compte sur moi pour la dresser. Je suis bien obligée de la mettre au pas, cette gamine, expliqua la grosse femme dans un soupir.

— La dresser ? répéta Isaure, indignée.

— Lui apprendre le métier, quoi. La règle d'or, ici, c'est de savoir être discret, du genre on ne voit rien, on n'entend rien, on ne cause pas. Le patron est pointilleux là-dessus.

— Monsieur Aubignac ?

— Ben oui, m'selle. Qui d'autre serait le patron, à part notre monsieur ? Mais je suis trop bavarde. Je vous prépare le plateau de madame. C'est à vous de l'arranger.

— Comment ça ?

— Zut ! Geneviève n'a pas eu le temps de vous former, on dirait. Il faut un napperon propre, bien blanc, et un verre en cristal pour le jus d'orange. Tenez, à propos, faudra racheter des oranges ; veillez à la qualité, surtout. Les tartines de pain de seigle doivent être sur une assiette précise, et changez souvent la couleur de l'assiette. Tant qu'il y a un liseré doré, ça plaira à madame. Le pain au blé lui donne des coliques. Elle mange que du seigle. Le boulanger de Fontenay en cuit pour nous. Voilà deux ramequins, un pour le beurre demi-sel, l'autre pour la confiture. La confiture, toujours à la figue l'hiver, à la framboise l'été.

Abasourdie par les exigences de Viviane Aubignac, Isaure se contenta d'approuver sans dire un mot. Quand elle dut soulever le plateau en bois peint, ses poignets tremblèrent.

— Vous n'allez pas lâcher et tout envoyer valdinguer, au moins ? s'inquiéta Germaine.

— Non, ça ira, mais la théière contient presque un litre, le pot de lait aussi. Je crains de renverser le verre de jus d'orange.

— Bah, c'est votre premier jour ; vous vous habituerez. Je vous ouvre la porte.

Heureusement, pendant qu'Isaure s'aventurait dans le vestibule, Nadine surgit d'un placard aménagé sous l'escalier.

— Suivez-moi à l'étage, mademoiselle, je vais vous guider. La chambre de madame est à mi-couloir. Monsieur est déjà parti, lui.

Les marches en marbre étaient couvertes d'un tapis rouge maintenu par des barres en cuivre. Si elle avait osé lever le nez du plateau, Isaure aurait admiré les lustres, les tableaux et les plantes vertes, mais elle se concentrait sur sa tâche.

Toujours souriante, la bonne tourna bientôt la poignée dorée d'une porte blanche.

— Vous n'avez plus qu'à pousser le battant du pied, et le tour est joué, chuchota-t-elle. Bon courage.

— Merci, vous êtes gentille.

Viviane accueillit sa gouvernante d'un regard larmoyant. Allongée sur son lit parmi un fouillis de soieries, de coussins et de draps roses, la jeune femme exhibait des jambes ravissantes, découvertes jusqu'à mi-cuisses. Sa chemise de nuit s'ouvrait sur des seins pointus à peine voilés par un pan de tissu arachnéen.

— Bonjour, madame, votre petit-déjeuner, déclara Isaure en essayant de ne pas fixer certains détails des sous-vêtements, plus jolis encore que ceux de Geneviève.

— Bonjour, Isaure. Je souffre du dos et du ventre. Aidez-moi à m'installer. Je n'ai aucun appétit, je dois me forcer, ordre du médecin.

En employée diligente, Isaure s'exécuta, un peu gênée par la tenue négligée de sa patronne. « Si son mari la voit aussi dénudée, matin et soir, ce n'est pas étonnant qu'il revendique ses droits », songea-t-elle. Une telle pensée ne l'aurait pas effleurée auparavant. Mais son rapide apprentissage des rapports physiques entre les hommes et les femmes l'avait éclairée sur bien des choses. Elle apprenait vite, dans certains domaines.

— Vous êtes habillée en dépit du bon sens, lui dit soudain Viviane. Du brun, du beige, du gris quand on a des yeux bleu outremer, un teint de lys et des cheveux noirs !

— Que devrais-je choisir comme couleur, madame ? demanda-t-elle sans montrer qu'elle était vexée.

— Du blanc, mais pas trop blanc, toute la gamme des bleus et aussi, éventuellement, des tissus à fleurs, de petites fleurs. Du noir aussi ; le noir vous ira très bien.

— J'y veillerai, madame. Avez-vous pu dormir, après ce qui s'est passé hier soir ?

Viviane lui décocha une œillade furieuse. Elle reposa sa tasse de thé au lait avec une telle violence que du liquide coula sur le napperon.

— J'ignore de quoi vous parlez, Isaure. Vous êtes impolie et indiscrète. Mon Dieu, pourquoi Geneviève m'a-t-elle quittée ?

Tremblante d'émotion, Isaure fut incapable de présenter des excuses. Elle se rassura en concluant que Viviane Aubignac était folle ou sujette à des crises de démence.

— Où sont mes cachets ? s'écria-t-elle en s'emparant du verre de jus d'orange. Je dois avaler deux cachets le matin. Seigneur, aidez-moi, Isaure, sinon je vous jette ce plateau à la figure.

— Je ferais mieux de vous débarrasser dans ce cas, madame. Quand on a souffert de la faim, de voir gaspiller la nourriture est pénible.

La jeune femme baissa la tête, haussa les épaules, prit une tartine et la grignota du bout des dents.

— Vous avez eu faim, je parie, dit-elle ensuite. Racontez-moi vos malheurs, ça me fera oublier les miens. Je vous ai engagée à cause des traces de coups sur votre joli minois et de votre air de martyr. J'ai besoin de côtoyer des gens au cœur brisé ; je me sens moins seule ainsi.

— Je crois comprendre, madame, répondit Isaure. Puis-je m'asseoir, tandis que vous prenez votre petit-déjeuner ?

— Faites, sur le tabouret de ma coiffeuse.

La coiffeuse était un meuble ravissant en bois laqué pourvu de trois miroirs orientables grâce à un jeu de charnières en métal doré. Isaure aperçut des pots en verre coloré, des poudriers en argent, des flacons de parfum, un service à cheveux en ivoire ouvragé.

— Je suis choyée, n'est-ce pas ? ironisa Viviane. Gâtée au-delà de mes souhaits. Je n'ai qu'une fonction, ici : être la belle épouse du directeur de la compagnie minière ; à ce titre, je dois recevoir, papoter, me plaindre de mes enfants, ce qui est de bon ton chez les notables. Je m'ennuie, Isaure, si vous saviez comme je m'ennuie ! Marcel m'a proposé des tas de distractions, mais aucune ne me convient. Je déteste le bridge, l'équitation, les chevaux, le piano, la couture. Il m'a même offert du matériel de peinture ; je devais me mettre à l'aquarelle, mais j'ai tout jeté au feu ; il était furieux. Là, vous allez me dire de votre voix grave sur un ton grave assorti : « Quand on a manqué de jouets, d'instruments de musique ou de boîte de peinture, ça fait mal au cœur ! »

— Non, madame, car je pouvais disposer de tout ça chez la comtesse de Régnier. Quant aux chevaux, parfois, en grimpant sur une barrière, je parvenais à monter sur leur dos et ils me promenaient sur quelques mètres. Je descendais vite, de peur d'être surprise par mon père.

— Ah ! Vous me surprenez. Mais enfin, pourquoi Clotilde de Régnier a-t-elle décidé de jouer les marraines, les bonnes fées se penchant sur votre berceau ? Je flaire un secret. Théophile, son époux, a pu violer votre mère et vous êtes la fille du comte ?

— Vous devriez écrire des romans, dit Isaure en souriant. Et vous faites erreur. Si j'étais la fille du comte, une fille née d'un acte odieux, la comtesse n'aurait eu aucune raison de m'apprécier, de me pousser à étudier, d'exiger que je reçoive un minimum d'éducation, ce qui perturbait mes parents. J'ai grandi avec la menace constante de madame la comtesse. « Que dira-t-elle, Isaure, si tu patauges dans la boue ? Nous serons chassés de la métairie, si tu n'as pas ton certificat d'études », et ainsi de suite. J'étais une sorte de jouet. Mais, au fond, cette dame se fichait de moi. Elle n'a jamais deviné que j'étais maltraitée, affamée et humiliée.

— Alors, elle se vengeait, j'ai vu juste. Son époux, l'horrible Théophile, l'a contrainte à veiller sur vous et, en cachette, elle payait votre père pour qu'il vous torture, débita Viviane exaltée, les yeux brillants. Les hommes sont des monstres, Isaure.

— Non, c'est faux, madame. Beaucoup d'hommes sont de vrais héros, nos courageux soldats, par exemple. Et tant d'autres ! Il ne faut pas juger la gent masculine en se basant sur quelques spécimens odieux.

— Quel langage châtié ! J'adore discuter avec vous, Isaure. Oh ! je suis tellement contente de vous avoir près de moi !

Encore une fois, Isaure douta de la santé mentale de cette ravissante personne, qui semblait dotée d'une vive imagination.

— Madame, reprit-elle, pour ce qui concerne ma naissance, je suis vraiment la fille de Bastien Millet, même si je le déplore.

— Comment en être sûre ? On sait forcément qui est notre mère, pas notre père. Votre maman a pu taire le viol qu'elle a subi. Pensez donc : un comte, on n'ose pas s'en plaindre.

— Je connais mes parents et ils s'aiment. J'ai six ans de moins que mon frère Armand, le fiancé de Geneviève. Comme, petite fille, j'avais la vilaine manie d'écouter aux portes par prudence avant d'entrer et d'être chargée d'une corvée, j'ai entendu mon père qui reprochait à ma mère de m'avoir eue. Il hurlait, fin saoul, qu'elle avait su l'embobiner un soir de printemps en lui faisant miroiter l'espoir de lui donner un troisième fils. Enfin, je vous passe les détails. Moi-même, à l'époque, je n'ai pas compris grand-chose, hormis le fait que je n'aurais pas dû naître.

— Mon Dieu, c'est affreux, gémit Viviane en fondant en larmes.

Elle sanglota longtemps, à demi couchée sur ses oreillers. Isaure décida de prendre le plateau, qu'elle posa sur une desserte.

— Où sont vos cachets, madame ? Je suppose qu'ils soignent vos nerfs malades ?

— Le tiroir de ma table de nuit, là. Excusez-moi, je pleure à cause de ma fausse couche, en octobre. Je l'aurais tellement aimé, ce bébé ! Je n'ai pas pu m'occuper comme je le souhaitais de mes deux autres enfants, sauf tout petits. C'est si mignon, un nouveau-né ! Ça donne un sens à la vie, on se sent forte, on veut le protéger. Mais ma belle-mère, une abominable harpie, me les a pris. Je les voyais seulement pendant les vacances, et encore. Ensuite, ça a été la pension religieuse parce que Marcel l'avait décrété. Il prétendait que je n'avais pas la fibre maternelle et qu'ainsi j'étais libre de m'amuser, de voyager. Alors, j'en ai profité, de ma liberté. J'allais souvent à Paris, dans ma famille, ou à Niort où des cousins habitent. Pour le fuir, Isaure, car il voulait surtout que je sois à sa disposition. Je le hais, je le méprise !

— Pourquoi l'avoir épousé ?

— Au début, on croit qu'il est possible de surmonter le manque de passion. On espère que l'amitié, l'argent et les enfants suffiront. L'argent, je l'apprécie pour toutes les belles choses qu'il nous permet de posséder. Si je quittais Marcel, ma sœur me mettait en garde : je perdais une position sociale enviée et une solide fortune. Moi, j'aurais juste voulu garder le bébé.

Viviane sanglota plus fort, pitoyable et attendrissante. Isaure lui fit avaler deux cachets avec du jus d'orange.

— Allons, calmez-vous, ce n'est pas votre faute si vous avez fait une fausse couche. Vous êtes plus jeune que votre mari, que j'ai croisé dans le village, parfois. Vous pourrez avoir un autre bébé.

— Non, c'est celui-là que je voulais, et Marcel ne me touchera plus, je le lui ai juré. Mon Dieu, je suis si fatiguée, Isaure, si lasse ! Je vais dormir. Ouvrez ma penderie, je vous donne une redingote à col montant en laine bleu marine. Il y a une cloche en feutre qui va avec. Vous serez chic pour le marché, à Fontenay. Très belle et très chic. Revenez vers quinze heures. Il faudra choisir ma toilette pour le dîner.

En ouvrant la penderie, Isaure retint un cri de surprise. Sur des cintres étaient alignés des robes, des fourreaux en soie à la dernière mode, des jupes, des corsages, des vestes.

— Madame, je préfère rester habillée ainsi,

protesta-t-elle. Geneviève m'a laissé tant de jolies choses !

— Si vous voulez, Isaure. Au moins, vous n'êtes pas servile, vous me tenez tête, murmura Viviane, somnolente. Ces cachets sont merveilleux, j'ai l'impression de m'envoler. Je vous dis un secret, petite Isaure : je hais mon mari parce qu'il m'a obligée à avorter. Personne ne doit le savoir, notre cher ami le docteur irait en prison. Geneviève était à Luçon, elle l'ignore et je préfère ça. Peut-être que, si elle était restée à mon service, je lui en aurais parlé, mais je n'ai pas eu le temps, elle m'a abandonnée. Mais Germaine, la cuisinière, elle a deviné, je crois. J'ai tellement pleuré, après ! Ne le répétez pas, à personne, jamais !

— Oui, madame, dit tout bas Isaure.

Sa fantasque patronne s'était endormie. Isaure sortit sans bruit en oubliant le plateau. Un dicton populaire trottait dans son esprit. *L'argent ne fait pas le bonheur.*

La Roche-sur-Yon, même jour, une heure plus tard

Justin Devers et Stanislas Ambrozy étaient assis face à face dans une petite pièce mal éclairée et sinistre qui servait de parloir. Le Polonais portait des menottes. Le teint blafard, sa tignasse grise en bataille, il affichait une expression chagrine, sans une once de révolte.

— Vous avez du nouveau, inspecteur ? questionna-t-il, prenant la parole le premier.

— Peut-être, mais j'ai besoin de votre collaboration, monsieur Ambrozy, répliqua le policier.

— Prenez pas la peine d'être poli. Vos

« monsieur », je m'en fiche. Ça ne fait pas sortir de prison.

— Mais écoutez-moi donc, à la fin, au lieu de récriminer ! Tout à l'heure, vous serez confronté à Charles Martinaud et…

— Quoi, Tape-Dur ? Pourquoi vous l'avez arrêté ?

— Laissez-moi parler, bon sang, coupa Devers, irrité. D'abord, répondez franchement : Alfred Boucard courtisait-il la même femme que vous, Maria Blanchard, une veuve du hameau de Livernière ?

Le mineur changea de couleur ; il devint écarlate. Il jeta un regard furibond autour de lui.

— Qui vous a causé de Maria ? cria-t-il.

— Tape-Dur. Nommé porion, il avait dans son équipe Gustave et Thomas Marot. Il leur a dit que vous fréquentiez cette dame, en la calomniant sur ses mœurs et en faisant de Boucard votre rival.

Stanislas se leva brusquement, les poings serrés sur sa large poitrine. Justin recula un peu, subjugué par la stature imposante du prévenu.

— Mais Tape-Dur a perdu la boule, il débite des âneries. En plus, inspecteur, il ne pouvait pas connaître Maria. Elle n'est pas de Faymoreau, et puis on faisait assez attention, à cause de mes enfants. Je n'osais pas leur dire que je voulais me remarier.

Justin approuva d'un signe de tête. Les propos du Polonais correspondaient à ceux de Maria Blanchard.

— Monsieur Ambrozy, vous comprenez ce qui me tracasse, à présent ? Tape-Dur ne sait plus quoi inventer pour expliquer son mensonge au sujet de Boucard, mais il ne ment pas sur un point : vous fréquentiez bien une femme à Livernière. Alors, d'où tient-il le renseignement ? Peut-être avez-vous confié vos projets à un de vos collègues ? Rasseyez-vous, je vous prie. Faites un effort, réfléchissez. Un détail peut vous échapper. Une cigarette ?

— Oui, ça, oui, je veux bien, marmonna Ambrozy.

— J'en ai acheté un paquet en arrivant place Napoléon. Charles Martinaud nous cassait les oreilles pour avoir de quoi fumer.

— Alfred Boucard, il n'aurait pas cherché à séduire une femme sérieuse comme Maria, affirma bientôt le Polonais. Il était coureur, tout le monde le savait, sauf son épouse. Ou bien elle refusait de le savoir.

— Je ne l'ai vu que mort, et dans un sale état, le front défoncé et le visage boueux, admit Justin. Sur une photographie aussi du genre cliché d'identité.

— Attendez, inspecteur ! s'écria Stanislas d'une voix fébrile. Je viens de me souvenir de quelque chose. C'était un dimanche ; j'allais rendre visite à Maria en vélo. J'étais presque arrivé et je la voyais qui me guettait du pas de sa porte. Là, j'ai croisé Alfred Boucard, en vélo lui aussi. Il avait son matériel de pêche, mais ça m'a frappé. Je l'ai trouvé bien propre sur lui pour un gars qui semblait revenir de la pêche, considérant la direction qu'il empruntait. On s'est salués de la main sans s'arrêter ni l'un ni l'autre. Je me suis dit qu'il avait dû passer la matinée dans sa cabane, au bord de l'étang du bois du couteau, sur le ruisseau des Orelles.

— Dites donc, vous êtes précis, avec un peu de

bonne volonté, nota le policier. Comment saviez-vous que Boucard avait une cabane là-bas ?

— Suffisait d'écouter causer les camarades dans la salle des pendus. Boucard était porion depuis pas mal de temps. Souvent, le samedi, il lançait des invitations, surtout à Jean Roseau, le brave Passe-Trouille.

— Et, bien sûr, aucun des mineurs n'a cru bon de me confier l'existence de cette cabane, enragea Justin.

— Pourquoi ils en parleraient ? Ils sont nombreux à posséder un cabanon et un ponton sur l'étang de Faymoreau. Ils y passent le dimanche en famille. Mais, les étrangers comme moi et les autres Polonais, on reste des Polaks. On n'a pas certains avantages.

— Je comprends et c'est déplorable.

— Je me plains. Ça me rend mauvais d'être enfermé, de penser à mon fils qui a besoin de moi. J'ai des sous de côté, la compagnie m'a proposé un bout de terrain au bord de l'eau pour pas cher, mais ça ne me disait rien.

— Résumons. Ce jour-là, Alfred Boucard a pu faire un lien entre vous et Maria, puisqu'elle vous guettait. Il aurait bavardé ensuite, et Tape-Dur s'en serait souvenu. Je dois l'interroger avant la confrontation. Vous m'accompagnez au commissariat en fourgon. Il y aura un brigadier et un gendarme avec nous, c'est le règlement.

— Inspecteur, je préfère pas voir Martinaud. J'aurais envie de lui casser la gueule. Dire des saletés sur Maria ! Il verra qui tape dur, quand je serai libéré… ou avant.

Justin Devers se leva, impassible.

— Tenez-vous correctement, sinon vous gâcherez vos chances d'être libéré. Votre fils tient le coup, votre fille aussi. Pensez à eux.

Un quart d'heure plus tard, le policier entrait dans le bureau qui lui était attribué depuis un an. Il s'y sentait chez lui. Un petit cadre était posé sur la table, un portrait de sa mère, et il avait punaisé au mur le plus proche les cartes postales de Paris qu'elle lui envoyait. C'était sa façon à elle de lui suggérer un retour dans la capitale dès qu'il se serait lassé de la province.

L'unique fenêtre donnait sur une cour où avait poussé un figuier. Deux casiers métalliques formaient un angle qui abritait une seconde table, plus étroite, réservée à la machine à écrire. Antoine Sardin s'était assis là, sur un tabouret.

— Je fais entrer Charles Martinaud, inspecteur ? demanda-t-il. Il n'en mène pas large, ce type, ça se voit.

— Il est nerveux ?

— Plutôt, oui.

— Allez le chercher, jubila Devers, certain de boucler l'enquête dans peu de temps.

— D'accord, chef… pardon, inspecteur.

À peine introduit dans la pièce, le mineur décocha un regard noir au policier. Il brandit en l'air ses poignets toujours liés par les menottes.

— Dites, ça vous amuse, de tourmenter un innocent ? rugit-il. Les camarades vont vous faire la peau, un jour.

— Des menaces ? se moqua Justin. Hélas ! non,

monsieur Martinaud, je n'ai pas envie de m'amuser. J'ajouterai même que la plaisanterie a assez duré. Vous feriez mieux d'avouer tout de suite ce que vous savez, ce que vous avez fait.

— Mais, bon sang de bois ! j'ai rien fait, moi. J'étais pas dans la galerie où on a tiré sur Boucard !

— Tout à l'heure, à l'*Hôtel des Mines*, vous m'avez dit que le bruit courait qu'Ambrozy possédait une arme. Je vous ai demandé où vous aviez eu cette information, car c'était un secret bien gardé. Vous ne m'avez toujours pas répondu, du moins pas de façon très convaincante, vous l'admettrez. Boucard a été tué avec un Luger de calibre 9,19. Effectivement, il appartient peut-être à Ambrozy. Nous le saurons quand nous le retrouverons. Alors, votre réponse ?

Le policier prenait un risque, car, en fait, Gustave et Thomas Marot avaient pu en informer leur nouveau porion la veille, avant l'heure de la débauche. « Non, ce sont des gars honnêtes, ils me l'auraient précisé quand j'ai discuté avec eux hier soir », se rassura-t-il.

— Je répète. Comment avez-vous su qu'Ambrozy avait un pistolet, vous en particulier ? interrogea-t-il d'un ton dur. Encore la confidence d'une des victimes ? Boucard, Passe-Trouille ou le vieux Chauve-Souris ?

— Mais j'en sais rien, moi, grogna le mineur, déstabilisé. Fichez-moi la paix, j'ai rien à dire, rien à voir dans votre bazar.

— Méfiez-vous. Ça va chercher gros en années de taule, complicité de meurtre ! fit remarquer Antoine Sardin, goguenard.

— Vous couvrez quelqu'un, renchérit Justin. Je trouverai vite de qui il s'agit. Dans votre intérêt, parlez, et j'en tiendrai compte. De toute façon, je vous envoie en détention provisoire pour faux témoignage. Je peux allonger la liste. J'ai la conviction que vous avez joué un rôle dans cette triste affaire et je vais le découvrir, votre rôle.

— C'est n'importe quoi, répliqua l'homme, livide. Je n'ai rien à dire parce que je sais rien.

— Moi, je sais qu'Ambrozy avait parlé du Luger à Boucard, une démarche loyale à l'égard d'un porion qui était en poste depuis des années. Donc, Boucard a pu révéler la chose à quelqu'un d'autre.

Justin se tut pour observer le mineur. Il perçut sa nervosité au trépignement de son pied gauche, à de fines perles de sueur sur son front et à son regard fuyant.

— Je répugne à employer la manière forte, soupira-t-il. Vous aurez tout loisir de réfléchir en cellule.

— Bon sang, vous pouvez pas me foutre en prison ! clama Charles Martinaud. Et ma femme, mes gosses, y vont s'inquiéter.

— Considérez que je fais ça dans le but de vous protéger, Tape-Dur. Ce serait dommage que je me prive du témoignage d'un type bien vivant, pour une fois, ironisa Devers, un vague sourire sur les lèvres. Ceux qui en savent trop finissent souvent une balle dans la tête. Il faut être prudent, le pistolet n'a pas refait surface. Bien, Sardin, amenez-nous Stanislas Ambrozy. Il a son mot à dire au sujet de Maria Blanchard.

Charles Martinaud roula des yeux affolés. Il parut

soudain se recroqueviller sur sa chaise. Pourtant, quand le Polonais entra, lui aussi menotté, il se mit à hurler :

— Assassin, sale Polak ! Tu t'es arrangé pour me foutre dans le pétrin, hein ? C'est lui l'assassin, vous entendez, lui, Ambrozy !

Stanislas le toisa d'un œil méprisant. Sans avancer d'un pas, il se pencha en avant, l'air terrible.

— Traite-moi de tous les noms, ça, je m'en fiche, Martinaud, mais redis du mal de Maria et tu passeras un mauvais moment, en prison ou dehors.

Sardin fit asseoir le prévenu à distance de Tape-Dur. Justin se plaça entre les deux mineurs.

— Monsieur Ambrozy, pensez-vous que votre collègue ici présent a pu s'introduire chez vous et dérober le pistolet, s'il savait que vous le possédiez ?

— Peut-être. On n'a pas toujours les mêmes horaires et je m'en allais souvent le dimanche, ces derniers mois.

— Très bien, nous serons rapidement fixés grâce au relevé des empreintes digitales effectué sur la boîte en carton où vous cachiez votre arme. Charles Martinaud, si vous êtes le voleur, autant l'avouer immédiatement. Les traces de doigts que vous aurez laissées vous trahiront.

— S'il n'avait pas mis de gants, chef, fit remarquer Antoine Sardin, ce qui lui valut un regard furieux de son supérieur.

Justin se promit de faire expédier son jeune adjoint le plus loin possible de Vendée. Il tenta de rattraper sa gaffe en bluffant.

— On peut l'envisager, Sardin, je vous l'accorde. Mais j'ai eu des nouvelles. Plusieurs empreintes ont été relevées, celles de monsieur Ambrozy, de son fils Pierre et d'autres également.

— Fumier, gronda alors le Polonais, espèce de fumier ! Je suis sûr que c'est toi, mon voleur, et pourquoi pas l'assassin, comme tu dis ?

— Je sais rien, je dirai rien, répéta Martinaud, la tête basse cependant. J'y comprends rien, à vos salades.

— Vous êtes un dur à cuire, déplora le policier. Sardin, occupez-vous de sa mise en détention. Monsieur Ambrozy, je vous demande encore un peu de patience. Je suis certain que vous passerez Noël en famille.

19

Les roses de Noël

Faymoreau, pavillon des Aubignac, six heures du soir

Isaure s'était installée dans le fauteuil, près du poêle qui dégageait une bienfaisante chaleur. Elle avait étendu ses jambes sur une chaise, au préalable garnie d'un coussin. La journée lui avait paru longue et elle s'était rarement assise, excepté dans la voiture. Bernard, le jardinier, avait troqué en fin de matinée son tablier et son bonnet pour une casquette noire et un veston, sa livrée de chauffeur, selon ses propres mots. Alerte sexagénaire à la moustache grise, le domestique s'était montré aimable et très respectueux avec la nouvelle gouvernante.

« Un homme charmant, Bernard, songea-t-elle en soupirant d'aise. Il ferait un bon grand-père, s'il s'était marié. Il a porté les paniers ; il refusait que je les prenne. »

Une foule d'images tournaient encore dans son esprit, des visions colorées et animées de sa plaisante expédition à Fontenay-le-Comte. Pour la première fois, elle avait dépensé de l'argent sans se soucier de la somme, étonnée qu'elle était d'être traitée en cliente aisée. Elle revoyait l'étal de la poissonnerie et croyait sentir l'odeur maritime qui s'en dégageait.

« J'ai acheté des huîtres pour demain soir et des coquilles Saint-Jacques. Que le quotidien doit être simple et agréable, quand on est riche ! »

Mais, au retour, elle avait trouvé Viviane Aubignac toujours couchée, dans un état presque comateux. Son mari rôdait dans le couloir et l'avait saluée d'un mouvement de tête sans lui dire un mot ni lui présenter des excuses pour son comportement de la nuit.

— Cette femme est désespérée, se dit-elle à mi-voix. Tout l'or du monde n'y changerait rien.

Elle ferma les yeux pour mieux savourer le confort et la tranquillité de son logement et pour se souvenir de la soirée précédente où elle s'était offerte à Justin Devers, sciemment, parce qu'elle le désirait. « Il m'a toujours troublée, en fait. Il est différent des gens d'ici, et sa manie d'ironiser, de se moquer de tout me plaît, même si je la lui reproche. »

Isaure en était là de ses méditations lorsqu'on toqua à la porte. Elle n'avait pas mis le verrou.

— Entrez ! cria-t-elle, déterminée à prendre un peu de repos.

Elle espérait la visite de Justin, mais ce pouvait être Denis, le fils de la cuisinière, qui faisait souvent office de messager ou de coursier. Sa surprise fut grande quand elle reconnut Thomas.

— Je ne te dérange pas ? s'enquit-il gentiment.

Il avait mis un imperméable en ciré noir et un bonnet gris. Dans sa main gauche, il tenait un bouquet d'hellébores, ces fleurs d'un blanc irisé de nuances vertes surnommées les roses de Noël.

— Je les ai cueillies pour toi dans le jardin de maman, dit-il en approchant du fauteuil. Isauline, je suis navré. Je n'aurais pas dû m'en prendre à toi aussi durement, mercredi soir. Je suis venu en discuter.

— Tu m'as pardonné ?

— Oui, sinon je ne serais pas là avec mon bouquet.

Vite, elle se leva et chercha ses chaussons. Le regard vert et or de Thomas, brillant de tendresse, la bouleversait.

— Tu es superbe. Quelle belle robe ! ajouta-t-il.

Afin de satisfaire Viviane Aubignac, Isaure avait revêtu la robe en velours noir au plastron brodé.

— Geneviève m'a laissé des affaires que lui avait données sa patronne, la mienne à présent. Voudrais-tu une boisson chaude, du café ou du thé ? Tu n'as pas le temps, sans doute…

— Isaure, rien ne me presse. Le samedi, on sort plus tôt.

Thomas quitta son imperméable et son bonnet. Il s'assit à la table. Il semblait presque intimidé.

— Tu as ton chez-toi, maintenant, dit-il. Et tes parents, ils n'ont pas cherché à te voir ?

— Non, ne parle pas de malheur. Je commence à vivre, à ne plus avoir peur, ni froid ni faim. Je cours un danger, celui de devenir aussi corpulente que Germaine, la cuisinière. Elle m'a donné une brioche, un pot de miel et du jambon sec. Alors, du thé ou du café ?

— Comme tu voudras.

Elle demeura silencieuse, occupée à mettre les

roses de Noël dans un vase, qui trouva sa place devant son visiteur.

— Tu te rappelles ? demanda-t-il en désignant le bouquet d'un mouvement de tête.

— Bien sûr, notre première rencontre devant la chapelle de Faymoreau. Des garçons de l'école m'avaient poussée et fait tomber dans une flaque d'eau boueuse. Ensuite, ils m'avaient pris mes sabots. Je pleurais sans oser me relever, et tu es arrivé. Tu étais un galibot de quinze ans, alors que j'en avais dix. Tu as couru après ces garnements et tu m'as rapporté mes sabots, mais, dans l'un d'eux, tu avais piqué des fleurs…

— … que j'avais arrachées en vitesse dans la cour du presbytère au passage, répliqua-t-il. Je voulais te consoler. Tu m'avais fait tant de peine, étalée par terre, toute pâle et le visage maculé d'éclaboussures !

— J'étais debout, quand tu es revenu. Je me souviens de ce que tu m'as dit : « Petite, ne pleure pas. Voilà tes sabots, mais ils sont fendus ; tu dois avoir les pieds trempés ! » J'ai arrêté de sangloter grâce aux roses de Noël, conclut Isaure. Je fais du thé à la bergamote, encore un petit cadeau de Geneviève, ma future belle-sœur.

— Une minute, je n'ai pas fini, protesta Thomas avec son sourire lumineux qui avait le don d'affoler le cœur de la jeune fille. Ce jour-là, c'était en décembre, je t'ai dit mon nom, et toi, tu as baissé le nez pour marmonner le tien. Isaure, je n'avais jamais entendu un prénom pareil. Tu avais l'air d'un chaton perdu et apeuré.

— Un banal chat mouillé, rectifia-t-elle. Je voudrais oublier cette époque, Thomas.

— Pas moi. À dater de notre première rencontre, je me suis juré de protéger la petite Isaure, que j'ai vite surnommée Isauline.

Elle lui tourna le dos, soucieuse de lui cacher son émotion. Préparer la théière, verser du lait dans un pichet, le moindre geste l'aidait à paraître indifférente et un peu distante.

— Si je remue le passé, c'est dans un but précis : te faire comprendre que nous sommes de vieux amis, tous les deux, et qu'on ne doit pas trahir l'amitié ni la renier. J'ai beaucoup réfléchi durant la nuit et ce matin. Toi, gentille comme tu es, si tu avais été à ma place, tu m'aurais pardonné, tu aurais eu soin de ne pas m'accabler. Je regrette ma conduite, Isaure. Accepte mes excuses. J'avais tellement peur pour le bébé que j'étais en pleine confusion. Jolenta avait mal au ventre. J'étais furieux, affolé, et je t'ai accusée de tous mes soucis.

— Je ne t'en veux pas, soupira-t-elle en s'asseyant à son tour. J'ai l'habitude, avec mon père.

— Ouais, c'est triste de l'admettre, mais, à ce moment-là, je ne valais pas mieux que lui.

Isaure n'y tint plus. Elle se décida à dévisager Thomas, l'air offensé.

— Pitié, ne te compare pas à cette brute ! supplia-t-elle. Jamais plus si tu es mon ami. Ne parlons plus de tout ça puisque tu es venu. Je croyais que je ne te reverrais pas, ou seulement par hasard, dans la rue ; dans ce cas, j'imaginais que tu m'éviterais soigneusement.

Rêveuse, elle lui servit du thé. Il fut sensible à sa

grâce, à la clarté nacrée de sa peau, à l'éclat de ses yeux d'un bleu si rare.

— Je suis bien, ici, déclara-t-elle sur un ton plus joyeux. J'ai eu tant de chance de remplacer Geneviève ! Aujourd'hui, Bernard, le jardinier-chauffeur des Aubignac, m'a emmenée au marché à Fontenay. Je jouais les grandes dames sur la banquette arrière de la voiture. Ces machines sont formidables ; elles vont plus vite qu'un attelage de quatre chevaux. J'ai acheté des oranges chez un marchand de primeurs, ainsi que des citrons et un ananas. Je mourais d'envie d'en goûter quand je logeais à La Roche-sur-Yon. Et la viande ! Si tu m'avais vue faire la difficile et questionner le boucher ! Je me suis vraiment amusée. Je m'amuse sans cesse depuis que j'ai cet emploi. Ah ! j'ai aussi acheté un cadeau pour Anne, mais avec mes sous. Tu vas voir, c'est ravissant.

Thomas l'avait écoutée, égayé. Après s'être relevée pour courir chercher un paquet dans le buffet, elle revint en riant tout bas.

— Je sais que ton père va à Saint-Gilles-sur-Vie, demain. Il lui remettra ça de ma part. Je ne peux pas m'absenter. Le dimanche, madame Aubignac a des cousins qui viennent déjeuner ou dîner, je ne sais plus…

— Qu'est-ce que c'est ? Montre-moi ! supplia-t-il, curieux.

— Une petite boîte à musique. Elle représente un manège de chevaux de bois. Ils tournent sur la mélodie, en montant et descendant. Il y a une minuscule clef dessous, qu'il faut tourner avant pour actionner le mécanisme. Tant pis, je la déballe. Je referai le paquet.

Bientôt, ils admiraient ensemble le précieux objet aux teintes pastel rehaussées de doré.

— Tu as dû le payer cher, ce jouet, s'inquiéta Thomas.

— J'avais un peu d'argent de côté. Je suis économe. Ici, par ailleurs, je vais toucher un très bon salaire. J'aime beaucoup Anne et elle m'aime bien, je crois. J'essaie de la distraire quand je suis là-bas.

— C'est très gentil de ta part d'avoir pensé à lui offrir un aussi joli cadeau. Je le lui donnerai moi-même, puisque je vais accompagner papa. Jolenta restera à la maison avec Pierre. Un trajet en train n'est pas conseillé dans son état.

— Sans doute. Embrasse Anne très fort de ma part. Tu ne lui as pas rendu visite depuis un bon moment, Thomas. Tu seras choqué : elle a changé. Enfin, on devine sa fin prochaine en la voyant. Ta petite sœur est courageuse. Elle sait qu'elle va s'en aller, mais elle rit quand même, elle raconte ses rêves et s'en remet à Dieu et à la Sainte Vierge avec la foi intacte des enfants innocents.

Au bord des larmes, Isaure se tut. Thomas lui prit la main et l'appela à mi-voix.

— Isauline, regarde-moi. Tu es généreuse et très courageuse, toi aussi. Je te remercie de m'avoir prévenu. Allons, regarde-moi dans les yeux et ne pleure pas. Nous sommes réconciliés, nous serons les plus forts, même contre la mort.

La voix du jeune mineur vibrait d'une insolite véhémence. Isaure lui obéit et le fixa, tremblante. Il lui souriait, auréolé de ses boucles d'un blond intense, irisé par la lumière de la lampe. Elle retint son souffle, les battements de son cœur s'accélérèrent et une faiblesse l'envahit, tant elle était effrayée et ravie de subir à nouveau le charme ineffable de Thomas. Il éclipsait le reste du monde, chassait tous les autres hommes d'un clin d'œil malicieux ou attendri. L'amour qu'il lui inspirait était au-delà du désir charnel, de l'attirance physique, au-delà des lois humaines et divines. Justin ne comptait plus, il avait été balayé loin du cercle magique où elle se tenait, merveilleusement heureuse de sentir sa main à l'abri dans celle de Thomas.

D'une phrase ordinaire, il rompit l'enchantement.

— Le thé va refroidir. Ce serait dommage.

— Oui, surtout que tu as ajouté du lait, murmura-t-elle.

L'instant étrange de communion qu'ils venaient de vivre leur laissait cependant une sorte de gêne mêlée de nostalgie. Isaure s'efforça de paraître naturelle, comme si rien ne s'était passé.

— Tu pourrais me rendre un service ? dit-elle. Jérôme a décidé de rester avec votre mère jusqu'à Noël. Il aurait besoin d'habits de rechange, de son rasoir et de sa méthode de braille. Je devais en parler à monsieur Marot avant demain. Tu t'en chargeras. Je n'ai pas très envie de m'aventurer dans le coron de la Haute Terrasse.

— À cause de Jolenta ?

— Un peu. Je préfère ne pas lui imposer ma présence. Elle m'en veut vraiment pour ma sottise.

— Au fait, vous avez renoncé à vos fiançailles, mon frère et toi ?

— Oui, d'un commun accord et en restant en

très bons termes. Je n'ai pas envie d'en parler ce soir, Thomas.

— Je comprends. Ne t'inquiète pas, je veillerai à apporter le nécessaire à Jérôme. Papa a été surpris, hier soir, qu'il ne soit pas revenu. Mais il en a déduit qu'en bon fils mon cadet avait tenu compagnie à maman au moins une nuit. Je suis content que ce soit pour tous les jours à venir. Tu as bien fait de me l'expliquer, sinon nous l'aurions attendu ce soir. Merci, Isauline, ma petite Isauline.

— J'ai grandi, Thomas, protesta-t-elle d'une voix douce.

Il approuva d'un hochement de tête, conscient qu'il s'obstinait à la traiter de fillette comme pour ne pas voir la femme en elle, une très jeune femme d'une beauté envoûtante.

— Tu as grandi, je sais, tu as changé, surtout, avoua-t-il. Bien, je m'en vais, cette fois. Jolenta doit commencer à s'impatienter.

— N'oublie pas la boîte à musique. Je refais l'emballage en vitesse.

Thomas remit son ciré noir et son bonnet. Il déambula dans la pièce, observa une aquarelle représentant l'étang du château et jeta un bref regard sur l'étroite porte du cabinet de toilette, dont les panneaux étaient tapissés de papier à rayures.

— Qui a fracassé le chambranle ? s'étonna-t-il. La serrure est cassée, on dirait.

— Je n'en sais rien, Thomas, s'empressa de répondre Isaure. Le jardinier réparera ça bientôt. Le pavillon est resté inoccupé plusieurs mois ; des gamins ont dû entrer et y faire du dégât... J'ai terminé, je te confie mon cadeau pour Anne. Fais-y attention.

Solennelle et rieuse, elle lui tendit le paquet, ficelé d'un ruban rose. Il s'inclina galamment, puis il se rapprocha et embrassa la jeune fille sur le front.

— Profite bien de ta nouvelle vie, Isauline, chuchota-t-il.

On frappa à l'instant précis où Thomas s'apprêtait à sortir. Il ouvrit par réflexe et se trouva en face de Justin Devers.

— Bonsoir, inspecteur, dit-il avec une mimique de surprise. Du nouveau dans l'enquête ?

— Je ne viens pas en tant que policier, rétorqua-t-il. Au revoir, monsieur Marot.

Isaure soupira, agacée. Elle aurait tellement voulu être seule après le départ de Thomas pour penser à lui et revivre chacune des secondes qu'ils avaient passées là tous les deux ! « Peut-être sous la protection de la fée Mélusine », songea-t-elle.

À l'expression contrariée d'Isaure, Justin s'aperçut très vite qu'il avait commis une erreur. Lui qui voulait la complimenter sur sa robe et sur sa coiffure, il ne put que murmurer un mot d'excuse sur un ton embarrassé.

— C'était bête et inutile, de dire ça à Thomas, répondit-elle. Il était venu me présenter des excuses. Il m'avait pardonné et vous lui laissez entendre que nous avons des relations amicales, ou plus particulières encore.

— Isaure, j'ai été surpris de le trouver là, chez toi. Mais qu'avait-il à te pardonner ?

— Il vaudrait mieux me vouvoyer comme avant et ne pas venir ici trop souvent. Je tiens à ma place.

— Je croyais que ça ne te dérangeait pas. Il n'y a personne qui puisse entendre, de toute façon. Isaure, j'avais une telle hâte de te revoir ! Alors, pourquoi Thomas t'a-t-il fait des excuses et pourquoi devait-il te pardonner ?

Exaspérée par l'attitude du policier, elle effleura les roses de Noël du bout des doigts.

— Est-ce un interrogatoire en bonne et due forme ? s'écria-t-elle. Vous manquez de perspicacité, inspecteur. J'ai causé des torts à monsieur Ambrozy. Jolenta en est tombée malade. Thomas était furieux et il m'a reproché d'avoir bu, d'avoir parlé du pistolet. Mais il regrettait de s'être emporté et il est venu m'offrir ce bouquet. Nous sommes réconciliés. Il n'y a là aucun mystère ni rien d'extraordinaire.

— Thomas, encore et toujours Thomas. Ne te fatigue pas, je n'ai pas besoin d'explications. Tu l'aimes et tu l'aimeras comme une idiote pendant des années. Il te fallait un professeur, un pygmalion, et j'ai fait l'affaire, mais, à présent, je dois disparaître. Enfin, Isaure, qu'espères-tu ? Ce type est marié à une très jolie femme. Ils vont fonder une famille. Tu comptes détruire leur couple, ou bien te débarrasser de ta rivale, lui jeter un sort afin qu'elle meure en couches ?

Sidérée par la verve de Justin, qui semblait en proie à une colère froide, Isaure resta sans voix.

— Comment peut-on gâcher sa jeunesse pour un homme ? ajouta-t-il en lui adressant un regard pathétique.

— Vous vous égarez, dit-elle enfin. Je ne sais pas

jeter des sorts et je ne veux pas de mal à Jolenta. Calmez-vous, si vous êtes jaloux.

— Je suis jaloux et surtout déçu, affirma-t-il. J'ai cru au miracle, la nuit dernière. Je tombe de haut.

Le policier avisa le bouquet de fleurs sur la table. Il eut un rire amer où perçait la moquerie.

— Des hellébores, une plante qui passait pour être magique, jadis, et réservée à la magie noire. On l'appelle l'herbe aux fous, souvent, car elle soignerait la démence. Une plante très toxique, aussi dangereuse que l'amour, déclara-t-il.

— Ce sont surtout des roses de Noël, baptisées ainsi en raison d'une légende. Je l'ai appris en lisant un traité d'herboristerie. Une bergère voulait rendre hommage à l'Enfant Jésus, la nuit de sa naissance. Il neigeait et la pauvre Madelon n'avait aucun cadeau, ce qui la faisait pleurer. Un ange vit ses larmes sur la neige et les changea en une fleur blanche en forme d'étoile, la rose de Noël. Voyez-vous, Justin, on peut présenter deux versions des choses : la noire, obscure et maléfique, ou la blanche, tissée de lumière et de bonté.

Elle ramassa les tasses sales et la théière qu'elle alla déposer dans l'évier. L'inspecteur Devers se sentit le plus misérable du monde.

— Je suis navré. Pardonnez-moi, Isaure. Depuis ce matin, j'attendais le moment de vous retrouver, de vous embrasser. Je souffre d'une crise de romantisme et j'ai peine à reconnaître en moi le flic parisien prompt à ironiser ou à jouer les indifférents auprès des dames, même si elles m'ont offert leurs faveurs. Dites, vraiment, vous souhaitiez seulement acquérir de l'expérience au lit ? Perdre votre virginité pour vous venger d'un père odieux ? Si Millet l'apprenait, il me tuerait sur-le-champ.

— Sans aucun doute, répliqua-t-elle, émue par sa détresse. Aussi, vous feriez bien d'éviter les ragots à notre sujet. Déjà, si on vous voit entrer chez moi à n'importe quelle heure, je pourrai chercher un autre emploi et dire adieu à mon poste d'institutrice, l'an prochain. Justin, vous me donnez l'impression que j'ai mal agi à votre égard. Pourtant, j'ai été très heureuse, la nuit dernière, grâce à vous. Et j'étais sincère : vous me plaisez.

L'aveu parut suffisant au policier. Il la rejoignit et l'enlaça, tremblant de désir, amoureux à en perdre la tête.

— Un baiser, rien qu'un baiser au moins, ou davantage. Je mets le verrou, j'éteins la lampe et nous reprenons les leçons. Tu es une élève exceptionnelle, et belle, belle à damner un saint.

Mais elle le repoussa avec fermeté en lui souriant.

— Je suis désolée à mon tour, je dois refuser. Hier soir, je vous ai parlé de certaines choses, l'avant et l'après une certaine période chez les femmes. C'était juste avant, mentit-elle.

— Je comprends, excusez-moi... Non et non, le vouvoiement me rend triste, comme si tu dressais une barrière entre nous. Permets-moi de te tutoyer, au moins.

— Nous verrons ça demain, plus tard, Justin. Dans une heure, je dois être dans la cuisine de la grande maison pour surveiller l'agencement des plats et vérifier si la bonne a dressé la table de la salle à manger selon mes consignes. Déjà, j'ai passé le début de l'après-midi à m'occuper de madame

Aubignac, à l'aider à faire sa toilette, à la coiffer, à lui choisir une robe et des bijoux.

— Je ne te dérangerai pas longtemps, dans ce cas, mais accorde-moi quelques minutes. Isaure, je te fais entièrement confiance et je vais te le prouver. J'ai bien du nouveau dans l'enquête et j'ai besoin d'exposer mes idées. Je renonce à procéder ainsi avec mon adjoint. C'est un imbécile ; il accumule les gaffes.

— Je te promets d'être discrète. Je ne tiens pas à commettre une nouvelle erreur. De plus, je serais contente de t'aider.

— Peut-être que ton erreur aura eu une conséquence positive, comme la petite étincelle qui met le feu aux poudres. Bon, voici mes déductions. Je soupçonne fortement Marcel Aubignac d'être le vrai coupable. Alfred Boucard et lui devaient avoir la même maîtresse, et monsieur le directeur a décidé de supprimer son rival. L'un est un type porté sur les femmes, comme l'était l'autre de son vivant, j'en ai acquis la certitude. Pour ce qui est d'Aubignac, les jérémiades de son épouse prouvent qu'il est exigeant dans ce domaine, au point, selon moi, d'avoir lui-même empoisonné ses chiens. Par chance, j'ai écouté sa femme se plaindre quand j'étais planqué dans le cabinet de toilette. Ce genre de rustre me répugne. Il ne respecte pas son chagrin d'avoir fait une fausse couche ni ses soucis de santé.

Isaure demeura pensive un court instant. Elle songeait aux paroles de sa patronne et à son désespoir.

— Viviane Aubignac ne va pas bien du tout, dit-elle sans hésiter. Ce matin, elle m'a avoué qu'elle hait son mari. Elle n'a jamais osé le quitter, retenue par son existence dorée, oui, l'argent à volonté. Il paraît qu'il éloigne leurs deux enfants sous prétexte qu'elle serait incapable de les élever. Bien pire encore, elle n'aurait pas fait une fausse couche, il l'aurait obligée à avorter. Je ne sais pas si on peut la croire, elle me paraît un peu dérangée, et tellement nerveuse, sujette à des sautes d'humeur. Surtout, garde ça secret, elle m'a suppliée de ne pas en parler. Sûrement parce que le docteur est un ami et qu'il aurait de graves ennuis.

Le policier reprit la jeune fille dans ses bras et lui donna un baiser sur la joue. Il exultait, pressentant qu'il aurait bientôt la solution de l'énigme.

— Tu viens de m'éclairer, Isaure, de jeter une immense lumière sur les zones d'ombre qui me posaient problème. Je crois que j'ai vu juste, à propos d'Aubignac.

— Au point où nous en sommes, explique-moi, trépigna-t-elle, intriguée autant que passionnée par son implication dans l'enquête, tout à coup.

— La maîtresse d'Alfred Boucard, je parie que c'est Viviane Aubignac. Bon sang, j'ai eu raison d'envoyer Martinaud en prison. Je l'ai sous la main, il va cracher le morceau, comme on dit chez nous. C'est évident. Écoute-moi. La jolie épouse du directeur de la compagnie s'ennuie et elle cède à la séduction du porion qu'elle a pu rencontrer je ne sais où. Aubignac apprend qu'elle le trompe, puis il découvre qu'elle porte l'enfant de son amant. Il la fait avorter et décide d'éliminer Boucard. Son statut de directeur lui permet de connaître les galeries du puits du

Centre et d'aller à sa guise rejoindre une équipe, déguisé en gueule noire.

— Pourquoi aurait-il utilisé l'arme de Stanislas ? Il est assez riche pour acheter un pistolet.

— Ce type est malin et c'est un grand ami du procureur, en plus. Avant de tuer Boucard, il a cherché qui faire accuser. Un Polonais au caractère irascible convenait parfaitement. Il reste à savoir le rôle exact de Tape-Dur… enfin, de Martinaud, mais ça devient encore plus clair. Aubignac a nommé son complice porion et il a vite relogé sa famille dans le coron des Bas de Soie. Bon sang, ça lui est monté à la tête, d'être directeur et ami du procureur. Il s'est cru insoupçonnable, ma parole. Cela dit, j'aurais pu passer à côté, n'eût été la bourde énorme de Martinaud.

— Justin, je viens de me souvenir d'une chose bizarre, s'écria Isaure. Viviane Aubignac m'a dit, toujours ce matin, que deux porions redoutaient un accident, la veille, à cause d'une poche de gaz, quelque chose comme ça. Je ne peux pas répéter les termes exacts.

— Boucard a donc pu en informer Aubignac, qui a sauté sur l'occasion. Il espérait enfouir son crime sous des tonnes de gravats. Si ça échouait, en dernier recours il pouvait faire accuser Ambrozy. Tu m'as entendu, cette nuit, discuter avec lui ? J'ai fait exprès de parler du pistolet et, comme par hasard, à six heures ce matin, Charles Martinaud était au courant. Il s'est trahi en beauté. Isaure, mon trésor, je crois que tu vas perdre ta place, quoi qu'il arrive.

— Je t'en prie, ne m'appelle pas ainsi, c'est ridicule. Je ne suis pas un trésor, encore moins le tien.

— Maman me disait ça quand j'étais gamin.

Isaure soupira, attendrie. Malgré l'amour qu'elle éprouvait pour Thomas, l'inspecteur Devers avait le don de l'attirer et de la faire rire. De plus, elle avait conscience en son for intérieur que sa qualité de policier mettait du piment dans leur relation.

— Hélas ! il y a un os, ronchonna-t-il. Le fameux Luger, l'arme du crime, aurait dû réapparaître depuis longtemps. C'est une pièce à conviction indispensable. Où est caché ce maudit pistolet ?

— Marcel Aubignac l'a jeté au fond d'un étang, suggéra Isaure.

— Non, il devait le garder et s'arranger pour que je le retrouve chez Ambrozy.

— Que faire, maintenant ? Ta théorie se tient, mais, quand même, tu peux te tromper. Moi, je vais être en retard et on va envoyer Denis aux nouvelles. C'est le fils de la cuisinière.

Justin chercha, soucieux, le meilleur moyen de procéder. Il ne pouvait pas arrêter sans preuve sérieuse le directeur de la compagnie minière, qui était très ami avec le procureur.

— Je ne me trompe pas, cette fois. Je dois retourner à La Roche-sur-Yon et obtenir des aveux de Martinaud. Demain, je reviendrai avec des gendarmes et, si elle ne craint plus son époux, car elle en a peur, Viviane Aubignac nous racontera sa version de l'affaire. Mais nous sommes dans le vrai, Isaure, nous touchons au but. Ce soir, sois prudente. Reste naturelle et ne t'attarde pas chez ces gens. Quand tout sera réglé, au fond, si madame Aubignac gère la fortune de son époux, elle te gardera quelques mois à son service. Tu sauras la consoler.

— Je voudrais bien, sinon je ne sais pas où j'irai pour rester libre, pour ne pas retomber entre les sales pattes de mon père.

— Inutile de t'inquiéter, le monde est vaste. Je suis là, Isaure, près de toi. Je t'aiderai, comme ami ou comme amant, tu auras le choix. Va vite jouer ton rôle de gouvernante ; je préfère qu'on ignore ma présence ici.

Elle approuva, enfila son manteau et sortit en toute hâte sans même songer à lui donner un baiser. Seul dans le pavillon, l'inspecteur Devers lutta contre l'envie de jeter les roses de Noël dans le poêle. Il s'estima aussitôt stupide et alluma un cigarillo en contemplant d'un œil mélancolique le lit où il avait vécu les heures les plus enivrantes de sa vie.

*

Isaure avait emprunté la porte de service qui donnait sur la grande cuisine. Troublée à l'idée de pénétrer chez un éventuel assassin et de quand même veiller à la bonne marche d'un dîner d'un air impassible, elle se réjouissait cependant de discuter avec Germaine, de pouvoir toucher de magnifiques pièces de vaisselle, de rassasier ses yeux du spectacle des corbeilles de fruits et des panières de légumes.

Suspendues au-dessus de la longue table, deux grosses lampes à abat-jour en porcelaine blanche éclairaient la pièce. Mais il n'y avait personne dans la pièce ni aucun bruit dans le cellier voisin où étaient stockés les produits à préserver de la chaleur.

Elle vérifia néanmoins si Denis ou sa mère ne s'y

trouvaient pas. Le lieu était vide et obscur, mais elle perçut l'odeur un peu forte des langoustines et celle, plus iodée, de la bourriche d'huîtres.

— Mais rien n'est prêt, constata-t-elle tout bas en s'aventurant près du gigantesque fourneau.

Isaure fut rassurée quand des pas rapides retentirent dans le vestibule. Nadine pointa le bout de son nez et poussa un petit cri étonné.

— Mademoiselle Millet, qu'est-ce que vous faites ici ? demanda la bonne en trottinant vers elle en manteau et chapeau. Je me dépêche, mon oncle m'attend devant l'église. Il me ramène à Vouvant en camionnette. Denis ne vous a pas avertie ? Monsieur nous a donné congé jusqu'à lundi. Le dîner de ce soir est annulé. C'est moi qui ai téléphoné aux invités. Je n'avais jamais eu le droit de toucher à l'appareil. J'étais toute fière.

— Pour quelle raison le repas est-il annulé, Nadine ?

— Madame est trop malade, une migraine affreuse, paraît-il. Elle a vomi, la pauvre.

— Moi qui avais acheté plein de choses pour ce soir, demain midi et demain soir, déplora Isaure. Les langoustines seront fichues.

— Vous verrez ça lundi avec Germaine. Monsieur n'accorde pas souvent de congés. Aussi, son fils et elle, ils ont filé dès cinq heures, de même que Bernard, qui est parti à vélo. Allez, je me sauve, mademoiselle.

Elle disparut par la porte de service. Isaure fut tentée de la suivre, car ce changement subit dans l'ordre établi lui semblait de mauvais augure. « Je me fais des idées, se dit-elle. Si Justin n'était pas venu, si j'ignorais ses soupçons à l'encontre de monsieur Aubignac, je n'aurais pas d'appréhension. Je suis gouvernante, je n'ai qu'à monter chez ma patronne et lui demander si elle a besoin de moi. »

Malgré son raisonnement, la grande maison silencieuse lui paraissait pleine de menaces larvées. La salle à manger et le salon étaient plongés dans la pénombre, comme si Viviane et son mari s'étaient volatilisés.

— Je n'aime pas ça du tout, chuchota-t-elle en bas de l'escalier.

Elle tendait l'oreille dans l'espoir d'entendre un bruit, même infime, ou l'écho d'une discussion. Elle entreprit de gravir les marches une par une, avec lenteur, la main sur la rampe pour se hisser plus souplement. Souvent, elle se retournait et scrutait le vestibule, lui aussi envahi par la nuit d'hiver. Une faible luminosité provenait de l'étage, qui lui permettait de distinguer les barres en cuivre qui retenaient le tapis en velours rouge.

— Madame ? appela-t-elle à mi-parcours, sans obtenir de réponse.

L'angoisse lui nouait la gorge. Elle renonça à hausser le ton. Pourtant, parvenue sur le palier, elle eut la sensation d'une présence humaine quelque part dans une des chambres. C'était un sentiment ténu, mais elle longea deux portes sur le qui-vive pour s'immobiliser devant la troisième. « La chambre de monsieur Aubignac. Il est là, j'en suis sûre. Je dois m'en aller. Où est sa femme ? Que lui a-t-il fait ? »

Ses pensées se bousculaient, affolantes. Isaure imagina une tragédie dont elle serait l'unique témoin. Aubignac avait pu tuer Viviane et il s'apprêtait à fuir. S'il la découvrait dans le couloir, il n'aurait pas le choix : il l'abattrait comme il avait abattu le porion.

Elle recula d'un pas, la bouche sèche et le cœur battant à grands coups saccadés. Mais la voix de Viviane s'éleva, pâteuse et languide, de l'autre côté du battant en chêne sombre.

— Qui est là ? Marcel… entre ! Marcel, entre donc !

Rassurée et soudain envahie par l'impression trompeuse que tout était presque normal, Isaure se précipita dans la pièce. Elle se trouva nez à nez avec le canon du pistolet que tenait sa patronne à la hauteur de leur visage, les bras tremblants sous l'effort.

— Petite sotte, cracha Viviane, j'aurais pu vous tuer. Fichez le camp, sauvez-vous. Qu'est-ce que vous faites encore dans la maison ? Marcel a congédié les domestiques. Vous ne deviez pas venir ici.

— Personne ne m'a prévenue, madame. Baissez cette arme, je vous en supplie, c'est dangereux, articula Isaure du ton le plus calme possible.

— Non, je ne dois pas le rater, Marcel, lui qui se prétend un type bien. Si vous saviez, Isaure, comme il sue la peur à grosses gouttes, aujourd'hui, le saligaud ! C'est à cause de l'inspecteur. Eh oui, parce qu'il a mis Tape-Dur en prison. Et Tape-Dur va causer.

Insensiblement, au rythme de ses tressaillements nerveux, le canon du Luger baissait. Il était à présent dirigé vers la poitrine d'Isaure.

— Madame, si vous tirez sur quelqu'un, vous aussi irez en prison. Moi, je ne vous ai rien fait. Posez le pistolet ; nous pourrions discuter, toutes les deux.

Comme ramenée à la réalité, Viviane laissa retomber ses bras, mais elle garda l'arme dans sa main droite, le long de sa cuisse.

— Marcel m'a ordonné de préparer une valise pour lui et une pour moi, expliqua-t-elle, son regard vert voilé et lointain. Il est parti à l'*Hôtel des Mines* récupérer de l'argent dans son bureau. Dans cinq minutes, il sera là. Si vous saviez ce qu'il a osé faire dès que vous êtes partie cet après-midi ! J'étais encore étourdie par les cachets ; il est entré et il m'a giflée. Ensuite, il m'a prise de force. Un vrai fou ! Je n'ai pas pu crier, il appuyait son poing sur ma bouche.

Isaure décida d'en avoir le cœur net. Très bas, de son timbre grave et apaisant, elle demanda :

— Vous voulez tuer votre mari à cause de ça ? Parce qu'il vous a obligée à avoir des relations ?

— Il voulait me saillir comme une bête, vous voulez dire, se vautrer sur moi, me secouer, donner trois coups de reins et se retirer. Non, il ne mérite pas de vivre. Il a tué quelqu'un que j'aimais et mon bébé aussi. Je dois les venger. J'ai été plus maligne que Marcel, j'ai trouvé ce pistolet, ici même, dans la commode. Je savais qu'un des tiroirs avait un double fond. Je le lui ai pris et je l'ai caché beaucoup mieux. La preuve, je suis armée, maintenant, et il va me payer tout le mal qu'il m'a fait…

— Votre mari vous a avoué le crime ? questionna Isaure avec douceur.

— Pas tout de suite, mais j'ai deviné. Je l'interrogeais sans cesse, le matin et le soir. Il niait, il accusait n'importe qui. Seigneur, quand le Polonais a été arrêté, comme il était soulagé, le directeur de la compagnie minière, un si bon patron, tellement à l'écoute de ses gueules noires ! Là, il a senti que je savais la vérité sur lui et son complice, Tape-Dur. Il m'a menacée : « Si tu parles à la police, je te tue et ensuite je me tire une balle dans la tête. Pense à nos enfants, les pauvres petits ! »

Isaure aurait donné cher, à cet instant, pour retrouver le policier et lui raconter ce qu'elle savait. Mais elle était seule avec Viviane, et Marcel Aubignac allait arriver.

« Que faire ? se demanda-t-elle, prise de panique. Justin comptait se rendre à La Roche-sur-Yon pour arracher des aveux à Tape-Dur. Je ne peux pas lui téléphoner, s'il est déjà en route. »

— Sauvez-vous, Isaure, implora Viviane, je ne voudrais pas que mon mari s'en prenne à vous…

— Madame, venez avec moi. Si nous nous dépêchons, nous pouvons sortir par la porte de service. L'inspecteur devait s'en aller ; peut-être est-il encore à Faymoreau. Vous lui remettrez le pistolet. Quant à votre mari, il sera arrêté et emprisonné. Ensuite, vous vivrez à Paris, près de votre sœur et de vos parents. Vous aurez enfin le droit d'élever vos enfants.

— Je n'ai plus envie de vivre, Isaure, ni à Paris ni ailleurs. J'aimais Alfred. Il était tendre et beau, et il me comprenait.

— Mais enfin, pensez plutôt à votre fils et à votre fille. Ils sont plus importants que tout.

— Mes enfants seront heureux avec leur grand-mère. Partez, sinon je tire !

Terrifiée, Isaure garda cependant son sang-froid. Elle recula d'un pas tout en cherchant comment convaincre Viviane de la suivre. Elle n'eut pas le temps de trouver un argument. Des pas pesants ébranlèrent le parquet du couloir, et Marcel Aubignac fit irruption dans la chambre.

20

Un ange s'en va

Faymoreau, chez les Aubignac,
même soir, même heure

Isaure fut tétanisée en croisant le regard de Marcel Aubignac. L'homme la fixa un instant, l'air incrédule, puis il agita un index menaçant en direction de son épouse. Dès lors, tout se déroula à une vitesse hallucinante, dans un concert de cris affreux. Aubignac hurla un non interminable en voyant son épouse pointer le pistolet sur lui. Viviane émit un étrange son rauque, proche de l'aboiement d'une bête enragée, tandis qu'Isaure, d'instinct, se jetait en arrière en poussant une plainte aiguë, jaillie du plus profond d'elle-même. Il y eut dans la même seconde une détonation assourdissante.

Le docteur Boutin, qui fermait les volets de son cabinet, sursauta. Il était chasseur et il avait été médecin de l'armée ; il ne pouvait s'y méprendre : on avait tiré dans la maison voisine, chez ses amis. Sa femme accourut, tremblante.

— Tu as entendu, Roger ? Ça venait d'à côté. C'est bizarre, quand même. D'abord, on nous décommande pour le dîner. En plus, c'est la petite bonne qui est chargée de la commission avec son accent épouvantable. Maintenant, il y a ce coup de feu.

— Je vais voir ce qui se passe, ne bouge pas d'ici. Je crains le pire, Jeanne.

— Sois prudent. Emporte ta trousse au cas où quelqu'un serait blessé.

Il suivit ses conseils et se rua à l'extérieur, inquiet pour Viviane, surtout. Depuis quelques jours, son état nerveux avait empiré. Elle prenait des calmants, buvait et se montrait parfois incohérente dans ses propos. « Pourtant, Marcel n'a pas d'arme ! Et pourquoi annuler les invitations au dernier moment ? » se demandait-il.

En habitué des lieux, il traversa le parc et courut jusqu'à la porte principale, qui était fermée. Il n'y avait aucune lumière aux fenêtres du rez-de-chaussée, et ce détail acheva de l'effrayer. Il passa par l'entrée des domestiques, vaguement ému en se souvenant de l'époque où il était l'amant de Viviane, cinq ans auparavant. Ils se contentaient d'étreintes rapides dans sa chambre, pendant les absences si fréquentes du directeur de la compagnie. Boutin en gardait une certaine nostalgie, la jeune femme ayant un corps ravissant, un parfum grisant et une soif de plaisir qui l'excitait, mais qu'il n'avait pas su assouvir.

Dans le vestibule, gêné par l'obscurité, le médecin actionna l'interrupteur électrique. Des sanglots et des gémissements lui parvinrent de l'étage.

— Seigneur, qu'est-ce qui se passe ? s'exclama-t-il. Viviane ?

Il monta l'escalier quatre à quatre, vite essoufflé. Un appel aux résonances tragiques le guida.

— Venez vite, au secours !

La voix, jeune et grave, ne lui était pas familière.

Haletant, Boutin se précipita dans l'unique chambre éclairée. Dès qu'il entra, une odeur de poudre le saisit et le tableau qu'il découvrit lui arracha un cri horrifié. Marcel Aubignac gisait sur le sol, la poitrine ensanglantée, secoué de spasmes, bouche bée et les yeux révulsés. Une silhouette féminine était penchée sur lui, dont il ne vit d'abord qu'une longue natte noire sur le velours noir de sa robe. Elle tenait entre ses mains tremblantes un linge déjà imbibé de sang. Quant à Viviane, assise au bord du lit, elle riait et pleurait avec une expression démente qui le glaça. Elle tenait un pistolet à bout de bras.

— Il n'y avait qu'une balle. Dommage, dommage, dommage, dommage ! répétait-elle comme une incantation.

Le médecin para au plus pressé. Il arracha l'arme des doigts de son ancienne maîtresse, puis il s'agenouilla pour examiner le blessé. Isaure en profita pour se relever.

— Il est encore vivant, balbutia-t-elle.

— Oui, mais touché au poumon gauche, pas loin du cœur, rétorqua-t-il. Il faut le transporter de toute urgence à l'hôpital. Vite, descendez téléphoner. Demandez une ambulance.

— Mais où ? s'écria-t-elle.

Boutin la regarda. Son visage ne lui était pas inconnu ; pourtant, il aurait été incapable d'y mettre un nom.

— Vous êtes blessée aussi, mademoiselle ? s'inquiéta-t-il en constatant qu'elle avait des traces de sang sur le front et les mains.

— Non, docteur, j'essayais de comprimer la plaie.

J'ai lu qu'il fallait faire ça, parfois. Mais dites-moi vite où je dois appeler.

Il la sentait d'une extrême nervosité, en état de panique. Après avoir réfléchi intensément et en estimant les chances de survie d'Aubignac, il changea d'avis et déclara d'un ton sec :

— On perdrait un temps précieux en faisant venir une ambulance de La Roche-sur-Yon. Si vous avez la force de courir, mademoiselle, allez prévenir le personnel de l'*Hôtel des Mines*. Je vous indique un raccourci : vous sortez par la porte-fenêtre au fond du vestibule et vous rejoignez le mur d'enceinte du parc ; à gauche, vous trouverez une porte qui donne dans mon jardin ; le terrain est en pente ; vous allez sur la droite, vous franchissez un portillon en fer forgé et, là, un sentier descend directement jusqu'à l'*Hôtel des Mines*. L'inspecteur s'y trouvera sans doute et les deux infirmiers. Ils ont un brancard. Qu'ils viennent vite avec leur camionnette. Avez-vous bien compris ?

— Oui, docteur. Et elle ?

— Je m'en occupe, je suis un ami de la famille. Dépêchez-vous.

Isaure hocha la tête et sortit en courant, poursuivie par la sinistre litanie que continuait à débiter Viviane :

— Dommage, dommage, dommage…

Malgré le chaos de sensations qui brouillait son esprit, elle respecta à la lettre les consignes du médecin. En même temps, elle revivait l'instant où le directeur de la compagnie était entré dans la chambre et où son épouse avait brandi le pistolet pour tirer sans hésiter. Jamais auparavant elle n'avait eu aussi peur. Les cris, le bruit de la détonation, le choc sourd qu'avait causé la chute brutale du corps d'Aubignac sur le parquet, tout cela avait eu des allures de cauchemar éveillé, des secondes de terreur pendant lesquelles la mort pouvait frapper.

L'air froid et humide la revigora et l'apaisa. Elle éprouva un soulagement indicible en apercevant le ciel, où brillaient quelques étoiles et un quartier de lune entourés d'une cohorte de nuages, la cime d'un sapin et les toits des corons, en contrebas, avec les points lumineux que dessinaient les réverbères.

Des pensées fulgurantes déferlèrent en elle au rythme fébrile de sa course. « Ce devait être épouvantable, sur le front ! Un seul coup de feu fait un bruit horrible ; alors, dix, vingt, cent armes, les tirs d'obus, comment endure-t-on des choses pareilles ? Et le sang, les blessés par milliers, les morts… Pourtant, ceux qui reviennent n'ont qu'un choix : reprendre leur vie d'avant. Mais quel courage ils ont eu, mon Dieu ! »

Isaure revoyait les sourires de Thomas à son retour, sa gentillesse, sa sérénité apparente. Elle évoquait la volonté de Jérôme d'apprendre à lire le braille et le pari fou de son frère Armand d'aimer encore en dépit de son visage ravagé. Justin, lui aussi, s'était battu, et pourtant il savait apprécier un banal potage au vermicelle. « Les femmes ont d'autres combats, se dit-elle encore. Elles sont prêtes à tuer parce qu'on les a forcées dans leur chair, parce qu'on les prive d'une promesse d'enfant. Et moi, petite idiote que je suis, j'ai voulu mourir à cause d'un sermon, d'une parole en l'air de mon grand amour ! J'ai mieux à faire de ma vie, je dois lutter aussi à ma manière pour la justice et soulager la misère des plus miséreux, des plus malheureux. »

L'idée lui donna des ailes en la libérant des instants d'épouvante qu'elle venait d'affronter. L'image d'un papillon la traversa. Délivrée de toute amertume et des tristesses de son enfance, elle étouffa un sanglot.

*

Justin ouvrait la portière de sa voiture lorsqu'il entendit l'appel affolé d'une femme qui criait son prénom. Il se figea, certain d'avoir reconnu la voix d'Isaure.

Antoine Sardin était déjà assis sur le siège du passager. Avant de partir pour La Roche-sur-Yon, les deux hommes avaient avalé en vitesse un casse-croûte froid au restaurant de l'*Hôtel des Mines*.

— Vous avez entendu, inspecteur ? demanda son adjoint.

— Oui.

Au même instant, la jeune fille apparut à l'angle de l'imposant bâtiment. En voyant l'automobile dont le moteur ronflait, elle agita les bras et courut vers le policier.

— Isaure ! clama Justin, affolé, en s'élançant pour la freiner dans son élan.

Il la reçut contre lui, haletante et tremblante. Sans se soucier de l'opinion publique ou des futurs commentaires de Sardin, il l'étreignit, violemment ému. Il avait noté d'un bref regard le sang qui maculait son front et ses mains.

— Que s'est-il passé, mon trésor ? chuchota-t-il à son oreille.

— Viviane avait le pistolet et elle a tiré sur son mari. Le docteur, leur voisin, est venu. Il faut une ambulance, non, un brancard, les infirmiers, la camionnette ! Oh ! Justin, j'ai eu tellement peur !

— Là, là, c'est fini, murmura-t-il en lui caressant le dos. Je me charge de tout. Toi, tu vas m'attendre là-haut, dans ma chambre. Tiens, prends la clef. Repose-toi. Fais-toi une boisson chaude.

— Non, je retourne là-bas avec vous, je veux dire, les infirmiers, ton adjoint et toi. Je ne veux pas rester seule, j'ai besoin de toi.

Antoine Sardin était descendu de la voiture et il les observait d'un œil intrigué. Il se doutait qu'il y avait eu un incident sérieux et, en dépit de sa curiosité, il affichait un air neutre.

— D'accord, tu viens, concéda Justin. Sauf si tu es blessée ! Es-tu blessée ? s'alarma-t-il soudain.

— Mais non, je vais bien.

— Faisons vite, alors. De toute façon, tu es l'unique témoin du drame. J'aurai besoin de tes explications.

— Merci, Justin. Par bonheur, tu es là, je suis arrivée à temps, dit-elle en lui souriant.

L'inspecteur Devers ne résista pas. Il la serra plus fort sur son cœur et l'embrassa à pleine bouche devant son collègue et sous les yeux ahuris d'un groupe de personnes qui entraient dans l'*Hôtel des Mines*. Ni Isaure ni lui ne virent Thomas parmi ces gens. Par le plus grand des hasards, Jolenta l'avait envoyé acheter du sucre au magasin de l'établissement, juste avant la fermeture.

*

Deux heures s'étaient écoulées. Dans son bureau provisoire au premier étage de l'*Hôtel des Mines*, Justin Devers fixait l'arme qu'il avait tant espéré retrouver, le Luger de calibre 9,19 de fabrication allemande. Viviane Aubignac était assise en face de lui en manteau de fourrure, livide et les yeux cernés.

Les doigts en suspens au-dessus de la machine à écrire, Antoine Sardin était fin prêt à transcrire la déposition de la femme.

— Madame Aubignac, attaqua l'inspecteur, eu égard à votre santé nerveuse, fort défaillante selon le docteur Boutin, j'ai consenti à vous entendre ici, sans vous mettre immédiatement en détention provisoire. Soyez précise. Plus vite nous irons, plus vite vous pourrez vous reposer. Toujours sur l'insistance de votre ami médecin, vous passerez la nuit à l'infirmerie, à cet étage, mais sous bonne garde.

— Je n'ai pas l'intention de m'enfuir, répondit-elle.

— Sage décision. Sans trop m'avancer, je crois que la justice vous accordera des circonstances atténuantes, si votre époux survit à sa blessure.

Le policier perçut le tressaillement de révolte qui secouait la prévenue. Il songea qu'elle aurait voulu le savoir mort.

— Mademoiselle Isaure Millet, votre gouvernante, m'a raconté les faits. J'attends votre version et surtout des précisions sur l'affaire depuis ses débuts. Demain, j'aurai les aveux de Charles Martinaud. Je pourrai comparer vos déclarations respectives. Vous en sentez-vous capable ?

— Oui, le docteur Boutin m'a fait prendre un calmant. De parler, ça me soulagera. Mais qu'est-ce qui est important ou non ?

— Dites-moi en premier lieu comment vous avez rencontré Alfred Boucard, suggéra Justin.

— Au mois de mai, il est venu un dimanche à la maison avec un panier de champignons. « Pour le patron. » Ce sont ses mots. J'étais dans le jardin, sur une chaise longue, sinon Germaine l'aurait reçu et je ne l'aurais pas vu. Nous n'aurions pas discuté. Je ne connaissais pas les mineurs, enfin, très peu. J'en croisais certains devant l'*Hôtel des Mines*, mais je voyais surtout leurs femmes à la messe ; les hommes préfèrent aller au bistrot. J'ai été sensible au charme d'Alfred. Il m'a dit qu'il était porion, en poste depuis dix ans. Je l'ai trouvé beau, athlétique, aimable, séduisant. Lui, il me regardait comme si j'étais une princesse, avec des yeux qui ne trompent pas. Il a même rougi quand je lui ai serré la main au moment où il partait. Il est revenu, bien sûr, toujours le dimanche, pendant que Marcel jouait au bridge chez le comte de Régnier. Il apportait des cerises ou des fraises du jardin. Enfin, au bout de trois semaines, je l'ai raccompagné jusqu'au portail. La bonne avait fait le ménage du pavillon et avait laissé ouvertes la porte et la fenêtre.

Viviane fit une pause, la gorge nouée par la saveur de ces souvenirs. Elle revivait les débuts d'une passion amoureuse, et un faible sourire lui vint sur les lèvres.

— Geneviève Michaud habitait le pavillon, à l'époque ?

— Non, elle venait de nous demander un long

congé pour soigner sa mère qui souffrait d'une grave maladie. Alfred a jeté un coup d'œil à l'intérieur du pavillon. Je lui ai fait signe d'entrer en disant l'air de rien qu'il pouvait visiter. Nous étions à peine à l'intérieur que nous nous sommes jetés dans les bras l'un de l'autre. J'étais prise d'une sorte de folie joyeuse. J'ai tout fermé et nous avons fait l'amour sur le lit.

L'inspecteur hocha la tête, vaguement amusé. Sa propension à déceler l'ironie des choses le fit même sourire à son tour. Son cœur s'accéléra un peu, car il songeait à Isaure et au don qu'elle lui avait fait. Isaure, d'une telle beauté dans sa nudité virginale ! « Et elle attend sagement dans le couloir, déplora-t-il. Rien à faire pour l'en dissuader ; pourtant, ça risque d'être long si madame Aubignac entre dans les détails de sa liaison. »

De son côté, Antoine Sardin attendait la suite avec impatience. Il admirait à la dérobée la jolie femme blonde qui croisait et décroisait ses jambes gainées de soie beige.

— Nous étions mariés tous les deux, reprit Viviane. Il fallait être prudents. Mais pas un instant nous n'avons pensé à en rester là. Alors, Alfred a eu l'idée qu'on se rencontre dans sa cabane, près de Livernière, au bord de l'étang du bois du Couteau.

— Ce n'est guère loin de Faymoreau. Néanmoins, vous ne pouviez pas y aller à pied, madame, fit remarquer Justin. Et vous ne conduisez pas, il me semble.

— Je m'y rendais à bicyclette, inspecteur, et lui aussi. Marcel était tellement pris ! C'était le golf à Niort, le bridge au château et ainsi de suite. Il me félicitait de faire de l'exercice. Il me trouvait meilleure mine. J'étais heureuse, vraiment heureuse. Ce fut le plus bel été de ma vie.

— L'été, vos enfants sont en vacances. Vous avez pu néanmoins poursuivre vos rendez-vous clandestins ? s'enquit Devers.

— En juillet, ma belle-mère les emmène à la mer ; elle possède une villa aux Sables-d'Olonne. Au mois d'août, nous avons joué avec le feu. Je rejoignais Alfred la nuit ou à l'aube, dans le pavillon du parc. Mais je suis tombée enceinte ; j'en ai eu la certitude au début du mois d'octobre. En plus, c'était un peu compliqué de prétendre me promener à vélo quand il pleuvait. J'ai appris la nouvelle à Alfred. Cela l'a rendu fier et encore plus amoureux.

— Une minute, trancha Justin. Comment saviez-vous qui était le père de l'enfant ?

— J'en étais sûre, inspecteur. Marcel et moi, ça n'a jamais bien marché sur ce plan-là. Je refusais de trahir Alfred ; aussi, je n'accordais plus rien à mon mari. Le docteur Boutin m'a aidée, il pourra vous le confirmer. Il a conseillé l'abstinence à Marcel en racontant que j'avais des soucis de femme. Je ne sais plus le nom de la maladie en question, peut-être une salpingite. Un bien vilain mot, n'est-ce pas ?

— C'est un fidèle partisan de votre cause, le médecin de la famille, répliqua le policier.

— J'avais eu une brève aventure avec lui. Il voulait me protéger. Roger m'aime beaucoup, même encore aujourd'hui. Enfin, vous imaginez la suite, inspecteur. Quand mon mari a constaté que j'avais des nausées et des dégoûts inexplicables pour l'odeur du tabac ou du chou qui cuit, il a eu des doutes. Peut-être qu'il en avait déjà bien avant, à cause de Charles Martinaud.

— Pourquoi donc ?

— Alfred considérait Martinaud comme son ami. Il lui a confié qu'il m'aimait et que j'étais enceinte de lui. Quand il me l'a avoué, nous avons eu notre première et dernière querelle. On s'est réconciliés dans la cabane de l'étang. Bernard m'avait déposée à proximité et il devait venir me chercher deux heures plus tard. Ce jour-là, Alfred m'a parlé de divorcer, chacun de notre côté. Il voulait tout révéler à sa femme ainsi qu'à Marcel. Cet imbécile de Martinaud, surnommé Tape-Dur, l'a devancé. Il s'est empressé de trahir son porion et de tout déballer à mon mari.

— Dans quel intérêt ?

— Obtenir de l'argent, évidemment. Il y a eu une scène affreuse le soir même. Marcel a congédié les domestiques et il m'a giflée. Il m'a forcée à tout lui dire en détail. J'ai cru qu'il allait me tuer, mais non. Il m'a fait jurer de me taire et de ne plus approcher Alfred. C'était à la Toussaint. Dix jours plus tard, l'homme que j'adorais était mort au fond de la mine. Depuis, je vivais un enfer. Je devais cacher mon chagrin et j'avais peur, inspecteur, tellement peur de mon mari ! Je lui obéissais. Pourtant, je jouais la comédie devant nos relations et nos domestiques, et même devant vous. Mais je n'en pouvais plus. C'est lui qui a empoisonné nos chiens pour pouvoir me harceler et me menacer sans cesse.

Sur ces mots, Viviane Aubignac se mit à claquer des dents. Elle tourna des yeux égarés vers le policier et Sardin. L'adjoint avait cessé de taper à la machine.

— J'ignore comment Marcel et Charles Martinaud se sont arrangés ensemble et ce qu'ils ont comploté vraiment, dit-elle encore. Mais, moi, j'avais le pistolet et, plus je voyais mon mari s'affoler, plus j'étais vengée. Le soir où il m'a poursuivie et que je me suis réfugiée chez Isaure, il était fou furieux à cause de son fidèle Tape-Dur, un type avide de fric, sournois et idiot. Oui, un vrai crétin !

— Pourquoi votre mari était-il aussi furieux ? demanda Justin, qui s'en doutait un peu.

— Tape-Dur avait le téléphone, au coron des Bas de Soie. Il a appelé chez nous. Première erreur ! Le plus souvent, ils devaient discuter dans un coin discret. Moi, j'ai fait semblant de partir dans la salle à manger, mais je suis revenue sur mes pas écouter ce que disait Marcel. Si vous saviez le savon qu'il a passé à Martinaud ! Il lui reprochait d'avoir raconté n'importe quoi à des collègues, que ça leur retomberait sur le crâne. Dans ces moments-là, mon mari était grossier, même vulgaire. Je me suis montrée et j'ai ri ; je l'ai humilié en lui promettant qu'il serait bientôt derrière les barreaux, surtout si je parlais, moi aussi.

— C'était dangereux, madame.

Justin Devers prit alors la peine d'expliquer à Viviane Aubignac la calomnie infondée et facile à démonter qu'avait débitée Tape-Dur aux Marot.

— Comme vous avez dû l'entendre du pavillon, madame, reprit-il, j'ai parlé du pistolet à votre époux, ce soir-là, car je commençais à le soupçonner. Et ça a marché : il a dû rappeler son complice et lui dire qu'Ambrozy serait forcément accusé. Demain, Tape-Dur passera aux aveux. Nous saurons tout en détail.

— Oui, sûrement. Savez-vous, inspecteur, je ne regrette rien. Marcel méritait de mourir. À cause de lui, j'ai perdu le bébé ; il m'a fait avorter. C'était horrible. Et, tout à l'heure, il m'a violée.

— Je sais, mademoiselle Millet m'en a informé. Nous allons arrêter là, madame. J'aurai sûrement besoin plus tard de quelques précisions, mais j'ai de quoi établir la vérité auprès du procureur. Il va être surpris en découvrant le vrai coupable. Demain, j'entendrai Martinaud. Il a bien caché son jeu, celui-là ! Venez, je vous accompagne à l'infirmerie. Sardin, suivez-nous !

*

Isaure sursauta quand la porte s'ouvrit. Tout en se demandant ce que l'avenir lui réservait à elle en particulier, elle avait eu tout loisir de méditer sur le sort qui serait réservé à son éphémère patronne et les chances de survie du directeur de la compagnie.

« Que faire de moi, à présent ? avait-elle songé, seule dans le couloir, assise sur un banc. Je suis une jeune fille déshonorée, si on s'en réfère à l'Église ou au métayer Bastien Millet, et j'ai perdu mon emploi sans avoir touché un sou. J'ai eu envie de coucher avec un homme de treize ans mon aîné tout en aimant un autre homme, marié, lui. Sans oublier Jérôme, que j'ai provoqué de la façon la plus stupide qui soit. »

L'apparition de Justin Devers, qui tenait galamment Viviane par le coude, la soulagea.

— Est-ce que j'ai le droit de parler à Isaure ? demanda la femme d'une voix implorante. C'est important, inspecteur.

— Faites, mais je reste avec vous, ainsi que mon adjoint.

— Oh ! vous pouvez écouter. Isaure, je suis désolée de vous avoir mêlée à tout ceci et également de vous avoir menacée. Mais je n'aurais pas tiré sur vous, je n'avais qu'une balle et elle était pour Marcel. Pouvez-vous me rendre un service ?

— Oui, madame.

— Je ne sais pas ce qui va se passer en ce qui me concerne. Cependant, je tiens mes engagements et ceux de mon mari. Je voudrais que vous versiez leurs gages à Germaine, à Nadine et à Bernard. Vous irez dans le bureau de Marcel, pas ici, chez nous. C'est un homme très organisé et très méthodique. La clef du grand tiroir du secrétaire en acajou est cachée derrière la statue de la déesse Diane, sur le haut du meuble. Dans ce tiroir, vous trouverez des enveloppes qui contiennent les salaires de la cuisinière, du jardinier et de la bonne. Il y a une enveloppe pour Denis également ; elle est bleue. Je lui donnais quelque chose tous les mois. Et prenez la vôtre, bien sûr. Nous avions prévu la somme de vos gages pour décembre.

— Mais, madame, je n'ai travaillé qu'une journée ; je ne peux pas accepter.

— Si, je vous en prie, ça me fera plaisir. Et restez tout le temps nécessaire dans le pavillon. Personne ne vous en chassera. Marcel a acheté cette propriété un an après avoir été nommé directeur. Quand nous sommes arrivés ici, nous avons logé ici, à l'*Hôtel des Mines*, les premiers jours. Ma belle-mère viendra bientôt, je pense, et, à ce propos, ce serait gentil de la prévenir ; son numéro de téléphone est noté dans l'agenda qui est rangé sur la commode en marqueterie du vestibule. Elle me détestait. Là, elle va me haïr pour de bon, mais elle sera trop contente d'avoir les enfants sous sa tutelle.

Viviane tendit à Isaure une main froide. Touchée par sa démarche, la jeune fille étreignit ses doigts comme pour les réchauffer.

— Vous êtes très gentille, madame, je vous remercie. J'ignorais où aller ; je suis rassurée. Je veillerai sur la maison, ne vous inquiétez pas. Je suis désolée pour vous, vraiment, vous me faites de la peine.

— Je le vois bien, vous êtes une bonne personne. Servez-vous, ne vous gênez pas. Mes parfums, mes bijoux, je n'en aurai pas besoin en prison.

— Non, ce serait indécent, répliqua tout bas Isaure. Au revoir, madame. Courage !

— Bien, ça suffira, déclara le policier. Sardin, occupez-vous de madame Aubignac. La gendarmerie de Fontenay est arrivée. Je viens d'apercevoir le brigadier au bout du couloir. Prenez un homme en plus, qui sera de faction à l'infirmerie. Moi, je raccompagne mademoiselle Millet.

— D'accord, chef, marmonna son adjoint en réprimant un léger sourire de moquerie.

Pavillon des Aubignac, un peu plus tard

— Es-tu bien installée ? s'inquiéta tout bas Justin après avoir bordé Isaure dans son lit. Je m'en veux tellement ! Je n'aurais pas dû te laisser seule, t'envoyer dans la gueule du loup.

— On ne pouvait pas savoir que le loup en question avait annulé le dîner et congédié les domestiques, sauf moi, soupira-t-elle.

— J'aimerais bien comprendre, s'étonna le policier. Pourquoi avoir oublié de te prévenir ? Bon sang de bois ! les employés des Aubignac se sont bien fichus de moi quand je les ai interrogés lors de ma première visite ici. J'ai la certitude que la cuisinière et la bonne avaient deviné, pour l'avortement. Leur patronne ne faisait que pleurer et avaler des calmants. Quant au chauffeur-jardinier, il a servi de taxi à la femme adultère ; pourtant, à l'écouter, il n'avait jamais rien remarqué d'anormal. Ils craignaient de perdre une bonne place, de déplaire à madame et monsieur s'ils causaient un peu trop !

Isaure ferma les yeux un court instant afin de mieux savourer la tiédeur des draps et le moelleux de son oreiller.

— Justin, admets que tu n'as pas pensé une minute, au début de ton enquête, qu'il fallait chercher un coupable chez monsieur Aubignac, le directeur de la compagnie et ami du procureur.

Il approuva d'un signe de tête et lui caressa les cheveux, qu'elle avait brossés et qui ondulaient sur le blanc de la literie.

— Tu m'as flanqué une belle frousse, quand je t'ai vue arriver avec du sang sur toi, dit-il d'une voix étouffée. Si cette folle t'avait blessée, j'aurais perdu la tête. J'aurais eu du mal à ne pas la frapper.

— Chut, fit Isaure. Elle n'est pas folle ! Moi, je la plains. C'est fini, tu auras les aveux détaillés de Charles Martinaud. Si monsieur Aubignac s'en sort, tu auras encore des précisions de sa part. Stanislas Ambrozy sera libéré dès lundi ? Tu en es certain ?

— Si je peux le faire sortir de prison un dimanche en accélérant la paperasse, je le ferai. Repose-toi, j'ai encore du travail.

Il la contempla, angélique dans sa chemise de nuit à col haut fermée par un ruban bleu. Elle s'était lavée avec soin pendant qu'il rallumait le poêle et qu'il lui préparait du lait chaud sucré au miel. Ensuite, avec une profonde tendresse et un brin de paternalisme, il l'avait obligée à se mettre au lit.

— Tu n'auras pas peur, toute seule ? s'inquiéta-t-il, navré de la quitter. J'aurais voulu te voir t'endormir, veiller sur ton sommeil… Isaure, j'ai une question. Tu peux rester là jusqu'à la fin du mois, soit, mais après, où iras-tu ?

— Je pourrais louer la maisonnette de la rue du Petit Marais, à Saint-Gilles-sur-Vie. J'aime tant être au bord de la mer ! J'irais plusieurs fois par jour admirer l'océan et je trouverais peut-être du travail là-bas jusqu'à la rentrée des classes, en octobre prochain. Je vais être très économe et ménager le moindre sou du salaire que Viviane Aubignac m'accorde.

Justin retint un soupir. Il n'osa pas lui proposer les autres solutions qui trottaient dans son esprit.

— Dors bien, je reviendrai durant la nuit. Je

dormirai dans le fauteuil. Là, tu ne crains plus rien, n'est-ce pas ?

Il se pencha pour l'embrasser sur le front et les lèvres, sans insister ni témoigner de désir viril. Mais Isaure le retint en nouant ses mains derrière sa nuque. Elle avait vécu des instants épouvantables et, à présent qu'elle était confortablement installée, la tendresse la submergeait pour cet homme si soucieux d'elle. Le chaste baiser de Justin se fit plus audacieux, et dura, dura… Ils se séparèrent, hors d'haleine.

— Ce n'est pas bien, mademoiselle, d'incendier un homme amoureux fou en sachant qu'on ne lui accordera pas davantage, se plaignit-il.

— J'ai menti, avoua-t-elle à mi-voix. Pardonne-moi.

— Comment ça, tu as menti ?

— Oh ! tâche de comprendre, c'est assez gênant d'en parler. Ce n'était pas juste avant, mais le contraire, juste après. Alors, tu pourrais t'attarder un peu et oublier le travail.

Abasourdi et agréablement surpris, Justin refusa d'entendre la petite voix intérieure qui chuchotait : « Elle ne voulait pas me céder parce que Thomas venait de sortir d'ici et qu'il lui avait offert des fleurs. » Il ôta ses chaussures, sa veste et sa cravate, puis il rejeta drap et couvertures. Isaure eut un léger rire, sensuel et exaltant. Elle se redressa et se débarrassa de sa chemise de nuit.

— Viens, viens, murmura-t-elle, une fois nue.

— Je viens, trésor, je viendrai chaque fois que tu le désireras.

Faymoreau, Hôtel des Mines,
lundi 13 décembre 1920, midi

Justin Devers s'apprêtait à relire attentivement la déposition de Charles Martinaud, qui avait fait des aveux complets la veille. Le document tapé à la machine par son adjoint serait le soir même sur le bureau du procureur, à La Roche-sur-Yon. Bientôt s'y ajouteraient les déclarations de Marcel Aubignac, encore trop faible pour être entendu.

L'inspecteur quitterait le village minier après le déjeuner. Son sac de voyage était bouclé. Malgré la satisfaction du devoir accompli, il éprouvait une singulière tristesse, nouvelle pour lui. « Je n'avais jamais dû être vraiment amoureux, songea-t-il. La seule perspective de ne pas voir Isaure demain ni les jours suivants me rend terriblement malheureux ! »

Il était assez lucide pour savoir qu'il devrait très vite se plonger dans une autre enquête, loin du village minier, de ses corons et du petit pavillon où logeait l'élue de son cœur, son papillon bien-aimé, comme il l'appelait en secret. « Mais elle a promis de m'accompagner à Paris pour fêter le premier de l'an là-bas, chez ma chère petite mère. Isaure à Paris, un long trajet en train tous les deux, des heures ensemble… La vie est belle ; je ne vais pas me plaindre ! »

Rasséréné, Justin s'empara de la déposition du fameux Tape-Dur et la parcourut d'un œil acerbe en se moquant en silence du mineur.

— Une cervelle d'oiseau sous son crâne chauve ! marmonna-t-il avant de replier les deux feuilles.

Tout avait commencé quand Alfred Boucard

s'était confié à Tape-Dur pendant une partie de pêche. Le porion avait réussi à être très discret sur sa liaison avec Viviane Aubignac, mais, en apprenant qu'elle était enceinte de lui, il avait eu besoin de se confier à celui qu'il pensait son meilleur ami.

Tous deux avaient discuté d'une issue possible à cette situation complexe, et Boucard avait fini par évoquer le divorce.

— Ça ne me fait pas peur, aurait-il affirmé. On s'aime, Viviane et moi, on est prêts à tout perdre. D'abord, on s'enfuit tous les deux.

En son for intérieur, Tape-Dur avait jugé ce projet stupide. Selon lui, il était de son devoir de prévenir le directeur de la compagnie. Il avait mis longtemps avant d'avouer que son acte de délation n'était pas désintéressé. Car une idée lui était venue, celle d'obtenir en échange du précieux renseignement une belle somme d'argent et un avancement.

Marcel Aubignac l'avait écouté, d'abord sans sourciller.

— J'en étais sûr ! se serait-il écrié, toujours selon Martinaud.

Peu après, il avait cédé aux demandes du mineur, mais en lui imposant d'être son complice. Aubignac avait besoin d'aide ; il voulait se débarrasser de Boucard, le rayer de la carte du monde. Les deux hommes, qui se rencontraient en dehors de la mine, avaient cherché un coupable. Le porion avait estimé nécessaire de prévenir son patron que Stanislas Ambrozy possédait un pistolet, lui précisant aussi à quel usage le Polonais le destinait, et Aubignac n'avait pas hésité. Il fallait lui faire endosser le crime.

Profitant d'un congé que lui avait accordé exprès son complice haut placé, Tape-Dur s'était introduit chez Ambrozy un après-midi, sachant de source sûre que Stanislas, Jolenta et son frère travaillaient au puits du Centre, ainsi que leurs deux plus proches voisins, célibataires. Ainsi, personne ne l'avait vu entrer dans la maison, fouiller avec précaution et dénicher l'arme dont la cachette était fort banale.

Ensuite, averti par Boucard lui-même et un autre porion qu'une poche de gaz était à craindre, Aubignac avait choisi son heure. Déguisé en mineur, le visage maculé de suie et de boue, il s'était approché de l'équipe que surveillait l'amant de sa femme. Excellent tireur, il n'avait pas raté sa cible. Tout de suite après son forfait, il s'était jeté au sol pour s'éloigner le plus vite possible à quatre pattes pendant que la galerie s'effondrait. Un peu plus loin, il s'était relevé et, à la faveur de la panique générale, il avait pu rejoindre la cage pour remonter. Il s'était rué dans la salle des pendus, équipée de sanitaires, pour ôter sa tenue de mineur, sous laquelle il était en chemise, gilet rayé, et cravate. Le pistolet Luger logeait parfaitement dans la poche de son pantalon.

Il ne lui restait plus qu'à enfouir la combinaison sale dans le sac que Tape-Dur avait laissé dans son casier. Quelques minutes plus tard, il déboulait sur l'esplanade, au milieu de la foule que le bruit de l'explosion avait attirée là. Femmes, enfants, vieillards l'avaient vu et entendu crier :

— Un coup de grisou ! Je descends dans le puits ! Prévenez les pompiers de Fontenay, vite !

Avant même l'arrivée de l'inspecteur Devers,

Viviane Aubignac avait contrarié le plan bien huilé de son époux. Horrifiée par la mort d'Alfred Boucard et ayant su par les premiers constats de gendarmerie que son amant avait été tué par balle, elle avait cherché le pistolet et l'avait trouvé.

— Le patron, au fond, il s'en fichait de mourir avec Boucard, avait précisé Tape-Dur. Je l'avais prévenu, c'était risqué de tirer au pistolet dans la galerie. Tout allait sauter ou non. Ça, on ne peut jamais le savoir à l'avance, dans la mine. Quand j'ai entendu le bruit, je me suis signé en me demandant si je reverrais monsieur Aubignac vivant. Il s'en est sorti. On a pensé, après ça, que la police n'y verrait que du feu et même que les corps resteraient enfouis sous des tonnes de gravats, mais non. On devait donc faire accuser Ambrozy, comme on l'avait prévu. Seulement, le patron avait perdu l'arme. Bon sang de bois ! il en était malade. Ouais, il en devenait enragé.

Justin alluma un cigarillo, rêveur, les yeux dans le vague.

En fait, Aubignac avait dû être soulagé quand il avait appris l'arrestation d'Ambrozy, sans comprendre cependant les motivations de l'inspecteur. Dès qu'il avait eu l'explication, le soir où Viviane s'était réfugiée dans le pavillon, il s'était cru sauvé. Mais c'était sans compter la sottise de Tape-Dur, qui avait voulu enfoncer le Polonais, certain qu'il finirait ses jours en prison pour meurtre. Il s'était empressé de s'en vanter auprès de son complice en lui téléphonant, mais il n'avait reçu que des insultes et des reproches cinglants. « Au fond, sans l'étourderie d'Isaure qui, ivre, m'a parlé du pistolet, j'en serais sûrement au même point, puisque les gens d'ici se gardaient bien de confesser le moindre doute qu'ils avaient et refusaient de coopérer. On pouvait colporter des ragots, mais, à partir du moment où la police pointait son nez, plus rien. C'était la loi du silence », déplora encore une fois Justin.

On frappa. Il n'eut pas le temps de répondre. Souriante, Isaure fit irruption dans la pièce, radieuse dans sa robe en velours noir, un châle bleu sur les épaules.

— Tu es là ! J'avais peur que tu sois déjà parti, s'écria-t-elle.

Il la reçut dans ses bras et l'étreignit.

— Je ne serais jamais parti sans un dernier baiser de toi, souffla-t-il à son oreille. Sais-tu, je regrette que l'enquête soit finie. Tu vas tellement me manquer, Isaure !

— Nous avons rendez-vous, ne crains rien. Le 30 décembre, sur le quai de la gare, à La Roche-sur-Yon.

Elle chercha ses lèvres de ses lèvres aussi légères et douces que des ailes de papillon.

Saint-Gilles-sur-Vie, rue du Petit Marais,
vendredi 24 décembre 1920,
quatre heures de l'après-midi

Isaure considérait son œuvre avec la douce sensation du devoir accompli. La maison de la rue du Petit Marais avait enfin un air de fête. La jeune fille était arrivée la veille, après avoir passé dix jours paisibles dans le pavillon des Aubignac. Justin lui rendait souvent visite à la nuit tombée et, pour ne pas avoir à révéler leurs sentiments respectifs, ils jouaient encore au professeur et à l'élève quand ils couchaient ensemble.

Mais, ce jour-là, soucieuse de veiller au moindre détail avant l'arrivée de l'ambulance qui transporterait la petite Anne, très affaiblie, et Honorine, elle ne pensait pas du tout à son amant.

— Est-ce que tu sens l'odeur de l'arbre de Noël, Jérôme ? dit-elle d'une voix rêveuse.

— Oui, sans doute parce que je suis assis tout à côté, rétorqua l'aveugle, d'humeur sombre.

— J'ai eu de la chance de trouver ce petit pin que le marchand de légumes vendait. Les décorations le rendent magnifique.

— Décorations que tu as trouvées et prises chez un assassin, nota Jérôme.

— Elles étaient si belles ! Laisse-moi te les décrire : des boules en verre soufflé d'une finesse incroyable, des guirlandes argentées, des angelots en papier doré. Anne sera contente.

— Anne se meurt, Isaure. Je te le répète depuis hier soir et tu as pu le constater en allant la voir ce matin. Maman ne sait même pas si elle supportera le trajet du sanatorium à ici.

— Elle le supportera et elle verra son arbre. Elle mangera des crêpes en buvant du chocolat chaud dans la tasse que je lui offre.

— Fadaises ! Mais à quoi ça sert de célébrer Noël alors qu'on l'enterrera dans deux ou trois jours ?

— Ne dis pas ça, soupira-t-elle. Je comprends Anne : elle veut avoir un peu de vraie joie avant de vous quitter. Bah ! je ne sais pas ce que tu as. Fais un effort !

Sans rien ajouter, elle inspecta la pièce principale. La pâte à crêpes était prête, dans un saladier recouvert d'un torchon. La table s'ornait d'une nappe rouge sur laquelle étaient alignées des feuilles de buis. Une branche de houx trônait dans un vase au milieu des plats, l'un garni de charcuterie, l'autre, de fromages.

— Ton père apporte du cidre, je crois, reprit-elle en rectifiant la torsade d'une guirlande en papier qu'elle avait suspendue aux poutres, le plafond étant assez bas.

— Oui, papa doit acheter du cidre et des biscuits, ronchonna Jérôme. Quand même, Isaure, tu aurais pu revenir nous voir après l'arrestation de Viviane Aubignac. Tu avais perdu ta place ; tu étais libre toute la journée. Tu parles d'une sale affaire. Maman achetait le journal tous les matins et me lisait les articles. Sais-tu ce qui m'a le plus dégoûté ? La conduite de Martinaud. Je le connaissais bien, Tape-Dur, un fameux piqueur. Les deux ans où j'ai travaillé dans le puits du Centre, il m'a appris le métier. Faut croire que le fric corrompt les meilleurs gars. Tape-Dur déballe à Aubignac la liaison entre Boucard et sa femme, il exige de l'argent contre le renseignement, et Aubignac lui en offre davantage pour qu'ils trouvent un coupable ensemble.

— En effet, ils ont tout manigancé. Ils ont fait en sorte de voler le pistolet chez monsieur Ambrozy pour le faire accuser. Mais Viviane a déjoué leur plan en volant l'arme à son tour. Le pire, Jérôme, c'est que ce malheureux Alfred Boucard avait prévenu Aubignac qu'un des mineurs polonais possédait un Luger. C'est lui aussi qui avait dit à

Tape-Dur que Stanislas fréquentait une veuve de Livernière. Moi aussi, j'ai lu la presse ; je suis même citée comme témoin important.

— Il n'y a pas de quoi en être fière, Isaure.

— Je n'en suis pas fière, mais je devrai assister au procès.

— Je te plains. Quelle corvée ! Le monde est injuste. Marcel Aubignac a survécu, et ma petite sœur, un ange du ciel venu sur terre, va mourir.

— Tu as raison, l'injustice règne partout. Mais cet homme va passer des années en prison. Son épouse aura une peine bien moins lourde que lui, assurément. Je vous ai raconté ce qu'elle a enduré, hier soir, à ta mère et toi.

— N'empêche, elle avait des gosses, de l'argent à ne savoir qu'en faire, une belle maison, des domestiques, et il fallait qu'elle trompe son mari. Ce genre de bonne femme, ça porte un nom. C'est des…

— Tais-toi, c'est la veille de Noël ! Tu devrais te souvenir de tes leçons de catéchisme. Et puis, j'en ai assez de penser à ce crime et à la violence de certains individus. Tout s'est arrangé. Stanislas Ambrozy a été libéré le dimanche, le lendemain du drame, et lundi il rentrait à Faymoreau. Thomas est venu me décrire la scène. Jolenta a couru vers son père ; il l'a soulevée un peu en la couvrant de baisers. Pierre pleurait de joie, le pauvre !

— Pourtant, Jolenta a refusé de fêter Noël avec nous. Elle préfère rester à Faymoreau avec son frère et son père.

— Thomas également.

— Mais non, Isaure, Thomas vient nous rejoindre. J'ai reçu une lettre de lui ce matin. Il m'explique que sa précieuse épouse craint le trajet en train de même que la contagion. Ma belle-sœur doit porter un enfant élu dans son sein pour avoir aussi peur de bouger ou de tomber malade. Elle m'exaspère !

— Qui ne t'exaspère pas, Jérôme ? demanda Isaure sur un ton badin.

Elle dissimulait de son mieux la brusque vague de bonheur qui la secouait et la grisait. Thomas serait là dans quelques minutes, sans Jolenta.

— J'allume les bougies. Elles sont rouges. J'en ai acheté plus de cinquante et j'ai pris une dizaine de petits bougeoirs à pinces pour l'arbre de Noël. Vous avez tous un cadeau, aussi.

— Ciel, mais tu as fait fortune ! se moqua-t-il.

— Madame Aubignac m'a versé des gages malgré tout, une telle somme que j'ai eu mal au cœur. C'est une bonne personne. Je pense qu'elle s'est montrée aussi généreuse à cause de…

— Dis-moi, à cause de quoi ?

— Je lui ai raconté la façon dont mon père me traitait, fillette, et le soir où il m'a frappée. Je lui ai confié mes chagrins et, comme elle était désespérée, elle m'a fait cadeau de cet argent. J'avais patienté jusqu'au lundi pour prendre les enveloppes dans le secrétaire de son mari. Ça, je ne vous en ai pas parlé hier soir, j'avais peur de choquer ta mère. Enfin, quand les domestiques se sont présentés, je suis allée dans le fameux bureau et je leur ai remis leurs gages. Mon enveloppe, je l'ai ouverte plus tard dans le pavillon. Je n'en revenais pas. J'avais de quoi tenir trois mois sans chercher d'emploi. Et j'ai oublié un détail.

— Lequel ? dit le jeune aveugle.

— Lorsque je vous ai raconté que Marcel Aubignac avait congédié le personnel excepté moi, vous n'avez pas posé la question que s'est posée l'inspecteur Devers. Pourquoi ne m'avait-il rien dit ? En fait, la réponse était banale. C'était Denis, le fils de la cuisinière, qui devait me prévenir en partant. Il est venu à ma porte dans l'intention de toquer, mais, comme il a entendu la voix de l'inspecteur, il n'a pas osé insister. C'était normal de sa part. Les domestiques n'ont rien vu de bizarre dans l'annulation du dîner, et lui, pressé de rejoindre un de ses amis, il s'est dit que je constaterais la chose par moi-même. Je ne regrette rien. Sans moi, je crois que Marcel Aubignac n'aurait pas été soigné à temps. Sa femme l'aurait regardé mourir.

— Mais que faisait le policier chez toi ? questionna Jérôme d'un ton âpre. Une fille convenable ne reçoit pas d'hommes chez elle, tout de même.

— Que tu es sot ! Un inspecteur de police, on est tenu de lui ouvrir et de répondre à ses interrogations. En plein hiver, je n'allais pas lui parler dans le parc, il faisait froid. Jérôme, arrête de jouer les vieux barbons. L'ambulance arrive avec Anne et ta mère. Son petit lit est prêt. Tout est prêt !

Un infirmier transporta Anne Marot dans la maison. Il affichait une expression peinée en déposant la fillette dans le lit avec un soupir lourd de sens. Honorine, comme suspendue à son souffle ténu, pleurait en suivant le moindre geste de son enfant.

— Elle a eu une piqûre pour soutenir son cœur, murmura l'homme.

Jérôme réprima un sanglot. En retrait, Isaure se dit qu'elle avait eu raison de dresser un des lits de la seconde chambre dans la grande pièce principale où il faisait bien chaud.

— Merci, monsieur, dit Anne une fois couchée. Maman, ne pleure pas, regarde, j'ai un arbre de Noël. Mon Dieu, qu'il est beau ! Isaure !

— Je suis là, Anne.

— C'est toi qui l'as décoré ? Tout brille, on dirait un arbre magique.

La jeune fille fit un terrible effort pour ne pas pleurer à son tour. Elle embrassa l'enfant sur le front et lui caressa les cheveux, ternes et poisseux d'une mauvaise sueur. C'était vraiment la fin. La fillette avait le teint cireux, les yeux brillants et cernés de brun, les joues creuses, les lèvres décolorées.

— Je vais mettre des bougies dans l'arbre, annonça Isaure d'une voix altérée par l'émotion. Je voulais attendre tes sœurs, ton papa et Thomas, mais ils ne tarderont pas.

Elle s'empressa d'installer les bougeoirs à pince et prépara les minuscules chandelles ainsi que les allumettes. Même si elle tournait le dos à la malade, son image demeurait intacte. « Anne tient sa poupée contre son cœur ; elle n'a pas dû la lâcher du trajet. Seigneur, je ne vous ai pas invoqué depuis des mois, mais aidez-la, faites qu'elle s'endorme sans souffrir, mais pas tout de suite. »

Après cette prière muette, Isaure virevolta et se campa près du lit.

— As-tu remarqué ma robe, Anne ?

— Oh oui ! Le velours noir te va bien, Isauline. Tu ne devrais mettre que ça…

Une quinte de toux la fit taire. Honorine se précipita et aida sa fille à s'asseoir. Isaure courut chercher deux autres coussins.

— Merci, ma petite se sent mieux assise qu'allongée, précisa sa mère. Et c'est vrai, le velours noir te rend encore plus jolie.

— Je ne vois pas le résultat ! s'écria Jérôme. Mais les cheveux d'Isaure m'ont toujours fait penser à du velours noir. C'est pour ça qu'elle est à son avantage, ce soir.

Une telle amertume vibrait dans sa voix qu'Isaure en eut mal au cœur. Elle s'approcha de lui.

— Je suis désolée. Si je pouvais te rendre la vue, comme j'en serais heureuse ! Je t'en supplie, Jérôme, essayons d'être gais malgré tout.

— D'accord, on essaie, répondit-il. Tiens, écoute, voilà les autres.

Des éclats de voix retentissaient dans la rue. Bientôt, Gustave Marot entra, un cabas à la main. Thomas le suivait, ainsi qu'Adèle et Zilda dans leurs habits de religieuses.

— Joyeux Noël ! s'écria l'aveugle. Bienvenue, la famille !

— Joyeux Noël ! répéta Anne en riant de plaisir. Maman, tu as bien pris ma boîte à musique ? Je veux la montrer à mes sœurs.

Isaure se retrouva dans les bras de Gustave, qui l'embrassa sur la joue, puis Thomas l'étreignit en déposant un baiser au milieu de son front.

— Tu as la robe des roses de Noël, chuchota-t-il à son oreille.

Zilda et Adèle l'embrassèrent également en la remerciant pour son initiative.

— C'était bien, que maman ait pu la voir chaque jour, souffla Adèle. Seigneur, notre pauvre petite Anne !

— Je fais chauffer la poêle pour les crêpes, déclara Isaure en guise de réponse.

Elle était survoltée, enivrée par la présence de Thomas et par l'accueil chaleureux de la famille Marot. Honorine s'était assise sur un tabouret au chevet de la fillette et elle séchait ses larmes discrètement.

— Maman, n'aie pas peur, lui dit Anne d'une voix raffermie. C'est Noël et je suis avec vous tous. Si je meurs ce soir, Jésus me recevra au paradis, car je sens qu'il est tout proche, oui, il est avec moi.

Les deux sœurs se signèrent, bouleversées. Gustave se pencha sur Anne et la dévisagea avec étonnement.

— Ma petite fille, tu es plus courageuse que tes parents, dit-il. Je te demande pardon, car je n'ai pas pu te rendre visite autant que je l'aurais voulu. Mais je pensais à toi sans arrêt et j'ai beaucoup prié le Seigneur notre Dieu de te guérir.

— Il avait sûrement trop de travail sur la terre, papa. Il m'a oubliée, mais ce n'est pas grave. Il m'a envoyé de jolis rêves, Il m'a montré à quoi ressemble le paradis. Il y a de belles fleurs inconnues, des oiseaux magnifiques, des parfums délicieux, des couleurs qui brillent comme l'arbre de Noël.

Gustave hocha la tête, la gorge serrée, incapable

d'articuler un mot. Il embrassa Anne sur la joue et alla ouvrir une bouteille de cidre. Zilda et Adèle commençaient à remplir les assiettes de nourriture, alors que Thomas coupait du pain. Isaure perçut leur fébrilité. « Ils se dépêchent, se dit-elle, tellement ils ont peur qu'elle parte, là, d'un coup. Et c'est possible. Nous devons avoir le temps de prendre le repas ensemble et de nous amuser. »

Peu après, Anne réclama sa boîte à musique. Sa mère tourna la clef, et une frêle mélodie s'éleva. Les Marot firent cercle autour du lit, tandis qu'Isaure faisait cuire une première crêpe. Thomas se releva bientôt et lui proposa son aide.

— Je peux les sucrer et les rouler, dit-il. Jérôme a sorti son harmonica et Zilda va chanter.

— Très bien. Le sucre est dans le placard.

Elle avait noué un tablier appartenant à Honorine autour de sa taille, et ses cheveux étaient retenus par un bandeau de velours.

— Tu es en beauté, murmura Thomas.

— Merci, répliqua-t-elle tout bas. Ainsi, Jolenta a eu gain de cause ? Ta mère m'a appris que tu vas être embauché à la minoterie de Faymoreau. La farine et la poussière de blé après celle du charbon ! Tu vas être une gueule blanche, à présent.

— Les gars de la mine sont inquiets, expliqua-t-il. Je ne serai peut-être pas le seul à déserter le puits du Centre. Le sous-directeur de la compagnie remplace Aubignac, mais des rumeurs circulent à propos d'une possible fermeture de la mine. Je n'y crois pas, moi.

— Et est-ce pour m'éviter, que Jolenta reste à Faymoreau ?

— Non, pas du tout. Elle était contente de passer Noël avec son père et son frère. Ils vont manger un ragoût polonais au nom imprononçable. J'ai cru deviner qu'il y aurait peut-être une invitée, Maria Blanchard. Stanislas a enfin parlé d'elle à ses enfants. Pierre était ravi.

Isaure lui adressa un sourire complice. Thomas la regarda alors avec insistance, comme s'il sondait son âme et son cœur. Gênée, elle se concentra sur la cuisson des crêpes.

Soudain, la voix de Zilda s'éleva, claire et puissante. Elle entonnait *Les Anges dans nos campagnes*, et Jérôme l'accompagnait de son mieux. Adèle prit la suite en chantant sur un timbre plus grave *Il est né le divin enfant*.

Dès qu'elle se tut, Gustave déclara qu'il était affamé. En fait, il n'avait aucun appétit, mais il voyait Anne cligner les paupières, épuisée par l'agitation.

Ils se mirent à table, chacun se forçant à avaler la nourriture.

— Elle dort, indiqua Honorine qui allait vérifier l'état de la fillette entre deux bouchées.

Le repas fut vite achevé. Les crêpes eurent plus de succès avec le cidre et le café qu'avait préparé Isaure. Elle faisait preuve d'une activité incessante pour calmer l'angoisse qui montait en elle et chez tous les membres de la famille Marot.

Anne se réveilla à neuf heures du soir. Elle contempla l'arbre encore illuminé, Thomas ayant remplacé les chandelles.

— Je suis si heureuse, dit-elle faiblement. Je veux

bien une crêpe et mon chocolat chaud comme avant. Tu te souviens, maman ? Toi aussi, papa ?

— Mais oui, répondit le couple en chœur. C'était ton régal après la messe.

Isaure servit la fillette et s'assit sur le lit pour l'aider à manger.

— La jolie tasse ! s'extasia Anne quand elle but une gorgée de son chocolat. Toutes ces fleurs sur la porcelaine, on dirait les fleurs de mon paradis. Venez, maman, Thomas… Venez tous près de moi. N'ayez pas peur. Je le sens, le bon Jésus est là, il m'attend.

Ils se regroupèrent autour d'elle, les traits crispés par le chagrin, les lèvres pincées sur les mots d'amour et de regret qu'ils avaient envie de crier. Thomas prit place sur l'autre bord de l'étroite couchette, vis-à-vis d'Isaure.

— Merci, Isauline, murmura Anne. Tu as exaucé mon rêve. Je prierai pour toi. Donne-moi la main. Toi aussi, mon grand frère.

Isaure retenait ses larmes. Elle obéit à l'enfant qui lui parut plus âgée, soudain, pareille à une personne d'une immense sagesse venue d'un autre monde et déterminée à y retourner bien vite. Anne les fixa un instant tour à tour. Sans rien ajouter, elle rapprocha leurs deux mains qu'elle tenait entre ses doigts amaigris.

— Je vous souhaite d'être très heureux, un jour, chuchota-t-elle.

Jérôme ne voyait rien de la scène ; cependant, il ressentit un changement d'atmosphère, une sorte de tension étrange en raison de la respiration différente de ses sœurs et de ses parents. Mais la fillette lâcha prise et ferma les yeux. Suffoqué par les pleurs qu'il dominait avec peine, Thomas sortit précipitamment de la maison. Isaure se leva elle aussi, les joues en feu. Zilda et Adèle leur succédèrent en s'asseyant au même endroit.

— Nous allons prier, petite sœur, dit Zilda.

— Merci, je veux bien, répondit Anne.

*

Isaure était sortie, enveloppée d'un châle en laine. Thomas fumait une cigarette en faisant les cent pas dans la rue. Il la vit marcher vers lui et haussa les épaules.

— C'est trop pénible ! lui lança-t-il. On dirait un fil tendu qui va se rompre d'une seconde à l'autre devant nous.

— Je l'admets, ce sont des moments éprouvants, mais surtout pour nous. Anne est heureuse, elle, entourée des siens, couchée près d'un arbre de Noël avec sa poupée et sa boîte à musique.

— Si c'était ta sœur, tu trouverais l'épreuve plus difficile, rétorqua-t-il sèchement.

— Je l'aime comme la petite sœur que je n'ai pas eue, Thomas. Quand on aime, on doit penser à l'autre, à sa joie, pas à sa propre souffrance.

— Tu as sans doute raison. Bon sang, comme tu as changé, ces derniers temps !

— Je suis libre, voilà le secret. Figure-toi que mes parents m'ont écrit. J'ai eu droit à une lettre où ils me souhaitaient de bonnes fêtes de fin d'année. Mon père a griffonné sa signature sous ces quatre mots : *Sois sérieuse, ma fille.*

— Prudente recommandation, mais un peu tardive ! s'écria Thomas. S'il t'avait vue te laisser embrasser sur la bouche par l'inspecteur Devers !

— Qui t'a raconté ça ?

— Personne, je vous ai vus, tous les deux. J'étais stupéfait. Je te prenais pour une jeune fille respectable, une future institutrice. Est-ce que tu couches avec lui ?

Elle recula, sidérée. La froideur de son intonation la bouleversait.

— Déjà, ça ne te regarde pas du tout. En outre, tu n'as pas de leçons de morale à me faire. Jolenta était enceinte quand tu l'as épousée, oui ou non ? L'as-tu traitée de dévergondée ?

Thomas lui tourna le dos, jeta son mégot et l'écrasa. Isaure s'aperçut alors qu'il neigeait et, le nez levé vers le ciel, elle prit conscience d'un fait déconcertant.

— On pourrait croire que tu es jaloux, hasarda-t-elle.

— Et quoi encore ? Je continue de veiller sur toi et de te protéger puisque ton père n'a jamais su le faire.

— Je ne cours aucun danger. Oui, Justin est mon amant. Il me plaît. Je pars avec lui pour Paris à la fin du mois. Nous fêterons le premier de l'an là-bas, chez sa mère. J'ignore ce qui arrivera ensuite, mais je reviendrai à Faymoreau ou bien ici, à Saint-Gilles. Je n'ai qu'une certitude : je veux rester libre. Mais ce n'est pas le moment d'en discuter. Rentrons.

Thomas se rua sur elle et la saisit par les coudes. Il la toisa de très près en jetant tout bas :

— Si tu attends un enfant, que feras-tu ? Il

t'épousera, bien sûr. Qui ne t'épouserait pas ? Isaure, tu es tellement belle, et…

La voix de Thomas était caressante et empreinte d'une note de sensualité qui trahissait son trouble. Elle tendit son visage vers lui. Des flocons irisaient sa chevelure noire, comme un diadème offert par l'hiver. Tremblant, Thomas posa sa bouche sur la sienne. Isaure s'offrit tout entière à ce baiser dont elle avait si souvent rêvé. Les lèvres de son grand amour étaient chaudes, suaves et tendres. Il l'enlaça sans cesser de l'embrasser. Serrée contre lui, elle retrouva la merveilleuse sensation de sécurité, de félicité et d'aboutissement qui la consolait de toute peine lorsque Thomas la cajolait, fillette. Devenue grande, enfin faite femme par un autre, elle éprouvait la même plénitude.

Un appel en provenance de la maison les sépara. C'était Zilda.

— Venez vite. Où êtes-vous ? Anne, vite, c'est la fin !

Ils se précipitèrent, égarés, comme arrachés brutalement à un univers interdit où ils étaient entrés par mégarde.

— Thomas, Isaure ! cria Honorine. Vite, elle s'en va ! Notre petit ange s'en va !

Livide et les paupières closes, la fillette respirait à peine. Jérôme lui tenait une main en priant à mi-voix. Thomas se mit à pleurer sans honte. Son père lui tapota le dos en disant, malgré ses propres larmes :

— Du cran, mon gars, du cran ! Au moins, elle ne souffre pas. On le verrait, dis, si elle avait mal ?

Isaure s'agenouilla près du lit. Elle appuya son

front contre le corps si menu de la mourante et lui murmura :

— Anne, ma petite Anne, je ne sais pas si tu m'entends encore, mais je te promets de mener une belle vie, de te faire honneur, d'avoir ton courage et ta force d'âme. Je veillerai sur les enfants qu'on me confiera, je leur apprendrai à lire et à étudier, je les amuserai s'ils sont tristes. Je ferai danser des poupées de chiffon pour les petites filles malades ou pour celles dont le père est méchant. Souvent, très souvent, je parlerai de toi, Anne, parce que tu le mérites et que je t'aime.

Un profond silence se fit après les paroles d'Isaure, qui n'osait pas regarder l'enfant à l'agonie. Mais une caresse furtive, pareille au battement d'aile d'un papillon, lui effleura la tête. Anne l'avait entendue et répondait dans un ultime effort, du bout des doigts. Elle eut encore un faible sursaut avant de s'éteindre, sans une plainte, un adorable sourire sur le visage.

Dehors, il neigeait, sur les toits de Saint-Gilles, sur la villa Notre-Dame, sur les dunes et sur la plage déserte. Plus au large, des nuées de flocons s'abîmaient dans l'océan, dont le monocorde chant grondeur ressemblait, en ce soir de Noël 1920, à un long sanglot.

Table des matières

1 Dans les entrailles de la terre 11
2 Isaure Millet 57
3 Les feux follets 101
4 Un air de fête 145
5 Ivresse et détresse 195
6 Frère et sœur 235
7 Face à l'océan 263
8 Les détours de l'amour 291
9 Larmes et égarements 321
10 Justin Devers 353
11 Au petit matin 383
12 Jalousies 413
13 Une tempête de sentiments 443
14 Geneviève Michaud 473
15 Une autre vie 505
16 La rue du Petit Marais 533
17 Viviane Aubignac 563
18 La nouvelle gouvernante 589
19 Les roses de Noël 615
20 Un ange s'en va 639

Composition et mise en pages réalisées
par Text'oh! - 39100 Dole

Achevé d'imprimer par RODESA
en janvier 2016
pour le compte de France Loisirs, Paris

Numéro d'éditeur: 84730
Dépôt légal: janvier 2016
Imprimé en Espagne

Manny